Dans l'ombre d'Edison

L'Âme du minotaure, roman, Montréal, vlb éditeur, 2010.

DOMINIKE AUDET

Dans l'ombre d'Edison

tome 1

Le sorcier de Menlo Park

Roman historique

Hurtubise

Catalogage avant publication de Bibliothèque et Archives nationales du Québec et Bibliothèque et Archives Canada

Audet, Dominike, 1977-

Dans l'ombre d'Edison

Sommaire: 1. Le sorcier de Menlo Park.

ISBN 978-2-89723-161-3 (v. 1)

1. Edison, Thomas A. (Thomas Alva), 1847-1931 - Romans, nouvelles, etc. I. Titre. II. Titre: Le sorcier de Menlo Park.

PS8601.U325D36 2013   C843'.6   C2012-942643-1
PS9601.U325D36 2013

Les Éditions Hurtubise bénéficient du soutien financier des institutions suivantes pour leurs activités d'édition:

– Conseil des Arts du Canada;
– Gouvernement du Canada par l'entremise du Fonds du livre du Canada (FLC);
– Société de développement des entreprises culturelles du Québec (SODEC);
– Gouvernement du Québec par l'entremise du programme de crédit d'impôt pour l'édition de livres.

Illustration de la couverture: Magali Villeneuve
Maquette de la couverture: René St-Amand
Maquette intérieure et mise en pages: Andréa Joseph [pagexpress@videotron.ca]

Copyright © 2013 Éditions Hurtubise inc.

ISBN 978-2-89723-161-3 (version imprimée)
ISBN 978-2-89723-162-0 (version numérique PDF)
ISBN 978-2-89723-165-1 (version numérique ePub)

Dépôt légal: 2e trimestre 2013
Bibliothèque et Archives nationales du Québec
Bibliothèque et Archives du Canada

Diffusion-distribution au Canada:
Distribution HMH
1815, avenue De Lorimier
Montréal (Québec) H2K 3W6
www.distributionhmh.com

Diffusion-distribution en Europe:
Librairie du Québec/DNM
30, rue Gay-Lussac
75005 Paris FRANCE
www.librairieduquebec.fr

Imprimé au Canada
www.editionshurtubise.com

La vie engendre la vie, l'énergie produit l'énergie.
C'est en se dépensant soi-même qu'on devient riche.

Sarah Bernhardt

Il n'y a dans l'homme que l'estomac à pouvoir être
pleinement satisfait. La soif de connaissance et
d'expérience, le désir d'agrément et de confort,
ne peuvent jamais être apaisés.

Thomas Edison

Chapitre 1

Le laboratoire d'Edison

Juin 1877

À la gare de Jersey City, d'où je suis partie, on m'avait suggéré de faire prévenir le conducteur quant à ma destination, autrement, m'avait-on avertie, le train ne s'y arrêterait pas. Trop peu fréquenté et peuplé d'au plus deux cents âmes, le minuscule hameau nommé Menlo Park ne comportait pas le moindre édifice qui aurait pu, de près ou de loin, être considéré comme une gare, à un point où les cheminots de la Philadelphia Railway le dédaignaient volontairement si personne n'avait acheté de billet. Pas d'endroit où se ravitailler en charbon, pas de lieu décent où se restaurer, jamais de passagers, une simple affiche trahissait que l'on venait d'arriver à peu près quelque part et c'était tout. Je devais pourtant m'y rendre avant la fin de la journée.

Lorsque les roues du train crissèrent sur la voie et que le véhicule amorça son ralentissement, il me fallut entendre clairement l'annonce pour réaliser que je venais de parvenir à ma destination. Armée d'une lourde valise que je dus glisser derrière moi le long de l'allée tandis que ma boîte à chapeau tenait en équilibre dans mon autre main que j'élevais au-dessus des têtes, j'hésitai à descendre, craignant d'avoir été mal aiguillée. Entre les banquettes pourtant, le cheminot en livrée et casquette balançait sa cloche dorée et criait :

— Les passagers pour Menlo Park sont priés de bien vouloir avancer! Deux minutes d'arrêt!

Il répétait son ordre et le conjuguait au pluriel pour le principe: j'étais l'unique personne en ce jour à oser mettre pied à terre dans ce désert. Les autres passagers du wagon m'observaient, eux, avec curiosité, alors que je me frayais un chemin jusqu'à la sortie. À l'instant où je déposai le bout de mon bottillon sur le trottoir de bois censé servir de quai, le train poussa un souffle et reprit son élan, les gens ayant la chance de se trouver confortablement assis sur leurs banquettes semblant suivre mon prochain mouvement avec intérêt et incompréhension, tandis qu'eux se dirigeaient vers la prochaine véritable ville de la ligne ferroviaire, une ville qui, au moins, apparaissait sur la carte de la région. Plantée là, ma valise près de moi et ma ridicule boîte à chapeau décorée de dessins de roses posée au sommet de celle-ci, sous un soleil déjà très chaud qu'aucun arbre mature ne venait modérer, je tournai la tête dans tous les sens, cherchant celui qui, selon ce qu'on m'avait télégraphié la semaine précédente, devait m'attendre pour me guider vers mon futur patron. Il n'y avait pas âme qui vive. Une fois disparu à l'horizon, le train avait emmené toute trace de vie humaine, me condamnant à demeurer assise sur ma valise, ignorante d'où je devais maintenant aller. Le chant des criquets était tonitruant. Autour de moi dans le ciel sans nuages planaient quelques oiseaux de proie quadrillant le périmètre à la recherche de leur prochain repas. De l'autre côté du débarcadère, j'apercevais bien la grande route qui traversait le New Jersey, les fiacres et les attelages de fermiers y circulaient à vive allure en passant tout droit devant Menlo Park. Le village n'attirait l'attention de personne.

Fâchée de devoir traîner mon bagage jusqu'à la taverne peu avenante que je distinguais de l'autre côté de la rue, afin de prier que l'on m'indique la voie à suivre, je me remis debout. D'une poussée du pied, je fis basculer ma valise directement sur le chemin de terre battue où il ne me resterait plus qu'à la tirer à deux mains tout en essayant de ne pas marcher sur l'ourlet de ma robe.

En retenant mon souffle, je poussai la porte du débit de boissons poussiéreux baptisé, à juste titre, Le Phare. Le rai de clarté causé par mon entrée fit tourner les têtes de la demi-douzaine de jeunes hommes qui se massaient autour d'une grande table rectangulaire d'apparence plutôt singulière. L'un d'entre eux, armé d'une longue baguette, était penché très bas sur la table et visait l'une des nombreuses boules répandues sur toute la surface. Seul à ne pas perdre sa concentration en me voyant approcher, il s'élança et plusieurs des boules allèrent buter contre la bordure de la table avant de chuter au milieu des poches situées aux quatre coins. J'avais déjà entendu parler de ce jeu nommé « billard » et j'aurais été curieuse de regarder ces messieurs y jouer, n'eus-je été attendue.

— On peut faire quelque chose pour la dame ?

Derrière le bar, un Irlandais costaud et à l'abondante crinière de feu faisait tourner un linge autour d'une chope de verre en me dévisageant. Sur la table de billard, les boules étaient désormais immobiles, les joueurs ayant interrompu leurs paris le temps d'écouter la réponse que je donnerais au tenancier.

— Je cherche le laboratoire de monsieur Edison.

Des rires fusèrent du groupe rassemblé autour de la table. Le rouquin tenancier les consulta du regard, mais ils se détournèrent en haussant les épaules ; aucun ne désirait apparemment se porter volontaire pour m'y accompagner. La porte d'entrée grinça derrière moi et apparut dans le cadre lumineux une ombre élancée parée d'un élégant haut-de-forme, que je jugeai incongru en ces lieux, et d'une redingote noire ouverte sur une chemise salie d'une tache d'huile disgracieuse.

— Davis, tu as vu le train passer, dis-moi ?

L'Irlandais grogna une onomatopée en hochant la tête.

— Il y a dix minutes.

L'homme à la redingote tiqua et se précipita à la fenêtre, balayant l'horizon des yeux avant de revenir en direction du bar. Il prit place sur un tabouret et appuya sa joue contre son poing fermé.

— Il aura manqué l'arrêt, c'est aussi simple que cela, maugréa-t-il en empoignant le verre d'eau que lui tendait le tenancier.

— Pardonnez-moi ? l'interpellai-je en haussant les bras pour afficher mon impatience.

Mais il ne me destina qu'un « Hum ? » assez distrait, agrémenté d'un haussement de sourcils ennuyé.

— Je viens juste d'arriver par ce train. Êtes-vous celui que je devais attendre ?

— Sans doute pas, mademoiselle, dit-il en battant l'air devant moi.

Un fort accent britannique teintait cette simple phrase. L'homme était effectivement d'apparence distinguée dans son costume sombre et portait une barbe carrée très en vogue. Sous son bras, je remarquai une petite affiche rectangulaire où était inscrit le nom du jeune homme qu'il venait recueillir : Charlie Morrison. J'étouffai un rire moqueur, mais compris que je me trouvais devant la bonne personne.

— Si celui que vous attendiez n'y est pas, vous êtes donc libre de me guider jusqu'à monsieur Edison.

À ces mots, l'homme se figea et me dévisagea résolument.

— Et que lui voulez-vous ? Je doute beaucoup qu'il puisse recevoir... euh, une dame, à ce moment de la journée. Je suis Charles Batchelor, son assistant. Pour être reçu par lui, il faut d'abord passer par mon entremise et monsieur

Edison n'espère personne aujourd'hui, à l'exception de celui qui, manifestement, ne se montrera pas.

— Je crois, au contraire, qu'il est arrivé à temps. Il peut même se trouver droit devant vous.

À ces mots, tous les jeunes hommes, auparavant occupés à s'échanger des billets au-dessus de la table de billard, se turent. Charles Batchelor se redressa pour me jauger avec stupéfaction. En guise de preuve, je lui montrai la lettre que je traînais dans mon sac à main. Il s'agissait d'une missive, signée de la main d'Edison lui-même, et qui confirmait mon embauche. Lorsqu'il lut la signature de l'inventeur, il s'étouffa, et à l'aide d'une serviette que lui tendit le tenancier, essuya l'eau sur les pans de sa redingote.

— Vous voulez dire que vous êtes...

Confus, il observa sa petite affiche cartonnée et releva les yeux vers moi.

— ... vous êtes Charlie Morrison ?

— En chair et en os ! On m'a demandé de me présenter ici aujourd'hui pour commencer mon travail.

Dubitatif et embarrassé devant les joueurs qui s'esclaffaient, l'homme au chapeau haut-de-forme se laissa glisser du tabouret.

— Nous verrons cela. Venez avec moi, Charlie Morrison.

Sa façon de prononcer mon nom était bourrée de désillusions. Mon propre malaise était immense, sauf que je m'obligeai à l'ignorer. J'étais consciente que mon apparition était passible de générer moult réactions et que l'enthousiasme n'en ferait pas partie. Je m'y étais déjà préparée.

À l'instant où nous fûmes de retour sous le soleil plombant et à l'air pur, j'osai questionner l'assistant renfrogné d'Edison.

— Les personnes que j'ai vues dans cette taverne... habitent-elles le village ? Est-ce dans un débit de boissons que se cachent les quelques fermiers de ce hameau ?

Batchelor interrompit net le rythme de sa marche et leva vers moi un regard sévère.

— Ces jeunes hommes sont des chercheurs, miss ! Sachez qu'ils ont passé la nuit entière à travailler sur les quelques dizaines de projets que nous menons de front ici. Parce qu'ils n'ont quitté le laboratoire qu'à l'aube, Edison leur consent un repos bien mérité jusqu'à ce soir. Il s'agit de l'équipe de nuit que vous venez d'apercevoir là.

Je portai la main à ma poitrine, interdite. Mon père m'avait fait miroiter un environnement de travail peuplé de petits génies, triés sur le volet et individuellement sélectionnés par Thomas Edison lui-même. Je m'étais vêtue de ma plus jolie robe et coiffée impeccablement dans le but de faire bonne impression à l'homme qui, disait-on, pouvait juger des compétences de ses candidats d'un seul regard. Après avoir pu observer un échantillon du personnel de Menlo Park, je crus en avoir trop fait. Mais il était trop tard pour refaire mon entrée en scène. Charles Batchelor proposa de prendre ma valise et me guida dans Christie Street, non sans protester quant à la lourdeur de mon bagage.

Le laboratoire trônait au sommet de la montée, son périmètre délimité par une clôture de piquets qu'on aurait aussi bien pu enjamber en coupant à travers champs jusque-là. Batchelor abandonna ma valise sur le perron, et après avoir glissé un mouchoir sur son front, il m'invita à pénétrer dans le bâtiment. Au fond du rez-de-chaussée, une fournaise soufflait jusqu'à rendre l'air irrespirable. Quelques hommes affairés à couper des métaux à l'aide de grandes cisailles s'étaient mis à leur aise en retirant carrément leurs chemises, ce qui me poussa par réflexe à détourner les yeux. Leurs mines étaient souriantes malgré tout et de leurs poitrines s'écoulaient de longs traits de sueur. Quelques-uns sifflotaient. Cette chaleur ne semblait guère les incommoder.

Batchelor m'indiqua l'escalier qui menait au second étage du laboratoire.

— Monsieur Edison est probablement fort occupé. Allez là-haut et restez-y jusqu'à ce qu'il vous aperçoive. Pendant ce temps, je vérifie vos références, miss Morrison. Et je préparerai vos papiers d'embauche… au cas où il accepterait de vous garder ici malgré tout.

Dans ma robe pâle bordée de dentelle aux manches et à l'encolure ainsi qu'avec mon délicat chapeau à plumes, je déparais, effectivement. Tous ceux qui besognaient, penchés sur de longues tables de travail, étaient trempés de sueur, les mains noircies d'huile, et mastiquaient grossièrement du tabac en le recrachant dans des contenants de fer ou carrément sur le sol où j'osais à peine poser les pieds. Ma première impression de l'endroit fut qu'il était aussi dégoûtant qu'un enclos à porcs et que les garçons qui y travaillaient n'étaient pas plus propres que ces animaux, grattant leurs barbes parsemées de copeaux ou de poudre, et leurs chevelures grasses et désordonnées. Je fis toutefois le tour de la grande pièce des yeux, cherchant un Edison probablement mieux mis que la plupart, un patron savamment vêtu qui superviserait, les mains dans le dos, l'avancement des travaux de ses protégés. Mais rien correspondant à cette image ne semblait exister en ces lieux.

Les murs latéraux de la longue pièce étaient tapissés de centaines de bouteilles contenant les produits chimiques les plus variés. Fermées hermétiquement à l'aide de cire ou de bouchons de liège, elles étaient brunes, vertes, noires ou translucides, la plupart affichant sur leurs étiquettes jaunies un dessin représentant un crâne. L'étalage atteignait le plafond et brinquebalait chaque fois que quelqu'un se risquait à passer trop près. Les tables rectangulaires où étaient postés les messieurs s'alignaient de part et d'autre de la pièce et regorgeaient d'instruments ou des plus récentes créations du maître des lieux. Tout au fond, bien que je ne puisse comprendre la fonction d'un tel objet dans le cadre de recherches scientifiques, se trouvait un grand orgue à tuyaux, parfaitement fonctionnel à première vue.

La surprise qu'avait causée mon arrivée retomba rapidement et tous replongèrent les yeux dans la besogne du moment sans qu'Edison m'ait donné le moindre signe de vie. Certes, il devait faire partie de ce groupe affairé et bruyant, mais il me fit poireauter pendant de longues minutes où j'eus l'occasion de promener mon regard dans les moindres recoins de son laboratoire. La tête baissée à une petite table carrée à la gauche de l'escalier, un jeune télégraphiste gardait ses yeux rivés à un manipulateur ; sa façon de tapoter le bouton avec des gestes souples et rapides puis de noter ensuite le message reçu sur une feuille de papier m'indiquait qu'une conversation était en train de se dérouler sous mes yeux. Par dépit, je m'approchai de lui afin de le regarder opérer en attendant que se montre Edison. Une bonne douzaine de connexions sortaient de l'appareil et remontaient vers le plafond pour traverser le mur et rejoindre le poteau de télégraphe le plus près. J'aurais pu m'étonner qu'un endroit aussi minuscule que Menlo Park dispose d'un système de communication à ce point sophistiqué, mais mon père m'avait confié quelque temps auparavant que la Western Union concédait volontiers à Edison le nombre de lignes télégraphiques dont il disait avoir besoin pour ses expérimentations.

Le jeune homme termina de recevoir son message, puis lança le crayon sur la table en se projetant contre le dossier de son siège afin de lire le texte dans son intégralité. Ce faisant, il glissa ses mains dans son abondante chevelure foncée, si épaisse qu'elle demeura tout à fait désordonnée. Son beau visage glabre détonnait avec les joues velues des collaborateurs aperçus jusque-là, et son corps, fin comme celui d'un chat, semblait se perdre dans une veste trop ample et usée dont les manches avalaient la moitié de ses mains. Probablement assis à son poste depuis trop longtemps pour réaliser la chaleur insupportable de l'après-midi, il repoussa soudain la veste vers l'arrière et apparut alors une simple chemise de coton aux rayures pâlies et aux coudes grugés par l'usure. Il rangea son manipulateur un peu plus loin sur la table et alors qu'il allait se lever, il me vit, là, à l'observer fixement. Ses grands yeux bleu-gris à l'iris minuscule et perçant me stupéfièrent tant que je ne songeai même pas à me détourner.

— Que voulez-vous ? projeta-t-il en ma direction en haussant le menton et en esquissant une moue sévère que sa lèvre inférieure exagérait involontairement.

— Mon nom est Charlene Morrison, je viens travailler ici. Auriez-vous l'obligeance de m'indiquer où je pourrais trouver monsieur Edison, je vous prie ?

— Il n'est pas là, rétorqua-t-il simplement en abaissant enfin son regard pour dégager ses pieds des fils courant sous la table.

— Comment cela ? Il m'a précisément demandé de venir le rencontrer aujourd'hui même pour que je puisse entreprendre mon travail auprès de lui. Où est-il ? Et quand reviendra-t-il ?

— Je ne sais pas.

Je devinai le malaise que je lui inspirais à voir sa façon de ne plus chercher à emprisonner mes yeux dans les siens et à garder son visage résolument dirigé vers le sol. Désormais, tout le monde dans le laboratoire semblait saisi d'hilarité. Les autres employés évitaient tout autant que lui de répondre clairement à mes interrogations et enfonçaient leurs barbes dans leurs encolures de chemise alors que leurs épaules étaient secouées de spasmes.

— J'ai une lettre, vous savez ! criai-je presque à l'intention du jeune homme qui se dirigeait vers l'escalier à pas rapides. Une lettre rédigée par Edison lui-même ! Il m'attend, c'est écrit là-dessus !

J'ouvris rapidement la lettre et la tins ouverte en la tendant vers le télégraphiste, le rejoignant en quelques enjambées pour l'obliger à la prendre. Il la lut rapidement et m'étudia d'un air décontenancé, presque déçu. De cela, j'avais désormais l'habitude.

— Je suis qualifiée, c'est évident, il me semble. Si vous consentiez à la donner à monsieur Edison, il corroborerait mes dires. Pouvez-vous le prévenir de mon arrivée, je vous prie ?

— Il est déjà au courant, dit-il sèchement avant de me rendre ma lettre, puis il disparut dans l'escalier sans plus de paroles.

Après m'avoir laissée me promener dans le laboratoire une demi-heure durant, celui s'étant présenté comme l'assistant d'Edison, Charles Batchelor, revint à l'étage, visiblement résolu à se charger de moi.

— Nous attendions un jeune homme, veuillez pardonner ma surprise de tout à l'heure. Vous êtes donc la personne qui nous a été recommandée par le professeur Morrison du département de physique de l'Université de New York ?

— Mon père, oui.

— Oh ! Je comprends.

— Vous ne m'avez pas mentionné qu'Edison était absent. Peut-être aurais-je paru moins idiote.

— Il va et il vient. Il est très occupé, mais cela, je vous l'ai déjà dit.

Ne semblant désormais plus s'opposer à ma présence, il étira le cou en faisant un tour d'horizon, comme s'il se demandait comment il pourrait bien m'occuper pour l'instant.

— Vous savez changer des piles Bunsen ?

— Mais évidemment, dis-je en me surprenant de cette question. Je n'aurais rien à faire ici si je l'ignorais.

— Bon, alors, pour l'instant, je vais vous charger de la table des piles. Nous avons besoin de beaucoup de courant pour nos expérimentations et elles doivent être changées tous les jours.

Puis, Charles Batchelor se fit plus discret, se penchant à mon oreille.

— Comprenez cependant que nous n'engageons pas de dames au laboratoire habituellement. À constater la surprise de tout le monde, il m'apparaît évident que ce détail ne nous était pas connu.

— Peut-être est-ce un peu de ma faute, je le crains, monsieur Batchelor. Toute la correspondance que j'ai fait parvenir à monsieur Edison au cours des dernières semaines fut rédigée avec le crayon électrique qu'il a lui-même inventé. Je désirais l'impressionner, mais aussi, ne pas me trahir avec ma main d'écriture.

— En effet, il ignorait que vous étiez une… demoiselle… ou une dame ?

— Demoiselle, et assurément qu'il l'ignorait, car mon père a fait montre de la même discrétion. Écoutez, monsieur Batchelor, il n'y a rien que je veux davantage que de travailler ici auprès de lui. On dit qu'Edison est un visionnaire, un petit génie du télégraphe et l'avènement de cette merveille que l'on nomme le "téléphone" lui a valu beaucoup d'attention dans les journaux et dans les magazines scientifiques. Mon père a multiplié les efforts pour que je sois acceptée au sein de cette équipe et je suis prête à tout pour prouver que j'y ai ma juste place.

— Vous avez la chance d'avoir un paternel très influent, mademoiselle, et oui, il n'en tient maintenant qu'à vous de montrer de quoi vous êtes capable. Pour commencer, occupez-vous des piles. Nous devons encore vous loger et nos commodités ne sont adaptées qu'à nos employés masculins qui vivent tous ensemble en face, à la pension de madame Sarah Jordan.

— Je ne demande aucun traitement de faveur. Je veux seulement qu'on me donne ma chance. Je n'ai pas l'intention de décevoir mon père.

Tandis que Charles Batchelor disparaissait à son tour dans l'escalier, je me dirigeai timidement vers la table où les piles étaient alignées, n'ignorant pas que tous les regards étaient posés sur ma personne. Il devait y avoir une bonne trentaine de bocaux de verre qui, une fois prêts, étaient reliés entre eux par des fils dont la fonction était de nourrir en courant électrique l'appareil auquel ils étaient branchés. Je relevai les manches de ma robe, oubliant la dentelle en roulant le tissu très peu souple jusqu'à libérer mes coudes. J'allais soulever la première pile lorsqu'un homme à la table voisine m'interpella, sans trop savoir de quelle façon s'adresser à moi.

— Hé, vous... miss!

En relevant la tête, j'eus à peine le temps d'attraper au vol le tablier qu'il me lança et qui, selon ce qu'on me confia plus tard, était un élément essentiel de la tenue du responsable des piles Bunsen, un rôle que les employés s'échangeaient tous d'un jour à l'autre. Je le nouai solidement sur mes hanches, le constatant usé par des marques jaunâtres d'acide sulfurique.

En m'emparant de la première pile, je réalisai que je devais retraverser entièrement la pièce afin d'en jeter le contenu dans le lavabo prévu à cet effet, juste devant l'escalier. Cette parade m'intimida beaucoup; mes mains déjà tremblantes de nervosité à l'idée d'être jugée par eux et sachant que mes moindres gestes seraient rapportés à Thomas Edison, je supportai mal le silence qui se fit dans le laboratoire tandis que je marchais jusqu'au lavabo, les yeux fixés sur la pile, obligée aussi de prendre garde aux endroits où je mettais les pieds afin de ne pas glisser sur une substance quelconque ou un crachat de mâcheur de tabac. Les bruits de mes mouvements se répercutaient dans le laboratoire entier et attiraient sur moi une attention à laquelle il m'était impossible de me soustraire. Je retirai d'abord le petit vase poreux au milieu de la pile et versai au fond du lavabo la solution usée d'eau et de bichromate de potassium. Je lavai méticuleusement le vase puis fis le même geste avec la grande jarre de verre, redoublant de prudence avec l'acide sulfurique dilué.

En retournant à la table pour débuter l'assemblage des ingrédients essentiels à la fabrication d'une pile Bunsen, ma jupe fut agitée par un coup de vent. Lorsqu'on buta résolument contre mes jambes, je réalisai qu'il s'agissait d'enfants s'amusant à se donner la chasse à travers les tables et l'équipement. Stupéfiée par cette apparition et par les cris stridents que poussaient les deux petits ouragans, je cherchai l'approbation de mes nouveaux collègues avant de m'indigner à voix haute. La majeure partie d'entre eux ne levèrent même pas les yeux. Ils continuaient tout bonnement à travailler en posant leurs mains sur des monticules de papier afin de les empêcher de s'envoler à la suite du passage du petit garçon et de la fillette, ou sécurisaient les fils au sol pour éviter d'en voir un se casser la figure en s'y prenant les pieds.

Quelques secondes plus tard, le télégraphiste entrevu un peu plus tôt revint à l'étage, la frange encore plus désordonnée et le visage rouge.

— Hé, revenez ici tout de suite ! criait-il à l'adresse des deux tempêtes. Rendez-moi ça immédiatement !

Les enfants se raidirent en entendant la voix sévère du jeune homme et interrompirent leur course effrénée. Me concentrant sur ma tâche, je ne fis que lever discrètement les yeux. Le télégraphiste fouillait dans ses poches et je le vis remettre quelques sous aux enfants en échange de la pièce d'équipement qu'ils avaient dérobée. Mon nez se froissa d'une grimace lorsque je questionnai l'homme qui travaillait à la table voisine.

— Qui sont ces gamins et que diable font-ils ici ?

Il posa l'index sur sa bouche en souriant.

— Il s'agit de Dot et Dash. Vous feriez mieux de vous accoutumer, ils viennent souvent jouer ici. Ils ne sont pas bien méchants, dit-il avant de baisser la tête. Ce sont les enfants de notre patron.

— Ah ! Je suppose que celui qui courait derrière eux a la responsabilité de voir à ce qu'ils ne dérangent personne ?

L'homme éclata de rire.

— C'est à peu près cela, miss.

Je remarquai de nouveaux regards complices et facétieux échangés dans le laboratoire. On se payait encore ma tête et j'ignorais pour quel motif. Depuis mon arrivée, j'avais le sentiment que s'était mise en branle une étrange pièce destinée à m'humilier et me forcer à rebrousser chemin. J'avais connu des laboratoires de recherche où l'on ne s'exprimait qu'à demi-mot, dans une ambiance chirurgicale et méthodique où des messieurs tendus, drapés de grands tabliers blancs noués sur leurs redingotes expérimentaient du matin au soir sans jamais se dérider. En comparaison, le laboratoire de Menlo Park était une véritable basse-cour. Les garçons jetaient leurs retailles de bois, de métal ou leurs béchers cassés par la fenêtre sous laquelle s'amoncelaient, en tas, toutes sortes de matériaux où d'autres allaient piger au besoin. On fumait la pipe ou le cigare abondamment et on crachait là où se trouvait un quelconque récipient prévu à cet effet. On se lançait même des cahiers de notes et il fallait les voir venir sans quoi on était susceptible de recevoir le livret directement sur la tête. Et à travers tout ce désordre, je devais poursuivre ma besogne consciencieusement.

En me répétant que ma place était en jeu, je m'organisai petit à petit, puis parvins à accélérer la cadence et à assembler les piles plus rapidement. Le télégraphiste avec qui j'avais brièvement parlé un peu plus tôt et que j'avais vu marchander avec les enfants d'Edison pointa quelquefois son nez au laboratoire au cours des heures où je continuai à vider puis rebâtir les piles. Il observait mes gestes avec attention en me faisant comprendre d'un coup d'œil oblique qu'il rapporterait à son patron la moindre erreur de manipulation ou la plus petite hésitation. Mais j'étais accoutumée à cette tâche. Je l'avais souvent exécutée pour mon père dans son laboratoire de l'Université de Berlin au cours des cinq années où nous avions vécu en Allemagne, et j'étais aussi familière des piles Bunsen que les jeunes filles de mon âge l'étaient de leurs produits cosmétiques.

— Vous êtes physicienne ? me demanda-t-il en tournant autour de la table et en s'octroyant le droit de vérifier si les couvercles étaient bien refermés hermétiquement.

Je pris son acharnement comme une insulte envers mes connaissances. En quoi était-il qualifié pour analyser mes compétences ?

— Oui, mais je n'ai pas fait mes études ici. En Allemagne, plutôt, où, grâce à mon père, j'ai pu entrer à l'université.

— Quel âge avez-vous ?

Je tiquai d'impatience à le voir rôder ainsi autour de moi alors que je tentais de calculer les bonnes quantités d'eau et de bichromate de potassium.

— Vingt-deux ans.

— Et vous n'êtes pas mariée ?

— Mais voulez-vous bien cesser avec vos questions! Si monsieur Edison désire savoir quoi que ce soit à mon sujet, il n'a qu'à m'interroger lui-même! Qui êtes-vous donc? Et pourquoi n'êtes-vous pas à votre poste? Je suis certaine qu'il y a autre chose à faire que me questionner ainsi!

J'eus la fâcheuse impression qu'autour de moi, le silence s'était fait lorsque j'avais haussé la voix. Cela avait été plus fort que moi. Ce petit homme avait le don, avec ses yeux troublants et ses allures de Rimbaud, de détourner mon attention de l'essentiel, et je n'entendais pas le laisser me faire commettre une erreur qui pourrait me coûter ma position déjà incertaine. Il se tut, reculant d'un seul pas tandis qu'un homme, celui qui m'avait tendu le tablier un peu plus tôt, toussota avec embarras de la table voisine.

— Miss… Thomas Edison, vous l'avez devant vous. Il se moque de vous depuis tout à l'heure.

Je me figeai, les bras tendus alors que j'en étais à resserrer le couvercle de la dernière pile. Je n'osai plus me retourner vers celui dont je percevais la présence sur ma droite et qui avait tenté de dissuader ses hommes de le trahir aussi vite. L'unique chose que je fus à même de remarquer lorsque je repris mes esprits fut qu'il m'avait fuie de nouveau, sans me donner l'occasion de me racheter et de me présenter officiellement à lui.

Chapitre 2

La pension Jordan

— Vous croyez qu'il est fâché ? dis-je en grimaçant lorsque Edison eut disparu.

Les deux hommes qui avaient été témoins de la scène éclatèrent de rire devant mon embarras et secouèrent la tête de gauche à droite.

— Il ne sait pas parler aux dames, voilà ce qu'il a !

— Oui, rien de nouveau ! Vous lui aurez fichu la trouille de sa vie, c'est tout ! Je suis John Ott, miss...

— Charlie Morrison, enchantée. Pardonnez-moi, mes mains sont pleines de bichromate de potassium, je ne peux donc serrer la vôtre, monsieur Ott.

— Appelez-moi John, tout simplement, miss Morrison. Et lui, c'est Charles. Charles Dean.

L'autre plaça l'index au niveau de son front en guise de salutation et tous deux recommencèrent à rire aux éclats devant ma déconfiture. J'avais développé cette tendance à la rudesse durant mes études où j'étais l'unique représentante du sexe féminin et où je devais sans cesse prouver ma valeur à mes collègues. Je ne m'étais jamais départie de ce moyen de défense naturel, consciente de ne pas œuvrer dans un domaine où la crédibilité des demoiselles était aisément acquise. Mais de là à rembarrer Thomas Edison avec virulence... Il avait l'air si jeune avec ses pommettes saillantes et sa jolie bouche en cœur qu'il me semblait tout à fait justifié de l'avoir confondu avec un simple apprenti et, pire encore, avec le gardien des petits Edison.

❦

J'ignorais quelle heure il pouvait bien être, mais mon estomac se rebellait depuis déjà un bon moment. À en croire le soleil qui avait entamé sa descente à l'ouest, j'estimais qu'on me prendrait en charge d'ici peu, à moins qu'Edison ne juge mon attitude incompatible avec son personnel et ne décide de me renvoyer d'où je venais dans les plus brefs délais. Un géant vint bientôt à ma rencontre, un homme paré d'une moustache bien garnie dont la carrure d'épaules menaçait de déchirer la chemise, et qui avançait en voûtant le dos par réflexe, comme s'il désirait demeurer à la hauteur des gens normalement constitués.

— Je suis Stockton Griffin, le secrétaire de monsieur Edison, affirma-t-il en parvenant à ma table.

Son physique me portait à croire qu'il serait plus à son aise à courir les bois qu'enfermé dans un bureau où il se sentait nécessairement à l'étroit.

Je m'attendais au pire. À ce qu'il ait été mandaté par le jeune homme d'un peu plus tôt (que j'étais toujours incapable de nommer Thomas Edison) pour me confier que je ne convenais pas au poste à combler, et que je n'avais plus qu'à reprendre mes valises et à monter dans le prochain train en direction de Jersey City.

— Edison a pu convaincre madame Jordan de vous prendre comme pensionnaire, mais vous devrez dormir dans la chambre de sa fille, puisque la maison est complète.

Cette phrase me rassura tant que je ne songeai pas à me formaliser de ce petit détail.

— Oui, cela me conviendra parfaitement !

— Alors, venez avec moi. Nous ne voulons pas être en retard pour le souper.

Stockton Griffin me souriait avec aménité et je compris que malgré tout, j'étais peut-être là pour de bon, que ces hommes aux abords rudes qui crachaient leur chique de tabac à intervalles réguliers, qui juraient et qui connaissaient sur le bout de leurs doigts les plus récentes améliorations apportées par Edison en matière télégraphique, allaient possiblement devenir le centre de mon univers. Mon ambition singulière m'avait conduite jusqu'ici et il ne me restait plus qu'à assumer Menlo Park dans tout ce qui le constituait. Même si je n'étais qu'une jeune femme tourmentée par son propre passé qui devait se tailler une place dans un monde établi où la force d'esprit représentait l'élément essentiel à la survie. Quoi qu'il en soit, Edison avait vu quelque chose en moi et avait décidé de m'accepter dans son monde alors que lui-même demeurait une énigme à mes yeux.

Il n'y avait que quelques mètres à parcourir avant de parvenir à la pension tenue par une veuve qui n'avait jamais fait d'aussi bonnes affaires que depuis l'arrivée à Menlo Park de Thomas Edison et de son clan. La table de la salle à manger était très longue, dressée d'une nappe à carreaux qui ne parvenait pas à recouvrir les dernières places du bout. Une grande horloge grand-père trônait entre les deux fenêtres et au fond de la salle, un vaisselier exposait un service datant d'au moins deux générations dont les assiettes de porcelaine traversées de minuscules lézardes comportaient en leur centre des scènes de la vie campagnarde, reproduites sur les tasses à thé assorties. Je les remarquai davantage que quoi que ce fût dans la pièce, car j'y fixai mon regard alors que le groupe d'hommes affamés et inquisiteurs ne cessait de me détailler comme une pouliche que l'on aurait amenée à l'encan.

Tandis que Stockton Griffin déclamait à mon intention les noms de tous – des John, des William et des Charles pour la plupart –, je m'affairai à camoufler ma honte de m'être adressée au grand patron sur un ton vitriolique d'institutrice. Ils observaient mes bras, se demandant s'ils seraient suffisamment vigoureux pour porter de lourdes charges, ils évaluaient ma taille, se questionnant à savoir si je pourrais me procurer les objets nécessaires aux recherches sans quémander de l'aide à chaque instant, ils mettaient ma force de caractère à l'épreuve, semblant douter que je survive à la pression sans sangloter alors qu'aucun n'avait de temps à perdre en attentions et en gentillesses. Lorsque Sarah Jordan apparut dans la salle à manger, elle fronça les sourcils devant le silence inhabituel, puis elle remarqua ma présence.

— Eh bien, ma petite, on peut dire que vous ne manquez pas de courage ! Si l'un de ces gaillards vous fait la vie dure, n'hésitez pas à me le laisser savoir et je lui passerai la barbe au savon !

Disant cela, elle pointa de l'index les messieurs qui, écarquillant les yeux, se défendaient bien de nourrir de telles intentions, mais leurs sourires à peine dissimulés me firent comprendre que la méfiance serait encore mon meilleur atout les quelques premiers jours si je ne désirais pas être la cible de mauvaises blagues. La hiérarchie des pensionnaires de la maison Jordan voulant que Stockton Griffin soit le premier à choisir son morceau de viande dans le plat tout de même bien garni, tous les autres attendirent patiemment en se passant les ramequins de cornichons, de betteraves au vinaigre et de carottes, puis le grand bol de pommes de terre en purée. Comme boisson, nous eûmes droit à un verre de bière noire, Griff proposant à Sarah d'ajouter du cidre à son menu, probablement parce que je n'étais pas censée apprécier l'alcool au souper.

— J'ai vécu cinq ans en Allemagne, dis-je en portant le verre à mes lèvres et en avalant une gorgée de mousse épaisse et foncée. Je suis accoutumée et j'adore cela. Pas de changement pour moi, madame Jordan. Votre menu est très bien comme il est.

Lorsque la curiosité du début commença à se dissiper, les hommes se désintéressèrent de ma personne pour se plonger dans des conversations techniques que je jugeais encore étonnantes. Sous la rudesse d'apparence, je dus admettre qu'une vive intelligence animait les propos des garçons, tous passés maîtres dans leurs champs d'activité respectifs, qu'il s'agisse d'électricité, de télégraphie ou de chimie. Avant de devenir chercheurs pour Edison, ils étaient horlogers, opérateurs de télégraphe de première classe, charpentiers, électriciens, mais la qualité principale les liant tous dans un même objectif commun était cette foi indéfectible qu'ils nourrissaient à l'égard de Thomas Edison et le désir de lui emboîter le pas sur le chemin de la fortune. Griff me détourna de mon écoute attentive en touchant doucement mon coude et en me posant l'inéluctable question qui fit tomber le silence :

— Qu'est-ce qui vous amène chez nous, miss Morrison ? Des jeunes femmes telles que vous souhaitant s'isoler à Menlo Park pour salir leurs délicates mains dans un laboratoire, nous n'en connaissons pas. Pourquoi êtes-vous là ?

Consciente que les regards se levaient discrètement au-dessus des assiettes bien remplies, je portai ma serviette à mes lèvres et repris ma fourchette, pour me donner contenance.

— Mon père est un professeur de physique dont la réputation n'est plus à faire et il rêve depuis toujours de voir l'un de ses enfants suivre ses traces pour assurer à notre nom la postérité qu'il mérite. Mes deux frères furent, en ce sens, une déception. L'un est devenu écrivain. Romancier ou poète, je ne saurais le dire puisqu'il n'a encore rien publié et vit une existence plutôt dissolue sur la côte Ouest, à San Francisco. Mon aîné, pour sa part, s'est joint aux forces de l'Union dès l'instant où il a eu l'âge de le faire, un an avant la fin de la guerre. Aux dernières nouvelles, il était officier et basé je ne sais où. Il déménage trop fréquemment pour nous tenir au courant. Je restais donc le seul espoir de mon père. Il s'est fait un devoir de transférer tout son savoir dans mon esprit, me prenant dès mon plus jeune âge afin de m'empêcher de lui filer entre les doigts. Les laboratoires, je ne connais que cela, j'y ai mangé, dormi, joué, jusqu'à ce que je sois suffisamment âgée pour apporter mon aide et ensuite, faire figure d'assistante. Lorsque nous sommes rentrés de Berlin, mon père a entendu parler de Thomas Edison, de ses inventions, de ses appareils électriques, des recherches sur le quadruplex. Il lisait sans cesse des informations à son propos dans les journaux scientifiques et il y a peu de temps, en apprenant qu'Edison rivalisait avec Bell et Gray sur le téléphone, il a immédiatement songé à venir lui offrir ses services. C'est lui, en fait, qui devrait être ici, mais à la suite d'une vilaine chute de cheval alors qu'il était à la chasse, il se retrouva alité. Il me fit tout de même rédiger une lettre à l'intention d'Edison. Dans celle-ci, il disait regretter de ne pouvoir placer son expertise entre les mains d'un jeune homme en passe de devenir l'inventeur le plus prolifique de son temps, mais qu'il proposait de lui envoyer la personne dont l'esprit se rapprochait le plus du sien : moi. J'étais celle en qui il avait le plus confiance pour porter ses compétences jusqu'à Menlo Park. En sachant seulement que le nom de cette personne était Charlie Morrison, monsieur Edison accepta et… me voilà.

Les hommes n'eurent soudain plus envie de se moquer. Sans rien ajouter, pas même un hochement de tête, ils reprirent leur repas là où il était rendu avant que mon histoire ne fasse refroidir les tranches de bœuf dans leurs assiettes et ils continuèrent à manger en silence. Au cours du repas, l'un d'eux me confia qu'en m'apercevant, dressée devant lui dans ma robe pâle et avec mon chapeau à rubans,

Edison avait failli mourir de frousse et que c'était pour cette raison qu'il avait préféré détaler comme un lapin plutôt que de me confronter de face.

— Les femmes le terrorisent, il faut l'excuser, lança Griff en tiquant alors qu'il grattait le bol de pommes de terre.

— Est-il marié ?

— Certes, mais il a choisi une épouse qui sortait à peine des jupes de sa mère. Et encore, ce fut une rude épreuve pour notre bon chef de trouver le courage de lui demander sa main. Alors, soit il finira par vous considérer comme l'un des nôtres et oublier que vous êtes une demoiselle, soit il vous adressera la parole le moins possible. Ce sera à vous de jouer.

— Mais si je désire de bonnes assignations, il est préférable qu'il s'accoutume à ma présence, non ?

— Oui, sans quoi il vous laissera aux piles jusqu'à la fin de vos jours !

— D'accord, je vois.

Après le repas, madame Jordan m'entraîna à l'étage pour me montrer l'endroit où je dormirais. Je lui exposai alors l'idée qui avait germé dans mon esprit et qui représentait un commencement de solution si je souhaitais apprivoiser le farouche Edison. Elle acquiesça avec joie et me demanda quelques jours afin d'obtenir le matériel nécessaire ainsi que le temps de s'exécuter. Je croyais maintenant disposer du reste de la soirée pour m'installer et prendre du repos, mais Griff eut tôt fait de cogner à ma porte.

— Que faites-vous, miss Morrison ? Nous vous attendons !

— Pour quoi exactement ?

— Nous retournons au laboratoire, pardi ! Vous croyez que nous passons nos soirées à observer tranquillement les étoiles ? Non, préparez-vous à rester debout toute la nuit ! Edison carbure au café et ne dort pratiquement jamais. Et bien sûr, il s'attend à la même chose de notre part.

— Bon, j'arrive. Donnez-moi seulement cinq minutes pour enfiler autre chose.

— Vous changer, miss? Vous allez vraiment nous faire le coup?

— Cinq minutes!

À la vitesse de l'éclair, je me contorsionnai pour parvenir à délacer ma robe, tirant sur le tissu pour le forcer à s'ouvrir le plus rapidement possible. Abandonnant au sol la robe trop délicate et déjà salie, je laissai également tomber le corset qui m'empêchait de me déplacer avec aisance dans le laboratoire et le lançai sur une chaise dans le coin de la pièce. Je sautai sur la première robe confortable que contenait ma valise, une chose anthracite sans fioritures dont les manches étaient assez serrées pour ne pas traîner dans l'acide sulfurique. Je ramenai mes longues mèches ébouriffées dans la tresse à laquelle elles devaient appartenir et sans me regarder dans la glace, me déclarai prête. Griff était encore sur la pas de la porte et avait les yeux baissés sur sa montre quand je le rejoignis, me félicitant pour n'avoir presque pas dépassé le délai demandé.

— Dites-moi, Griff, les hommes qui travaillent pour monsieur Edison vivent-ils tous ici? N'ont-ils pas d'épouses, de familles?

— Vous savez, ils sont très jeunes et ce sont des scientifiques en devenir. Pour la plupart, ils sont venus ici après avoir longuement plaidé leur cause dans une lettre adressée à Edison, un peu comme vous, et n'ont aucun autre objectif pour le moment. Qu'ils vivent tous au même endroit est pratique puisque Edison déduit la pension de leur salaire et que, par conséquent, ils n'ont pas à s'en préoccuper. Seuls Batchelor et Kruesi se sont procuré des résidences pour y établir leurs épouses. D'autres habitent dans le village voisin, Metuchen, et font le voyage quotidiennement.

À la suite de ses explications, Griff s'arrêta et m'observa avec une certaine pitié au fond des yeux.

— Je crains que vous ne vous ennuyiez ici, miss Charlie. Une demoiselle telle que vous ne devrait pas passer son temps entre un laboratoire et une pension remplie d'hommes sales et bruyants.

Je balayai du revers de la main les craintes qu'il exprimait.

— Moi aussi, j'ai envie de me sacrifier à la science.

Puis, plus modeste, je baissai les yeux.

— Non, en fait, je ne dois pas renoncer à grand-chose. Ma vie ne serait rien si je n'étais pas ici. J'ai bien peur d'être une incongruité dans le monde normal.

— C'est un peu ce que nous sommes tous, murmura Griff pour me rassurer. Ici, la vie normale, nous ne connaissons pas. Venez.

Au moment où nous entrâmes au laboratoire, alors que mes nouveaux collègues s'élançaient énergiquement vers l'escalier pour retourner à leurs recherches, je fus interpellée par Edison lui-même. Tenant ses bras croisés sur sa poitrine et l'épaule appuyée au cadre de la porte du bureau que j'avais aperçu au rez-de-chaussée un peu plus tôt, il me commanda de le suivre d'un geste du menton. N'ayant pas manqué le regard du patron, Griff me tapota gentiment le dos.

— Ça ira bien, ne vous inquiétez pas, miss Charlie.

Puis, il désigna les garçons qui se dirigeaient à l'étage.

— Ils sont tous passés par là. Une simple mise au point, sans aucun doute.

Je tremblais cependant d'appréhension à l'idée d'un face-à-face en bonne et due forme avec le chef que j'avais osé invectiver un peu plus tôt. En me signifiant qu'il demeurait non loin puisque son propre bureau jouxtait celui d'Edison, Griff me sourit de nouveau et me poussa vers la pièce où Thomas Edison venait de disparaître.

Le puissant arôme de la fumée d'un cigare m'accueillit alors que je refermais la porte derrière moi. Le havane coincé dans le coin droit de sa bouche, Edison libéra une chaise devant sa table de travail et jeta les papiers pêle-mêle au sommet d'un classeur. À ce que je pus voir, des esquisses, parfois très rudimentaires, apparaissaient sur les feuilles froissées, tachées de café ou d'encre. Il ne devait jamais se permettre de jeter un dessin au panier. Chacun de ces gribouillages, de prime abord incompréhensible, était passible de contenir le germe d'une invention fabuleuse. Je le devinais pour avoir longtemps observé des scientifiques à l'œuvre, ceux-ci conservant jalousement le produit de leurs moindres réflexions jusqu'à ce que l'éclair du génie vienne compléter la vision.

— Asseyez-vous, mademoiselle Morrison.

M'attendant à ce qu'il prenne place derrière la table enterrée sous un fouillis constitué d'un amalgame d'instruments, de bouquins ouverts, de vaisselle souillée et d'encore plus de papiers, j'obéis en inclinant la tête. Si je désirais garder cet emploi, il était grand temps pour moi de me montrer conciliante et discrète. Edison me surprit en approchant un petit tabouret et en s'asseyant près de moi, les genoux écartés et le dos arrondi, comme s'il se trouvait encore au beau milieu de l'atelier. Il étira le bras vers le bureau et s'empara d'une feuille que je reconnus immédiatement. Il y posa les yeux quelques secondes et la tendit en ma direction.

— J'ai eu l'occasion de relire votre lettre, Charlene Morrison. Vous ne m'avez pas dit toute la vérité sur votre compte.

Il faisait référence à mon sexe, évidemment. En tiquant, il lança ma lettre sur son désordre organisé et, en silence, il exigea de moi quelques explications. Mes mains étaient toutes moites. Pendant ces quelques heures où je m'étais détendue en compagnie des garçons de la pension, Edison s'était penché sur le problème que je représentais maintenant à ses yeux.

— Je vous prie de comprendre, monsieur Edison. On vous dit avant-gardiste. Vous n'ignorez donc pas les difficultés qu'expérimentent constamment les jeunes femmes désireuses de poursuivre une carrière scientifique.

— Je les ignore, certes, car je n'en connais aucune autre que vous.

Il dut apercevoir les mouvements de ma poitrine qui se soulevait et s'abaissait sous l'extrême tension à laquelle il me soumettait, car il glissa son tabouret encore plus près.

— Vous êtes effrontée, miss Morrison. Et c'est une qualité qui me plaît.

Il avait prononcé cette phrase en redressant les épaules et en souriant fièrement, me soulageant de la crainte d'être renvoyée qui me rongeait les sangs. Il poursuivit :

— Si vous avez cru pouvoir apporter quelque chose à notre équipe, c'est sans doute que votre instinct ne vous a pas menti. J'ai besoin de gens qui brûlent d'envie de se donner à la science et j'ai deviné cela dans votre lettre. Vous dites avoir d'excellentes connaissances en chimie, en botanique et en physique, mais que savez-vous du télégraphe ou de l'électricité ?

Incapable de fixer mes yeux plus de trois secondes dans les siens, je haussai les épaules, mon embarras revenu au galop.

— Pas grand-chose, je dois l'admettre. Mais j'ai le désir d'apprendre, sachez-le. Je fais partie de ces personnes qui ont à cœur de cultiver leurs connaissances et je sais qu'auprès de vous, monsieur Edison, ce sera une excellente école.

— Hum… Je semblais pourtant vous embêter tout à l'heure.

— Oui, eh bien, j'ignorais que… On ne m'avait pas dit que vous étiez… Enfin, je suis profondément désolée pour mon attitude, monsieur.

Il se pencha encore vers moi comme s'il souhaitait que je cesse de me défiler en fixant mon regard au plancher.

— Vous m'avez prouvé une chose, miss Morrison. Que vous étiez dotée d'une bonne dose d'insolence, et si vous espérez survivre ici, une langue bien affûtée vous sera nécessaire. Vous allez devoir vous montrer à l'image de ce que furent vos premières heures parmi nous. Je ne veux pas d'employés qui ont peur de leurs opinions, les faibles ne tiennent pas deux jours ici.

À ce moment-là, ses paroles l'exigeant, je redressai la tête et repoussai mes épaules vers l'arrière. Au cours de ma vie passée, on avait tant essayé de réduire à néant le produit de mon esprit, on avait tellement pressé sur ma tête pour me remettre à ma juste place que je saisis ces quelques phrases d'Edison comme un encouragement à enfin afficher ce que j'étais réellement. Je me rendis à l'évidence qu'ici, je serais acceptée telle que j'étais, que je n'aurais pas à courber l'échine, que cette modestie forcée qu'avait désiré m'inculquer ma mère ne serait utile en rien. J'aurais le droit d'exister. Mais à une condition.

— Je ne veux pas d'histoire entre vous et les garçons. Vous comprenez ce que je veux dire, miss Morrison ? Ils ne sont pas accoutumés à la présence d'une dame parmi eux.

— Oh, mais je ne suis pas ce genre de fille, monsieur Edison ! dis-je en portant une main à ma poitrine.

— Peut-être, mais eux… ils sont jeunes pour la plupart. Ils ont des… pulsions. Je me permets de vous mettre en garde. S'il fallait que l'un de ces hommes pose un geste indécent à votre endroit, il faudrait m'en informer sans attendre.

— Je vous le promets, monsieur.

— Je vous prends à mon service, enchaîna-t-il, mais si votre présence devait générer des conflits entre les membres de cette équipe, je serai obligé de sévir. Ce que je ne désire pas. Gardez vos tenues strictes lorsque vous vous trouvez au laboratoire. Je ne veux pas de couleurs criardes, de bijoux ou de parfum. Vos chevilles devront être dissimulées en tout temps, de même que votre gorge.

— Très bien, monsieur Edison.

Il se redressa et repoussa le tabouret en tendant la main. Croyant qu'il ne souhaitait que m'aider à me remettre sur pied, je demeurai saisie lorsqu'il la secoua, si fort qu'il m'en arracha presque l'épaule.

— Bienvenue, miss Morrison! Rejoignez Charles Batchelor maintenant. Il vous instruira sur vos prochaines tâches et vous montrera les feuilles de présence que vous devrez remplir chaque samedi si vous espérez obtenir vos douze dollars toutes les semaines.

Au cours des heures qui suivirent, talonnant Charles Batchelor qui m'indiquait où me procurer les outils dont j'aurais besoin et où regarder pour connaître mes mandats quotidiens, je vis qu'Edison avait repris sa place parmi mes collègues. De nouveau, il était impossible de le différencier des autres jeunes hommes qui besognaient sur la version améliorée du téléphone qu'Edison s'était mis en tête de commercialiser pour faire concurrence à l'appareil, maintenant dûment breveté, de Graham Bell. J'eus tôt fait d'apprendre que plusieurs des garçons formant l'équipe de recherche du laboratoire de Menlo Park se contentaient d'un salaire de cinq dollars par semaine et qu'encore, ils jugeaient cette somme faramineuse considérant les connaissances inestimables qu'ils retiraient de leur expérience auprès d'Edison.

37

Les expérimentations sur le récepteur au carbone s'étaient avérées productives. Alors que Graham Bell avait été déclaré gagnant de la course au brevet pour le téléphone, Edison jugeait pour sa part que l'appareil n'était pas au point. Il avait découvert que le carbone disposait de la capacité de traduire encore plus clairement les vibrations de la voix humaine et était au moins parvenu à faire breveter cette amélioration sans que son crédit soit contesté. Nous étions donc chargés de fabriquer les appareils qui seraient envoyés en Angleterre où son système bénéficiait de beaucoup plus de popularité qu'au pays. Edison avait formé personnellement une douzaine de techniciens qui auraient le mandat de voyager de l'autre côté de l'océan pour commercialiser son appareil téléphonique et en superviser l'installation, principalement dans les édifices gouvernementaux. J'étais arrivée à Menlo Park trop tard pour faire partie de ce contingent, mais j'eus la chance de recevoir ma formation technique de John Kruesi, le troisième angle du triangle qui se composait aussi de Charles Batchelor et Thomas Edison. Au cours de mes premières semaines à Menlo Park, j'appris comment prendre une esquisse dessinée approximativement par Edison et en faire un portrait définitif avant de rassembler les instruments nécessaires à la confection de l'appareil en question.

❧

Me faisant un devoir de saluer Edison avec toute la courtoisie possible quand j'entrais au laboratoire, je me mortifiai de constater qu'il ne me renvoyait jamais la politesse, comme si notre conversation seule à seul le premier jour de mon arrivée n'avait jamais eu lieu. Il gardait la tête penchée sur ses minuscules instruments, sur sa loupe ou son microscope, ne s'adressant plus à moi que par voie interposée. Même chose si je faisais la tournée du laboratoire avec la cafetière, remplissant les tasses de mes collègues d'un café rendu pratiquement imbuvable tant il avait chauffé sur le poêle. En aucun cas Edison ne me tendait la sienne, s'obstinant à aller se servir lui-même quand elle était vide.

Il était timide, certes, mais à un moment, cela en devint tout à fait ridicule. Un jour où j'avais osé exprimer mon mécontentement en laissant tomber la paume de ma main un peu trop fort sur la table, Charles Batchelor consentit à me révéler la vérité, m'obligeant à voir que de nouveau, je l'avais jugé trop promptement.

— Miss Charlie, nous croyions que vous saviez. C'est peut-être un peu notre faute après tout, nous sommes tellement accoutumés que nous n'en faisons plus le moindre cas.

— Mais de quoi parlez-vous ? Ai-je manqué quelque chose ?

À sa table de travail non loin, « Honest » John Kruesi pointa le côté de son visage et haussa les sourcils. Batchelor hocha la tête et me pria de me pencher sur une esquisse, comme s'il m'expliquait ce qu'il était en train de faire.

— Tom n'est pas doté de la meilleure ouïe… En fait, il est presque sourd de ce côté-là, dit-il en désignant son oreille gauche, tel que venait de le faire Kruesi. La droite, elle, semble encore bonne, mais certes pas entièrement.

— Presque sourd ? Mais comment fait-il pour travailler sur un objet comme le téléphone ? L'ouïe est tout de même assez essentielle lorsqu'il est question de ce genre d'expérimentation, non ?

— Justement, il y voit un avantage considérable. Il est forcé de développer des techniques parfaites. Si le résultat est acceptable pour lui, cela signifie qu'il l'est doublement pour des personnes dont les oreilles ne souffrent pas de faiblesse. Cela, allié au fait qu'il ne se rend plus compte que le monde existe dès qu'il est penché sur son travail, donne l'impression qu'il nous ignore royalement quand nous essayons de communiquer avec lui, mais nous avons pris l'habitude de nous exprimer très haut en sa présence pour éviter qu'il se sente embarrassé de nous demander constamment de répéter. Vous devriez commencer à en faire autant.

— C'est donc cela... Je vous remercie infiniment, monsieur Batchelor. Je croyais qu'il me méprisait.

— Certes pas, dit-il en souriant et en reprenant sa plume, concluant ainsi notre conversation de façon discrète.

Je compris alors la raison pour laquelle Edison s'était tenu si près de moi lors de notre premier entretien. Intimidée par cette proximité, je ne m'étais pas doutée qu'il ne voulait manquer aucune de mes paroles ou révéler son handicap à une personne nouvellement arrivée. Rassurée, je me mis en tête de faire un autre essai pour établir un quelconque contact avec Edison, mais pas avant le jour suivant. Sarah Jordan m'avait promis de me livrer les pièces de vêtement bien particulières que je lui avais gentiment demandées, estimant que de me fondre parmi mes collègues rendrait Edison plus à même de communiquer et de, peut-être, m'ouvrir une porte sur son esprit.

꿍

Il était cinq heures du matin quand Sarah frappa à la porte de la chambre en tentant de m'éveiller en douceur, mais j'étais déjà debout. Sa fille, Ida, une jolie demoiselle qui avait la moitié de mon âge, dormait dans le lit voisin. Parce qu'elle devait descendre à l'aurore pour cuire le pain de la journée, je ne pouvais retrouver le sommeil après l'avoir entendue se déplacer dans la pièce. Sur son bras, Sarah portait une pile de vêtements aux teintes passablement identiques qu'elle déposa sur la commode pour ne déplier devant mes yeux que le premier article. Une belle paire de pantalons d'écuyer fabriquée dans un tissu marron et robuste fut fièrement tendue en ma direction et je poussai un cri de satisfaction.

— Oh, Sarah ! C'est exactement ce que je désirais !

— J'ai dû commander le tissu de Newark pour les coudre, voilà pourquoi il m'a fallu quelques jours, mais j'admets que l'attente en valait le coup. Allez, essayez-les.

Je ressentis immédiatement la liberté de mouvement que m'octroyaient les pantalons sur lesquels je pouvais nouer mes bottillons sans problème. Sarah m'observa bouger à travers la pièce avec ravissement puis, alors que j'allais ranger la pile de vêtements fraîchement arrivés dans la penderie, elle me retint.

— Attendez, il y a une autre surprise !

— Sarah, vous ne devez pas… D'ailleurs, je tiens à vous dire que je vous paierai avec mes gages pour votre travail.

— Je vous fais entièrement confiance, Charlie. C'est pourquoi j'ai cru bon d'ajouter ceci…

Elle pigea de nouveau dans le paquet de tissu plié sur la commode et me montra des pantalons d'une agréable couleur bleu foncé, souples, mais visiblement résistants, que je pourrais porter lors des journées plus chaudes de l'été.

— Je n'en ai jamais vu de tels, d'où viennent-ils ?

— De New York. Quand je les ai vus dans le catalogue, je n'ai pu m'empêcher, j'ai tout de suite songé à vous. Ils sont fabriqués par un Allemand nommé Levi Strauss et sont déjà très populaires en Californie. On les appelle *"blue jeans"*. Sa boutique de New York est ouverte depuis peu et les ouvriers s'arrachent ses pantalons.

— Un Allemand, dites-vous ?

Elle acquiesça, mais je sentais déjà mon enthousiasme de départ chuter, comme si je venais d'être piquée par tout un essaim de guêpes.

— Vous allez bien, Charlie ? Ai-je fait une erreur ? Oh, je suis si embarrassée, je croyais qu'ils vous plairaient !

— Non, ce n'est pas de votre faute, Sarah. Pardonnez-moi. C'est juste que…

Quelques mois auparavant, j'étais toujours en Allemagne quand mes études entamées sur une note teintée de succès s'étaient achevées dramatiquement à cause d'un événement horrible ayant coupé court à notre aventure européenne. C'était la seconde raison pour laquelle mon père avait multiplié les efforts afin de me placer chez Edison, et je n'avais l'intention de la confier à personne. Mais cette simple mention qu'avait faite Sarah venait de violemment ramener à ma mémoire ce que je voulais oublier.

— ... rien, l'Allemagne me manque, voilà tout, repris-je. Les pantalons sont très jolis, Sarah, je vous remercie infiniment.

— Pauvre fille! lança-t-elle en s'affairant à tout ranger alors que mon regard se perdait à travers la fenêtre d'où il m'était possible d'apercevoir le haut moulin à vent de la résidence d'Edison, dans la rue voisine, tourner à plein régime. Pour venir vous cloîtrer à Menlo Park, il doit effectivement y avoir en vous quelques secrets un peu plus sombres à exorciser. Un cœur brisé, peut-être? Je me disais qu'à votre âge, il n'était pas normal d'être aussi sérieuse. Quand vous serez prête à parler, n'hésitez pas à vous confier à moi, vos histoires seront à l'abri. Et en passant, n'hésitez pas à m'appeler Sally. C'est sous ce sobriquet qu'on me connaît par ici!

Et elle me laissa seule, sans exiger les confidences que je me sentais incapable de faire de toute façon. Dès que la porte fut refermée, j'ouvris le premier tiroir de la commode et tassai les vêtements qui s'y trouvaient pour saisir tout au fond une petite boîte de velours carrée. J'ignorais pourquoi je l'avais traînée jusqu'ici. Visiblement, je n'avais pas encore envie d'oublier, malgré le fait qu'en présence de Thomas Edison, je parvenais à ne plus ressentir cette douleur qui me vrillait le cœur autrement. En ouvrant la boîte, je vis l'anneau d'or, mais refusai cette fois de le passer à mon doigt, ne serait-ce que quelques secondes. Je le caressai seulement du bout de l'index, puis le fit rapidement disparaître de ma vue. Je revêtis l'une des paires de pantalons d'écuyer sur une blouse que je jugeai encore trop féminine, et ramassai ma longue chevelure en un chignon lâche. Il était presque six heures, Edison devait déjà se trouver au laboratoire.

Chapitre 3

Une machine parlante

Je sentis que la collation de minuit me pesait toujours sur l'estomac lorsque je descendis. Au laboratoire, mes collègues avaient une étrange habitude à laquelle il me faudrait cesser de participer si je désirais passer des nuits dignes de ce nom. Vers minuit, tous s'arrêtaient de travailler et se rassemblaient autour du grand orgue, Edison ne manquant jamais de nous rejoindre. En groupe de deux ou trois, mes compagnons allaient quérir de grasses provisions à la taverne de l'Irlandais Davis ou à la pension de Sarah Jordan, puis nous nous asseyions autour de l'orgue pour dévorer la nourriture de concert. L'un des garçons se plaçait derrière l'instrument et invitait ceux qui n'avaient pas la bouche trop pleine à chanter avec lui des airs tels que : *Over the hills to the poorhouse*, *Dolly Varden* ou *Grandfather's clock* qui jetaient une bonne dose de bonne humeur sur notre épuisement. D'autres se racontaient de terribles blagues grivoises, se les transmettant à voix basse et riant à gorge déployée. Souvent, Edison se penchait vers l'avant en posant sa main en entonnoir contre son oreille droite et demandait à ce que la blague lui soit racontée. Il se tapait alors sur les cuisses en priant qu'on lui passe le quignon de pain et répétait à son voisin la blague, déformée par son ouïe boiteuse. Mais nous riions tous parce que malgré cela, il était toujours en mesure de tourner une bonne histoire à son avantage.

La veille, j'étais allée me coucher immédiatement après ce petit intermède et, par conséquent, je ne ressentais pas le moins du monde l'envie de m'asseoir à table. Je refusai le pain grillé et les crêpes qui s'empilaient devant mes collègues et filai au laboratoire sans attendre. Les garçons présumaient que je désirais les outrepasser en zèle, ce que je commençais moi-même à croire. À l'instant où j'ouvrais les yeux, la pensée devenue presque obsédante de contenter Edison dans ses exigences s'emparait de moi à un point tel que je ne pouvais perdre une seule minute autour de la table. Je devais l'avoir devant les yeux, dans mon environnement, à défaut de partager avec lui le type de complicité qui lui venait si aisément avec mes compagnons masculins. D'autre part, je n'avais aucune envie d'entendre leurs railleries quant à ma façon de me vêtir qui, sans aucun doute possible, activerait avant longtemps les langues des épouses de John Kruesi et de Charles Batchelor. Celles-ci, curieuses au possible, s'informaient à mon sujet dès qu'elles croisaient l'un de mes collègues au hasard du village. Ces dames n'avaient manifestement pas apprécié d'apprendre l'arrivée d'une femme célibataire à Menlo Park et elles auraient tôt fait de crier au scandale en me voyant vêtue à la garçonne.

Le matin était magnifique et je marchai lentement le long de Christie Street en regardant les chevaux s'ébrouer dans les champs environnants. La tiédeur agréable laissait présager une journée fort chaude et je profitai de ce moment où l'air était encore respirable pour flâner quelques petites minutes près de l'enclos tandis qu'un étalon couleur chocolat approchait de la barrière en secouant la crinière. Je cueillis une poignée de foin et la lui tendis pour l'amadouer, caressant l'espace entre ses yeux alors qu'il reniflait et mâchouillait les longs brins d'herbe.

— Une jolie bête, n'est-ce pas ? lança soudain une voix près de moi.

Je sursautai et fit un pas en arrière.

— Monsieur Edison ! Pardonnez-moi, je ne vous avais pas vu venir !

Le cheval pencha son museau vers la main qu'il étirait en sa direction et d'où apparut une pomme talée.

— Il se nomme Charlie.

— Non, vous mentez ! dis-je en éclatant de rire.

Mais il secoua la tête.

— C'est vrai ! C'était pour me moquer de Charles Batchelor et non de vous, évidemment. Ils sont à nous. Mary n'a que cela pour l'occuper ici, en dehors des enfants, bien sûr.

— Mary, c'est votre épouse ?

— Oui. Je vous présenterai à elle, éventuellement. Mary n'a pas beaucoup de distractions, elle appréciera peut-être votre compagnie.

Tandis que nous marchions côte à côte vers le laboratoire, il évita de commenter mon habillement, mais je n'avais pas manqué de remarquer l'insistance de son regard. Le changement dans ma mise parut le satisfaire, car je suivais ses règles sans plaider l'envie de coquetterie.

— J'aimerais vous montrer quelque chose que j'ai terminé au cours de la nuit.

— Cette nuit ? Et vous êtes déjà debout ? dis-je en prenant soin de m'adresser à sa bonne oreille et d'élever suffisamment la voix.

— Oh, je ne dors qu'environ quatre heures par nuit, c'est bien suffisant.

Je l'avais par contre déjà vu sommeiller brièvement sur un banc du laboratoire. Comme un chat, Edison parvenait toujours à se trouver un coin pour prendre un peu de repos s'il n'en pouvait plus. De toute évidence, il préférait travailler de nuit et je commençais à m'y faire, mais j'appréciais tout autant cette heure de la matinée où mon esprit était vif.

J'aimais me précipiter dans le travail en m'éveillant lentement à l'aide de l'un de ces cafés trop amers que préparaient mes collègues.

À l'étage en cette matinée, il n'y avait que lui et moi. À sentir l'odeur encore âcre se répandant dans la pièce, je compris que les lampes à pétrole n'avaient été éteintes que depuis peu et que nous aurions aussi bien pu croiser sur le chemin les derniers à avoir quitté le laboratoire. Edison me conduisit à sa table de travail et me fit asseoir près de lui en affichant toujours un air rieur.

— Regardez ce que j'ai fabriqué. À force de travailler sur le téléphone, je me suis rendu à l'évidence qu'un diaphragme suffisamment sensible et bien ajusté avait le pouvoir de capter les vibrations de la voix. Le mouvement causé par ces vibrations peut être utilisé dans une communication directe, comme nous le savons désormais, grâce au téléphone, mais peut aussi être employé comme force motrice. Voyez.

Il se pencha sur un objet ressemblant à un petit entonnoir métallique et se mit à réciter *Mary had a little lamb* avec conviction et en détachant bien tous ses mots. Sa voix fit trembler le diaphragme qui, grâce aux vibrations de son timbre, activa une poulie. En se déclenchant, elle fit tourner lentement une roue à rochet fixée à une autre poulie qui tirait sur un fil tendu. Au bout de ce fil était collé un petit personnage de carton armé d'une scie. Il commença à s'agiter dans un mouvement d'aller-retour comme s'il coupait du bois. J'éclatai de rire.

— Vous savez, il ne s'agit que d'un jouet ridicule. Je désirais simplement savoir ce qu'il était aussi possible d'accomplir grâce à l'énergie dégagée par la voix. Essayez.

— Non, je ne saurais pas, dis-je en secouant la tête.

— Mais c'est si facile, vous n'avez qu'à parler ici. Allez, dites quelque chose !

Je haussai les épaules, cherchant quoi raconter d'un tant soit peu futé à cet appareil et y allai pour un morceau de poésie apprise en Europe qui me plaisait particulièrement.

— *Par les soirs bleus d'été, j'irai dans les sentiers, / Picoté par les blés, fouler l'herbe menue : / Rêveur, j'en sentirai la fraîcheur à mes pieds. / Je laisserai le vent baigner ma tête nue.*

Je m'esclaffai de nouveau en voyant le petit homme de papier s'affairer avec sa scie, mais Edison, pour sa part, m'observait d'un air indéchiffrable.

— Ai-je bien fait ?

— Vous parlez français ?

— Les Français n'en diraient peut-être pas autant, mais j'essaie. J'ai eu l'occasion de suivre des leçons lorsque j'habitais en Allemagne, mais j'en ai perdu une grande partie. Seule la poésie m'est restée, semble-t-il.

— Et cela, qu'est-ce que c'était ?

— Rimbaud, répondis-je en n'osant pas lui confier que pour avoir vu quelques daguerréotypes du poète, je trouvais qu'ils se ressemblaient.

— Je n'en ai pas compris le moindre mot, mais cela m'a semblé très beau.

Étrangement, comme s'il devenait tout à coup embarrassé de n'avoir à me montrer que ce jouet au demeurant inutile, il repoussa l'installation en tiquant. Son enthousiasme était passé, son esprit cherchait maintenant autre chose dans quoi se plonger. Alors que le malaise ressurgissait entre nous, je m'occupai de faire du café, résolue à ne plus laisser mes collègues s'en charger. Le leur était si mauvais qu'on aurait pu y jeter une brique et elle aurait sans doute flotté dans la mixture.

— Je demeure convaincu qu'une autre utilisation de la voix humaine est possible. Car le téléphone a cette lacune de diffuser le son et la voix de manière éphémère, le résultat est perdu à l'instant où il est envoyé à son destinataire.

Ce n'est qu'une vibration courant le long d'un fil. Mais l'expérience dont je viens de vous faire la démonstration prouve que notre voix n'est pas que du vent. Elle peut, assurément, prendre une forme palpable. Je ne sais juste pas encore comment rendre cette forme définitive.

Je lui servis un café noir, tel qu'il aimait le boire, et rapportant ma tasse avec moi, je repris place près de lui pour suivre le cours de ses pensées. Il était tout simplement fascinant de l'entendre réfléchir.

— Si je parvenais à découvrir une façon d'allier le télégraphe automatique au téléphone… Cette idée ne veut pas me quitter, j'ai passé la nuit à y réfléchir après avoir conçu cet objet. J'aimerais que la force motrice de la voix parvienne à graver des symboles précis, mais même si je trouvais un moyen d'accomplir cela, j'ignore comment reproduire ces symboles en sons. Si, par exemple, la sonorité "ah" donnait tel signe sur papier, il me faudrait une machine capable de le décoder pour le reproduire parfaitement. Ou chaque lettre pourrait être associée à son équivalent télégraphique. Elle serait reconnue grâce à un traducteur électrique et poinçonnée sur papier. Nous serions alors capables de conserver le message. L'appareil disposerait aussi du pouvoir de faire l'exercice en sens inverse et de transposer chaque symbole télégraphique en lettre. Mais cela ne signifierait pas que le message serait intelligible, bien au contraire.

— Que désirez-vous faire avec un tel appareil exactement?

— Eh bien, imaginez ce que cela signifierait de pouvoir conserver la voix d'une personne et de pouvoir l'écouter de nouveau à tout moment. Pas juste par le biais d'une ligne téléphonique, mais de façon permanente. Lorsque j'aurai trouvé comment faire, je découvrirai aussi des façons de l'utiliser.

Il s'agitait maintenant sur son siège, excité par la certitude d'avoir mis le doigt sur une chose très importante sans savoir comment la réaliser. Il savait que c'était possible. Edison ne songeait pas à des appareils inconcevables, son esprit était trop pratique pour perdre son temps en futilités. Il écarta les genoux, y appuya ses paumes et leva le menton en fermant les yeux. Il remua nerveusement comme si une douleur insoutenable passait à travers son corps, puis il ramena près de lui les pièces qui avaient servi un peu plus tôt à sa petite installation et se mit à les assembler. S'adressant à lui-même d'une voix à peine audible, il semblait avoir complètement oublié ma présence, jusqu'au moment où il me pria de lui dénicher des objets bien précis dans son bric-à-brac derrière la table.

Les garçons commencèrent à affluer peu après, saluant Edison énergiquement, mais il ne leur répondit pas, ne leva pas même la tête. Pour lui, le jeu d'un peu plus tôt était terminé, il était déjà dans un monde très lointain. Il voyait le résultat, il ignorait seulement quelle était la route pour y parvenir. Ce fut à cet instant que je vis de façon concrète le fossé infranchissable entre lui et moi. Edison n'était pas qu'un inventeur, il possédait réellement une vision de l'avenir. Je n'avais jamais compris le terme « visionnaire » employé maintes fois par mon père avant ce jour. En ce moment même, il y avait dans cette tête surdimensionnée une image claire de ce qui serait, comme si le ciel lui avait passé une commande en l'obligeant à travailler pour créer les engins dont les êtres humains du futur auraient besoin.

Après le troisième jour, il accepta de faire une pause, de passer à autre chose en attendant que lui parviennent plus d'informations et peut-être l'inspiration divine. Il redevint alors humain, recommençant à s'alimenter à peu près normalement alors qu'il avait passé les dernières journées à retourner intouchées les assiettes de nourriture livrées par son épouse. Nous nous remîmes à travailler sur le télégraphe automatique, un appareil déjà avancé dans sa conception qui ne le torturait pas autant. Dans ces moments, les lignes télégraphiques octroyées à titre gracieux par la Western Union nous étaient fort utiles. La Western Union fournissait le laboratoire de Menlo Park en équipement parce que le président de cette entreprise avait promis à Edison d'acheter les moindres améliorations qu'il concevrait pour le télégraphe. L'inventeur s'y consacrait donc avec assiduité, car il s'agissait là d'une source de revenus assurée.

Ce soir-là, le silence régnant dans le laboratoire n'était interrompu que par les signaux qu'Edison s'envoyait à lui-même dans le but de voir ses messages gravés sur des bandes de papier dans leurs symboles télégraphiques. Ces bandes pourraient ensuite être lues par des appareils identiques dans les différentes stations de la ligne puis retransmises sans nécessiter la présence d'un opérateur qualifié, ce qui permettrait à la Western Union d'épargner de l'argent sur les salaires en supprimant du personnel. À la blague, je répétais à Edison que son invention serait cruelle pour les opérateurs qui se retrouveraient ainsi sur le carreau, mais à cela, il était insensible. «C'est cela l'avenir», me répétait-il alors en mettant sur le compte d'une sensiblerie toute féminine les soucis que je me faisais pour ceux qui écoperaient à cause de sa réussite.

L'heure du souper approchait et les lignes télégraphiques, engorgées, connaissaient des accrocs. Lorsque ce genre de problème se produisait, Edison choisissait habituellement de rentrer chez lui pour le repas afin de revenir vers dix heures et reprendre ses expériences jusqu'au milieu de la nuit. Alors qu'il tentait un dernier essai, il se produisit une surcharge de courant sur la ligne et son appareil s'emballa. Le stylet qui était censé lire, les uns à la suite des autres, les points et les traits représentant les lettres sur la bande de papier, glissa sur ceux-ci à cause de cette poussée de courant inattendue. Nous levâmes tous la tête en sursautant avant qu'Edison ne nous explique ce qui venait de se produire. Il avait déjà eu ce problème par le passé. Mais cette fois, le message qu'il désirait transmettre était plus long et le crissement s'était étiré sur plusieurs secondes en grimpant ou baissant d'intensité selon les ouvertures poinçonnées sur le papier. Ce fut un peu comme un « tttttrrrrddddllllll » continu et assourdissant. Edison attendit que la surcharge de courant soit passée, puis demeura affalé sur son siège en rongeant l'ongle de son pouce. Plusieurs minutes plus tard, il se leva lentement, les yeux fixés devant lui en nous donnant l'impression qu'il venait d'apercevoir un fantôme. Il passa devant nous sans nous regarder, ne murmurant qu'un : « Ne touchez à rien surtout… », d'une voix absente. Il descendit les marches en somnambule, s'agrippant à la rampe à défaut de bien voir où il mettait les pieds et à l'instant où il fut sorti, Honest John soupira :

— Il doit dormir, c'est impératif.

— Vous croyez que le mécanisme s'est enrayé et qu'il craint un bris qui le forcerait à tout reprendre de zéro ? lui demandai-je parce que je ne connaissais encore que peu de chose au télégraphe et qu'un tel raffut ne m'avait pas semblé naturel.

— Non, ces choses-là arrivent, il n'y a rien de cassé. Je ne sais pas ce qui lui a pris, je ne l'ai jamais vu ainsi.

Sur ces mots, John déposa ses instruments et partit à la suite d'Edison, probablement pour s'assurer qu'il parviendrait à se rendre chez lui. Nous retournâmes tous à la pension pour le repas du soir peu après, et personne ne revint sur l'incident. J'avais cru apercevoir une urgence dans les yeux d'Edison avant qu'il ne quitte son siège, mais aucun de mes collègues ne semblant partager mon sentiment, je mangeai rapidement dans le but d'être la première là-bas lorsqu'il reparaîtrait.

Il était déjà penché à sa table, flanqué de Charles Batchelor. Il devait être resté chez lui moins d'une heure, ce qui se produisait rarement, car selon son habitude, il prenait toujours le temps de coucher Dot avant de retourner au travail pour la nuit. La fillette de six ans était en fait nommée Marion, mais un relent de la passion d'Edison pour le télégraphe l'avait poussé à octroyer à la petite le sobriquet «Dot» tandis que son fils, Thomas Jr., portait conséquemment le surnom «Dash». Tous deux erraient encore souvent dans le laboratoire en quête de quelques sous traînant dans les poches de leur père afin de s'acheter des friandises chez Woodward, l'épicier du village, tournoyant autour de lui jusqu'à ce qu'il cède et acquiesce à leurs demandes. Je n'avais rencontré Mary, son épouse, que très brièvement, lors de l'une de ses visites au laboratoire. La poignée de main s'était avérée plutôt froide et nous en étions demeurées là, Edison ayant pu constater que son épouse n'accepterait jamais l'amitié d'une «femme s'habillant en homme» qui «n'était là que pour mettre la main sur un fiancé». Trop occupée par mon travail, je n'avais guère eu l'occasion de tenter un rapprochement, d'autant plus que je me fiais à mes collègues pour la rassurer quant à mes intentions et lui raconter l'histoire de ma venue.

Je m'insinuai entre les deux hommes et vis sur la table un véritable casse-tête en pièces détachées. Il y avait là des morceaux de caoutchouc de différentes densités, des bandes de papier ciré, des cylindres métalliques longs ou courts, des stylets employés dans les expériences sur le télégraphe automatique. Je n'avais pas la moindre idée de ce qu'il entendait fabriquer avec ce ramassis hétéroclite, ne pouvant mettre de nom sur une grande partie du matériel qui s'étalait devant mes yeux.

— Ah, miss Charlie, vous voilà! me lança-t-il en m'apercevant, résolument sorti de sa stupeur et éveillé comme s'il s'était lui-même asséné une charge de courant au cerveau. Vous allez nous donner un coup de main !

— Volontiers, mais à quoi ?

— Ce… son que nous avons entendu tout à l'heure, je n'ai pas cessé d'y songer. En fait, je n'ai rien pu avaler tant il n'y avait que cela dans ma tête.

Avec sa langue, il tenta de le reproduire et à mon plus grand étonnement, il y arriva fort bien. Il se souvenait parfaitement du bruit insupportable ayant jailli de son appareil, et en suivant le cours de ses réflexions, je devinai qu'il espérait nous voir le recréer artificiellement.

— Utilisez tout ce dont vous croyez avoir besoin ici et faites-moi plusieurs exemplaires différents de diaphragmes. Ils devront être dans des cadres solides et de toutes les matières que vous jugez adéquates, c'est-à-dire qui possèdent un bon potentiel de vibration si on projette en leur direction une vague sonore telle que la voix.

Je m'installai de l'autre côté de la table et passai en revue le matériel mis à ma disposition. Outre les pièces brutes de caoutchouc, il y en avait aussi de cuir, de soie, de chamois, une feuille de parchemin et un billet de cinq dollars.

— Vous n'avez pas songé à employer une devise moins élevée pour vos expériences ? dis-je en agitant le billet devant mon visage.

— C'est tout ce que j'avais en poche.

Mes mains touchèrent ensuite une matière molle qui me parut plutôt extensible, sans être aussi résistante que le caoutchouc. En l'approchant plus près de mes yeux et en l'étudiant, je constatai qu'elle s'apparentait de loin à du cuir, mais plus souple.

— Qu'est-ce que c'est ?

Edison tourna un visage amusé vers le mien et je crus à une mauvaise blague lorsqu'il lança :

— C'est une vessie de porc !

— Oh! criai-je en laissant tomber la chose flasque.

Mais Edison me fit jurer que je ne la dédaignerais pas et en ferais l'essai.

— Quand vous aurez fabriqué les diaphragmes, fixez un stylet en leur centre. Vous les trouverez sur la table où je me consacre au télégraphe automatique. Faites-moi savoir si notre stock s'épuise, j'en commanderai d'autres à la Western Union demain.

Tandis que je m'exécutais, je regardais de biais ce à quoi Edison et Batchelor s'occupaient. Sur le modèle de l'entonnoir employé par Edison pour son jouet de «l'homme à la scie», ils façonnaient des embouchures en les arrimant à mes diaphragmes à l'instant où je les déposais devant eux. Dès que les pièces furent assemblées, Edison les apporta les unes après les autres devant sa bouche et, effleurant délicatement le stylet du bout du majeur, il se mit à parler dans l'embouchure afin de détecter approximativement laquelle des matières traduisait le mieux les vibrations de sa voix. Pendant ce temps, Batchelor découpa une bande de papier ciré pour l'enrouler à un lourd cylindre de métal d'environ quatre pouces de diamètre. Il posa le rectangle de papier, puis vissa la roue cylindrique horizontalement à une base assez lourde pour tout retenir en place. Le diaphragme muni du stylet fut installé tout près de la bande de papier, pour qu'il l'effleure en gravant dans la cire sans le déchirer, puis l'expérience put débuter.

Tandis que Batchelor tirait sur la bande de papier, faisant ainsi tourner le cylindre sur lui-même, Edison se pencha afin d'appuyer ses lèvres sur l'embouchure, comme s'il s'apprêtait à jouer d'un instrument à vent. Il récita la phrase: *Mary had a little lamb*. Lorsque Charles éleva la bande devant ses yeux, Edison la lui déroba en mordant sa lèvre inférieure, priant pour y voir ce qu'il prévoyait. Effectivement, sur la cire du papier, un motif apparaissait, je le vis en m'emparant de la bande à mon tour et en la tenant devant la lampe à la lumière dansante. L'aiguille avait fait son boulot et transformé en une mince ligne irrégulière la phrase prononcée par Edison. Oui, il y avait bel et bien une marque claire. Mais comment transformer celle-ci en son, maintenant?

— Il n'y a qu'une façon de savoir si cela a fonctionné.

Charles réinséra la bande sur la roue et s'apprêta à tirer dessus tel qu'il l'avait fait lors du premier essai.

— À la même vitesse, Batch, c'est primordial.

Nous nous penchâmes au-dessus de l'installation et en tendant l'oreille, Edison donna le signal du départ à Charles. En s'assurant que la bande touchât délicatement la pointe du stylet, il la retira dans un mouvement continu et assuré. La sonorité tremblotante qui émana de la bande ressemblait à *Ary ada itte amb*. Ce n'était pas précis, mais le résultat se rapprochait suffisamment de la phrase de départ pour qu'Edison pousse un grand cri de victoire.

— Ah! Je le savais! Je savais que je n'étais pas fou!

— Mais comment avez-vous songé à cela? L'idée vous est-elle apparue par magie? Hier encore, vous ignoriez comment faire!

Je ne pouvais croire que la solution lui soit venue si vite après que nous étions tous, à l'exception de lui-même, prêts à déclarer que le concept était impossible.

— Tout à l'heure, quand il y a eu cette poussée de courant et que le stylet a glissé sur la bande de papier, j'ai pensé que si des ouvertures formées de points et de traits pouvaient créer une sonorité comme celle que nous avons entendue, il suffisait peut-être de faire glisser le même stylet sur une entaille tracée par la voix pour entendre les mots. Auparavant, je ne regardais pas dans la bonne direction. Ce n'était pas une question de code morse ou d'alphabet, mais de vibrations uniquement.

Il alla chercher une feuille et un crayon à la table à dessin de Batchelor et illustra pour nous ce que l'entaille était trop petite pour démontrer. Une ligne, entrecoupée de milliers d'encoches de différentes profondeurs, dépendamment de l'intensité de la vibration.

— En glissant dessus, le stylet n'a d'autre choix que de produire la sonorité inscrite, en l'occurrence, ma voix. Nous devons continuer à expérimenter. De toute évidence, la technique n'est pas parfaite puisque ma phrase a été esquintée dans le processus d'écoute. Il faut essayer avec tous les diaphragmes et, au besoin, rapprocher le stylet pour que la qualité du son gravé soit meilleure encore.

Tout le reste de la nuit durant, nous reproduisîmes l'exercice, Edison gravant immanquablement son *Mary had a little lamb* et tentant par divers moyens d'obtenir la meilleure reproduction du son avec les différentes versions du diaphragme que j'avais eu l'occasion de préparer. Nos collègues nous rejoignirent et lancèrent aussi leurs idées pour perfectionner l'appareil, suggestions qu'Edison notait sur une feuille avant de les essayer les unes après les autres. À un moment, nous nous rendîmes compte que les lampes étaient devenues inutiles et que le soleil s'était levé. Quand je priai Batchelor de me dire l'heure qu'il était, je sursautai en constatant avoir passé vingt-quatre heures debout. J'étais si épuisée que ma peau entière me démangeait, que j'avais la gorge brûlante à force d'avaler par mégarde la fumée des cigares d'Edison de qui je me tenais un peu trop près, et que je ne disposais plus de la capacité de réfléchir clairement.

Il fallait que je sois rendue à bout de mes forces mentales pour que la bouche d'Edison soit devenue, en l'espace de ces quelques heures, un objet de fascination encore plus grand que la petite merveille à laquelle il venait de donner naissance. Le tracé précis de sa lèvre supérieure ne rivalisait en grâce qu'avec la moue juvénile de la lèvre inférieure sur laquelle il glissait trop souvent la langue pour que je ne l'aie pas remarquée. J'étais assurément en train de me faire prendre à cet attrait naturel qu'Edison avait sur tout le monde qui entrait dans son périmètre. Je m'étais tenue dans son ombre toute la nuit en plaçant sur le compte de mon apprentissage l'attention que je portais à ses moindres gestes, à ses plus infimes soupirs. Je m'étais gavée de son odeur, des plus brefs regards qu'il m'accordait et j'avais acquiescé à ses ordres avec enthousiasme. Lorsqu'il me recommanda d'aller prendre du repos et de ne revenir au laboratoire qu'en après-midi, je refusai, plaidant que je désirais savoir comment il procédait en temps normal quand une découverte importante était faite. Je fus d'ailleurs la seule à discuter, mes collègues titubant tous vers l'escalier en s'amusant encore des résultats étonnants de la nuit.

Assise sagement au bout de la table en dissimulant ma somnolence, je le regardai consigner dans un cahier tous les détails du processus ayant mené à l'appareil que j'avais sous les yeux.

— C'est un résultat très brut que nous avons là, mais je n'ai pas toutes les connaissances techniques nécessaires pour rendre concrète l'image finale que j'ai en tête, laissa-t-il tomber à voix haute, mais complètement concentré sur son écriture. C'est le domaine d'Honest John. Il était horloger en Suisse. Il peut tout accomplir. Je n'ai qu'à lui donner quelques instructions et il saisit parfaitement ma pensée. Sa présence m'est très précieuse.

En disant cela, il dressa une esquisse. Sur le dessin, Edison ajouta une manivelle au cylindre, ce qui faciliterait la rotation du canevas en lui donnant un rythme plus régulier. Il serait nécessaire aussi que l'installation soit fixée à une base stable pour que le stylet ne soit agité d'aucun autre mouvement que celui de la vibration vocale. Sous le dessin, il inscrivit : *Kruesi, fabrique ceci. Edison, 12 août 1877.*

— Il ne subsiste maintenant aucun doute dans mon esprit: très bientôt, je serai à même d'enregistrer et d'écouter, à un moment ultérieur, la voix humaine qui sera reproduite à la perfection.

Comme il semblait ne s'adresser qu'à lui-même, je demeurai silencieuse, tout à fait stupéfiée par ce coup de génie qui lui avait fait transformer un cul-de-sac en pure révélation, en aussi peu de temps. Mon admiration à son égard se manifesta au fond de ma poitrine dans un souffle brûlant qui m'enveloppa le cœur.

Dehors, il faisait jour depuis déjà un bon moment, mais Edison n'avait pas envie d'aller au lit. Il était beaucoup trop fier et trop excité pour cela. Moi aussi d'ailleurs, même si je savais pertinemment que je sombrerais dans un sommeil profond à la seconde où ma tête toucherait mon oreiller. Je désirais toutefois profiter encore un peu du fait que je sois seule en sa présence. Il était si satisfait qu'il semblait prêt à s'ouvrir, et si quelqu'un devait être témoin de cela, il fallait que ce soit moi.

— Il fait beau! lança-t-il en se tournant vers la fenêtre. Sortons. En marchant, nous userons nos dernières forces.

Dans les champs entourant le laboratoire, les animaux faisaient entendre leurs plaintes matinales; vaches nécessitant d'être traites et porcs braillant pour être nourris. Une barrière avait été érigée autour de l'édifice précisément pour empêcher les bêtes d'aller mettre leur nez dans le bazar que conservait Edison à l'arrière. À l'horizon, monsieur Woodward polissait les pommes de son étal à l'aide de son tablier et un fermier jetait du grain à ses poules caquetantes.

— Pourquoi avez-vous choisi de vous installer ici, monsieur Edison? J'ai entendu dire que jadis, vous possédiez un bel atelier à Newark et que la majorité des hommes qui travaillent avec nous y étaient déjà à votre service.

— J'avais besoin de me retirer de la ville et de trouver un endroit où il me serait possible de créer en toute tranquillité. J'ai tellement rêvé de posséder un tel laboratoire, une usine à idées où nous ne ferions qu'inventer le monde de demain sans distractions. D'autant plus qu'ici, à Menlo Park, nous nous trouvons au point géographiquement le plus élevé entre New York et Philadelphie, ce qui facilite les communications.

— Avez-vous un but précis ? Je veux dire : y a-t-il un domaine particulier dans lequel vous espérez réussir et concentrer vos efforts ?

Il hésita longuement, glissant ses mains dans les poches de ses pantalons et penchant la tête vers le sol.

— Je ne sais pas. Je me croyais destiné à travailler éternellement sur des améliorations du télégraphe, mais je sens que mon esprit s'en va plus loin. Depuis le téléphone, j'ai le sentiment que la popularité du télégraphe ira en déclinant, un peu à l'image de ce qui advint au Pony Express lorsque les premières villes américaines ont commencé à être reliées entre elles par les relais télégraphiques. Les gens réclameront bientôt des moyens de communication plus rapides, plus immédiats, et jusqu'à présent, il n'y a que le téléphone pour accomplir cela, alors je m'efforce de développer cet appareil jusqu'à ce qu'il soit accessible au commun des mortels. Mais vous voyez, ce qui s'est produit cette nuit me donne envie de diriger mes recherches ailleurs. Aujourd'hui, Batch se chargera de dresser l'esquisse finale et je ferai immédiatement une demande de brevet.

— Et comment nommerez-vous cette machine parlante ? Vous y avez songé ?

Il haussa les épaules, me confiant qu'il n'en était pas encore là dans ses réflexions. Je l'accompagnai jusqu'à la clôture piquetée délimitant son territoire, le chien faisant entendre son jappement depuis qu'il sentait son maître dans les parages.

— Je crois qu'il serait bon de dormir quelques heures, n'est-ce pas ? dit-il en se retournant vers moi.

Pourtant, il demeurait immobile.

Une pensée tout à fait absurde me traversa l'esprit à ce moment précis. Dans mon épuisement, je m'imaginai couler dans ses bras, sous des draps frais et parfumés, et y dormir trois jours durant.

— Vous avez raison, dis-je, je retourne à la pension sur-le-champ.

— Retrouvons-nous au début de l'après-midi. Nous avons encore beaucoup à faire pour ce bébé que nous venons de concevoir durant la nuit.

Sa manière de dire les choses me pétrifia à un point tel que je ne pus que balbutier des salutations maladroites et le regarder rentrer chez lui où son épouse l'espérait assurément. Puis je fis volte-face vers la route et refis le chemin en sens inverse, pressant le pas afin de retrouver rapidement mon lit, sûre d'obtenir la tranquillité suffisante pour apaiser la tempête qui faisait rage en moi.

Chapitre 4

L'homme
qui fait parler les morts

La frénésie régnait déjà au laboratoire quand j'y fis mon entrée aux environs de midi. Les hommes qui avaient pris notre relève n'avaient pas assisté aux expériences des heures précédentes et ignoraient ce que nous avions accompli. L'étonnante dextérité de John Kruesi lui avait permis de réaliser une réplique exacte de l'esquisse que lui avait laissée Edison sur sa table de travail, et maintenant l'objet trônait au milieu du laboratoire dans sa complétude. William Carman, le comptable, et Stockton Griffin y allaient de leurs hypothèses quant à ce que cela pouvait bien être. Même Honest John, qui l'avait pourtant fabriqué de ses mains, n'avait pas la moindre idée de son utilisation. Hilare, Edison attendait que nous soyons tous arrivés pour procéder à un essai, et en m'apercevant au sommet de l'escalier, il frappa dans ses mains pour attirer l'attention de tous.

— À tous ceux qui ont eu le malheur de dormir la nuit dernière, sachez que nous sommes parvenus à des résultats fort probants avec cette… machine parlante !

Il expliqua brièvement le fonctionnement de l'appareil, mais il réservait les détails pour plus tard, lorsque tout le monde aurait été témoin de ce que nous avions passé douze heures à concocter. William Carman éclata de rire, totalement incrédule.

— Edison, je suis prêt à parier toute une boîte de cigares que cette chose restera muette !

— Et moi deux dollars ! ajouta Griff en croisant les bras très haut sur sa poitrine.

Charles Batchelor tendit une bande de papier ciré à Edison, qui la fixa au cylindre maintenant doté d'une longue tige de métal de part en part, au bout de laquelle figurait une petite poignée de bois arrondie. En la tournant, Edison constata que la bande de papier ciré ne suivait pas le mouvement. Elle alla voler sur la table au plus grand amusement de Carman, Griff et Kruesi qui rirent dans leurs barbes. Les deux extrémités de la bande durent être agrafées ensemble, mais après quelques minutes d'interruption, la démonstration put réellement débuter. Edison se pencha à l'embouchure et récita :

— *Mary had a little lamb, it's fleece was white as snow. And everywhere that Mary went, the lamb was sure to go.*

Levant les yeux vers Carman et Griff, je les vis froncer les sourcils en cherchant l'arnaque au moment où Edison nous fit entendre les phrases en replaçant le stylet au point de départ et en tournant la manivelle. La machine fabriquée par John rendait si bien la voix d'Edison que moi-même en restai stupéfaite. Griff s'avança pour déposer deux billets d'un dollar sous le nez d'Edison.

— Vous me fichez la trouille, chef.

Edison les empocha en s'esclaffant et tendit la main vers Carman qui lui devait désormais des cigares. Il lui donna les deux havanes qu'il gardait dans la poche de sa chemise en lui promettant le reste de sa dette.

— Et comment s'appelle cette… chose ? demanda Kruesi, encore ahuri par ce qu'il avait créé sans le savoir.

— Je n'en ai pas la moindre idée ! lança Edison en nous consultant tous du regard.

John Ott s'avança et présenta une feuille froissée à notre patron.

— Nous avons tenté de trouver des appellations avant votre arrivée.

La liste comprenait des termes tels que : «otophone», «polyphone», «chronophone», «telautophone», «phono-mime», tous semblant croire que le nom définitif devait contenir le «phone» qui l'apparenterait au téléphone, tout en débattant pour savoir s'il devait s'agir d'un préfixe ou d'un suffixe.

— Phone est bien… prononça lentement Edison en continuant à décliner toutes les options possibles dans son esprit. Mais n'oublions pas que le stylet écrit, en quelque sorte, ce que la voix envoie au diaphragme. Je crois qu'il devrait aussi figurer un "graphe" dans le nom de cette petite merveille.

— Graphone, chef ? Pourquoi pas ?

— Moui, pas mal… Phongraphe ? Non. Plutôt, phono-graphe. C'est cela ! Oui, nous l'avons ! Phonographe ! Vite, Batch, inscris cela dans la demande de brevet !

☙

Aussitôt l'enfant né et baptisé, Edison ne put le garder pour lui-même. Il était conscient de la découverte capitale qu'il tenait entre les mains et désirait la rendre publique sans attendre. Honest John tenta de le convaincre de patien-ter avant de nous jeter à l'eau jusqu'à ce que nous ayons trouvé un emploi commercial pour le phonographe, mais de cela, Edison se fichait. Le résultat était trop impressionnant pour perdre du temps et courir le risque d'être une fois encore pris de vitesse par l'un de ses rivaux.

Nous embarquâmes tous dans le train en emportant le phonographe, prévoyant faire irruption dans les bureaux du *Scientific American* à New York dont les reporters suivaient les progrès d'Edison avec loyauté et partialité depuis déjà plusieurs années. Nous fûmes une douzaine à investir bruyamment les locaux du journal scientifique comme si nous avions été conviés à une réception. Les scribes sautèrent hors de leurs chaises en apercevant Edison qui tenait à bout de bras cette étrange machine et qui tentait de se frayer un chemin jusqu'au bureau du rédacteur en chef.

— Qu'est-ce qu'il a pour nous aujourd'hui, le petit génie? lança l'homme qui, visiblement, ne détestait pas du tout être tiré de la monotonie quotidienne par un Edison rayonnant.

— Une machine parlante, messieurs! Vous serez les tout premiers à entendre la magie du phonographe!

Nous fûmes pressés contre les murs de la pièce exiguë quand tous les journalistes se joignirent à l'excitation générale, résolus à ne rien manquer. Une place fut libérée sur le bureau encombré et Edison y déposa précautionneusement le phonographe en préparant avec des gestes cérémonieux une feuille de papier ciré qu'il avait gravée au préalable, pour l'effet de surprise. Il tourna la manivelle et une voix s'éleva dans le silence de la pièce.

— Bonjour messieurs, je suis le phonographe. Comment allez-vous? Pour ma part, je ne pourrais aller mieux. Je dois vous quitter maintenant, au revoir et à bientôt!

Des sourires timides et hésitants apparurent tout autour de nous, les collaborateurs au magazine scientifique se consultant du regard, cherchant à savoir s'ils devaient se fâcher de la blague que leur avait faite Edison, ou rire et passer à autre chose. Il y eut un long silence embarrassé, puis l'éditeur se fit le porte-parole de son équipe en questionnant mon chef:

— Il y a un truc, bien sûr. J'attends seulement que vous nous révéliez lequel, Edison.

Ce disant, il se pencha sur le phonographe en l'examinant plus en détail et nous demanda à tous de dire quelques mots afin de découvrir lequel d'entre nous avait parlé.

— Il n'y a rien d'autre que cette simple feuille de cire, juré! s'exclama Edison, amusé par l'incrédulité de son public.

Pour le prouver, il retira la feuille et pria Charles Batchelor de lui en remettre une vierge afin de procéder à une démonstration complète. Prenant place sur la chaise de l'éditeur, il grava ses vers habituels, puis remit l'aiguille sur le point de départ en s'éloignant du phonographe afin de démontrer qu'il ne s'agissait pas d'un tour de ventriloque. Batchelor actionna la manivelle et le poème résonna dans la pièce devant les regards interloqués des messieurs.

— Mais c'est la voix d'Edison que l'on entend! Qu'est-ce que c'est que cette diablerie?

— Oh, vous êtes des scientifiques, vous devez bien savoir que le diable n'a rien à voir là-dedans! Mais effectivement, le phonographe pourra un jour vous faire entendre la voix des proches qui vous ont quittés! Dorénavant, nos personnes chères qui ont trépassé continueront à vivre à travers cette machine qui conservera leurs paroles pour l'éternité! Une machine à faire parler les morts, que dites-vous de cela, messieurs?

Plus tard, des journalistes me demanderaient fréquemment de relater cette première démonstration et, surtout, de commenter cette dernière déclaration qui, rapportée dans les journaux, donna lieu à un scandale ayant comme conséquence de rendre Thomas Edison célèbre à travers tout le pays. Je ne révélai la vérité à personne, mais cette sortie n'avait rien du prétendu faux pas dont il s'excuserait ensuite lors d'entretiens avec les membres de la presse.

Plus tôt cet après-midi-là, alors que nous occupions plusieurs banquettes dans le train qui nous menait aux bureaux du journal, Edison était resté assis seul contre la vitre. Mettant son isolement sur le compte de la fatigue, nous n'avions guère osé le déranger, célébrant tous dans un autre coin du wagon grâce aux flasques que mes collègues s'étaient fait fort de traîner avec eux. Aussi, à l'instant où Edison avait lancé cette affirmation quant au pouvoir du phonographe de donner la parole aux morts, j'avais compris qu'il avait longuement préparé sa mise en scène, qu'il s'était arrangé pour laisser sa marque et pour les mystifier tous. Et il y était parvenu.

Dès les jours suivants, nous constatâmes que des journaux de New York et de Philadelphie avaient repris l'article du *Scientific American*, ceux de Washington emboîtant le pas ensuite, puis ce fut la côte Ouest, l'Angleterre et la France. Les journalistes commencèrent à affluer à Menlo Park et le public se joignit à l'engouement, débarquant du train par douzaines et créant une telle folie que la Philadelphia Railway dut ajouter des trains aux horaires habituels pour satisfaire à la demande. C'était à n'y rien comprendre. De village oublié et déserté lorsque Edison s'y était établi en 1876, Menlo Park était devenu un arrêt obligé. Le quai autrefois délabré auquel il manquait plusieurs planches et dont le bois était rongé par l'usure et la pourriture fut rénové et une véritable gare dut être construite avant l'arrivée de l'hiver. Elle n'était pas très grande, mais abritait désormais un comptoir pour la vente des billets qu'on n'achetait auparavant que chez l'épicier. La gare était dotée d'une petite salle d'attente et d'un coin casse-croûte, plus approprié pour les familles nous visitant que la taverne que tenait l'Irlandais Davis.

Les gens s'amenaient au laboratoire, y entrant comme s'il s'agissait d'un moulin, et nous obligeaient à offrir à tour de rôle des démonstrations de la machine parlante. Mais plus que tout, ils venaient voir Edison. Son visage, qui était apparu dans les journaux, fascinait. Surtout depuis qu'un journaliste avait employé le terme « sorcier » pour qualifier « l'homme qui fait parler les morts ». L'expression « sorcier de Menlo Park » était lancée et Edison ne fit rien pour s'y opposer. Il disait pourtant détester toutes ces visites qui l'empêchaient de se concentrer suffisamment pour travailler sur le télégraphe automatique. Au fond de moi cependant, je savais qu'il avait ardemment désiré cette notoriété qui lui tombait dessus, et que des hommes moins charismatiques, tels que Graham Bell, ne possédaient pas la verve pour le détrôner. Plus que jamais, nous préconisions les heures nocturnes pour continuer notre véritable travail, laissant à Charles Batchelor la tâche d'accueillir les visiteurs qui se multiplièrent au cours de l'automne et de l'hiver 1877. À ce moment-là, Edison n'utilisait déjà plus les bandes de papier ciré, trop rudimentaires. Nous gravions désormais sur des feuilles d'étain, plus résistantes et dont la sonorité était infiniment plus claire.

Un jeune homme du nom de Thomas Logan fut engagé afin d'aider John Kruesi à la fabrication des phonographes dont Edison aurait besoin pour les représentations publiques et en prévision de leur commercialisation. Logan était un élégant garçon arborant une moustache en forme de guidon et dont la politesse et le beau parler lui attirèrent rapidement le surnom de « gentleman Tom ». Grâce à lui, le phonographe s'embellit, son mécanisme tenant dès lors dans un luxueux coffre en bois sur lequel apparaissait la signature du créateur en lettres dorées. Des jeunes gens de partout à travers le pays furent formés et Edison les envoya donner des démonstrations publiques pour que plus de personnes encore aient accès à la machine parlante. À cet effet, de grands cornets furent fixés à l'embouchure des phonographes afin de projeter le son de façon optimale dans les vastes salles où ils étaient montrés au public de New York et de Philadelphie.

L'objectif de ces présentations était de créer un engouement tel pour l'appareil qu'il deviendrait chic d'en posséder un à la maison. Nous désirions trouver un moyen d'améliorer encore le canevas sur lequel le son était gravé pour parvenir éventuellement à enregistrer puis à vendre des morceaux musicaux à la pièce, mais Edison ne raffolait guère de cette idée. À ses yeux, le phonographe était destiné à devenir un instrument de travail qui, à l'instar du crayon électrique fonctionnant à piles qu'il avait inventé quelques années plus tôt, serait utilisé uniquement dans les bureaux d'affaires. Un patron pourrait, par exemple, y dicter une lettre sans avoir recours aux services d'un secrétaire. N'importe qui serait apte à l'utiliser sans compétences particulières, ce qui, encore une fois, permettrait aux entreprises d'économiser sur les salaires alors qu'un simple garçon de bureau ferait parfaitement l'affaire.

Peut-être à cause de sa surdité, Edison ne voyait pas la pertinence d'octroyer au phonographe une vocation de divertissement. Il ne comprenait pas que cela puisse exacerber la demande et refusait donc qu'une de ses inventions serve à l'amusement ou à toute autre cause aussi futile. Batchelor lui répétait qu'à s'obstiner ainsi, nous passerions à côté d'un énorme marché, que les gens adoreraient entendre de la musique dans le confort de leurs demeures. Mais Edison jugeait l'idée de musique «en conserve» ridicule, voire absurde.

Les histoires relatées par ceux qui avaient eu la chance d'entendre le phonographe voyagèrent à travers le monde. Peu de temps après, l'inévitable se produisit.

༄

Il devait être cinq heures du matin, en ce début de printemps 1878. Le retour d'un soleil agréable semblait destiné à ramener à Menlo Park son lot de curieux. Nous avions passé les nuits précédentes à travailler sur des inventions dont la diffusion du son était toujours le point commun – l'aérophone et le mégaphone notamment – et nous nous préparions à laisser l'espace à l'équipe de jour qui devrait composer avec la présence dérangeante des visiteurs impromptus Edison affichait une mine de plus en plus exténuée tout en se vantant aux journalistes qui le questionnaient de ne dormir que trente minutes toutes les six heures et d'avoir une diète variée et irréprochable qui le gardait en pleine forme. C'était n'importe quoi. Certes, il lui arrivait de s'écraser sur l'un des bancs de bois du laboratoire et de sombrer dans l'inconscience du sommeil pour des périodes allant de quinze à trente minutes, mais ce n'était jamais que parce qu'il passait son temps à se quereller avec son épouse et que ses nuits n'avaient rien de tranquille. Mary tentait en vain d'organiser des fêtes où il devait faire figure d'hôte à ses côtés, mais il évitait obstinément ces occasions de faire des pauses, ne s'y montrant jamais. Et sa diète ne se résumait trop souvent qu'à du café, des cigares et des tranches de tarte aux pommes bien sucrées, préparées et livrées au laboratoire par Sarah Jordan. Ce matin-là, je l'avais vu vaciller quelques secondes après qu'il se fut levé trop promptement de son siège. En croyant ne pas être observé, il avait porté la main à son front, puis avait feint de retrouver ses forces au moment où Griff avait fait irruption dans le laboratoire, rouge d'excitation.

— Monsieur Edison, c'est extraordinaire ! Vous ne devinerez jamais d'où provient le télégramme que je viens de recevoir !

Nous nous rassemblâmes tous autour de lui, l'empêchant de faire un pas de plus dans la pièce. Edison haussa les épaules en clignant des yeux.

— De Washington ! Ce n'est pas une blague, le président lui-même demande à vous rencontrer pour une démonstration privée du phonographe, à la Maison-Blanche !

Edison projeta sa tête vers l'arrière comme pour remercier le ciel et serra les poings, dans un geste de victoire.

— Quand, Griff? Quand désire-t-il nous voir là-bas?

— Le plus tôt possible. On me dit de télégraphier la date de votre départ.

— Dis-leur que nous partirons demain.

— Mais vous êtes mort de fatigue! lançai-je en tentant lui faire entendre raison.

Je me butai aussitôt à son obstination habituelle.

— Je dormirai bien quelques heures au cours de la journée. Il ne faut pas faire attendre le président. Batch, tu viens avec moi, évidemment. Honest John aussi, tu seras responsable de voir à ce que le phonographe ne s'abîme pas durant le voyage.

Et comme si Edison avait été doté d'une manivelle au milieu du dos, il retrouva soudain toute son énergie et commanda les gens en les pointant de l'index, ne s'exprimant qu'en demi-phrases.

— Oui, mettez-les ici... Emportez cela là-bas et vous, apportez-moi ceci... J'aurai aussi besoin de ces... oui, exactement! Quand vous aurez fini, apposez leur une... C'est cela!

Il nomma Charles Dean responsable du laboratoire en son absence et à moi, Edison fit une demande plutôt étonnante:

— J'aimerais beaucoup que vous veilliez sur Mary durant ces quelques jours, miss Charlie.

En contenant un sursaut, je sentis sa main qui se posait dans mon dos alors qu'il m'entraînait dans l'escalier.

— Allons parler dans mon bureau, me dit-il seulement, me permettant de deviner que ses propos ne devaient être entendus par personne d'autre que moi.

Il me toucha de nouveau, une fois au rez-de-chaussée, prenant mon bras à la hauteur du coude en me guidant jusqu'au siège où il me pria de m'asseoir. Ce contact fut très chaste, mais il me troubla par sa délicatesse. Edison ne prit pas place derrière le bureau, s'appuyant sur son classeur dont les poignées métalliques devaient pourtant être très inconfortables, et croisa les bras sur sa poitrine, affichant un air embarrassé.

— Je ne serai absent que pendant trois ou quatre jours. Je considère donc inutile d'appeler Alice, la sœur de mon épouse, à son chevet, mais elle aura tout de même besoin d'une personne pour veiller sur elle. Je n'insinue pas que vous devrez négliger votre travail pour cette raison, je veux seulement que vous vous rendiez là-bas deux ou trois fois par jour pour vous informer de son état.

— Votre épouse serait-elle souffrante ?

— Elle attend un enfant.

— Oh, je vois, dis-je en hochant la tête de haut en bas, comprenant la raison pour laquelle Mary n'apparaissait plus au laboratoire depuis quelques semaines.

Cela était évidemment suffisant pour la qualifier de « malade », mais à l'expression d'Edison, je sus qu'il y avait davantage.

— Pour un motif que j'ignore, cela semble plus difficile cette fois. Elle est fréquemment prise de crises de panique dont la cause m'est inconnue. Le médecin répète que tout est normal, sauf que je sais, moi, qu'elle n'est pas comme d'habitude. Mary a changé. Peut-être parce qu'elle est grosse de nouveau, mais j'ai la conviction que cela n'a rien à y voir.

— Que désirez-vous que je fasse ?

— Juste la visiter autant de fois que vous le pourrez, vous assurer que Dot et Dash vont bien et qu'ils ne vont pas jouer le long de la voie ferrée. Mary a très peur qu'ils soient happés par un train. Je vous laisserai le nom de l'hôtel où je séjournerai pour que vous puissiez me télégraphier s'il y avait urgence.

— D'accord, soyez tranquille.

Habituellement, il ne confiait les détails de sa vie personnelle qu'à Charles Batchelor, en qui il avait une confiance
absolue, et qu'il s'en remette à moi pour surveiller l'état de
santé de sa femme me fit voir l'estime qu'il commençait à
me porter. Je compris mal cependant le léger pincement au
cœur que j'avais ressenti lorsqu'il m'avait confié que Mary
était enceinte. Était-ce de la jalousie ? Je ne pouvais logiquement envier la situation de cette femme, moi qui nourrissais un irascible mépris pour le mariage et tout ce qu'il
impliquait. Il fallait croire que le corps, dans ses fonctions
reproductrices, avait une volonté indépendante de l'esprit,
et que le mien parvenait à faire entendre sa voix alors que
je m'apprêtais à franchir la première moitié de la vingtaine
et qu'il n'y avait nulle trace de fécondation à l'horizon. Je
refusais de considérer que ce sentiment sournois et douloureux puisse être lié à Edison lui-même, bien que le moindre
de ses contacts ébranlât mes vives résolutions à ne pas
tomber amoureuse d'un homme de nouveau.

Le phonographe fut emballé précautionneusement dans
une caisse bourrée de linges de coton afin d'adoucir les chocs
du transport. Si j'avais été un homme, peut-être aurais-je eu
la chance de faire partie du voyage. Peut-être aurais-je pu
moi aussi visiter la Maison-Blanche et rencontrer le président Hayes. Quelque chose en moi me disait toutefois que
ce n'était pas du tout la raison pour laquelle j'envisageais
avec tristesse ces quatre jours où Thomas Edison serait loin
de nous.

Chapitre 5

Mary had a little lamb

Tenant l'exemplaire du journal contre ma poitrine pour éviter de l'abîmer sous la pluie, je courus jusqu'à la maison d'Edison en sautant habilement au-dessus des trous boueux tout au long de Christie Street. Les talons de mes bottillons glissant sur le chemin vaseux, je bénissais mes *blue jeans* qui m'évitaient la préoccupation d'un ourlet à ne pas salir. Le chien m'interpella à l'instant où je traversai la grille, lâchant des jappements obstinés jusqu'à ce que je sois bien à l'abri sur le perron à attendre que l'on vienne m'ouvrir, moment où la bête se désintéressa de moi pour retourner à l'intérieur de sa niche. La domestique, ayant désormais l'habitude de me voir apparaître à cette heure du jour, me laissa entrer sans un mot, retournant immédiatement à la salle à manger où les enfants déjeunaient. Mary n'étant pas près d'eux, la petite Dot semblait avoir pris la relève, se chargeant de faire manger son frère avec une amusante autorité d'institutrice. Le garçon obéissait placidement, assis à la place de son père en bout de table.

— Est-il trop tôt pour voir Mary ?

— Madame est réveillée, elle ne se sentait pas suffisamment bien pour descendre ce matin. Vous pouvez monter si vous voulez.

Toujours à sa place, la domestique n'osait jamais me dissuader de me rendre à l'étage, consciente que je ne faisais que respecter la volonté du maître des lieux, en dépit de l'accueil mitigé que recevaient mes visites. J'avais pourtant tout tenté pour apparaître sympathique à Mary, mais ma présence au sein de l'équipe de recherche de son époux la dérangeait manifestement et les histoires fantaisistes à mon sujet, rapportées par les épouses de mes collègues Batchelor et Kruesi, n'étaient pas pour arranger l'opinion qu'elle s'était faite de moi.

Je frappai trois petits coups à la porte de sa chambre, passant outre l'embarras que je ressentais chaque fois que je devais pénétrer dans cette pièce afin de m'enquérir de son état.

— Mary ? C'est moi, Charlie. Puis-je entrer ?

Une onomatopée soupirée dut me satisfaire. Avant de partir pour la capitale, Thomas lui avait fait comprendre que je veillerais sur elle et Mary se pliait à cette demande pour la forme uniquement. La plupart du temps, elle me renvoyait après quelques minutes.

À l'instant où j'entrai, je balayai la pièce du regard pour la trouver. Je n'aimais pas attarder mes yeux sur le lit, souvent défait, qui trônait à la gauche de la porte contre le mur. Voir le lit d'Edison m'apparaissait comme une indécence ; je n'en étais pas là dans mon intimité avec lui. Ce lit me plongeait dans des pensées qu'il valait mieux ne pas approfondir, mais qui s'entêtaient à frayer leur chemin dans mon esprit tel un ver du bois. Je me sentis rougir et secouai la tête en me dirigeant vers Mary qui écrivait, assise à une petite table près de la fenêtre.

Elle abandonna sa plume dans l'encrier lorsque je pris place devant elle en souriant.

— J'ai quelque chose à vous montrer.

Je redonnai une forme à l'exemplaire un peu froissé du journal que nous avions reçu le matin, mais qui portait la date de la veille. Les journaux de Washington nous parvenaient toujours un peu en retard. Je le lui tendis, m'imaginant la voir réagir avec le même enthousiasme que j'avais eu en apercevant le visage de Thomas en pleine première page. Au-dessus de la gravure étaient inscrits, en gros caractères, les mots : *Le sorcier de Menlo Park rencontre le président des États-Unis.*

— Que dites-vous de cela ? N'est-ce pas formidable ? Quelle publicité !

Mary serra les lèvres et commença à lire, probablement parce que c'était la seule façon de recevoir des nouvelles fraîches de son mari. L'article racontait la visite de Thomas Edison à la Maison-Blanche, révélant qu'elle avait eu lieu à la nuit tombée, dans le bureau privé du président où le phonographe avait été essayé par Rutherford Hayes lui-même. La première dame, Lucy Hayes, avait également eu droit à sa propre démonstration et selon les propos du journaliste, celle-ci avait fait montre d'une admiration sans bornes à l'égard de l'inventeur qui les avait tous mystifiés. L'article se concluait ainsi :

« Nous prions le gouvernement de profiter de la présence à Washington de ce grand esprit qu'est Thomas Edison pour lui accorder les fonds dont il aura besoin en vue de ses recherches. Il serait déplorable qu'un homme tel que lui soit contraint de mendier son pain, à l'image d'un Eli Whitney. Laisserons-nous nos plus grands hommes connaître le sort d'un Charles Goodyear qui était affligé d'une dette de deux cent mille dollars au moment de son décès ? Réalisons, cette fois, quel génie possède notre pays et ne reproduisons pas les erreurs de jadis en ne reconnaissant pas le besoin qu'ont ces hommes à se dédier entièrement à leur science. »

— Il devait être terrorisé, le pauvre, lui qui est si timide, commenta Mary d'une faible voix en touchant délicatement sa tempe et en faisant de légers mouvements circulaires comme si elle tentait de soulager une migraine.

— Il est devenu une célébrité à Washington en l'espace d'une nuit seulement. Maintenant, tout le monde se l'arrache. Peut-être sera-t-il obligé d'allonger son voyage pour répondre à toutes les demandes.

— Non, il reviendra vite, affirma-t-elle en refermant le journal et en le jetant sur la table.

Je le lui avais apporté pour qu'elle le garde en souvenir, mais elle n'en avait pas l'intention, de toute évidence.

— Pourquoi dites-vous cela ? Ne croyez-vous pas qu'il doive profiter de la manne qui passe et être vu le plus possible ?

— Il déteste cela. Ses problèmes d'ouïe le gardent à mille lieues des rassemblements publics où il est incapable d'entendre ce qu'on lui dit. C'est pour cette raison qu'Edward Johnson est constamment envoyé dans les grandes villes pour exhiber ses inventions, comme ce fut le cas avec le téléphone. Il devrait être ici, avec sa femme et ses enfants, au lieu de courir la gloire auprès du président.

— Il ne pouvait tout de même pas rater une occasion pareille !

— J'en conviens, mais comme il doit souffrir ! Cette première page qu'on lui consacre est un cadeau du ciel pour le phonographe qu'il espère faire connaître, mais une malédiction pour lui qui ne sait comment vivre avec les conséquences d'une telle visibilité. Il doit se sentir tout à fait perdu et avoir hâte de revenir chez lui.

Ces quelques phrases échangées avec Mary furent suffisantes pour me faire comprendre le fonctionnement de leur relation. Elle voyait son époux comme un enfant qui serait incapable de retrouver son chemin dans une foule, qui n'aurait pas la colonne vertébrale assez solide pour supporter sa célébrité, et elle devait sûrement lui répéter cela tous les jours. Ainsi donc, cette phrase qu'il employait sans cesse dans ses expériences avec le phonographe n'était pas qu'un fragment de poésie naïve choisi au hasard pour sa simplicité. *Mary had a little lamb* s'avérait être un exutoire, prononcé avec une ironie que personne n'était capable de déceler. Thomas Edison n'avait pourtant rien d'un doux agneau soumis à une volonté autre que la sienne. Le côtoyant tous les jours, les aspects plus irascibles de sa personnalité m'étaient familiers. J'avais souvent senti ma respiration s'emballer de panique lorsque les résultats qu'il exigeait se faisaient attendre ou que je peinais à appliquer une formule ; j'avais déjà subi son impatience, ses soupirs exaspérés. J'avais aussi souvent pesté contre ses interdictions de me restaurer ou de me reposer jusqu'à ce que je sois parvenue à lui apporter satisfaction. Edison n'était pas le patron le plus facile, mais nous le respections dans ses humeurs et ses exigences parce que nous lui reconnaissions tous une certaine supériorité intellectuelle. Mary ne le voyait pas ainsi. La femme qui partageait sa vie, elle, devait composer avec ses absences, ses excuses et les faiblesses qu'il ne nous montrait pas. Malgré cela, je ne pus croire qu'il fût un agneau. Quiconque le considérait comme tel ne le faisait que dans le cadre d'une entreprise de destruction volontaire et intéressée.

— Je ne m'en ferais pas trop pour lui si j'étais vous, conclus-je en reprenant le journal sur lequel une tache d'encre apparaissait désormais. Si vous me disiez plutôt comment vous vous portez ?

— Depuis cette nuit, ma tête me donne l'impression de vouloir éclater. J'écris justement à ma sœur pour lui demander de venir passer quelques jours ici.

— Vous savez que vous pouvez toujours compter sur moi, n'est-ce pas ? Même quand monsieur Edison est là, n'hésitez pas à me faire mander à votre chevet, si vous avez besoin d'aide pour les enfants.

— Je préfère encore réclamer l'aide d'une personne pour qui les soins à apporter aux enfants ne sont pas un mystère.

Vous avez autre chose à faire. Et contenter mon mari en est une.

— Il comprendrait, dis-je avec amertume.

Je m'étais pourtant juré de cesser de calculer combien de temps il lui faudrait pour insinuer que je ne savais pas y faire avec la marmaille.

Elle n'avait pas entièrement tort, sauf que ses mots étaient teintés de ressentiment. Mary détestait l'idée de savoir une femme célibataire auprès de son époux jour après jour, et trouvait constamment de nouveaux moyens pour transformer ma liberté en affreuse tare. Je lui proposai alors de lui rendre service d'une autre façon, en faisant le lit, par exemple, ou en l'aidant à ranger ses robes éparpillées au gré de la pièce, mais elle prit ma demande pour une façon de critiquer l'état des lieux et me renvoya, comme prévu, après ce bref entretien.

☙

Lorsque Edison revint à Menlo Park, ce ne fut pas avec le train qui transportait un lot encore plus important de journalistes à la suite de la publication de l'article du *Washington Post*. Il avait pressenti l'impact que générerait sa rencontre privée avec le président et au lieu de causer une commotion pire encore que celle de Washington, il rentra discrètement par fiacre, à l'abri des regards qui étaient tournés vers la gare. Avant même que les journalistes de la côte Est n'aient pu flairer sa présence, il se trouvait en sécurité à l'intérieur du laboratoire où nous eûmes droit à un récit détaillé de son aventure. Charles Batchelor raconta en riant comment Honest John et lui avaient dû extirper Edison de la foule s'étant pressée autour d'eux dans le vestibule de l'hôtel et qu'il était passé à un cheveu d'être dévoré vivant.

— Tout le monde désirait qu'il signe leur journal et tendait leur exemplaire directement sous son nez en cherchant à attirer son attention.

— Oui, je ne voyais qu'un cercle rétrécissant autour de moi et le chapeau de Batch qui s'éloignait de plus en plus comme s'il était entraîné par un courant irrépressible ! ajouta Edison en s'esclaffant à son tour.

— Et plus tard, on nous a fait une demande pour que Thomas soit emmené aux studios de Mathew Brady pour prendre une photographie officielle avec le phonographe.

— Brady espérait en tirer des cartes postales ou je ne sais quoi d'autre et les vendre à quiconque serait prêt à se départir de vingt-cinq gros sous ! Tout compte fait, la photo était mauvaise, il n'en tirera pas un rond ! admit Edison qui détestait poser pour les photographes.

— Et on nous a conviés pour donner une conférence à l'Académie des sciences devant un parterre entier de professeurs et de scientifiques, continua Charles Batchelor.

— J'étais inpacable d'entendre les questions qui m'étaient posées du fond de la salle. J'aurais dû en profiter pour introduire le mégaphone, ils auraient pu le faire circuler parmi eux pour me faciliter les choses !

Et les trois hommes continuèrent à rire en se remémorant des anecdotes de leur périple qui avait été un succès sur toute la ligne. Dehors, les reporters qui avaient eu vent du retour discret d'Edison cognaient maintenant à la porte avec beaucoup d'insistance dans le but de recueillir les commentaires de notre patron sur son passage à la Maison-Blanche, mais il prit encore un long moment à fumer un cigare en compagnie de « ses garçons » avant de leur donner son attention. Lorsque John Kruesi reçut la permission de les faire entrer, ils s'entassèrent tous au rez-de-chaussée tandis qu'Edison demeurait sur la troisième marche de l'escalier afin de répondre à leurs questions. Rassemblés autour de lui pour former une sorte de bouclier devant les journalistes qui se poussaient les uns les autres en tentant d'être le prochain à qui « le sorcier de Menlo Park » donnerait la parole, ce fut ainsi que nous apprîmes la nouvelle.

— Ma tournée avec le phonographe se poursuivra très prochainement dans le cadre de l'Exposition universelle de Paris à laquelle nous avons été invités ! Nous nous embarquerons dans quelques jours et ferons la conquête de la France où le monde entier aura l'occasion d'entendre le miracle du phonographe !

Nous échangeâmes tous des regards étonnés, entendant Edison parler de Paris pour la première fois. Plus tard, lorsque nous nous réunîmes pour en discuter, Edison me désigna du menton.

— Miss Charlie, vous parlez français, non ?

— Comme je vous l'ai déjà dit, je l'ai appris. De là à le parler couramment… J'aurais assurément besoin de me replonger dans la baignoire avant de me sentir à mon aise.

— Cela me suffit, vous venez avec nous.

Considérant alors le dossier réglé, il passa à un autre collaborateur, m'obligeant à l'entraîner à l'écart une fois la frénésie de l'annonce digérée par tous.

— Ai-je bien compris que vous m'avez sélectionnée pour aller à Paris ?

— Vous êtes la seule parmi tous ces messieurs à baragouiner un peu de français. Le choix était plutôt facile.

— Et quand partons-nous ?

— Dans deux jours. Commencez à préparer vos bagages, car j'estime que nous serons au loin au moins deux mois.

Il me laissa plantée là alors que j'en étais à assimiler l'idée de passer deux mois en compagnie d'Edison, loin de Menlo Park, loin de sa vie personnelle, loin de la réalité. Mon corps entier fut pénétré par une réaction singulière de victoire et de joie absolue, mais à l'instant où ce moment de jouissance passa, il fut remplacé par la terreur viscérale de mes souvenirs d'Europe qui risquaient de ressurgir avec plus de violence. Je ne pouvais oublier la dernière fois où j'avais traversé l'océan Atlantique et le sentiment que j'avais traîné tel un fardeau sur mon esprit alors que je rentrais au pays. La vision du cercueil sur lequel j'avais jeté une poignée de terre me revint immédiatement en mémoire. Le traumatisme survivait. Je me rappelai aussi la dernière phrase que j'avais chuchotée en tournant le dos à la France où nous avions pris le bateau en direction de New York : « L'Europe… ma malédiction. Que je ne sois jamais contrainte d'y retourner, je ne pourrais le supporter. »

Chapitre 6

Par un soir de tempête

Les garçons de Menlo Park nous dirent au revoir devant le laboratoire alors que nous nous préparions à monter dans le train qui nous mènerait à New York où nous embarquerions. Alourdie et gênée par sa grossesse, Mary s'était contentée de faire ses adieux à la maison tandis que Dot et Dash se plurent à grimper dans les bras de leur père à tour de rôle, ayant compris qu'ils n'auraient pas l'occasion de lui parler avant longtemps. Edison donna à la petite fille de sept ans la responsabilité de la maisonnée et elle sécha ses larmes en acceptant cette charge dont elle serait à la hauteur, en bonne aînée de la famille.

Outre moi-même, Charles Batchelor était évidemment aussi du voyage, Edison ne se séparant que très rarement de son précieux second. Edward Johnson, représentant commercial, devait également être de la partie afin d'étudier les possibilités qu'avait Edison d'établir un atelier de production à Paris, selon l'intérêt qu'auraient les Européens à l'égard du phonographe. Honest John, pour sa part, était satisfait de rester pour superviser Menlo Park en compagnie de Charles Dean et de John Ott. Le père d'Edison, Samuel, était même venu de Port Huron dans le but de participer aux recherches qui se poursuivraient en l'absence de son désormais célèbre fils. Samuel Edison était un homme absolument fantastique, élégant et vif d'esprit, dont l'humour intelligent et cinglant expliquait parfaitement l'attitude de son dernier-né. Edison me parut encore plus fascinant dès lors que j'eus droit à un contact avec son bagage génétique.

Dans sa malle, Edison emportait de beaux costumes achetés à Newark par Mary qui avait refusé de voir son mari être qualifié de «paysan américain» dans les journaux internationaux. Car nous savions déjà que l'accueil réservé à l'inventeur serait froid jusqu'à ce qu'il ait prouvé ses capacités devant la communauté scientifique européenne qui ne lui accordait que fort peu de crédibilité. La paternité du phonographe était d'ailleurs contestée avant même qu'il ait eu l'opportunité d'expliquer sa création de vive voix et de démontrer les résultats jamais obtenus auparavant.

— Ne t'en fais pas, Tom, avait lancé Charles à la lecture de l'article consacré à la venue d'Edison à Paris alors que le bateau quittait le port et que nous nous appuyions à la rambarde en profitant du soleil. Ce monsieur de Martinville n'a rien à revendiquer, en vérité. Il a pu enregistrer un couplet, par chance. Il n'a jamais trouvé, comme nous, la juste façon de rendre le son.

— Et que dit cet homme de nous ? demanda Thomas dans un soupir dont la nonchalance volontaire avait pour but de cacher son agacement.

Batchelor parcourut l'article en diagonale, son chapeau haut-de-forme zigzaguant alors qu'il descendait ses yeux tout au long de la page. Sardonique, il toussota avant de déclamer la citation d'Édouard-Léon de Martinville à voix haute :

— "Je ne peux que féliciter ce monsieur Edison pour les résultats obtenus au cours de ses recherches. Je ne demande, pour mes propres efforts, qu'une seule récompense : que mon nom et celui de mon invention, le phonautographe, soient aussi prononcés dans cette histoire."

Edison, observant la ville de New York s'éloigner lentement, poussa une exclamation empreinte d'une certaine condescendance.

— Ha ! Jusqu'à présent pourtant, personne, à l'exception des quelques scientifiques terrés au fond de leurs laboratoires, n'a entendu parler de cet objet, de ce phonautographe !

— Il m'est d'avis qu'il y en aura quelques-uns comme cela. Mais cet homme semble tout de même être parvenu, il y a presque vingt ans, à graver du son sur une matière très fragile. Que du papier et du noir de fumée.

— Effectivement, rien de pratique, rien de durable. Heureusement pour nous, il a fini par abandonner ses recherches !

Ce disant, Edison se désintéressa du paysage ensoleillé de New York et m'envoya un sourire destiné à me faire comprendre que ces propos ne le démontaient pas, se concentrant plutôt sur l'animation régnant sur le pont. Trois garçonnets habillés de tenues blanches et bleues de marin couraient l'un derrière l'autre en levant vers le ciel des tourne-vent aux couleurs vives. Lorsque l'un d'eux perdit son petit chapeau rond sans se soucier de le voir dangereusement rouler vers la rambarde, un homme en redingote s'empressa de le récupérer afin de le tendre à la mère ou la nurse du garçon, celle-ci marchant dignement en criant parfois à la petite troupe surexcitée de prendre garde aux autres passagers. Un peu plus loin, des étudiants déballaient des sandwichs pour les séparer en parts égales et les partager entre eux. Une fillette aux tresses incroyablement longues tentait d'attirer, avec un morceau de pain, les quelques mouettes qui risquaient un vol plané tout près de l'embarcation tandis que sa grand-mère lui tapait gentiment sur les doigts, visiblement apeurée par les oiseaux qu'on n'aurait pas cru si énormes en les observant de loin.

Edison, dont l'esprit était encore occupé par l'article que lui avait lu Batchelor, poursuivit, après ces quelques minutes de réflexion.

— Je trouve étonnant que ces scientifiques, si prompts à nous qualifier de paysans, n'aient jamais jugé bon de continuer leurs travaux au-delà d'une simple découverte. Ils désirent simplement apposer leurs noms sur une nouveauté, puis ils la laissent tomber, comme si le monde n'avait pas besoin de progresser. Comme si le cul-de-sac leur apparaissait à l'instant où la révélation parvenait à eux. Ils sont indignes, si tu veux mon avis, Batch. Indignes de faire partie de l'Histoire pour des coups de chance et des abandons.

— Tu as bien raison. Ils ont des théories, mais aucun ne possède de vision. Voilà ce qui te différencie d'eux tous.

Charles tapota l'épaule d'Edison, cherchant à le rassurer alors qu'il avait conscience qu'à Paris, tout le monde chercherait à le mettre à l'épreuve, que tous douteraient de la légitimité de ses recherches, jusqu'à ce que l'avenir prouve le contraire.

La conversation ne me plaisait pas, me donnait l'impression que nous partions perdants dans une course que les scientifiques européens avaient eux-mêmes décidé d'interrompre. Ayant séjourné là-bas suffisamment longtemps pour sentir le pouls de la situation, je savais qu'on ne désirait pas que l'avenir provienne de l'Amérique. Bien ancrés dans leur vision du futur qui, selon eux, ne devait naître qu'à pas de souris, les scientifiques se concertaient pour garder le peuple dans un état d'ignorance perdurant depuis le Moyen Âge, satisfaits de se savoir seuls à posséder les formules passibles d'ouvrir le monde à lui-même. Les dirigeants du vieux continent n'avaient pas besoin d'une population informée, éveillée et réfractaire à l'ancien système de croyances. Car la connaissance entraînait inévitablement la rébellion, c'était ce que les livres d'histoire enseignaient. Et Thomas

Edison, du haut de ses trente ans, avec son visage de héros, représentait à lui seul la brèche sur le monde moderne qui menaçait d'ébranler la vieille garde. On devait appréhender sa venue comme celle de l'un des cavaliers de l'Apocalypse et, durant la traversée, je me fis un devoir de le lui faire comprendre petit à petit, lui répétant de se parer d'un bouclier à toute épreuve contre les attaques qu'il subirait là-bas.

— Si je dois être un second Galilée, j'accepte mon rôle avec joie. Personne ne m'empêchera de créer le monde de demain. Personne.

Ces conversations eurent le mérite de nous rapprocher, au point où, à mi-chemin de l'océan, il me pria de cesser de le vouvoyer et de m'adresser à lui par son prénom.

Nos cabines étaient si étroites – nous n'avions pas les moyens de nous payer des balcons –, que nous aurions été contraints de discuter en nous asseyant sur nos lits respectifs, ce qui nous sembla de moins en moins convenable à mesure que le voyage progressait. Nous aimions alors, Thomas et moi, feindre que le couloir nous arrangeait et nous nous installions directement sur le sol devant les portes de nos cabines qui se faisaient face. Il fumait des cigares tandis que je sirotais mes verres de sherry, me questionnant, alors qu'il en avait amplement le temps, sur ma vie en Allemagne, ce que j'acceptai de lui raconter en négligeant les détails douloureux. Ce qui me plaisait plus que toute autre chose chez lui était sa façon de préférer l'inconfortable plancher où nous restions des heures durant, alors que sa notoriété aurait pu le diriger vers le bar où des hommes beaucoup plus dignes d'intérêt que moi-même l'espéraient soir après soir. Conscient que je n'y aurais pas eu ma place et refusant de m'abandonner, il supporta l'incongruité de notre lieu de rencontre jusqu'à cette soirée houleuse où la mer était si agitée qu'il nous était impossible de demeurer assis par terre comme à notre habitude. Il vit ma peur et mon visage pâle comme la mort. Il comprit que je n'étais plus heureuse d'être là et que j'appréhendais le pire.

— Je suis terrorisée, lui confiai-je alors que le bateau tanguait dramatiquement jusqu'à rendre le plancher presque perpendiculaire à la mer. Je ne pourrai par fermer l'œil, je suis…

Une nouvelle vague me fit perdre pied et il me récupéra avant que je n'aille m'écraser contre le mur.

— Viens, il faut tâcher d'oublier cela.

Il accepta, pour la première fois depuis notre départ de New York, de me faire entrer dans sa cabine. Les livres qu'il avait classés en une pile ordonnée sur la minuscule table recouvraient le plancher et ses vêtements étaient éparpillés au sol, la colère de la mer ne pouvant certes pas être qualifiée de responsable pour ce dernier élément de désordre.

— Il ne sert à rien de tout ranger, visiblement.

Il me fit grimper sur le lit et nous nous adossâmes au mur, lui en riant et moi en gémissant de terreur.

— Tu n'as jamais vu la mort de près, n'est-ce pas ? me demanda-t-il en continuant à s'esclaffer devant les larmes que je ne pouvais plus contenir.

— L'Europe me porte malchance… lançai-je en croyant réellement ma dernière heure arrivée. Je ne survivrai pas à ce voyage, j'aurais dû le prévoir. Oh, mon Dieu, nous allons mourir en pleine mer !

Et il se moqua de plus belle, adorant se trouver entre les mains du sort et le mettre au défi de lui retirer sa vie. À un moment, Batchelor cogna à la porte de la cabine, s'informant si tout allait bien, lui aussi inquiété par les remous de la tempête qui allait en s'empirant si cela était possible.

— Oui, à merveille, Batch ! cria Thomas. Et miss Charlie est avec moi ! Elle est morte de frousse, la pauvre ! Essaie de dormir, tout ira mieux demain !

À cause du tonnerre, nous n'entendîmes pas la réponse de Charles qui se réfugia aussi dans ses quartiers. Je fus incapable de m'empêcher de pousser un cri quand la lampe à pétrole fut soufflée lorsqu'un mouvement du bateau lui fit perdre son air et que nous nous retrouvâmes dans l'obscurité la plus complète, enfermés dans un enfer noir et hautement instable. Nous ne pouvions ni demeurer assis ni nous coucher, sans cesse poussés par les rebonds des vagues s'entrechoquant à la coque du bateau. Il ne nous restait qu'à nous arrimer l'un à l'autre et attendre que passe la furie. Il y eut d'abord son corps se pressant contre le mien dans les mouvements obstinés des vagues. Il y eut ensuite des moments d'embarras générés par ces contacts à peu près involontaires lorsque soudain il cessa de se moquer de ma peur pour respirer la peau moite de ma gorge. Il y eut finalement nos bouches qui s'effleurèrent sans pouvoir réellement s'agripper l'une à l'autre, cette difficulté ne nous échauffant que davantage. Je n'étais pas certaine de comprendre pourquoi cela arrivait, pourquoi maintenant. Que s'était-il produit en lui depuis notre départ pour qu'il reconnaisse qu'un mince fil tissé de désir nous liait depuis des mois ? La peur qu'il n'osait peut-être pas exprimer déclenchait-elle ce besoin irrépressible de se rapprocher de moi pour me montrer que cette envie n'était pas à sens unique ?

Toute tentative de nous stabiliser ne provoquant que des haut-le-cœur, nous nous contentions de tirer profit de l'agitation constante de notre embarcation en nous y abandonnant sans plus résister. Parfois, il s'effondrait sur mon corps en cherchant mes lèvres. Ne parvenant pas à les trouver, il était tiré vers l'arrière par le mouvement de la vague où je le suivais en m'agenouillant devant lui pour couvrir sa gorge de légers baisers. Nous étions ensuite projetés l'un contre l'autre, moments où je pus me délecter de sa lèvre inférieure avant de rouler sur lui en insérant mes doigts dans son épaisse chevelure.

Lorsque la mer se tranquillisa au milieu de la nuit, nous fûmes presque déçus de devoir mettre un terme au jeu, mais à voix basse, il se félicita d'avoir trouvé une façon de me faire oublier la peur au profit du désir.

— Je devrais retourner à ma cabine maintenant, ce serait préférable.

— Pourquoi ? Le jour n'est pas levé, loin de là.

— Et qu'allons-nous faire ? Essayer de dormir à deux sur cette minuscule couchette ?

— Il y a moyen, j'en suis certain.

Emprisonnée dans ma robe froissée, je cherchai une façon de m'étendre contre lui tout en ordonnant mes jupes embarrassantes. Me tenant entre ses bras, il trouva les rubans qui nouaient mon vêtement dans mon dos et les dénoua à l'aveugle tout en murmurant à mon oreille.

— Là, comme cela, ce sera beaucoup mieux.

Il fit glisser ma robe le long de mes jambes et la repoussa au sol d'un coup de pied alors que je m'attaquais aux boutons de sa chemise en me sentant rougir de honte. Il fallut bien peu de temps avant que nous ne nous retrouvions presque nus l'un contre l'autre, confrontés à une envie coupable que nous nous étions amusés à éveiller afin de nous rassurer, mais qui, désormais, n'était plus censée avoir d'objet. Ma peur évaporée, j'aurais dû faire preuve d'un peu plus de force et m'éclipser pendant qu'il en était encore à peu près temps, mais Edison jugeait que le mal était déjà fait. Le désir était né, faisait perdurer ses effets sur nos corps et nous plaçait devant un choix immédiat. En osant me coller davantage à lui, je perçus l'effrayante fermeté entre ses jambes ainsi que la détermination qui l'animait. J'acceptai de le laisser me dévêtir entièrement en m'imaginant posséder encore la liberté de m'en sortir indemne.

— Je le veux, j'en ai envie… murmura-t-il à mon oreille alors que j'essayais de lui faire comprendre que nous ne devions pas perdre la raison, que nous le regretterions et qu'il s'agirait d'une faute irréparable.

— Thomas, je suis incapable de trouver en moi ce qu'il faut pour éviter de perdre la tête, mais si tu as une once de bon sens…

Tout ce qu'il entendit de ma supplication fut que je céderais s'il cédait aussi et je m'entendis lancer une plainte en sentant sa peau nue contre la mienne. Certes, je m'étais déjà accordé le droit de songer très brièvement à ce genre de chose au cours des moments où j'avais observé sa bouche de trop près à Menlo Park, mais jamais je n'aurais pu croire qu'il était ainsi. Jamais il ne l'avait laissé voir. Sa langue, mon Dieu… elle était enragée. Elle glissait sur la chair tremblante et humide de ma gorge et fouillait ma bouche prise dans l'étau de ses lèvres. Il toucha ma poitrine en soupirant de satisfaction comme si un grand secret lui était enfin révélé et il grimpa sur mon corps avec l'énergie d'un affamé. J'étouffai un cri en cachant mon visage dans le creux de son épaule lorsque sa chair entra au fond de moi et je ne pus que penser : « Oh oui, j'en avais tellement envie ! Qu'il me prenne aussi fort qu'il le peut… » Il échappa un éclat de rire à me sentir aussi désireuse d'être traversée par sa verge vigoureuse et se pressa encore plus entre mes cuisses alors que je me laissais aller à les ouvrir toutes grandes. À ce moment, il avait déjà dû constater qu'il n'était pas mon premier amant, mais il ne s'en formalisa pas. Le temps n'était certes pas aux questionnements. Mon corps encore désarticulé par la virulence du plaisir qu'il m'avait donné, il jouit sur les draps en soufflant comme un forcené.

Dans l'obscurité, nous demeurâmes muets, honteux de nous être exposés ainsi l'un à l'autre dans les besoins les plus primaires de nos corps. Mes seins qui se pressaient contre sa poitrine semblaient soudain le gêner; il n'osa plus les toucher ni même reconnaître leur présence. De toute évidence, il nous serait impossible de dormir ainsi, enfermés dans notre embarras respectif sur une couchette aussi étroite. Malgré ses paroles d'un peu plus tôt, je fis l'unique chose sensée dans une telle situation et je partis. Du lit d'abord duquel je m'extirpai en tentant de ne pas me mouiller la cuisse ou la main, puis de la cabine après avoir revêtu très sommairement ma robe et m'être assurée que personne ne circulait dans le corridor. Je murmurai des excuses bidon trouvées pour m'enfuir sans nous plonger plus profondément dans le malaise. Thomas dut comprendre que c'était beaucoup mieux ainsi.

Je le regrettai à l'instant où je me retrouvai seule. J'avais quitté la chaleur de sa peau trop rapidement. Elle me manquait déjà. J'avais obtenu l'essentiel de lui, mais je ressentais une urgence viscérale de faire marche arrière et me jeter de nouveau entre ses bras. L'envie était si forte que je ne pus faire un pas de plus. Nous ne pouvions pas nous séparer ainsi sur un énorme malaise, ce n'était pas comme cela que je désirais les choses entre nous. J'attendis un moment pour évaluer l'importance de mon besoin, puis je pris une décision. Je retraversai.

Il vint m'ouvrir après avoir demandé qui était là. Je fis un pas dans la cabine où il avait rallumé et refermai rapidement la porte derrière moi. Cherchant à se draper alors que je serrais les lèvres et baissais les yeux au sol, je ne sus que dire pour expliquer mon retour.

— À l'instant où je me suis trouvée dans ma cabine, je… je ne sais pas… J'ai encore…

Il m'empêcha de poursuivre en me plaquant contre le mur et en m'enlaçant avec beaucoup de chaleur, la serviette qu'il avait à peu près nouée à sa taille glissant dans son mouvement. Il tira ma robe dont le dos était encore ouvert et elle tomba pour rejoindre la serviette sur le plancher. Effectivement, ce n'était pas fini. Je m'étais enfuie par peur et il avait respecté mon choix, et alors que je revenais quémander ses caresses, il accepta de me donner ce que je réclamais. Debout contre le mur et nus l'un contre l'autre, nous nous plongeâmes dans un long baiser. Son corps était encore humide de sueur et portait l'odeur de mon parfum dans tous ses recoins. Nous trouvâmes le moyen de nous étendre à peu près confortablement sur la couchette et lorsqu'il fut prêt de nouveau, nous recommençâmes.

— Viens sur moi, que je puisse te regarder.

Il me prit par la taille alors que je le chevauchais lentement afin de me satisfaire de lui tout mon saoul. En la matière, j'avais été éduquée en Europe où régnait un climat plus libertin qu'en Amérique et je fus partagée entre exprimer mon plaisir franchement ou faire preuve de pudeur. Mais Edison n'était pas le type d'homme devant qui il fallait feindre pour satisfaire aux convenances. Son esprit était libre et ses mœurs l'étaient également. Il m'encouragea à montrer le vrai visage de mon désir pour lui, à jouir aussi intensément que je le voulais et aussi souvent que souhaité.

ﻋﺮﺷ

Le matin venu, lorsque j'entrai dans la salle à manger, plus de la moitié des passagers manquaient à l'appel, se remettant du mal de mer qui les avait tenus très loin d'une nuit de sommeil décente. Notre table toutefois était complète. Charles Batchelor fit la moue en me voyant prendre place et tiqua.

— Que me vaut un accueil aussi chaleureux, monsieur Batchelor ?

— Vous venez de me faire perdre deux dollars, voilà ce qu'il y a.

Près de lui, Thomas tendait la main et il empocha son dû en esquissant un clin d'œil en ma direction.

— J'ai proposé à Batch de parier si tu serais des nôtres ce matin. À voir la foule, j'estimais mes chances de gagner fort minces.

Je pris le siège voisin de celui de Thomas et me penchai à son oreille.

— Menteur…

J'ouvris la main et, en agitant les doigts, exigeai qu'il me remette la moitié de la somme.

Partout autour de nous, les conversations n'étaient centrées que sur la tempête des heures précédentes et nous apprîmes qu'il en eût fallu de peu pour que des dommages irréversibles ne soient causés au navire. Les matelots avaient passé la nuit à écoper l'eau qui s'était déversée sur le pont par la force des vagues et on en était maintenant à raccommoder l'une des voiles déchirées par les grands vents.

— Eh bien, souhaitons que cela ne se reproduise plus d'ici à l'arrivée, dis-je. Où en sommes-nous, à propos ?

— À un peu plus de la moitié. Nous devrions franchir les Açores aujourd'hui ou demain, me répondit Edward Johnson en repoussant l'assiette qu'il avait à peine entamée.

Il avait les traits tirés et les joues fort pâles, mais n'admit pas avoir passé la nuit avec un seau près de sa couchette. Tout au long de la journée, Thomas s'amusa à déposer de la nourriture avariée près de notre collègue juste pour le regarder courir au-dessus du bastingage et dégobiller ce qui lui restait au fond de l'estomac. Heureusement, la vue des Açores qui finirent par apparaître à l'horizon nous apporta suffisamment de distraction pour qu'il cesse de le torturer ainsi, mais il se moqua de sa faiblesse tout le reste du trajet durant.

Chapitre 7

L'Exposition
universelle de Paris

Nous accostâmes à La Rochelle où nous passâmes au vote pour savoir si nous y resterions une nuit avant de nous diriger vers Paris. Je fus l'unique membre du quatuor à souhaiter un arrêt, Thomas et Batchelor jugeant trop risqué de laisser le phonographe dans un entrepôt du port, même pour quelques heures seulement. Ils se contentèrent de télégraphier la nouvelle de notre arrivée au responsable censé nous accueillir à Paris et nous montâmes à bord du train sans attendre.

— Il y aura beaucoup plus de choses à voir là-bas, m'assura Thomas en se glissant près de moi sur la banquette après avoir constaté ma déception.

— Ce que je désire avant tout, c'est un peu de stabilité sous mes pieds.

— Tu n'es pas curieuse de voir la tête de la statue d'Auguste Bartholdi ? On dit qu'une fois complétée, elle sera envoyée à New York en pièces détachées en guise de présent de la France à l'Amérique. On dit également que le Trocadéro est une véritable merveille. Il nous faudra des jours pour en voir toutes les beautés. Et l'électricité, Charlie ! J'ai peine à attendre pour voir la place de l'Opéra tout illuminée par les chandelles électriques de Jablochkoff !

Charles Batchelor, qui s'était installé en face de nous avec Edward Johnson, croisa une jambe par-dessus l'autre et prévint Thomas que peu de temps serait alloué pour visiter la ville.

— Tout de même, Batch, nous n'allons pas demeurer des semaines à Paris sans voir l'électricité !

— C'est nouveau, cette fascination ? dis-je en me moquant gentiment de son enthousiasme presque juvénile.

— Du tout. Je vais sérieusement m'y consacrer une fois de retour au pays.

— À quoi ? L'électricité ?

— Oui. J'ai la conviction qu'il y a une grande place à occuper dans ce domaine. En étudiant la question, je me suis rendu à l'évidence que la lampe à arc que nous pourrons observer à Paris n'est pas un moyen efficace de s'éclairer. Je t'expliquerai plus en détail lorsque nous l'aurons sous les yeux, mais je sais que je peux trouver une bien meilleure solution. J'y ai songé et je compte entreprendre mes recherches dès cet été. Si le phonographe n'est pas suffisamment rentable, je me lancerai dans la course à l'illumination, c'est ce que j'ai décidé. La réponse est juste sous notre nez, il faut seulement y mettre un peu de temps.

Incrédule, je jetai un regard interrogateur à Batchelor qui devait être dans le secret, car il se contentait d'opiner du bonnet. Thomas glissa la main au fond de son sac et me tendit le bouquin sur lequel je l'avais vu penché tout au long de la traversée.

— Je te suggère de te familiariser avec cela.

— Faraday ? dis-je en me remémorant avoir déjà entendu ce nom de la bouche de l'un de mes professeurs de physique.

Si je n'avais pas ressenti le besoin de me plonger dans les *Recherches expérimentales en électricité et magnétisme* jadis, l'insistance présente de Thomas me montrait que je ne pourrais plus me défiler, cette matière serait désormais à l'ordre du jour.

— Oui, tu devras étudier les trois tomes de Faraday et tous les ouvrages des scientifiques ayant contribué à l'essor de l'électricité depuis sa découverte.

— Je connais les travaux de Volta et de Galvani.

— C'est un début. Vous allez tous devoir devenir de petits surdoués en la matière et en très peu de temps. Jusqu'ici, notre travail à Menlo Park ne fut qu'une promenade de santé en comparaison avec ce qui nous attend. L'électricité, c'est une affaire sérieuse.

Désireuse de lui prouver mon intérêt, je commençai ma lecture séance tenante alors qu'Edward Johnson se donnait comme mission de nous dénicher des rafraîchissements. Le train était bondé, le monde entier se dirigeait vers Paris et parvenir à obtenir une quelconque nourriture ou boisson au compartiment, avec cette foule, s'avérait utopique. Thomas et Charles fumèrent un cigare puis s'endormirent en appuyant la tête sur leurs vestes pressées contre la vitre. Je tentai de demeurer alerte encore quelques milles, mais je n'y parvins pas et j'eus tôt fait de les imiter en gardant le livre ouvert sur mon ventre.

On nous avait suggéré de prendre des billets pour la gare du Trocadéro si nous désirions nous rendre plus rapidement sur le site de l'Exposition, car le train menant au Champ-de-Mars effectuait trop de détours et ralentissait le parcours. En débarquant, nous dûmes nous frayer difficilement un chemin à travers la multitude dense et cacophonique. De tous les côtés, on percevait des langues étrangères, on voyait des familles qui cherchaient un membre égaré ou des touristes trop enthousiastes qui se croyaient encore chez eux. Alors que notre petit groupe fendait la foule, des Espagnols croisèrent notre route, puis ce furent des Anglais, distingués et sagement en rang. Des personnes, visiblement à l'emploi de l'organisation de l'événement, distribuaient des exemplaires du journal officiel de l'Exposition et Thomas vécut son premier choc violent du périple lorsque Charles acheta un exemplaire en parvenant à trouver cinquante centimes au fond de sa poche.

— Thomas! Thomas! l'entendions-nous crier au loin, alors qu'il devait se hausser sur la pointe des pieds pour nous retrouver malgré qu'il ne se soit séparé de nous que de quelques mètres.

Les plumes fixées à mon chapeau devinrent le phare auquel il put se fier pour nous rejoindre, et en étirant le cou en sa direction, nous le vîmes lever le journal à bout de bras. Thomas plissa les yeux afin de voir l'image qui apparaissait à la une que Charles nous désignait en y tapant le doigt. Se reconnaissant, il laissa tomber la mâchoire et hoqueta, stupéfié:

— Mais... mais c'est moi là-dessus!

Batchelor dut pousser les épaules de deux énormes Allemands obstinés qui demeuraient dans son chemin et accourut auprès de son compagnon.

— Oui, il s'agit bien de toi! Regarde!

Thomas lui arracha le journal des mains et lut, sous l'esquisse le représentant, la légende: *M. Thomas Edison, inventeur du phonographe*. À l'intérieur, un article révélait qui était Thomas Edison ainsi que le mode de fonctionnement détaillé du phonographe. Ne pouvant lire le français, Thomas me tendit l'exemplaire d'un geste empressé et me pria de traduire.

— Gardons-le en souvenir! dis-je par la suite. Comme nos collègues qui sont restés à la maison riront en voyant cela!

À notre sortie de la gare, nous passâmes près de manquer Théodore Puskas, l'agent européen de Thomas. Il s'était pourtant muni d'une enseigne cartonnée où de grosses lettres majuscules affichaient EDISON et la tenait bien haute au-dessus de sa tête. Dans cette foule cependant, l'écriteau de Puskas restait bien discret, et il dut se résoudre à crier pour attirer l'attention du groupe.

— Monsieur Edison! Monsieur Batchelor! Par ici!

— Ah, Puskas! cria Charles à son tour en levant la main. Venez, miss Charlie, ne vous éloignez surtout pas de nous.

La taille plutôt moyenne de Thomas ne lui permettant que de se fier aux épaules de Charles pour avancer, il garda son doigt dardé entre les deux omoplates de ce dernier afin de conserver la cadence tandis que j'agrippais son bras. Puskas nous tira de l'atmosphère étouffante de la gare et nous entraîna rapidement vers son fiacre où nous pûmes enfin souffler pendant que notre escorte retournait à l'intérieur pour aller récupérer la caisse contenant le phonographe. Thomas s'empara de son mouchoir pour éponger son front ruisselant et Batchelor retira son couvre-chef, ayant failli le perdre trois fois dans le mouvement de foule. Ma robe était devenue très inconfortable – je n'avais pas pris un bain décent depuis notre départ de New York –, mais comme nous le confia Puskas, nous n'étions pas près de nous rendre à l'hôtel pour nous rafraîchir.

— Vous arrivez à temps. Le stand est prêt, je me suis assuré d'obtenir un emplacement où il serait le plus visible possible. Juste le nom d'Edison qui figure sur une gigantesque affiche au-dessus du comptoir attire la curiosité de tous les passants. Il n'y manque que la merveille et ils brûlent de l'entendre enfin.

De la gare du Trocadéro, le chemin pour nous rendre au Palais de l'Industrie était encore long et cette promenade en voiture ne fut pas pour nous déplaire. À droite, il y avait la longue galerie des machines françaises tandis que les représentants des pays étrangers, dont les États-Unis, devaient tous se partager le grand espace sur la gauche. J'eus l'occasion de lire dans le dépliant de l'Exposition que nous étions quarante mille exposants à nous partager le périmètre. Malgré que Thomas Edison fût déjà auréolé d'une réputation enviable à l'extérieur des États-Unis, on ne nous avait octroyé qu'un fort petit espace, suffisant toutefois puisque nous n'avions que le phonographe à présenter. Dès lors, nous n'eûmes pas même à nous préoccuper de nos bagages qui avaient été pris en charge par Puskas et déposés au Grand Hôtel, boulevard des Capucines.

À l'intérieur du pavillon, l'activité était assourdissante. Dès notre entrée, Thomas interrompit ses pas et inclina la tête en contractant le visage.

— Tout va bien, Tom ? lui demandai-je tout bas en m'étonnant de la familiarité avec laquelle je m'adressais à lui depuis notre rencontre intime sur le bateau.

Alors que nos collègues étaient partis devant et que je me retrouvais seule auprès de lui, cette façon de le nommer me sembla toute naturelle, mais je dus me promettre d'afficher un peu plus de distance quand nous serions entourés. Dans leur excitation, Batchelor et Edward n'avaient pas remarqué son moment de faiblesse et je demeurai en arrière avec lui en posant une main rassurante au milieu de son dos.

— Ma foi, tout ce bruit, toutes ces voix… On dirait une ruche à l'intérieur de ma tête.

Sa surdité partielle ne lui permettant pas de détacher chaque sonorité, elles entraient en lui sans distinction comme dans un entonnoir en l'obligeant à fléchir sous la force de la vibration.

— Tes oreilles doivent s'y accoutumer, essaie de ne pas te concentrer sur le bruit.

Partout autour de nous, alors que nous longions l'allée menant à notre stand, des scientifiques avaient étalé sur de longues tables des appareils mécaniques bruyants, des machines à vapeur ou électriques, des automates, des horloges toutes plus originales les unes que les autres qui sonnaient les heures en superposition, des petits trains et des poupées animées. La curiosité de chercheur de Thomas ne savait plus où se poser tandis que ses tympans étaient violemment attaqués. Il était hypnotisé, mystifié et avançait comme un somnambule devant moi qui conservais une main sur son épaule.

Lorsque nous parvînmes au stand nous étant réservé, Thomas prit quelques secondes pour observer l'installation. Des visiteurs munis de la dernière édition du journal de l'Exposition le reconnurent immédiatement et il fut poussé vers la table assignée par les dizaines de personnes qui désiraient voir leur exemplaire dédicacé par l'inventeur. Il n'eut guère l'occasion de s'occuper du reste des opérations avant une bonne heure, mais nous nous affairâmes pendant ce temps à déballer le phonographe et à le préparer pour les démonstrations en le recouvrant d'un grand drap blanc. Une file était en train de se créer derrière ceux qui patientaient déjà et le mot courut vite selon lequel Edison en chair et en os était présent dans la salle. Je n'avais pas eu l'occasion jusqu'alors de constater l'ampleur de la fascination qu'il générait et cette foule qui semblait maintenant vouloir le dévorer me garda bien de l'envier. Il paraissait désemparé, ne savait plus à qui accorder son attention et, surtout, peinait à comprendre ce qu'on tentait de lui dire. Un demi-cercle resserré autour de lui en vint à bloquer entièrement le passage et des gendarmes furent nécessaires au retour de l'ordre jusqu'à ce que Thomas se décide à contenter son monde et à démontrer lui-même la magie de son appareil.

Satisfaire la curiosité du public avide de découvertes était certes une chose primordiale, mais Thomas avait désormais tant l'habitude des réactions stupéfaites et des exclamations de surprise qu'il s'étonna à peine lorsqu'elles furent exprimées en toutes les langues imaginables. Son principal souci était d'impressionner les juges qui visiteraient notre stand et dont l'opinion serait passible de faire remporter un prix prestigieux au phonographe. Une somme d'un million cinq cent mille francs était consacrée aux prix qui seraient décernés aux exposants s'étant le plus illustrés dans leur domaine respectif, et nous croyions en nos chances de remporter une petite partie de cette somme. Afin que la communauté scientifique internationale reconnaisse enfin le rôle d'Edison dans l'univers de la création technologique, Thomas voulait absolument quitter Paris avec une récompense, d'autant plus qu'il pourrait ensuite la brandir devant ses opposants et critiques.

Nous ne pûmes quitter le Palais de l'Industrie qu'une fois le soir tombé, sans avoir eu une seule seconde pour visiter le Trocadéro. Tout au long de la journée, nous n'avions mangé que des pâtisseries et sandwichs hors de prix que j'étais parvenue à trouver sur le site, et nous mourrions d'envie d'un véritable repas en terre française. Et bien qu'aucun de nous ne l'énonçât à haute voix, nous n'allions pas non plus dédaigner une bouteille de cet excellent vin qui nous avait été tant vanté. Perdant de vue Edward Johnson qui préférait demeurer en compagnie de Puskas pour rencontrer des gens d'affaires intéressés par la commercialisation du phonographe en Europe, Thomas, Batchelor et moi empruntâmes un fiacre pour nous rendre à l'hôtel où nous attendaient nos affaires. Les avenues s'avérant bondées, des bateaux-mouches étaient également proposés comme moyen de transport. Effectivement, sur le boulevard des Capucines, la circulation était si dense et notre voiture si lente que nous décidâmes de descendre et de poursuivre à pied après avoir payé le cocher. Nous étions épuisés en entrant enfin à l'hôtel et choisîmes de manger sans attendre, sans quoi nous serions incapables de quitter nos chambres jusqu'au matin suivant.

Dans la salle à manger, les regards convergèrent une fois de plus vers Thomas et nous dûmes exiger d'obtenir une table discrète contre le mur pour éviter d'être dérangés. À notre plus grand dépit, nous ne pûmes apprécier la cuisine de l'établissement à sa juste valeur, le menu se révélant tronqué par un manque de victuailles. À cause de l'Exposition, il y avait encore plus de monde à Paris que les hôteliers semblaient l'avoir prévu. Nous choisîmes un bœuf en sauce garni de carottes et de champignons à la suggestion de notre serveur, un mets délicieux nommé « bœuf bourguignon » et nous nous repliâmes sur du vin pour satisfaire notre palais. Thomas s'abstint de boire plus de quelques gorgées et nous laissa, à Batchelor et à moi, le soin de terminer la bouteille en duo.

Quand, un peu plus tard, nous montâmes à nos chambres, nous eûmes la déception de constater qu'elles n'étaient pas mitoyennes, mais que nous avions été séparés sur deux étages. Nous laissâmes Batchelor au troisième et nous retrouvâmes seuls ensuite à chercher nos portes respectives à l'étage suivant. Thomas s'arrêta près de moi tandis que je déverrouillais ma porte, hésitant à poursuivre le chemin.

— J'aimerais te remercier pour ce que tu as fait aujourd'hui.

— Mais ce n'était que mon travail, Tom.

— Ce que je veux dire, c'est que… Enfin, Batch n'était pas certain que ce soit une bonne idée de t'emmener. On dirait qu'il n'a pas le même genre de confiance que j'ai en tes capacités. Tu ignores peut-être ce que cela représentait pour moi de te savoir là, à traduire les propos des Français et des Allemands et à les accueillir aussi gentiment.

— Encore une fois, il s'agissait de mon boulot.

Il me rassura encore en tapotant mon épaule timidement, avec beaucoup de retenue, mais assez de conviction pour appuyer ses paroles précédentes.

— Comme tu dois être heureuse de pouvoir dormir dans un lit suffisamment grand et qui ne passera pas la nuit à danser !

— Tu n'as pas idée !

Nous fûmes ensuite témoins du passage très embarrassant d'un ange entre nous, moment pendant lequel je regardai, dans l'ordre : la porte, ma main sur la poignée, mes pieds, le couloir et de nouveau, la porte.

— Tu es certaine que tout ira bien ? Je n'aime pas me savoir aussi loin de ta chambre, je me sens un peu responsable de toi ici.

— Il ne va rien m'arriver, Thomas. Je m'endormirai vite, sans doute.

— S'il y a quoi que ce soit, n'hésite pas. Je suis au numéro 442.

L'idée de me retrouver seule ne me plaisait pas particulièrement, à lui non plus de toute évidence, mais il était hors de question de pousser l'indécence jusqu'à le prier d'entrer. J'étais encore honteuse de ce qui s'était produit sur le bateau et si Charles Batchelor en venait à apprendre que nous avions dormi dans la même chambre, les conséquences seraient sûrement désastreuses. Peut-être parce qu'il eut la même pensée, Thomas n'insista pas davantage, en paroles. Ses yeux cependant disaient autre chose. Pourquoi le sentais-je attiré par la perspective de céder de nouveau ? Parce que nous étions au loin ? Si les hommes possédaient la capacité de se donner uniquement pour le plaisir, moi, en revanche, je ne pouvais le faire avec autant de nonchalance.

— Bonne nuit, Thomas, dis-je très lentement pour parvenir à me détacher de lui.

— Bonne nuit, Charlie.

Il s'éloigna à reculons, jusqu'à ce que j'aie refermé la porte derrière moi. À l'instant où je fus entrée, je m'adossai à la porte en laissant un long soupir vider mes poumons de tout leur air. Il n'avait attendu que cela ; que je l'invite, que j'exprime une inquiétude quelconque pour lui permettre de jouer le rôle du protecteur et passer la nuit auprès de moi. Je n'aurais eu qu'une phrase à prononcer pour justifier sa venue : « Je ne veux pas rester seule. » Mais je savais ce qui se serait produit. Et je connaissais la suite logique également. Or, tomber amoureuse de lui était une perspective effrayante, littéralement. Et ici, en Europe, je la redoutais davantage qu'ailleurs. Car il ne s'agissait pas d'une peur due à la certitude qu'un tel amour ne conduirait jamais nulle part. C'était bien pire que cela. Viscéral plutôt.

J'entrai un peu plus loin dans la pièce et trouvai mes valises, toutes méticuleusement alignées devant la commode. J'utilisai les allumettes rangées dans une boîte métallique cylindrique sur le meuble pour allumer la lampe de chevet et commençai à me dévêtir en m'approchant légèrement de la fenêtre. Paris me rappela immédiatement Berlin. Cette pensée fut innocente de prime abord, mais petit à petit, la Seine que je pouvais apercevoir à l'horizon se confondit avec la Spree dans mon esprit pour ne former qu'une seule et même rivière entre les rues pavées et les édifices de pierre. Ce retour en arrière que j'avais involontairement provoqué fut violent et ma tête se mit à tourner. Je reculai de quelques pas et me laissai choir sur le lit où je combattis la nausée.

— Je ne veux pas être seule ici ! m'entendis-je gémir en me repliant, les bras croisés contre mon ventre. Je ne dois pas être seule ici ! Oh, mon Dieu !

La douleur était désormais fulgurante et comme si ces événements maudits étaient survenus hier seulement, je me mis à sangloter de façon presque hystérique, la bouche ouverte et les yeux aveuglés de larmes épaisses.

— Jamais je n'aurais dû accepter de venir, jamais !

Le vin consommé au souper n'avait pas été suffisant, il en aurait fallu plus, beaucoup plus pour que la nuit à venir ne soit pas cauchemardesque. J'aurais dû prévoir cette réaction, savoir que mon esprit associerait inévitablement cette ville à l'autre où j'avais vécu un drame atroce, et j'aurais dû quémander la présence de Thomas, le supplier à genoux de ne pas m'abandonner à mes idées noires. Maintenant, je refusais de le réveiller dans un tel état. Je parcourus la chambre d'un coup d'œil circulaire. Avec ses draperies, sa lumière feutrée orangée, sa tapisserie à motifs floraux, le décor me parut le même et je me crus revenue à cette maudite soirée de novembre 1876.

Assise dans un fauteuil à oreillettes, j'inspirai profondément et énonçai à ma propre adresse, pour me ramener au présent :

— Les circonstances n'ont rien à voir entre elles. Paris n'est pas Berlin. Thomas est en pleine santé, il ne peut rien lui advenir dans les heures prochaines. Même si tu admets être amoureuse de lui. Les malédictions n'existent pas. Les malédictions n'existent pas. L'autre… tu ignorais tant de choses à son sujet. Ce n'était pas de ta faute. Tu n'étais pas responsable.

Toute la nuit durant, la tristesse demeura, sourde et profonde. Je pleurai encore beaucoup, changeant de position lorsque je constatais l'oreiller trempé de larmes et prononçant souvent à haute voix le nom de Thomas pour tenter de me rassurer.

✦

Le miroir me renvoya une image peu avenante à mon réveil le jour suivant. Mes yeux étaient bouffis et rouges, et mon corps me faisait mal à force d'être demeuré recroquevillé sur lui-même. J'imbibai une serviette d'eau glacée et l'appliquai sur mon visage avant de commencer le travail de reconstruction à l'aide de mes cosmétiques. Heureusement, la poudre camoufla les signes de ma mauvaise nuit, le khôl m'aida à donner une apparence pleine et profonde à mon regard hagard, puis une touche de rose sur mes lèvres les rendit un peu plus saines. Au laboratoire, je ne me maquillais jamais pourtant, ce n'était pas l'endroit. Thomas aurait assurément jugé ridicule et inutile ce geste de coquetterie, il m'en aurait sûrement blâmée. Aujourd'hui par contre, alors que je devais faire face au public, représenter mon pays ainsi que l'équipe de recherche de Thomas Edison, je me sentais l'obligation de faire bonne figure. Je tressai ensuite ma longue crinière blonde et la fixai en un chignon compliqué en y insérant un ruban de velours noir. La femme de chambre qui était venue m'aider à m'habiller tira sans pitié sur les cordons de mon corset pour donner à ma silhouette la minceur que les femmes françaises recherchaient. Plus rien n'y paraissait, c'était extraordinaire. Être si impeccable au-dehors et si détruite à l'intérieur ! Encore me faudrait-il cacher mon état d'esprit à Edison qui, lui, verrait probablement au-delà des apparences.

J'en étais à épingler un chapeau sur mon chignon lorsque Thomas se présenta à ma porte. « Tu ignores à quel point je suis heureuse de te voir enfin ! », eus-je envie de lui dire alors qu'il entrait timidement sans trop regarder autour de lui.

— Tu as bien dormi ? demanda-t-il en m'observant de biais et en fronçant les sourcils, percevant en une seconde ce que je désirais lui dissimuler.

— Oui, me contentai-je de répondre en l'entraînant à l'extérieur de la pièce pour lui épargner la vision de mes jupes répandues sur les fauteuils et le désordre que ma crise de panique de la veille avait créé.

— Il est encore tôt, nous avons suffisamment de temps pour déjeuner avant de nous rendre là-bas. Batch nous attend à la salle à manger.

Alors que je lui emboîtais le pas dans le couloir, son sourire, sa bonne humeur et sa gentillesse à mon égard m'apparurent un contraste tel avec le marasme qui m'habitait que je ne pus continuer à feindre. Je cessai net de marcher et agrippai son bras.

— Thomas…

— Tu as oublié quelque chose ?

— Non, je veux simplement te dire que… je n'ai pas bien dormi.

— Ah, tu l'admets enfin !

— Je crois que ce fut une erreur de t'accompagner. J'ai de très mauvais souvenirs liés à l'Europe, et la nuit dernière fut horrible. Je n'ai pas cessé d'y songer, de me retourner entre les draps. Je ne retrouverai la paix que lorsque nous serons de retour à Menlo Park.

— Ça va mal, nous en avons encore pour trois semaines. Et puis, il faut compter le temps de la traversée…

Il essaya de me faire rire en comptant sur ses doigts et en arborant un air dépassé. Voyant que je tentais de sourire, il caressa mon bras.

— Je suis là, Charlene. Batchelor et moi sommes avec toi. S'il y a quoi que ce soit que nous puissions faire pour te rendre le séjour plus agréable…

— Cela me passera.

— Si tu veux me raconter, ne sois pas embarrassée de le faire. Je t'avais donné le numéro de ma chambre, tu aurais dû venir cogner.

— Non, ça ira. Nous avons tant à faire, je t'ai juré de ne pas être un fardeau.

Il me tira doucement à lui et posa ses mains sur mes épaules, puis sur mes joues. Il vint effleurer ma bouche et me regarda au fond des yeux. Dans les circonstances, ce désir vivant entre nous me fut trop lourd à porter. Thomas chuchota :

— Tu crois peut-être que je n'ai jamais vu l'ombre qui vient parfois masquer ton regard ? J'avais deviné, bien avant cette nuit de tempête sur le bateau, que tu avais une vie derrière toi et que tu étais chez nous pour l'oublier. Il n'y a pas d'innocence dans tes yeux.

— C'est si douloureux, Thomas. C'est comme une blessure qui refuse de se refermer et hier soir, en me retrouvant seule dans cette chambre, ce fut comme si j'y avais jeté du sel.

— Que s'est-il passé, Charlene? Qu'y a-t-il eu de si grave?

— Pas maintenant, c'est une histoire trop longue à raconter.

— Bon, mais je n'oublie pas. Tu devras bien te confier si tu souhaites te débarrasser de tes fantômes.

— Une autre fois, Tom.

Comme Charles Batchelor nous le rappela lorsque nous le rejoignîmes à la salle à manger, nous dûmes pousser à l'écart toute considération personnelle sujette à nous distraire de notre objectif, car des juges visiteraient notre stand en ce jour. Thomas avait fait coïncider notre visite avec le moment où les prix seraient attribués et il n'aurait pas accepté qu'un autre que lui-même s'adresse aux sévères membres de l'Académie qui, à eux seuls, disposaient du pouvoir de faire ou de briser la réputation de l'inventeur et de sa merveille à l'extérieur des frontières américaines.

Chapitre 8

L'humiliation

Le phonographe était inscrit dans la catégorie « instruments de précision », ce qui nous avait semblé juste, considérant que cette nouveauté n'avait pas d'équivalent parmi tous les appareils, engins et automates présentés au jury. La salle ne serait pas ouverte au public avant neuf heures et l'atmosphère était chargée d'une tension palpable, provoquée par l'esprit de compétition des inventeurs qui s'attribuaient tous la découverte la plus étonnante du moment.

Certains exposants espionnaient la progression du jury, tendant l'oreille aux remarques énoncées à voix haute ou chuchotées. Peu importait d'ailleurs le degré de discrétion des juges, la salle résonnait tant qu'une personne moindrement attentive parvenait à déceler les plus infimes murmures. Thomas envoya Edward Johnson rôder autour des juges et celui-ci revint plutôt satisfait de sa quête, déplorant certes la virulence de leurs verdicts, mais croyant plus que jamais aux chances de Thomas d'attirer résolument leur attention. Nous étions prêts et il se dégageait de Thomas une attitude nonchalante destinée à camoufler l'importance capitale qu'il accordait à l'opinion des juges. Mais nous étions sûrs de remporter le prix haut la main. Rien de ce qui m'avait été donné de voir ne pouvait concurrencer de près ou de loin la machine parlante d'Edison. Même nos rivaux en avaient été bouche bée. Plusieurs toutefois avaient cru à une arnaque de notre part, mais Thomas estimait que les membres de la communauté scientifique seraient plus avisés et comprendraient que le son n'avait jamais été restitué avant la naissance du phonographe, ce dont, malheureusement, je doutais encore. Pas par manque de confiance à l'égard de mon chef prodige, mais par connaissance du scepticisme des hommes dont le travail était de douter des Américains et de l'exprimer publiquement.

Nous eûmes l'occasion de revoir notre présentation avant que le groupe ne passe devant nous. Lorsque je vis ces juges de mes yeux, je compris que rien n'était gagné d'avance, même si le phonographe avait renversé les États-Unis en entier. Ils ne me plurent pas, ces vieux rats de laboratoire à la vue complètement gâchée par des décennies passées à se tordre les globes oculaires sur des objets minuscules, ces hommes aux soupirs blasés de ceux pour qui les plus infimes unités de mesure n'avaient aucun secret. Thomas arbora son sourire de circonstance et d'enthousiasme comme s'il utilisait le phonographe pour la première fois de sa vie. Il procéda à la démonstration, assuré de récolter au moins quelques expressions ahuries, peut-être des applaudissements. Mais les juges demeurèrent tous muets lorsque le phonographe se tut. Au second rang, je pus même entendre deux d'entre eux murmurer :

— Puis-je savoir en quoi cet objet peut être qualifié d'appareil de précision ?

— Je l'ignore, je cherche encore… Mais il ne s'agit en fait que d'un jouet, rétorqua le deuxième.

— Oui, sans aucun doute possible. Je me demande où peut bien se trouver l'intérêt puisque cette voix, fort peu claire, que nous entendons, et qu'il tente de nous faire passer pour une restitution, ne peut provenir que de ce petit excité.

— Il s'imagine donner un numéro de cirque, ajouta un troisième homme en se penchant vers les deux autres. Il devrait même recevoir un blâme pour essayer ainsi de nous duper.

Heureusement, Thomas n'entendit pas ces remarques soufflées dans un français très pointu, qu'aucun de mes collègues, à part moi, ne put comprendre. Ils ignoraient qu'une personne de l'équipe d'Edison connaissait suffisamment la langue de Molière pour tout saisir de leurs remarques empreintes de condescendance. Sentant toutefois qu'il faisait face à des doutes imprévus, Thomas se défendit comme il le pouvait alors qu'on lui répétait que le phonographe n'était pas un appareil de précision.

— Vous devez comprendre, messieurs, que le sillon créé par l'aiguille n'est pas qu'une droite régulière, comme il serait aisé de le croire en observant son mouvement de loin. La vibration causée par la parole génère des milliers d'anfractuosités, pratiquement invisibles à l'œil nu, afin de reproduire parfaitement les intonations de la voix. En repositionnant l'aiguille au début du sillon, nous lui permettons de lire cette vibration, ce qui rend audible à la perfection la phrase gravée un peu plus tôt.

Aussi logiques que fussent ces explications aux yeux du commun des mortels faisant l'expérience du phonographe, elles ne contentèrent pas les juges qui les repoussèrent du revers de la main. L'un des hommes, le doyen assurément, qui possédait, paraissait-il, une expérience indiscutable dans le domaine de l'horlogerie, releva le menton et se permit un rire hautain ressemblant à un toussotement. Il observa Thomas de la même manière que le ferait un père sur le point de réprimander le petit dernier de la famille pour avoir osé baisser ses pantalons devant les yeux effrayés de la riche héritière du coin.

— Monsieur Edison, il ne m'est guère difficile de deviner comment cela a pu être possible…

En prononçant le mot «cela», le juge avait désigné le phonographe d'un index mou et dédaigneux, et avait ensuite levé ce doigt vers Thomas en le faisant tournoyer devant lui.

— Que vous possédiez des aptitudes de ventriloque ne vous permet pas de nous berner. N'êtes-vous pas honteux de vous présenter ici en espérant nous faire croire à vos fables?

— Ventriloque? Mais je vous ai montré la feuille gravée, je vous ai expliqué de quelle façon le son pouvait être restitué!

Derrière Thomas, Charles posa une main sur son épaule pour l'empêcher de s'emporter. Après avoir soupiré puis hoché lentement la tête de gauche à droite, l'homme poursuivit:

— Monsieur de Martinville a déjà prouvé, il y a plusieurs années, que cela était impossible. Allez-vous traiter de menteur l'un de nos illustres compatriotes, monsieur Edison?

Juste la manière dont il disait le nom de Thomas était suffisante pour me donner envie de brocher une feuille d'étain en travers de sa bouche. Car l'homme ne prononçait pas le «n» final, se plaisant à arrondir, à la française, la dernière syllabe, ce qui l'affligeait d'une sonorité s'apparentant à un «on» traînard.

Comme Thomas l'avait prédit à bord du bateau, des hommes qui se qualifiaient de scientifiques arrêtaient leur réflexion au terme «impossible» employé à l'aveugle et par manque de volonté. Et si ce mot était prononcé par des hommes bardés de diplômes ayant l'appui de la communauté scientifique, alors c'était qu'aucune autre alternative n'était à envisager. Ni maintenant ni jamais.

Thomas secoua la tête en forçant un sourire et étira le bras en désignant la petite assemblée.

— Bon, je vois qu'il y a des sceptiques parmi vous! dit-il en empruntant un ton de dompteur de lions afin de tourner les virulentes critiques à son avantage, comme si elles étaient prévues dans le déroulement la démonstration.

Il poursuivit :

— Je vais donc proposer à l'un de vous, messieurs, de bien vouloir prendre place devant le phonographe ! Je graverai la voix de notre volontaire sur une feuille d'étain et vous aurez tous la joie de l'entendre parfaitement restituée par la suite !

Les hommes s'observèrent d'un air confus, puis les murmures reprirent. Dans la cinquantaine avancée, celui qui daigna faire un pas en avant était le plus jeune représentant du jury. Intrigué à l'idée de se changer en cobaye, il serrait les lèvres avec intérêt, mais ses confrères le ramenèrent vers le groupe en secouant la tête. De nouveau, je fus seule à comprendre les avertissements qu'il reçut.

— Ne va pas t'humilier en t'asseyant là, Jacques ! Nous ne sommes pas ici pour participer à son petit jeu ridicule, enfin !

— Mais puisqu'il insiste pour nous montrer…

Les messieurs tiquèrent en lui interdisant de passer de l'autre côté du comptoir.

— Tu oublies que cette… chose ne devrait même pas se trouver dans cette catégorie.

L'un des juges tira de la poche avant de sa redingote un petit carnet qu'il ouvrit à la page voulue grâce au signet de cuir qu'il y avait inséré. Après avoir inspiré, il déclama d'une voix forte, en français d'abord, puis en anglais pour notre information :

— Classe 15. Les produits exposés dans la classe "instruments de précision" se divisent en cinq séries : appareils et instruments des arts de précision ; appareils de géométrie, d'arpentage et de géodésie tels que boussoles, compas, machines à calculer et baromètres ; appareils de mesure tels que verniers, balances et vis micrométriques ; appareils d'optique visuelle et, pour finir, les mesures et poids des divers pays tels que monnaies et médailles.

Puis, il referma son carnet d'un coup sec, comme si ce geste à lui seul était une ponctuation suffisamment éloquente.

— Je comprends, monsieur, que vous croyiez juste de présenter votre machine comme étant un instrument des arts de la précision, ce qu'il n'est pas.

— Mais la définition n'est pas entièrement claire, tout le monde en conviendra, plaida Thomas en nous consultant d'abord du regard, puis en tentant de se trouver des alliés parmi les juges.

Charles Batchelor et moi hochâmes la tête en signe d'approbation tandis que les hommes de l'autre côté de notre comptoir cherchaient désormais à éviter notre regard. Thomas prit à témoin le vieux scientifique qui brandissait toujours son carnet.

— Je vous prie de vous expliquer, monsieur. Si aucun d'entre vous ne souhaite essayer le phonographe, j'espère au moins être un peu plus informé.

— Faire entendre des mots n'est pas un art de précision. Ce n'est ni mesurable, ni vérifiable. Cette machine ne cadre pas du tout avec les règles dont nous devons tenir compte dans nos jugements.

Il secoua sévèrement la tête et passa au stand suivant, n'accordant à Thomas qu'une ultime remarque :

— Peut-être que le jury du prix "télégraphisme" sera amusé par votre appareil, monsieur Edison.

Thomas les regarda se glisser, ensemble comme s'ils étaient liés par des chaînes aux chevilles, vers l'autre table dont nous n'étions séparés que par un simple muret, incapable de croire à ce qu'il venait d'entendre. Il considéra Charles qui ne disait rien, la tête penchée sur ses pieds comme s'il tentait de voir à travers le cuir de ses chaussures. Puis, il captura mes yeux, désemparé.

—Je... je ne comprends pas, soufflai-je en revoyant mentalement le déroulement de la présentation et en tentant de deviner ce qui avait pu tout faire échouer ainsi.

Mais au fond, je savais ce qui clochait. Ces hommes avaient vu l'avenir en Thomas Edison, un Américain. Au fond d'eux-mêmes, ils avaient tous compris les possibilités qu'offrait le phonographe et ils avaient senti le devoir de dénigrer sa création pour ne pas avoir à admettre que ce de Martinville avait été supplanté.

—Ventriloques, Batch? Nous sommes donc bons pour le cirque?

Bien que Charles lui signifiât de baisser la voix, car les membres du jury, qui eux n'étaient pas sourds, se trouvaient encore à proximité, Thomas, trop en colère, refusa d'obtempérer.

—Oui, pourquoi pas? L'an prochain, c'est une poupée que nous ferons parler, tiens! Cela nous simplifiera la tâche! Et ils osent se dire scientifiques?

—Attendons de voir ce que les gens du télégraphe en diront. Depuis toujours, cela fut ton domaine de prédilection, nul doute qu'ils t'octroieront la crédibilité que d'autres semblent vouloir te refuser.

—J'ose l'espérer, mon cher Charles...

Thomas Edison était certes un nom connu dans le milieu télégraphique, mais à l'intérieur des frontières américaines uniquement, comme il s'en rendit rapidement compte. En Europe, il ne possédait point encore de réputation, si ce n'était des articles flatteurs rédigés par des journalistes gagnés à l'avance à sa cause. Non seulement le jury de la catégorie «télégraphisme» demeura froid devant la présence de Thomas Edison, mais il refusa même d'évaluer le phonographe, clamant que cette invention n'avait rien, mais absolument rien à voir avec le télégraphe. Ce fut alors à lui de brandir les documents officiels de l'Exposition afin de prouver son point de vue.

— Regardez, c'est écrit juste là, à la classe 65 ! "Les appareils télégraphiques fondés sur la transmission de la lumière et du son." Du son ! Voilà exactement ce que j'ai à présenter ! Le phonographe enregistre le son et le restitue parfaitement !

En le voyant plaider sa cause, les juges soupirèrent et posèrent sur lui des regards empreints d'indulgence, comme s'ils s'adressaient à un simple novice.

— Cher monsieur, le télégraphisme, c'est autre chose qu'un jouet. La transmission du son, oui, mais des signaux télégraphiques.

— C'est précisément en travaillant sur un modèle de télégraphe automatique que j'en suis venu à inventer cet appareil ! Ne voyez-vous pas que l'enregistrement de la voix humaine est la prochaine étape des communications ?

— Qu'entendez-vous par là ? Les gens vont s'envoyer des feuilles d'étain par courrier ? lui répondit-on en étouffant des rires grâce à des mouchoirs judicieusement placés. Pourquoi ne tentez-vous pas votre chance dans la classe 42, jeune homme ?

Lorsque les juges eurent terminé d'exprimer leur dédain devant le phonographe, Thomas feuilleta le livret de l'Exposition. Il tourna vivement les pages, les mains tremblantes et le souffle court. Je le vis ensuite pencher la tête, lire quelques secondes, puis repousser le livret avec colère. Je m'en emparai.

La classe 42 était celle de la «bimbeloterie». Elle comprenait les poupées et figurines, les jeux destinés aux enfants et, en troisième lieu, les jouets instructifs. Considérant les commentaires que nous avions récoltés jusqu'à présent, le phonographe était, au mieux, perçu comme un jouet éducatif. Humilié jusqu'au plus profond de lui-même, Thomas mordit sa lèvre inférieure et jura à de multiples reprises. Il avait désiré de tout son cœur remporter un prix, mais il était hors de question de pervertir sa merveille pour y parvenir. Entre ressentir une honte plus grande encore qu'il ne pourrait jamais se pardonner et déclarer forfait, Thomas choisit l'alternative qui lui permettrait encore de se regarder dans une glace : il baissa les bras. À Batchelor et à moi, il officialisa sa décision de se retirer en nous assurant que la classe 42 n'était pas pour nous.

☙

Ce jour-là, l'éternel optimisme de Thomas Edison fut durement ébranlé. Dans ses yeux, je ne vis pas que de la déception ou de la colère, mais aussi beaucoup de tristesse. Le phonographe était son bébé. Il recelait même davantage d'importance que les enfants de chair et de sang à qui il avait aussi donné la vie dans ses temps libres. Personnellement, je n'étais pas étonnée du traitement que nous avions reçu. Mais Thomas avait osé croire que sa prodigieuse découverte abolirait les barrières, qu'elle lui permettrait de se tailler une place au sein de l'élite mondiale. Il avait oublié que la jalousie et les vieilles traditions s'alliaient mal à l'ambition démesurée d'un simple « télégraphiste ». Jusqu'à présent, seul Benjamin Franklin était parvenu à obtenir le respect qu'un inventeur américain était en droit d'espérer. En comparaison, Thomas Edison n'était qu'un péquenot.

La voix tremblante, il pria Batchelor et Johnson de prendre le relais au stand et enfonça son chapeau haut-de-forme très bas sur ses yeux.

— Viens, Charlie. Nous n'avons plus rien à faire ici.

Je le suivis dehors. Nous nous sentîmes étrangement seuls au milieu des milliers de visiteurs qui envahissaient le Champ-de-Mars, et je me permis de prendre son bras pour tenter de ralentir le rythme effréné de ses pas et, surtout, le conforter de ma présence. Nous nous rendîmes en silence jusqu'au vestibule d'Iéna, puis nous passâmes un long moment à visiter celui de l'École militaire, mais le cœur n'y était pas et nous ne vîmes pas grand-chose qui puisse nous plaire lors de ces visites censées nous enflammer l'esprit de nouvelles découvertes. À l'instant où nous franchîmes la porte de la Seine, toutefois, alors que nous nous dirigions vers le pont d'Iéna, la vue du fleuve me stupéfia. À ma gauche, la magnifique façade du Palais de l'Industrie flamboyait sous le soleil, et à droite, le Trocadéro apparaissait, majestueux. J'aurais aimé attirer l'attention de Thomas sur cette vision dont nous ne disposions pas d'équivalent au pays, mais son expression m'indiquait qu'il ne se trouvait guère dans un esprit de contemplation. Sa bouche était si serrée qu'elle en perdait sa jolie forme et ses yeux s'humidifiaient dès l'instant où il recommençait à réfléchir. Nous trouvâmes un banc de pierre où nous asseoir et là, il accepta enfin de me confier le trop-plein de son cœur.

— Tu avais pourtant essayé de me prévenir, Charlie. Certes, je t'ai écoutée, mais j'avais tellement confiance !

— Moi aussi, Thomas. Charles et Ed également.

— Je ne possède pas d'éducation formelle, tu sais. Ma mère m'a retiré de l'école après quelques semaines seulement parce que l'instituteur disait ne rien pouvoir faire entrer dans ma tête de linotte. J'ai reçu des coups de verge à l'école pour avoir posé trop de questions et avoir été trop curieux. On ne tolérait pas cela d'un enfant à cette époque. Ma mère m'a donc enseigné tout ce que je devais savoir pour débuter dans la vie et elle m'a offert le cadeau infiniment précieux de la liberté. C'est grâce à elle si, à treize ans, j'ai pu faire démarrer mon petit commerce à bord des trains et imprimer mon propre journal. Ce genre d'expérience ne se trouve pas dans les collèges et les universités. Enfant, j'ai appris à ne dépendre de personne et j'aurais pu rapporter à la maison encore plus d'argent que mon père si je n'avais pas dépensé toutes mes recettes en produits chimiques et en matériel d'imprimerie. Et aujourd'hui, je suis placé devant le fait que l'on ne me pardonne pas mon passé. Un homme sans éducation ne peut s'octroyer le droit de renverser des théories de l'Ancien Monde.

— Aussi désolant que cela m'apparaisse, Thomas, je suis incapable de te donner tort. Lors de mon séjour en Allemagne, où je côtoyais des physiciens, des chimistes et des médecins, j'ai compris que les Européens se donnaient le droit de décider eux-mêmes de l'évolution du monde et que tenter de remettre en cause l'ordre établi ne pouvait mener qu'à un discrédit notoire. Mon père aussi était conscient de cela. Durant toutes les années où il fut professeur de physique à l'Université de Berlin, il fut contraint de ravaler ses certitudes de peur de perdre son poste et de tomber en disgrâce auprès de ses collègues.

— Nous ne pourrons pas demeurer colonisés éternellement, Charlie. Je vais devoir redresser l'échine et concentrer mon énergie sur le peuple, qui, lui, n'a plus à être convaincu.

— Les gens t'aiment, Thomas, cela est indéniable. Ils sont fous de toi. L'avenir te donnera raison de toute façon. Ces hommes ont peut-être la franc-maçonnerie derrière eux pour les soutenir, mais ils n'ont pas la passion comme nous.

— Comme tu dis vrai...

Lorsque nous reprîmes notre promenade, nous nous rendîmes jusqu'à l'endroit où l'on pouvait observer la tête de la statue de la Liberté. Notre regard sur elle avait désormais changé. Certes, elle était impressionnante, presque effrayante, cette femme qui semblait jaillir de la terre avec son bras levé bien haut et sa couronne. Toutefois, dans l'état d'esprit où nous nous trouvions, elle ne nous parut plus si miraculeuse. Quand la statue dotée du reste de son corps parviendrait à New York pour y trôner éternellement, on n'y verrait que la suprématie de l'Europe sur l'Amérique. En aucun cas, il ne s'agirait à nos yeux que d'un simple cadeau d'un peuple à un autre ; un porte-étendard plutôt, une manière sournoise de démontrer que les Américains n'avaient pu bâtir eux-mêmes de symbole suffisamment puissant pour leur nation.

— Rentrons à l'hôtel, veux-tu ? me lança-t-il en baissant les épaules. Je n'ai pas envie de retourner là-bas aujourd'hui. Demain, peut-être, j'aurai retrouvé ma...

De la main, il esquissa un geste léger et tournoyant en direction du ciel pour exprimer sa verve d'une façon théâtrale.

En traversant la porte tournante du Grand Hôtel, je remarquai encore une fois les visages qui se tournaient en direction de Thomas alors qu'il tentait de se camoufler sous son chapeau. Grâce à l'hebdomadaire de l'Exposition, les plus observateurs parvenaient à reconnaître ses traits, mais ils comprirent, à son expression, qu'il ne souhaitait pas être importuné. Des hommes le saluaient d'un simple et courtois geste du menton en touchant à deux doigts la bordure de leurs chapeaux, puis se penchaient vers les enfants qui les accompagnaient en désignant Thomas de l'index. Au fond, nous avions accompli une grande partie de notre objectif : toucher le public. Faire vibrer les rêveurs qui voyaient en Edison un exemple de volonté. Convaincre les gens, les plus simples fussent-ils, à faire confiance à la vie et à aller de l'avant avec leurs plus grandes aspirations.

À notre gauche se déployait le long comptoir de la réception de l'hôtel où d'impeccables jeunes hommes en livrées remettaient leurs clés à des clients tout aussi distingués.

— Attends, je veux voir si je n'ai pas reçu un télégramme de la maison.

Le père de Thomas ayant promis de lui faire parvenir un message si l'état de santé de Mary se dégradait, il se stationna au bout du comptoir et attendit d'obtenir l'attention d'un employé. À sa vue, un jeune homme en uniforme de l'hôtel sursauta, le reconnaissant immédiatement, et leva l'index.

— Ah, monsieur Edison! Comme vous tombez bien, cette lettre est arrivée pour vous ce matin!

L'unique chose qui l'empêcha d'en prendre connaissance immédiatement fut la certitude qu'elle ne provenait pas d'Amérique puisqu'il ne s'agissait pas d'un télégramme. Son père savait le temps que prendrait une lettre pour lui parvenir jusqu'à Paris. Il remercia le préposé et m'entraîna à l'étage en faisant tourner l'enveloppe entre ses doigts, tentant de deviner de qui elle pouvait bien provenir.

Une fois dans sa chambre, je ne sus où m'asseoir ni que faire, ignorant ses intentions. Dans un autre contexte, il m'aurait été aisé de deviner qu'il cherchait un moyen de m'entraîner au lit en toute discrétion, mais il ne me semblait plus aussi disposé à l'amour que la veille. Tandis qu'il ouvrait l'enveloppe et parcourait la lettre en allumant un cigare, à la lumière de la fenêtre, je pris la liberté d'effectuer un peu de rangement dans ses vêtements épars sur les sièges et le lit, accrochant les redingotes afin qu'elles conservent leur forme et pliant les chemises. Soudain, un «Eh bien!» tonitruant perça le silence embarrassant de la pièce, suivi d'un «Je ne peux y croire!».

— De bonnes nouvelles?, dis-je en prenant place dans l'un des fauteuils nouvellement libérés.

Je constatai qu'il avait retrouvé son sourire en l'espace des quelques minutes qui lui avaient été nécessaires pour lire la lettre.

— Tu n'en croiras pas tes oreilles, Charlie! Écoute cela! L'anglais est légèrement massacré, mais je vais t'épargner les erreurs pour que tu puisses vraiment apprécier ceci!

Il emprunta une voix mielleuse qui ne m'étonna pas. À la façon dont son nom était écrit en une calligraphie enchevêtrée et ronde sur l'enveloppe, j'avais déjà deviné qu'elle provenait d'une femme. Il lut.

Cher monsieur Edison,

Comme tout le monde, j'ai entendu parler de votre venue à Paris, une ville qui, je l'espère, vous glorifiera autant que votre merveilleuse science le mérite. Pour des motifs que vous devinerez peut-être, j'ai l'infini regret de ne pouvoir accourir au Champ-de-Mars et voir de mes propres yeux les miracles que l'on dit tirés de votre esprit fabuleux, alors que de me trouver en votre présence aurait été mon vœu le plus cher. Avec cette missive, encore trop brève pour que je puisse vous exprimer toute mon admiration, je désirais vous faire part de mon appui sincère dans vos recherches et vous offrir mes félicitations.

Je me permets également de vous promettre qu'à l'instant où une tournée sera prévue aux États-Unis, que je meurs d'envie de visiter, je prierai mon impresario de nous organiser une rencontre. Je pourrai alors m'entretenir de vive voix avec ce grand génie que vous représentez à mes yeux.

Baisers,

Sarah B.

Je m'esclaffai à l'instant où il se tut en mordant sa lèvre inférieure, amusé.

— Tu crois qu'il s'agit de… Sarah Bernhardt ? L'actrice ?

Son cigare entre les dents, il haussa les épaules, mais nous savions tous les deux que la lettre provenait bel et bien d'elle.

— Elle ignore assurément que je viens d'être remercié sans éloges par ses compatriotes ! Est-elle inconsciente ou visionnaire ? Je ne saurais le dire maintenant !

— Je pense qu'il s'agit d'une belle preuve de l'estime qu'ont les gens pour ton travail, Thomas. Une actrice trouve le temps de t'écrire pour te faire part de son admiration ! Tu pourras jeter cela au nez de la communauté scientifique. C'est un signe, sans aucun doute.

Il éclata de rire.

— Sarah Bernhardt ? Que vient-elle faire là-dedans ? Elle n'y connaît rien ! Sans compter que j'ignore même à quoi elle peut bien ressembler !

— Sans blague ? Oh, mais c'est une beauté. C'est même la plus grande ! dis-je en me précipitant hors de mon siège et en portant la main à mon front comme une tragédienne. De recevoir son approbation te donnera bonne presse et son avis est bien plus important aux yeux des gens que celui de ces vieux bornés. Il faut lui faire parvenir une invitation officielle ! Allez, tu dois lui répondre !

— Nous verrons cela.

Après m'avoir tendu la lettre pour me permettre de lire les mots couchés sur le beau papier par la plume même de l'actrice, il la rangea dans sa valise en arguant que Mary s'en amuserait peut-être.

— C'est extraordinaire ! Je ne crois pas que tu réalises, Thomas, ce que cela signifie !

— Il y a des choses plus importantes à mes yeux. J'avais pensé que nous pourrions profiter de notre séjour ici pour faire quelque chose ensemble, toi et moi.

Cette proposition, si directe, ne pouvait logiquement concerner le lit qui semblait nous lorgner de loin. Si là était vraiment l'objectif de Thomas, il m'apparaissait déplacé, presque insultant par sa facilité. Méfiante, je le questionnai pour savoir ce qu'il avait derrière la tête et je me figeai à l'écoute du projet qu'il nourrissait.

— Nous pourrions prendre le train, dans l'heure, et nous rendre à Berlin. Tu connais bien cette ville, après tout, et j'avoue mourir d'envie de la visiter. Nous ne sommes pas si loin, nous pourrions y être dans la soirée, y passer la nuit ainsi que la journée de demain et revenir à temps pour reprendre nos tâches à l'Exposition.

Il avait lancé cette idée en observant son cigare qui se consumait entre ses doigts, les sourcils levés et semblant attendre impatiemment une réponse enthousiaste de ma part. Pendant quelques secondes, j'essayai de m'imaginer débarquer en plein centre de Berlin pour lui faire la visite guidée des lieux. Mon visage perdit immédiatement tout son sang.

— C'est une blague, n'est-ce pas ? Tu ne peux me demander sérieusement de t'emmener à Berlin, Thomas !

— Ah, non ?

— Non, non, non, je n'irai pas là-bas ! Vas-y seul ou demande à Charles de t'y accompagner, mais je t'en supplie, oublie-moi ! Qu'est-ce que c'est que cette envie soudaine ? N'as-tu pas compris que…

Avec une intensité semblable à celle de la veille, j'éclatai dans une crise de larmes tout à fait incontrôlable, comme si Thomas venait de me passer des menottes pour me conduire en enfer. Il m'observait dans ma panique de la même façon qu'il le ferait avec le résultat de l'une de ses expériences, avec détachement et intérêt.

— Ainsi donc… c'est à ce point problématique ? Qu'as-tu fait à Berlin, petite demoiselle pleine de secrets ? Serais-tu recherchée par la police ?

Il était très sérieux. À en juger par ma réaction et ignorant tout de mon passé, il était normal qu'une telle question puisse se poser. Ce fut à mon tour de le surprendre.

— Non, l'enquête est parvenue à prouver que je n'étais pas responsable.

Il ferma les yeux et tiqua. Il savait maintenant que je lui dissimulais une chose très grave. Il était conscient qu'ici, en Europe, j'en ressentais davantage les effets que terrée dans le laboratoire de Menlo Park. Mais il exigeait de connaître tous les détails, sans quoi, il menaçait de me traîner là-bas et me confronter à ce que j'avais laissé derrière moi.

— C'est une histoire horrible, que j'ai grand mal à raconter.

— Tu devras passer outre et tout me dire, parce qu'il s'agit de l'unique façon de te guérir.

— Je ne voulais plus y penser, Thomas...

— Je sais.

Il m'invita à m'asseoir sur le lit près de lui et il tint ma main tandis que je cherchais les mots adéquats.

Chapitre 9

Faire la lumière
sur le monde

— Lorsque je suis entrée à ton service en juin de l'année dernière, j'étais de retour de Berlin depuis quatre mois à peine. Cette histoire était donc encore toute fraîche dans mon esprit.

— Et elle l'est encore, si je me fie à tes réactions.

— Oui, car une telle chose ne s'oublie pas aussi facilement. Sache qu'à Berlin, j'étais fiancée et sur le point de me marier. Ce n'était qu'une question de jours. En fait, cela était advenu beaucoup plus en dépit de moi que selon ma volonté, mais je ne me plaignais pas de la situation. Mon père nourrissait comme ambition de me faire épouser un membre éminent de la communauté scientifique européenne. Il souhaitait me voir faire un grand mariage avec un homme qui encouragerait la poursuite de ma passion et qui me permettrait d'intégrer le milieu des sciences. Engagé à titre de professeur invité à l'Université de Berlin, mon père fit la rencontre de cet étudiant au doctorat avec qui il se lia rapidement. Ils eurent d'abord de longues conversations dans son bureau à l'université, mais il fallut peu de temps avant qu'il ne l'invite à la maison, dans le but de me voir faire sa connaissance. Pour un motif que j'ignore, ce jeune homme s'éprit de moi, à un point qu'il demanda ma main dans les

semaines qui suivirent sa première visite à notre domicile.
Je n'étais pas aussi enthousiaste. Enfin, pas au début. Il était
certes d'une élégance remarquable, l'un de ces grands
Allemands à la chevelure pâle et au regard azur qui savent
discourir avec opiniâtreté jusqu'à ce qu'on leur accorde la
victoire au sein d'un débat. Lorsqu'il m'emmenait à l'opéra,
je me contentais de rester près de lui en silence tandis qu'il
se plongeait dans de vives discussions avec des collègues
rencontrés par hasard. Je n'osais pas me joindre à la conversation. Auprès de lui, je ressentais constamment la crainte
de ne pas être à la hauteur de son esprit, car il était sur le
point d'achever son doctorat et moi, j'entamais à peine ma
seconde année. Ce qui, pour moi, représentait encore des
défis à relever n'était à ses yeux qu'une base, une matière
maîtrisée et presque ennuyante. Nous n'avions donc pas de
ces débats animés destinés à percer les mystères de la science,
je n'en étais pas là. Mais quand nous nous promenions dans
sa voiture à deux places dans les rues de Berlin et que la pluie
nous prenait au dépourvu, nos corps vibraient à l'unisson et
nous nous serrions l'un contre l'autre en cherchant un peu
de chaleur. J'aimais me caler contre sa poitrine et le sentir
m'enlacer de ses longs bras qui me sécurisaient. Ce genre de
langage semblait nous suffire. Je le voyais comme un être à
l'esprit insaisissable, mais dont la proximité me réchauffait
le corps et le cœur. Je me mis à l'aimer.

« Nous devions célébrer le mariage à Berlin, puis il serait
rentré avec nous à New York où il devait travailler à l'université grâce à de solides lettres de recommandation que
mon père lui avait rédigées. Peut-être que notre union ne
se résumait qu'à cela : lui permettre d'émigrer aux États-
Unis et d'y avoir une situation enviable. Cela ne fut jamais
énoncé clairement ni par lui ni par mon père, mais je ne
m'estimais pas naïve au point de croire qu'un tel homme
s'accrochait à moi uniquement pour mon joli sourire. Alors

que les préparatifs du mariage avançaient, nous nous fréquentâmes avec plus d'assiduité. Il se plaisait donc volontiers à parfaire mon instruction, à m'aider dans mes travaux qui devaient être rédigés en allemand. Pour ce faire, il me conviait à son appartement du centre où, lorsque je me tenais debout à la fenêtre tandis qu'il m'interrogeait pour que je sois prête aux examens, je pouvais observer la Spree de laquelle on avait une vue magnifique. Nos soirées s'achevaient immanquablement de manière plus douce. Nous nous plaisions à nous installer confortablement devant l'âtre pour faire ce que font les couples à la veille de se marier, c'est-à-dire tenter de nous convaincre qu'il ne serait pas si terrible de passer à l'acte puisqu'il ne restait que quelques semaines avant l'officialisation de notre union. Mais nous résistions. Principalement à cause de moi qui le priais de me conduire à la maison avant de me compromettre irrémédiablement. Mais au fond, il ne s'agissait que d'un jeu, il savait que je lui céderais au moment opportun.

« Une nuit de pluie, au tout début de novembre, le temps était si mauvais qu'il nous était impossible de sortir pour qu'il puisse me reconduire à la maison. En vérité, cela nous satisfaisait. Ce soir-là, je m'étais donné comme résolution d'aller jusqu'au bout, parce que le mariage devait avoir lieu moins de deux semaines plus tard et surtout, parce que je ne pouvais plus attendre. Il était très beau, tu sais. Il était doté d'un visage coupé à la faux et d'une superbe barbe dorée qui m'effleurait doucement la peau lorsqu'il m'embrassait. Juste cette sensation était suffisante pour me faire frémir d'envie. Je le suivis quand il m'entraîna dans sa chambre. L'idée que des fiançailles rapides, intéressées au départ, puissent donner naissance à un tel amour, un tel désir, m'emplissait de joie. Il fut très attentionné à mon endroit, très respectueux. Nous nous étendîmes dans son lit et fîmes l'amour avec beaucoup de passion, j'étais éperdue d'admiration en le regardant au fond des yeux lorsqu'il se pencha sur moi pour m'enseigner tout ce qu'il y avait à connaître.

« Quand ce fut terminé, il s'étendit sur le dos et je remarquai que sa respiration ne ralentissait pas. En m'accoudant près de lui, je vis son visage très pâle, mais la sueur qui jaillissait de son front me sembla normale, considérant ce qui venait de se produire. D'une voix faible, il me pria d'aller lui chercher de l'eau, mais au moment où je revins avec le verre, il était recroquevillé sur lui-même et agité de violents tremblements. Incapable de seulement lever la tête pour boire, il me supplia de rester près de lui. Il était terrifié. Son visage avait pris une teinte presque grise et il pressait ses mains contre sa poitrine en cherchant à respirer. Cinq minutes plus tard, il était mort. Il avait cessé de s'agiter et bien que je tentasse de le réanimer, je n'y parvins pas.

« À moitié vêtue, je descendis dans la rue et m'accrochai au premier passant que je croisai pour lui crier d'alerter les urgences. Je remontai à l'appartement et ne vis sur le lit qu'un corps immobile, blanc et froid, que les secours ne purent qu'examiner brièvement et ramasser en le recouvrant du drap encore humide de sa semence. Au lieu d'un mariage, nous assistâmes à des funérailles. Nous rentrâmes aux États-Unis une fois que l'enquête eut conclu à un arrêt cardiaque et que j'eus la permission de quitter l'Allemagne. Quelques semaines plus tard, je pris le train pour Menlo Park. À ce jour, je n'ai pas oublié ce moment infernal où je perçus la respiration de mon fiancé s'arrêter. Son iris qui s'est soudainement ouvert comme si on venait de déposer une goutte de colorant noir dans ses yeux… »

Je ne pus poursuivre. De toute façon, l'histoire était complète, il était inutile de revenir sur les détails douloureux du décès auquel j'avais assisté. Thomas employa son index pour redresser ma tête désormais si basse que je ne voyais que la silhouette de nos chaussures sur le sol.

— Tu l'aimais beaucoup ? Même s'il s'agissait d'un mariage organisé ?

— Oui. J'avais choisi de m'offrir à lui en cette nuit funeste, par amour. Parce qu'il m'inspirait suffisamment de grands sentiments pour faire chuter mes barrières. Parce qu'au-delà de nos différences, nous avions fini par développer une façon toute personnelle de nous comprendre. Parce qu'il me protégeait. Mais je n'ai pas su le lui rendre. Et ici, je ne songe qu'à cela. Que si nous n'avions pas succombé cette soirée-là, il aurait vécu suffisamment longtemps pour voir notre mariage. Que sa crise était de ma faute. Que je n'étais pas assez avisée pour connaître les soins à apporter dans ce genre de situation. Je ne suis pas responsable légalement, mais dans mon cœur, tout est de ma faute. Je ne me le pardonnerai jamais. Et lorsque je suis sortie de ta cabine en panique sur le bateau, après que nous avons… J'ai eu peur. Le cauchemar de cette nuit à Berlin est revenu hanter mon esprit, comme si mon corps avait associé le plaisir à la mort.

— Il ne va rien m'arriver, je te le jure.

— Justement, tu ne peux en être certain. Oh, Thomas, quand je te vois travailler jusqu'à ce que ton corps ne puisse plus te porter, lorsque je constate de quelle façon tu te nourris et cette manie que tu as de fumer un cigare après l'autre…

— Ce n'est pas cela le souci.

— Non ?

— Non, pas après avoir entendu ton histoire.

Il me prit par les épaules et me fit tourner de quatre-vingt-dix degrés pour que je lui fasse entièrement face sur le lit.

— Si tu as ce genre de pensées à mon endroit, cette peur… Charlene, serais-tu amoureuse ? N'est-ce pas l'unique explication de tes réactions depuis que nous sommes arrivés à Paris ? Ta crainte de voir ces événements se reproduire ?

— Amoureuse ? Si cela se révélait vrai, ce serait en dépit de moi. Tout ce que j'ai pu te dire, Thomas, lors de cette nuit que nous avons passée ensemble, n'était dû qu'à la force du moment.

Désirant me soustraire à son champ d'attraction, je me levai du lit et arpentai la pièce en osant à peine poser les yeux sur lui.

— Je combattrai ce sentiment avec toute ma volonté et pas seulement parce que tu es marié, mais parce que je ne veux plus jamais expérimenter la douleur de perdre quelqu'un.

En souhaitant lui prouver ma détermination, je fis volte-face vers le lit où il était toujours assis. Il baissa la tête comme si mes paroles l'avaient heurté, affichant un bref instant le visage d'un garçon désemparé. Puis, adoptant ma froideur, il se contenta de dire :

— Tu m'es très précieuse comme employée, je détesterais que tu nous quittes pour des motifs qui n'ont pas lieu d'être.

Mes émotions, exacerbées par le retour en arrière auquel je venais de me soumettre, me poussèrent à le confronter. Je me remis sur mes pieds et fis quelques pas vers la fenêtre, m'éloignant de son champ d'attraction.

— Quoi, Thomas ? Que veux-tu m'entendre dire ? Que je me suis battue, encore et encore, avec mon esprit pour t'en chasser et que tous ces efforts ne m'ont menée qu'à un désir encore plus grand ?

— Je veux t'entendre avouer que tu es profondément tourmentée et que tu ne veux être laissée seule sous aucune considération. Je veux que tu reviennes à la base de toi-même et que tu me dises que tu as besoin de quelqu'un pour passer à travers.

— Tu veux être le sauveur de mon âme, Thomas Edison ?

— Je ne crois pas à l'âme, je crois au présent, affirma-t-il en se levant à son tour afin d'être en mesure de me confronter de face. Et si je peux sauver le reste de ta vie, je le ferai.

Il n'est plus question que tu dormes seule à compter de maintenant, je vais te guérir, à la dure s'il le faut.

Ce fut ainsi que j'en vins à partager sa chambre, y transférant toutes mes affaires à l'insu de nos collègues qui devaient demeurer ignorants du marché établi entre Thomas et moi. Mes nuits ne furent pas plus paisibles pour autant, mais au moins, il était là, me racontant, pour me distraire, des histoires incroyables et interminables sur sa vie comme télégraphiste, pour occuper les heures où le passé revenait me gifler en plein visage.

⚬⚬⚬

Il ne nous restait que deux nuits à Paris et Thomas n'avait aucune intention de les passer à dormir. Plus que tout, il désirait voir les réverbères électriques. Il en avait très souvent parlé au cours de notre séjour, mais Charles Batchelor et lui ne furent pratiquement jamais libres au même moment. Quatre de nos collègues de Menlo Park étaient arrivés ce jour-là afin de prendre notre relève pour les mois qui restaient encore à l'Exposition et nous pûmes enfin passer une nuit complète à parcourir les avenues parisiennes.

Nous dînâmes tout d'abord en compagnie des nouveaux arrivants qui réussirent, par leurs anecdotes plus vivantes que nature, à nous transporter à Menlo Park comme si nous y étions vraiment. Nous ne pûmes, ce soir-là, continuer à sauvegarder notre réputation et faire preuve de la discrétion que nous avions préconisée jusque-là. De notre tablée de neuf, car Théodore Puskas s'était joint à nous, des rires tonitruants s'allièrent à des toasts trop fréquemment portés qui attirèrent sur nous, les « Américains », les regards désapprobateurs et parfois même méprisants de la clientèle guindée de l'hôtel. Nous nous en fichions. Pour cette fois, Thomas avait accepté de boire avec nous et peu de temps suffit pour que le rouge monte à ses joues constamment étirées d'hilarité. Menlo Park et ses garçons lui manquaient, de toute évidence. Nous nous séparâmes de nos collègues en leur donnant rendez-vous le lendemain à la première heure, au Palais de l'Industrie, afin de les instruire sur la procédure à respecter lors des démonstrations publiques dont ils auraient à se charger quotidiennement, cela jusqu'à la fin du mois d'octobre.

Nous nous retrouvâmes ensuite sur le trottoir où je marchai entre Thomas et Charles jusqu'à la grande place où se rejoignaient le boulevard des Capucines, le boulevard des Italiens et l'avenue de l'Opéra, juste devant l'Opéra national de Paris, aussi nommé le Palais Garnier dont l'inauguration remontait à trois ans auparavant.

À ce moment précis, les effets de l'alcool sur Thomas se dissipèrent d'un coup. Devant nos yeux se déployait l'art de Paul Jablochkoff dans toute sa splendeur, comme si nous venions de pénétrer dans une toile animée d'un songe fantaisiste et miraculeux. Les réverbères se dressaient depuis l'édifice majestueux de l'Opéra et parcouraient l'avenue en entier. «Comme en plein jour», disaient les rapports dans lesquels était expliqué le fonctionnement des bougies Jablochkoff, mais Thomas avait dû les voir de ses yeux pour constater toute la vérité. Des récits racontaient même que, confus par la forte lumière des lampes à arc, les oiseaux ne distinguaient plus le jour de la nuit et se mettaient à chanter comme au petit matin en se posant non loin de l'Opéra. Nous entraînant directement sous l'une des lampes, le visage de Thomas se contracta en observant la lumière de près. Elle était si forte qu'il fallait être très obstiné pour la fixer plus de quelques secondes, mais Thomas avait besoin de tout comprendre et tout voir. Il leva un doigt vers la source de lumière comme si nous ne pouvions la voir nous-mêmes.

— Les électrodes se font face pour générer en leur milieu un éclat qui, visiblement, ne peut être altéré d'aucune façon.

— Je n'aimerais pas avoir une telle puissance d'éclairage près de mon lit… dit Charles en baissant ses yeux larmoyants vers le sol avant de frotter ses paupières.

— Je sais, il s'agit de la faiblesse du système de la lampe à arc, elle est beaucoup trop forte. Mais il faut tout de même admettre que cela est prodigieux. La lumière est stable, j'ai peine à m'en détacher… Ma foi, je suis certain qu'il y aurait moyen de…

— Les compagnies de gaz ne permettront jamais à un tel système d'exister, Thomas. Tu imagines à quel point Jablochkoff doit être victime de campagnes de dénigrement?

— Oui et cela signifie qu'il est sur la bonne voie, mais je n'approuve pas entièrement ce principe. J'ai eu l'occasion de lire longuement sur la progression de la lampe à arc et je refuse de la voir comme une fin. Combien de temps dure-t-elle? Une centaine d'heures, tout au plus? Même isolées, les électrodes vont finir par se consumer, c'est obligé. Et la lumière est beaucoup trop claire, violente même. À la longue, cela est même très désagréable.

Thomas détacha ses yeux du réverbère lorsqu'il ne put plus le regarder d'aussi près.

Durant cette conversation, je ne pus que les suivre de réverbère en réverbère sans prononcer le moindre mot. Je saisissais bien la base de leurs propos, les objections qu'ils formulaient quant au caractère peu pratique de la lampe à arc, mais je ne pus rien ajouter de pertinent. Le livre sur les recherches expérimentales en électricité de Faraday gisait dans ma valise depuis le jour où je m'étais risquée à en lire les quelques premiers paragraphes. Mortifiée de ne rien y comprendre, je l'avais mis de côté en me faisant un devoir de reprendre ma lecture dès que la longue traversée jusqu'aux États-Unis m'en donnerait l'occasion. L'enthousiasme démontré par Thomas en cette soirée et l'éclair de détermination que j'apercevais au fond de ses yeux me plaçaient devant l'obligation de faire de l'électricité ma nouvelle passion si je désirais continuer à travailler auprès de lui.

Faisant abstraction de ma présence, ils discutaient à bâtons rompus tout en étudiant de nouveau, sous tous leurs angles, les lampes de Jablochkoff qu'ils souhaitaient rendre vétustes.

— Depuis les années cinquante, Joseph Swan étudie le comportement des filaments incandescents, et l'an dernier, Henry Woodward a obtenu un brevet grâce à un système de lampe électrique qu'il a fabriqué d'après Swan, nous informa Charles qui devinait la direction que prévoyait emprunter Thomas.

— Et encore une fois, Batch, ils ont déclaré que la commercialisation de la lampe incandescente n'était pas possible parce qu'aucun n'a su la faire durer. Qu'est-ce qui cloche avec ces scientifiques, dis-moi ?

— Il n'y a que toi, Tom, pour se donner corps et âme à la recherche de l'aiguille dans une botte de foin ! Le système essai-erreur, je crois qu'ils ne connaissent pas ici. Ou ils considèrent ne pas avoir de temps à y consacrer. Ce qu'ils veulent, c'est exposer un certain résultat devant leurs semblables et ne plus avoir à y revenir. Songe à Volta… Il a choisi de se reposer sur ses lauriers à la suite de ses expérimentations sur la pile.

— Oui, mais nous, nous travaillerons sans répit. L'incandescence est la solution, encore faut-il trouver les bons matériaux à éprouver.

La nuit, qui s'annonçait distrayante alors que nous projetions de visiter le Paris nocturne et glauque qui fascinait Thomas, se transforma en une assommante conférence à deux sur les possibilités de la lampe à incandescence. Dans son emportement, Thomas exprima même l'idée de dénicher un laboratoire, peut-être celui de l'université, et de prier les responsables qu'il nous soit prêté pour nos deux dernières nuits en France. Évidemment, je le dissuadai. Après notre mésaventure avec le phonographe, il n'était absolument pas nécessaire que Thomas exacerbe l'opinion de fou furieux que l'on se faisait de lui et je le convainquis de se contenir jusqu'à ce que nous retrouvions la paix de Menlo Park.

— Mais c'est encore si long !

— Et pourquoi ne tentes-tu pas d'inventer de nouvelles façons de se déplacer ? Le monde est trop grand, Thomas !

— Une chose à la fois, mademoiselle. Je dois d'abord faire la lumière sur ce monde gigantesque.

Je ne l'avais que rarement vu aussi convaincu de son devoir divin, de sa destinée. Le phonographe ? Bah, un jouet amusant fait pour le spectacle et l'émerveillement des foules ! Les gens pouvaient vivre sans lui. Mais pas sans lumière, ça non !

⁂

Rassemblés autour de l'appareil télégraphique, nous étions une dizaine à regarder la main de Griff s'activer sur la feuille de papier pour transcrire la communication qui lui parvenait de Paris. Nous étions de retour depuis deux jours et j'avais appris que nos collègues là-bas tentaient de nous joindre depuis longtemps déjà avec une nouvelle importante. En étirant le cou, je tentai de lire les phrases reçues jusque-là, mais le brouillon de Griff s'avérait indéchiffrable. Je ne pus que distinguer le « ti-ti-ti-ta-ti-ta » qu'il tapota sur le manipulateur, annonçant la fin de la communication.

— Ben, ça alors ! lança-t-il en parcourant le message dans son entier, lissant sa moustache d'incrédulité.

— Griff, allez-vous nous faire attendre trois jours ? Qu'est-ce que ça raconte ? Dites-nous, bon sang ! criai-je à son intention en bondissant sur mes pieds pour regarder son expression renversée.

— C'est… Je n'arrive pas à y croire.

John Kruesi lui arracha le papier des mains et afficha le même air stupéfait en prenant connaissance du message, ce qui poussa mes collègues à tenter de dérober la feuille à son porteur qui la tint bien haut, à bout de bras. Honest John toussota et nous fit enfin part de la nouvelle, empruntant une voix solennelle et grave. Tous en même temps, nous ouvrîmes nos bouches toutes grandes et nous mîmes à hurler de joie.

— Il faut le dire à Edison immédiatement !

— Oui, allons chez lui tous ensemble pour le lui annoncer !

John secoua la tête.

— Non, ce n'est pas une bonne idée. Mary est souffrante, elle n'appréciera pas.

Tentant de faire entendre ma voix au milieu du tumulte, je levai la main et proposai de révéler moi-même à Thomas ce qui était advenu à Paris. Honest John approuva.

— Laissons à notre seule dame le plaisir de rendre notre chef heureux, messieurs. Voici la feuille, miss Charlie, au cas où il aurait quelque difficulté à croire vos paroles.

Leurs cris me parvenaient encore alors que je me trouvais sur le chemin, en direction de la demeure de Thomas. Je courus tout au long de Christie Street, ne m'arrêtant qu'une fois devant la grille afin de reprendre mon souffle. Je frappai vigoureusement à la porte, mais il n'y eut pas de réponse. Je trouvai cela étrange. À ce que j'en savais, il n'avait pas quitté Menlo Park depuis notre retour, d'autant que ses chevaux paissaient toujours dans le champ voisin, signe qu'il n'avait pas pris sa voiture pour sortir. Je cognai derechef, puis, après avoir constaté que la porte n'était pas verrouillée, je décidai d'entrer.

Personne n'était en vue, mais des voix me parvinrent de la bibliothèque, au second étage. Des voix virulentes dont l'intensité me glaça. D'ordinaire, j'aurais tourné le dos à une scène entre les deux époux, mais la nouvelle que je traînais avec moi était trop importante pour que je ressorte bredouille. En tentant de modérer les craquements causés par mes pas dans l'escalier, je montai en tenant la rampe. Les voix se faisaient de plus en plus claires alors que j'approchais de la porte de la bibliothèque. Celle-ci était entrouverte, mais je n'osai pas regarder à l'intérieur de la pièce. Thomas se tenait non loin de l'entrée et Mary, tout au fond. C'était horrible à entendre, douloureux, même pour moi qui n'étais pourtant qu'un témoin. Les cris me prenaient au milieu du ventre, surtout ceux de la femme qui invectivait son mari au sujet d'une réalité qui ne regardait que les deux protagonistes. Elle exigeait qu'il cesse d'agir en enfant rêveur et lui rappelait son obligation de nourrir sa famille correctement au lieu de chasser les nuages. J'entendis des paroles très dures au sujet d'enfants qui n'avaient pas de père et de devoirs qui n'étaient pas accomplis. Après quelques minutes, je ne pus plus en écouter davantage et baissai les yeux sur la feuille que je tenais toujours en main, déçue de cette regrettable tournure. Je tournai les talons pour disparaître de là avant qu'on ait vent de ma présence.

Mais alors que j'allais mettre le pied sur la première marche de l'escalier, une latte sous le tapis craqua et immédiatement, les voix se turent. La porte de la bibliothèque s'ouvrit dans un coup de vent et le visage de Thomas, abattu et épuisé, m'apparut dans l'ouverture.

— Je… je n'étais venue que pour… Nous avons reçu des nouvelles de Paris, et je désirais t'en faire part. Cela peut attendre, nous parlerons plus tard.

Je dévalai l'escalier aussi rapidement que je le pouvais, ignorant l'appel de mon nom. Je claquai la porte de la maison et me libérai de cet environnement toxique en prenant une longue inspiration et en évitant de me retourner.

— Charlie! cria-t-il du perron où il venait d'apparaître.

Mais je ne m'arrêtai pas.

Assister à cette altercation m'avait mise en miettes, m'avait obligée à voir un aspect de Thomas qui n'existait pas dans mon esprit jusqu'à ce moment précis.

— Charlie !

Il était derrière moi, non loin. Il avait choisi de me suivre alors que les mots restaient en suspens entre Mary et lui. Je n'étais certainement pas celle qu'il devait rassurer.

— Retourne chez toi, Thomas ! murmurai-je en accélérant le pas. Arrange ta vie avec ta femme puisque c'est elle qui porte ton enfant.

Je l'entendais maintenant courir dans mon sillage et il m'attrapa solidement par les épaules au moment où j'allais me diriger vers la pension.

— Ne te sauve pas, je t'en supplie !

— Je ne veux rien avoir à faire avec cela, Thomas ! Tu as le devoir de réconforter ta femme, pas moi.

— Qu'as-tu entendu ?

— Rien, je venais juste d'arriver.

— Charlie, je dois te parler, attends !

Nous remontâmes Christie Street jusqu'à nous trouver hors de vue de sa résidence. Il prit appui sur un piquet de clôture et inspira quelques bonnes goulées d'air avant de tirer un cigare de la poche intérieure de sa veste.

— Pourquoi es-tu venue chez moi ?

— Je devais te faire part d'une chose advenue à Paris peu de temps après notre départ, mais ce n'est pas le moment. Nous en reparlerons une autre fois.

L'esprit ailleurs, il ne démontra pas davantage de curiosité pour la nouvelle que j'avais le mandat de lui annoncer. Il hocha la tête et glissa une main dans sa chevelure afin de repousser la frange rebelle qui retombait sur son front. Ses yeux étaient injectés de sang et sa lèvre inférieure était tremblante. Assurément, il n'avait guère connu de répit depuis notre retour.

— Charlie, je dois partir.

— Partir ? Mais nous arrivons à peine ! Où veux-tu donc aller ?

— Je vais accompagner un ami, George Barker, au Wyoming. Il m'a demandé d'aller observer l'éclipse là-bas où nous serons rejoints par d'autres scientifiques, cela me donnera l'occasion d'essayer le tasimètre sur la couronne solaire.

— Non, il y a autre chose, Thomas. Ta femme est sur le point de donner naissance, il te faudrait une meilleure raison que cela pour songer à fuir maintenant. Tu avais hâte de rentrer pour commencer tes recherches sur la lampe incandescente.

— Oh, Charlie, je crois que c'est évident.

Il ferma les yeux et soupira.

— Je ne sais plus où j'en suis. Il y a toi, il y a Mary, il y a les enfants pour qui je ne suis pas apparemment un père convenable. J'ai besoin d'une pause sans quoi...

— Qu'est-ce que j'ai à faire là-dedans ?

— Ne tombe pas des nues, Charlie ! À Paris, nous logions dans la même chambre, nous agissions comme un jeune couple en perpétuelle nuit de noces.

— Quoi ? Est-elle au courant pour...

— Non, tu imagines bien. S'il fallait qu'il y ait cela en plus !

Nous continuâmes à marcher et passâmes devant le laboratoire sans nous y arrêter. Nous empruntâmes Middlesex Street, une impasse contournant les terres autour du laboratoire, et nous nous réfugiâmes là où nos collègues ne pourraient nous apercevoir.

— Ne pars pas, Thomas, je t'en prie.

Je fus sur le point de lui confier que son absence me serait intolérable, mais sa femme lui avait déjà tenu ce type de discours.

— Tout est déjà prévu. J'ai télégraphié à George pour lui confirmer que je le rejoindrais là-bas. Je ne peux pas rester ici une seconde de plus.

Bien que la pensée de le laisser s'enfuir alors que tant de gens comptaient sur lui me fût douloureuse, je comprenais que l'enchaîner ne ferait qu'aggraver son sentiment d'étouffement. Je cherchai à l'apaiser en l'accueillant entre mes bras, caressant la tête qu'il abandonna sur mon épaule.

— Si tu dois nous quitter pour un temps, Thomas, fais-le pour les bonnes raisons ; pour prendre enfin du repos et ordonner toutes ces pensées qui s'ébattent en toi chaque heure du jour. Mais auparavant, il y a une chose importante que je dois te dire. Peut-être cela te fera-t-il du bien. Je l'espère.

Avec mon index, je redressai son visage et ainsi, tout près de son oreille, je murmurai :

— Nos confrères ont télégraphié ce message de Paris. Après l'accueil que tu as reçu avec le phonographe et à la façon qu'ont eue les juges de te dénigrer, les membres de la presse ont lancé un mouvement de contestation dans le but de faire valoir le phonographe à sa juste valeur. Cela fut efficace, davantage que tout le monde aurait pu le croire. Thomas, tu as reçu la Légion d'honneur ! Le phonographe fut honoré tel qu'il se devait et te voilà maintenant chevalier.

Ses pupilles semblèrent se dilater lorsque son regard, bourré d'incrédulité, pénétra le mien.

— Nous ne le croyions pas non plus, mais regarde !

Je lui tendis la feuille où Griff avait transcrit le message de Théodore Puskas et il dut le lire à haute voix pour finalement accepter le verdict.

— Charlie…

— Pars en paix et repose-toi. Tu es un grand inventeur.

Chapitre 10

L'éclipse

Son équipement sur le dos et son chapeau enfoncé sur les yeux, Thomas prit le train en direction du Wyoming avec un sourire retrouvé. De la vitre baissée, il nous envoya de grands signes de bras alors que le train s'éloignait pour l'emmener à l'ouest. Mary ne s'était pas jointe à nous pour les au revoir, mais Dot et Dash s'amusèrent à courir le long de la voie ferrée, ne s'arrêtant, à bout de souffle, que lorsque la sirène fit entendre son barrissement et que le train eut presque atteint sa vitesse de croisière. Sur le quai, les garçons commencèrent lentement à se disperser tandis que Charles Batchelor demeurait immobile derrière moi comme une ombre.

— Qu'est-ce qu'on fait maintenant ? le questionnai-je, incapable de quitter le train des yeux.

— On fait des phonographes et on attend, miss Charlie.

Il me tendit son bras pour m'aider à descendre du quai, puis nous marchâmes côte à côte en direction du laboratoire en bottant quelques cailloux au passage pour exprimer notre lassitude.

— Cela lui passera, sans aucun doute. Il n'aurait jamais osé affirmer clairement avoir besoin de vacances, reprit-il pour tenter d'expliquer la désertion soudaine de notre chef. Ce genre de chose ne lui était jamais arrivé auparavant.

— Quoi ? De prendre du repos ou de craquer ?

— Les deux. Je connais Tom depuis le début des années soixante-dix et je ne l'ai jamais vu ainsi. Il y a anguille sous roche.

Je ne me risquai pas à révéler à Batchelor ce qui était advenu entre Thomas et moi au cours du voyage à Paris, assumant très mal l'idée d'être moi-même cette anguille qui avait envoyé Edison dans la nature. Alors que les garçons en étaient à prendre des paris quant à une possible date de retour, Batchelor estimait que trois semaines devraient être suffisantes pour lui faire regretter son laboratoire ainsi que les travaux sur la lampe électrique qu'il avait prévu entreprendre à son retour d'Europe.

❧

Deux mois plus tard, nous reçûmes un premier signe de vie sous la forme de lettres que Thomas fit parvenir au laboratoire. Nous craignions le pire : il avait passé trop de temps au loin pour que cela nous paraisse normal.

Au deuxième étage du laboratoire, les fenêtres, même grandes ouvertes, ne parvenaient pas à fournir assez d'air frais pour chasser la touffeur ambiante. Exceptionnellement, la fournaise du rez-de-chaussée avait été condamnée à l'inactivité pour le temps que durerait la canicule. Nous étions obligés de nous partager de grandes feuilles de palmier et les utiliser comme ventilateurs, réduisant nos mouvements à peu de chose. Nous voulions juste trouver une façon de rester au frais. Affalés sur nos sièges, nous concentrions notre attention sur Batchelor qui venait de réclamer le silence pour nous lire la missive. En ayant déjà pris connaissance, il nous assura d'abord que Thomas allait bien, mais précisa aussi qu'aucune instruction n'avait été donnée nous concernant.

Mon cher Batch!

Le 28 juillet dernier, immédiatement après mon départ de Menlo Park, j'ai pu rejoindre mon bon ami George Barker dans la ville de Rawlins où tous les astronomes et physiciens du pays et d'outre-mer avaient semblé s'être donné rendez-vous. Nous étions tous logés dans un hôtel si petit que nous avons dû prendre chacun un compagnon de chambrée pour la durée du séjour. Fox et moi avons décidé de partager une chambre. Tu le connais, il est correspondant pour le New York Herald *et j'étais convaincu de ne pas m'ennuyer en sa compagnie. Alors que nous tentions de dormir, un effrayant personnage s'est permis de cogner à notre porte en criant désirer rencontrer Edison, «celui dont on parle dans les journaux». Je suis plié en deux de rire alors que je t'écris ces mots, mais au moment des événements, Fox et moi étions absolument terrifiés, morts de trouille. L'homme a forcé notre porte, ivre assurément, a hurlé se nommer Texas Jack et, en pointant nos lits, a demandé lequel d'entre nous était Edison. Pendant que je désignais mon compagnon du menton, Fox faisait de même; aucun de nous ne souhaitait se mesurer à cette bête dont la tête touchait pratiquement le plafond. C'est à ce moment que le tenancier de l'établissement est arrivé dans la pièce, alerté par les cris et les plaintes des clients tout aussi terrifiés que nous l'étions. Il commanda à Texas Jack de la fermer et de ne pas faire tant de raffut. Il était accoutumé à l'ogre, sans doute. Celui-ci se vanta d'être le meilleur tireur de l'Ouest, révélation qui n'augurait rien de bon considérant sa détermination à faire fi des avertissements pour atteindre son probable objectif: tirer toute la ville de son sommeil. Et comme si l'affirmation n'était pas suffisante, Texas Jack traversa notre chambre pour aller à la fenêtre et sortit un Colt de son ceinturon. Il dirigea le canon vers le château d'eau de l'autre côté de la rue et quelques secondes plus tard, nous entendîmes la balle de son Colt toucher le réservoir. Au son du coup de feu, ce fut la folie dans la rue. Les gens se mirent* à sortir de chez eux pour savoir qui venait d'être abattu et, en toute sincérité, je craignais fort d'être sa prochaine cible. Il me tendit son arme alors que je tremblais comme une feuille et me pria de tirer un coup. Nul besoin de préciser que je refusai net. Je lui affirmai être beaucoup trop fatigué pour jouer (oui, c'est bien le terme que j'ai employé), en l'assurant que nous nous reverrions plutôt le jour suivant, après une bonne nuit de sommeil. Nous ne pûmes évidemment pas fermer l'œil de la nuit, mais au final, je n'ai jamais revu Texas Jack, bien que l'on m'ait juré qu'il n'était pas un mauvais bougre.

Le lendemain, une grande voiture fut attelée pour tous nous conduire sur le site le plus propice à l'observation de l'éclipse. Tous les scientifiques désiraient aussi installer leurs instruments et je dus me contenter d'une petite butte à l'écart des autres pour expérimenter le tasimètre. Nous sommes ensuite allés visiter un endroit nommé « Separation », un lieu magnifique où les eaux se divisent pour se diriger vers le Mississippi à l'est et vers le Pacifique à l'ouest. Fox et moi en avons profité pour prendre nos Winchester et chasser quelques lièvres en compagnie d'opérateurs de télégraphe avec qui nous avions pu discuter au cours de la matinée. Ces bêtes s'avéraient être de véritables monstres, dotés de pattes trois fois plus longues que les lapins de la côte Est, d'oreilles gigantesques, et ils bondissaient si haut qu'un enfant de cinq ans n'aurait pas été un obstacle à leur fuite. Lorsque j'en repérai un immobile, je visai et tirai, mais trouvai le moyen de rater ma cible. En m'avançant à environ dix pieds de l'animal, je tentai ma chance de nouveau pour le manquer une seconde fois. À ce moment-là, tous les opérateurs de la station étaient sortis pour regarder mes exploits et j'en surpris quelques-uns à rigoler. Je me rendis jusqu'au récalcitrant pour voir qu'il n'était en fait qu'un simple lièvre empaillé et qu'on se fichait de ma tête depuis le début. Nous en avons finalement chassé de véritables et ne nous sommes arrêtés que par manque de munitions. L'un *des opérateurs a prêté son Springfield à Fox, mais il se retrouva au sol à cause du recul. Je n'ai pas désiré tenter ma chance.*

Ensuite, nous avons formé un groupe avec Barker et quelques-uns de nos amis opérateurs des chemins de fer et nous nous sommes dirigés vers le territoire Ute pour chasser et pêcher sous la bonne garde de soldats chargés d'assurer notre protection. Je t'écris aujourd'hui de l'Utah où je compte demeurer encore quelque temps.

Edison

À la suite de la lecture de Charles Batchelor, un silence de plomb tomba au milieu du laboratoire et nous nous consultâmes tous du regard, cherchant à savoir si nous étions d'accord pour qualifier de singulière cette longue lettre bourrée de détails incongrus.

— Tu es sûr qu'il n'y a rien d'autre ? lança John Kruesi qui, comme nous, cherchait à comprendre où Thomas voulait en venir.

— Non, c'est tout. Il ne dit même pas quand il compte revenir. C'est étrange.

Je me sentis rougir et camouflai mon visage en agitant la feuille de palmier juste devant mes yeux. Moi aussi, j'avais reçu une lettre. Peut-être précisait-elle davantage les intentions de Thomas, mais ignorant ce qu'elle contenait, car je n'avais pas eu encore l'occasion de l'ouvrir, je demeurai muette. Poussée par ma dévorante curiosité, je me levai de mon siège en tentant de ne pas attirer l'attention et descendis au cabinet d'aisance du rez-de-chaussée, l'unique endroit où il m'était possible de m'isoler de mes confrères à cette heure de la journée.

M'appuyant sous la fenêtre, je tirai l'enveloppe de la poche de mes pantalons et dépliai la feuille dans le mince rai de lumière. Je serrai les lèvres en reconnaissant l'écriture fine de Thomas.

Charlie,

Comment te dire ? Alors que mon regard se pose sur la vierge nature de l'Utah, je respire. J'ai retrouvé cette compagnie masculine bruyante et grossière au milieu de laquelle je me sens chez moi et je respire. Je me plais à croire que je suis l'un d'eux, opérant un bureau de télégraphe minable au milieu de nulle part, une aventure qui fut déjà mienne jadis et que, parfois, je me prends à regretter. Tout était si difficile, mais si facile à la fois. Difficile parce que j'ignorais si je pourrais encore manger à ma faim le jour suivant, mais dénué des obligations de réussite dont je suis désormais affligé. Avec ce que je sais aujourd'hui, je retournerais volontiers à cet état où la simple survie était mon souci quotidien. En accord avec la nature, un homme ne souffre jamais de la faim. Marchant avec ma Winchester sur l'épaule aujourd'hui, j'ai compris qu'il ne sert à rien de désirer conquérir le monde. Il nous appartient d'office si nous acceptons de n'être qu'une infime parcelle des merveilles qu'il recèle. Il nous nourrit, il nous réchauffe, il nous tue ; nous n'y pouvons rien à l'exception de nous sentir uni à lui par les lois de la nature. Ici, je suis parfois submergé par l'envie de n'être rien, rien de plus qu'un autre organisme vivant faisant partie du grand tableau. Hier soir, au soleil couchant, ton visage m'est brièvement apparu. Nous partageons cette envie de liberté, ce désir de respirer sans contrainte. Ne sommes-nous pas unis dans notre envie de rien ? De ne rien devoir, de ne rien promettre, de ne rien désirer prouver ?

Je rapporterai de jolies fourrures pour que Sally Jordan puisse fabriquer des étoles et je tenterai de me souvenir parfaitement de la couleur du ciel pour te la raconter à mon retour. Ne montre cette lettre à personne, je ne saurais pas comment l'expliquer.

Thomas

Troublée, je ne perdis pas de temps à relire la lettre, brûlant d'envie de m'attarder sur chacun de ses mots pour tenter d'en comprendre la véritable signification. Je remontai au laboratoire en exposant le visage le plus stoïque que je le pouvais, tremblante de passion, en vérité, en songeant à ce qu'il s'était permis de me confier. À l'étage, les garçons en étaient encore à débattre pour savoir s'il ne valait pas mieux écrire à Edison de revenir le plus rapidement possible, Griff arguant que le chef devait être tenu au courant du terrible état de son épouse.

— Même si nous écrivions, comment savoir si la lettre lui parviendra avant qu'il ne change encore de lieu de résidence ? avança Batchelor. Nous ne sommes pas au courant de ses projets, il ne parle même pas de son retour.

— Je m'en fiche, je vais tenter ma chance ! rétorqua Stockton Griffin, rouge de colère. Sa femme est malade et il doit en être informé. Ses responsabilités sont ici, près d'elle.

— De quoi te mêles-tu ? Sa vie personnelle ne nous regarde pas !

— Non, c'est trop ! Je vais lui demander de revenir immédiatement !

Griff employa la façon la plus rapide de communiquer avec un homme se trouvant à l'autre bout du pays : le télégraphe. Il précisa que Mary était si souffrante que le docteur avait dû être appelé à trois reprises de Metuchen. Il ajouta qu'en son absence, elle perdait la tête, cachant un revolver sous son oreiller afin de se rassurer à la nuit tombée et faisant des crises de panique parce que ses enfants jouaient tout près de la voie ferrée où elle ne pouvait les surveiller. Ce que disait Griff était vrai, mais Charles et moi jugions le problème de Mary trop profond pour que seul le retour de son époux suffise à la remettre sur la bonne voie.

Le docteur Ward ne pouvait diagnostiquer son état. À tour de rôle, nous nous rendions au chevet de Mary dont l'accouchement était imminent, la voyant immobilisée par de terribles maux de tête que rien ne parvenait à soulager. Nous étions conscients, Batchelor et moi, que Thomas continuerait à fuir devant cette situation parce qu'il ne savait pas la gérer. Comme prévu, le télégramme bourré d'urgence de Griff n'obtint pas de réponse. À ce que nous en savions, Mary n'avait pas reçu de nouvelles de son époux et elle commençait à croire qu'il ne reviendrait pas. Selon les mots qu'il avait daigné rédiger à mon intention, je savais que cela n'était qu'à moitié vrai. Il reviendrait, mais ne serait probablement plus jamais le même.

⸎

Septembre était entamé et nous avions cessé de parler de Thomas par désespoir et par manque de nouvelles à relater. Nous étions arrivés au bout de nos hypothèses, de notre tolérance, de notre envie de nous imaginer où il se trouvait et ce qu'il faisait. Je conservais sous mon oreiller sa seule et unique lettre comme une sainte relique, pour pouvoir la lire et la relire toutes les nuits juste pour le plaisir de regarder son écriture alors que les mots qu'elle contenait m'apparaissaient périmés. M'étant encore une fois endormie avec la lettre appuyée contre mon ventre, je la rangeai prestement en entendant une grande activité sur le palier et commençai à me vêtir alors que des pas se rapprochaient de ma porte.

Ida, avec qui je partageais ma chambre, ouvrit sans frapper, satisfaite de me voir éveillée.

— Ma mère vous demande, miss Charlie ! On vient d'appeler le docteur, madame Edison va donner naissance !

Quand je parvins en bas, j'eus à peine le temps de me rendre compte que tout le monde était debout, que Sarah poussa un panier à provisions entre mes bras et m'entraîna dehors.

— Vous vous chargerez de voir à ce que les enfants restent bien en place, j'ai préparé suffisamment à manger pour eux au cas où la délivrance soit lente ! Madame est si malade qu'il peut y avoir des complications !

Sarah était très inquiète. Le médecin avait bel et bien été prévenu, mais le temps qu'il arrive, Mary devait être assistée. Sarah étant une lointaine parente de Mary, elle était la personne toute désignée pour se charger d'elle avant que le docteur parvienne à Menlo Park. Nous nous dirigeâmes à pas rapides vers la demeure d'Edison, le ciel pâlissant à peine à l'horizon. Sally m'avait communiqué toutes ses appréhensions et, comme elle, je me mettais à craindre pour la vie de Mary qui, effectivement, avait semblé beaucoup trop faible les derniers jours pour supporter les épreuves de l'enfantement.

La domestique avait déjà commencé à faire le nécessaire. De grandes marmites d'eau bouillaient sur le poêle et la chambre avait été préparée à l'arrivée du médecin. J'entraînai Dot et Dash à la table alors que Sarah se précipitait en haut à la suite de la domestique au visage contracté de peur. Les épouses de Charles Batchelor et de John Kruesi vinrent aux nouvelles quand le soleil fut levé. Enceintes, elles ne désiraient pas être troublées par l'issue incertaine de l'accouchement en cours et je tâchai de les rassurer en leur offrant le thé tandis que Dot et Dash se distrayaient avec un petit jeu de bois en bout de table. Sarah tenta de dissimuler son tablier couvert de sang lorsqu'elle descendit pour se réapprovisionner en eau, mais c'en fut trop pour les dames qui faillirent perdre connaissance. Elles s'éloignèrent alors que l'attelage du docteur entrait dans la cour et ce fut en les regardant s'enfuir qu'il prit la relève, paré de sa trousse de laquelle dépassaient des instruments tous plus effrayants les uns que les autres.

À dix heures, Charles Batchelor vint lui-même s'informer, se disant prêt à télégraphier au dernier endroit où Thomas avait été vu afin de le retrouver.

— Je crois qu'à ce point, il n'y a rien que nous puissions faire, Charles. Le docteur est pessimiste, il dit qu'elle est très faible.

Heureusement, les enfants jouaient devant la maison et demeuraient étrangers à l'angoisse partagée par tous ceux qui quittaient le chevet de Mary.

— S'il fallait que… Foutre, miss Charlie! Il devrait être là!

— Je sais, je ne l'excuse pas non plus.

Et comble de la honte, ces paroles que je venais de prononcer n'avaient rien de sincère. Je lui pardonnais déjà son absence en la plaçant sur le compte d'un isolement obligé, pour lui, pour son esprit qui combattait l'enchaînement. La fatalité n'avait rien à y voir. Et il n'avait pas à en être tenu responsable. Si Mary ne devait pas survivre à l'accouchement, la présence de Thomas n'aurait contribué en rien à la retenir parmi nous. Mais en aucun cas, je ne souhaitais sa mort. Non, évidemment pas.

Charles bouillait de rage et exprimait celle-ci en qualifiant Thomas d'enfant gâté qui n'avait d'attention que pour ses envies personnelles. Je dus le retenir de gravir l'escalier afin d'aller lui-même s'enquérir de l'état de Mary. Alors que je pressais sur sa poitrine en le priant de laisser le médecin faire son travail, un vagissement nous poussa à lever la tête.

— Qu'est-ce que c'est? Que se passe-t-il?

— C'est un bébé, Charles, dis-je en relâchant mon emprise sur lui et en souriant de soulagement. Vous devriez vous accoutumer, le vôtre est le prochain à venir.

L'enfant était donc né, mais nous ignorions toujours comment se portait la mère. La porte de la chambre qui restait obstinément fermée nous fit craindre qu'elle ne se remettrait pas et nous finîmes par monter pour nous stationner sur le seuil à défaut de pouvoir entrer.

Sarah Jordan ouvrit juste suffisamment pour pouvoir sortir et nous montra la petite chose emmaillotée dans une couverture qu'elle tenait bien serrée entre ses bras.

— C'est un garçon. Monsieur Edison n'étant pas présent pour le nommer, madame l'a appelé William Leslie.

— Comment va Mary ? questionna Charles en se désintéressant immédiatement du nouveau-né.

Il tiqua lorsque Sarah nous confia ne pas avoir de réponse à nous offrir dans l'immédiat.

Alors que Charles demeurait planté devant la porte que Sarah venait de refermer derrière elle, je courus en bas pour annoncer à Dot et Dash qu'ils avaient un nouveau petit frère. Je ne pus qu'exprimer ma désapprobation en constatant que Dot avait parié des sucreries quant au sexe de l'enfant à naître et que son frère lui devait maintenant de la réglisse. Ils crièrent pour voir le bébé, mais je dus les retenir en leur servant un goûter. Lorsque le médecin apparut en bas des marches, je me tendis. Il devisa gentiment avec les enfants quelques minutes durant, ce qui me laissait croire que Mary était hors de danger, mais à un moment, il demanda à s'adresser à moi en privé.

Tandis que je le raccompagnais à sa voiture, il soupira :

— Elle était consciente quand je suis descendu. Elle est fiévreuse, toutefois. Mademoiselle, où est son mari ? Je sais que monsieur Edison est souvent trop occupé pour discuter avec moi de la santé de sa femme, mais il est primordial qu'il écoute ce que j'ai à lui dire.

— Il n'est pas là, docteur. Monsieur Edison est en voyage d'affaires et nous ignorons la date de son retour.

Le médecin ne sembla guère dupe.

— Bon, dites-lui une chose de ma part, voulez-vous ? Dites-lui que la maladie de son épouse réside à l'intérieur de sa tête. Tant qu'elle sera esseulée ainsi, son corps créera des afflictions aussi douloureuses que son besoin d'être secondée par son époux est puissant. Bien que je n'en aie pas le droit, je lui ai suggéré, à demi-mot, de ne plus avoir d'enfant désormais. Elle est trop faible, un autre accouchement la tuerait. Pour recouvrer la santé, elle n'a besoin que d'une chose : son homme près d'elle. Tentez de lui faire comprendre cela, mademoiselle, c'est d'une importance capitale.

— Je ferai ce que je peux, docteur.

Il n'était pas suffisamment ignorant des dissensions au sein de ce ménage pour croire que je parviendrais seule à faire entendre raison à Thomas Edison.

Chapitre 11

L'ampoule incandescente

Menlo Park s'était relevé de la grande frousse que lui avait inspirée l'accouchement difficile de Mary Edison et William Leslie avait été présenté officiellement à tout le monde lors d'un déjeuner organisé quelques jours à peine après sa naissance. L'attention généralisée semblait bénéfique à Mary qui, suffisamment jeune pour reprendre ses forces rapidement, tentait de prouver sa capacité à vivre en dehors des désirs de son mari en nous recevant le dimanche suivant. Grâce à l'aide précieuse de Sarah Jordan et des dames Batchelor et Kruesi, la table regorgeait de crêpes, de pain fraîchement boulangé, de fruits de la récente récolte, de sirop d'érable canadien et de brioches à la cannelle. Mary souhaitait évidemment traiter aux petits oignons une troupe qu'elle espérait se rallier, et pendant toute la durée de cette célébration, les garçons s'efforcèrent de faire abstraction du fantôme de Thomas en couvrant Mary de cadeaux et de compliments. Assise confortablement dans un fauteuil du salon, Mary regardait l'animation de sa demeure avec un air de contentement sur le visage ; elle ressemblait à Catherine de Russie qui aurait ouvert les portes de son palais à son peuple afin de recevoir leurs offrandes. Ce spectacle eut tôt fait de me lasser.

En toute discrétion, je décidai de disparaître et je me retrouvai dans un Menlo Park silencieux et vide. Seul le cheval de Thomas daigna signifier sa présence en s'ébrouant à mon passage devant son enclos. Le bel animal s'avança vers moi lorsque je m'accoudai à la clôture, son museau reniflant ma main avant de s'emparer de la pomme que j'avais dérobée à son intention avant de quitter la petite fête. Il releva la tête dans un geste nerveux quand la sirène du train se fit entendre, agita sa crinière noire, puis chercha la paume de ma main de nouveau.

— Je n'ai plus rien pour toi, mon beau !

Comme s'il désirait montrer son mécontentement, il se mit à hennir et à secouer la tête, et piaffa résolument.

— Mais calme-toi ! Pourquoi t'énerves-tu donc ainsi ?

En faisant un demi-tour sur moi-même, je compris la cause de cette turbulence. Du train était descendu un homme et celui-ci marchait en notre direction à travers le champ devant le laboratoire. Il n'était qu'une silhouette floue dans le contre-jour, mais je pus tout de même distinguer les contours de son large chapeau et de son fourbi au-dessus duquel pointait le canon d'une Winchester. Sa longue veste poussiéreuse battait à chacun de ses pas et sa main balayait doucement les hautes herbes alors qu'il s'y frayait un chemin. Lorsqu'il leva le bras bien haut en guise de salutation, je n'eus plus le moindre doute et sans pouvoir me contenir, je soulevai ma robe et courus à sa rencontre.

— Thomas ! Thomas, te voilà !

Le soleil qui m'aveuglait ne me permit pas de voir clairement les traits de son visage, mais un sourire y figurait sans aucun doute, car je l'entendis éclater de rire à mon approche.

— Prends garde, tu vas tomber !

— Oh, Thomas ! Je m'en fiche ! criai-je en ne regardant effectivement pas où je mettais les pieds.

En le rejoignant, j'agrippai ses épaules avec le réflexe de me jeter à son cou, mais je me retins à temps et dus me contenter de toucher son bras, puis de marcher à ses côtés.

— Mais où est tout le monde? Pourquoi le laboratoire semble-t-il désert?

— Ils sont chez toi, Thomas, tous. Pardonne-moi de te l'annoncer ainsi, mais ils sont rassemblés pour célébrer la naissance de ton dernier-né.

— Oh, je vois. Et toi? Tu n'y es pas?

— J'y étais. J'en avais assez de tout ce monde.

Il comprit sans demander plus de précisions. Thomas connaissait la propension de son épouse à créer des événements destinés à distraire les habitants trop souvent désœuvrés de Menlo Park.

— Personne ne m'a donc vu descendre du train. Viens, allons au laboratoire, nous y serons tranquilles.

— Tu n'as pas envie d'aller voir ton fils?

— Oui, tout à l'heure. Quand ils seront partis.

Je lui proposai de prendre le sac de cuir qu'il portait en bandoulière en plus de son lourd barda. Il contenait les douces fourrures dont il avait parlé dans sa lettre et je me fis une joie de les palper tandis que nous marchions.

Il ne déposa son bagage qu'une fois à l'intérieur du bureau et lança son chapeau sur la patère. Son visage était bruni par le soleil et de ses yeux émanait une paix qui lui allait à ravir. Il retira sa veste pour la secouer dans un coin de la pièce avant de l'accrocher. Ensuite seulement, il ouvrit les bras. Je me fis violence pour garder l'étreinte brève, amicale, ne lui laissant pas l'occasion de percevoir la bouffée de chaleur que je ressentis à son contact.

— Tu ne m'en veux pas trop?

— Ce n'est pas à moi que tu dois poser cette question, Thomas. Tu devrais plutôt courir chez toi et faire connaître ton retour.

— Non, pas maintenant, je te l'ai dit. Je ne tiens pas à me donner en spectacle comme un enfant prodigue. J'ai tout mon temps.

Tandis qu'il reprenait ses aises dans son repaire, je m'efforçai de ne pas le regarder avec trop d'insistance, de ne pas lui laisser voir qu'il m'avait cruellement manqué. Il n'attendait que cela et il m'était impossible de continuer à encourager cette situation entre nous alors que tant de choses étaient advenues ces derniers jours. Sans qu'il l'exige, je me mis à raconter ce à quoi nous nous étions occupés en son absence et il n'eut un regain d'intérêt qu'au moment où j'abordai le sujet du phonographe.

— Plusieurs commandes nous sont parvenues, principalement d'Europe, depuis le début de l'été. John et Gentleman Tom ne pouvaient plus fournir la demande et nous avons tous mis la main à la pâte, mais Samuel Bergmann a accepté la proposition que tu lui avais faite avant notre départ pour Paris et il a pris en charge la production de masse dans son usine de New York.

— Tant mieux, nous aurons besoin d'espace et de tous les bras disponibles dans les mois à venir. Je n'ai pas l'intention de perdre du temps sur le phonographe.

Je toussotai pour cacher ma contrariété. Depuis sa création, le phonographe était devenu à mes yeux, tel un enfant auquel j'aurais donné naissance, un véritable chef-d'œuvre dans son état brut et le mépris que Thomas semblait désormais ressentir à son égard me choqua.

— Sauf ton respect, Thomas, je crois que tu ne te rends pas compte des possibilités de cet appareil. En le perfectionnant encore et en trouvant une matière moins malléable que la feuille d'étain, il serait possible de commercialiser non seulement le phonographe lui-même comme objet de fantaisie, mais nos propres enregistrements également. Nous pourrions nous associer à des musiciens et offrir une grande sélection qui…

— Des symphonies en conserve, Charlie ? Sérieusement ? Je t'ai déjà dit que je n'y voyais aucun intérêt.

— Charles Batchelor et Samuel Bergmann estiment qu'en automatisant le fonctionnement de l'appareil...

— Non, non, je t'arrête tout de suite! C'est terminé pour moi. Comme le produit est sur le marché et continue à être promu par Edward Johnson, la production peut aisément continuer sans que nous ayons à y consacrer toutes nos énergies. Tu sais très bien que je désire autre chose.

Je baissai les yeux. Je ne souhaitais pas l'accuser de désertion, mais nous avions nourri nos petits projets tandis qu'il chassait chez les Sauvages.

— Tu ne nous as donné aucune instruction, Thomas. Tu reviens alors que nous ne t'attendions plus et tu me lances ton intention de te diriger complètement ailleurs. Il va falloir nous fixer dans un champ d'activité si nous espérons voir les caisses se remplir.

— Tu ne m'attendais plus, Charlie?

— Je n'ai reçu qu'une seule lettre de toi. Et Charles aussi. Ta femme, aucune. Les gens étaient en droit de croire qu'ils ne te reverraient pas de sitôt. Même lorsque Griff t'a télégraphié pour te faire part de la maladie de Mary, tu n'as pas donné signe de vie.

— J'avais grand besoin de cet isolement. Ne pas écrire était une forme de liberté. J'ai vécu des choses déterminantes durant ces dernières semaines et elles m'ont apporté les certitudes dont j'avais besoin.

— Parle-moi! dis-je devant l'éclat lumineux de son regard.

Il s'installa confortablement et trouva un cigare à moitié consumé dans la poche de sa chemise. Il le ficha entre son index et son majeur, sans y mettre le feu tout de suite.

— Sur le chemin du retour, mon compagnon de route, George Barker, m'a emmené visiter l'atelier de William Wallace à Astonia, au Connecticut. Wallace et l'inventeur Moses Farmer se sont associés pour créer une génératrice électromagnétique destinée à alimenter le système d'éclairage à la lampe à arc installé dans son atelier. Peut-être suis-je complètement tombé sur la tête, Charlie, mais il m'a semblé qu'il s'agissait de l'engin le plus fabuleux qu'il m'ait été donné de regarder au cours de ma vie. Lorsqu'il a mis la dynamo en marche et que les huit lampes se sont mises à briller toutes en même temps, j'ai eu le sentiment d'assister au spectacle le plus extraordinaire qui soit.

— Je suppose qu'il fallait être là, dis-je, ne comprenant pas en quoi cette vision avait poussé mon patron si près de l'extase.

— Charlie, cette forme de pouvoir supplante mille fois les piles Bunsen que nous nous obstinons à employer ici dans nos expériences! Ne vois-tu pas qu'avec une génératrice, le problème d'alimentation en courant est définitivement résolu et qu'il ne me reste qu'à créer une lampe incandescente suffisamment durable pour remplacer la lampe à arc?

— Juste cela? rétorquai-je, ironique. Ce n'est pas fait, toutefois…

— Non, évidemment… C'est un détail dont je dois me charger sans tarder, mais il faut admettre que c'est d'une simplicité enfantine! Un simple cireur de chaussures pourrait y arriver!

Je me contentai de hocher la tête en poussant quelques «hum, hum», ignorant si, dans son exaltation, il m'apercevait, perdue dans l'ombre.

— En fait, deux défis nous attendent: fabriquer une ampoule incandescente dotée d'un filament assez efficace pour donner de la lumière sans se consumer et trouver une façon de subdiviser le voltage. Ce dernier point est nécessaire si nous désirons envoyer une charge de courant égale à chaque ampoule dans un même réseau. Avec la lampe à arc, ce problème ne se pose pas, mais il en va autrement avec le modèle de lampe incandescente que je prévois fabriquer.

— Et tu sais comment accomplir tout cela ?

— Pas du tout, dit-il en haussant les épaules et en craquant une allumette devant son cigare. Mais j'estime qu'il ne doit rien y avoir de plus simple. Quelques jours devraient me suffire pour trouver le secret de la subdivision.

À mes yeux, à ce moment précis, soit Thomas Edison était un génie encore plus prodigieux que nous le croyions, soit le soleil de l'Ouest avait tapé trop fort sur sa tête. Charles Batchelor serait probablement à même de répondre à cette question lorsqu'il entendrait le plaidoyer de son compagnon.

— Je suis ravie de constater que tes vacances t'ont rempli l'esprit de merveilleux projets, Thomas, mais juste pour nos caisses à renflouer, ne serait-il pas judicieux de continuer tout de même à travailler sur la commercialisation du phonographe ?

— Charlie, je me fiche de l'argent ! Tout ce que je veux, c'est être enfin en avance sur les autres gars. Avec l'ampoule incandescente, on ne pourra plus dire que je me lance à la poursuite de l'idéal d'un autre. Ce sont eux désormais qui devront courir derrière moi. Mais nous ne devons pas perdre une seule minute. Va me chercher Batch, nous allons commencer à faire des esquisses dès maintenant !

— Peut-être serait-il préférable que tu y ailles toi-même, et au passage, tu jetteras un coup d'œil à ton bébé ainsi qu'à ta pauvre femme qui a connu une délivrance difficile.

Il laissa tomber ses mains sur le bureau. Il s'agita sur son siège en grommelant, puis retourna à son dessin.

— Plus tard, je te le jure ! Allez, Batch, me lança-t-il en pointant l'index en direction de sa demeure.

Je retournai donc là-bas en prenant soin de n'alerter personne. Dans la salle à manger et le salon, on devisait gaiement en portant son assiette dans une main et en retournant s'approvisionner à la table à intervalles réguliers. Mon absence n'ayant guère défrayé la chronique, je pus me glisser jusqu'à Charles Batchelor et lui signifier de se pencher en toute discrétion. Je murmurai à son oreille :

— Une certaine personne vous demande au laboratoire… Faites semblant de rien, je vous en prie.

Il écarquilla les yeux et se retourna brièvement vers Mary qui tenait William Leslie contre sa poitrine en écartant doucement la couverture immaculée pour permettre aux visiteurs de le contempler.

— Pourquoi n'est-il pas venu directement ici ?

Je me contentai de lever les paumes, lui révélant que j'avais bien tenté de le convaincre.

— Bon, j'y vais, mais ne ressortez pas tout de suite. Certains de nos compagnons pourraient commencer à comprendre.

Par souci de discrétion, Batchelor ne s'approcha pas de la nouvelle mère pour s'excuser. Il passa toutefois près de la table et déroba des petits pains ainsi qu'une pomme, dans le but, je le devinai, de donner de quoi manger à ce pauvre Thomas qui n'osait même pas rentrer chez lui. Impatiente, je ne lui accordai que cinq minutes avant de l'imiter.

❦

La première chose que me demanda Thomas lorsque je les rejoignis au laboratoire fut de lui rendre les trois volumes qu'il m'avait prêtés sur les recherches expérimentales de Faraday.

— J'ose espérer que tu les as lus.

— Tu veux me tester, Thomas ?

— Oh, c'est dans la pratique que je verrai si tu as fait tes devoirs.

— Je les ai lus, sache-le.

Pour ce qui était de les avoir compris toutefois, c'était une autre histoire. L'électricité était un concept très nouveau pour moi et j'ignorais comment Thomas pouvait maîtriser toute cette matière au point de se sentir habilité à y apporter des améliorations. Mais cela faisait partie de l'énigme par laquelle il prouvait n'être l'égal de personne. Il mystifia d'ailleurs tout son monde en révélant, enthousiaste, à un journaliste du *New York Sun*, une semaine seulement après son retour :

— Je l'ai ! C'est fait ! Bientôt, on se demandera pourquoi personne n'y avait songé auparavant. Tout cela est si diablement simple !

Ces propos furent immédiatement publiés, puis repris par tous les journaux de la côte Est, générant les réactions auxquelles nous devions nous attendre. La vérité était pourtant qu'il n'était parvenu à rien. Sans compter que le problème de la subdivision du courant était à mille lieues d'être résolu, ce qui lui occasionnait des migraines la plupart du temps. En une semaine, Thomas n'avait eu de temps que pour fabuler sur sa vision personnelle d'un système d'éclairage qu'il espérait appliquer à Manhattan, et qui consistait en de petites centrales électriques qui seraient reliées aux commerces et résidences qu'il voyait illuminés grâce à ses ampoules incandescentes. Sauf que rien de tout cela n'existait dans le concret.

Au cours de cette même période, un jeune homme âgé d'à peine dix-huit ans se joignit à notre équipe, recommandé par Grosvenor Lowery, président de la Western Union et ami de Thomas. Francis Jehl connaissait le télégraphe sur le bout des doigts et comme tous les jeunes idéalistes de l'époque, il regardait Thomas Edison d'en bas, telle une idole à qui il était prêt, comme nous tous, à offrir sa vie. Son arrivée eut au moins l'avantage de me libérer du fardeau des piles Bunsen et pendant son apprentissage, il se délecta de cette tâche que nous en étions venus à tirer à la courte paille. Francis eut sa chambre chez Sarah Jordan, me dérobant par le fait même le privilège tant convoité d'emménager dans mes propres quartiers. Mais ma logeuse eut la gentillesse de ne pas m'oublier et déménagea sa fille au rez-de-chaussée pour la rapprocher du four à pain. Je lui en fus très reconnaissante.

Le deuxième lit de la chambre ayant été transféré ailleurs, j'eus suffisamment d'espace pour songer à m'installer une petite bibliothèque et je m'octroyai un moment à la fin d'une journée de septembre pour sortir des boîtes les manuels que j'avais récemment fait revenir de chez moi à Jersey City. Je savais qu'on m'attendait au laboratoire, mais devant l'impossibilité de faire autant de boucan à la nuit tombée, je priai pour que mon retard ne soit pas remarqué avant que j'aie terminé de ranger ma chambre.

Non seulement mon absence ne passa pas inaperçue, mais le chef en personne se pointa bientôt pour me récupérer. Enfin, il voulait surtout mettre la main sur ses précieux bouquins auxquels tout le monde devait désormais se référer.

— Et je me permets de croire que tu me suivras jusqu'au laboratoire où nous avons du boulot !

— Oui, j'étais justement sur le point de vous rejoindre, l'assurai-je.

Je cherchai les livres de Faraday dans mon petit désordre et les lui tendit, en évitant d'admettre que la majeure partie de la matière m'apparaissait toujours nébuleuse. Mais de cela, pour l'heure, il semblait se ficher.

— Dis-moi, tu as bien caché la lettre que je t'ai envoyée ?

— Entre les pages d'une bible, Thomas. Personne ici n'ira chercher là !

Du pied, il referma la porte derrière lui et posa les livres sur ma commode.

— Je sais qu'elle a dû te sembler singulière. J'y ai simplement couché les premières choses qui m'ont traversé l'esprit.

— Je m'en suis rendu compte. Et ce serait mentir que de dire qu'elle ne m'a pas fait plaisir.

Le papier était maintenant tout froissé à force de passer des nuits entières contre la peau de mon ventre et j'en connaissais les moindres mots par cœur.

— D'ailleurs, je ne t'ai pas remercié. Je n'ai même pas accueilli ton retour tel que je l'aurais désiré.

Je ne fis que l'observer à la dérobée, mais je n'avais plus à faire grand-chose pour lui signifier mes sentiments. Pour moi, rien n'avait changé depuis Paris. Il me rejoignit près de ma bibliothèque, m'enleva des mains le livre que j'allais y insérer et empoigna mes épaules. Le simple contact de ses lèvres sur ma joue m'ébranla, car il ramena tous les souvenirs de son corps que je conservais non loin, dans mon esprit.

— Tu sais qu'il ne peut y avoir... cela, ici, n'est-ce pas?

J'opinai, déçue, mais je m'étais fait très peu d'illusions.

Il sentit le besoin d'aller jusqu'au bout de sa pensée.

— Menlo Park est trop petit. Tout le monde se fréquente, un rien se saurait immédiatement. Encore heureux que Batch ne connaisse pas notre secret, mais il n'est pas aveugle à ce point. À Paris, il s'est contenté d'ignorer et ici, il préfère simplement oublier.

— Je comprends. Et je dois préserver ma réputation.

— Mais sache toutefois que l'histoire que tu as accepté de me confier demeurera aussi notre secret. Les garçons n'ont pas besoin de savoir pourquoi tu es venue te cloîtrer ici.

— Non, c'est vrai.

— Charlie, promets-moi une chose. Lorsque ton cœur sera guéri et que la perte brutale de ton fiancé ne te fera plus mal, ne me quitte pas pour autant. Peut-être auras-tu envie de faire face au monde de nouveau, il est même possible que tu juges ta vie ici absurde. Mais songes-y bien avant de t'en aller, je t'en prie. Nous avons besoin de toi à Menlo Park.

— Même si je ne connais rien en électricité ? dis-je en riant, parce que soudain, son visage était devenu grave.

— Tu apprendras. Je t'enseignerai tout ce qu'il y a à savoir.

— Je n'en doute pas, Thomas.

Il fallait qu'il parte maintenant. La proximité de sa personne me troublait et Sarah Jordan commencerait bientôt à se questionner s'il s'attardait ne serait-ce que quelques minutes de plus. Ses livres sous le bras, il redescendit, avec moi sur ses talons, et nous reprîmes lentement le chemin du laboratoire.

༄

· Thomas n'avait pas réalisé qu'un simple : « Je l'ai, tout cela est d'une simplicité enfantine ! » lancé à l'aveuglette au bénéfice des journaux causerait une secousse à l'échelle mondiale, ébranlant les compagnies gazières qui envisageaient l'avènement de l'électricité comme la pire malédiction depuis les sept plaies d'Égypte. Les cours du gaz connurent un effondrement à Londres, heureusement passager, et Thomas en fut quitte pour réviser ses certitudes en admettant publiquement que « plusieurs détails restaient encore à perfectionner » et que « quelques mois supplémentaires seraient nécessaires avant la tenue d'une démonstration publique ».

Cela était peu dire ! Nos premières expériences s'étaient avérées peu probantes. Le filament au platine atteignait bel et bien l'incandescence, mais ne durait pas plus que deux heures avant de mourir, désintégré. Nous étions tous parfaitement conscients qu'une lampe commercialisable, telle que Thomas l'envisageait, ne pouvait être fabriquée à base de platine. Non seulement cette matière n'était pas suffisamment efficace, mais elle était trop onéreuse, ce qui contredisait l'idée de rendre la lampe électrique accessible à tous. Car

Thomas n'avait qu'un seul objectif: permettre au public de bénéficier de sa science et non uniquement à une élite formée de membres de la communauté scientifique qui se contenterait de regarder sa lampe et, comme le ferait Dieu, de commenter: «Oui, cela est bon», puis de clore la question. Le progrès que Thomas clamait défendre était destiné à servir les masses, à rendre la vie plus facile et à détrôner les compagnies gazières qui ne juraient que par leur monopole, sans égard pour la santé publique et pour leurs coûts exorbitants. À l'automne 1878, il se vit acculé au pied du mur et sous la pression constante des journalistes qui sollicitaient des preuves concrètes de notre avancement, Thomas n'eut d'autre choix que d'organiser une démonstration afin de prouver que l'incandescence était en bonne voie de réussite.

Nous avions comploté une petite mise en scène destinée à nous acheter du temps. La subdivision du courant nous donnait toujours des insomnies, mais au moins, nous étions parvenus à créer une lampe à peu près fonctionnelle. Cela devrait suffire. Quelques journalistes étaient arrivés à Menlo Park avec le train de huit heures quinze et nous étions prêts à les recevoir depuis l'aube. Thomas les avait invités pour leur offrir un bel os regorgeant de moelle et nous permettre ensuite de travailler comme des forçats sans être importunés davantage. Nous avions tous une position à occuper et Thomas m'avait demandé de me vêtir d'une robe. Peut-être que la curiosité générée par la présence d'une femme au laboratoire pallierait les déficiences de la lampe au platine que nous espérions camoufler.

Edison se tenait debout près de la lampe sur laquelle il travaillait encore la veille. Devant lui écoutaient attentivement, en hochant la tête à intervalles réguliers, trois scribes qui s'affairaient à transcrire les paroles de mon patron dans un petit cahier. Charles Batchelor assistait silencieusement à l'entretien tandis qu'à ma gauche, un autre homme dessinait la scène sur une grande feuille à l'aide d'un fusain.

Je m'assurai que les piles Bunsen étaient toujours assez chargées pour produire suffisamment de courant et pressai sur les couvercles des jarres. Les journalistes ne semblèrent pas se formaliser de la présence d'une dame dans le repaire d'Edison, trop impressionnés par la lampe pour attarder leurs regards ailleurs. Thomas me pria de demeurer à ses côtés, puis il activa le courant.

Le filament atteignit rapidement l'incandescence. Dans cette partie assez sombre du laboratoire, sa belle lumière se répandit, comme nous l'avions brièvement observé la veille encore. Je me dois d'insister sur le terme « brièvement ». Imperturbable, le dessinateur continuait son esquisse, tandis que les scribes ouvrirent la bouche, écarquillèrent les yeux et s'approchèrent de la lampe en lançant des onomatopées admiratives.

— Je peux la regarder fixement et, pourtant, je n'ai pas du tout l'impression que ma rétine est en train de se carboniser !

— Eh oui ! lança Edison. Voilà la beauté de l'ampoule incandescente. La lampe à arc produit une luminosité trop puissante pour être employée en d'autres endroits que les grands espaces. Cela convient peut-être pour un théâtre, si on oublie tous les inconvénients de l'arc, mais pour un salon, c'est autre chose. Et voici un autre argument en faveur de l'incandescence : elle est absolument saine ! Le gaz n'est qu'un horrible poison. En nous éclairant au gaz, nous sommes contraints de respirer des vapeurs d'ammoniac, de soufre et de dioxyde de carbone. En outre, ces vapeurs noircissent non seulement le globe, mais la pièce entière où la lampe est installée. La lampe incandescente est la réponse. Et je possède la formule parfaite pour la rendre commercialisable.

— La lumière est réellement magnifique, monsieur Edison, elle ne bouge pas et son mécanisme est si simple !

— Je sais. Je suis le seul à en avoir le secret.

— Et comment parvenez-vous à garder l'ampoule allumée sans que brûle le filament ?

— C'est très simple, presque trop. J'ai conçu un régulateur thermique qui éteint automatiquement la lampe si le filament atteint une température trop élevée. Ha ! Personne n'avait songé à cela auparavant ! Ce fut un jeu d'enfant de résoudre ce problème, je l'avais énoncé au moment d'amorcer mes recherches et je l'affirme encore aujourd'hui !

— Vous avez été traité avec beaucoup de mauvaise foi, monsieur Edison. Tout cela sera rétabli à compter de maintenant.

— Vous pouvez l'écrire : Edison a trouvé la solution de remplacement au gaz, il a conçu l'ampoule parfaite.

— Vous n'avez donc rencontré aucun problème majeur dans la création de l'ampoule à incandescence ?

— Non, et je dois avouer que c'est cela qui me laisse songeur. Lorsqu'une chose fonctionne parfaitement dès le premier essai, c'est là où je dois me questionner. C'est pourquoi j'affirme avoir besoin de quelques semaines encore avant de m'exposer au monde. Les expérimentations vont trop bien, cela ne peut être régulier.

Comme il savait les embobiner ! Il fallait que fût portée au crédit de Thomas Edison sa capacité à déblatérer toutes sortes d'absurdités à la presse et à être cru sur-le-champ. Les journalistes étaient sous le choc, hypnotisés par l'homme et par son invention au point de le regarder comme s'il tombait du ciel. Mais lorsque les reporters baissèrent les yeux sur leurs calepins pour retranscrire cette phrase dans son intégralité, Thomas tourna vers moi un regard inquiet. Je m'assurai que l'ampoule ne s'était pas mise à grésiller, puis je fis un discret mouvement de la tête à son intention.

Il passa alors devant la table et entraîna les journalistes en direction de l'escalier.

— Nous devons maintenant laisser mes collègues se remettre à leurs tâches, messieurs. Descendons à mon bureau où du café nous attend. Je me ferai un plaisir de continuer à répondre à toutes vos questions.

Alors qu'il guidait les visiteurs dans l'escalier, il nous signifia, en tirant un trait sur sa gorge à l'aide de sa main droite, de couper le courant séance tenante avant que le filament ne se désintègre. Il voulait garder intacte la réputation du sorcier de Menlo Park que les journaux véhiculaient en abondance. Son mythe devait demeurer tel qu'il était depuis l'avènement du phonographe, et devant la presse, il transformait ses échecs en brillantes réussites. Il était trop convaincu de parvenir aux résultats espérés pour s'avouer vaincu devant les difficultés. Il préférait polir son image publique plutôt que d'annoncer qu'il n'était toujours pas arrivé à destination.

Une heure plus tard, en me penchant à l'une des fenêtres du laboratoire, je vis Thomas et Charles Batchelor raccompagner les visiteurs au train, les encourageant discrètement à quitter les lieux avant qu'ils ne découvrent eux-mêmes l'une des vérités qui devaient demeurer dans l'ombre. Ils se saluèrent tous avec beaucoup d'enthousiasme, mais lorsqu'ils revinrent, je remarquai que le visage de Thomas s'était assombri et qu'une ride plissait son front. Nous nous tendîmes au moment où ses pas lourds commencèrent à gravir l'escalier, conscients qu'il était mécontent de n'avoir eu que des hyperboles à livrer en pâture à la presse.

De l'index, il me pria de venir jusqu'à lui.

— Charlie, je veux que tu ailles en forêt et que tu me rapportes absolument tout ce qui peut être disséqué en filaments et potentiellement porté à incandescence. Tout ce que tu trouveras. La nature ne nous laissera pas tomber. Je suis convaincu qu'en elle se trouve la solution. Emmène Francis avec toi, vous ne serez pas trop de deux pour cette tâche.

Il réalisait que le défi était beaucoup plus grand qu'il ne s'était plu à le croire. À la suite de cette première démonstration, je compris que nos recherches ne faisaient que débuter.

Chapitre 12

Edison Electric Light Company

Même si nous évitions de reconnaître le problème à voix haute, ce n'était un secret pour aucun d'entre nous qu'Edison n'avait plus d'argent. Les fonds dont il avait disposé pour créer son laboratoire de recherche en 1876 ne se résumaient plus qu'à peu de chose et les ventes du phonographe n'étaient pas suffisantes pour représenter un revenu notable. Ce qui le sauva furent les redevances du récepteur au carbone conçu pour le téléphone qui lui parvenaient de l'Angleterre de façon assez régulière. Sans cela, il n'aurait pu continuer à nous rémunérer, même si la plupart d'entre nous, moi inclusivement, aurions travaillé pour rien s'il nous l'avait demandé.

Il était donc urgent de trouver des investisseurs pour nous fournir le financement nécessaire à la poursuite des recherches sur l'incandescence. Le président de la Western Union, Grosvenor Lowery, se proposa comme porte-parole afin de convaincre les hommes d'affaires les plus puissants de New York de se rallier à la cause d'Edison pour former une entreprise qui assurerait la continuité de nos expérimentations. Lowery convia Thomas à le rencontrer, mais Edison commit l'impair d'oublier le rendez-vous. Pour tenter d'expliquer son absence, il plaida avoir travaillé toute la nuit et n'être sorti du laboratoire qu'à dix heures du matin. Lowery était furieux et nous, complètement atterrés, mais l'homme croyait tant en Thomas qu'il accepta de lui donner une deuxième chance. Cette fois, nous nous assurâmes tous qu'il dormît et qu'il fût à l'heure pour prendre le train.

Devant nous, Edison affichait l'air assuré que tous lui connaissaient, mais je n'étais pas dupe. Je savais qu'il détestait ce qu'il allait faire à New York en ce jour. Faire le beau devant les puissants investisseurs qui, à compter de la signature officielle de l'entente, détiendraient le droit de vie et de mort sur ses inventions, le répugnait. Heureusement, il se réservait le privilège de conserver à l'usage de son entreprise personnelle les droits des créations qui ne touchaient pas l'électricité, mais il disposait de beaucoup moins de temps pour explorer d'autres horizons.

À six heures du matin, nous étions tous rassemblés au laboratoire pour l'entendre discourir de ce que serait notre nouvelle situation à l'instant où il encaisserait les trois cent mille dollars promis par ses investisseurs dès la signature de l'entente officialisant la naissance de l'entreprise. Ses traits étaient tirés et à plusieurs reprises, je le vis glisser les doigts dans sa chevelure afin de repousser vers l'arrière la frange rebelle qui ne cessait de lui retomber sur les yeux. Exceptionnellement, la pièce embaumait le café, Thomas conservant obstinément sa tasse contre sa paume afin de ne jamais manquer l'occasion d'en avaler une lampée. Rien qu'à le regarder, je ressentais aussi cette grande nervosité qui lui rongeait le corps.

Il nous précisa, en gros, ce que nous savions déjà approximativement. Honest John se détacherait graduellement du noyau de l'équipe pour en former une nouvelle destinée à opérer l'édifice de la machinerie en cours de construction à l'arrière du laboratoire. Le bureau d'Edison serait transféré dans une autre bâtisse tout au bout du terrain, juste au bord de Christie Street. Nous aurions droit ensuite à une somptueuse bibliothèque et un confortable salon serait aménagé au rez-de-chaussée, mais, selon Thomas, la nouvelle de cet ajout n'avait pas de quoi nous réjouir.

— Ce... salon, cette salle de réception format réduit, si je peux la nommer ainsi, sera employée par nos parrains qui ne manqueront pas de venir passer beaucoup de temps ici pour observer l'avancement des recherches. On m'a conseillé de me préparer à les recevoir avec des égards qui devront se montrer à la hauteur de leurs contributions. Je vous préviens, ils désireront voir tout ce que nous fabriquons. Ils monteront au laboratoire, ils vous questionneront, vous talonneront. Il ne s'agira pas de visiteurs ordinaires, du genre de ceux qui se pointent chez nous à toute heure du jour... Non. On parle ici des hommes qui paieront votre salaire, qui allongeront la monnaie en fin de compte, mais qui ne connaissent pas la base de ce que nous faisons. Je n'ai pas besoin de vous faire comprendre comment vous comporter avec eux. Car si tout se déroule comme prévu, je me permets de croire que nous serons très occupés à l'avenir. Il y a un énorme projet en cours de développement, mais il ne sera réalisable qu'à l'instant où seront résolus nos derniers soucis concernant la subdivision du courant. Dès que nous aurons trouvé la solution, nos vies changeront, radicalement.

D'un léger coup de coude, Batchelor fit comprendre à Thomas que l'heure du départ avait sonné. Il acquiesça d'un seul hochement de la tête et enfila sa redingote, cherchant son chapeau haut-de-forme dans le fouillis du laboratoire. Je l'avais conservé près de moi pour m'assurer qu'il ne se salisse pas. Thomas me le prit des mains alors que je glissais une dernière fois ma manche sur le pourtour du chapeau. En ce jour, il avait l'air d'un parfait gentleman. Sous sa redingote, il portait une chemise exceptionnellement propre et une lavallière de soie noire chatoyante.

— Tu es très élégant, Tom, chuchotai-je à son oreille en capturant ses yeux par en dessous. Tu leur plairas, c'est certain !

— Je n'ai pas le choix, Charlie. C'est ma vie qui se joue.

Toute la logistique entourant la création de la Edison Electric Light Company amena beaucoup de fébrilité au sein de notre groupe, car elle nous força à obtenir des résultats. Cependant, je ne sentis pas la pression exercée sur notre chef par les hommes formant le comité directeur de l'entreprise. Il ne nous parlait pas de cela. Il n'y avait que Batchelor et Kruesi pour partager ses secrets et je lui en savais gré. Il ne désirait pas que l'ambiance de nos travaux change sous prétexte que nous étions désormais surveillés par les plus riches hommes d'affaires de New York. Ainsi, au cours de cette période, Edison redevenait notre égal à la minute où il jetait sa veste au hasard pour se joindre à nos recherches.

À l'instant où je disposais de nouveaux échantillons, Thomas et moi les partagions de part et d'autre de sa table de travail afin de les analyser sous microscope. Nous étalions les tubes entre nous et notions nos observations dans un grand cahier prévu à cet effet. Parfois, il me demandait de «venir voir» et se levait de son tabouret pour me laisser une place afin de me permettre de confirmer ou d'infirmer les propriétés de telle ou telle matière. Dans ces moments, je portais davantage attention à sa main qui caressait doucement mon dos tandis que je me penchais sur le microscope dont la lunette était encore toute chaude. Je me détachais de l'appareil pour commenter et il demeurait là, tout près, jusqu'à ce que je contourne la table à regret pour retourner à mon siège. Il exigeait plusieurs exemplaires de chaque échantillon dans le but de les soumettre à différents tests, même s'ils ne nous menèrent nulle part la plupart du temps. À l'aide de petits ciseaux, je coupais un quelconque végétal dans le sens adéquat pour obtenir un filament d'environ deux pouces et demi de longueur. Le matériau était ensuite carbonisé dans un moule de nickel.

Thomas s'était octroyé la tâche de carboniser les filaments, se tenant constamment près de la fournaise qui chauffait à six cents degrés pour surveiller le processus. Cette étape était très importante afin d'éviter la combustion immédiate des filaments à l'instant où ils recevraient une charge de courant. Cuire les fils dans un moule au préalable permettait de tuer les éléments actifs présents dans la matière et, ainsi, de retirer l'oxygène qui pourrait s'y trouver. La carbonisation ne laissait que le cadre, parfaitement préparé à atteindre l'étape suivante, c'est-à-dire l'incandescence.

— N'oublie jamais de prendre en compte le facteur de rétrécissement lorsque tu découpes les filaments. Francis Jehl te donnera le ratio exact et il est d'une importance capitale de le respecter scrupuleusement, considérant que l'ampoule est calibrée pour des filaments carbonisés de quatre pouces et trois huitièmes.

— D'accord, je prends cela en note.

Dès que les filaments étaient prêts, Charles Batchelor se chargeait de les fixer dans le globe de verre sur les petits supports de platine en forme de « 8 » qu'il avait lui-même conçus. L'étape suivante consistait à retirer entièrement l'air de l'ampoule à l'aide d'une pompe Sprengel qu'Edison avait dégotée chez un collègue de Philadelphie, opération dont Francis Jehl était responsable. Elle était ensuite refermée hermétiquement et posée sur une base stable. Puis, nous croisions les doigts en envoyant la charge de courant électrique généré par les piles Bunsen. Et nous regardions le résultat. Nous expérimentions différents niveaux de voltage, allumions et éteignons le courant des centaines de fois. Plusieurs échantillons ne supportaient pas la charge plus de quelques secondes et se désintégraient dans un petit «pouf» fumant tandis que d'autres parvenaient à l'incandescence, mais pas suffisamment longtemps. Nous cherchions une matière pouvant luire des centaines d'heures durant, mais, surtout, une matière qui rendrait possible la production en masse.

Nous expérimentâmes avec des filaments imbibés de sucre, de goudron, d'huile de baleine, d'huile de coton, nous tentâmes notre chance avec des poils de balai, le cheveu roux de l'un de nos collègues irlandais, mais rien ne semblait plus efficace que le platine. Sauf qu'Edison refusait de travailler avec un métal aussi onéreux. Il désirait que l'ampoule soit accessible à tous et que sa fabrication soit, par conséquent, la moins chère possible. En poursuivant mes recherches dans la forêt, je m'étais rendue jusqu'à un cours d'eau et étais parvenue à dénicher une quantité suffisante de pessereaux, une plante aquatique que nous testâmes également ainsi que de buis que j'avais rapporté d'une cueillette précédente.

Un jour, j'arrivai au laboratoire à la fin de la matinée et je vis Thomas, la tête appuyée sur son poing, le visage tourné en direction de la fenêtre. Il pouvait passer des heures ainsi prostré. Dans ces moments de profonde réflexion, il ne fallait pas le déranger, comme il était néfaste d'éveiller un somnambule. Si on osait secouer son épaule ou appeler son nom, il entrait dans une colère obstinée et allait même jusqu'à tenir la personne responsable de la perte d'une idée. Je passai donc devant lui presque sur la pointe des pieds et m'installai sur ma chaise en m'assurant de l'empêcher de grincer.

J'approchai le microscope et poursuivis mon analyse des différentes matières amassées au cours des derniers jours. J'eus soudain l'impression que le bas de ma robe s'était pris dans un accroc du plancher, car en voulant m'avancer vers la lentille, le tissu ne suivait pas mon mouvement. En tentant de voir ce qui l'entravait ainsi, je constatai qu'Edison était celui qui retenait l'ourlet de ma robe, penché en avant, tirant sur un fil défait qui s'en échappait.

— Je t'en prie, utilise au moins des ciseaux, elle va se découdre en entier! dis-je d'une voix suppliante.

— Pourquoi n'as-tu pas enfilé tes pantalons aujourd'hui?

— Ils sèchent, cher Thomas! Je les ai noircis de suie à force de manipuler les moules qui sortent de la fournaise.

Malgré mon avertissement, Thomas tira tout de même sur le fil de ma robe et le leva à la hauteur de ses yeux en le tenant entre le pouce et l'index.

— Essaie-le, me somma-t-il d'une voix blanche, trahissant qu'il n'avait pas quitté le cours de ses pensées.

— Le fil de ma robe?

— Oui. C'est du coton, non? Carbonise-le et insère-le dans un globe.

— Si tu veux.

J'avais appris à ne jamais contester un ordre de sa part, car nous savions tous dorénavant que derrière ses idées les plus fantasques se cachait souvent une vérité scientifique à laquelle nous n'avions pas songé. Pendant les quelques secondes où il avait regardé le fil, il avait probablement vu défiler en lui les propriétés de cette matière ainsi que son potentiel de résistance. Je descendis donc au rez-de-chaussée après avoir prié Francis Jehl de se tenir prêt.

À ce stade, nous avions tenté notre chance avec tellement d'éléments plus improbables les uns que les autres qu'un simple fil de coton ne m'apparut pas si saugrenu. Avec mes majeurs, je le lissai correctement dans le moule de nickel et plaçai celui-ci sur une grande plaque à poignée pour l'insérer dans la fournaise. J'attendis un long moment, tel que j'avais vu Thomas le faire auparavant, puis repris la plaque pour récupérer le moule, le laissant refroidir tandis que Jehl activait la pompe. Il ne cessait de dire – pas devant Edison, mais seulement devant moi – qu'il serait pertinent de trouver un autre moyen de vider l'air des globes s'il fallait que nous nous investissions dans une production industrielle. Le pauvre garçon passait ses journées à la pompe et avait désormais les muscles des bras si tendus que nous devions lui installer des compresses de glace le soir venu lorsque nous retournions à la pension.

Je remontai à l'étage en gardant le moule stable sur mes paumes et le déposai devant Edison qui avait eu l'occasion de préparer le support. À l'aide de pinces minuscules, il souleva le fil maintenant tout noir et fit preuve de la même délicatesse pour le fixer à l'intérieur du globe de verre. Nous refîmes ensuite le chemin pour retrouver Francis, et Thomas lui tendit l'ampoule. Quand elle fut hermétiquement fermée, nous allâmes la brancher aux piles Bunsen et nous nous mîmes à prier. Francis croyait que le fil avait quatre-vingt-dix pour cent de chances de se consumer sur-le-champ, ce que j'approuvai en silence. Thomas tiqua devant ce pessimisme.

Le fil de coton parvint à l'incandescence en fournissant une lumière aussi belle et profonde que l'avait fait le platine et exposait une résistance de cent ohms, ce qui était un fort bon résultat. Edison regarda l'heure qu'il était et nous demeurâmes là, en suspens, en l'observant attentivement sans nous en détourner. Lorsque nous passâmes le cap des cent vingt minutes, nous nous sourîmes. Déjà, nous savions que le platine était battu. La lampe au filament de coton nous éclaira presque trois heures durant.

— C'est bien, mais juste bien, pas extraordinaire. Trois heures, ce n'est pas suffisant.

— Mais nous sommes sur le bon chemin, dis-je, alors qu'une idée me traversait l'esprit.

Je croyais que si le filament était plus long, il mettrait peut-être davantage de temps à s'user à cause du courant, considérant que pour une lampe à arc, la durée de vie de la lumière dépendait de la longueur des éléments de carbone qui la constituaient. Plus de matériel devait en outre signifier une résistance plus élevée, mais j'ignorais comment procéder sans changer la dimension du globe. En exposant mes réflexions à Edison, il hocha lentement la tête en passant une main sous son menton. Tout à coup, il sursauta et lança :

— Charlie, montre-moi le bas de ta robe !

— Que vas-tu faire ? dis-je, méfiante.

— J'ai besoin d'un autre fil.

— Utilise autre chose, bon sang !

Mais il en était déjà à découper un rectangle de tissu à même mon vêtement, créant une brèche fort disgracieuse à travers laquelle apparaissait mon bottillon de cuir.

— Oh, regarde ce que tu as fait ! Cette robe est toute gâchée !

— Je t'en achèterai une autre, Charlie. Cesse de t'apitoyer.

À l'aide d'une loupe et de sa petite pince, il détacha un nouveau fil du morceau de coton et lui donna une forme de fer à cheval en l'insérant dans le moule.

— Carbonise-le.

Je comprenais où il désirait en venir et m'exécutai avec enthousiasme, de plus en plus convaincue que cette voie était la bonne. Pardi, le filament de coton en fer à cheval nous illumina un peu plus de quatorze heures durant ! Avant que je ne perde tout à fait mes droits sur la robe déjà affreusement mutilée, Edison me demanda de faire l'expérience avec du lin, mais le coton restait la matière la plus efficace. Comme si elle lui avait porté chance, Edison exigea que tout le coton que nous utiliserions désormais provienne de cette même robe, ne s'imaginant pas une seule minute qu'il me coûtait de détruire un aussi beau vêtement. Toutefois, cette lampe se prouva si fonctionnelle qu'il fit une demande de brevet sans attendre.

Nous avions fabriqué une quantité notable d'ampoules au filament de coton et les mettions à l'épreuve en les soumettant à une batterie de tests. Nous surveillions leur endurance dans toutes les conditions possibles, car Edison désirait une lampe que les gens pourraient employer et manipuler dans leur vie quotidienne. Nous la laissions allumée sous la pluie, par exemple, au cœur d'un orage ou de vents violents. Nous la tournions en tous les sens afin de voir s'il existait des variations dans sa durée de vie si sa position était altérée. Tout se passait bien, mais notre chef n'était toujours pas satisfait. Il cherchait une matière capable de durer des centaines d'heures, mais avec le coton, nous ne dépassions jamais les quinze heures, ou à peu près, des premières expérimentations.

Il est difficile d'affirmer avec certitude qui eut l'idée en premier lieu, mais comme notre génie collectif ne logeait que dans une seule tête, elle fut évidemment attribuée à Edison lui-même. Il me semblait pourtant avoir vu Charles Batchelor besogner sur un bout de carton Bristol dans le but d'en extraire un filament, mais j'ignorais s'il l'avait fait selon un désir exprimé par Thomas. Probablement. L'automne était désormais trop entamé pour que je puisse poursuivre mes recherches dans la nature et pour tenter de battre le coton, nous nous repliâmes sur ce qui était à portée de main.

Nous constatâmes que le filament de carton carbonisé semblait vouloir refuser de s'éteindre. Nous croyions rêver. Que personne n'ait songé à cela auparavant nous dépassait, mais ce que nous pûmes en déduire était que l'efficacité du papier était indéniable et que l'heure de la victoire avait sonné. Cent heures ! C'était du jamais vu. Ne pouvant plus dorénavant monter la garde devant l'ampoule allumée pour attendre l'extinction éventuelle du filament, nous avions fabriqué un étalage de bois où il était possible de fixer plusieurs ampoules et nous apposions des étiquettes indiquant l'heure et le jour où elles avaient été allumées. Elles demeuraient donc ainsi des jours durant, et il ne nous restait qu'à noter lesquelles d'entre elles dépassaient les cent heures, affinant nos techniques de découpage et de pose selon ces résultats.

Dès lors, tous les garçons ne se consacrèrent plus qu'à cela, au développement de l'ampoule au filament de papier qui nous était de prime abord apparue comme une idée vaine et même un peu ridicule. John «Basic» Lawson fut détourné de ses expériences avec le cuivre pour obtenir le poste de «carbonisateur officiel», poste occupé jusque-là par Thomas. John Ott et William Andrews reçurent l'ordre de fabriquer de nouvelles pinces pour fixer le filament dans le globe et produire celles-ci en série. Francis Jehl, à son plus grand dépit, conserva sa position à la pompe à bras et un Allemand âgé de vingt ans, Ludwig Boehm, fut engagé comme souffleur de verre. En ce qui me concernait, j'ignorais ce qui adviendrait de moi maintenant que Thomas se disait satisfait, et qu'il ne jugeait pas pertinent de poursuivre les recherches.

Je savais en outre que les trois cent mille dollars de base octroyés par les investisseurs de la Edison Electric Light Company diminuaient rapidement. En plus des nouvelles constructions qui avaient été érigées tout autour du laboratoire – la salle des machines, la petite maison de verre où Boehm fabriquait les globes, la bibliothèque, les nouveaux bureaux et le salon de réception –, plusieurs pièces d'équipement avaient été ajoutées et celles-ci s'étaient avérées très coûteuses. Et parfois totalement inutiles. Thomas s'était procuré un électrodynamomètre, un engin titanesque devant servir à mesurer le courant, mais la machine était si longue à calibrer qu'elle amassait désormais la poussière dans un coin sombre du laboratoire. «Oui, une très belle chose, gigantesque et élégante..., avait un jour lancé Thomas en contenant son emportement. Mais qui ne fonctionne pas le moins du monde!» Elle servait donc à impressionner les visiteurs et journalistes lors de leurs passages, mais nous savions tous que, scientifiquement, elle ne valait pas la vieille table sur laquelle elle était posée.

Toutes ces choses, en plus du salaire de douze dollars qui nous était versé toutes les semaines, vidaient les caisses à une vitesse faramineuse. Le projet de Thomas était pourtant clair dans son esprit; il désirait obtenir encore plus de financement pour se lancer dans la production en masse de génératrices qui alimenteraient tout un circuit de lampes. Ainsi, il lui serait possible de proposer sa technologie pour illuminer une partie de la ville de New York. Ses plans étaient déjà prêts, mais avant de les exposer à nos investisseurs, il lui restait un défi de taille à relever : la fameuse subdivision qui l'obsédait, autant qu'à l'époque où il cherchait un moyen de graver la voix humaine sur un matériau durable. Tous les scientifiques de la planète, qui avaient eu vent de l'ambition de Thomas Edison de diviser le voltage pour le répartir de manière égale sur des lampes de son réseau, le ridiculisaient publiquement. Merci à notre collègue basé en Europe, Theodore Puskas, pour les échos que nous en eûmes, bien que nous dussions les cacher à Thomas la plupart du temps. Apparemment, les professeurs de physique, dans les universités européennes, citaient Thomas Edison comme un exemple d'absurdité, d'obstination inutile et qualifiaient ses travaux de «pure perte de temps». On traitait sa popularité auprès du public profane de feu de paille, d'un engouement stupide. L'un d'eux avait même affirmé à un journaliste londonien : «L'unique chose qu'Edison est en mesure d'inventer est sa propre célébrité.

Un jour, le monde entier découvrira qu'il n'était qu'un fou furieux.»

Ignorant la majeure partie de ces propos méprisants, Thomas dut cependant admettre qu'il ne possédait peut-être pas toutes les connaissances mathématiques pour transformer l'impossible en source de revenus. Il se mit alors à la recherche de la perle rare, d'un homme capable de compléter son cerveau et avec qui il s'allierait pour faire de sa fantaisie personnelle une réalité incontestable. Le sort mit cet homme sur sa route.

Chapitre 13

Ignis Fatuus

Comme il était de coutume lorsqu'un nouveau visage s'amenait pour se joindre à l'équipe, tout le monde, incluant moi-même, fit preuve de froideur dans l'accueil de Francis Upton. Avant d'être intégré, il fallait passer le test. Ne jamais se retirer avant les autres pour aller dormir, accepter de se nourrir qu'irrégulièrement, bien porter l'alcool, ne pas croire en Dieu mais seulement à la science, et disposer d'une langue suffisamment affûtée pour répéter dans leur intégralité les blagues très grivoises dont nous ne connaissions jamais la source. Mais l'idée de s'insinuer dans un cercle très fermé n'affectait en rien la confiance qui émanait de la personne d'Upton. Il n'avait pas grand-chose à prouver à quiconque. Francis était mathématicien, mais cela ne nous étonna pas, car nous savions depuis déjà un moment qu'Edison avait besoin des connaissances d'un tel homme pour parvenir à son objectif. Ce qui poussait Upton à nous observer de haut était le diplôme de Princeton qu'il aurait pu traîner dans sa poche tant il l'évoquait avec une fierté non dissimulée. À compter d'alors, les connaissances artisanales que prônait tant Edison auparavant ne furent plus suffisantes. Nous ne pouvions plus nous laisser aller au hasard des résultats de longues expérimentations. Nous avions maintenant besoin de véritables faits, de formules, d'unités de mesure officielles, de certitudes. Thomas jugeait que Francis Upton était le meilleur homme pour lui apporter tout cela et il l'éleva vite au rang d'assistant, de favori en quelque sorte, ce qui malgré tout n'affecta en rien la position de Charles Batchelor qui demeurait son acolyte et ami le plus loyal.

La première fois que mes yeux se posèrent sur Francis Upton, ce fut lorsque Thomas l'emmena au laboratoire en nous priant d'interrompre nos tâches. Quand je compris qu'il ferait définitivement partie de notre cellule, mon regard s'attarda sur lui avec plus d'attention. Quelque chose en lui m'interpella sur-le-champ, mais j'ignorais quoi exactement. Certes, il était fort bel homme. Grand et mince, il avait un visage avenant malgré le trop-plein d'assurance qu'il contenait et une magnifique barbe foncée très fournie coupée avec soin juste en bas du menton. Je remarquai que Thomas me regardait beaucoup alors qu'il nous décrivait les expériences de Francis, comme s'il souhaitait deviner mon opinion sur lui avant même que j'en aie une.

— Monsieur Upton a aussi eu la chance d'étudier à l'Université de Berlin au cours des dernières années et d'acquérir sa compétence auprès de monsieur Hermann von Helmholtz.

Je me figeai, le sang glacé. Par la suite, je ne pus me rappeler de ce moment précis que la pression de mes poings qui se refermèrent jusqu'à ce que blanchissent mes jointures. Se moquait-il de moi ? Le faisait-il exprès pour me torturer en me jetant « cela » sous le nez ? Je comprenais désormais l'impression de familiarité que j'avais ressentie à la rencontre de Francis Upton.

« Le cercle des Américains de Berlin » Personne phare pour les nouveaux étudiants américains de l'Université de Berlin, mon père avait créé cette association afin d'offrir aux arrivants de chez nous les ressources nécessaires à leur établissement. Cela allait des professeurs de langues qu'il leur recommandait, à des livres de référence en anglais qu'il était en mesure de leur vendre ou leur prêter, à des soirées « entre Américains » qu'il organisait à notre résidence pour qu'ils fassent connaissance avec des compatriotes. Francis Upton en avait déjà fait partie, je savais que cette barbe ne m'était pas inconnue. Mais en bon expatrié qu'il avait été, Francis ne s'était pas borné à demeurer dans un cercle d'Américains. Il s'était peu à peu détaché et avait trouvé des compagnons allemands qui étudiaient aussi avec Helmholtz. Il y avait trois ans de cela, Francis Upton et mon ancien fiancé fréquentaient la même faculté.

Je ne songeai plus qu'à m'enfuir du laboratoire, disparaître devant cette évidente provocation, mais je me fis violence pour conserver ma dignité. Ma colère ne fit toutefois que s'intensifier lorsque Thomas octroya à son nouveau protégé l'usage de son ancien bureau que je me plaisais à utiliser pour étudier. Upton serait donc l'unique membre de l'équipe à posséder son propre espace de travail fermé et je ne fus pas, cette fois, la seule à m'en indigner.

Nous ne voyions pas beaucoup Francis Upton. Heureusement, d'ailleurs. Je n'aurais supporté qu'avec peine cette ressemblance avec mon ancien fiancé, cette attitude si typique des jeunes physiciens de l'Université de Berlin qu'il se serait plu à promener dans le laboratoire à longueur de journée. Il préférait s'enfermer dans son bureau en compagnie de Thomas plutôt que de perdre son temps à créer des liens avec les gens qui partageaient aussi son univers. Tom et lui ne juraient que l'un par l'autre, et bien qu'aucun de mes collègues n'en soufflât mot, je devinais qu'ils en étaient tous très offensés. De toute façon, l'équipe se disséminait petit à petit dans les divers édifices entourant la grande bâtisse principale. John Kruesi et ses hommes ; John Ott, Charles Dean, David Cunningham, William Mills et William Andrews, entre autres, ne travaillaient désormais qu'à la salle des machines sans guère rendre de comptes au patron. Ludwig Boehm, pour sa part, ne manquait pas de boulot à la petite maison de verre où il devait nous fabriquer des dizaines de globes tous les jours tandis que Griff et Carman, notre comptable, s'étaient installés dans les nouveaux bureaux à quelques mètres du laboratoire. Quant à moi, j'étais devenue une sorte d'assistante pour Charles Batchelor, ce qui me satisfaisait par les connaissances qu'il acceptait de m'inculquer avec beaucoup de patience de sa voix douce et apaisante. Batchelor était un homme très droit, extrêmement compétent et fort avisé du point de vue juridique. Il veillait constamment à ce que les brevets d'Edison ne soient jamais employés par d'autres de façon illégale et ne craignait pas d'envoyer les coupables devant la justice. À compter du moment où Edison avait découvert le filament parfait pour l'ampoule, des copies étaient évidemment nées à travers tout le pays. Et Batchelor se chargeait de leur couper l'herbe sous le pied.

Un jour, à la fin du mois de novembre, il me demanda de l'accompagner à Jersey City où il devait se présenter devant le tribunal pour témoigner dans un cas de violation de brevet. Il souhaitait que nous rapportions de notre voyage une quantité considérable de carton Bristol dont nous commencions à manquer. Nous choisîmes de ne pas prendre le train, mais de monter à bord de son phaéton, considérant que cette journée très ensoleillée serait peut-être la dernière avant l'apparition définitive de la neige. Nous déposâmes une bonne fourrure sur nos genoux et partîmes vers la ville au cours de la matinée.

L'audience fut assommante de détails techniques, je me surpris même à cligner les yeux d'ennui et à bâiller à quelques reprises, mais je pus constater que les avocats engagés par le comité directeur de la Edison Electric Light Company étaient de féroces carnassiers prêts à dévorer la peau de quiconque tenterait de s'approprier les créations de leur client. Pour les questions de brevets, Thomas lui-même était d'une paranoïa stupéfiante et il ne comptait laisser personne s'enrichir à ses dépens. Après avoir témoigné, Batchelor m'invita à dîner avant de nous arrêter chez le fournisseur pour rapporter les caisses de carton Bristol exigées par Edison.

— Croyez-vous qu'il serait possible de nous arrêter chez moi, Charles ? La demeure de mes parents se trouve non loin d'ici et j'en profiterais pour les saluer et peut-être prendre quelques vêtements.

— Mais vous n'avez qu'à demander, miss Charlie ! J'avais complètement oublié que vous veniez de Jersey.

Tout en m'étonnant de la fermeture ou de l'arrivée de certains commerces dans le quartier où j'avais grandi, je guidai Charles jusqu'à la maison de mes parents dont la vue me transporta de joie et lui proposai d'entrer avec moi. Il gara sa voiture juste en bas des marches et je pris quelques grandes goulées de cet air si familier qui avait bercé mon enfance. Jersey City n'était qu'un bourg en comparaison avec New York qui comptait maintenant près d'un million d'habitants, mais sa proximité avec Manhattan laissait présager un développement certain qui, je l'espérais de tout cœur, ne gâcherait jamais son charme petit-bourgeois.

Lorsque Abigail, notre domestique depuis toujours, ouvrit la porte, elle porta la main à sa poitrine, surprise de me reconnaître.

— Est-ce vraiment vous, mademoiselle Charlie ? Oh, venez un peu ici que je vous regarde ! C'est que vous avez l'air d'une grande dame maintenant !

Elle inclina cérémonieusement le menton en apercevant Charles Batchelor à mes côtés, incertaine de la relation que j'avais avec lui puisque aucune nouvelle de fiançailles ne lui était parvenue.

— Monsieur Batchelor est l'assistant de mon patron. Vous saviez, Abby, que je travaille pour Thomas Edison, non ?

En nous faisant entrer, elle hocha la tête d'un large mouvement empreint de fierté. Son visage s'assombrit toutefois lorsque j'étirai le cou en tentant de distinguer la silhouette de l'un ou l'autre de mes parents dans la maison.

— Monsieur et madame n'ont pas jugé bon de vous prévenir... Ils sont allés en France pour assister à la fermeture de l'Exposition universelle.

— Mais elle est terminée depuis un mois ! Ne devraient-ils pas être de retour ?

En guise de réponse, elle nous entraîna plus loin dans la maison et alla à la cuisine prendre le télégramme qu'elle disait avoir reçu quelques semaines auparavant. Mon père racontait brièvement qu'ils avaient choisi de poursuivre leur voyage jusqu'en Allemagne où il espérait reprendre contact avec d'anciens collègues. Ne connaissant pas mon histoire, Batchelor ne comprit pas la raison pour laquelle je vacillai sur mes jambes pendant quelques secondes, ni pourquoi Abigail m'observait avec autant de sollicitude.

— Comment peut-il ? A-t-il oublié à quel point cet endroit nous était devenu invivable ?

— Son cœur est toujours là-bas, je crois. Je crains seulement qu'il choisisse de ne pas revenir, et qu'il m'envoie une lettre pour me demander de fermer la maison et la mettre en vente.

— Déménager en Allemagne définitivement ? Mon père aurait-il perdu la tête, Abigail ?

— Oh, mais rien n'est moins sûr, pauvre petite ! Je disais cela comme ça, parce que j'en serais désolée. Après tout, je vous ai tous vu grandir ici. Je serais triste à l'idée de partir.

— Et son dos ? Lorsque je suis partie d'ici l'an dernier, il ne pouvait même pas quitter le lit.

— Il a fini par se rétablir, en tout cas suffisamment pour avoir envie de courir le monde.

— Bon… J'attendrai de recevoir de ses nouvelles à Menlo Park, s'il en donne. Et mes frères, eux?

Abigail haussa les épaules et soupira. Elle ne savait rien à leur sujet. Je me sentis très coupable de l'abandonner alors que j'aurais peut-être dû me charger moi-même du patrimoine familial. Je lui fis promettre de communiquer avec moi si mon père donnait signe de vie.

Tandis que Charles se laissait entraîner à la cuisine pour un thé bien chaud, je montai à ma chambre, troublée. En entrant dans la pièce où je dormais jadis, je me fis violence pour éviter de poser les yeux sur mes souvenirs et me contentai d'ouvrir la penderie pour prendre quelques effets dont j'aurais pu, en toute franchise, me passer. Par principe, parce que je ne voulais pas avoir fait le voyage pour rien, je m'emparai d'un manteau, de gants, de quelques chapeaux et de livres, et quittai rapidement les lieux. Je regrettai cette visite à l'instant où nous remontâmes en voiture et priai Charles de m'excuser tout au long du chemin pour sortir de Jersey City.

— Vous n'avez rien à vous faire pardonner, miss Charlie, mais en revanche, vous ne devriez pas être aussi vindicative quant au choix de vos parents.

— Oh, si, je le peux, Charles, vous n'avez pas idée.

J'en voulais énormément à mon père de faire fi du passé aussi vite et de retourner là-bas comme s'il désirait reprendre le cours de sa vie telle qu'elle était avant que mes actions ne l'obligent à l'interrompre. Je voyais cela comme une trahison, rien de moins. Parce que moi, j'avais encore mal et j'avais cru mon père suffisamment empathique pour éviter de montrer son visage là où notre nom était probablement encore associé à la perte tragique d'un jeune physicien sur la voie du succès.

De retour, triste, j'eus le réflexe de chercher à m'enfermer dans ce qui était notre bibliothèque, ayant complètement oublié qu'il s'agissait maintenant du bureau de Francis Upton. Le ciel de Menlo Park était couvert d'une couche opaque et noire de nuages promettant des précipitations, et un soir désolant tombait déjà. En ouvrant la porte et en voyant Francis Upton là, assis seul et penché sur un manuel à la lumière d'une lampe, je me souvins que cette pièce lui avait été accordée et secouai la tête.

— Pardonnez-moi, j'étais distraite. Je m'en vais.

Alors que j'allais refermer la porte, il se leva à demi de son siège et m'encouragea à entrer.

— Ne partez pas ! Nous n'avons pas eu l'occasion de parler encore.

Ne désirant surtout pas l'entendre discourir sur son expérience allemande à laquelle il ferait référence comme étant notre « point commun », je refusai de m'attarder.

— Il y a certainement du travail qui m'attend là-haut…

— Oh, je vois que vous avez aussi adopté la pensée "edisonienne". Personne ici ne semble disposer de la moindre seconde pour autre chose que le travail.

— Oui, et je vous suggère de vous y faire : nous sommes effectivement tous comme cela.

— C'est pourquoi je suis là.

— Et vous m'en voyez fort aise.

— Ne partez pas tout de suite, je vous en prie.

— D'accord, mais je ne vois pas de quoi nous pourrions bien discuter.

Ma voix tout à fait dénuée de variations ne le dupa pas quant à mes sentiments à son égard. Outre le fait qu'il m'avait dérobé mon repaire de lecture où je m'instruisais sur ce sujet difficile qu'était l'électricité, il ne parvenait qu'à m'inspirer de virulents retours en arrière par sa simple existence dans mon environnement. Mais ces deux motifs ne suffisaient pas à expliquer pourquoi je désirais fuir sa présence. Il l'énonça lui-même en croyant qu'il s'agissait d'un bon début de conversation :

— Vous n'avez aucun souvenir de moi, n'est-ce pas ?

— Que si, monsieur Upton ! dis-je en ne daignant pas lever les yeux pour le regarder.

— Ah !... Comment se porte donc votre père ? Nous n'avons plus eu l'occasion de discuter depuis qu'il est rentré en Amérique.

— Par une étrange ironie, il s'avère que mon père semble justement en route pour l'Allemagne. J'imagine que les circonstances de notre départ ont laissé plusieurs amitiés sur la glace.

— Oui, tout cela fut fort désolant. La dernière fois que je vous ai vue, c'était aux funérailles.

Je ne répondis que d'un hochement de tête distrait. Je tentais de me fermer à lui et à ses paroles, mais il poursuivit :

— Lorsque des hommes tels que lui meurent, c'est comme si un morceau de l'avenir qui aurait pu nous être révélé disparaissait aussi. Il aurait pu devenir l'un des grands physiciens de ce monde et je crois que c'est en réalisant ce fait que j'ai ensuite cherché à me rapprocher de Thomas Edison. Oh, certes, ils n'ont rien à voir l'un avec l'autre. Je veux dire, Edison est plus... (il chercha ses mots en agitant son poignet dans un lent mouvement circulaire) instinctif que théorique, mais l'un va avec l'autre, forcément. Quand je vous ai aperçue ici, assise à votre table de travail, je me suis dit : "Oui, c'est logique ! C'est une équation parfaite !" C'est comme si l'esprit de notre ami avait trouvé le moyen de se frayer un chemin jusqu'au grand chercheur qu'est Edison. La boucle est parfaitement bouclée.

— Ah, vous trouvez ?

Je n'attendis pas sa réponse ni qu'il reprenne son discours. Je le maudissais pour avoir osé aborder de façon aussi cavalière le sujet qu'il aurait pourtant dû taire en ma présence s'il avait eu une once de décence. Je claquai sa porte suffisamment fort pour que l'édifice entier en soit ébranlé et je pris la fuite.

Une pluie diluvienne s'abattait sur Menlo Park, me contraignant à courir, même si j'ignorais où me diriger. L'une de ces affreuses pluies de novembre mêlée à de la neige humide et glaciale. Je cherchais Thomas. J'avais besoin de lui, de l'avoir devant mes yeux pour chasser cette impression de cauchemar qui me donnait la nausée. Il connaissait tout de mon histoire, mais il était également celui à qui revenait la faute de mon angoisse présente. Pourquoi avait-il emmené Upton dans le seul endroit où j'étais à peu près en mesure de trouver la paix et où je me sentais en sécurité ? Le dernier souffle d'un homme était si difficile à oublier. Il s'agissait du silence le plus assourdissant qu'il me fût donné d'entendre. Thomas n'avait-il pas compris que d'assister à la mort d'une personne qui m'était chère n'était pas une chose que je souhaitais revivre chaque fois que l'ombre de Francis Upton se profilerait dans un coin du laboratoire ?

À cette heure, j'estimai qu'il devait se trouver au bureau et je continuai à courir du laboratoire jusqu'à l'autre bâtisse, n'ayant cure du grésil qui tombait si dru qu'il avait complètement détrempé mes vêtements ainsi que ma chevelure. D'ailleurs, elle s'était dénouée dans mon emportement et pesait maintenant en de lourdes cascades humides et froides sur mes épaules. Je pris Thomas juste à temps. Il traversait la porte de l'édifice de brique rouge alors que j'y parvenais et je me précipitai vers lui, sur le perron, enfin à l'abri des cordes chutant du ciel.

— Charlie ? Mais que se passe-t-il ? Tu vas geler vive, bon sang !

À bout de souffle, j'empoignai ses épaules, les secouant peut-être un peu trop violemment.

— Pourquoi lui ? C'était tout à fait calculé, n'est-ce pas ? Pourquoi joues-tu à me torturer ainsi ?

— Tu parles de Francis ? dut-il presque crier alors que la grêle martelait le toit du perron. Je croyais que cela te ferait du bien de côtoyer un jeune homme ayant été proche de ton fiancé.

— Comment as-tu pu imaginer une chose pareille ?

— C'était il y a longtemps, Charlie. La torture ne vient que de toi-même. Combien de temps passeras-tu encore à t'apitoyer sur l'échec d'un mariage ? D'un mariage de raison, en plus !

— Tu es vraiment incapable de comprendre, n'est-ce pas ? Je pensais que tu blaguais lorsque tu m'as affirmé ne pas croire en l'âme humaine. Maintenant, je n'ai plus de doute. Tu n'accordes absolument aucune valeur aux sentiments, Thomas Edison. Tu es aussi froid que cette cochonnerie qui nous tombe sur la tête.

Il détesta que je lui crache cette phrase en plein visage et serra durement mon bras pour me ramener sous la pluie, se fichant des frissons qui agitaient mon corps. L'averse mêlée à des flocons mouillés créait un rideau si opaque que j'eus peine à discerner le chemin devant nos pas. Nous parvînmes bientôt chez lui. Nous étions samedi. Il ne m'aurait en aucun cas permis d'entrer dans sa demeure si Mary avait été présente. Le samedi, elle partait toujours avec les enfants pour Newark afin de visiter ses parents.

Dans le vestibule, il me somma de rester là. Ses chaussures détrempées grincèrent sur le sol alors qu'il partait à la recherche d'un linge qui me permettrait de me sécher. Il pria la domestique de faire monter de l'eau chaude à l'étage tandis que j'épongeais mes cheveux. Transie de froid, sans manteau, car j'avais quitté le bureau de Francis Upton trop promptement, je tremblais sans pouvoir me maîtriser. Il fallut beaucoup de temps avant qu'il ne revienne, vêtu de vêtements secs. Il était en colère, mais conscient qu'il ne pouvait me laisser comme cela.

— Viens. Tu vas attraper la pleurésie, pauvre sotte.

Il me conduisit à l'étage où la domestique terminait de verser dans la baignoire l'eau brûlante qu'elle devait avoir fait chauffer à l'intention de son maître. Elle haussa les sourcils lorsqu'elle me vit et secoua la tête, se déresponsabilisant de la situation, mais prenant note de tout. Après l'avoir chassée, Thomas m'ordonna de retirer mes vêtements. J'étais grelottante et pitoyable. Il ne vit assurément aucun attrait dans ma nudité qu'il connaissait dans ses moindres détails et m'observa avec un sérieux chirurgical alors que je laissais tomber mes vêtements au sol. J'eus même le réflexe de croiser mes bras devant ma poitrine, gênée par mes seins dont les mamelons se dressaient aussi raides que des petits pois tant je frissonnais. Il accrocha ma robe, mes jupons et mes sous-vêtements tandis que je me plongeais dans l'eau très chaude en étouffant un soupir de bien-être. La chaleur de l'eau me tranquillisant peu à peu, je me contentai de rassembler ma chevelure afin de la laisser pendre hors de la baignoire alors que je m'y enfouissais jusqu'aux épaules. Thomas rapporta une chaise droite de la chambre et prit place non loin de la baignoire.

— Je connais bien ton esprit, désormais… Je m'imagine très bien ta réaction enflammée, ton incapacité à écouter jusqu'au bout ce que quelqu'un avait à te dire. Mais si tu avais fait preuve de discernement, tu aurais constaté tout le ridicule de ton emportement.

— Qu'y a-t-il de ridicule à vouloir éviter la douleur? Je fuis lorsque je refuse qu'on me fasse du mal. Il s'agit d'une réaction légitime.

— Pour une raison mystérieuse, tu as choisi d'interpréter ma décision d'intégrer Francis à l'équipe comme un geste de pure cruauté à ton égard.

— Tu n'as aucun cœur, Thomas. Ta femme pourrait dire la même chose si elle était là.

— Petite sotte, répéta-t-il.

Je retins ma respiration et me plongeai la tête dans la baignoire, dénouant ensuite mes cheveux en les passant entre mes doigts.

— Je vais te révéler moi-même, dans ce cas, ce que Francis devait te dire ce soir. Tu auras tôt fait alors de regretter ta réaction épidermique.

— J'ignorais qu'il avait un objectif précis.

— Bien entendu. Il devait te donner les morceaux manquants dans l'histoire que tu m'as racontée à Paris.

Il fit perdurer longuement le silence, attendant que je termine de me calmer.

— Il t'aimait, petite sotte. Celui avec qui ton père t'a fiancée t'adorait, selon Francis. Il était heureux de s'afficher à ton bras et saluait ton vif intérêt pour la science. En outre, il n'avait aucune intention d'émigrer ici malgré les promesses que lui aurait faites ton père. Ce jeune homme nourrissait l'espoir d'ouvrir son propre laboratoire à Berlin, et d'y travailler conjointement avec toi. Il avait confié à Francis qu'il était en attente de financement et qu'il souhaitait t'annoncer la bonne nouvelle lors de votre mariage. Qu'as-tu à dire de cela ? Suis-je encore un monstre sans sentiments à tes yeux ?

— As-tu volontairement recherché Francis en sachant le passé qui nous unissait, lui et moi ?

— Je n'ai pas ce genre de temps à perdre. J'ai jugé les études de Francis impressionnantes lorsqu'il m'a fait parvenir sa candidature pour le poste. Aucun autre des jeunes hommes intéressés ne pouvait se targuer d'avoir eu Helmholtz comme enseignant. Upton m'est apparu comme le meilleur et, évidemment, je l'ai questionné. Tu m'avais confié que la mort de ton fiancé avait eu lieu en novembre 1876. Francis fréquentait l'Université de Berlin à cette époque, au département de physique. C'est le hasard qui l'a placé sur notre route. Remercions cette coïncidence. Grâce à elle, tu sais maintenant que celui dont tu étais amoureuse nourrissait de grands projets pour vous deux. Je suis désolé que cette tragédie t'ait enlevé l'homme que tu aimais.

Il se leva pour me permettre de terminer mon bain en toute tranquillité. La déception qui avait émané de ses dernières paroles me heurta, parce que dans ma colère, je ne lui avais donné aucune chance de prouver sa bonne foi. Mais il était si difficile de croire qu'il en avait!

— Thomas, attends!

Me redressant à demi dans la baignoire, j'exposai inconsciemment ma poitrine sur laquelle il baissa les yeux pendant quelques secondes avant de reprendre contenance.

— Comment espères-tu que je sois? fis-je. Seul mon travail me permet d'émerger de la confusion que tu m'inspires! Je suis comme toi, lorsque tu t'es enfui au Wyoming l'été dernier.

Il comprit ce que je préférais laisser en suspens. Il y avait cet homme mort que je souhaitais laisser partir, puis il y avait lui, bien vivant, mais incapable de me rendre mes sentiments qui s'approfondissaient tous les jours. Et moi, je ne pouvais disparaître pour un temps et refaire une virginité à mon cœur et mon esprit.

— J'ai laissé l'un des peignoirs de Mary sur le lit. Tu n'auras qu'à l'enfiler pendant que tes vêtements sèchent. Rejoins-moi à la bibliothèque quand tu auras terminé, nous souperons.

Je restai à récupérer un peu de chaleur dans la baignoire jusqu'à ce que l'eau devienne tiède et inconfortable. Je sortis et m'épongeai grâce au drap de bain qu'il avait suspendu à un crochet à mon intention. Une fois sèche, je gagnai la chambre et me sentis rougir en baissant les yeux sur le lit. Comme si je regardais le soleil trop fixement, je me détournai. À Paris, nous avions partagé les mêmes draps jusqu'à user nos corps, nous avions fait le plein de plaisir et d'abandon pour le siècle à venir, mais ici, les choses n'étaient pas si simples. Me couvrir du peignoir de Mary m'apparaissait comme une horrible indécence. Pour Thomas, il s'agissait simplement d'un service qu'il me rendait. À mes yeux, c'était un affront à cette femme qui percevait l'ambiguïté entre lui et moi, et qui ne m'aurait jamais accueillie ainsi dans sa demeure si elle avait été présente en cette soirée. J'étais embarrassée de la situation, mais Thomas s'en fichait. Ce genre de chose ne l'affectait guère.

La bibliothèque se trouvait au même étage, par-delà les chambres, vides pour l'instant, des enfants. Thomas était assis dans un fauteuil de cuir devant l'âtre, fumant un cigare en fixant les flammes sans vraiment les voir. Régulièrement, sa bouche se fermait et s'ouvrait, laissant fuir une fumée odorante et musquée. Une table à deux places était dressée.

— Me voilà, dis-je en refermant la porte.

Il éteignit son cigare en tapotant le bout allumé dans le cendrier sur pied près de son fauteuil, le laissant là afin de le reprendre plus tard. Je le trouvais trop jeune pour être un si intense fumeur de cigares, la cigarette lui serait mieux allée, mais d'une façon absurde, il détestait les cigarettes et interdisait à quiconque de les fumer à l'intérieur du laboratoire. Il étouffa un rire en me voyant parée du peignoir de sa femme, mais m'invita à prendre place avec un air cérémonieux. Des plats nous attendaient sous les cloches argentées et il me versa d'abord une rasade de vin, ne s'en octroyant qu'une très petite quantité.

Nous commençâmes à manger dans une ambiance assez détendue jusqu'à ce qu'il me questionne sur le produit de mes cogitations. Car là était le but de ce souper en privé.

— Tes paroles m'ont effectivement soulagée.

— J'aimerais parvenir à chasser cette colère qui brûle en toi. Je ne la comprends pas, vois-tu ? Je n'ai jamais regardé la vie par ses côtés les plus sombres. Certains affirment que cela est maladif, mais l'affliction n'a aucune durée de vie dans mon esprit. Il y a du bon en tout, Charlie, et tu devras avoir cette vision de l'existence si tu souhaites que notre bonne entente soit durable. Je n'aime pas les gens qui s'enferment dans un malheur perpétuel. Nous vivons trop peu de temps, il faut repousser l'obscurité et ne voir que les beaux côtés de la vie. Tu dois réaliser que nous sommes là pour changer le monde ! Nos petites histoires personnelles, nos désirs et nos amours malheureuses ne veulent rien dire. Ce n'est pas ce que l'histoire retiendra et, par conséquent, nous devons accepter que le contenu de notre vie n'ait rien à voir avec notre raison d'être sur terre.

— Mais cette vie, nous la subissons tandis que nous la traversons. Je ne sens pas que j'ai ce même mandat devant l'histoire. Parce qu'en fin de compte, Thomas, il n'y aura que toi. Que ton nom. Ton destin n'est pas le mien.

Nos visions de l'existence étaient différentes, mais il comprit le message. Tout le crédit de nos accomplissements en tant que groupe lui reviendrait devant la postérité et nous en avions conscience. La philosophie ayant un goût amer sur nos langues en cette soirée dont l'issue était plus qu'incertaine, je dénouai la tension causée par nos divergences de pensée en abordant des questions techniques résolument plus immédiates. Je lui confiai mes progrès, lui révélai que je saisissais de mieux en mieux des concepts qui m'étaient étrangers encore quelques semaines auparavant. J'avais lu, beaucoup. J'avais révisé l'histoire complète de l'électricité, de Galvani en passant par Volta, Franklin et Ampère. Je savais maintenant expliquer la loi d'Ohm et la mettre en application. Je comprenais le courant électromagnétique ainsi que le fonctionnement de la lampe à arc que nous souhaitions rendre vétuste.

— J'ai lu en entier les trois volumes des *Recherches expérimentales en électricité et magnétisme* de Faraday. J'ai également pu lire Alfred Kempe ainsi que George Chrystal grâce au temps que tu es suffisamment compréhensif pour allouer à mes études de l'électricité. Il n'y en a pas assez, mais Sarah Jordan a désormais l'habitude de me voir penchée sur mes manuels alors que tous les autres dorment paisiblement.

Il me félicita en riant. Il avait appris de la même façon que moi et avait reçu plus que sa part de ces douloureuses décharges électriques qui amollissaient les bras.

— Ce que nous sommes obligés de réaliser et de conserver à l'esprit est que nous travaillons avec une matière intangible qui peut s'avérer mortelle si elle est mal dirigée. Le courant est un danger, nous mettons nos vies en péril sans en avoir conscience. Mais l'électricité représente aussi la vie. Celle que les gens découvriront lorsqu'elle sera employée dans le quotidien. Tous ces hommes sur qui tu as lu n'ont pas trouvé d'utilisation pratique au courant électrique. À leurs yeux, cela ne servait à rien concrètement. Voilà pourquoi son destin est tombé entre mes mains. Je suis un homme ordinaire. Je sais de quoi les gens ont besoin pour améliorer leur vie. Je commencerai avec Menlo Park, puis je me concentrerai sur le reste du monde.

Il poussa son assiette, qu'il avait oubliée de toute façon à l'instant où il s'était mis à parler, et se leva en détachant le bouton de sa veste. Je posai mes ustensiles, croyant qu'il venait d'annoncer la fin du repas et qu'il se préparait à partir. Il me tendit la main et, comme s'il m'invitait pour une valse viennoise, il me ramena contre lui.

— J'ai quelque chose pour toi, me chuchota-t-il à l'oreille en m'entraînant de l'autre côté de la pièce, devant le canapé de cuir anglais où une grosse boîte carrée était posée.

Il la désigna de la main et me demanda de l'ouvrir.

— Pour moi ? Vraiment ?

— Tu verras que je tiens toujours mes promesses et qu'effectivement, je ne fais rien au hasard.

La boîte de carton blanc était enrobée d'un joli ruban rouge. Je ne crus pas qu'il l'eût emballée ainsi lui-même, elle avait plutôt dû lui être livrée selon une commande bien précise. Je retirai le ruban en le glissant aux extrémités de la boîte et tandis que je l'ouvrais, il alla jeter au feu le serpent écarlate que je venais de pousser au sol. Je tassai le papier de soie et vis d'abord le superbe corsage de la robe qui avait été précautionneusement pliée dans la boîte. En la prenant par les épaules, je la tirai entièrement de son réceptacle et la tint devant moi en ne sachant que dire. Cette robe provenait d'une boutique très chère de New York et je ne croyais pas qu'il eût mandaté sa femme de l'acheter alors qu'il désirait m'en faire cadeau. Il devait donc l'avoir choisie lui-même selon ce qu'il connaissait de moi. Le corsage était d'un blanc crème juste ce qu'il fallait de translucide et garni de bandes de dentelle de la gorge jusqu'à la naissance de la poitrine. Les petits boutons qui l'agrémentaient étaient de véritables perles rose pâle et s'alignaient entre les rangs de dentelle pour compléter la devanture d'élégante façon. La robe était rouge, une teinte que je n'osais jamais porter au laboratoire. Un magnifique rouge profond, flamboyant, presque provocant. Et elle était drapée pour former une tournure avenante très gracieuse. Je ne pouvais m'imaginer la revêtir devant mes collègues.

— Thomas… je n'ai jamais vu de vêtement aussi… Mon Dieu, qu'elle est belle !

— Je veux te voir avec.

— Maintenant ? Mais je n'ai même pas de corset, pas même de sous-vêtements !

— Allez, mets-la.

— Pas ici, chez toi…

Encore toute retournée par la conversation que nous avions eue dans la salle de bain, je n'avais pas la force nécessaire pour combattre l'envie d'être étreinte par cet homme, envie qui me tenaillait depuis qu'il m'avait ordonné de retirer mes vêtements mouillés. Il trouva lui-même l'ouverture du peignoir et appuya les mains directement sur mes hanches. Il se plaisait ainsi à m'exposer son indépendance d'esprit qui lui commandait d'agir à l'instant où naissait une impulsion en lui. Au lieu d'être dure et déterminée, sa bouche fut cette fois souple, attentive. Sa langue passa de fureteuse à caressante et, ainsi, il me jetait sur la voie de la confusion ; il m'embrassait comme un homme qui aimait. Il fit rapidement choir le peignoir de mes épaules et je me retrouvai nue devant lui, nue entre ses bras.

— Voilà, plus rien ne t'empêche d'enfiler la robe, maintenant.

Demeurant tout près de moi, il caressait mon dos du bout des doigts, semblant me défier de m'habiller alors que l'envie de lui plaire, l'unique motif pour lequel j'aurais désiré mettre la robe, n'avait plus sa raison d'être. À la lumière du feu qui se consumait dans l'âtre, il se plut à détailler mon corps entier, tel qu'il l'avait fait si souvent à Paris. Le visage immuable, il se pencha et prit mon sein droit dans sa paume pour y appuyer sa bouche humide. Il le suça longuement, comme s'il espérait en tirer un nectar divin, s'y accrochant en mordillant mon mamelon durci jusqu'à ce qu'il en gémisse lui-même d'envie.

Je tirai sur les boutons de sa chemise, mais il m'empêcha d'user de violence en plaçant ses mains sur les miennes pour les défaire lui-même. Nous nous déplaçâmes pour être encore plus près de l'âtre et je me mis à avoir si chaud que mon corps se couvrit de sueur, mais la température du feu n'avait rien à y voir. C'était lui et son désir toujours trop profondément réprimé qui semblait ne pas savoir comment s'exprimer. Il s'affairait à conserver profondément cachées en lui ses envies d'homme jusqu'à ce qu'il soit incapable de les contenir. Il se montra alors d'une loquacité surprenante, murmurant les moindres phrases qui traversaient son esprit. Comme si tout devenait facile. Oui, il savait, il connaissait mon envie constante de lui, il la respirait tous les jours sur ma peau et dans mon sexe dont le parfum se répercutait jusqu'à lui lorsque nous travaillions tout près l'un de l'autre. Et moi, je n'osai lui révéler que je me prenais parfois à griffer ma propre chair qui appelait son toucher. Ses petites morsures sur mes seins et ma gorge me firent crier de plaisir et, me soumettant avec bonheur, je me permis de le presser de me prendre. Nous nous affalâmes sur le sol et d'un mouvement des hanches, il se colla contre moi dans un élan entravé uniquement par le tissu de ses pantalons qu'il allait retirer. Je miaulais déjà, juste à le sentir dur et déterminé contre moi. Enfin, je serais soulagée, après tous ces mois passés à le désirer en silence. Nous portions notre envie comme un lourd fardeau duquel nous pouvions nous délester à l'instant. Ma soif, mon éternelle et viscérale soif de lui allait être satisfaite.

Et à ce moment, la porte de la bibliothèque s'ouvrit et quelqu'un fit un pas dans la pièce. C'était Batchelor.

— Bon Dieu ! Tom ! Je... j'ignorais que tu n'étais pas seul... Nous nous verrons plus tard.

Je n'étais pas certaine qu'il m'ait reconnue, mais le lien ne mettrait probablement que très peu de temps à s'effectuer dans son esprit. Un homme marié faisait-il l'amour avec sa femme sur le tapis d'une pièce dérobée, tel un animal sauvage ? Certes pas. La domestique l'avait aiguillé vers nous sans se douter que nous en viendrions là. Il fut toutefois impensable de poursuivre.

Thomas se redressa et me somma d'en faire autant. Je repris le peignoir tandis qu'il revêtait sa chemise froissée.

— L'orage n'est pas terminé. Tu ne rentreras certainement pas à la pension les cheveux trempés, d'autant plus que tes vêtements sont toujours à sécher. Monte au troisième, tu dormiras dans la chambre d'invités cette nuit. Moi, je retourne là-bas.

— Ne peux-tu pas laisser tomber pour cette fois ?

— Non, impossible.

Il tourna les talons pour se diriger vers la porte, mais je l'arrêtai en empoignant le bas de sa redingote. D'un regard implorant, je tentai de lui faire comprendre la torture que cette interruption m'infligeait, mais déjà, notre interlude ne revêtait plus le moindre intérêt à ses yeux.

Il disparut et je me retrouvai seule dans la pièce à ressentir le contrecoup de son assaut. La bibliothèque m'apparut soudain si triste et austère, si complice de cet abandon brutal que je ne pus y rester plus longuement. Je jetai dans les flammes la boîte qui avait contenu la robe et la pliai sur mon bras avant de quitter la bibliothèque.

Je passai d'abord à la salle de bain et repris mes vêtements encore humides. Mue par mon indéfectible curiosité, je m'arrêtai avant de sortir de la pièce et me permis de jeter un coup d'œil dans l'armoire où il devait garder ses effets personnels. M'attendant à de charmantes futilités comme un blaireau et des lames de rasoir, je demeurai figée devant la vision troublante que j'eus alors. Sur l'une des tablettes de la petite armoire, plusieurs bouteilles de morphine étaient alignées, certaines presque vides. Près des flacons gisait une seringue, effrayante dans sa froideur chirurgicale. Je savais que Thomas pouvait se procurer aisément de la morphine ainsi que tout autre produit auquel une personne ordinaire n'avait pas si aisément accès. Au laboratoire, j'avais aperçu une bouteille d'arsenic, mais cette poudre était très rarement employée. Il y avait bien aussi de la morphine, mais Thomas ne l'utilisait que pour concocter des solutions contre les douloureux lendemains de veille et il le faisait toujours à la blague. Pourquoi donc y avait-il une quantité aussi remarquable de cette substance chez lui, dans sa salle de bain ? Les douleurs de Mary, pensai-je immédiatement. Sur les bras de Thomas, je n'avais jamais constaté la présence de ces minuscules points rouges typiques des personnes dépendantes de la morphine. Oui, il ne pouvait s'agir que de sa femme. Et comment pouvait-il l'approvisionner ainsi en drogue alors qu'il devait être parfaitement conscient de ses dangers ?

Cette découverte me bouleversa tant que mon désir s'évapora instantanément. Je trouvai la chambre d'invités et allumai l'âtre en regrettant de m'être insinuée là où je ne devais pas mettre le nez. La vie cachée de Thomas Edison recelait bien des côtés sombres et je dus les oublier afin de pouvoir fermer l'œil, craignant presque maintenant qu'il revienne au milieu de la nuit pour terminer ce que nous avions commencé. Évidemment, cela n'advint pas.

Chapitre 14

Subdivision

J'ignorais à quel moment mes collègues avaient eu conscience de mon absence à la pension la nuit précédente, mais le mot avait eu l'occasion de courir avant mon arrivée. Dans un endroit comme Menlo Park, où la communauté se limitait à la trentaine de personnes qui travaillaient ensemble, à quelques villageois et aux fermiers possédant les terres environnantes, les mouvements de l'un et l'autre étaient observés sans pudeur. Je dus demeurer stoïque devant les remarques acides qui fusèrent alors que je m'installais à ma table. Thomas ne vint pas à mon secours et j'en fus quitte pour me replier sur moi-même en ignorant leurs méchancetés.

— Messieurs, je dois vous annoncer une chose importante ce matin. J'aimerais que vous cessiez momentanément vos tâches pour écouter.

Le jour était si sombre qu'à sept heures, c'était comme si nous étions toujours en pleine nuit, mais les nombreuses ampoules allumées au gré du laboratoire nous offraient une lumière très pratique et fort bienvenue. Les garçons se déplacèrent pour s'aligner devant Edison tandis que je me servais une tasse de café, encore secouée par ce que j'avais découvert la nuit précédente.

— J'estime que nous sommes prêts dorénavant à installer un système d'éclairage dans les environs du laboratoire et que d'ici l'an prochain, nous serons en mesure d'organiser une démonstration pour les membres de la presse et, surtout, pour nos investisseurs qui attendent impatiemment des résultats concrets.

La première gorgée de mon café noir et corsé passa de travers. Basic Lawson fut le premier à exprimer la pensée qui nous vint tous à l'esprit au même moment.

— Il nous manque encore l'essentiel, chef. Et nous ne voyons pas comment nous pourrions résoudre le problème.

— Certes, nous y parviendrons, car je l'ai décidé. Imaginez : des centaines de réverbères qui apparaîtront sur la neige au même moment... L'an prochain, pour le Nouvel An, nous pourrons enfin procéder à une démonstration publique et plus personne n'aura de doute.

— Oui, d'accord pour la vision de rêve, chef, mais la génératrice sera-t-elle en fonction ?

— Honest John m'assure qu'elle le sera. Upton m'aidera à calculer combien de mètres de fil de cuivre seront nécessaires à notre installation et nous confierons à la seule dame de notre équipe le soin de concevoir les jolis réverbères qui porteront nos lampes.

À ces mots, je m'éveillai résolument, secouant la tête d'étonnement et passant à un cheveu de renverser le contenu de ma tasse sur mes genoux.

— Moi ?

— Oui, toi ! Bienvenue parmi nous, Charlie ! Il va falloir sortir enfin de cette torpeur ! Tu n'as pas suffisamment dormi cette nuit ? Tu mettras ton bon goût féminin à l'œuvre et tu nous dessineras des réverbères qui ne ressemblent pas à ces cercueils sur pied que l'on retrouve en ville.

L'humeur générale n'avait pas changé malgré l'enthousiasme que Thomas s'évertuait à nous communiquer. Car tous étaient conscients qu'un défi de taille subsistait et que sans la résolution de celui-ci, ces beaux projets tomberaient tous à l'eau. Basic s'exprima de nouveau, à la plus grande satisfaction des garçons embarrassés qui n'osaient pas le faire. Il haussa la paume de sa main à la hauteur de sa poitrine comme s'il demandait l'aumône et tenta de formuler sa question d'une façon qui n'offenserait pas notre chef.

— Il y a monsieur que… oui, nous comprenons l'idée principale, cela est clair, mais… comment… Je veux dire, de quelle manière sommes-nous censés accomplir cela alors que nous ignorons encore le secret de la subdivision du courant électrique ?

Edison opina en portant un index songeur à ses lèvres. Il effectua quelques pas en affichant une expression d'intense questionnement sur son visage. Un grand malaise prit naissance dans le laboratoire. Peu à peu, les regards se détournaient d'Edison et s'abaissaient vers le plancher, là où on ne risquait pas d'entrevoir son air d'où perçait une interrogation : « Comment ai-je pu ne pas penser à cela ? »

Peu d'entre nous vîmes donc Charles Batchelor approcher en tirant le grand tableau à roulettes. Plusieurs des garçons émirent des plaintes audibles. Nous allions donc passer des heures à répéter les formules pourtant déjà essayées sans succès, à nous référer à d'anciennes expériences, à nous creuser les méninges pour enfin mettre le doigt sur ce que tous les scientifiques de la terre qualifiaient d'impossible et qui le faisait passer pour un lunatique à travers toute la communauté scientifique. Edison poussa un éclat de rire.

— Voyons, messieurs, ce n'est pas si terrible ! Mais… oh, qu'est-ce que je vois là ? Batch, voudrais-tu, s'il te plaît, tourner ce tableau vers nos collègues ? Je crois que certains d'entre nous ne peuvent voir d'où ils sont !

D'un large mouvement, Charles Batchelor fit tournoyer le tableau pour que le dos en devienne la face. Ce côté était entièrement blanchi d'écritures à la craie. Il y avait entre autres, au milieu de tout ce charabia que je ne saisissais pas trop, un graphique rectangulaire séparé d'une ligne verticale tous les quelques pouces et chacune de ces lignes portait le dessin d'une ampoule afin d'expliquer comment serait conçu le système.

— Alleluia, prononça Thomas d'une voix grave.

Mûs par un ressort incontrôlable, nous nous précipitâmes tous à la fois devant le tableau, retenant nos cris et notre souffle. Pendant un instant de silence, nous lûmes avec plus d'attention les graphiques représentant le système en parallèle qui offrait désormais la solution au fractionnement du courant. Tout était d'une complexité effrayante, mais à l'unisson, nous comprîmes qu'il y était. Comme une gamine, je criai de joie et tous m'imitèrent, se jetant les uns sur les autres en se secouant par les épaules ou en se tirant les cheveux. La victoire d'Edison sur l'infaisable fut comme une jouissance collective, comme si nous réalisions tout à coup qu'il parvenait toujours à obtenir les réponses de lui-même. Il était en vérité le seul capable de traduire en formules claires ce qui était contenu dans l'énergie créatrice du firmament, mais nous vivions cette réussite en tant que cellules du corps de ce pur génie.

Batchelor fit apparaître des bouteilles de champagne qui étaient cachées sous une table dans des seaux à glace pour ce moment. Nous nous fichions qu'il ne soit que sept heures trente du matin. Pour la majorité de mes confrères, il ne s'agissait que de la nuit qui se poursuivait. J'abandonnai mon imbuvable café quelque part et m'emparai de la coupe qu'on me tendit, m'assurant, d'un coup d'œil en sa direction, que Thomas ne dédaignait pas de boire avec nous. Je m'empressai d'aller jusqu'à lui, me frayant un chemin à travers mes collègues, et cognai mon verre contre le sien.

— Quand cela est-il arrivé ? demandai-je comme je l'aurais fait à une femme venant de donner naissance.

— Cette nuit. Batch ne nous aurait pas interrompus pour rien, non ? Il avait pris le temps de lire les esquisses que j'avais laissées à son intention avant de te récupérer sous la pluie, il les a étudiées avec Francis et, au cours de la nuit, nous avons transformé le charabia en certitude absolue.

«Alleluia!», continuaient à crier les hommes derrière nous et je fus vite poussée sur le côté alors que tous désiraient enlacer Edison et le féliciter pour sa découverte. Comment était-il possible de sous-estimer un homme pareil? Au rez-de-chaussée, Griff en était à télégraphier la nouvelle à tous les journaux du pays. Nous allions le faire. Je n'arrivais pas à croire que nous y parviendrions. Nous apprîmes plus tard que Francis Upton avait joué un rôle très important dans cette évolution de la situation, mais Edison s'octroya tout le crédit parce qu'il jugeait que nos cerveaux lui appartenaient et que tout ce qui en sortait devenait tout de suite sa propriété. L'esprit collectif n'avait qu'un seul visage, le sien, et nous n'avions pas à réclamer de petites victoires individuelles alors que le patronyme de notre chef était celui qui figurait sur les documents officiels de l'entreprise. Pour moi, ce fut une réalité difficile à accepter. Tous les jours, je voyais de mes yeux les efforts déployés par mes collègues pour parvenir aux résultats espérés. Aucun d'entre nous n'aurait son nom inscrit sur les brevets qu'obtiendrait Edison à chaque nouvelle étape de l'évolution de l'ampoule électrique. Nous devions abandonner nos découvertes personnelles à Thomas Edison qui en ramasserait le crédit. Ne pas avoir été aussi proche de lui dans l'ambiguïté de notre relation singulière, j'aurais pu m'élever contre ce procédé, mais à cette étape de ma vie, j'acceptais encore de fondre mon esprit au sien. Tout ce que j'étais lui revenait officiellement. J'étais encore satisfaite de lui donner mon âme parce qu'il avait découvert le juste moyen de m'attacher à lui.

À compter de ce moment de grâce, nos directives se précisèrent. Nous allions concevoir un plan d'illumination afin que Menlo Park devienne un format réduit du système que Thomas désirait implanter dans la ville de New York dès qu'il en obtiendrait l'autorisation et surtout, les moyens. Son objectif principal était d'impressionner suffisamment ses investisseurs pour qu'ils consentent à ouvrir leurs portefeuilles de nouveau. Et nous avions encore un an pour nous y préparer. Comme il n'existait aucune usine de production pour les pièces dont nous avions besoin, nous devrions les fabriquer de nos propres mains avec le matériel que nous pourrions acheter dans la région. Et une difficulté supplémentaire se présenta aux garçons de Menlo Park lorsque Edison exprima le désir d'installer un système de branchement souterrain afin que les fils de cuivre demeurent invisibles tandis que seuls les réverbères se dresseraient dans le périmètre à éclairer.

Heureusement, la Western Union était de notre côté grâce au soutien constant de Grosvenor Lowery. La compagnie consentit à nous envoyer des spécialistes lorsque le printemps arriva et qu'il fut possible de creuser le sol gelé jusque-là. Il ne fallut que peu de temps avant que le paysage de Menlo Park ne soit complètement transformé par les longs fossés qui furent creusés tout autour du périmètre du laboratoire. Les longs fils de cuivre seraient placés dans des boîtes de bois imperméables et on enterrerait celles-ci afin de relier de façon invisible les circuits électriques avec la génératrice conçue par John Kruesi et son équipe. Ils avaient baptisé la génératrice « Mary Ann aux longues jambes » à cause de sa forme qui évoquait, en poussant beaucoup la comparaison, deux mollets apparaissant sous une jupe. Les épouses des techniciens s'étaient toutes élevées contre cette appellation qu'elles jugeaient offensante et ils ne prononçaient désormais ces mots que lorsque nous étions entre nous.

À partir de ce moment, plus aucun journaliste ou visiteur impromptu n'eut le droit de débarquer chez nous. Le secret devait demeurer total. Tout le monde savait qu'Edison mijotait un nouveau tour prodigieux, mais le sorcier avait déplié un grand drap noir sur sa prochaine création. Et il nous avait interdit d'ouvrir la bouche à ce sujet si nous nous adonnions à quitter le périmètre de Menlo Park pour une soirée ou une fin de semaine.

Francis Upton avait fait l'acquisition d'une maison directement dans Christie Street, de biais avec celle de notre patron. Thomas et lui nourrissaient également le projet d'éclairer leurs demeures respectives à l'électricité afin de prouver la viabilité de la commercialisation pour usage domestique de la lampe incandescente. L'unique personne de l'extérieur autorisée à franchir la frontière de Menlo Park au cours de l'été 1879 fut le docteur Ward, résidant à Metuchen. Ses visites étaient de plus en plus fréquentes. Nous vîmes souvent son attelage traverser Christie Street à grande vitesse et demeurer longtemps stationné devant la maison d'Edison, même si lui, personnellement, n'en semblait pas affecté. « C'est à l'intérieur de sa tête », disait-il lorsque nous lui demandions si son épouse était mal portante, et il n'y songeait plus l'instant suivant. Un malaise général régnait quand il était question de la vie personnelle de notre chef, mais aucun n'avait tenté de lui faire la leçon. Moi seule semblais reconnaître la gravité de l'état de Mary pour avoir vu de mes yeux de quelle façon elle se soignait. Je n'osai aborder la question qu'avec Charles Batchelor qui me conseilla d'oublier et d'éviter de me mêler de ce genre de chose. Mais mon sentiment de culpabilité allait en grandissant. Mary s'assommait à la morphine parce qu'elle ne pouvait plus compter sur son mari qui, jour après jour, se rapprochait davantage de moi.

∼

À force de partager mon temps entre la fabrication massive des ampoules et le laboratoire où nous élaborions la conception des réverbères, je ne m'interrompais jamais. La vie était peut-être belle à Menlo Park, mais elle n'impliquait pas de congés occasionnels qui auraient permis à nos corps d'effectuer une remise à l'ordre. J'avais beaucoup maigri à cause de l'irrégularité de nos repas et du manque de sommeil. Thomas, avec son sens très développé de la perception, voyait parfaitement mes baisses d'énergie de plus en plus fréquentes, et il était conscient de n'avoir qu'à apparaître et toucher mon bras en le secouant légèrement pour me donner l'illusion d'une vitalité retrouvée. Mais il me fallait une pause. Quelques heures seulement de solitude, mais un arrêt en bonne et due forme. Je n'étais pas allée à la rivière au fond de la forêt depuis longtemps. Depuis que nous avions trouvé le filament idéal, Thomas n'exigeait plus que je disparaisse dans les bois à la recherche du Saint Graal. Il m'était donc dorénavant impossible de dissimuler une promenade d'agrément derrière mes petites expéditions dans la forêt.

Ce jour-là, j'étais assise sur mon tabouret à découper des morceaux de carton Bristol, m'assurant de les tailler tous aux mêmes dimensions. Quatre pouces et trois huitièmes de longueur, et zéro virgule vingt-sept pouces de largeur. Je travaillais avec une loupe constamment appuyée sur mon œil droit, mes collègues refusant mes filaments à l'instant où ils dépassaient par un cheveu ces mesures standardisées. À intervalles réguliers, on s'arrêtait à ma table pour me demander si Edison était non loin. Mais je ne l'avais pas vu. Il était resté introuvable toute la matinée durant. J'avais bien conscience que cela était inhabituel, mais je m'en fichais.

— Pourriez-vous cesser de me déranger, je vous prie ? J'essaie de calculer des mesures si précises qu'elles me rendent folle. Merci.

À force de concentrer mon regard sous la loupe, je commençais à développer des migraines que ma faim constante empirait, indubitablement. Il fallait que je sorte de là, que je fasse quelque chose qui serait dicté par mon envie personnelle, que je prenne un moment pour me plonger dans des réflexions qui n'impliqueraient pas la fichue ampoule que je voyais jusque dans mes rêves. Si Edison n'était pas à l'horizon, au diable, je ne demanderais à personne la permission de m'enfuir quelques heures, peu importe si on me cherchait ensuite.

Dehors, la température était presque aussi chaude qu'à l'intérieur du laboratoire, à quelques degrés près. J'ignorais pourtant que le mois de juin était arrivé tant les jours, les nuits et les semaines s'enchaînaient sans discontinuer, sans forme de séparation concrète. La dernière fois que nous avions pu bénéficier d'une interruption, pour une soirée seulement, avait été en février, le 11, lorsqu'une fête grandiose pour l'anniversaire de Thomas avait été organisée par sa femme. Il y avait eu un repas gargantuesque, puis nous avions dansé sur la musique d'un petit orchestre qu'elle avait engagé pour l'occasion. J'avais accepté de valser avec Francis Jehl, mais sur trois morceaux seulement, afin que les langues ne se mettent pas à s'activer au laboratoire dès le jour suivant. Puis, sur le coup de minuit, nous étions tous sortis pour le feu d'artifice avant que la fête ne se poursuive jusqu'au lever du soleil. L'unique personne qui, à ce jour, n'avait aucun souvenir de ces mémorables célébrations était Thomas Edison lui-même. Car il ne s'était pas montré. Peut-être l'avait-on aperçu picorer la volaille et aspirer quelques gorgées de cidre, mais à l'instant où la danse avait commencé, on ne l'avait plus revu. Il avait profité du fait que le laboratoire était désert pour travailler en paix. Selon lui, il s'agissait encore du plus beau présent qu'on pouvait lui faire. Personne n'avait pu savoir s'il blaguait ou s'il refusait seulement que nous nous apitoyions sur son sort parce que ce genre de rassemblement lui apparaissait comme un amalgame assourdissant et insupportable de voix et de bruits. Mais cela, il ne l'aurait jamais admis. Il préférait raconter que sa surdité grandissante lui était pratique, car elle l'empêchait de prêter oreille à nos idioties.

Je pris donc la liberté de m'arrêter sans daigner consulter qui que ce soit. Derrière le laboratoire, ils étaient nombreux à s'activer à la salle des machines, mais personne ne sembla m'apercevoir alors que je me dirigeais vers la forêt. Une fois camouflée par les arbres, je pris une grande inspiration, ce parfum à lui seul ayant le pouvoir de me revigorer. J'aimais la forêt pour sa capacité à me faire croire que le temps était immuable, que j'aurais pu y marcher ainsi cent ans auparavant et qu'elle aurait été semblable. Elle me montrait la petitesse de l'humain qui ne gagnerait jamais sur la nature. En fait, la nature devait se montrer plus forte que la volonté des hommes et il était à parier qu'elle se rebellerait lorsqu'elle percevrait l'humain comme un corps étranger dommageable à éliminer. Cela ne faisait aucun doute à mes yeux et je priais souvent pour qu'Edison réalise aussi cette vérité. Car s'il existait un homme sur terre capable de provoquer une blessure irrémédiable en développant une forme de technologie qui serait mal comprise, mal exploitée et mal utilisée par l'humain, il s'agissait bien de lui. Un homme disposant d'un tel esprit devait être contrôlé, par un entourage sensé et lucide, sans quoi il pourrait se perdre dans ses propres ambitions et heurter l'humanité au lieu de la servir.

Au loin, j'entendais gronder la rivière. J'estimais avoir marché plus de trente minutes. D'un élan, je me projetai au sommet du rocher où j'étais souvent venue l'automne précédent, soupirant de satisfaction. Je retirai mes chaussures et collai mes orteils à la pierre brûlante en relevant le bas de mes *blue jeans* jusqu'à mes genoux. J'appuyai mes paumes sur le rocher derrière moi en offrant mon visage au soleil.

J'avais tellement perdu l'habitude de la solitude que je me sentis observée juste au moment où j'allais me détendre tout à fait. Je fis un tour d'horizon circulaire, vis bel et bien quelque chose bouger sous l'ombre des arbres. Ma petite cachette avait-elle été découverte par l'un de mes collègues aussi avide de répit ? En me glissant un peu plus sur la pierre, je reconnus Thomas. Que faisait-il là et que devais-je faire maintenant ? M'en retourner ? Déjà ? Que m'adviendrait-il pour avoir osé quitter mon poste sans prévenir ? « Comprends, je t'en prie, pensai-je. Comprends à quel point tout cela m'est difficile. Mon cerveau ne peut plus rien absorber. Tu as fait de moi une chose que je ne suis pas ; une automate. »

— Ce n'est pas trop tôt ! l'entendis-je crier sans pourtant se retourner.

Il était assis sur une pierre juste un peu plus bas, directement aux abords du cours d'eau, à quelques mètres sur ma gauche. Ses bras reposaient nonchalamment sur ses genoux fléchis et dans l'une de ses mains se consumait un cigare dont je pouvais percevoir l'odeur de la fumée. Dans l'autre main était ouvert un petit manuel technique à la couverture verte.

— Comment savais-tu que je viendrais ?

Thomas éclata de rire en secouant la tête. Il referma le livre, le glissa dans la poche de droite de sa veste, tapota le bout de son cigare sur une pierre voisine, vérifia qu'il était bien éteint et l'inséra dans la poche de gauche. Tout cela sans me regarder ou me répondre. Il se releva en émettant un son à mi-chemin entre le soupir et le grognement, puis escalada le rocher au sommet duquel je me tenais toujours. Je lui tendis la main et il l'agrippa. De toute évidence, mon petit repaire était aussi le sien.

— Voilà. Retournons maintenant.

— Mais une minute ! lançai-je alors qu'il m'entraînait sur le sentier encombré de fougères matures et de feuilles mortes. Je viens à peine d'arriver, ce n'est pas pour repartir dans la seconde !

— Que si. Nous avons encore beaucoup de travail aujourd'hui, l'aurais-tu oublié ?

— Certes pas, je faisais simplement une pause.

— Et elle est terminée. J'aurais pu te laisser faire et venir te récupérer plus tard, mais j'ai pressenti ton geste et je t'ai devancée.

— Et si je n'étais pas venue ?

— Non, je savais. Tu avais cet air dans le visage lorsque je t'ai vue ce matin. Tu ressemblais à une prisonnière qui songe à un plan machiavélique pour s'enfuir. Je serai toujours là pour te ramener à la raison quand cela se produira.

Semblant vouloir éviter que je lui file entre les doigts, il serra mon bras encore plus fort, me tirant vers lui si je ne marchais pas à son rythme.

— Ne comprends-tu pas que je peux en avoir assez, parfois ? Je suis en poste plus de quinze heures par jour, tous les jours de la semaine. C'en est presque de la tyrannie, Thomas.

— Dans cette course, nous n'avons pas le droit de nous interrompre, ne serait-ce que le temps de profiter du soleil un après-midi de juin. Je suis conscient de la charge de travail que j'exige de vous tous, mais il y a une bonne raison à cela. Si nous nous arrêtons pour souffler, nos rivaux, eux, y verront l'occasion de se glisser dans la brèche et je refuse de voir cela advenir. Notre prototype doit être prêt à temps, sans quoi les investisseurs se retireront et je serai contraint de tout reprendre à zéro par manque de fonds. Et cela, je ne peux le permettre. Il y a trop en jeu et tout va trop vite.

— Tu as raison, pardonne-moi.

Il interrompit sa marche et se décida enfin à me regarder en face. J'avais déjà vu Edison entrer dans de grandes colères si une incompétence ou une erreur de novice se glissait dans notre travail, et je craignais beaucoup sa réaction. Mais il ne fit que sourire. Heureusement, il était bien disposé. Lui au moins avait eu droit à un petit moment de répit.

Lorsque nous revînmes dans le périmètre du laboratoire, John Kruesi eut tôt fait de nous apercevoir au bout du chemin et se précipita en notre direction.

— Tom ! Tom, enfin te voilà !

— Qu'y a-t-il, John ? demanda Thomas en étirant le cou vers l'endroit où les hommes étaient affairés à creuser des digues pour le filage.

Pointant le nez vers le ciel, il tentait de voir ce qui n'allait pas avant que la chose ne lui soit annoncée par John.

— La pluie des derniers jours, Tom. Les boîtes ne sont pas étanches en définitive et plusieurs des branchements ont court-circuité.

— Foutre ! Refoutre ! Et là, que faites-vous ?

— Nous sommes en train d'exhumer toutes les boîtes afin de voir l'ampleur des dégâts, mais je suis d'avis qu'il faudra toutes les changer.

— Peignez leur surface avec une couche de goudron, deux même si vous avez le temps de les laisser sécher avant qu'il ne pleuve encore. Il n'y a aucun nuage à l'horizon, nous devrions nous en tirer s'il ne fait pas trop chaud et qu'un orage surprise ne se déclenche pas.

— Certains fils ont peut-être subi des dommages, il faudra aussi les remplacer.

Edison botta une petite pierre à ses pieds en jurant de nouveau. Le coût élevé des fils de cuivre lui causait beaucoup de soucis, nous n'en avions pas une verge à perdre. Vu l'urgence de la situation, Thomas rassembla la majeure partie des techniciens et nous mobilisa pour aider à la tâche. À l'instant où nous parvînmes devant le laboratoire, William Hammer me tendit une pelle et m'assigna un endroit où creuser. Edison avait accroché sa veste sur un piquet de clôture et avait roulé les manches de sa chemise jusqu'aux coudes.

À la première pelletée, la terre se montra très humide, boueuse. Mes pantalons ne mirent que quelques minutes avant de prendre une teinte brunâtre, mais je les oubliai assez rapidement. Nous nous assurions de laisser la terre à proximité en formant un monticule continu d'un seul côté de la digue, sur cinq milles. Lorsqu'une boîte entière avait été déterrée, John et l'un de ses assistants venaient pour en soulever les extrémités afin de la sortir complètement du sol. Tandis qu'ils les ouvraient pour étudier l'aspect du filage, je devais enlever toute la boue sur les autres boîtes afin que l'on puisse y étendre du goudron. Au nombre de personnes que nous étions, nous complétâmes la première partie du boulot avant la tombée de la nuit, mais les boîtes devaient encore sécher pour qu'on leur applique une seconde couche le jour suivant. Tous ensemble, nous nous mîmes à prier pour que le ciel consente à rester sec.

J'étais complètement noire. Mes *blue jeans* étaient mouillés et sales jusqu'aux cuisses, ma chemise et mes cheveux, pour leur part, étaient collés de goudron. La maison de pension ne disposant que de deux salles de bain, l'une pour nous et l'autre pour Sarah et sa fille, une dure bataille était à prévoir avant de décider qui aurait le privilège de se laver avant le matin. Appuyé sur la clôture, à bout de force, Thomas me fit signe d'approcher et me demanda de l'accompagner chez lui.

— La courtoisie exige que je te permette de prendre un vrai bain chaud à la maison. Je ne peux te laisser te mettre en rang derrière eux. Jamais nous n'aurons accompli une tâche aussi salissante.

— Je suis très contente de t'entendre. La hiérarchie de la pension me place effectivement loin dans la file des privilégiés.

Alors que nous marchions sur le chemin, je m'étonnai de percevoir un léger sifflement émaner de lui et de voir son visage aussi tranquille. L'optimisme de Thomas était presque choquant parfois. Car cette qualité qu'il possédait empêchait tout apitoiement de notre part, nous interdisait de trouver une chose trop complexe pour être réalisée. Nous n'avions tout simplement pas le droit de baisser les bras et d'affirmer : «Non, cela ne peut logiquement être fait.» Il n'y avait aucune bonne raison pour abandonner. Ce que nous avions fait en un après-midi et une soirée n'était rien pour lui sinon un simple incident de parcours. Il en serait toujours ainsi avec Thomas, même dans les pires moments où l'affliction et le découragement auraient dû prévaloir.

Mary cria et afficha un air horrifié à ma vue. Elle fit plusieurs pas en arrière comme si juste de poser les yeux sur moi pouvait faire en sorte que la boue parsemant mes vêtements saute littéralement sur sa robe, et elle leva la main, m'interdisant de dépasser le vestibule.

— Lydia, préparez une seconde baignoire, au troisième, et allumez l'âtre dans la chambre d'Alice ! Ces deux souillons vont mettre la maison sens dessus dessous !

Avec l'aide de Mary, la domestique s'activa et plaça de nouveaux seaux d'eau à chauffer sur le poêle. Thomas retira ses chaussures d'où la boue séchée s'effritait et nous éclatâmes tous deux d'un rire incontrôlable. Mary envoya Thomas à la salle d'eau puis lorsqu'il fut en haut, elle exigea que je retire ma chemise et mes pantalons avant d'aller plus loin dans la maison.

— Comment nettoierons-nous cela ? Qu'est-ce que c'est ? Du goudron ? Mais vous empestez, ma pauvre fille ! Cette chemise est bonne à jeter ! Lorsque vous serez dans la baignoire, je vais envoyer Lydia à la pension vous quérir une nouvelle robe. J'espère que vous n'étiez pas trop attachée à vos pantalons d'homme, car ils devront aller directement au feu !

Dans mes sous-vêtements mouillés de sueur, je grelottais. Mary me tendit une vieille couverture, disant que mes cheveux ne valaient pas mieux que le reste et qu'il faudrait probablement les couper.

— Mais jamais de la vie ! J'y tiens, moi, à ma crinière !

— Elle est complètement collée de goudron, votre crinière, il faut lui dire adieu !

— Non, pas question ! m'écriai-je en haussant l'index, mais en grimaçant dès que je portai les doigts à mes cheveux pour sentir les mèches complètement soudées ensemble.

Quand le bain fut prêt, Mary m'accompagna en haut tandis qu'elle envoyait sa domestique à la pension Jordan. Ignorant que j'avais déjà dormi dans cette pièce, elle me confia que la chambre était toujours à peu près préparée à recevoir sa sœur qui venait souvent de Newark afin de l'aider auprès des enfants. Elle se cala confortablement dans le fauteuil près du feu en s'enveloppant d'une cape qui lui permettait de camoufler les kilos de grossesse qu'elle n'était pas parvenue à perdre. Je dus me dénuder en sa silencieuse présence et à l'instant où mes sous-vêtements chutèrent au sol, elle se pencha pour les soulever et les projeta dans les flammes.

— Autant recommencer à neuf.

Je me plongeai dans l'eau où flottait un savon parfumé à la lavande et l'employai pour créer une mousse avec laquelle je tentai de sauvegarder ma chevelure. L'étanchéité du goudron s'avéra sur-le-champ alors que je constatais que l'eau ne pouvait rien y faire.

— Allez chercher vos ciseaux, Mary. Le sacrifice est inévitable, je crois.

— Je les ai déjà.

Un éclair de satisfaction sembla traverser ses yeux lorsqu'elle vint s'agenouiller derrière moi armée de ses lames affûtées. Les mains protégées par une paire de gants, elle vérifia jusqu'où ma chevelure était encore acceptable et coupa en dessous de ce point. Et il était beaucoup trop haut à mon goût. Elle enleva tout ce qu'il y avait sous les oreilles et me montra les longues mèches goudronnées avant de les jeter dans un sac qu'elle mettrait aux ordures. Voilà que me quittait ma dernière trace de féminité. Désormais, quand je serais vêtue de mes pantalons, on ne parviendrait plus à me distinguer des garçons.

— Quel dommage!

— Je suis stupéfiée par ce que vous acceptez de faire ici, dit-elle en se relevant et en retournant à son point d'observation sur le fauteuil. Qui donc essayez-vous d'impressionner en vous réduisant à cela?

— Mais personne! Seul notre travail finira, éventuellement, par impressionner quelqu'un. Pour l'instant, je ne fais que ce qui m'est demandé. Vous savez, Thomas ne discrimine pas. Pour lui, nous sommes tous égaux: petits ou grands, forts ou faibles, femmes ou hommes. Mais ceux qui ne peuvent pas supporter les efforts n'ont qu'à s'en aller.

— Thomas? répéta-t-elle en s'agitant sur son siège comme si elle sentait une épine lui piquer l'arrière-train. Vous nommez votre patron par son prénom maintenant? C'est nouveau?

Mon Dieu, quelle question! Mary ne s'était donc jamais rendu compte que je nommais Thomas ainsi depuis deux ans?

— Eh bien, en fait... Il règne au laboratoire une convivialité nous faisant parfois oublier les formalités, dis-je en tentant de sauver la situation.

Peu dupe, probablement parce que sa domestique avait eu tôt fait de lui rapporter un certain souper ayant eu lieu dans la bibliothèque, elle appuya son index contre sa joue. Ses yeux demeurèrent fixés sur ma personne alors que je tentais d'atteindre un niveau de propreté satisfaisant, ce qui m'intimida beaucoup. Que savait-elle ? Je l'ignorais. Jusqu'où était-elle capable de deviner en lisant dans mon esprit ? Assez loin, à en juger par la fermeture de son visage et son obstination à ne pas désirer créer avec moi une relation plus profonde que celle de la femme du patron avec une simple employée. J'avais appris qu'elle aussi avait travaillé pour Edison presque dix ans auparavant. C'était à l'usine de Ward Street, à Newark, qu'ils avaient fait connaissance et le fait qu'elle ne soit âgée que de seize ans à l'époque n'avait en rien été un facteur dissuasif aux yeux de l'inventeur. Il avait pris une épouse presque encore enfant et cette union prématurée n'avait eu comme effet que de la rendre âgée avant son temps. Nous avions toutes les deux vingt-quatre ans, mais devant elle, je croyais m'adresser à ma mère. Elle était visiblement désillusionnée par des années d'abandon, alors qu'elle aurait pu consacrer ses meilleures années à autre chose qu'à rester seule et à avoir des enfants d'un homme absent. Elle était consciente que de nous deux, je possédais le meilleur des mondes et me détestait pour cela. En l'observant du coin de l'œil, je tentai de déceler en elle ce mal dont elle souffrait constamment et qui la poussait à s'injecter de la morphine directement dans les veines. Mais elle le cachait fort bien derrière un visage stoïque. Elle se savait tourmentée, sauf qu'en face de moi, elle n'aurait rien pu admettre, elle était trop fière pour cela.

Au bout d'une demi-heure, elle posa un drap de bain plié près de moi et se dirigea vers la porte.

— Le souper sera prêt dans une heure. Je vous attends à la table, ne tardez pas.

Elle avait prononcé ces paroles sans enthousiasme, parce qu'elle savait que Thomas souhaiterait me voir partager leur repas après une journée comme celle-ci et que la jalousie n'était pas une chose qu'il tolérait.

Je sortis de la baignoire dont l'eau était devenue une épaisse substance noire et frottai sur ma peau les résidus de goudron à l'aide de la serviette. Je séchai ensuite mes cheveux en déplorant leur légèreté. Je penchai la tête vers la chaleur des flammes et les peignai grâce au nécessaire qui se trouvait sur une petite table circulaire à côté du lit. Sans doute, ce serait infiniment plus pratique ainsi alors que je n'aurais qu'à les repousser derrière mes oreilles au lieu de chercher des coiffures toutes plus élaborées les unes que les autres pour parvenir à les faire tenir des journées entières. Lorsqu'on frappa à la porte de la chambre, je sus que mes vêtements étaient enfin arrivés et me couvris du drap en invitant la domestique à entrer.

Elle avait par chance songé à m'apporter des sous-vêtements, ayant probablement consulté Sarah pour savoir où les trouver dans mon fouillis. Elle m'aida à m'habiller et me coiffa avec une dextérité extraordinaire, mais toute son habileté ne changea rien à l'apparence de petit page de l'époque médiévale que me donnait ma nouvelle coiffure. Mary se plut d'ailleurs à employer cette expression tout au long du souper où je dus recommencer à vouvoyer Thomas pour éviter d'éveiller davantage de soupçons. Confus par mon allure, par la politesse singulière de mon langage et par le sourire constant sur la bouche de sa femme, Thomas ne souffla guère plus de trois mots pendant le repas qui s'avéra un véritable calvaire pour chacun de nous. Fourbu par le boulot énorme que nous avions abattu en une seule journée, il décida de ne pas retourner au laboratoire ce soir-là et Mary fit apparaître un paquet de cartes afin de nous occuper tous les trois.

Vers minuit, elle nous quitta à regret, détestant visiblement l'idée de nous laisser seuls ensemble, comme si nous avions besoin d'une supervision constante. Nous abandonnâmes les cartes pour les échecs et Thomas me proposa du vin alors que mon visage s'assombrissait de plus en plus. J'avais passé la soirée à lever la main sur ma nuque, désespérée de la sentir si dénudée. Devant Thomas, je me sentais maintenant laide et humiliée, mais il avait compris ce qui avait mené à cette coupe à blanc.

— Tu sais, je trouve personnellement que c'est mieux ainsi. Tu ressembles à une petite fille, c'est un compliment, non?

— Je n'ai pas passé des années à étudier et à travailler avec tout mon acharnement pour finir par avoir l'air d'une gamine à vingt-quatre ans.

— Mais moi, cela me plaît, murmura-t-il en poussant une coupe remplie de rouge vers ma main.

S'étant gardé de fumer en présence de Mary qui détestait être étouffée par l'odeur de ses cigares, il tira un long havane de la poche de sa chemise et nous nous mîmes à jouer pour de l'argent. Ne jugeant pas convenable de dormir chez eux, je prononçai souvent la phrase: «Bon, une dernière et ensuite, je m'en vais.» Mais nous trouvions toujours le moyen de devoir impérativement nous affronter de nouveau, soit pour que je regagne mon argent perdu, soit pour qu'il puisse prouver son habileté. Je m'évaporai en vitesse au moment où nous entendîmes à l'étage les pas des enfants qui s'éveillaient, réalisant que le soleil était levé, que deux bouteilles avaient été consommées et que nos jambes avaient passé la nuit les unes dans les autres.

Chapitre 15

Que la lumière soit!

New York, 5 novembre 1879

Monsieur Edison,

C'est avec beaucoup de satisfaction que nous avons appris la tenue d'une exhibition officielle de votre système d'éclairage à l'ampoule incandescente au cours de la nuit du 31 décembre, dans la localité de Menlo Park, N.J. Toutefois, ma réserve me dicte une demande qui, nous l'espérons, ne sera pas prise à la légère de votre part. Je vous prie, monsieur Edison, de bien vouloir procéder à tous les tests nécessaires avant de convier le public ainsi que les représentants des journaux à votre démonstration. Assurez-vous que le système fonctionnera et qu'aucune défectuosité ne nous mettra, vous-même ainsi que les directeurs de la Edison Electric Light Company, dans l'embarras. Il s'agit d'une requête personnelle, mais qui serait approuvée par tous les autres investisseurs qui ont à cœur de conserver intacts leurs noms ainsi que leur réputation.

Salutations distinguées,

Egisto Fabbri

Je levai les yeux de la missive en adressant un regard confus à Thomas qui attendait ma réaction.

— Ils n'ont pas confiance? Tu as pourtant juré de l'efficacité du système. Que désirent-ils de plus?

— Ces messieurs craignent d'être humiliés en public. Je ne le vois pas comme un manque de confiance, mais plutôt comme de la contrariété d'avoir ignoré pendant tout ce temps ce que je préparais.

Il y avait malheureusement eu une fuite dans le secret de Thomas, d'où cette lettre de la part de l'un des investisseurs. Nous ignorions si l'un d'entre nous avait parlé lors d'une soirée arrosée à laquelle aurait assisté un journaliste trop curieux ou si des espions avaient été envoyés au cours des derniers mois pour tenter de découvrir ce qu'Edison mijotait. Le fait était que le secret de l'ampoule incandescente avait été révélé et exposé au public dans un article qui avait beaucoup choqué Thomas. Les détails de la fabrication de la lampe au filament de papier avaient frayé leur chemin jusqu'aux investisseurs de l'entreprise. Stupéfiés par le matériau employé ainsi que par la réussite de Thomas quant à la subdivision du courant, ils nous priaient de nous assurer du fonctionnement parfait de l'installation.

Nous passâmes donc Noël à répéter pour la soirée du Nouvel An et à fignoler les derniers détails. Lorsque tout le circuit s'était mis en marche avec succès, nous avions reçu comme ordre de ne plus piétiner la neige entourant les réverbères afin qu'elle s'accumule de façon régulière. Le laboratoire était éclairé par vingt-cinq lampes que nous avions placées à des endroits stratégiques ; il y en avait huit autour de l'édifice des bureaux administratifs bordant Christie Street et une vingtaine formaient un chemin jusqu'à l'entrepôt et jusqu'à la maison de pension.

Le 31 décembre, les gens commencèrent à affluer à trois heures de l'après-midi. L'article révélateur était paru dans les journaux de toute la région dix jours auparavant et, par conséquent, il s'agissait d'un arrêt que les voyageurs avaient eu amplement l'occasion de prévoir. Tous étaient conscients du moment historique auquel ils assisteraient. Menlo Park ne possédant aucune commodité pour accueillir adéquatement toutes ces personnes, Sarah Jordan fut vite débordée par les demandes de couples ou de familles entières désirant prendre une boisson chaude ou même un repas chez elle à défaut de pouvoir y loger. La taverne de Davis devint bientôt pleine à craquer et avant longtemps, il manqua de victuailles, même si l'alcool continua à couler à flot jusqu'au soir. Il neigeait abondamment et plusieurs visiteurs furent contraints de demeurer dans leurs attelages, bien emmitouflés sous des fourrures, mais les dames Batchelor et Kruesi eurent la bonté d'ouvrir aussi leurs maisons afin d'offrir chaleur ainsi qu'un doigt de brandy réconfortant. De la salle des machines, de longues volutes de vapeur s'échappaient chaque fois que l'un des membres de l'équipe technique de John ouvrait la porte, les fournaises chauffant à pleine capacité afin de permettre à la génératrice alimentée au charbon de fonctionner.

Tom était comme un enfant. Depuis le petit matin, il sautait d'un endroit à l'autre en criant ses ordres d'une voix plus forte qu'à l'habitude, enthousiaste plutôt qu'anxieux devant l'ampleur du défi. En début d'après-midi, il avait pris racine dans le grand salon de réception situé dans l'édifice des bureaux et accueillait ses investisseurs en s'efforçant de participer aux conversations animées. Il s'était vêtu d'un élégant costume noir, avait noué une lavallière de soie blanche autour de sa gorge et se baladait en retenant la bordure de son chapeau haut-de-forme, peu accoutumé qu'il était à ce genre de mondanités. Pour les investisseurs, du champagne et des hors-d'œuvre étaient servis dans le grand salon et il fallut peu de temps avant que mon aide soit réclamée.

— Plus ils sont nombreux et plus il devient ardu pour moi d'entendre ce qu'ils racontent. Vas-y, toi, et adresse-leur quelques sourires en leur proposant des canapés. Je dois encore m'assurer auprès d'Honest John que tout est en ordre.

Pour l'occasion, j'avais enfilé la magnifique robe rouge que Thomas m'avait offerte, un choix qu'il avait approuvé avec un large sourire. Il profita d'un très court moment de grâce pour m'offrir un présent qu'il disait avoir souhaité me donner à Noël. Trop occupés, nous n'avions pas eu une seule seconde pour les festivités, mais en ce jour très spécial, il avait jugé approprié de me tendre une énorme boîte. Incapable d'expliquer pourquoi il me faisait un tel cadeau, il s'était évaporé à l'instant où je prenais la boîte entre les mains. Effectivemenent, l'étole d'hermine qui s'y trouvait aurait été difficile à justifier à quiconque se serait rendu compte qu'elle venait de lui.

Je sortis de son bureau avec la somptueuse fourrure autour du cou et me joignis aux hommes d'affaires avec une fierté renouvelée. Je me contentai de serrer des mains en souriant aux patrons qui me questionnaient sur mon rôle au sein de l'entreprise. « Oui, je suis électricienne, effectivement », dus-je répéter à maintes reprises pour que l'on ne me confonde pas avec l'épouse d'Edison qui ne s'était pas encore montrée. De révéler mon métier à voix haute me parut très étrange. M'octroyer ce titre me sembla de prime abord une imposture. Mais comme Grosvenor Lowery, président de la Western Union et ami personnel de Thomas l'énonça, j'avais été formée par le meilleur électricien que portait cette terre et, par conséquent, j'étais tout à fait habilitée à me qualifier ainsi. Lowery était en outre le plus sympathique de ces richissimes New-Yorkais. Thomas surnommait ce type d'hommes « la race de Wall Street » avec un peu de mépris, et à force de me tenir près d'eux, je compris vite pourquoi. En tant qu'investisseurs, les hommes qui nous consentaient notre salaire et qui, au demeurant, étaient responsables de l'existence de cette entreprise, considéraient l'endroit comme leur appartenant de droit et s'appropriaient ce qui allait se produire en cette soirée comme s'ils en étaient les véritables instigateurs. Certes, sans leur argent, aucun de nous n'aurait été là, l'ampoule incandescente aurait eu une vie très courte et peut-être n'aurait-elle pas existé. Mais en vérité, ces hommes n'avaient pas la moindre idée de ce que nous faisions. Un salaire de douze dollars par semaine n'était absolument rien considérant les efforts que nous mettions dans le développement de la lampe et des heures indécentes que nous passions éveillés alors que le reste du pays dormait paisiblement dans l'attente d'un monde meilleur.

J'étais cependant trop excitée pour les détester plus avant. Je sirotais du champagne en enfouissant mon visage dans la fourrure de l'étole chaque fois que j'en avais l'occasion. Je recevais des compliments sur ma mise en inclinant légèrement la tête en guise de remerciement, taisant évidemment mon contentement à l'idée que Thomas en soit responsable. Il savait comment faire une femme de moi, une femme que l'on trouvait élégante et à la hauteur de sa réputation.

Lorsque je sortis de l'édifice, la nuit était déjà tombée. J'eus un choc bouleversant en constatant que les quelques dizaines de personnes qui s'étaient massées autour du laboratoire au milieu de l'après-midi étaient désormais des milliers. Par souci d'ordre, tous les attelages et carrioles avaient été garés à l'entrée de Menlo Park. Chaque pouce carré était occupé par cette foule bruyante. On n'avait jamais rien vu de tel dans cet endroit si reculé. Les voix scandaient le nom de l'inventeur, tout le monde désirait le voir, lui, Edison. « Le magicien ! Le magicien ! », criait-on sur des milles et des milles afin de le pousser à se montrer. Les gens qui avaient pris place n'osaient plus bouger de peur de manquer le début du spectacle et, heureusement, le périmètre immédiat du laboratoire avait été interdit d'accès, sans quoi je n'aurais jamais pu y retourner. Des lanternes avaient été allumées çà et là parmi la foule pour qu'au moins, on puisse voir où l'on mettait les pieds. Les gens cherchaient un peu de chaleur en se collant les uns sur les autres et en se penchant sur des bougies. Des bouteilles de brandy ou de whisky passaient de main en main et même les enfants avaient droit à leur petite dose afin de contrer le froid et le vent.

À l'intérieur du laboratoire, l'ambiance était à la folie. Minuit allait sonner dans vingt minutes et nous étions dans l'obligation formelle de livrer la marchandise, sans quoi la vie telle que nous la connaissions s'achèverait.

Minuit moins dix. Edison arriva à l'étage pour nous sommer de nous rassembler dehors et de demeurer non loin de la salle des machines. Mon travail fut d'aller récupérer les investisseurs dont la rigidité avait eu amplement le temps de s'amollir grâce aux litres de champagne consommés et aux cafés baptisés de brandy que nous leur avions servis. Ils eurent évidemment le privilège de se tenir au premier rang, juste devant la porte du laboratoire, devant la foule.

Minuit moins deux. « Le magicien ! Le magicien ! », criaient les voix de plus belle, mais cette fois, à l'unisson. Ce fut comme un grand raz-de-marée qui, dressé en un mur noir, attendait d'atteindre son paroxysme avant de déferler sur la terre. Je me mis à pleurer. Jamais je n'avais été témoin d'une telle manifestation auparavant. En fait, personne n'avait vécu ce genre de moment où des milliers de gorges criaient le même nom dans l'expectative d'une vision extra-ordinaire. On aurait cru assister à la résurrection du Christ.

Minuit pile. Thomas sortit sur le balcon au deuxième étage du laboratoire et exigea le calme en haussant les bras. L'euphorie de la foule devint murmure, comme si la vague venait d'atteindre son point de recul. Il cria :

— Que la lumière soit !

Le courant fut envoyé.

Et la lumière fut. La foule, soudain muette, fut témoin du jour qui se levait sur Menlo Park. En une seconde, l'obscurité devint clarté. Les visages exposaient tous à la fois des yeux écarquillés et des bouches ouvertes sous les étoiles puissantes qui illuminaient le chemin. La nuit n'existait plus. Et la vague s'abattit sur nous avec violence. Après l'instant d'ébahissement vinrent les cris, les applaudissements, la folie. La lumière que diffusaient les ampoules était si claire, si belle dans son jaune orangé ensoleillé que plusieurs personnes dans la foule se signèrent et regardèrent en direction du ciel avant d'enlacer leurs voisins.

Flanqué de Charles Batchelor, Thomas Edison, au balcon du deuxième étage du laboratoire dans son manteau noir à col de fourrure, souriait, victorieux. Il souleva son haut-de-forme et s'inclina en ramenant son chapeau contre sa poitrine d'un mouvement large. Les gens crièrent de plus belle à sa vue, levèrent les mains comme pour essayer de le toucher. Il avait cru devoir prendre la parole, mais il en fut incapable tant s'éternisaient les acclamations. Derrière moi, les investisseurs continuaient d'applaudir en répétant les « Ooooh ! » enthousiasmés, perdant soudain leur sévérité pour se transformer en petits garçons qui viendraient de déballer leurs plus beaux jouets. Le périmètre fut ensuite ouvert et la foule se déversa sur le terrain entourant le laboratoire afin de suivre le chemin des lumières et les regarder de plus près. Nous venions de pénétrer dans un univers fantastique qui, jusqu'alors, pour la majorité qui n'avait jamais pu voir la lumière électrique, n'existait pas. Les gens couraient d'un réverbère à l'autre, levant les yeux pour admirer l'ampoule et retenir les moindres détails de sa lumière immobile et si agréable à l'œil. D'autres craignaient de s'approcher d'eux tant le concept d'éclairage par électricité était méconnu, jugé presque diabolique par les plus conservateurs.

Prise dans un mouvement de foule, je me réfugiai à l'intérieur du laboratoire afin de continuer à observer le spectacle d'en haut, là où la vue était encore plus impressionnante. Nous croyions tous être à l'abri des émotions que ressentait le public, parce que nous avions déjà vu le circuit fonctionner la veille, mais nous eûmes tôt fait de réaliser que l'emballement collectif nous avait aussi rejoints. Dans l'atelier, c'était la fête. Les garçons buvaient le champagne à même la bouteille, puis retournaient à leur poste d'observation afin de s'assurer que tout allait bien. Lorsque je croisai Thomas dans l'escalier, je me précipitai sur lui et hurlai de plaisir en me collant à son manteau, sautant sur place et tirant sur son col de fourrure. Il m'embrassa et pressa sa bouche à mon oreille.

— Bonne année 1880, chère petite sotte. Nous deviendrons bientôt riches et vivrons ensemble de grands succès !

— Thomas, tu es véritablement le sauveur que le monde attendait. Je serai toujours près de toi.

Nous nous séparâmes sur ces paroles. Thomas se devait au public et il était conscient de ne pouvoir les décevoir en restant invisible. Il m'avait toutefois fait réaliser qu'une nouvelle décennie était entamée. Que nous étions à l'heure de la modernité, du progrès, que l'arrivée de l'année 1880 nous plaçait devant le futur que nous préparions depuis deux ans et qui existerait grâce à nous. L'avenir était désormais le présent. Les années quatre-vingts seraient celles de l'électricité, du jour éternel, elles marqueraient la fin de l'obscurité.

Chapitre 16

Un nouveau filament

La nouvelle de la réussite de Thomas Edison ne passa pas inaperçue : à la grandeur de la planète, on avait eu vent du miracle accompli à Menlo Park et j'en reçus personnellement les échos par une lettre qui parvint à mon intention à la pension Jordan. Dans l'enveloppe que ma chère Abigail m'avait envoyée s'en trouvait une autre, plus usée, arrivant de beaucoup plus loin que du New Jersey. En l'ouvrant dans la salle à manger et en reconnaissant l'écriture de mon père, je courus me réfugier dans ma chambre, choisissant, pour cette fois, d'ignorer l'ordre grondé par Griff à l'intention de tous les pensionnaires qui devaient être prêts à retourner au laboratoire dans les cinq minutes. Conscient que je recevais peu de nouvelles de ma famille, Griff me laissa m'enfuir en m'adressant un sourire empreint de sollicitude.

— Rejoignez-nous quand vous serez prête, miss Charlie.

Le papier sur lequel mon père avait rédigé sa lettre était si mince que l'encre le traversait de part en part, me rendant encore plus pénible la tâche de décoder son écriture. Lisant donc plus attentivement, je pus presque percevoir l'arôme du tabac de la pipe de mon paternel dans chacun de ses mots.

Ma très, très chère Charlene,

Je prends la plume aujourd'hui pour t'offrir mes félicitations pour les résultats de votre travail acharné. Ma fierté d'être citoyen américain ne connut point de borne lorsque les journaux de l'Europe révélèrent au grand public le succès de l'ampoule incandescente dont tout le monde doutait. Ma foi dans le grand visionnaire qu'est Edison se vit renouvelée et ce fut avec plaisir que j'exprimai ma joie de savoir ma propre fille impliquée au sein des recherches qui menèrent à l'accomplissement de l'impossible.

Je profite d'ailleurs de cette lettre pour t'inviter à reconsidérer ton souhait de vouer ta vie au célibat et à la science. Œuvrer pour le grand Edison dut certes constituer une école formidable pour une jeune fille passionnée de modernité telle que toi, mais ta mère et moi croyons que ton obstination a assez duré. À la suite de mon rétablissement, mon projet était effectivement de me diriger moi-même vers Menlo Park et reprendre auprès d'Edison la place que tu as accepté d'occuper en mon nom. Tu savais fort bien qu'il s'agissait de notre projet de départ. Toutefois, d'anciens collègues m'ayant proposé un poste honorifique au comité directeur de l'Université de Hambourg, il m'est impensable de revenir en Amérique. De concert avec ta mère, je te demande donc de nous rejoindre afin de t'établir ici, près de nous. Certes, ma petite, je connais les tourments de ton cœur, mais Hambourg n'est pas Berlin. Les érudits fréquentant notre salon seraient susceptibles de combler ton envie de savoir en te prenant comme assistante. Vois-tu, je ne peux faire autrement que de nourrir de grandes inquiétudes à t'imaginer seule et sans ressources familiales alors que tes frères Terrence et Albert ont choisi de vivre leurs existences chacun dans leur coin de pays.

Ci-joint, tu trouveras la somme nécessaire à ton voyage jusqu'en France. Si tu me télégraphiais la date de ton arrivée,

*je pourrais envoyer un fiacre te récupérer pour que nous soyons
enfin réunis.*

À bientôt, ma chère Charlene,

Ton père

À l'instant où je terminai ma lecture, mes mains retombèrent sur mes cuisses, les pages noircies de l'écriture de mon père se retrouvant sur le sol à mes pieds. Ce que j'avais espéré être un éloge de nos efforts conjugués, de ma volonté de m'imposer comme un élément essentiel au laboratoire Edison s'avérait un appel à la démission. Mes choix ne lui importaient donc pas. Il préférait les minimiser, les regarder comme un caprice. Et maintenant, mon père m'intimait de revenir à l'ordre en faisant miroiter une vie qu'en aucun cas je n'aurais choisie.

Comme si je craignais que cette simple lettre recelât le pouvoir de m'aspirer en elle si j'y posais les yeux de nouveau, je la chiffonnai en secouant la tête. Brûlant de me retrouver au laboratoire, de m'y réfugier pour me rappeler que cette vie était la mienne et que nul ne possédait la capacité de m'en extirper, je ne m'accordai que deux minutes pour rédiger une réponse. Ne prenant pas même le temps de m'asseoir à ma table, je me penchai, main tremblante, sur la pile de feuilles à dessin que j'employais quand une idée me venait en tête au réveil. La plume grinça abominablement lorsque je couchai ces quelques mots sur le papier :

Père,

*Je ne changerai jamais de vie. Ne m'écrivez plus de telles
lettres, sans quoi je me verrai dans l'obligation de mettre un
terme à nos contacts.*

Charlene

Avant de quitter la pension ce jour-là, j'adressai ma courte missive à Jersey City en priant Abigail de l'envoyer à Hambourg. Même pour prendre en note l'adresse de mon père, j'avais refusé de rouvrir sa lettre que je jetai dans le poêle au passage.

Nous croyions détenir la recette parfaite. Depuis long-temps, nous avions cessé de nous questionner sur la technique de fabrication de l'ampoule et nous nous consacrions en exclusivité au plan de développement du circuit d'illumination de Menlo Park qui devait être agrandi pour l'année suivante. Il était devenu pratiquement impossible de toute façon de travailler dans le calme de jadis. Depuis la démonstration du jour de l'An, Menlo Park était envahi de visiteurs qui avaient entendu parler de ce que nous avions fait et qui désiraient voir aussi de leurs yeux la magie d'Edison, comme à l'époque du phonographe. Peu de jours s'écoulaient sans qu'un journaliste du pays ou de l'étranger fasse irruption chez nous en réclamant le genre de confidence dont Tom était friand. Il feignait d'être incommodé par cette invasion qui nous tombait dessus comme une averse printanière, mais en vérité, il adorait ces articles dans les journaux qui lui amenaient un capital de notoriété utile à son objectif final. Nous acceptions, à contrecœur, de nous transformer en guides à tour de rôle afin d'expliquer à ceux qui ne l'avaient pas vu encore la constitution de l'ampoule ainsi que ses avantages sur le gaz. Nos démonstrations quoti-diennes étaient en réalité de simples publicités destinées à convaincre la population du bien-fondé de s'éclairer à l'élec-tricité quand serait venu le moment de commercialiser notre système. Nous en avions presque oublié que l'esprit d'Edison ne connaissait pas de répit, que sa vie entière se consacrait à l'amélioration constante de ce qui était déjà et que nous avions le devoir de suivre ses mouvements créatifs et de nous plier rapidement à ses changements de direction.

J'avais passé la dernière demi-heure en bas, près de la fournaise, à expliquer à une famille qui avait fait le voyage depuis Philadelphie comment nous procédions à la carbonisation et en quoi elle était nécessaire à l'incandescence. Grâce à Edison, j'avais appris à vulgariser les détails techniques qui n'étaient guère évidents au commun des mortels. La plupart du temps, j'étais moi-même un objet de curiosité au même titre que la lampe. Lors des visites, je m'habillais en dame, préconisant les robes élégantes et de teintes foncées dénuées le plus possible de fioritures, mais les hommes y allaient tout de même souvent de moqueries ou cherchaient l'un des assistants masculins d'Edison en croyant que j'ignorais de quoi je parlais. Lorsque je demandais à mes visiteurs s'ils avaient des questions, les dames levaient la main timidement, juste pour savoir ce que mon mari pensait de mon emploi qui me tenait loin de la maison et comment je parvenais à m'occuper de mes enfants en faisant un tel travail. Avouer que je n'étais pas mariée générait presque automatiquement des regards scandalisés ou même méprisants. Le peu de crédibilité que je semblais dégager lors de ces visites me plongeait chaque fois dans une colère folle, mais Tom insistait pour que je continue, ajoutant qu'elles faisaient partie du processus d'endurcissement de mon caractère.

Après cette longue demi-heure passée à essuyer les habituelles âneries, j'abandonnai les visiteurs aux mains d'Honest John pour qu'il leur montre la génératrice qui alimentait notre circuit électrique. Je montai me réfugier à l'étage, fâchée et trempée de sueur à force d'être restée trop longtemps dos à la fournaise. Je me précipitai vers la table où travaillait William Hammer et m'emparai de l'une des feuilles de palmier que nous utilisions comme ventilateur pour sécher plus rapidement des matières liquides comme du goudron ou de la teinture. Je m'accoudai à la table et secouai la feuille près de mes joues, n'ayant pas encore remarqué Thomas, installé dans sa posture de réflexion habituelle près de la fenêtre. Du rouge de mon visage, il put discerner ma mauvaise humeur et me questionna avec le sourire :

— Qu'est-ce qu'il y a cette fois ?

— Oh, zut ! J'en ai assez qu'on me prenne pour une idiote !

— Non, vas-y. J'aimerais bien entendre la dernière nouveauté.

— Si tu tiens tant à savoir, monsieur a ouvertement insinué qu'une femme, avec ses indispositions, ne devait pas être une très grande aide dans un laboratoire de recherche.

— Il n'a pas tort...

Je grimaçai et marchai en sa direction d'un pas déterminé, tentant de mettre un terme à son hilarité en feignant de le gifler avec la feuille de palmier.

— Tu n'es pas toujours commode, cela, il faut l'avouer !

Je fis jouer la feuille tout autour de son visage juste pour l'ennuyer puis, petit à petit, mon geste devint plus caressant. Son regard se fixa dans une expression lointaine tandis qu'il suivait le mouvement circulaire de ma main en s'assurant que William ne regarde pas en notre direction.

— À quoi penses-tu ?

Il bondit hors de son siège et se précipita à sa table de travail en tirant le microscope à lui.

— Donne-moi cela ! m'ordonna-t-il en tendant la main et en prenant son petit couteau de l'autre.

Confuse, je lui passai la feuille de palmier et immédiatement, il la découpa pour ne conserver que le chaume sur lequel elle poussait. Il l'analysa attentivement, puis le trancha sur sa longueur avant de le déposer sur la plaque sous la lunette du microscope.

— Une pince… dit-il ensuite en montrant la paume de sa main droite et en agitant les doigts.

Je lui tendis celle que nous utilisions pour manipuler les filaments carbonisés, m'asseyant près de lui pour le regarder ouvrir l'intérieur du chaume et en détacher les parties.

— C'est filandreux… Si je parvenais juste à…

À l'aide des pinces et de son couteau, il récupéra un filament du chaume de bambou et le découpa approximativement, ne connaissant pas encore le taux de rétrécissement de cette matière. Nos moules de nickel se trouvant tout en bas près de la fournaise, il me présenta la pince parée du filament et me demanda de le carboniser.

— Je prépare un support…

— Mais Tom, nous avions décidé de nous fixer sur le papier. Nous n'allons pas tout reprendre depuis le début…

— Oui et tu sais pourquoi ?

Il se détourna du microscope et serra mon genou en le secouant avec enthousiasme.

— Le carton que nous utilisons est efficace, certes, mais il s'agit en fait d'une matière transformée par l'homme. Le papier n'est pas pur, on ne le trouve pas sous cette forme précise dans la nature. Mon instinct me souffle depuis toujours que la solution parfaite se trouve dans son état brut dans la nature. Et après tous nos essais infructueux, il se peut que ce soit celle-là en définitive. Il faut tenter notre chance. Je désire trouver un élément qui offre une résistance encore plus grande que le papier et qui, par conséquent, me permettrait d'employer un plus haut voltage. Si cela n'est pas concluant, nous n'aurons rien perdu, mais je dois en avoir le cœur net.

— Dans ce cas, oui, j'apporte l'échantillon à la fournaise tout de suite !

Je peux affirmer avec toute la certitude du monde que si Thomas Edison n'avait pas été le type d'homme à ne faire confiance qu'à son instinct, en aucun cas l'ampoule électrique n'aurait pu parcourir autant de chemin et se frayer, ultimement, une place dans les foyers de la terre entière. S'il avait prêté oreille aux règles de la science, rien n'aurait été possible. Encore une fois, il était parvenu à me communiquer sa fébrilité, son excitation quant à une nouvelle découverte potentielle. Je dévalai les marches et interceptai Basic Lawson qui ajoutait du bois dans la fournaise. Il se déplia de toute sa longueur pour jauger d'un air dubitatif l'étrange fil au bout de ma pince et je me mis à sauter sur place afin de le tirer de son indolence habituelle.

— Le chef désire que nous carbonisions ceci.

Il fronça les sourcils et du bout du doigt effleura le filament.

— Qu'est-ce que c'est ?

— Du bambou.

— Et si cela fonctionne, ça nous fera une belle jambe ! Où trouverons-nous du bambou ensuite ?

— Il s'agit du problème d'Edison, Basic. Allez, donne-moi un moule.

Tandis que le fil cuisait sur le feu, je m'arrangeai pour trouver Francis Jehl afin qu'il tienne prête la pompe Sprengel. Il y avait beaucoup de monde à Menlo Park en ce jour ensoleillé et la majeure partie de nos collaborateurs étaient éparpillés tout autour du laboratoire à raconter aux touristes l'histoire de la lampe incandescente. Francis se montra satisfait de revenir au travail et nous nous empressâmes de réaliser l'ampoule pour que l'esprit de notre patron connaisse enfin un peu de contentement.

Je remontai à l'étage pour voir Thomas toujours penché sur le microscope à fouiller délicatement l'intérieur du chaume. Il sentit ma présence et se recula contre le dossier de son siège en tournant en ma direction un visage songeur.

— Depuis le temps que tu expérimentes sur des végétaux, Charlie, tu es devenue notre spécialiste. Je veux que tu m'instruises sur cette plante. Je veux savoir de quoi elle est faite et où on peut se la procurer.

Mes livres n'étaient jamais bien loin. À cet étage, je m'étais fait ma petite place où je conservais des effets personnels en cas d'heures de travail prolongées. Outre quelques produits de toilette qui me permettaient de me rafraîchir lorsque nous passions la nuit au laboratoire, je gardais aussi des livres de référence.

Je m'accroupis au pied d'Edison afin de chercher mon livre traitant des plantes exotiques et m'appropriai la chaise voisine de la sienne. Quand j'eus trouvé le bambou, je lui épargnai ce qu'il savait déjà et qui ne lui était pas pertinent d'apprendre et allai à l'essentiel.

— "Il existe plus de mille espèces de bambou sur la planète. On les trouve surtout dans les climats tropicaux et subtropicaux, mais aussi, quoi qu'en moins grand nombre, dans les climats tempérés, ici en Amérique notamment. Le bois des chaumes est riche en silice, une matière qui, à l'état pur, se retrouve sous la forme d'un minéral."

— Cela peut donc constituer un support isolant.

— Oui et je crois que la dureté du chaume est principalement due à la présence de cette matière en lui.

Je poursuivis ma lecture.

— "Le chaume du bambou peut plier sous les vents violents, mais il se casse rarement."

— Oui, c'est logique.

— La majeure partie de ces variétés sont originaires d'Asie. Il n'y en a aucune en Europe, mais plus de quatre cents variétés en Amérique. À comparer les images de ce livre avec les feuilles que nous possédons ici, je crois qu'elles proviennent du Japon. Les pandas s'en nourrissent.

— Dis-moi, comment est-il possible de cultiver le bambou ?

— Par bouturage, assurément.

Je pris l'un des chaumes qu'il n'avait pas utilisés et, à l'aide de deux doigts en forme de ciseaux, lui montrai où il fallait couper pour être en mesure de transplanter la bouture.

— Nous pourrions en faire la culture, proposa-t-il.

— Nous n'avons certes pas le climat nécessaire. Même en fabriquant une serre, il faudrait, ironiquement, plusieurs de ces lampes pour générer la chaleur requise.

— Mais cela est tout de même possible.

— Oui, bien sûr. Ces chaumes-ci toutefois sont inutiles, car ils n'ont plus aucune racine, je ne peux rien faire avec ces retailles desséchées.

— Et si nous disposions de pousses fraîches ?

— Ah, là, oui. Mais il serait préférable de dénicher un cultivateur qui pourrait nous fournir des pousses matures en quantités suffisantes.

— Bon, d'accord. Je vais y songer.

Avant que le premier filament carbonisé soit prêt à l'utilisation, Edison eut l'occasion de découper plusieurs autres fils de bambou, tranchant le chaume en plusieurs sections et procédant à l'extraction sous le microscope. Notre première observation fut que la lumière générée par ce filament de bambou était encore plus belle, plus claire que celle que nous donnait le papier Bristol, mais pas au point d'être aveuglante comme la lumière de la lampe à arc. Il s'avéra aussi, selon ce que Thomas avait imaginé, que le filament de bambou était plus résistant et que la lampe en général était moins fragile, plus apte à être manipulée et transportée sans crainte de bris. Nous passâmes le reste de la journée à fabriquer des ampoules au bambou et les soumîmes à différents voltages pour mettre leur résistance à l'épreuve. Après tout ce que nous avions déjà accompli, nous ne pouvions croire que cette révélation ne nous arrivait que maintenant. Nous avions tant vanté les mérites de la lampe au filament de papier alors même que les pousses de bambou traînaient sous nos nez depuis déjà longtemps.

Dès lors, les visiteurs furent chassés de Menlo Park. Thomas exigeait que tout le monde soit à son poste pour nous permettre d'en venir à un consensus quant aux nouvelles façons de procéder. Ce jour-là, nous dînâmes de tartes aux pommes que Sally Jordan vint nous livrer en voyant que personne ne retournait à la pension alors que sonnait l'heure du repas. Nous nous passions des parts de tarte, parlions en même temps et la bouche pleine, nous interrompant sans cesse les uns les autres, alignés le long de nos tables de travail respectives. Au sommet de l'escalier, près de la fenêtre, Charles Batchelor en était à dresser une esquisse de la nouvelle ampoule afin de procéder rapidement à une demande de brevet, passant d'une feuille à l'autre au gré des idées qui étaient lancées sans discontinuer. Nous mangions quand nous constations la présence de nourriture devant nous, penchés sur nos espaces de travail en tentant de fabriquer une version définitive de la lampe au bambou, nous améliorant à force d'erreurs, nous réjouissant collectivement si une autre étape était franchie.

Nous ne nous interrompîmes que deux jours plus tard, lorsque les rayons d'une matinée très ensoleillée commencèrent à nous aveugler en pénétrant par les fenêtres du côté est du laboratoire. Nous étions au début juin et le laboratoire était suffocant à cause de la fournaise du rez-de-chaussée qui ne dérougissait pas. Thomas en vint à la conclusion que deux fournaises supplémentaires seraient nécessaires pour que nous puissions parvenir à fabriquer le nombre de lampes requis dans le laps de temps dont nous disposions, et l'équipe d'Honest John dut se mettre au boulot sans attendre. Ses hommes allèrent roupiller deux ou trois heures dans la salle des machines tandis que John et Thomas concevaient la nouvelle disposition des fournaises. Ludwig Boehm fut contraint de recalibrer ses instruments afin de s'adapter aux globes en forme de poire que nous utiliserions désormais. Les filaments de bambou devant être plus longs que ceux de papier, l'ampoule allongée n'était plus adéquate et celles que nous avions déjà en réserve furent jetées tandis que la poire devenait notre nouveau standard de fabrication. Avec Francis Upton, nous avions passé la nuit à calculer quelles devaient être les dimensions du filament de bambou, en incluant le facteur de rétrécissement, tandis que Charles Batchelor décidait d'abandonner les supports de platine pour tenter sa chance avec le cuivre, moins onéreux. Les hommes se réjouirent de la nouvelle forme de l'ampoule qui leur rappelait vaguement un sein au mamelon dressé et ils s'empêchèrent d'en faire la remarque devant moi jusqu'à ce que je me rende à l'évidence et que j'accepte la comparaison avec un sourire malicieux aux lèvres.

Après deux jours à peine interrompus par de courtes siestes que nous nous permettions en nous trouvant un coin quelque part dans le laboratoire, Thomas nous fit part de sa conclusion :

— À compter de maintenant, la lampe au bambou devient notre standard officiel. Elle permet effectivement d'exercer un voltage plus élevé grâce à sa grande résistance. Son transport, également, en est facilité et sa durée de vie s'avère plus longue que la lampe au filament de papier. Nous allons donc recommencer à zéro. Cette fois, par contre, notre circuit s'étendra dans Christie Street en entier et pas seulement sur le périmètre du laboratoire. Je veux quelque chose d'encore plus grand, plus spectaculaire.

Basic leva le bras, ne se risquant pas à interrompre Thomas dans sa montée d'enthousiasme. Basic Lawson était le seul d'entre nous à ne jamais perdre la tête devant les emballements de notre chef et il était toujours le premier à soulever des objections «juste pour être certain qu'Edison a bien pensé à tout». Lorsque Basic obtint la parole, ce fut pour poser une question qui, encore une fois, nous brûlait tous les lèvres.

— Monsieur Edison, je ne peux m'empêcher de vous faire remarquer que le bambou ne pousse pas dans la forêt entourant le laboratoire. En outre, les marchands qui nous ont approvisionnés jusqu'ici commenceront aussi bientôt à voir leurs réserves diminuer. Comment en obtiendrons-nous suffisamment pour nous lancer dans une production massive telle que vous l'espérez?

— Eh bien, grâce à notre chère collaboratrice (il me désigna d'un geste du menton), je sais maintenant que quelques centaines d'espèces peuvent être trouvées en Amérique, au sud assurément. Mais la majeure partie des variétés de bambou pousse en Asie. Je ne vous cacherai pas mon désir de procéder au plus grand nombre d'expériences possible et, par conséquent, je suis prêt à envoyer l'un de vous là-bas dans l'objectif de découvrir plusieurs espèces et d'établir une potentielle entente avec un fournisseur qui nous fera livrer par bateau ce dont nous avons besoin.

— Sans blague… échappai-je en laissant tomber mon poing sur la table.

Mais Thomas ne put entendre mes paroles.

Très droit, semblant nous défier du regard de nous porter volontaire, il esquissa un tour d'horizon tandis que nous nous dévisagions tous, incrédules et stupéfiés par cette nouvelle lubie. En Asie, vraiment?

De tous, Thomas était le seul à ne s'être accordé aucun moment de répit au cours des cinquante dernières heures et à ce moment, je le vis frotter ses paupières et incliner la tête de gauche à droite pour détendre les muscles de son cou. Pour lui, cette pause remplie d'interrogations était le meilleur moment pour nous laisser à nos réflexions. Il leva la main et nous présenta sa paume comme s'il voulait dire : « Décidez entre vous », et il marcha lourdement vers l'escalier, avec moi à sa suite, alors que dans la pièce, la conversation s'animait.

Je ne tentai de cacher à personne que je le poursuivais. Tous les garçons avaient plus ou moins deviné qu'une énergie particulière nous liait et aucun ne cherchait à s'en mêler. Car à l'instant où je me mettais en tête de talonner Edison, il s'agissait de sa vie personnelle et aucun ne se sentait habilité, pas même Charles Batchelor, à commenter ouvertement.

Je marchai à ses côtés en feignant de simplement rentrer à la pension. Voyant qu'il demeurait tout à fait stoïque quant à la bombe qu'il venait de lancer au milieu de notre groupe, je me sentis obligée d'entamer le dialogue.

— Le Japon ou la Chine ?

— Plaît-il ?

— L'Asie est grande. Où espères-tu donc envoyer ton volontaire ?

— D'abord au Japon. En Chine ensuite. Je demanderai des fonds afin de créer un budget adapté au voyage que fera ma personne responsable et lui fournirai des lettres de recommandation pour les ambassades sur place.

Il interrompit ses pas et leva le menton en plongeant ses yeux au fond des miens.

— Quoi ? Tu souhaites y aller, Charlie ? Effectivement, pour une personne telle que toi, il doit s'agir du rêve d'une vie, n'est-ce pas ?

— Le Japon, Thomas… Je veux dire, quand donc est-il donné à une personne de se rendre là-bas ?

— Mes paroles ne s'adressaient pas à toi, oublie cela.

Nous nous remîmes à marcher. Dans son sillage, je ne manquai pas de percevoir le parfum de sa peau qui n'avait pas été lavée depuis plusieurs jours et qu'aucune femme, à l'exception de moi, n'aurait pu tolérer. De sa chemise émanait cette odeur âcre particulière que lui seul possédait et que j'avais appris à aimer.

— C'est un voyage qui exigera plus d'un an d'engagement à celui qui l'entreprendra. Amoureuse comme tu es de Menlo Park, je ne crois pas que tu puisses le tolérer. Je te connais, tu sais. De toute façon, c'est beaucoup trop dangereux pour une femme seule.

— Thomas…

— Non, Charlie, tu ne peux me demander de te laisser partir maintenant. Tu m'as promis.

— Mais il va falloir que nous deux, ça s'arrête. Si je pars pour un temps, cela permettra peut-être à ta femme de recouvrer la santé et tout le monde ne s'en portera que mieux.

— Je ne peux croire que tu dises cela. En fait, je suis convaincu de t'avoir mal entendue.

— Non, Tom, tu as bien compris.

Je baissai les yeux, me détachant de son regard pénétrant, de son iris duquel s'échappait cette âme qu'il affirmait ne pas posséder. Voilà pourquoi sa conscience ne le heurtait jamais. Thomas répétait sans cesse que l'âme humaine était un mythe ridicule, risible, et qu'au moment où sa conscience s'éteindrait, les cellules de son corps se dissiperaient tout simplement dans le sol.

— Tu ne pars pas. Tu fais partie de moi désormais. Jamais je ne te permettrai de t'enfuir. Tu es fatiguée, Charlie. Tu dois dormir, longtemps. Je ne veux pas te voir au laboratoire avant jeudi. Je t'interdis d'y pointer ton nez, tu as compris ?

— Tu sais parfaitement que je ne le pourrai pas.

— Oui, tu le peux. Va à New York t'acheter de nouveaux vêtements et des livres. Nous reparlerons jeudi.

Je suivis ses ordres et lorsque je revins, tel que je le craignais, il avait déjà trouvé quelqu'un à envoyer à la chasse au bambou à l'autre bout du monde. William Moore était entré à l'emploi de Thomas à Newark, un an avant l'arrivée du groupe à Menlo Park. Ayant vécu en Angleterre, Moore se targuait de connaître l'Asie grâce aux récits que lui avaient fait des amis dont les voyages au pays du Soleil-Levant l'avaient fasciné. De nous tous, je dus admettre qu'il représentait le candidat parfait, possédant incontestablement la force de caractère nécessaire pour se lancer dans un tel périple et ne jamais perdre de vue l'objectif primordial qui, éventuellement, nous permettrait de concevoir des ampoules dotées du filament le plus efficace selon les exigences prônées par Edison.

À plusieurs reprises, envieuse, mais comprenant que Thomas avait sélectionné le meilleur homme pour cette tâche monumentale, je me pris à tendre l'oreille en direction de leurs petits conciliabules. En employant les pousses de bambou que nous possédions déjà, Tom enseigna à Moore la juste façon d'éprouver ses échantillons et quelles caractéristiques rechercher. Il lui suggéra aussi de passer beaucoup de temps à la bibliothèque pour fouiller nos encyclopédies et magazines afin de se familiariser le plus qu'il le pouvait avec ces pays qu'il visiterait.

Au moment de nous quitter, Moore reçut des mains de Thomas les lettres de recommandation promises ainsi que tous les équipements nécessaires à sa quête. S'ajouta à ces privilèges un budget impressionnant de quarante mille dollars qu'avaient accepté de lui consentir nos investisseurs. Moore s'embarqua après des adieux débordant d'émotion et de respect de notre part.

Chapitre 17

Sarah Bernhardt

À l'instant où les premières cargaisons de bambou américain nous furent livrées à la fin du mois d'août, nous nous plongeâmes dans une production ininterrompue, car des centaines d'ampoules devaient être prêtes pour la seconde démonstration prévue pour décembre 1880. De nouvelles digues durent être creusées avant l'arrivée de l'hiver et le temps était compté. Les fils avaient nécessité une isolation supplémentaire et, cette fois, plusieurs couches de goudron furent appliquées sur les longues caisses de bois, une couche de paraffine fut ensuite ajoutée, de l'huile de lin, puis de l'asphalte pour couronner le tout. Ce qui nous facilita beaucoup la tâche fut qu'Edison conçut un rasoir expressément destiné à la découpure de filaments sur les pousses de bambou. Ceux-ci purent donc être extraits en un tournemain et carbonisés plus rapidement grâce à l'ajout des fournaises supplémentaires et à la fabrication de moules destinés spécialement à l'usage de ces filaments particuliers.

La demeure d'Edison était dorénavant éclairée à l'électricité. Il s'était évidemment octroyé le tout premier circuit domestique viable et maintenant, lorsque nous nous adonnions à passer devant chez lui à la tombée de la nuit, nous pouvions observer la majesté d'un éclairage à la lampe incandescente qui nous permettait de voir tout son salon depuis la rue. Avec beaucoup de fierté, il nous avait fait

visiter à tour de rôle, heureux de n'avoir qu'un simple interrupteur à toucher en entrant dans une pièce, rendant vétuste
l'utilisation d'allumettes. Pour nous le prouver, il avait jeté
toutes les boîtes d'allumettes qu'il avait pu trouver dans la
maison, obligeant sa domestique à lui dissimuler celles qui
lui étaient toujours nécessaires pour chauffer et préparer les
repas. Je ne fus pas sans remarquer la pureté de l'air qui
n'était plus pollué par les vapeurs se dégageant des lampes
au gaz et l'absence totale de mouvements de la lumière
lorsque je me tenais au milieu d'une pièce. Envieux au possible, Francis Upton avait demandé à ce qu'un système
semblable soit installé chez lui et Thomas le lui accorda sans
hésiter. Je fus très réticente, au départ, à l'idée de placer ma
compétence et ma créativité au service d'un homme que
j'évitais la plupart du temps, mais mes collègues parvinrent
à me convaincre de laisser ma froideur de côté pour ce défi.
Un grand lampadaire fut donc collectivement conçu pour
le salon d'Upton. De forme circulaire, sa structure était
faite d'un beau bois de chêne riche et verni tandis que les
ampoules étaient fixées tout autour du cadre et agrémentées
d'abat-jour de verre peint de façon très artistique. Le résultat
était magnifique. Il fallait que les gens du public puissent
voir de quoi il s'agissait pour enfin comprendre que le gaz
n'avait plus sa place dans les résidences privées. Nous
mourions d'envie de le crier sur les toits, mais Thomas nous
obligea encore au silence jusqu'au moment propice. Il
désirait un autre grand spectacle et ignorait, à ce moment-là,
qu'il serait exaucé au-delà de ses espérances.

ꜱ⸾ꙭ

Fin novembre, nous procédâmes aux derniers tests sur le
circuit avant les premières chutes de neige. Ayant vécu une
fois déjà l'énervement d'une démonstration publique, nous
étions, un an plus tard, davantage maîtres de notre art. Nous

étions conscients que le public était de notre côté. Il s'agissait désormais de pousser les investisseurs à signer de nouveaux chèques et de persuader le maire de la ville de New York de nous accorder la permission de fabriquer un pareil système et de l'implanter dans un quartier donné de la ville.

Tout se déroulait rondement, jusqu'au jour où Griff se pointa à l'étage, excité comme jamais par un télégramme qui lui était parvenu cinq minutes auparavant.

— Écoutez-moi, tous!

L'unique personne à ne pas lever prestement la tête à ces mots fut Thomas qui n'avait rien perçu de cette arrivée pourtant bruyante.

— Edward Johnson vient de nous télégraphier!

Johnson était toujours le représentant commercial de Thomas, mais il travaillait désormais officiellement à l'emploi de la Edison Electric Light Company. Ed était également responsable des relations avec la presse, alimentant régulièrement les journaux avec les progrès effectués à Menlo Park pour lesquels le public démontrait une curiosité insatiable. Griff poursuivit, la voix étranglée par l'émotion:

— Vous ne devinerez jamais qui a demandé d'assister à une démonstration privée et qui compte venir ici très prochainement!

Il criait tant que Thomas n'eut d'autre choix que de l'entendre enfin et de redresser la tête.

— Qui donc? Le président? questionna Tom avec un sourire forcé.

Griff siffla un rire en secouant la tête. Pour notre chef, une visite du président n'aurait guère représenté une si grande surprise. Il avait déjà eu la chance de rencontrer Rutherford Hayes à la Maison-Blanche lorsqu'une démonstration du phonographe lui avait été commandée. Déçu par la présidence de Hayes, Thomas plaçait désormais ouvertement ses espoirs en James Garfield, un compatriote de l'Ohio. La visite de ce dernier lui aurait donc été plus agréable que celle de Hayes, mais il n'y était pas du tout. Griff reprit :

— Vous connaissez l'actrice française Sarah Bernhardt, non ?

Évidemment, je fus la seule à joindre les mains et à pousser un « Ooooh ! » aigu et presque juvénile. En jetant un coup d'œil à Thomas, je lui remis en mémoire la lettre qu'elle lui avait fait livrer à notre hôtel de Paris et me rendis compte qu'elle s'obstinait agréablement dans son admiration pour lui. Je passai toutefois à un cheveu de me fâcher en regardant mes collègues afficher des expressions de merlan frit.

— Oh, voyons ! m'exclamai-je en levant les bras. Vous savez très bien qui elle est !

— Elle veut venir ici ? s'étonna Francis Jehl en souriant béatement.

— Précisément ! nous assura Griff en tapant du revers de la main le télégramme qu'il avait reçu d'Edward Johnson.

— Quand ? lui demanda Thomas qui se souciait davantage de savoir si nous serions prêts.

— Le 5 décembre. Elle sera en représentation à New York pour… euh… pour… hésita-t-il en cherchant l'information sur le télégramme.

— *La dame aux Camélias*, complétai-je, seule à savoir de quoi il s'agissait, ayant lu un article dans un quotidien au sujet de la visite aux États-Unis de la grande actrice.

— Oui, c'est cela… Selon Johnson, elle propose de venir à Menlo Park à l'instant où la représentation sera terminée. Chef, qu'en dites-vous ? Faut-il la recevoir, oui ou non ?

Thomas prit un long moment pour réfléchir. Visiblement, il était ennuyé à l'idée d'acquiescer aux volontés d'une actrice, le type de personne pour qui il ne nourrissait que peu d'estime. Tom ne fréquentait pas les théâtres, il n'entendait pas les dialogues. Il préférait encore les prestidigitateurs, mais uniquement parce qu'il se plaisait à deviner leurs trucs et à nous rapporter ensuite comment ils s'y prenaient. Il imaginait cependant la publicité que cette visite serait à même de générer si «la Bernhardt» s'ouvrait ensuite aux journaux parisiens. Tom comptait implanter une succursale de la Edison Electric Light Company à Paris, à Londres et en Italie, et envisageait le côté pratique de démontrer la magnificence de l'ampoule incandescente à une personne disposant d'autant d'influence en Europe.

— Eh bien oui, il faut la recevoir! décida-t-il en portant ses doigts à sa chevelure pour se gratter vigoureusement la tête. Ce sera une répétition pour le Nouvel An et la meilleure façon de voir si notre nouveau système est aussi impressionnant que nous le croyons.

En mordant ma lèvre inférieure, je me mis à applaudir comme une petite fille, ne pouvant croire que je la verrais en chair et en os. Mais cela ne nous laissait qu'une semaine et des poussières pour redonner au laboratoire une apparence digne de ce nom, car je doutais fort que Sarah Bernhardt ne se pointe chez nous que pour voir la lumière de l'extérieur. Il nous faudrait tout briquer, à commencer par le plancher dégoûtant où personne n'avait le cœur de passer la serpillère. Je dus prendre les choses en charge.

Une nuit, je décidai de procéder à un nettoyage en bonne et due forme du laboratoire et je reçus l'aide de Sarah Jordan et de sa fille Ida qui étaient tout aussi folles que je l'étais à l'idée de recevoir la plus grande actrice du monde. Nous rangeâmes les centaines de bouteilles de produits chimiques à leur place après les avoir dépoussiérées en plaçant les étiquettes devant. Je fis méticuleusement briller le phonographe et lui trouvai un endroit bien à la vue, car nul doute qu'une femme comme Sarah Bernhardt adorerait l'idée de graver sa voix sur une feuille d'étain pour la postérité. Sally répandit ensuite une eau savonneuse à la grandeur de l'étage et nous nous acharnâmes à frotter jusqu'à ce que disparaissent entièrement les traces noires qui parsemaient le sol. Les récipients où mes collègues crachaient leur tabac furent cachés et nous permîmes à l'air glacial de décembre de faire son boulot d'assainissement jusqu'à ce que les vapeurs d'acide, de sueur et de cigare aient disparu. Une nuit ne fut pas suffisante pour accomplir ce miracle et nous dûmes instaurer des règles très strictes de propreté pour empêcher mes collègues de retomber dans leurs vieilles habitudes.

Mary Edison, pour sa part, se préparait à l'événement avec appréhension et nervosité. Lorsqu'elle sut qu'un souper serait donné pour l'occasion dans sa propre demeure, cette charge imprévue sur ses épaules la rendit aussi fragile qu'une figurine de porcelaine. Elle alla même jusqu'à me consulter quant à la tenue qu'il serait adéquat de porter, plaidant que mes années vécues en Europe me permettaient de connaître le ton qui devait être donné à ce type de soirée.

— C'est vous l'experte, Mary. Vous avez l'habitude de ce genre de réception davantage que moi, dis-je en soupirant de malaise, assise sur une chaise de chintz près de la commode dans sa chambre à coucher.

Elle avait étendu sur le lit plusieurs robes de teinte et de style différents, ayant passé les quelques derniers jours à courir les boutiques de New York à la recherche de la perle rare. Embarrassée par son apparence qu'elle ne jugeait pas suffisamment chic pour impressionner une actrice parisienne, elle se faisait un sang de cochon en étirant sa chevelure blond cendré devant la glace, tentant d'agencer à celle-ci les couleurs de sa tenue.

— Elle remarquera ce genre de chose, vous savez. C'est une grande dame.

Je crus déceler une touche de mépris dans ses propos et je devinai la cause réelle de son trouble plutôt aisément.

Edward Johnson, brièvement de passage à Menlo Park, avait fait toute une histoire des mots employés par Sarah Bernhardt pour illustrer son enthousiasme à l'idée de rencontrer « le grand Thomâ Edisshôn ». Désormais, pour nous amuser, nous nous plaisions à répéter en français les qualificatifs employés pour faire référence à Tom, et l'unique personne qui ne les jugeait pas drôles était Mary. Elle craignait la visite de « cette courtisane française » comme une épidémie de peste et, étrangement, s'en remettait à moi pour être à la hauteur de la situation.

— Vous êtes l'épouse, Mary. Peu importe quelle est son opinion de monsieur Edison, elle respectera cela.

— Pouvez-vous me le jurer ?

— Bien sûr que non, je ne suis pas dans ses chaussures ! En revanche, je peux vous promettre que monsieur Edison n'en a rien à faire qu'il s'agisse d'elle ou de n'importe qui d'autre. Il désire seulement qu'on parle de lui à l'étranger et je crois qu'il y parviendra en se montrant le plus civil qu'il en est humainement capable.

— Oh, que le ciel vous entende, miss Morrison ! souffla-t-elle avec hauteur et en secouant la tête comme si mes paroles ne valaient pas un sou.

Je la sentais très agitée et elle ne cessait de s'empoigner la tête ou le ventre en se disant prise de douleurs si vives qu'elle ne croyait pas pouvoir tenir debout une soirée complète. Je ne compris le motif de ma présence auprès d'elle que lorsqu'elle eut avalé une infusion à base de reine-des-prés que je lui avais moi-même préparée avec l'espoir que ses propriétés anti-inflammatoires soient assez efficaces pour l'empêcher de se replier sur la morphine comme elle le faisait trop fréquemment en croyant son secret bien caché.

L'un des investisseurs de l'entreprise, Robert Cutting, devait aller chercher l'actrice à New York là où elle donnait sa représentation, puis l'escorter en train jusqu'à Menlo Park où tout avait été préparé pour son arrivée. Le temps exécrable nous avait fait craindre tout au long de la soirée qu'elle choisisse d'annuler ce voyage. Vers onze heures, par contre, nous reçûmes un télégramme de New York disant qu'ils étaient sur le point de se mettre en route, mais qu'avant de partir, elle devait accorder un peu de temps à ses admirateurs. En plus de ma robe rouge, j'avais épinglé à ma chevelure un joli chapeau de feutre décoratif agrémenté de plumes, accroché à mes épaules la superbe étole que m'avait offerte Thomas et enfilé de chauds gants noirs bordés de fourrure. Les garçons étaient nerveux comme des collégiens. À cause d'elle, certes, mais aussi parce qu'il s'agissait de notre première démonstration du nouveau système étendu alimenté par des lampes aux filaments de bambou.

Quand nous fûmes prévenus que le train s'amenait en direction de Menlo Park, il était déjà presque deux heures du matin. Mary était enfermée chez elle, s'assurant que tout serait prêt pour le repas tandis que nous dûmes demeurer dehors à attendre la visiteuse, pestant sous la pluie verglaçante et le vent piquant. Les lumières n'avaient pas encore été allumées, ce qui donnait à Menlo Park une apparence d'obscure contrée de légende qui, à mon avis, n'était pas pour déplaire à notre invitée. Batchelor était parti à la rencontre du train avec une voiture couverte afin de ne pas contraindre notre visiteuse à marcher tout le long de Christie Street pour parvenir jusqu'au laboratoire. Lorsqu'elle arriva enfin, nous étions alignés au bas des marches qui donnaient sur le perron, Thomas, John Kruesi et Francis Upton se détachant du lot pour former un étrange comité d'accueil à l'avant. Thomas tenait maladroitement un bouquet de roses, John tentait de trouver une posture convenable et

Francis demeurait droit comme une barre en lissant encore et encore sa barbe qui s'était mise à former des glaçons. Mes mains croisées devant moi, je camouflai ma fébrilité derrière l'excitation à peine contenue de mes collègues.

Deux personnes sortirent de la voiture avant que nous n'ayons la chance d'apercevoir Sarah Bernhardt. Son visage caché par une voilette foncée, nous vîmes d'abord son pied très fin chercher la marche métallique de la voiture et s'y poser de façon incertaine. Monsieur Cutting se pressa de tendre une main gantée à l'actrice afin de l'aider à descendre sans tomber sur le sol neigeux et mouillé. Son petit gant blanc agrippa celui de Cutting et elle s'extirpa finalement de la voiture en s'écriant :

— Oh, mais quelle saison ! Mes pauvres pieds sont tout gelés !

Et elle se mit à rire. Étant la seule d'entre mes collègues à connaître un peu de français, je pus à peu près traduire, en chuchotant, restant cependant attentive aux moindres gestes de l'actrice. À l'instant où elle se stabilisa sur la terre ferme, elle leva la tête et retira sa voilette pour observer le trio devant elle.

Mon visage dut perdre toute son expression tant je fus stupéfaite. Jamais je n'aurais cru possible de poser les yeux sur un aussi beau visage féminin. La première comparaison qui me vint à l'esprit fut qu'elle ressemblait aux icônes de la Vierge Marie que l'on voyait souvent sur les murs des plus riches églises. Son teint était pâle comme de la porcelaine, ses traits parfaits dans leur délicatesse grâce à une jolie petite bouche vermeille, et une chevelure bouclée indomptable et abondante fuyait sous son chapeau. Thomas n'osa pas s'avancer, mais elle alla directement à lui pour prendre les roses qu'il tenait. Ah, elle avait l'habitude des hommages ! Étant de biais avec Thomas, j'avais très distinctement pu voir ses yeux s'abaisser au sol avant de l'entendre murmurer une formule de bienvenue qu'un interprète traduisit. Fière de connaître l'anglais, elle nous salua à tour de rôle dans notre langue et se figea lorsque son regard s'arrêta sur moi.

— Ah, vous devez être madame Edisshôn !

Avec fierté, j'utilisai mon français pour corriger immédiatement l'erreur, bien que j'eusse désiré que ce n'en soit point une.

— Je suis Charlene Morrison, je travaille ici.

— Oh, mais comme je vous admire, mon enfant ! s'écria-t-elle en secouant mes mains et je me pris à regretter d'avoir enfilé des gants.

Puis, elle se retourna vers son accompagnateur, son imprésario, à ce que nous apprîmes quelques minutes plus tard, et lui dit :

— Une femme, ici ! Ma foi, je ne cesserai jamais d'être étonnée !

Elle empoigna sans timidité le bras de Thomas et l'entraîna elle-même vers la porte du laboratoire.

— Et si vous me montriez vos miracles, mon ami ? prononça-t-elle dans un anglais encore un peu boiteux, mais que nous jugeâmes charmant.

Le trouble était visible sur le visage de Thomas lorsqu'il agréa à cette demande comme si soudain, il ne savait plus pourquoi il était là, qui il était ni ce qui était attendu de lui. Alors que je disparaissais derrière tous les garçons trop heureux de suivre l'actrice, mon cœur se serra. Thomas était tout à fait bouleversé par Sarah Bernhardt, par sa sublime beauté, par sa capacité à impressionner même dans les moments où elle apparaissait à son plus naturel. Il s'échinait à prononcer plus de trois mots l'un à la suite de l'autre, il rougissait et osait à peine la regarder.

Il ne retrouva son aplomb qu'au moment où il parvint à l'étage du laboratoire, dans ce monde qu'il maîtrisait et où se trouvaient ses bases. En souriant, ce fut lui cette fois qui offrit son bras, s'adressant à elle comme s'ils étaient seuls. Il n'y avait heureusement que moi pour le remarquer, puisque tous mes collègues, ayant retrouvé leur sérieux, s'étaient mis en position, se tenant prêts pour le signal. Thomas emmena Sarah près d'une des fenêtres qui donnaient sur Christie Street et la fit se tenir droite devant la vitre. En levant le nez vers nous, il frappa deux fois dans ses mains, puis Francis Jehl envoya la charge de courant. Lorsque le paysage s'illumina, l'actrice porta la main à sa poitrine et entrouvrit la bouche tandis que Thomas surveillait attentivement chacune de ses réactions.

— Grands dieux, c'est... Oh, ma foi ! Oui, vous êtes un véritable magicien, mon ami ! Que puis-je ajouter, c'est...

En me frayant un chemin plus à l'avant, j'arrivai à temps pour voir Sarah trembler sous le coup de l'émotion. Ses genoux plièrent d'un seul coup et elle s'évanouit dans les bras de Thomas.

Nous fîmes marche arrière en entendant les cris de son imprésario.

— Il faut seulement lui donner de l'air ! Laissez-la respirer !

Thomas ne savait trop comment la tenir et quelques secondes plus tard, alors que l'homme faisait aller et venir un petit flacon sous le nez de l'actrice, elle retrouva ses esprits, acceptant de se moquer de sa faiblesse.

— Cela m'arrive tout le temps, il ne faut pas faire attention !

Dieu qu'elle était charmante !

Thomas était visiblement satisfait de l'effet obtenu et il lui fit comprendre que ce n'était rien, qu'il adorerait en fait que tout le monde réagisse ainsi, que c'était tout simplement ravissant. Il était complètement ensorcelé, cela en était même gênant à regarder. Tellement que je ne continuai pas la visite et m'esquivai en toute discrétion alors que le groupe redescendait, car Sarah Bernhardt exprimait le désir de voir la génératrice afin que Thomas lui explique son fonctionnement. Elle n'était point sotte. Par-delà la majesté du spectacle des lumières, elle désirait tout connaître des instruments employés pour générer l'électricité, les regarder dans leurs moindres détails et les comprendre. Bien des garçons décidèrent aussi de rester derrière, choisissant de ne pas entraver l'intimité nouvellement créée entre notre chef et sa visiteuse. En maudissant le fait que je n'étais pas la seule à l'avoir sentie, je me dirigeai au pas de course vers la demeure d'Edison afin de tenter de préparer Mary à ce qui allait venir. Ce soir, nous serions deux à souffrir.

ᘿ

— Ah, miss Morrison, vous voilà déjà ! Sont-ils en chemin ? Il ne faudrait plus tarder, le repas est prêt.

— Encore quelques minutes, je crois. Elle désirait voir la salle des machines. Je dirais une bonne demi-heure, au minimum.

Pour aucune autre que Sarah Bernhardt, nous n'aurions envisagé de commencer un repas au milieu de la nuit, mais le caractère exceptionnel de la visite nous y obligeait. Mary, qui avait pris soin de dormir au cours de l'après-midi, tiqua d'impatience et fit un tour d'horizon rapide de la salle à manger. Elle m'entraîna à l'écart des domestiques, le visage contracté par l'appréhension. Elle chuchota à mon oreille :

— Et alors ? Comment est-elle ?

Je ne pouvais désormais la blâmer pour son mépris, le partageant moi-même d'une certaine façon, même si l'actrice se révélait, au demeurant, très sympathique. Je haussai les épaules, ne souhaitant pour rien au monde ajouter à son inquiétude en lui dressant un portrait honnête de ce qui m'avait été donné de constater.

— Elle est… comme nous pouvons nous imaginer qu'une femme comme elle peut être. Exubérante.

— Et mon mari ? Comment accueille-t-il sa personnalité ?

— Il est courtois, amical. Il est manifestement fier d'impressionner. Mais il semble si timide qu'il ose à peine la regarder.

— Oui, c'est tout lui !

À ce stade, peu importe les paroles que j'aurais pu prononcer, Mary aurait vu une provocation dans l'attitude de son époux. Je ne pouvais donc plus la rassurer.

— Les femmes, les belles femmes, l'affectent immanquablement ! Il devient comme un enfant. Il bafouille, il rougit, oui, je le connais !

— Allons, Mary, c'est une affaire de quelques heures seulement. Elle retournera ensuite d'où elle vient et tout sera comme avant.

La pauvre femme était livide. Son mari avait décidé d'emmener l'actrice chez eux et rien n'aurait pu l'en empêcher.

Alors que je m'apprêtais à féliciter Mary pour la solidité de son comportement, le groupe pénétra à grand bruit dans la demeure. Elle raidit le dos et alla au-devant de l'invitée en lui tendant la main.

— Madame Edisshôn, enfin ! Comme vous êtes élégante, ma foi ! Je vous prie de ne pas vous attarder sur ma tenue, le voyage ainsi que toute cette neige m'ont détruite !

Sarah Bernhardt avait au moins la classe de s'amoindrir sciemment afin de pallier à la froideur prévisible de l'épouse. Comme de fait, Mary gonfla la poitrine et se plut à rassurer la Parisienne quant à son apparence.

— Oh, mais rien n'y paraît, ma chère ! Vous êtes aussi magnifique que sur vos photos !

Sarah empoigna ensuite le bras de Mary et tapota sa main comme si elles étaient des amies de longue date.

— Je me dois de vous féliciter d'avoir un mari aussi célèbre ! Votre nom est désormais connu de par le monde, vous avez une chance inouïe !

Cette brève conversation eut lieu en présence de l'interprète et je ne fus pas sans remarquer que l'actrice s'était davantage efforcée de parler anglais alors qu'elle se trouvait en compagnie de Thomas. Mary signifia à tout le monde de prendre place à table tout en s'assurant que son mari ne soit pas plus près de la visiteuse que le permettait la bienséance. Absurdement, elle me guida vers la chaise voisine de celle de son époux tandis que Sarah, son interprète, son imprésario et sa cameriste occupèrent les places du centre. Les garçons se partagèrent les autres espaces, Jehl et Upton se précipitant en face de Sarah tandis que Batchelor et Kruesi demeuraient près de Thomas. Nous étions quinze en tout.

Je fus obligée d'admettre que de m'asseoir à la même table qu'une femme de l'envergure de Sarah Bernhardt était un divertissement sans pareil. Car elle se donnait en spectacle, tout le temps. Nous rîmes de bon cœur lorsqu'elle compara le visage de Thomas à celui de Napoléon et qu'elle ajouta que la ressemblance entre eux l'avait pétrifiée à son arrivée. Elle se plut ensuite à se lancer dans une longue tirade disant que sa vie serait palpitante si elle habitait dans une ferme à la campagne, son imprésario se faisant fort de contredire gentiment ses propos en soutenant que le rôle de fermière ne lui irait que pour le temps d'une journée avant qu'elle ne s'en épuise.

— Quand même ! Vous ne croyez pas que je puisse vivre à la campagne ? Pourtant, si je n'avais plus de scène pour m'exécuter, je me plairais à chanter pour mes brebis du soir au matin et je déclamerais ma poésie assise sur une botte de foin !

— Quelle menteuse ! Ne l'écoutez pas, messieurs, elle ment ! Sarah, loin de ton public, tu dépérirais comme une fleur sans eau et tu le sais ! Elle exagère, comme toujours.

À un moment, l'attention de tout le monde fut détournée par des rires coquins provenant de l'escalier derrière nous. Dot et Dash, réveillés par le bruit des voix, s'étaient levés et avaient décidé d'épier le souper tardif en s'asseyant sur une marche, se croyant hors de vue. Leur hilarité les avait trahis.

— Oh, mais qu'est-ce que je vois là ? Des petits Edisshôn ? Mais qu'on me les amène et tout de suite !

Je vis Mary envoyer un regard sombre à la domestique, mais le mal était fait, ils étaient tous deux parvenus à sortir de leurs chambres. Heureusement, le petit William n'était pas incommodé par le bruit et dormait tranquillement dans son berceau.

Dot et Dash eurent la permission de descendre quelques minutes, se précipitant autour de la table. La fillette se montra intriguée par l'étrange manière de parler de la visiteuse tandis que son frère, timide et lunatique, suivait sa sœur de très près en se contentant d'observer. Sarah fit monter Dot sur ses genoux et caressa sa chevelure blonde et soyeuse en répétant combien elle voyait les yeux de Thomas en ceux de ses petits. Dot éclatait de rire au moindre mot français qu'elle entendait sortir de la bouche de la dame, mais Dash ne put que se replier dans les jupons de sa mère, trop impressionné pour répondre aux questions qui lui étaient posées. Quand Thomas ordonna aux enfants, d'une voix autoritaire, de retourner en haut, ils se dressèrent sur leurs pieds et coururent à l'étage, leur curiosité maintenant satisfaite. L'intermède avait toutefois eu la qualité de détendre résolument l'ambiance, car les enfants avaient suscité un sujet de conversation plus général où Sarah n'était pas la vedette. Ce qui fit un peu de bien à Mary, je le vis clairement.

Après le repas, nous migrâmes tous au salon où des digestifs nous furent servis. Francis Upton, dans son désir de plaire à l'actrice, se mit au piano et entonna un ragtime qui donna à tout le monde l'envie de faire la fête. Sarah dansa et nous encouragea, Mary et moi, à faire de même en nous demandant de choisir un partenaire. Par souci de décence, personne n'alla quérir Thomas, pas même Mary qui ne souhaitait pas affirmer sa possessivité avec trop de clarté, ni Sarah qui sentait que cela ne serait pas convenable, ni moi qui étais fâchée par sa faiblesse d'un peu plus tôt. Mary tomba volontiers dans les bras de Jarrett, l'imprésario de Sarah, tandis que cette dernière accepta Charles Batchelor comme partenaire, les joues de celui-ci rosissant au-dessus de sa barbe. Alors que je laissais Albert Herrick me faire tournoyer sur les mélodies de ragtime qui donnaient chaud à notre pianiste de fortune, j'observais Thomas du coin de l'œil. À moitié assis sur la bordure de la fenêtre, il se rongeait le pouce en promenant un regard vague sur les danseurs. Je n'ignorais pas ce que cette expression signifiait. Malgré l'importance de la visite et de son devoir en tant qu'hôte, il était torturé. Son laboratoire l'appelait. Son esprit était déjà de retour là-bas tandis que son corps semblait subir comme une épreuve la contrainte d'assister à la fête. Son visage était contracté par un inconfort que ses confidences passées me permettaient de comprendre. De la musique provenant du piano, il ne percevait que les notes les plus graves et amalgamées aux cris ainsi qu'aux rires, il n'en résultait qu'une insupportable cacophonie à l'intérieur de sa tête. Il souffrait tant qu'il dut se retirer. Et Sarah Bernhardt eut tôt fait de remarquer son absence.

Je me crus l'unique témoin de la scène qui se déroula ensuite. Lorsque le morceau s'acheva, Batchelor s'élança vers la pauvre camériste délaissée jusqu'alors et l'invita pour la prochaine danse après avoir effectué une révérence à l'intention de Sarah. Plusieurs hommes feignirent de se battre pour obtenir le privilège de danser avec Mary, celle-ci s'amusant de cette attention. En toute discrétion, Sarah fit le tour de la pièce des yeux et se glissant un peu à l'écart en prétextant devoir reprendre son souffle, elle se volatilisa. Quelques secondes plus tard, j'entendis la porte d'entrée se refermer doucement.

Constatant la disparition de Thomas et de Sarah, Mary accourut vers moi, essoufflée et la chevelure humide à force de danser.

— Où est mon mari ? me demanda-t-elle sèchement en se penchant à mon oreille. Et où est-*elle* ?

L'emphase mise sur le « elle » me fit craindre que sa colère fût terrible si je ne disposais pas de la bonne réponse à ses questions, et en ayant aussi mal qu'elle en vérité, je fus contrainte de lancer ce que j'avais pu deviner :

— Je crois qu'ils sont sortis.

— Suivez-les, me somma-t-elle avec une telle agressivité que je ne pus refuser.

— Oui, Mary.

— Tâchez de savoir ce qui se passe et rapportez-moi tout ensuite.

— Bien.

Je retournai à la salle à manger pour enfiler mon étole ainsi que mes gants et sortis à mon tour en prenant garde de ne pas être vue.

À quelques mètres de là, en direction du laboratoire, deux silhouettes se détachaient sous les réverbères. En m'assurant de rester dans une zone d'ombre, je m'approchai le plus que je le pus, beaucoup plus pour mon bénéfice personnel en réalité que pour le bien-être de Mary à qui je cacherais évidemment le résultat de mes découvertes. Ils progressaient lentement le long de Christie Street, Sarah accrochée au bras de Thomas, ses hanches se balançant sensuellement de gauche à droite alors qu'elle cherchait à se coller à lui. Prenant garde de ne pas faire craquer la neige sous mes pieds en me glissant un peu plus près, je tendis l'oreille et pus constater qu'elle maîtrisait davantage notre langue qu'elle s'efforçait de le laisser paraître. Son anglais se brisait certes tous les quelques mots, mais elle parvenait fort bien à être comprise. Ce fut d'ailleurs parce qu'elle s'évertuait à être entendue de lui que sa voix me fut perceptible.

— Je sais, on ne doit pas dire ce genre de choses... Elles sont censées rester secrètes, dissimulées à l'intérieur. Mais à vous, j'ai envie de me raconter. Il m'est impossible de demeurer muette.

— Et quel est ce si grand secret, Sarah ?

— Eh bien... en route pour venir ici, j'ai tenté de soutirer certaines informations à votre sujet à ce monsieur qui nous a accompagnés. Je suis sotte, je le réalise maintenant, mais... J'ai simplement voulu savoir si vous étiez marié, quelle était votre situation, en gros.

— Et cela change-t-il quelque chose que je le sois ?

— Oh, oui ! Je me plaisais à imaginer que... eh bien, un homme comme vous et une femme comme moi... N'étions-nous pas faits pour nous retrouver l'un en face de l'autre éventuellement ? Je veux dire, vous êtes l'homme le plus célèbre d'Amérique et moi... Enfin, c'est ridicule.

Je ne parvins pas à entendre la réponse de Thomas et dus me rapprocher un peu plus en évitant le cercle de lumière sous l'un des réverbères pour me terrer de nouveau dans l'ombre. Ils avançaient à un rythme constant et lent, mais avaient un objectif très précis. Thomas l'emmena jusqu'à l'édifice des bureaux et l'y fit entrer. Ayant moi-même pu profiter de l'isolement du bureau ou de la bibliothèque à quelques reprises, je connaissais sa méthode et ne me leurrais plus. À l'intérieur de mon cœur venait de pénétrer une longue lame acérée. Cette douleur aurait dû me convaincre de laisser tomber, qu'aucune femme ne faisait le poids devant la beauté de Sarah Bernhardt, mais je devais à tout prix être fixée.

Me mouillant les pieds et le bas de la robe en marchant dans la neige épaisse autour de l'édifice, je regardai par l'une des fenêtres donnant sur le bureau en tentant d'éviter de me placer sous le réverbère. Ils n'étaient pas là. Je poursuivis ma progression afin d'atteindre la fenêtre de la bibliothèque, priant pour que le vent ait suffisamment tassé la neige pour que cette intrusion ne soit plus visible le jour suivant. Les rideaux étaient tirés, gardiens fâcheux de ce qui se produisait à l'intérieur. Je parvenais bien à percevoir leurs voix, mais les mouvements flous que je distinguais ne me permirent pas d'affirmer avec certitude que leurs gestes étaient ceux de l'amour. J'en vins à trouver mon inquisition tout à fait dénuée de sens. S'il s'abandonnait à l'embrasser, puisqu'elle en avait tant envie, et s'il se laissait aller à lui faire furtivement l'amour dans le silence de la bibliothèque, qu'y pouvais-je ? N'avais-je pas été la première coupable ? Ne lui avais-je pas moi-même montré qu'il était possible de se soustraire à la vraie vie et à ses obligations en profitant des lieux où personne d'autre n'allait à la nuit tombée ? Tout était de ma faute. Je l'avais encouragé à corrompre sa droiture, je lui avais montré combien il était bon d'être désiré et il tirait avantage de l'idolâtrie que lui vouait l'actrice française.

Les larmes gelaient sur mes joues à l'instant où elles s'écoulaient de mes yeux. Le temps était redevenu plus froid et même si la neige avait cessé, le vent mordant me giflait en pleine figure. Je me sentais encore plus désespérée que ne l'était Mary. Elle était mariée avec lui depuis neuf ans et avait compris depuis longtemps son absence d'emprise sur lui. Moi, je partageais sa vie tous les jours depuis presque quatre ans et je réalisais seulement maintenant que Thomas

Edison était insaisissable. Il ne fallut que cela, l'arrivée dans notre décor d'une femme impossible à égaler, pour que l'horrible vérité de mes sentiments revienne me taillader le cœur. Je m'étais éprise de lui, comme si un sort, dont seul ce sorcier avait le secret, m'avait été jeté. De ses collègues masculins, il tirait cette admiration sans limites qui les poussait à se démener pour le satisfaire. De moi, il était parvenu à obtenir pire encore.

En miettes, je refis le chemin jusqu'à la demeure d'Edison, ne me souciant plus de ces étoiles scintillantes que nous avions créées de nos mains et qui éclairaient mes pas. Thomas était de toute façon trop occupé pour se rendre compte qu'il avait été suivi jusque dans son repaire. Je dus me reconstruire un visage placide en ouvrant la porte, mais j'évitai Mary qui m'interrogeait du regard alors que Francis Upton animait toujours les convives. L'absence des deux personnes les plus importantes de la soirée ne passait plus inaperçue dorénavant et je dus prendre la parole devant tous.

— Notre invitée désirait voir les lampes de près ! Elle est encore là, au milieu du chemin, à s'extasier à l'idée d'une lumière provenant d'un simple fil de bambou !

Lorsque reparut l'actrice, elle était seule. Son visage portait une teinte rosée tout à fait explicable par le froid intense tombé sur Menlo Park. Sa suite eut tôt fait de la rejoindre et les adieux furent brefs. Après les salutations et remerciements d'usage à l'intention de l'hôtesse, ils remontèrent tous dans la voiture de Charles Batchelor, le train les attendant afin de les ramener à New York. Massés sur le pas de la porte, les messieurs envoyaient la main ainsi que des baisers soufflés, épuisés par la musique et la danse alors que le jour se levait.

Thomas, lui, s'était directement rendu au laboratoire, après avoir guidé Sarah vers la maison. Il devait déjà lui avoir fait ses adieux.

À l'instant où le silence se fit dans la demeure, Mary s'affala sur une chaise. Les garçons étant tous retournés soit à la pension, soit à leurs demeures respectives, je restai seule avec elle, incapable de la quitter comme cela. Elle savait. Évidemment qu'elle savait, elle n'était pas idiote.

Le front dans la paume de sa main, elle m'appela d'une voix faible alors que je tentais de remettre un peu d'ordre en attendant que les domestiques se chargent du reste quelques heures plus tard.

— Miss Morrison… accompagnez-moi en haut, je vous prie. Je me sens trop épuisée pour me rendre seule à ma chambre.

Le genre d'éducation qu'elle avait reçue l'empêchait d'entrer dans une crise de colère qui, pourtant, aurait été tout à fait justifiée. On lui avait appris à supporter, à serrer les dents et que les écarts de conduite d'un époux devaient être immédiatement pardonnés. Mais avoir été moi-même l'épouse de Thomas Edison en cette fin de nuit, je me serais précipitée au laboratoire pour le secouer violemment et probablement lui asséner une bonne paire de claques. Mary, je le savais par expérience, n'était pas ce type de femme. L'envie me brûlait par contre de me rendre là-bas pour le réprimander en bonne et due forme, mais je préférai rester auprès d'elle. Je lui devais bien cela après tout ce dont je m'étais moi-même rendue coupable. Je la laissai s'accrocher à moi tout au long de la montée et ouvris le lit, sans ressentir une seule once de la pudeur qui m'avait déjà fait rougir auparavant. Mary me pria de l'aider à se dévêtir et je m'empressai de défaire les rubans qui fermaient sa robe afin de lui permettre de respirer plus librement.

— Vous les avez surpris, n'est-ce pas ? me questionna-t-elle avec davantage de tristesse que de colère, fronçant les sourcils devant la douleur de son corps qui ne lui donnait aucun répit.

— Mary, ne songez pas à ce genre de choses. Je ne suis sûre de rien, après tout. Il est inutile de vous morfondre avec des histoires qui peuvent ne pas être réelles.

— Mais vous avez menti tout à l'heure, pour enrayer le malaise. Je l'ai bien vu dans votre regard.

— Oui, parce qu'en fait, je n'ai rien vu. Allons, vous connaissez votre mari ! Il est si timide qu'il ne peut avoir saisi un moment comme celui-ci pour avoir une aventure. Ce n'est pas son genre, croyez-moi.

— Oh, j'ai mal… si mal. Si cela ne vous fait rien, j'aimerais aussi que vous me donniez un coup de main pour me préparer à dormir.

— Oui, certes.

Assise au bord du lit, elle me présenta son dos afin que je défasse le corset qui emprisonnait sa poitrine. Je trouvai ensuite sa chemise de nuit sur le dossier de la chaise et la lui passai comme si j'habillais une poupée dont les membres ne répondaient à aucune volonté propre. L'entendant gémir, je la questionnai sur la source de sa douleur, sachant qu'il s'agissait ultimement du cœur, mais il y avait plus, de toute évidence.

— Mon ventre me fait si mal… et ma tête également. Entre les deux, j'ignore ce qui me cause plus de souffrance.

— Et votre médecin, qu'en dit-il ?

— Il ne sait pas, il répète que c'est dans ma tête, que je suis parvenue à me convaincre que j'étais malade. Il ne peut rien pour moi.

Alors que j'allais la coucher et la laisser se reposer, elle agrippa mon poignet et me ramena près d'elle.

— Mais vous, vous pouvez comprendre, j'en suis certaine. Vous êtes une femme, vous n'ignorez pas les maux dont nous sommes prises parfois.

— Je chasse les miens avec des infusions, elles sont parfaitement efficaces contre les douleurs féminines. Je conserve mes herbes à portée de main et j'en bois une tasse toutes les quelques heures, cela suffit habituellement pour me soulager. Si vous voulez, je peux aller chercher mes ingrédients.

— Non ! Ce n'est pas assez fort. Il y a longtemps que les herbes ne me font plus rien. Je vous en prie, allez dans l'armoire de la salle de bain, vous trouverez mon remède.

Ne désirant pas lui montrer que je savais déjà de quoi il s'agissait, je feignis l'ignorance en acquiesçant vivement. Les flacons de morphine semblaient avoir été souvent utilisés. Elle devait se replier sur cette substance à l'instant où elle en avait l'occasion. De la petite pièce, je m'adressai à elle :

— Il n'y a là que de la morphine, Mary.

— Oui, c'est cela. Apportez-la-moi s'il vous plaît.

À contrecœur, je pris l'un des flacons et grimaçai en empoignant la seringue. Je déposai les objets devant elle sur la table de chevet, puis je fis un pas en arrière.

— Je vous en supplie, faites-le, je n'en ai pas la force.

— Mais, Mary, je ne sais pas comment…

— Vous travaillez quotidiennement avec ce genre de substance, non ? lança-t-elle d'une voix revêche.

— Oui, mais je ne suis pas médecin. J'ignore quelle est la dose adéquate à administrer en cas de douleur. Non, ce n'est pas une bonne idée. Ce produit est dangereux. Si votre époux apprenait que je vous ai aidée à vous injecter ce poison, je serais renvoyée sur-le-champ, sans aucun doute.

— Il sait… Oui, Thomas est au courant. La preuve en est que je ne me donne pas la peine de la cacher. C'est même lui qui me fournit, il sait que j'en ai besoin.

— Mary, il faut vous rendre dans un hôpital de New York pour être examinée. Et cessez donc de consulter un médecin de village ! Je suis très inquiète pour votre santé.

— Inquiète ? Mais vous contribuez à ma douleur, ma chère. Vous aussi avez droit à la présence de mon époux tandis que je suis délaissée. Allez, faites-le, je souffre terriblement...

Mary me présenta son bras, mais je ne sus que faire. Elle tira une corde du tiroir de sa table de chevet que je dus lui nouer au-dessus du coude en tâchant de ne pas laisser de marque sur sa peau. Je tapotai ensuite la chair de son bras afin de rendre la veine bien visible. Lorsque je pris la seringue et la consultai sur la quantité de liquide à y introduire, elle m'indiqua une ligne sur le réservoir de verre. Je m'assurai de retirer l'air de la seringue, comme je l'avais déjà lu dans un manuel, et enfonçai l'aiguille dans sa veine saillante en lui injectant la morphine. Un long soupir s'échappa de sa bouche et j'eus à peine le temps de lui enlever la corde du bras avant de la voir chuter sur l'oreiller.

— Merci... murmura-t-elle en s'endormant, et je pris soin de la recouvrir jusqu'au cou avant de m'éloigner du lit.

De retour dans la salle de bain, je combattis un vertige effrayant et plongeai la seringue usée dans une bonne quantité d'eau froide que je versai dans le lavabo de porcelaine. J'en séparai les pièces, puis les laissai tremper en me mettant à la recherche d'alcool afin de la nettoyer. Évidemment, j'en trouvai aisément et m'assurai au moins que la seringue soit désinfectée en tentant de me détacher de l'horreur de la situation. Je ne laissai aucune trace de ma présence dans la chambre, mais me trouvai soudain triste à l'idée de laisser Mary seule malgré son sommeil profond.

Lorsque je redescendis, les domestiques étaient déjà à l'œuvre, s'acharnant à faire disparaître les vestiges de la soirée qui avait été heureuse pour certains, funeste pour d'autres.

— Madame Edison se porte mal, confiai-je à la femme de couleur qui préparait le petit-déjeuner des enfants.

Veillez sur elle, je vous prie. La nuit fut difficile, elle aura besoin de soins.

Ayant déjà été témoin de mes visites dans la maison, la domestique ne m'adressa qu'un hochement de tête bourré de dédain. Si elle avait pu, elle m'aurait probablement accusée de causer l'anéantissement des forces de sa patronne. Consciente que je devais maintenant prendre du repos moi-même, je me dirigeai vers la pension, ignorant toutefois comment je pourrais fermer l'œil. Plus rien n'avait de sens. Je devais quitter cet endroit avant de devenir comme la pauvre Mary.

Au lieu de tomber dans mon lit et laisser quelques heures de sommeil m'aider à voir l'imbroglio dans lequel j'étais plongée avec une certaine perspective, je tirai ma valise jusqu'au milieu de la pièce et commençai à y jeter pêle-mêle les quelques vêtements dont je disposais. Pas question de faire face à Edison de nouveau. À l'instant où j'avais constaté en moi la présence de cette affreuse jalousie qui était venue appuyer la force de mes sentiments à son égard, j'avais compris que ma seule option était de fuir. Mes résolutions tenaient toujours. Je ne voulais pas de cela dans ma vie.

À sept heures du matin, j'étais prête. Ma valise à mes pieds comme lors de mon arrivée, je me tenais sur le trottoir de bois à attendre le train de sept heures quinze qui nous amenait parfois des journalistes de Philadelphie. Je ne cessais de regarder autour de moi pour m'assurer qu'aucun de mes collègues ne passât par là. J'avais donné quatre ans de ma vie à Thomas Edison, il était temps pour moi de me diriger ailleurs, sans quoi mon cœur n'y survivrait pas.

Le train siffla trois fois alors qu'il freinait pour ses deux minutes d'arrêt avant de reprendre son élan. Je choisis un siège dont la vitre ne donnait pas sur le laboratoire et me laissai submerger par le sommeil jusqu'à Jersey City.

Chapitre 18

Allers et retours

Depuis la lettre que m'avait envoyée mon père, je n'avais reçu aucune communication de la part d'Abigail, pas plus que le moindre signe de vie de mes parents. Estimant par conséquent que la maison familiale n'avait pas été mise en vente, je m'y dirigeai à l'instant où je descendis du train à Jersey City. Je pris soudainement conscience que je n'étais pas sortie de Menlo Park depuis ma dernière visite chez moi, celle-ci remontant au mois de novembre 1878. J'avais peine à croire qu'autant de temps se fût écoulé. Je n'avais plus rien d'une jeune fille. Et je ne connaissais plus personne en dehors des hommes avec qui je partageais mon espace tous les jours. L'idée de revoir le visage amène de ma douce Abigail me permit de retrouver momentanément mes bases et de me délester de ce système d'autodéfense qui faisait de moi une femme forte à Menlo Park.

En parvenant à la porte, je ne frappai pas et entrai en me parant d'un énorme sourire de circonstances.

— Allô, Abby? C'est moi, je suis de retour!

La vue de cette femme bienveillante qui traversait à pas rapide le couloir jusqu'au vestibule en essuyant ses mains sur son tablier eut pour effet de me remplir de joie. Son visage me rassurait et son accueil était plein d'émotion.

— Charlie! Oh, je n'ai pas osé rêver ce moment! Il y a si longtemps!

Comme lorsque j'étais petite, elle me serra contre son opulente poitrine, percevant l'épuisement qui contractait mon visage malgré mon intention de paraître au mieux de ma forme.

— Mais êtes-vous ici pour de bon ou vous aurait-on enfin accordé des vacances après tout ce temps?

— Je crois être revenue pour de bon. Le problème de l'ampoule est résolu désormais et Edison n'a plus besoin de mes services, inventai-je pour expliquer ma présence et mes traits tirés, mais je me sentis coupable de lui mentir.

— Et qu'allez-vous faire maintenant? me demanda-t-elle en me guidant vers l'escalier, en s'empressant de porter ma valise.

— Je n'en suis pas certaine. Prendre quelques jours de repos, sans doute. Pour le reste, il est trop tôt pour le dire.

— Eh bien, montez vous rafraîchir un peu. Votre chambre est restée pareille. Comme je vous l'ai dit à votre dernière visite, vous êtes toujours espérée ici et vos choses vous attendent, comme autrefois. Pendant ce temps, je vous prépare à manger, vous êtes tellement maigre qu'on jurerait qu'ils ne vous nourrissaient pas là-bas!

— Merci beaucoup, vous êtes gentille.

Mes épaules s'effondrèrent en pénétrant dans la pièce alors que je réalisais être revenue au même point que quatre ans auparavant. Oui, Abigail avait raison, tout était parfaitement semblable à jadis, même si la dernière fois, j'avais à peine osé poser les yeux sur le contenu de ma chambre. Les photographies s'étalant au-dessus de la commode n'avaient pas bougé, leurs cadres ayant été époussetés avec soin afin de préserver l'éclat de tous ces souvenirs. Je m'arrêtai devant elles et en soulevai une pour la regarder de plus près. Sur l'image, un couple fixait l'objectif, le visage sérieux et très digne. La jeune fille était assise au milieu d'une abondante robe de taffetas un peu passée de mode désormais, et le jeune homme se tenait debout à ses côtés avec une main sur l'épaule de sa fiancée. Je me souvenais clairement du jour où cette photo avait été prise. Nous étions dans un studio de Berlin. Le journal de l'université désirait la publier dans le cadre de l'annonce de notre mariage. Nous avions ensuite pris la pose individuellement pour que chacun de nous ait une image de l'autre à conserver en souvenir. Celle où je figurais devait encore se trouver quelque part dans une boîte poussiéreuse, au grenier de la résidence des parents de mon ancien promis. Et moi, je possédais la sienne. Elle était là, sur la commode, mais je refusai de m'en emparer, ne serait-ce que pour la ranger.

Je retrouvai une espèce de sourire en me glissant jusqu'à la bibliothèque et en revoyant les manuels de physique qui m'avaient été offerts par mon père. Tellement de choses auraient pu y être ajoutées désormais. Des expériences sur l'électricité, par exemple, ou un chapitre entier sur la subdivision du courant qui était jugé catégoriquement impossible à l'époque où ce livre avait été publié. Tout était vétuste. Le progrès était en marche, à un point tel que, par réflexe, je cherchai un interrupteur pour allumer ma lampe de chevet, réalisant tout à coup que la maison était toujours éclairée au pétrole. Le monde en dehors de Menlo Park vivait encore dans le passé, ignorant du futur. Mais moi, je savais. Et j'étais partie de là avant d'y laisser ma peau. Je n'étais pas faite d'un matériau suffisamment solide pour faire partie de l'avènement d'un monde nouveau.

❧

Je revêtis une robe prise dans ma penderie, une chose inutilement coquette avec un ajout de voile et de dentelle tombant en pointe sur la poitrine qui servait à camoufler les formes et à placer l'emphase sur la finesse de la taille. À peu près satisfaite, je redescendis en faisant glisser ma main tout au long de la rampe pour en percevoir les anfractuosités gravées dans ma mémoire. La présence du reste de la famille me revenait à l'esprit alors que j'entendais encore, me semblait-il, les cris de mes frères se chamaillant et courant dans le grand salon, les pages que mon père tournait lentement quand il lisait les journaux dans son vivoir et les pas de ma mère qui allait et venait à l'étage en se préparant pour une sortie. Et maintenant, j'étais seule. Par amour pour Abigail, mes parents lui permettaient d'habiter chez nous bien qu'il n'y ait plus personne dont s'occuper. Veuve et dans la soixantaine, il n'était certes pas question de la renvoyer, même si les lettres de recommandation de mon père auraient pu l'aider à se placer dans une nouvelle famille dotée d'enfants en bas âge. Elle était donc devenue la gardienne en titre du bien familial et n'aurait jamais songé à s'en plaindre.

— Puisque j'ignorais que vous alliez venir, je n'ai pas fait les courses, mais il me restait de belles tranches de bœuf que je vous ai apprêtées dans un sandwich, comme vous l'avez toujours aimé, avec des oignons et du fromage.

— Vous êtes très aimable. Ne vous en faites pas pour moi, Abigail. Vous savez, je mangeais à ma faim là-bas. C'est plutôt cette fatigue constante que je n'arrivais plus à chasser.

Elle me servit un verre de cidre en ne cessant de m'observer, les sourcils relevés exagérément et les lèvres serrées dans une expression incrédule. Elle agita l'index et tira une chaise pour prendre place juste devant moi, assez près pour que je ne puisse la fuir du regard. Elle s'accouda au coin de la table et lança son «hum, hum?» habituel, prélude à des réprimandes ou à des encouragements à nos confidences.

— Moi je vous connais, miss Charlie, et je sais que vous êtes trop bonne pour qu'on se débarrasse de vous parce qu'on n'a plus besoin de vos services. Ce n'est pas vrai cette histoire.

— À moitié vrai.

N'ayant guère disposé de confidente à Menlo Park parce que les épouses de mes collègues ne m'adressaient pas souvent la parole, je ne pouvais logiquement dédaigner cette oreille tendue qui ne vivait que pour nous entendre raconter nos vies, son unique moyen d'y participer, en quelque sorte. Je lui révélai alors les moindres détails de ce qui s'était produit depuis le matin de juin 1877 où j'avais quitté la maison avec un sourire large comme cela, mon billet de train en main. Chaque fois que le nom de Thomas surgissait dans mon discours, je me reprenais et le changeais pour un « monsieur Edison » plus pudique, mais lorsque arrivèrent les moments les plus troublants du récit, je ne pus feindre de ne pas le connaître suffisamment pour le nommer par son prénom.

Quand Abby se releva pour m'apporter une part de gâteau au fromage, elle affichait une expression résolument plus ferme, semblant déterminée à me faire la leçon.

— Vous avez fait une erreur, miss Charlie. On ne quitte pas une aussi bonne place sans le dire à personne. De cette façon, vous confirmez que votre fuite n'a rien à voir avec le travail.

— Mais vous comprenez tout de même que la situation est sans issue, n'est-ce pas ? Même si j'étais restée et que j'avais réussi à laisser derrière moi tout ce qui s'est produit en Allemagne, avec lui, il n'y a rien de possible ! Mais de toute manière, le problème n'est pas là. C'est la vie là-bas qui est trop ardue.

— Non, c'est un mensonge. Votre vie là-bas, vous l'aimiez. Vos yeux ne sauraient mentir. Vous avez peur, c'est tout. Vous étiez rassurée en vous rapprochant de lui de la sorte, parce que, justement, vous saviez que l'aventure ne mènerait nulle part. Il n'allait jamais vous demander en mariage et cela vous convenait parfaitement. Et même en sachant cela, vous êtes terrifiée à cause de vos sentiments à vous. Ça n'a rien à voir avec lui. Ils ne vont pas tous mourir dans vos bras, vous savez.

— Oh, Abigail ! C'est dur ce que vous dites là !

— Mais c'est vrai, dit-elle très sévèrement. Les gens meurent parfois, il faut accepter et ne pas arrêter de vivre ou d'aimer pour cette raison. Quand mon petit garçon est mort, moi, je suis venue ici, prendre soin de vous et de vos frères. Jamais je n'ai choisi de ne plus avoir d'enfants autour de moi parce que j'avais perdu le mien. Vous êtes encore une petite fille dans votre tête, mademoiselle Charlie, il faut grandir.

— Ouf ! Eh bien, on peut dire que vous n'avez pas perdu votre verve. Laissez-moi quelques minutes pour digérer tout cela.

— Il vous faudra retourner là-bas, vous le savez, n'est-ce pas ?

— Non, jamais.

— Au moins, prévenez-les. Ils s'inquiéteront pour vous.

Pour cela, Abby n'avait peut-être pas tort. Je terminai de manger, puis enfilai mon manteau pour me rendre au bureau de la Western Union le plus près. Je songeai d'abord à adresser mon message à Charles Batchelor, mais je me ravisai. Griff, lui, me comprendrait. Il verrait à travers mes mots les motifs m'ayant poussée à m'en aller.

Alors que j'attendais mon tour, je songeais à la formulation adéquate afin de garder mon télégramme le plus bref possible. L'opérateur me tendit une feuille sur laquelle rédiger mon message, mais craignant de me reprendre trop de fois, je préférai le lui dicter.

Ai pris le train pour Jersey City le 6 au matin. Stop. Maladie soudaine et peut-être contagieuse. Stop. Ne souhaite pas contaminer tout le monde. Stop. Retour incertain. Stop. Télégraphierai décision. Stop. Charlie. Stop.

M'imaginant fort bien mon cher protecteur confortablement assis à son poste à cette heure, je priai l'opérateur d'attendre la réponse quelques minutes. Elle me parvint presque immédiatement.

Chef demande retour immédiat. Stop. Pénalité sur salaire. Stop. Griff. P.S. Menteuse. Stop.

Contrariée par la froideur de la réaction de Thomas, je dictai un nouveau message à l'opérateur.

Chef peut aller au diable. Stop. Charlie. Stop.

L'opérateur, qui avait l'habitude d'Edison et de son équipe, hésita à télégraphier le message, mais je l'y poussai en ajoutant quelques pièces au montant qu'il devait m'en coûter. Encore une fois, la réplique ne manqua pas d'arriver dans les cinq minutes suivantes.

Chef déjà allé, rien de bon chez le diable. Stop. Chef exige explication claire à faux motif. Stop. Edison. Stop.

J'abattis mon poing sur le comptoir et dictai encore un message – le dernier sans quoi tout mon argent y passerait. Sachant désormais que Thomas était celui qui recevait les télégrammes à l'autre bout de la ligne, j'y allai un peu plus délicatement, mais sans lâcher trop de lest.

Besoin beaucoup repos. Stop. Toi aussi. Stop. Reparlerons peut-être. Stop. Charlie. Stop.

Puis je me sauvai du bureau, incapable de supporter l'idée d'une nouvelle communication et, par conséquent, d'un débat qui pouvait s'éterniser.

❧

Pendant les jours qui suivirent, je ne sus trop comment m'occuper. Le retour dans une routine où je n'avais aucun boulot à accomplir ne me donna pas le contentement espéré, mais je me forçai à l'inaction parce que mon corps me criait qu'il ne pouvait plus tolérer le genre de traitement auquel je le contraignais à Menlo Park. Je lus beaucoup, fouillant la bibliothèque de mon père à la recherche de traités de physique qui imposeraient un peu d'exercice à mon esprit. Je fis quelques expériences pour m'amuser grâce au matériel dont nous disposions à la maison, mais comment envisager la vie désormais? Les jeunes femmes de mon âge étaient toutes mariées et trouvaient assez à s'occuper avec la marmaille autour de leurs jupes. Parée de l'expérience de «l'école Edison», il était possible que des ouvertures s'offrent à moi comme enseignante dans un petit collège local, mais sans lettre de recommandation, j'aurais beaucoup de difficulté à faire croire à un directeur que mon expérience était bel et bien réelle. Je me doutais bien que quelqu'un de Menlo Park se pointerait éventuellement pour me questionner sur les raisons de mon départ et que j'aurais à répondre de ma décision. J'eus une semaine pour m'y préparer.

Au bout de mon septième jour de repos, un fiacre se stationna devant la maison, celui de Charles Batchelor. C'était donc lui qu'Edison avait mandaté pour tenter de me faire entendre raison. «Il peut bien attendre. Je ne vais certainement pas me précipiter à sa rencontre», me dis-je en me détournant de la fenêtre où je pouvais apercevoir la petite voiture de haut.

Je retournai m'étendre sur le lit, me couchant sur le ventre et me plongeant le nez dans un livre en sachant pourtant qu'Abigail me réclamerait dans les instants à venir. Lorsqu'elle frappa à ma porte, je ne fis même pas semblant d'être satisfaite d'obtenir de l'attention de leur part et criai sèchement:

— Quoi? Qu'est-ce qu'il y a?

La porte s'ouvrit sur un homme paré d'un chapeau haut-de-forme et d'une redingote élégante. Son visage était tendu. Ses lèvres se serraient de colère tandis que ses yeux projetaient en ma direction un froid sibérien.

— Vas-tu enfin me dire ce qui t'a pris?

Thomas referma la porte derrière lui en la claquant. Je ne changeai pas de posture pour autant. Au rez-de-chaussée, Charles Batchelor était probablement en train de féliciter Abigail pour son excellent fudge afin de l'empêcher de nous interrompre. Je reportai mes yeux sur le livre et battis des pieds pour lui montrer que son arrivée ne créait aucun remous en moi. Ce qui était on ne peut plus faux. Il avança brusquement et saisit le bouquin pour le jeter au sol. Ici, dans ma chambre, je ne me sentais plus comme une employée devant son patron et devant son geste d'impatience, je me redressai vivement en le confrontant.

— Laisse-moi! Je suis chez moi et tu n'as pas le droit de faire irruption comme cela! Tu n'as aucun pouvoir sur moi en ces lieux!

— Et depuis quand en ai-je? me cracha-t-il. D'où cela vient-il? Je t'ai toujours traitée avec égards, personne n'a de pouvoir sur personne! Néanmoins, tu as un contrat avec moi et tu es sommée de reprendre ton poste aujourd'hui même! Sors d'ici et agis enfin comme une femme, pas comme une ridicule gamine!

— Non, je ne peux pas! dis-je en me montrant catégorique lorsqu'il étira le bras pour essayer d'agripper le mien. C'est trop difficile, tu m'entends? Comprends donc enfin! Ne me force plus à te côtoyer, à être près de toi jour après jour alors que tu ne te rends compte de rien à force d'être prisonnier des chiffres et de toutes ces choses qui ne sont pas la vie réelle! Il n'y a pas moyen d'obtenir plus du genre d'esprit que tu possèdes, alors je baisse les bras! Tu es une machine et moi, je ne suis qu'un être humain!

— C'est insensé, tu ne peux pas me lancer cela et le penser.

— Oui, je suis honnête. Ce n'est pas ta faute, après tout. Tu n'es pas doté de sentiments. J'imagine que pour accomplir ton travail sur terre, tu devais être fait ainsi. Pour ceux qui tentent de t'emboîter le pas, toutefois, c'est insupportable.

— Je ne comprends pas ce que tu racontes.

— Non ? Voilà, c'est précisément cela.

Je me laissai tomber sur la courtepointe en regrettant d'avoir tant parlé. Il était complètement aveugle. Pendant quelques minutes, il se promena dans mon décor, lançant à l'occasion un petit rire nasillard et sardonique en voyant quels livres garnissaient ma bibliothèque. Il s'arrêta devant l'étalage de photographies sur la commode et les regarda longuement. Après un lourd moment de silence, il souleva l'un des cadres et le tourna en ma direction.

— C'est lui ?

Je hochai simplement la tête sans la relever afin de ne pas voir ces deux visages l'un à côté de l'autre.

— Tu ne m'as jamais dit son nom.

— Je n'ai pas envie de le prononcer.

— Et pourquoi conserves-tu ses photos ?

Je concoctai une réponse dénuée d'émotion, du genre qu'il pouvait saisir.

— Parce que je n'étais pas venue ici en deux ans et que je n'ai pas eu envie de commencer un tri de mon existence passée.

— Tu le regrettes encore, n'est-ce pas ?

— Non, ce n'est pas lui que je regrette, Thomas, mais seulement l'époque où mon cœur ne me faisait pas aussi mal. S'il t'arrivait de perdre une personne chère, il te serait très difficile de la pousser hors de ta vie. Dieu nous en préserve.

— J'ai perdu ma mère, il y a neuf ans, je sais ce que c'est. Et au lieu de m'apitoyer sur sa mort, j'ai choisi de bénir les moments qui m'ont été accordés auprès d'elle et d'accepter que la vie continue.

Il vint s'asseoir près de moi sur le lit et occupa ses mains à faire tourner son chapeau dans un geste nerveux. Il n'avait pas replacé le cadre au bon endroit, s'étant contenté de le laisser devant les autres photographies. Un grand malaise prit naissance entre nous, Thomas ayant conscience de se trouver désormais dans ma vie personnelle, là où il n'aurait jamais imaginé entrer. Sans plus de paroles, je me glissai vers l'arrière et étendis mes jambes sur le lit en m'accoudant à l'oreiller. Je ne fis que toucher son dos pour qu'il consente à se retourner après avoir défait les boutons de sa redingote.

Nous nous retrouvâmes face à face sur la courtepointe de ma jolie chambre de jeune fille, proches comme il nous était impossible de l'être à Menlo Park. Je plongeai mon visage sur son cou et un long souffle de soulagement sortit de ma poitrine, répandant ma chaleur sur sa peau. Il posa la main sur ma hanche et s'approcha un peu plus pour que nos corps se touchent entièrement. Je glissai ma langue le long de son menton tout en respirant son parfum musqué, serrant son épaisse chevelure dans ma main tremblante. Il se rabattit sur moi et prit ma bouche en encadrant ma tête de son bras comme s'il cherchait à étouffer ma rage. Le baiser se prolongea pendant de très longues minutes et redoublait d'intensité chaque fois que nous nous interrompions pour reprendre notre souffle. À un moment, il garda son visage très près du mien, conscient qu'il n'y avait que dans ce mince périmètre que nous pouvions admettre que quelque chose nous liait.

— Tu te plais, Tom, à distribuer tes caresses au gré des femmes qui s'offrent à toi ?

— Qu'est-ce que tu veux dire par là, petite sotte ? dit-il en fouillant dans mon corsage à la recherche d'une brèche qui lui permettrait d'effleurer ma poitrine.

— Sarah Bernhardt. Tu t'es éclipsé avec elle, je sais que tu l'as entraînée dans notre repaire, dans un endroit que je ne croyais réservé qu'à nous.

Il se redressa et s'appuya sur son coude, me dévisageant comme s'il ne comprenait pas quel détour avait emprunté mon esprit pour arriver à un tel résumé de la nuit du 5 au 6 décembre.

— Je n'ai pas couché avec elle... murmura-t-il. Merde, Charlie, je ne touche même pas à ma femme ! Où as-tu pris l'idée que je puisse faire cela ?

— C'est ce que tout le monde a cru.

— Non, c'est faux. Sarah... Je veux dire, madame Bernhardt voulait seulement voir l'environnement dans lequel je travaillais tous les jours. Or, lui faire visiter mon bureau et lui montrer la bibliothèque n'a rien eu d'excitant. Si tu crois que nous en avons profité pour faire l'amour, j'en suis très offensé. C'est une chose que quelqu'un doit t'avoir mise en tête, car tu devrais me connaître mieux que cela. Bon sang, Charlie, elle est mariée !

Embarrassée de m'être laissé prendre au jeu de Mary, je ne pus que le regarder rire de ma méprise.

— De toute façon, Thomas, on s'en fiche. À moi, tu ne dois rien.

— C'est pour cette raison que tu as fui, n'est-ce pas ? Sotte...

Il plaqua son sexe durci contre moi et s'amusa de mes plaintes alors que nous savions tous deux que nous n'allions pas faire l'amour comme cela, dans ma petite chambre, tandis que Batchelor était en bas à patienter. Nous nous embrassâmes encore parce que l'envie était trop pressante et qu'il nous fallait profiter de cette occasion avant de refaire face à la réalité. Il disposait encore du pouvoir de me faire rougir en me montrant qu'il connaissait parfaitement mon corps, qu'il savait comment le prendre pour lui donner du plaisir et, avant de nous séparer, il alla jusqu'à glisser sa main sous ma robe.

— Je ne retournerai là-bas qu'à une seule condition.

— Tout ce que tu veux, sauf davantage d'argent.

— Non, ce n'est pas de l'argent que je désire. Je veux une nuit complète, Thomas. Je te mets au défi de m'en promettre une. Je veux une nuit entière, seuls ensemble, dans un lit, comme nous l'avons vécu à Paris.

— Ah, Paris… dit-il en soupirant.

Pour lui, la liberté que nous nous étions octroyée là-bas relevait déjà de l'histoire ancienne. Nous avions bien eu quelques intermèdes, dans la bibliothèque, dans son bureau, mais jamais de la même intensité. Il n'avait plus de temps pour cela.

— Tu négocies férocement…

— Allez, promets-le-moi.

Son regard se dirigea à l'intérieur de lui-même, comme s'il détaillait l'horaire de sa vie pour savoir si ce genre de chose était seulement envisageable, même en pensée. Il semblait déjà se faire un plan afin de ne pas donner sa parole en vain. Il ne pouvait logiquement pas me répondre que cela serait impossible, juste ce terme le rendait malade.

— Je… promets, dit-il après sa longue réflexion, prenant tout son temps pour prononcer ce dernier mot. Tu auras ta nuit.

Nous ne nous accordâmes que cinq minutes supplémentaires, puis il se redressa en lissant ses vêtements. Le voyant ensuite tourner la tête dans tous les sens, je lui demandai s'il cherchait quelque chose.

— Hmm, ta valise. Tu fais tes bagages séance tenante, tu viens avec nous.

— Pas immédiatement, Thomas, je ne suis pas prête. Donne-moi encore quelques jours, deux peut-être.

Ignorant mes paroles, il ouvrit la porte de la penderie et rapporta la grosse valise au centre de la pièce en y lançant tout ce qui tombait entre ses mains. J'eus tôt fait de le rejoindre, ne serait-ce que pour préserver les tissus de cette manipulation précipitée.

— Tu as compris le message...

En sortant de la chambre, il m'enjoignit de faire vite si nous désirions être de retour à Menlo Park avant la tombée de la nuit. J'ouvris mon tiroir de dentelles, jetai quelques effets au sommet de la pile et rangeai mes chapeaux favoris dans une grosse boîte circulaire. Je fis un détour par les chambres autrefois habitées par mes frères et leur dérobai quelques vieilles paires de pantalons, des chemises ainsi que de bonnes chaussures de travail. J'avais peine à croire ce que je faisais, mais sa maudite bouche était parvenue à me convaincre que je ne pourrais vivre sans elle.

Abigail se montra déçue de me voir repartir, mais je pus aussi apercevoir en elle un éclat de satisfaction. Mon travail auprès d'Edison faisait sa fierté et elle n'aurait pas admis d'abandon de ma part.

À trois sur la banquette du phaéton, nous fûmes plutôt à l'étroit, mais je dus avouer ne pas me sentir inconfortable entre Charles et Thomas. La jambe de ce dernier et la mienne se touchèrent tout au long du trajet, dans une immobilité pourtant révélatrice de notre désir partagé. Sous la fourrure, nos mains s'enlaçaient à l'insu de Batchelor qui, à ma gauche, conduisait la voiture.

Chapitre 19

Les investisseurs

Je ne compris que quelques jours plus tard la vraie raison pour laquelle Thomas avait exigé mon retour immédiat à bord du navire. En manque de financement, il avait organisé un grand souper pour nos investisseurs afin de les convaincre de nous accorder une somme supplémentaire. Et pour faire bonne figure, il avait désiré s'assurer de la présence d'une jeune dame capable de les charmer, sinon avec des arguments scientifiques, au moins avec des sourires et quelques œillades. À l'instant où il m'avait confié ce qu'il attendait de moi, je m'étais élevée contre l'utilisation qu'il comptait faire de ma personne, mais une promesse qu'il me rappela contribua à ce que j'accepte de me réduire à aussi peu de chose.

— N'oublie pas que tu auras ta nuit de fornication, avait-il chuchoté, sérieux comme un pape en posant le bout de son index sur ma poitrine. Mais pour cela, tu dois m'aider à obtenir un peu plus d'argent de nos précieux alliés.

— Je veux en plus cinq pour cent de parts dans l'entreprise.

— Ah! Jamais de la vie! Lorsque j'obtiendrai le contrat d'illumination que j'attends, les actions de l'entreprise monteront en flèche et le salaire que je serai en mesure de t'accorder représentera beaucoup, beaucoup d'argent. Sois douce avec les patrons et un jour, tu seras riche.

— Bon...

J'ignorais pourquoi Thomas semblait croire que l'argent m'importait autant alors qu'à la vérité, la richesse n'était pas le but de mon existence ni de mes efforts auprès de lui. Je comprenais par contre qu'un garçon élevé dans de dures conditions, qui avait commencé à rouler sa bosse à travers le pays dès l'âge de treize ans, pouvait souhaiter ardemment s'élever dans la hiérarchie sociale alors qu'il savait posséder les outils intellectuels pour parvenir à ses fins. Thomas aimait répéter que notre personne, du cou jusqu'aux pieds, ne valait que quelques malheureux dollars pour son travail quotidien, mais que tout ce qui se trouvait au-dessus de l'encolure recelait une valeur inestimable. Il accordait beaucoup de prix à l'intelligence, à l'imagination et à la créativité, affirmant aussi que quiconque mettait les efforts pour employer toutes ses capacités cérébrales était destiné à devenir riche, inévitablement. Il ne suffisait que de travailler. Il était conscient de dépendre encore de la fortune des autres, mais aussi que cette époque tirait à sa fin.

La réception était prévue le 20 décembre et ce matin-là, nous dûmes nous présenter très tôt à la gare pour recevoir les nombreuses caisses de denrées qu'on allait servir aux invités afin de leur en mettre plein la vue. Thomas faisait directement affaire avec le restaurant new-yorkais très réputé Delmonico's, un endroit qui était une niche à républicains, mais où il appréciait tout de même énormément se montrer. En plus de nous fournir les mets les plus raffinés ainsi que les meilleurs vins et champagnes qui soient, ils mettaient à notre disposition toute une équipe d'employés qui se chargeraient de faire un travail pour lequel nous n'avions aucune compétence et qui nous aurait rendus ridicules. Tandis que mes collègues transportaient à quatre les caisses de homard d'Alaska alourdies par la glace, je me chargeai des boîtes métalliques pleines à ras bord de caviar, de sardines, de saumon fumé et de bœuf Wellington. Les accompagnements – blinis, légumes taillés en juliennes, pommes de terre grelots, baguettes – furent aussi déchargés avec un soin méticuleux et rangés dans la chambre froide. Dans la salle de réception, des tables furent disposées en forme de «U» et dressées avec de l'argenterie et de la porcelaine fine, encore une fois prêtées par le Delmonico's.

Au cours de mon passage à Jersey City, je m'étais procuré une robe d'hiver d'un vert profond aux reflets nacrés, agrémentée de rubans noirs satinés, qui me donnait une allure assez flatteuse. J'ajoutai à l'ensemble des bijoux que j'avais aussi songé à rapporter de la maison et portai la robe avec de fins bottillons noirs cirés avec soin. Lorsque Thomas me vit ainsi vêtue, il interrompit net sa tâche en cours pour me détailler des pieds à la tête. Si, dans nos moments d'intimité, il s'abandonnait à me chuchoter combien je lui plaisais, à quel point mon visage et mon corps le troublaient, il préférait réduire son émoi à des moqueries quand nous étions en présence de nos collègues.

— Nous avons notre arbre de Noël, les gars! lança-t-il, après m'avoir bien regardée, aux garçons qui lui donnaient un coup de main pour vérifier le fonctionnement des ampoules dans la salle de réception.

Peu osèrent rire ouvertement, la majorité se contentant de serrer les lèvres. Seul Francis Jehl daigna m'adresser le compliment attendu.

— Vous êtes magnifique, Charlene. Notre table serait bien ennuyante sans votre présence.

— Merci, Francis. Vous êtes visiblement le seul homme de goût ici!

Et du haut de son escabeau, Thomas rit de plus belle, mais c'était de cette façon qu'il camouflait son mécontentement quand un autre que lui daignait remarquer que j'étais une femme.

À quatre heures trente de l'après-midi, nous reçûmes un télégramme nous annonçant que le train spécial à bord duquel arriveraient nos invités venait de démarrer de la gare de New York. Encore une fois, Thomas préférait jouer l'effet de surprise et éviter d'allumer le circuit dans Christie Street. Il avait rodé le déroulement de la soirée avec soin et adorait le genre de mise en scène qu'il s'apprêtait à exposer à ses importants visiteurs.

Alignés de part et d'autre de la porte du salon, nous avions le devoir d'accueillir les investisseurs et de les diriger vers l'endroit où on leur servirait du champagne bien frais. Grosvenor Lowery, que j'avais déjà rencontré lors de la démonstration de l'année précédente, vint immédiatement à moi, sa voix regorgeant de fierté alors qu'il racontait encore combien il avait cru en Thomas depuis le tout début.

— Je lui ai dit : "Tom, si le problème de la subdivision du courant doit être résolu, il faut obligatoirement que ce soit par toi." Personne d'autre que lui n'en avait la capacité et cela, je le savais. J'ai ensuite rassemblé tous ces messieurs que vous voyez ici et je leur ai fait promettre de soutenir ce génie jusqu'au bout.

— Il est si rare de voir des gens affirmer leur foi en quelqu'un alors que tout le monde qualifie cette personne de lunatique.

— Oh, la Western Union ne serait pas telle qu'elle est aujourd'hui si Tom n'avait pas été là pour lui offrir le produit de son esprit ! C'était donc la moindre des choses.

Choisissant d'ignorer l'épaisse fumée qui se glissait du cigare de Lowery jusqu'à mon nez, je m'approchai de lui, ayant vu en cet homme un véritable allié, un visionnaire. Je lui proposai de marcher avec moi dans le salon et je pris son bras tandis que nous nous rendions à l'écart du groupe bruyant.

— Monsieur Lowery, si vous êtes si proche de Thomas, vous n'ignorez certainement pas notre grand besoin de financement, n'est-ce pas ?

— Non, effectivement, je ne l'ignore pas.

Il tapota sa large main d'homme corpulent sur la mienne dans un geste paternel et s'assura que nous n'étions pas écoutés pour poursuivre :

— Je sais aussi que ces messieurs sont prêts à appuyer sa demande auprès de la mairie de New York. En fait, les hommes que vous voyez ici sont les véritables décideurs de tout ce qui se produit au pays. On pourrait même aller jusqu'à dire qu'ils sont, à eux tous, le gouvernement. Peu de décisions se prennent à la Maison-Blanche sans leur accord et je peux vous jurer que s'ils passent une bonne soirée, notre cher ami obtiendra sans problème tous les permis qu'il réclame. Mais je ne vous ai rien dit.

— Oui, je vois, ne craignez rien. Mais qu'attendent-ils de nous exactement ?

— Je serai franc avec vous, mademoiselle. Probablement ne connaissez-vous rien à la politique, mais je crois le moment on ne peut plus adéquat pour vous éduquer.

Il éclata de rire, feignant de réagir à un propos bourré d'esprit que je lui aurais innocemment lancé. Il cogna ensuite sa flûte de champagne contre la mienne et chuchota :

— Ils se fichent de la technique, de la science extrêmement compliquée qui se cachent sous les merveilles qui sortent d'ici. Ils n'en ont rien à faire de vos efforts, de votre ridicule salaire, du pain que vous êtes tous contraints de grignoter du bout des lèvres tous les jours parce qu'aucun d'entre vous n'a de temps pour un véritable repas. Ce qu'ils veulent, c'est retourner à New York demain et raconter à leurs puissants amis combien le vin est bon à Menlo Park. Car cet endroit est devenu un lieu à la mode qu'il est chic de fréquenter. Ils veulent pouvoir dire qu'Edison est le maître du bon temps, qu'il est potentiellement leur égal, qu'il a suffisamment de verve pour tenir le rôle qu'ils espèrent le voir prendre une fois qu'il sera à New York. Car le beau Thomas Edison est à leurs yeux l'exemple parfait du rêve américain, de la figure héroïque qu'il est à leur avantage de promouvoir et avec laquelle ils ont intérêt à s'associer. Ils désirent un visage comme le sien pour figurer en première page des journaux et lancer le genre d'affirmations qui sortent constamment de sa bouche. La célébrité de Thomas leur est utile et pour obtenir ce qu'il veut, il doit continuer à entrer dans la peau du sorcier de Menlo Park quand les feux sont projetés en sa direction. Si l'ampoule et son fonctionnement ne signifient pas grand-chose pour ces messieurs, le type de vin et la qualité du repas qu'ils prendront ce soir sont cependant d'une importance capitale.

Voyant s'écrouler mes illusions, je n'en laissai rien paraître et hochai la tête en faisant un tour d'horizon pour m'assurer qu'il n'y avait aucune coupe vide en vue.

— Je vous remercie de me prévenir personnellement, monsieur Lowery, mais Thomas est-il au courant de cela ?

— Oui, il est forcément assez éveillé à la réalité pour comprendre ce genre de chose et l'accepter. Il m'a déjà confié être prêt à tout pour obtenir ce qu'il convoite.

— Alors dans ce cas, moi aussi. Si Thomas ne s'oppose pas à la méthode, j'emboîterai le pas volontiers.

À ce moment précis, nous fûmes tous appelés à nous rendre au laboratoire pour la visite des installations qui avait été prévue avant le repas. Autrement dit, avant que tout ce beau monde soit trop ivre pour réaliser ce qui se passait. Forçant un énorme sourire sur mes lèvres, je rassemblai les investisseurs et, à l'aide de mes collègues, les guidai jusqu'au laboratoire.

Il y eut beaucoup de protestations lorsque les invités, tentant de monter à l'étage, se retrouvèrent confrontés à une obscurité inhabituelle, considérant qu'ils étaient venus à Menlo Park pour en apprécier précisément l'éclairage à l'électricité qu'on leur avait vanté. Sur une table du laboratoire, une ridicule petite ampoule diffusait une faible lumière orangée et nous seuls savions que Thomas le faisait exprès. Les messieurs se massèrent autour de nos tables de travail en chuchotant leurs doutes et leur déception, ne se taisant tout à fait qu'au moment où Thomas prit la parole. Se tenant près de la lampe, il les remercia pour leur présence, leur souhaita une agréable soirée et feignit de désigner fièrement cette lampe qui grésillait en leur promettant des merveilles. Étant demeurée à l'arrière avec Grosvenor Lowery et Charles Batchelor, je ne manquai pas d'entendre les murmures emplis de désenchantement, surtout de la part de ceux qui avaient assisté à la démonstration de l'année précédente et qui espéraient beaucoup. Soudain, nous perçûmes la voix de Thomas qui s'éleva :

— Oh, mais il fait trop noir ici… Veuillez me pardonner si vous ne pouvez voir correctement. Attendez, je vais faire plus de lumière.

Il frappa dans ses mains et immédiatement, tous les luminaires du laboratoire s'allumèrent en même temps. Sur toute la longueur du plafond brillaient les ampoules fixées par groupes de deux sur des tiges au-dessus de chaque table. Plusieurs froncèrent les sourcils devant un éclat aussi subit et levèrent les yeux, sursautant puis s'émerveillant. Dehors, ce fut comme si le jour s'était levé en une seconde. Ceux qui se trouvaient le plus près des fenêtres s'y précipitèrent pour voir un long chemin lumineux révéler la rue entière et les demeures environnantes. Nous avions installé dix fois plus d'ampoules que lors de la première démonstration. Cette fois, il y en avait trois cents. L'escalier fut dévalé à toute vitesse et une fois dehors, des rires et des cris de joie, exacerbés par le champagne, fusèrent de ces hommes guindés soudain retombés en enfance. Thomas sortit sur le balcon du laboratoire et s'écria :

— Bienvenue à Menlo Park, messieurs ! Appréciez mon jour éternel ! Chacune de ces lampes possède une durée de vie de six mois, un résultat jamais égalé par quiconque auparavant !

Il les laissa s'élancer vers les réverbères à proximité, s'extasier sur la pureté et la stabilité de leur lumière, puis projeta sa voix en leur direction.

— Vous avez certainement froid, messieurs ! Pourquoi alors ne pas vous rendre au salon où du bon thé chaud vous attend ?

J'entendis les protestations des hommes échauffés pour qui l'idée de prendre le thé était décevante. Je les entraînai donc presque de force vers l'édifice où ils furent accueillis par des bouchons qui sautaient et du champagne qui coulait inlassablement dans les coupes. Ils auraient dû comprendre que Thomas les embarquait de nouveau, mais ils ne le connaissaient pas encore autant que nous. Le personnel prêté par le Delmonico's fit apparaître les bouteilles de vin, de whisky, de cognac, et tout le monde fut dirigé vers la table où les plats attendaient. Les homards, le caviar, les crevettes et les filets de bœuf Wellington se suivirent sans discontinuer tandis que les bouteilles de vin affluaient à la même fréquence.

Lorsque Thomas fit son entrée, tout le monde était déjà assis et un tonnerre d'applaudissements fusa avant de laisser place au vacarme de la coutellerie qu'on frappait avec virulence sur les nappes immaculées pour exprimer un enthousiasme débridé. Parés de leurs monocles, de leurs hauts-de-forme et de montres à gousset en or, les investisseurs se laissaient aller à la décadence de ce faste en vidant leurs verres d'un trait et en s'esclaffant de leurs rires gras et suffisants. Je les méprisais, mais j'acceptais d'entrer dans la danse grâce à ma conversation avec Grosvenor Lowery. Je laissai même mon arrière-train être effleuré sans répliquer par une gifle uniquement parce que l'importance du moment m'obligeait à subir cette humiliation. Je percevais de toute façon sur moi les regards attentifs de mes protecteurs on ne peut plus sobres : Thomas, Batchelor, Kruesi et Lowery. Et puis, j'étais consciente que je n'avais rien à craindre. Les festivités se poursuivirent jusqu'au lever du soleil où nos invités somnolents retournèrent en titubant vers le train qui devait les ramener à New York. À l'insu de tous, Thomas avait aussi convié un journaliste à venir espionner la soirée et, avec malice, il allait laisser celui-ci faire son travail. Je ne croyais pas Thomas capable de donner dans le chantage, mais je me souvins des propos de Grosvenor Lowery en frissonnant. Prêt à tout, avait-il dit. Et alors que je réalisais le pouvoir qu'avait Thomas de changer les plus rigides hommes d'affaires en animaux assoiffés, j'eus presque peur de ce que signifiaient ces paroles.

Chapitre 20

New York, New York

— Cinquante mille dollars! cracha Thomas. Cinquante mille! N'auraient-ils pas pu faire mieux? Au nombre qu'ils étaient, nous étions en droit de nous attendre à quatre ou cinq fois plus!

Il était déçu par cette somme tout de même astronomique qui, pourtant, ne se rapprochait ni de près ni de loin du montant de départ qu'il s'attendait à voir au moins égalé.

L'année 1881 avait débuté sur une note incertaine, nous obligeant à retrouver rapidement nos esprits à la suite des célébrations du Nouvel An qui avaient amené encore plus de visiteurs que l'année précédente à Menlo Park. Grâce à cet argent, nous pûmes nous rassurer quant à nos emplois pour les quelques mois à venir et commençâmes la production de masse des ampoules au bambou advenant une réponse positive de New York à notre demande. Nous étions impatients de savoir si nous pourrions enfin entreprendre l'illumination de la ville comme nous nous y préparions depuis des mois. Des échantillons de bambou nous parvenaient de l'Asie de façon régulière grâce à l'assiduité de William Moore. Les lettres qui accompagnaient les énormes caisses récupérées par mes collègues au port de New York témoignaient de la passion avec laquelle Moore exécutait son mandat. Il était directement responsable de l'évolution constante de nos travaux, et ce, même si Thomas, dans ses réponses, l'invitait à poursuivre ses recherches. Manière subtile de dire que nous pouvions atteindre un standard encore plus élevé de qualité. Car il ne nous restait que cela à faire : expérimenter, nous améliorer et expérimenter de nouveau. Les réponses quant aux demandes de permis qu'attendait Thomas impatiemment, tardaient.

Il n'avait cependant pas l'intention de rester là à espérer que d'autres décident de son avenir pour lui. À force de le voir ruminer un bout de vieux cigare en repoussant inlassablement sa chevelure vers l'arrière, les yeux fixés sur le vide, lorsque je faisais irruption dans son bureau, je compris que la situation stagnante ne lui plaisait pas. Puis, il se mit à envoyer des télégrammes. Il pouvait passer des heures à attendre des réponses, allant et venant dans la pièce les mains dans le dos, le havane coincé au bord des lèvres et le front plissé.

Un jour très froid de la fin janvier, je m'étais offerte pour assister Basic Lawson à la carbonisation des filaments avec l'objectif précis de demeurer près des fournaises pour me tenir au chaud. Lorsque Thomas entra, le visage rouge sous sa toque de fourrure, il hésita quelques secondes devant la porte afin d'accoutumer ses yeux à la semi-obscurité. Cette fois, ses lampes ne pouvaient concurrencer les intenses reflets du soleil sur la neige immaculée. Il sembla satisfait de me voir là et me pria de le rejoindre.

— Je dois te dire une chose importante et je compte sur toi pour demeurer discrète jusqu'à ce que je l'annonce de façon officielle à nos collaborateurs. Peut-être est-il préférable de discuter dehors.

Immédiatement, je crus à une mauvaise nouvelle. Les permis auraient pu nous être refusés pour une raison ou une autre. Peut-être estimait-on que nous n'aurions pas suffisamment d'argent pour produire le matériel nécessaire, peut-être aussi le prix du cuivre avait-il encore augmenté, ce qui nous obligerait à trouver une nouvelle solution. Tout était envisageable. Il m'attendit devant la porte alors que je m'habillais pour sortir, serrant les mains sous mon manchon de renard et enfonçant mon menton dans l'encolure de mon manteau. Nous marchâmes dans Christie Street en inspectant les réverbères au passage afin de nous assurer que les lampes avaient toutes résisté aux intempéries des semaines précédentes. Cognant sa jointure gantée sur la vitre d'un des lampadaires en tentant de briser la glace qui s'y était accumulée, il laissa tomber gravement :

— J'ai appris que la Brush Electric Company vient de mettre officiellement en marche sa première centrale électrique à New York. Ils ont installé leurs lampes sur toute la longueur de Broadway, sur trois quarts de mille autour de Union Square et jusqu'au Delmonico's dans la 14e Rue.

— Tu convoitais ce quartier…

— Tout n'est pas perdu. Ces idiots croient réussir à éclairer la ville entière avec la lampe à arc tandis que nous savons parfaitement que l'incandescente la détrônera en un rien de temps. Le territoire est encore à prendre, mais je n'ai plus une seule minute à perdre, sans quoi ce bandit d'Hiram Maxim essaiera aussi de nous dérober notre place.

Depuis un certain temps, la Edison Electric Light Company ne cessait de poursuivre en justice le richissime Hiram Maxim qui, non seulement avait répété les violations des brevets de Thomas sur la lampe incandescente, mais nous avait également volé Ludwig Boehm, notre souffleur de verre, en l'attirant avec un meilleur salaire afin qu'il consente à fabriquer des globes semblables à ceux d'Edison pour son propre profit. Boehm cherchait depuis longtemps un moyen de partir, incapable de composer avec les moqueries oscillant parfois vers la méchanceté des garçons de Menlo Park, mais tout de même, il aurait dû faire preuve de plus de loyauté. Les puissants alliés d'Hiram Maxim avaient ouvert leurs portefeuilles, et avaient embauché d'excellents avocats pour lui éviter la ruine et la fermeture de son entreprise, mais dans l'esprit de tous, il était évident qu'Edison avait été volé et violé par cet escroc qui désirait désormais se lancer aussi dans la course à l'illumination.

— Ce qu'il t'a fait est innommable.

Combien de fois avais-je moi-même résisté à mes envies de vengeance et songé à trouver une façon de saboter les installations de cet homme qui avait osé s'octroyer l'invention de l'ampoule incandescente ? Thomas était plus magnanime que moi et j'ignorais comment il y parvenait. Depuis le temps qu'il créait, il avait compris qu'il était à la merci des profiteurs, des menteurs et des hypocrites qui tenteraient de nager sur la même vague. Ayant vécu cette même situation avec Graham Bell lors de l'invention du téléphone, il avait conscience de ne rien pouvoir faire de plus que de laisser la justice, fût-elle fantoche, et l'argent décider de qui avait inventé quoi. Mais il désirait tout de même se battre.

— C'est pourquoi nous devons débuter le plus rapidement possible. Je n'ai pas encore reçu mes permis, mais il est impensable de rester à ne rien faire tandis que tant de gens se disputent le gâteau.

— Tu as pris une décision ?

— Oui, mais il y a une chose que tu dois maintenant comprendre.

Il cessa son observation minutieuse des lampadaires pour prendre mon bras et me forcer à lui faire face. Dans ses yeux, je voyais de l'hésitation et de l'incertitude quant à la façon dont je réagirais à ce qu'il allait m'annoncer.

— Ce qu'il y a, c'est que nous ne pourrons plus rester ici.

— Que veux-tu dire, Thomas ?

— Je ne peux continuer à convoiter ma place à New York tout en demeurant à Menlo Park. Je suis trop loin du champ de bataille, il serait facile de m'oublier. Je crois avoir déniché des locaux. Nous allons commencer à déménager nos installations en ville, nous n'avons plus le choix. J'ai consulté Batch et il pense aussi que cela est inévitable.

— Mais, Tom, tu n'y penses pas… Menlo Park est toute ta vie, ton quartier général, le centre du monde, tu l'as toi-même affirmé à plusieurs reprises. Tu es le sorcier de Menlo Park, pas de Brooklyn.

— Je sais, mais il faut être logique, Charlie. Cela n'aurait plus de sens d'y rester. Je dois assumer mon rôle, diriger cette entreprise. J'ai estimé que l'effort nous demandera quatre ans de nos vies. En nous obstinant à rester à Menlo Park, nous n'aurons aucune chance de réussir à nous affirmer comme le principal fournisseur de courant électrique de tout New York. Nous sommes obligés de prendre de l'expansion, d'engager davantage d'électriciens et de machinistes. Tu peux imaginer combien de génératrices devront être fabriquées si nous considérons qu'une seule d'entre elles fournit du courant sur un demi-mille seulement? Honest John est surchargé de travail. Ici, il n'a plus l'espace suffisant pour produire toutes les "Mary Ann" dont nous aurons besoin.

— Mais vivre à New York, je ne suis pas certaine d'en avoir envie.

— Voilà pourquoi je tenais à te parler d'abord. Je ne compte pas fermer le laboratoire immédiatement. Ici sera installée l'usine de production des ampoules, sous la direction de Francis Upton probablement, je ne suis pas encore tout à fait décidé. Je te donne le choix. Tu peux demeurer ici et faire partie de l'équipe de Francis ou venir avec le reste de nous à New York.

Je restai silencieuse et, réalisant soudain que le froid me gelait les pieds et que d'incontrôlables frissons agitaient mon corps, je me remis à marcher, avec Tom sur mes talons. Plusieurs des affirmations qu'il venait de faire me déplaisaient et je commençai par éclaircir celle qui, éventuellement, pourrait me rendre amère et vindicative.

— Tu considères Francis Upton pour ce poste? Pourquoi pas moi, Thomas? J'ai contribué autant sinon davantage à la création de cette ampoule et je suis ici depuis plus longtemps. Pourquoi me surpasse-t-il?

— C'est un mathématicien et un physicien diplômé, Charlene. Oui, il est vrai que j'ai songé à toi, mais...

— C'est parce que je suis une femme et que tu ne me crois pas capable d'obtenir le respect des électriciens, n'est-ce pas? Ou Charles Batchelor te l'aurait-il déconseillé? Parce que les épouses de nos collègues racontent depuis le début que je n'ai pas ma place ici, je ne mérite pas d'entrer dans la course, c'est cela?

— Ne te fâche pas pour rien, Charlie, cela n'a rien à voir avec personne. C'est moi et moi seul qui prendrai la décision. Non parce que je ne te fais pas confiance, mais parce que si je te donnais la responsabilité de l'usine d'ampoules, tu devrais rester ici. Et ce n'est pas ce que je souhaite.

— Alors, tu me contrains maintenant à faire un choix! C'est Menlo Park ou c'est toi! Mais ce choix, tu t'es chargé de le faire à ma place!

— C'est à peu près cela, mais c'est uniquement parce que je te désire près de moi.

— Je ne te crois pas une seule minute, Thomas Edison!

— Tant pis.

En passant devant sa résidence, nous aperçûmes les enfants qui, bien emmitouflés, lançaient des boules de neige au loin alors que le chien tentait de les attraper en courant inlassablement à gauche et à droite. Sentant son maître, l'animal se désintéressa des enfants et se mit à japper en notre direction sans toutefois dépasser la clôture qu'il ne devait pas franchir. Mais Thomas le provoqua et l'appela en frappant sur ses cuisses. Le chien sauta la barrière pour se précipiter sur lui en battant la queue et en reniflant ses gants, cherchant à savoir s'il n'avait pas quelque chose à lui donner. Dot et Dash eurent tôt fait de nous rejoindre, rouges de froid, mais heureux de toute cette neige qui leur permettait de construire des châteaux et de creuser des tranchées. Il m'apparaissait désolant que Thomas veuille leur enlever cet environnement paradisiaque pour les emmener en ville où, évidemment, ils n'auraient jamais le même genre de liberté. Les enfants nous suivirent le reste de la promenade, demeurant quelques pas derrière nous pour s'amuser avec le chien qui revenait vers eux dès qu'ils l'appelaient. Quand je recommençai à parler, ce fut en m'approchant de l'oreille de Thomas dans le but de garder mes paroles inaudibles pour Dot et Dash qui, désormais, avaient l'âge de comprendre.

— Et quelles seraient mes tâches à New York ? Je ne vais pas me mettre à creuser des digues le long de la 5e Avenue comme un ouvrier.

— Je te trouverai quelque chose au bureau.

— Bon, pour une scientifique, c'est une fin heureuse, il n'y a pas à dire !

— Ne te fâche pas, Charlene. Ne te mets pas en colère contre moi. Cette opportunité, nous y avons tous rêvé, nous avons travaillé précisément pour l'obtenir.

— Je ne sais pas, Thomas. Je ne peux faire un choix tout de suite.

Mon visage était glacé et mon cœur subissait le même sort. Certes, j'avais prié pour la victoire, mais si celle-ci signifiait l'abandon de mon monde, je ne pouvais y voir qu'une sombre malédiction. Je détestais New York, en vérité. Et dans un mouvement de rage, je ne m'empêchai pas de le lui lancer en plein visage.

— New York n'est qu'un marécage puant où la lumière du soleil ne pénètre jamais ! Je hais cette ville !

La présence des enfants m'empêcha de m'enfuir à la course pour aller trouver refuge à l'intérieur de mon cher laboratoire. Ma colère était néanmoins palpable et il s'efforça de me tranquilliser en m'expliquant très calmement :

— Charlene, écoute-moi, je t'en prie. Si tu dis de telles choses, c'est que tu ne connais pas New York comme moi je la connais. S'il te plaît, donne-lui une chance de te séduire. Accompagne-moi là-bas et je vais te prouver que tu as tort. À mon bras, tu découvriras la ville où le véritable Thomas Edison est né. J'ai toujours eu le sentiment que New York m'appartenait et je souhaite te la montrer à travers mes yeux.

— Aller là-bas avec toi ? Juste nous deux ? dis-je en l'observant de biais, méfiante.

— Oui, juste nous deux.

— Je dois y songer, lançai-je en lui arrachant mon bras et en me dirigeant vers la pension.

Ma rage ne s'était pas dissipée avec sa proposition d'escapade intime que je savais faite afin de mieux m'amadouer.

De loin, je l'entendis crier :

— Je pars avec le train de sept heures quinze demain matin ! Tu n'auras qu'à te présenter à la gare si tu changes d'avis. Et ne raconte rien de tout cela aux autres, je désire leur annoncer moi-même la nouvelle !

J'esquissai un geste du bras afin de le rassurer, mais je ne pouvais rien lui promettre quant à ma présence le jour suivant. Mon univers s'effritait, mais j'avais commencé à le percevoir il y a longtemps, à peu près à l'époque de ma fuite à Jersey. Je n'avais plus d'emprise sur ce que Thomas Edison était en train d'édifier pour lui-même, et si je choisissais de ne pas y participer, cela n'y changerait rien.

❧

Le vent du matin poussa violemment mes jupes lorsque j'ouvris la porte de la pension en silence. Après avoir reçu la gifle d'une volée de neige en sortant, je retins mon col de fourrure bien serré sous mon menton et calai ma toque sur mes oreilles. Frederick Street était embarrassée de congères nées au cours de la nuit, ce qui me donna l'impression de forcer le courant naturel d'un cours d'eau alors que je me frayais un chemin jusqu'à la gare. À l'endroit où l'on voyait normalement le trottoir de bois devant l'arrêt du train se dressait, au milieu de la neige, une silhouette déterminée qui combattait les mouvements rageurs du vent en tenant solidement la bordure de son chapeau haut-de-forme.

— J'ai les pieds complètement gelés ! s'écria Thomas en riant à mon approche, soulevant à tour de rôle ses bottes pleines de neige.

Frissonnant trop pour rétorquer quoi que ce soit, je me plaçai près de lui en serrant les bras sur mon corps. Il me frictionna les épaules en reniflant et me garda tout près de lui pour que nous tentions de nous réchauffer mutuellement.

— Tu vois ce que je fais pour toi, Thomas Edison ?

— Oh, je ne m'attendais pas à moins ! Tu adores m'accuser des pires tortures que tu dois endurer ! Une de plus ne peut que te satisfaire, n'est-ce pas ?

— Combien de temps nous reste-t-il à attendre comme cela ?

— Quelques minutes seulement, ne crains rien.

Sous ses rires et moqueries habituels, je pus voir, en l'observant plus attentivement, la rougeur de ses yeux, signe d'une nuit encore trop brève qu'il avait dû passer au laboratoire à travailler, ne s'accordant qu'un peu de repos sur un simple banc en bois, près de la fournaise. Par-delà le souffle du vent, je perçus bientôt au loin les sons caractéristiques de la locomotive qui approchait et secouai l'épaule de l'homme frigorifié près de moi. Nous nous préparâmes à monter dans le wagon, nous rendant bien visibles en nous déplaçant plus près du lieu d'embarquement.

La banquette craqua sous nos arrière-trains quand nous prîmes place et je me calai contre Thomas en cherchant un peu de chaleur. Le wagon était si froid que nos bouches continuèrent tout au long du trajet à cracher de la vapeur tandis que nos pieds demeuraient semblables à des blocs de glace. On nous servit heureusement de bonnes tasses de grog malgré l'heure matinale et nous en bûmes sans interruption pendant les soixante milles qui nous séparaient de New York. L'alcool que contenait la boisson eut tôt fait de me ramollir et me rendre bavarde, ce que Thomas vit comme un signe de bonne volonté. Que j'aie accepté de braver le froid pour l'accompagner voulait déjà dire beaucoup à ses yeux.

Lorsque nous débarquâmes, nous constatâmes immédiatement que le vent agressif de Menlo Park ne nous avait pas suivis jusqu'à la ville. Je dus admettre qu'à New York, il n'était plus aussi désagréable de marcher, les édifices nous protégeant des attaques féroces de l'hiver, nous enveloppant dans un microclimat fort tolérable.

— Oui, nous ne sommes plus à la campagne, pardi! Il s'agit de l'avantage principal de vivre dans une ville comme New York.

Il allait évidemment tenter de me persuader de le suivre avec tous les arguments à sa disposition, mais mon opinion n'allait certainement pas changer simplement parce que l'hiver était moins cruel au milieu de la ville. La laideur du paysage new-yorkais ne fut pas pour me rassurer lorsque nous sortîmes de la gare pour commencer à arpenter les rues avoisinantes. Il était pratiquement impossible d'apercevoir le ciel. En levant les yeux, on ne voyait que la toile d'araignée composée des fils télégraphiques croisés par les fils électriques reliant les édifices les uns aux autres. C'en était cauchemardesque. Sur chaque poteau étaient fixées des dizaines de connexions qui alimentaient les établissements de la ville, à l'infini aurait-on dit. Et sur la terre ferme, ce n'était pas plus joli. Les excréments des milliers de chevaux qui parcouraient les rues de New York tous les jours noircissaient la neige en des mares fumantes et puantes, se répandant au passage des voitures pour créer de longs tracés foncés dans les avenues marchandes. Ne pouvant se stationner près des trottoirs à cause de la neige, les voitures de livraison s'arrêtaient en plein milieu de la rue, provoquant des embouteillages sur des milles et des milles. Les cochers, ne comprenant pas la raison de ces arrêts, fulminaient et criaient des injures à quiconque était jugé potentiellement responsable de l'interruption de la circulation. Comme on ne pouvait accuser que le véhicule devant soi, la chaîne d'engueulades s'amorçait au bas de la rue, allant en croissant alors qu'on se rapprochait du véhicule nuisible.

J'étais atterrée par cette ambiance si violente, par la vulgarité des jurons proférés alors que la circulation était de plus en plus immobile à notre approche de Wall Street. Les marchands itinérants étaient tous au rendez-vous, proposant leur café et leurs brioches chaudes. De jeunes vendeurs de journaux aux oreilles écarlates sous leurs casquettes de laine criaient les grands titres en récupérant, avec leurs gants sans doigts, les quelques sous qu'on leur tendait en échange d'un exemplaire du *New York Daily* ou du *New York Sun*. Le rythme effréné de la ville ne s'interrompait pas parce que la neige la rendait difficile d'accès. Pour tous ceux qui devaient gagner leur pain dans les rues, la vie continuait.

Je réalisai rapidement que notre visite avait un objectif particulier à la façon dont Thomas me guidait à travers les rues encombrées. Nous nous rendîmes jusqu'à la 5e Avenue et une fois là, il se mit à lever le nez pour chercher une adresse. Avec un « ah ! » de satisfaction, il s'arrêta devant l'édifice qui avait déjà été le « manoir Bishop », un bâtiment de brique très élégant, sur quatre étages, paré d'un grand escalier qui menait à une double porte vitrée, au numéro 65, non loin de l'intersection de la 14e Rue.

— Que sommes-nous venus faire ici? dis-je en emmêlant mes doigts les uns dans les autres sous mon manchon.

Il consulta sa montre en plongeant la main dans son manteau et se colla le nez contre la vitre de l'édifice pour tenter de voir à l'intérieur.

— On m'a dit neuf heures. Il ne devrait plus tarder maintenant.

— Qui cela?

Thomas ne me répondit pas et pigea de nouveau dans la poche intérieure de son manteau pour faire apparaître un cigare. Il l'alluma et tira sur le havane en pressant à plusieurs reprises sa bouche contre l'extrémité, puis souffla un cercle de fumée devant mon visage, m'asphyxiant sciemment pour s'amuser. L'une de ses canines était devenue toute jaune à cause de ces cigares qu'il gardait constamment au coin de sa bouche et j'avais beau lui répéter que cela n'avait rien d'élégant, il continuait à fumer comme une locomotive. Je ne connaissais personne qui fumât autant que lui.

Lorsqu'une voiture couverte conduite par deux chevaux se stationna devant l'édifice, il éteignit son cigare sur l'un des piliers de l'escalier et le rangea dans sa poche pour plus tard, comme il le faisait toujours. L'homme qui nous rejoignit serra chaleureusement la main de Thomas sans se préoccuper de ma présence. Il devait me prendre pour sa femme. Tirant un énorme porte-clés de sa poche, il nous fit entrer dans l'édifice, dansant d'un pied à l'autre en tentant de se réchauffer, déjà gelé après avoir parcouru les quelques mètres entre sa voiture et l'intérieur de l'édifice.

Thomas avançait dans la grande salle vide et sombre en hochant la tête, semblant déjà y voir la concrétisation d'une idée qu'il nourrissait. Nous visitâmes rapidement les étages, et je me détachai pour faire moi-même un tour d'horizon tandis que les deux hommes discutaient de détails techniques quant au zonage de l'établissement. Je les rejoignis alors qu'ils débattaient d'un prix de vente dans une pièce ressemblant à un bureau, ayant rapidement compris l'objectif de cette rencontre. Sans que je puisse donner mon opinion, Thomas avait déjà signé tous les papiers et tendu à l'homme la somme de base qui lui avait été demandée.

— Et pour en face... les conditions sont-elles toujours les mêmes que celles discutées auparavant avec votre associé?

— Oui, la maison sera libre à l'instant où vous formulerez le désir d'y emménager. Les locataires sont prêts à libérer la maison dans un délai de quarante-huit heures. Ils n'y restent que pour la garder habitée. Dois-je leur demander si une visite est possible?

— Non, c'est très bien, je vous fais confiance.

Le propriétaire continua à glisser des documents sous le nez de Thomas, celui-ci apposant sa griffe avec assurance chaque fois qu'une nouvelle page lui était présentée. Après quelques minutes, l'homme tendit son porte-clés à Thomas qui se leva en lui serrant la main. J'attendis que nous soyons seuls pour poser encore la question, cette fois sur un ton plus brusque:

— Que sommes-nous venus faire ici, Thomas?

— Eh bien, je suis heureux de t'annoncer qu'il s'agit de ton nouveau chez-toi!

— Attends une minute! Je veux une explication.

— Ma chère Charlene, c'est ici que j'ai choisi de m'établir! N'est-ce pas merveilleux?

— C'est glacial.

— Oui, évidemment, les fournaises ne sont pas encore alimentées et je n'y ai pas installé l'électricité, mais cela viendra. J'ai voulu un édifice prestigieux dans un quartier qui l'était tout autant. Il faut montrer que nous avons les moyens de nous battre.

— Tu ne peux comparer cette sombre bâtisse à notre beau laboratoire de Menlo Park. C'est le jour et la nuit.

— Lorsqu'il y aura de la vie, tu verras cet endroit très différemment, je suis prêt à le parier.

— Et tu vivras en face, n'est-ce pas ? Avec ta femme et tes enfants ?

— Mary désire revenir en ville depuis des années. Cela la guérira peut-être.

— Et moi ? Où vivrai-je ?

— Mais ici ! Tout le dernier étage sera consacré aux chambres que vous occuperez afin de descendre au travail sans devoir mettre le nez dehors. C'est pratique, tu ne trouves pas ?

— Je n'en sais rien. Vivre encore serrée contre mes collègues ? Je n'en suis vraiment pas certaine, Tom.

— De toute façon, nous commencerons graduellement à emménager dès la semaine prochaine, autant t'y faire.

— C'est trop rapide, tout cela va trop vite !

— Les choses sont ainsi, Charlie. Tu t'adaptes ou tu es laissée derrière, à toi de choisir.

À ce stade, insinuer qu'il me laissait encore le choix était absurde. En dépit de la tristesse que je ressentais à l'idée de quitter Menlo Park, Thomas ne devait plus avoir le moindre doute que je le suivrais, peu importe où il irait. J'évitai toutefois de le lui dire d'une façon aussi nette. La journée n'était pas terminée, après tout.

❧

En sortant de l'édifice, nous nous dirigeâmes immédiatement sur notre gauche, vers la 14e Rue. Juste là, au coin, je remarquai une enseigne qui ne m'était pas inconnue. Nous étions arrivés devant le très populaire établissement de restauration Delmonico's.

— Ah, c'est ici ?

— Oui. La réputation du restaurant de Lorenzo n'est plus à faire. En s'établissant dans le quartier des affaires, il savait ce qu'il faisait. Allons dîner.

— Mais Thomas, je ne suis pas habillée pour aller manger dans un tel endroit ! dis-je en retenant son bras au moment où il allait m'entraîner à l'intérieur.

Il eut un rire débordant de suffisance, me montrant qu'il entrait dans son rôle à cet instant.

— Tu es avec moi ! Tu aurais beau être vêtue de loques, ils ne s'en préoccuperaient pas !

À la fin de la matinée, juste avant l'encombrement du midi, seules quelques personnes étaient attablées, des hommes d'affaires pour la plupart, en conversation par groupes de deux ou trois, d'autres dégustant un café penchés sur des journaux ou des documents de travail. Nous fûmes guidés vers une banquette par un jeune homme longiligne à la démarche étudiée, mais nous n'eûmes pas le temps de nous asseoir que le propriétaire des lieux vint à notre rencontre.

— Le grand Edison, chez moi, un mardi ! s'exclama monsieur Delmonico avec le type d'accent italien que j'imaginais très répandu à New York.

— Lorenzo ! répondit Thomas en ouvrant les bras pour accueillir celui qui désirait lui faire la bise.

Ce genre de salutation me parut fort singulière et, en secouant la tête, je me glissai au fond de la banquette tandis qu'ils discutaient. Lorenzo Delmonico se montra très heureux d'apprendre que Thomas allait s'établir tout près et n'hésita pas à lui annoncer qu'il nous offrait le repas. Nous reçûmes d'abord des coupes de champagne au jus d'orange, puis suivirent de divines crêpes très minces roulées et garnies de tomates, d'asperges, de jambon et de fromage sur lesquelles coulait une sauce béchamel sublime.

— Avec tout le respect que j'ai pour la cuisine de notre chère logeuse, Thomas, je dois admettre ne jamais avoir goûté à quelque chose de plus délicieux de toute ma vie.

— Et il en serait ainsi tous les jours si tu consentais à venir t'établir à New York pour continuer à travailler avec moi.

Avec la main qui tenait sa fourchette, il désigna son plat en tentant de terminer une bouchée avant de parler.

— Et cela, ce n'est rien. Mais tu sais de quoi il est capable, tu as goûté ses fruits de mer à Menlo Park en décembre dernier. Une fois ici, je ne mangerai plus nulle part ailleurs.

Pour accompagner le repas, une bouteille de vin blanc nous fut aussi servie, mais Thomas n'en consomma qu'un verre et uniquement parce qu'il avait froid et que l'alcool le réchauffait. J'en bus la majeure partie mine de rien, ne remarquant qu'à peine ma coupe qui se vidait et s'emplissait tandis que nous discutions. Pour le dessert, nous eûmes droit à un gâteau dont l'intérieur regorgeait de chocolat fondu tout chaud et immédiatement, je n'eus envie de rien d'autre pour le reste de mes jours. Thomas fuma un cigare tandis que je terminais le dessert en grattant le fond de l'assiette et il me proposa de prendre autre chose vu qu'en ce jour, mon appétit était revenu et semblait insatiable.

— Non, je ne peux pas… Ce ne serait certainement pas élégant.

— On s'en fiche. Je veux que tu sois satisfaite, c'est tout ce qui compte.

À ces mots, je posai ma cuillère et m'essuyai consciencieusement les lèvres avant de croiser les mains sur la table. J'ignorais encore quels étaient les plans de Thomas pour le reste de la journée, mais à observer son visage depuis le matin, je devinais qu'il y avait anguille sous roche.

— Pourquoi m'as-tu emmenée ici, Thomas ? Pourquoi n'es-tu pas venu avec Batchelor, ton allié, celui sans qui les décisions ne se prennent pas ?

Il fit tournoyer son cigare entre ses doigts pendant quelques secondes, attendant que le jeune homme venu pour débarrasser ait terminé sa tâche. La table libérée des assiettes, il tira le cendrier à lui et me resservit un peu de vin pour vider la bouteille. À partir de ce moment précis, j'eus peine à confronter son regard qui cherchait sans cesse à s'insinuer dans mon esprit pour le sonder. Au cours du repas, nous avions retrouvé cette intimité qui se développait naturellement entre nous lorsque nous étions seuls. J'aurais aimé me glisser plus près de lui sur la banquette et me couler entre ses bras, boire mon vin en respirant le parfum de sa peau et en effleurant sa joue de ma bouche enjôleuse. En public, rien de tout cela n'était possible, car Thomas ne perdait jamais de vue que sa femme s'installerait ici avec lui dans les mois à venir et que les langues ne devaient pas avoir d'histoires croustillantes à raconter quand il se pointerait en ces lieux avec son épouse légitime au bras. Il restait très professionnel, à part au fond de ses yeux, endroit où personne à l'exception de moi n'avait accès. Il s'était plu à me regarder manger avec un grand plaisir, il avait conscience que cet appétit ne demandait qu'à être transféré à son corps et ne tentait même pas de chasser le courant qui nous liait en se moquant de moi comme il le faisait si souvent, ou en se plongeant dans un discours technique qui n'aurait pourtant pas manqué de refroidir mon désir.

— J'ai dit que je souhaitais te montrer New York telle que je la connais. Jusqu'à présent, je ne t'ai pas entendue te plaindre. Nous allons continuer comme cela quelques heures.

— Quand retournerons-nous à Menlo Park?

— Pas avant demain, pour sûr.

Cette phrase, aussi brève et froide fût-elle, m'ébranla fortement, quoique je n'en montrasse rien. Je me contentai de porter ma coupe à mes lèvres et levant discrètement les yeux vers lui, je remarquai qu'il regardait ailleurs.

Nous quittâmes le Delmonico's vers une heure. Les quelques clients s'attardant encore à la suite de l'heure de pointe du lunch ne manquèrent pas de reconnaître Thomas à son passage dans la salle à manger et, s'ils parvenaient à capturer son regard, esquissaient de dignes gestes du menton en guise de salutation. L'observant tandis que je marchais derrière lui, je pus jurer qu'il se réjouissait intérieurement de ces marques d'attention, particulièrement à New York, où son sort n'avait pas toujours été enviable.

— Lorsque je suis arrivé ici, en 1869, je n'avais pas un sou en poche, m'avait-il confié au cours du repas. J'avais utilisé l'argent qui me restait pour payer ma traversée de Boston en ferry. Un ami avait consenti à me prêter un dollar, mais cela ne fut évidemment pas suffisant pour me loger. Je passais donc mes nuits à marcher au gré de ces avenues, faisant connaissance avec New York d'une façon très intime et profonde. Je n'ai pu manger à ma faim pendant longtemps.

Il considérait son succès à venir et son établissement dans la 5e Avenue comme un juste retour du balancier et il défila ainsi, bourré de fierté, jusqu'à la sortie du restaurant en effleurant la bordure de son haut-de-forme de l'index pour répondre à ses admirateurs. La scène me fit rire sans trop m'impressionner. À Menlo Park, il était simplement Tom. Il s'asseyait sur les mêmes tabourets durs et bancals que nous, mangeait aussi peu et aussi irrégulièrement, riait comme tous mes collègues des blagues grossières des menuisiers et laissait sortir de sa bouche des chapelets de jurons lorsqu'il se prenait la peau du doigt dans une pince. Ici, il était le respectable monsieur Edison.

Après le repas, il évita de nous diriger immédiatement vers l'hôtel où il avait prévu de passer la nuit, conscient que nous n'en ressortirions plus. Et il était encore trop tôt pour cela. Je n'avais pas assez vu New York, disait-il. Il me présenta son bras, m'obligeant à me laisser guider.

⎯⎯⎯

À la suite du dîner, nous marchâmes jusqu'au coin de la 16e Rue et de la place Rutherford pour que je puisse voir l'église St. George qui se dressait non loin. Nous nous dirigeâmes ensuite vers le Old Bowery Theater en passant par les endroits qu'aimait fréquenter Thomas lorsqu'il venait à New York le samedi soir en compagnie de Francis Jehl qui était devenu son compagnon de sortie. En désignant les enseignes devant lesquelles nous avancions, il me confia aimer venir assister à des combats de boxe chez Harry Minor sans me proposer d'entrer, fort heureusement. Il réservait cela à ses collègues masculins. Avec un enthousiasme juvénile, il m'entraîna toutefois au Eimer & Amend Drug Store au coin de la 3e Avenue et de la 18e Rue, me révélant qu'il ne manquait jamais de s'y arrêter à chacune de ses visites.

Je compris immédiatement en entrant d'où provenaient les produits plus hétéroclites les uns que les autres qui s'étendaient sur toute la cloison du laboratoire et qui fascinaient tellement les journalistes visitant notre repaire. Les substances les plus rares et inaccessibles au commun des mortels étaient aisément trouvables en ces lieux, moyennant que l'on connaisse suffisamment le propriétaire pour qu'il consente à ouvrir le petit placard dérobé bien à l'abri des regards au fond de sa boutique. D'ici provenait la morphine que Thomas achetait pour sa femme. Je le devinais au regard que les deux hommes échangèrent alors qu'ils ne me croyaient pas attentive. Je feignis de ne pas connaître sa combine et ne posai pas de question lorsque Thomas reparut après une visite à l'arrière-boutique en portant sous le bras une boîte rigoureusement scellée. Cette visite marqua la fin de notre périple à travers les avenues du centre de New York et mon silence ramena une tension que nous avions jusque-là très bien réussi à gérer. Avec cette boîte, ce fut comme si Mary surgissait entre nous pour nous rappeler le caractère illicite de ce voyage et nous fûmes moins enclins à accélérer le pas vers l'hôtel malgré que le soir fût sur le point d'arriver.

Il me guida en silence jusqu'au Metropolitan Hotel, au coin de Broadway et de Prince Street. Évidemment, l'idée de parcourir Broadway à la nuit tombée me tentait beaucoup, mais il ne s'agissait pas de l'objectif ultime de notre séjour. Il prit une chambre, l'une des plus chères, comme s'il en avait l'habitude, puis nous nous installâmes à la salle à manger, très près l'un de l'autre sur une banquette en forme de «U». Je remarquai la lumière dansante du candélabre au gaz juste au-dessus de nos têtes et m'amusai de ne plus en avoir l'habitude.

— Ce qui me rassure, Charlie, c'est de savoir pertinemment que Brush, avec ses lampes à arc, n'obtiendra jamais d'entente avec les entreprises privées. Car qui voudrait d'une lumière aussi aveuglante et peu pratique dans des endroits tels que celui-ci ? Ce sera *mon* territoire, personne ne saura me battre sur ce point, moi seul détiens le secret de l'éclairage domestique.

Un serveur portant le gilet rayé noir et doré de l'hôtel sur une chemise blanche craquante déposa la carte devant Thomas en lui récitant le menu de la soirée.

— Pas maintenant. Revenez dans dix minutes, je vous prie.

Thomas avala une longue gorgée d'eau qu'on nous avait servie glacée dans de jolies coupes gravées des armes de l'établissement et croisa les mains sur le menu fermé devant lui. La longue promenade m'avait ouvert l'appétit et jusqu'à ce que Thomas consente à commander, je me sustentai de pain en le garnissant d'une épaisse couche de beurre fouetté.

— Tu dois comprendre une chose, Charlie.

— Je t'écoute, dis-je entre deux bouchées, lui signifiant que j'étais tout ouïe, même si j'avais la bouche pleine.

— Ma décision de prendre la ville d'assaut ne plaît pas à tout le monde. Mes rivaux ne m'accueilleront pas ici de bon cœur, cela est évidemment à prévoir, mais nous allons devoir affronter des forces beaucoup plus puissantes que Brush ou Maxim, ou n'importe quel autre improvisateur ayant décidé de se plonger dans la course à l'illumination. Nous allons déranger une gigantesque industrie qui jusqu'à présent régnait en solitaire dans l'univers de la lumière et celle-ci ne se contentera pas de nous regarder prendre la place sans broncher.

— De qui parles-tu?

Il se contenta de lever l'index vers le candélabre fixé au mur au-dessus de nous et haussa les sourcils.

— Les entreprises gazières. Notre objectif avoué est de les conduire à la ruine et leurs dirigeants sont parfaitement conscients de devoir combattre le progrès en l'attaquant de toutes parts. Il s'agira de notre plus grande difficulté. Ils ont les moyens de se rallier la presse et, ultimement, l'opinion publique. Ils me haïssent et feront tout pour me heurter. J'ai été suffisamment clair au sujet de mes intentions dans les journaux pour qu'ils voient en moi un ennemi à abattre et je veux que tu saches que je ne souffrirai d'aucun scrupule pour nous défendre, ma lumière et moi. Lorsque j'ai affirmé vouloir offrir l'électricité domestique à un moindre coût, les marchés gaziers de Londres ont failli s'effondrer, ils ne me pardonneront jamais la panique que j'ai causée avec cette simple affirmation. Il faut que tu réalises que la guerre dans laquelle nous entrons sera affreusement sanglante et que je ne dois pas avoir de pitié à l'égard de mes ennemis.

— Pourquoi me dis-tu tout cela, Tom ? Depuis le début, tu n'en fais qu'à ta tête de toute façon.

— Parce que je vois bien que *tout cela* t'exaspère. Le faste, les apparences. Tu te dis que ce n'est pas moi, que je ne peux être amoureux du luxe et du prestige. Ton regard est différent, tu m'observes comme une mère déçue de l'attitude de son petit garçon et je ne peux le supporter.

— Tu n'y es pas du tout, mon cher Thomas, pas du tout, dis-je en secouant la tête après avoir déchiré de mes dents une nouvelle bouchée de pain beurrée.

— Alors, qu'y a-t-il ? Ce silence que tu traînes depuis l'après-midi me pousse à vouloir expliquer mes gestes et mes décisions alors que je ne le devrais pas.

— Ce ne sont pas tes propos qui me choquent, mais cette fichue boîte qui gît là à tes côtés et à laquelle tu sembles tenir plus qu'à la prunelle de tes yeux. Je sais, je ne suis pas censée le dire, mais… je connais ce secret si grave que tu t'obstines à me cacher et j'en suis très ébranlée.

— Cette boîte ? questionna-t-il en baissant brièvement les yeux.

— Oui, je sais tout.

Le serveur choisit ce moment précis pour réapparaître et il fut contraint de tourner les talons alors que Thomas haussait la main pour demander encore quelques minutes de réflexion. Mes épaules s'affaissèrent en voyant notre homme s'éloigner sans avoir pris notre commande, mais j'avais commis l'impair d'aller marcher dans un jardin secret. Thomas serrait les lèvres et devant la déception visible dans mon regard, il accepta de laisser tomber ces quelques mots en les murmurant comme s'ils lui brûlaient la bouche :

— Elle est malade.

— Oui, cela est évident.

— Non, tu ne comprends pas, je veux dire, elle est malade, là.

Il cogna sur son front comme s'il tentait d'y enfoncer un clou, si violemment que je crus qu'il allait se faire une ecchymose.

— Les médecins ne voient rien, si ce n'est désormais qu'une trop grande dépendance à cette... substance.

Il s'était refusé à prononcer le mot « drogue » mais son hésitation prouvait qu'il était conscient qu'à ce stade, il ne s'agissait plus d'un simple médicament.

— Une fois revenue en ville, elle oubliera ses maux et retrouvera une vie normale. Charlene, je ne veux pas que tu t'insinues ainsi dans mon mariage, la situation est déjà suffisamment compliquée comme cela, tu ne trouves pas ?

— Oui.

Je me tus, cherchant notre serveur alors que je m'arrachais au regard pénétrant de Thomas. Je demandai une pièce de viande, bien saignante, comme je les aimais, et Thomas m'imita en ajoutant une bouteille de vin rouge à la commande. Consciente que, cette fois encore, il ne m'accompagnerait que pour un demi-verre, je remerciai mon estomac qui s'était endurci au contact de mes compagnons de pension. Cette fois par contre, je n'allais pas me laisser aller à boire plus qu'il ne le fallait. Je désirais garder mon esprit clair en prévision de la nuit. Il n'avait pris qu'une seule chambre. J'aurais été très idiote de ne pas comprendre par là qu'il allait respecter la promesse qu'il m'avait faite il y a trois mois.

À l'instant où le serveur disparut, Thomas attrapa ma main et la ramena près de lui.

— Et toi ? Qu'est-ce qui ne va pas dans ta tête ? N'as-tu pas envie parfois d'avoir des enfants ? Une vie un peu plus ordonnée ?

Je secouai énergiquement la tête.

— Non, je ne songe pas à cela.

— Ce n'est pas encore ton histoire avec cet Allemand... Je veux dire, n'es-tu pas guérie maintenant ?

— Le temps a passé et fait son œuvre, mais avoir des enfants...

— Et si tu tombais malencontreusement enceinte ?

— Ah, c'est cela ? Non, Tom, tu ne dois pas t'inquiéter. Je suis une grande fille, je sais ce qu'il y a à faire.

— Oui ? Et qu'est-ce que c'est ?

— Non, nous ne parlerons pas de cela ! Contentons-nous du minimum et tout le monde sera content !

Il haussa les épaules et mâchouilla une moitié de cigare trouvée au fond de sa poche pour se redonner contenance et trouver à s'occuper avant que la nourriture nous soit servie. Mais il était intrigué. Évidemment, un homme se targuant de connaître tous les secrets de la nature détestait s'avouer parfaitement ignorant quant à l'intimité profonde de la femme et il comptait sur notre complicité pour me soutirer des confidences que je me refusais à lui faire. Le sujet, pourtant brièvement abordé, le mettait mal à l'aise et me remplissait aussi d'embarras, car nous ne pouvions feindre nous trouver là, ensemble, pour passer la nuit dans des lits séparés. Nous étions à New York dans le but très précis, quoique inavoué, de recréer une de nos nuits parisiennes, mais la nature de notre relation, approfondie depuis lors, nous obligeait à envisager la chose avec beaucoup moins de désinvolture. Par conséquent, nous allongeâmes le souper le plus que nous le pûmes. Ses doigts ne cessaient de manipuler tout ce qui se trouvait à proximité, petite cuillère, serviette, et il alla même jusqu'à redemander du café lorsqu'il vit le fond de sa tasse. Alors que la salle à manger se vidait tranquillement, il se plut à me montrer comment fumer le havane, s'approchant tout près de mon visage en laissant la fumée s'enfuir lentement d'entre ses lèvres en me passant le cigare. Nous avions une envie folle de nous embrasser, nos yeux chutant sur nos bouches chaque fois qu'ils en avaient l'occasion, mais conscients que nous disposions de toute la nuit pour le faire, nous nous contentions de nous regarder sans mot dire en permettant à nos doigts emmêlés sous la table d'aiguiser notre désir.

— Je n'en peux plus, Thomas, chuchotai-je à un moment, ignorant s'il avait pu m'entendre.

Je brûlais de sentir cette bouche sur ma gorge. En fait, je l'imaginais avec tellement de force que mon corps en était déjà bouleversé. Il signa la note et me tendit la main dès que nous nous glissâmes hors de la banquette, n'oubliant pas de reprendre la boîte dont nous avions pourtant complètement oublié la présence.

Dans la cage d'escalier, alors que nous n'avions gravi qu'un seul palier, il tenta de me coincer contre le mur, mais je me dégageai.

— Nous n'y sommes pas encore... Attends juste un peu.

Nous poursuivîmes la montée en faisant jouer nos mains l'une dans l'autre, lui escaladant les marches à reculons juste pour que nous ne nous perdions pas de vue. J'adorais toujours autant ses joues bien pleines que j'avais envie de presser contre ma poitrine nue, son regard de centenaire sous des sourcils broussailleux, ses gestes nerveux d'homme peu accoutumé à la puissance de son envie ou au désir affirmé d'une femme. Il n'était jamais certain de savoir comment s'y prendre avec moi et cela me charmait tout autant que l'ardeur qu'il mettait à se satisfaire lorsque les barrières tombaient.

En entrant dans la chambre, je réalisai être tout aussi craintive que lui et l'obligeai à patienter encore en m'enfermant dans la salle de bain pour me rafraîchir. Je me contorsionnai afin de retirer ma robe et défis mes cheveux en y glissant mes doigts humidifiés d'un peu d'eau. De mon sac à main, je tirai mon nécessaire de toilette et fis, comme à Paris, ce que je devais pour éviter qu'une embarrassante grossesse résulte de cette nuit avec lui.

Lorsque je le rejoignis, je vis qu'il avait retiré sa redingote et qu'il attendait mon retour en observant la ville de la fenêtre, les mains dans les poches. Je marchai lentement jusqu'à lui et m'offris à ses bras en ne cessant de gémir son nom, appuyant mon nez contre sa poitrine pour respirer le parfum brut de sa peau qui émanait sous sa chemise. Je le sentis plus intimidé qu'il ne l'avait déjà été et cela m'apparut compréhensible. Cette fois, il ne s'agissait plus de répondre à une impulsion sauvage à l'aveuglette ou de me protéger alors que mes pires angoisses surgissaient, il devait se laisser aimer, doucement, avec chaleur, et il n'était pas certain d'être suffisamment à l'aise pour s'abandonner à de réels sentiments. Il était beau et bien fait quoique de petite taille, un avantage puisque je n'avais pas à me hisser sur le bout des pieds pour parcourir son corps entier de mes mains ou de mes lèvres. Debout au milieu de la pièce, nous finîmes par laisser tomber les dernières pièces de vêtement, nous frottant l'un contre l'autre dans des mouvements passionnés, empreints de la connaissance que nous avions déjà de nos corps. L'attrait d'Edison résidait dans cette beauté impossible à ignorer même s'il faisait tout pour la camoufler sous des vêtements poussiéreux et une bonne couche de sueur odorante. Mais ce soir, il s'offrait sans masque, tel qu'un homme véritable avait le devoir de se donner à celle qui le réclamait. J'en profitai pour le regarder sous ses moindres coutures. Cela ne lui plaisait pas beaucoup, mais il n'avait pas le choix. Il tenta de retenir mes yeux en ramenant ma bouche sur la sienne et eut tôt fait de me faire basculer sur le lit où nous nous enlaçâmes avec la même ivresse qui nous avait animés à Paris, en repoussant les draps et en rejetant les oreillers au sol. Lorsqu'il me prit enfin, ce fut très profondément, presque violemment, et il ne se tranquillisa pas avant que je lui eût crié de se calmer, que nous avions toute la nuit.

Vers deux heures, j'ouvris les yeux, troublée. Je venais de rêver de lui, je l'avais entendu parler, je l'avais senti s'agiter quelque part autour de moi dans l'obscurité. Ce n'était qu'un songe. En vérité, son corps sommeillait en silence de l'autre côté du lit, mais il m'avait fait croire que son esprit ne s'arrêtait jamais, qu'il ne se permettait pas le repos. À l'intérieur de mes cuisses, une impression d'humidité poisseuse me gêna avant d'éveiller de nouveau mon envie. J'osai me glisser un peu plus près de lui sous les draps et toucher son corps chaud. Je contournai sa hanche et cherchai son sexe pour lui redonner une seconde vie. Dans l'inconscience du sommeil, Thomas se retourna sur le dos en soupirant et écarta les jambes, arquant le dos au rythme de mes caresses. Doucement, je grimpai sur lui et me pénétrai de sa dureté renouvelée sans sa permission jusqu'à ce qu'il s'éveille et qu'il se sente en moi. Le petit génie était immobilisé, obligé de me laisser onduler contre son bas-ventre comme une affamée. Son sexe qui se dressait comme une demi-lune lors d'un soir sans nuages chatouillait des espaces de ma personne dont j'ignorais l'existence jusque-là et il ne fallut que peu de temps avant que je ne m'engourdisse de plaisir au-dessus de lui, perdue dans une longue extase qui me garda sous sa coupe une éternité durant. « Thomas, Thomas, Thomas… », m'entendis-je implorer par manque de termes adéquats pour exprimer ma jouissance, comme chaque fois que j'avais le bonheur de le sentir à l'intérieur de moi. Je l'aimais si fort que la vie aurait dû s'arrêter là, alors que je le possédais entièrement, que l'esprit d'Edison ne réclamait rien d'autre qu'un plaisir égal au mien.

Je fus la première de nous deux à réaliser que le jour était levé, apercevant la clarté qui se frayait un chemin dans les interstices des épais rideaux. Assurément, je ne souhaitais pas me rendormir, me forçant à le regarder sommeiller en n'osant pas effleurer son corps de peur de l'éveiller et mettre un terme à notre nuit. Il ne dormait habituellement que quatre ou cinq heures par jour, s'il en avait l'occasion, n'ayant peut-être jamais passé autant de temps au lit que cette fois-ci. Son souffle paisible me poussa à me questionner. J'avais déjà entendu dire que les plus grands scientifiques obtenaient leurs révélations les plus importantes en songe, mais Thomas ne semblait jamais rêver. Ou si cela advenait, il n'en parlait pas. Comme il devait être fascinant d'être en lui, dans son esprit si large que l'avenir du monde se permettait de lui apparaître clairement. Quand il se mit à s'agiter entre les draps, je demeurai immobile, feignant toujours de dormir. Je le vis regarder autour de lui, comme s'il ne se souvenait plus où il se trouvait. Il me sentit derrière lui et se retourna en gardant sa tête enfouie dans l'oreiller. À quelques pouces seulement de distance, nous nous observâmes en silence, puis je ramenai sa tête contre ma poitrine où il se blottit. Le moment aurait été parfait pour que, dans un murmure, je lui révèle mes sentiments, son oreille étant si près de ma bouche. Mais je forçai les mots à demeurer au fond de moi. À la place, je glissai mes doigts le long de son visage, touchai ses joues souples et respirai l'odeur de ses cheveux en me plongeant le nez dans sa frange.

— Tu es prête à rentrer ? chuchota-t-il en pressant mon sein contre sa bouche et en le humant comme s'il s'agissait d'un pain chaud.

— Pas vraiment, mais nous le devons, répondis-je en camouflant ma déception à l'idée de me séparer de lui.

— Ne disons pas un mot de cela à quiconque, ce sera notre secret.

— Évidemment.

Il entrouvrit mes jambes et commença à caresser mon sexe tout doucement, s'amusant à feindre d'y aller au hasard alors qu'après tant de fois passées à nous explorer, il savait parfaitement ce qui me plaisait. Peu de temps fallut avant qu'il ne grimpe sur moi pour me prendre dans la chaleur des draps remontés très haut sur nous. Encore engourdie de sommeil, j'évitai de bouger par peur de perdre une seule seconde de cette sensation de délicieuse brûlure qui naissait à chacune de ses lentes poussées. Les yeux clos, je prononçais son nom chaque fois que je le sentais atteindre le fond de ma personne, n'acceptant pas de retirer mes doigts de sa chevelure, ce geste devenu l'emblème de ma passion pour lui. Nous profitâmes de ces derniers moments jusqu'à ce que la lumière du soleil s'affirme trop pour parvenir à se dissimuler derrière les rideaux et, embarrassé par sa montée de désir malgré la puissante jouissance qu'il avait générée en moi, il quitta le lit en me conseillant de ne plus m'y attarder. Dans un peu plus d'une heure, nous devions monter à bord du train nous ramenant à Menlo Park, et à voir l'expression de son visage lorsqu'il sortit de la salle de bain, je compris que les affaires devaient reprendre et qu'il était déjà ailleurs.

Chapitre 21

Edison
Illuminating Company

Le voyage que Thomas et moi avions fait à New York avait certes été remarqué, mais au cœur des rumeurs de plus en plus persistantes de déménagement, les soucis de mes collègues étaient très au-delà de cela. Nous leur avons simplement confirmé que l'achat d'un édifice au centre du quartier joliment nommé « Tenderloin District » était imminent. Thomas avait révélé à quelques privilégiés seulement que l'entente était déjà conclue : Honest John, Charles Batchelor et Charles Dean.

Dans un désir de transparence, Thomas fit circuler un mémorandum pour nous prévenir de la tenue d'une assemblée générale le jour suivant notre retour à Menlo Park. J'avais évité de lui donner clairement mon appui, ayant l'objectif précis de garder la porte ouverte pour protester si le poste qu'il souhaitait m'offrir ne me correspondait pas. Mais Thomas n'était pas aveugle. À la façon dont je lui avais fait l'amour, il était conscient que je l'appuierais dans ses décisions, et les quelques paroles chuchotées par sa bouche au cours de notre nuit ensemble me permettaient de croire qu'il avait peut-être révisé ses positions et qu'il pourrait m'accorder le poste que je désirais vraiment.

Le rassemblement eut lieu à la salle des machines, agrandie maintes fois depuis les deux dernières années et demie et seul endroit pouvant contenir la centaine d'employés que nous étions dorénavant. En observant la situation froidement, je dus admettre, en entrant flanquée de Francis Jehl, que nous entasser tous dans le périmètre réduit de Menlo Park n'avait plus le moindre sens. Thomas avait besoin d'une main-d'œuvre encore plus importante. Nous, nous n'avions plus les installations nécessaires pour loger tout ce monde et pour leur permettre d'exécuter décemment leur boulot.

Le noyau que formaient les employés présents lors de la fondation de la Edison Electric Light Company, une trentaine de personnes tout au plus, se tenait réuni à l'avant, sachant que nous serions les premiers sélectionnés pour les postes de direction qui, assurément, se multiplieraient à compter de maintenant. En vérité, j'osais bel et bien m'inclure dans cette possibilité, sûre que Thomas ne m'avait pas invitée à New York seulement parce qu'il m'avait promis une nuit d'amour, mais qu'il avait aussi souhaité me démontrer sa confiance. Assise entre les deux Francis, Jehl et Upton, j'attendis calmement le commencement de la rencontre, sereine devant mon rival qui exposait aussi une assurance certaine. La partie ne se déroulait en réalité qu'entre nous deux qui désirions la même chose.

Thomas se présenta devant nous sans formalité, la main gauche dans la poche de ses pantalons de travail usés et tenant quelques feuilles froissées dans l'autre. Les machinistes avaient pris place sur les lourdes pièces d'équipement de la salle, les coudes sur les genoux et le dos rond, serrant leurs casquettes de laine entre leurs doigts. Batchelor, Kruesi et Dean se trouvaient sur la même rangée que moi, mais quelques chaises plus loin, près de l'endroit où se dressait nonchalamment Thomas.

— Plusieurs d'entre vous sont récemment venus à moi pour exprimer leurs questionnements quant à la direction que prendra cette entreprise au cours de la prochaine année...

Devant un geste de Charles Batchelor qui lui demandait d'élever un peu plus la voix, Thomas transféra son poids d'un pied à l'autre et toussota avant de poursuivre, sans regarder quiconque en particulier.

— Beaucoup ont entendu dire que notre nouvelle usine serait dorénavant établie à New York, ce que je confirme en ce jour. Bon, ce n'est pas une surprise. Ne nous attardons pas sur les motifs, nous les connaissons tous. Si j'ai tenu à m'adresser à vous aujourd'hui, c'est plutôt pour vous aiguiller quant à la forme que prendront nos départements respectifs dans les semaines à venir. En premier lieu, l'annonce la plus importante...

Il pria alors Batchelor de le rejoindre sur le podium de fortune et lui céda la parole. Personnellement, je m'attendais à ce que celui-ci soit officiellement nommé à une fonction élevée au sein de l'entreprise et rapatrié aux bureaux de la direction. Je fus estomaquée par ce que j'entendis.

— Je tiens d'abord à dire à quel point ce fut un plaisir pour moi de venir en ces lieux et travailler en votre compagnie à de si magnifiques démonstrations du progrès. Je côtoie Thomas depuis le tout début, depuis l'époque de l'usine de Ward Street, à Newark. J'ai eu la joie d'être présent lors de la création du phonographe, merveille nous ayant permis de visiter l'Exposition universelle de Paris ainsi que la Maison-Blanche. Maintenant, mon devoir est de porter la magie d'Edison outre-mer. Dans quelques jours, je partirai donc pour Paris où j'aurai l'honneur de lancer la division européenne des entreprises Edison, avec l'espoir d'illuminer les plus grandes villes du continent grâce à la technologie de notre cher ami. J'ignore encore combien de temps durera mon périple, car je compte bien mettre toute mon ardeur à la tâche qui m'est dévolue en trouvant là-bas d'autres magiciens qui, comme vous tous, accepteront de se donner corps et âme à la création d'un avenir meilleur.

Contrairement à Thomas, Charles était monté sur l'estrade, préparé, déclamant son discours comme l'aurait fait un président sur le point d'entrer en fonction; le dos bien droit et usant d'un langage formel et étudié. Quelqu'un démarra une salve d'applaudissements à laquelle je ne me joignis que pour faire bonne figure. Tout ce que j'étais en mesure de voir était que Batch nous quittait, qu'il retournait vers sa chère Europe parce que l'occasion se présentait à lui. Il s'agissait de la première pièce du polynôme qui se détachait.

Thomas revint à l'avant, remerciant Charles pour ses services et lui souhaitant bonne chance, échange que je jugeai trop froid par son caractère public et forcé. Je ne doutais pas qu'ils avaient eu une longue conversation auparavant et que chacun d'entre eux se faisait violence pour dissimuler la forte émotion que provoquerait cette séparation. J'ignorais pourquoi Thomas n'avait pas insisté davantage pour garder Charles à New York. Leurs motifs respectifs ne me seraient jamais expliqués.

Honest John fut le suivant à prendre la parole. Kruesi était un autre grand compagnon de Thomas et je me mis à craindre les paroles qui étaient sur le point de sortir de sa bouche. Peu enclin à se donner en spectacle tel que Batchelor s'était plu à le faire, il nous fit part des changements à venir comme s'il récitait un texte, sans émotion, d'un air préoccupé. Sa nouvelle fabrique serait située au 65, Washington Street, et ne serait plus considérée comme un simple département de la Edison Electric Light Company, mais existerait à part entière sous le nom d'Edison Electric Tube Company. Ce que je compris immédiatement fut qu'il ne dépendrait plus de Thomas, mais serait nommé directeur de cette branche. Tous ses ouvriers s'établiraient là-bas avec lui et seraient responsables de la fabrication des câbles souterrains ainsi que de leur installation.

Charles Dean fut également nommé à la tête d'une compagnie nouvellement créée, la Edison Machine Works. Celle-là serait basée au 104, Goerck Street, non loin des quais de la East River. Là seraient fabriquées les nombreuses génératrices qu'il faudrait disposer à un demi-mille de distance chacune afin d'alimenter le circuit en courant direct.

Edward Johnson, notre valeureux représentant commercial, était pour sa part envoyé en Angleterre pour y faire connaître les entreprises Edison et tenter de convaincre les Anglais de la pertinence de l'illumination domestique à la lampe incandescente alimentée par le courant direct.

Il y eut à ce moment un échange de regards entre Thomas et moi. Il ne restait qu'une annonce à faire. La plus importante, quant à moi. Thomas revint sur le podium et confirma que l'usine d'ampoules électriques demeurerait à Menlo Park et que le laboratoire en entier serait réaménagé pour ne servir qu'à une seule cause.

— Je me dois d'abord de remercier toutes ces personnes qui, depuis le commencement des recherches sur l'ampoule incandescente, ont multiplié les efforts et les nuits blanches pour atteindre les standards de production qui surpassent aujourd'hui ceux de nos compétiteurs. Je suis fier de nommer monsieur Francis Upton à la tête de l'équipe qui fabriquera les milliers d'ampoules qui éclaireront bientôt New York et un jour, l'Amérique en entier !

Alors qu'Upton relevait le menton et se dirigeait vers le podium, je serrai les lèvres en jaugeant Thomas qui, les bras croisés sur la poitrine, me regardait froidement.

— Nous aurons le mandat de produire à peu près un millier d'ampoules, certes, mais quotidiennement ! Vous devez réalisez, messieurs que…

« Pourquoi me fais-tu donc cet affront ? », pensais-je.

— Puis des souffleurs de verre supplémentaires seront engagés...

« Pourquoi pas moi ? Ne t'ai-je pas assez donné ? »

— Sans être tout à fait indépendants, nous représenterons une branche essentielle de la Edison Illuminating Company dont monsieur Edison vous entretiendra à l'instant.

Me fichant des annonces officielles comme de l'opinion qu'on se ferait de mon geste, je me dressai bien raide devant tous les hommes rassemblés et exprimai mon mécontentement en me dirigeant vers la sortie alors que Thomas reprenait la parole. Il n'en fut pas ébranlé, à aucun moment il ne s'interrompit pour lancer un : « Miss Charlie, je n'ai pas terminé » qui m'aurait permis de lui montrer publiquement mon désaccord en le dédaignant. Personne en fait ne s'étonna de ma petite manifestation, car tout le monde travaillant de près avec moi estimait aussi que mes chances de diriger l'usine d'ampoules existaient bel et bien.

☙

Entrant comme une furie à la pension, me croyant seule à l'étage et libre d'exprimer ma rancœur, je dressai l'oreille en percevant du mouvement dans l'une des chambres du même palier. Stockton Griffin, mon cher Griff, grâce à qui j'avais pu obtenir la paix et le respect de mes collègues, était penché sur une valise et triait des livres.

— Griff ? Mais que faites-vous là ?

— Ah, miss Charlie, vous m'avez fait sursauter ! C'est déjà fini ?

— Non, en fait, je suis partie. J'en avais assez entendu.

Ses traits s'étirèrent dans une expression que j'aurais pu traduire par : « Vous aussi ? » Cependant, Griff, lui, ne s'était même pas donné la peine de se présenter à l'assemblée.

Il m'avait déjà confié qu'à ses yeux, aller travailler à New York n'était pas une option.

— Vous n'allez pas me quitter, Griff?

— Que si. Je suis désolé, mais cela ne me convient plus. Je m'en retourne travailler pour la Western Union comme opérateur de télégraphe. Ils m'attendent dans les prochains jours à Newark.

Je m'affalai sur son lit en soupirant. Griff aussi comprenait que la belle équipe de jadis n'existait plus, que le charme de faire partie du clan d'Edison se réduisait désormais à n'être qu'un invisible maillon dans une chaîne de production de masse sans âme. Il ne pouvait pas le supporter.

— Devenir sa maîtresse ne vous a pas servi? Non, évidemment. Sans quoi, vous ne seriez pas ici alors que tous les autres se réjouissent de leur promotion, je suppose.

— Je m'excuse d'avoir fait preuve d'autant de faiblesse.

— Bof, c'était inévitable. Le chef de tribu qui s'accouple avec la femelle féconde, il n'y avait pas d'autre issue, l'histoire du monde en est témoin. Avec vous, il a marqué son territoire, il n'aurait pas toléré qu'un autre que lui mette ses mains sur la seule brebis du troupeau.

— C'est plus compliqué que cela, Griff.

— Non, pas tellement.

Je l'observai de biais alors qu'il pliait approximativement des chemises toutes identiques en les empilant sur le reste de ses vêtements dans la valise à l'odeur de naphtaline.

— Vous en êtes amoureuse, je parie.

— Je ne sais pas. Je ne sais plus. Vous m'auriez posé cette question il y a douze heures, je vous aurais répondu: "Oui, de tout mon cœur", mais quelques secondes seulement furent nécessaires pour réaliser combien il lui était facile de me poignarder dans le dos.

— J'étais déjà au courant que ce ne serait pas vous, il l'avait dit à Batchelor. Qu'allez-vous faire maintenant?

Êtes-vous revenue pour prendre aussi votre valise et disparaître ?

Je laissai un long soupir s'échapper et courbai le dos.

— J'ai déjà tenté de me figurer quelles seraient mes options dorénavant. Mon père a pris sa retraite de l'Université de New York, je n'ai plus d'espoir de m'y trouver un emploi comme chercheur, et aller le rejoindre en Allemagne me semblerait trop saugrenu, jamais je n'en aurai la force.

— Trouvez-vous un mari une bonne fois pour toutes, miss Charlie, il s'agit encore de votre meilleure solution.

— Je ne pourrai jamais.

— Pourquoi ? Parce que vous l'aimez, n'est-ce pas ?

— Je ne peux répondre à cela en ce moment, je suis trop fâchée.

Je lui donnai un coup de main pour mettre de l'ordre dans la pièce qu'il quittait en prenant conscience que pour la première fois depuis des années, il n'y aurait pas de nouvel arrivant pour prendre la chambre que l'un d'entre nous abandonnait. Avant de le laisser partir, je me jetai contre lui, mes mains étant incapables de se joindre derrière son dos tant Griff était costaud. Il me souhaita bonne chance, mais je vis une touche de pitié dans le dernier regard qu'il posa sur moi. Il lui était très difficile de me laisser derrière lui, sans protecteur.

— Je m'en sortirai, Griff.

— Oubliez-le, miss Charlie, je vous en conjure. L'attrait que vous ressentez à son égard n'est pas suffisant pour faire tourner le vent en votre faveur. Il continuera à l'utiliser plutôt. Ne craignez pas de partir aussi s'il vous déçoit. Pour lui, cela ne fera aucune différence.

— Je dois y songer.

Quand il eut disparu dans l'escalier, je me rendis à ma propre chambre et en contemplai les murs désormais devenus si familiers. Dans mon esprit serait à jamais gravé le souvenir des pas que je pouvais entendre au petit matin sur le trottoir de bois, juste en bas, quand Thomas retournait lentement chez lui après une longue nuit de travail. Ne dormant généralement pas au moment où il passait ainsi sous ma fenêtre, je me précipitais pour le regarder, souriant de le voir les mains dans les poches et la tête penchée en avant dans une position d'intense réflexion, m'amusant qu'il ne m'entende jamais l'interpeller. La plupart du temps, je ne parvenais à dormir que lorsque je le savais chez lui à se reposer également. Si j'acceptais d'aller à New York, il n'y aurait plus de tels instants. Le calme, le silence le plus complet, puis ses pas qui approchaient à un rythme toujours égal pour s'éloigner de la même façon. Assise à la fenêtre en ce jour, ces pas me manquaient déjà, mais la réminiscence, romantique par son caractère achevé, ne s'éternisa pas en moi. Depuis ma fenêtre, je pus apercevoir Francis Upton qui venait de traverser la rue pour se diriger vers la pension et je me tendis.

En quelques secondes, il fut au milieu de ma chambre et me darda de son index et de ses yeux exorbités.

— Qu'est-ce que c'était que cela ? Qu'avez-vous essayé de prouver, miss Morrison ?

— Sortez de ma chambre, Francis. Je ne désire ni vous voir ni vous adresser la parole. Vous avez obtenu ce que vous vouliez. Laissez-moi tranquille.

Il porta ses doigts à ses tempes.

— Vous n'allez pas me raconter que vous avez cru une seule minute qu'on vous offrirait ce poste ? Vous n'êtes pas bien ?

Alors qu'il choisissait de hausser le ton, je l'imitai. On n'allait pas m'agresser verbalement dans ma propre chambre sans que je rétorque par la même violence.

— Je vous rappelle avoir travaillé à ces ampoules tout autant que vous ! J'ai fait plus de six mille expériences pour parvenir au résultat ultime de la lampe incandescente et vous allez insinuer que je ne connais pas mon métier ?

— Montrez-moi vos diplômes ! Quelles qualifications avez-vous pour vous octroyer les connaissances nécessaires pour diriger une telle entreprise ? Baiser des physiciens ne fait pas de vous une vraie scientifique !

— Espèce de sombre arrogant, depuis le début vous me voyez comme une rivale à éliminer, vous vous battez pour l'estime d'Edison comme un enfant qui désire s'approprier l'ours en peluche du petit voisin ! Vous êtes arrivé ici en nous regardant de haut et en nous brandissant vos maudits diplômes au visage toutes les cinq minutes ! Lorsque Edison a eu l'électricité chez lui, vous nous avez suppliés de vous brancher aussi, parce que vous deviez absolument être son égal ! Et maintenant, vous croyez posséder suffisamment d'autorité pour me confronter et tenter de me faire taire, mais je dis non, vous ne m'intimidez pas, Upton !

— Vous avez eu la bêtise de croire que coucher avec Edison vous donnerait des privilèges sur moi, mais jamais il n'aurait placé une femme à la tête de l'une de ses entreprises, il ne serait assez inconscient pour cela ! Et surtout pas vous, espèce d'hystérique !

— Moi, je suis hystérique, alors que vous êtes celui qui surgit dans mes quartiers sans la moindre raison valable pour me crier ces âneries ? Allez au diable !

Probablement audibles dans toute la pension, et même jusqu'à la rue, nos cris avaient eu tôt fait d'alerter Sarah Jordan. Craintive à l'idée de s'insinuer entre nous pour nous séparer, elle était sortie comme une flèche pour aller chercher une personne habilitée à calmer la tempête. Grimaçant comme s'il arrivait devant la scène d'un crime sanglant, Thomas entra en trombe, souleva la chaise à sa gauche et l'abattit sur le plancher avec violence. Nous sursautâmes et baissâmes les yeux. Thomas siffla entre ses dents :

— Vous êtes devenus fous ?

Je tentai de défendre mon emportement, mais la voix de Francis couvrit évidemment la mienne et l'affrontement reprit de plus belle. Thomas empoigna Francis par le bras et l'entraîna hors de la pièce en ne m'adressant que quelques mots très brefs : « Nous reparlerons de ceci. » En m'élançant à la fenêtre un instant plus tard, je les vis passer la porte de la pension en discutant énergiquement. Quand Thomas leva les yeux et me vit, je me contentai de le dévisager et fis un pas en arrière. Il me jetterait probablement à la porte pour cet affreux mouvement d'humeur et protégerait son cher Francis qui avait eu trois bonnes années pour l'amadouer jusqu'à ce jour précis où sa victoire s'affirmait. J'attendis de les voir partir en direction de leurs demeures respectives et sortis à mon tour, ignorant les questionnements de la pauvre Sally qui n'avait jamais été témoin d'une telle dispute auparavant.

Je filai au laboratoire, désirant en absorber l'atmosphère encore une fois avant que son décor ne se mette à changer résolument. Nous étions le 3 février et déjà mes collègues commençaient à ranger les objets les plus fragiles dans de grandes caisses pleines de paille. Peu à peu, les bouteilles disparaissaient des étagères et quelqu'un se chargeait d'en retirer la poussière accumulée avant de les disposer délicatement dans l'une des caisses étiquetées « fragile ». On me pria d'aider, ce que je refusai. Je n'en avais pas le cœur. Le démantèlement de mon monde parfait me troublait trop. Sur sa table habituelle, le phonographe attendait son tour. J'ignorais ce que Thomas en ferait. Il était à parier que l'objet serait exposé dans son nouveau bureau de New York, relégué à un rôle décoratif alors qu'il aurait pu changer la face du monde. Feignant d'avoir reçu l'ordre de me charger de le transporter ailleurs, je serrai les lèvres devant ma hardiesse et le soulevai. Fixé sur une base métallique, il était

beaucoup plus lourd que je ne l'avais imaginé et, par conséquent, je dus redoubler de prudence dans les escaliers pour
ne pas chuter avec lui. Cela m'aurait fait une belle fin, tiens !
Mon sang se répandant sur les pièces détachées du phonographe alors que l'on soulignait la fin d'un temps. Jolie une
dans les journaux.

Je me rendis jusqu'à la bibliothèque et cherchai les feuilles
d'étain vierges que j'avais déjà vues empilées dans une
armoire. Je fixai la feuille au cylindre et tournai la manivelle
pour m'assurer qu'elle tenait bien. J'appuyai ensuite l'aiguille
au commencement de la feuille et tournai encore en gardant
mon mouvement régulier. Je me penchai vers l'embouchure.

— Thomas. Nous avons été suffisamment inconscients
pour croire que ce que nous faisions ensemble pouvait
demeurer innocent, hors du cadre de notre travail, ce qui
n'est pas le cas. Quelqu'un devait se trouver blessé d'une
façon ou d'une autre et je suis cette personne. Je suis amoureuse de toi, Thomas, voilà pourquoi je ne crois pas pouvoir
aller de l'avant à tes côtés. Je suis soulagée de le dire tout en
sachant que ces mots resteront gravés sur cette feuille jusqu'à ce que tu choisisses de la détruire. Tu n'as pas idée
comme je peux t'aimer, mais il s'agit d'une cause perdue
d'avance. Pardonne-moi.

Sachant que la feuille permettait un enregistrement
d'une durée de deux minutes et des poussières, je me tus
néanmoins après ces derniers mots. Je lui avais révélé l'essentiel. Sans prendre la peine d'écouter, je détachai la feuille
d'étain du cylindre, m'insinuai dans la pièce voisine où
travaillait Thomas et la déposai sur son bureau. Afin de lui
rendre la tâche facile, je fis de même avec le phonographe
et retournai à la pension.

Dans sa chambre, Francis Jehl pleurait en silence, assis
sur son lit le visage tourné vers la fenêtre. Lui aussi prenait
très durement la nouvelle du déménagement, mais ses

motifs étaient beaucoup plus nobles que les miens, alors je n'osai pas l'embarrasser en entrant. Ni le désir ni l'amour pour l'inventeur ne le liaient à Menlo Park, mais sa passion pour son travail et pour les moments précieux que nous avions passés à nous donner jusqu'au bout de nos forces. Thomas faisait pourtant miroiter de belles perspectives à ce jeune homme. New York était même la ville où il avait grandi, où ses parents vivaient et où il avait laissé ses souvenirs. Mais ces arguments ne le consolaient pas de devoir dire adieu à l'antre du magicien, à notre monde merveilleux.

Comme si nous étions deux enfants souffrants, Sally eut la gentillesse de nous monter à chacun une soupe chaude et un morceau du pain qu'elle venait de terminer de cuire pour le matin suivant. Avec un sourire bienveillant, elle me tendit aussi le reste d'une bouteille de vin qui subsistait du souper. Notre courageuse logeuse était très triste de nous voir partir, elle qui pouvait désormais brandir fièrement le titre de propriétaire du premier commerce au monde éclairé à la lampe incandescente. Thomas lui avait fabriqué une affiche lumineuse, celle-ci ne s'éteignant qu'au lever du soleil pour retrouver sa brillance à l'instant où le ciel de fin de journée se mettait à s'assombrir. À compter des semaines suivantes, seuls les employés travaillant sous la direction de Francis Upton et n'ayant pas de résidence dans les environs vivraient à la pension, ce qui ne représentait qu'un petit nombre de gens. Pressentant le succès futur des entreprises Edison, Sally avait déjà commandé des plaques de cuivre sur lesquelles seraient gravés les noms des pensionnaires à avoir dormi dans ses chambres. Ces épitaphes nous rendaient encore plus mélancoliques.

Attablée très simplement avec mon repas réconfortant, mon vin et un livre, je profitais de cet instant sans songer à plus tard, sans essayer d'estimer combien de nuits il me restait à dormir dans ce lit, le meilleur de la maison. Lorsqu'on cogna à ma porte, je me préparai à avoir une conversation très émotive avec ce pauvre Francis Jehl qui détestait la solitude, mais ce ne fut pas lui qui entra.

— Thomas…

— Je peux te parler ?

— Oui, oui, certes. Assieds-toi.

Il referma la porte et déplaça la chaise dont il s'était servi un peu plus tôt pour interrompre la guerre de mots entre Upton et moi. Il s'installa à l'autre extrémité de ma petite table et consulta brièvement le livre que j'avais mis de côté en entendant frapper.

— J'ai écouté ton message.

— Ah.

— Je ne peux accepter cela.

J'avalai une dernière cuillère de soupe et poussai le bol en le remplaçant par la coupe de vin que je gardai entre mes doigts tremblants.

— Je suis conscient d'être entièrement responsable, toutefois. Je n'avais pas le droit de jouer avec toi, de te laisser croire que quelque chose pouvait être possible. Je suis marié, j'ai des enfants, je ne peux continuer à t'encourager dans ces sentiments que tu dis avoir.

— Je n'ai jamais pensé autre chose, Thomas, sache-le. Mais effectivement, tu as encouragé cela. La vérité doit être dite. Au cours des dernières années, tu as posé, à répétition, des gestes ambigus, qui eurent le malheur de m'attacher à toi. Tes cadeaux d'abord, ces beaux vêtements que tu m'as offerts et toutes ces autres choses qui se sont produites. Je sais que tu l'as fait en me croyant rétive à l'amour, mais tu aurais dû te douter de ce que tu provoquais.

— Beaucoup d'hommes ont des maîtresses avec qui ils passent des nuits exceptionnelles. J'ai aimé cela, ce serait absurde de ma part de dire le contraire, et j'en ai profité, comme tout homme le ferait, mais je déteste être ce genre d'homme. Je n'ai pas de temps pour vivre deux existences parallèles.

— Je comprends, dis-je en serrant le poing sous la table, cherchant avec mes ongles à créer sur ma peau une douleur plus forte que celle qui venait de prendre naissance dans mon cœur.

— Je ne suis cependant pas un ingrat. J'ai conscience que tu as donné quatre ans de ta vie sans jamais douter de l'aboutissement de nos projets et pour cette raison, je ne peux non plus te laisser partir comme cela.

— Tu réalises que je suis très fâchée, n'est-ce pas?

— Je ne pouvais te donner ce poste, Charlie.

— Pourquoi, Tom? Pourquoi m'as-tu déçue ainsi?

— Je refuse que tu restes derrière. Tu ne dois pas t'enterrer éternellement ici juste parce que tu es attachée à ces lieux. Ce ne sont que des édifices, un mélange de moments, mais nous allons recréer tout cela ailleurs. J'ai tout fait pour nous trouver un bel endroit, plus confortable, plus luxueux, plus près de la vie. J'ai fait cela en songeant à vous tous, à la satisfaction que vous auriez à réaliser que nos efforts nous mènent plus haut.

— Ce ne fut pas le but de mes efforts, Thomas. Le prestige, l'argent, je n'ai jamais songé à cela.

— Néanmoins, nous avons donné naissance à quelque chose de grand. Si Menlo Park te manque, tu pourras y revenir quand bon te semble. Moi-même, je garde la maison et en ferai ma résidence secondaire. Je ne ferme pas le laboratoire, tu le sais.

— Mais avec *lui* là-bas, plus rien ne sera pareil.

— Si je ne donne pas satisfaction à Francis, il ira proposer ses services à l'un de mes concurrents. Il connaît tous mes secrets, je n'ai pas le droit de le laisser les répandre dans d'autres oreilles. Cela n'a absolument rien à voir avec toi.

— Tu sembles avoir deux visages, Thomas. C'est ce qui me cause le plus de douleur, je crois. D'une part, tu es le Tom que nous connaissons tous et, de l'autre, tu es cet homme avide de plaire aux plus puissants qui tiennent notre sort entre leurs mains. Tu as cessé d'être un inventeur, tu n'es qu'un homme d'affaires désormais.

— J'ai travaillé très dur toute ma vie pour obtenir ma juste part de l'existence. Sur le point d'y parvenir, je ne vais pas m'interrompre pour des questions morales qui, de toute façon, ne me traversent pas l'esprit.

— Tu mènes ta vie comme tu l'entends. Nous n'avons pas la même vision de ce qu'elle doit être, c'est tout.

Je fixai mes yeux sur la coupe que je faisais nerveusement tournoyer depuis le début de notre conversation en avalant de longues gorgées à intervalles réguliers pour me donner une contenance. De biais, je voyais qu'il m'observait et son regard me dérangea, parce que j'ignorais ce qu'il signifiait, parce que je me sentais incapable de redresser la tête pour lui faire face. En silence, il se leva pour replacer la chaise près de la porte et revenir vers moi ensuite. Je n'avais pas bougé, la tige de verre le long de laquelle mes doigts allaient et venaient était devenue le point central de mon attention. Il toucha mon épaule pour que je consente enfin à le regarder avant qu'il ne s'en retourne chez lui.

— Je crois que tout a été dit, Thomas.

Il baissa la tête et échappa un rire nerveux.

— Non, justement. Tu ne me dis rien. Je ne sais pas ce que tu veux, comment tu envisages l'avenir, si tu acceptes de...

— Je n'ai rien à accepter, lançai-je en me levant et en me tenant très droite devant lui. Je suis ton employée, il t'appartient de décider de mon sort, non ?

Il le prit comme un défi et un éclat de colère traversa son visage, jusqu'à ce qu'il réalise que cette façon de nous quitter n'était pas la bonne. En tiquant, il ouvrit les bras et du bout des doigts, me signifia de venir à lui. Je tentai de garder l'étreinte la plus froide possible, la considérant comme une sorte d'adieu à la relation qui nous avait plongés dans une confuse tempête de sentiments. Mais à l'instant où je m'abandonnai, par mégarde, à sentir la chaleur de son corps contre le mien, il y eut un tremblement dans mes veines.

— Thomas, il ne faut plus que tu me touches.

— C'est difficile pour moi aussi, tu sais. La dernière nuit que nous avons passée ensemble… peut-être n'aurait-elle jamais dû avoir lieu. À cause d'elle, tu mélanges tout. Et moi aussi.

Vêtue d'une chemise masculine et de pantalons, l'accès à mon corps s'avérait facile et lorsqu'il tira sur les boutons pour se jeter sur ma peau, je tentai de combattre sa virulence.

— Non, je t'en supplie… commençai-je à gémir. Tu sais maintenant que je t'aime, ne m'oblige pas à supporter cela !

Il me fit taire en emprisonnant ma mâchoire avec sa main déterminée et colla sa bouche contre la mienne malgré mes tentatives pour m'y soustraire. Il m'obligea à faire marche arrière jusqu'au lit puis à m'y étendre avec lui. Nous nous dévêtîmes entièrement et alors qu'il cherchait à s'insinuer dans mon corps tout en glissant sa lèvre inférieure le long de ma gorge, je fus incapable de demeurer silencieuse.

— Je t'aime, Thomas. Je t'aime davantage que la vie elle-même, je ne veux jamais te quitter…

Il affirma sa possession de ma personne en me prenant avec la dureté d'un dresseur de chevaux montant un animal sauvage qu'il désirait parvenir à maîtriser. Mes jambes enserrant ses hanches, je le poussais en moi en recherchant la douleur qui me prouverait qu'il occupait tout l'espace, ne ressentant qu'un plaisir violent qui me contracta le visage.

Le lit grinçait abominablement, mais au point où nous en étions, aucun de nous n'avait cure d'être entendu. Nous cherchions tous les deux l'assouvissement complet de notre envie en aspirant les moindres parcelles de vie de nos corps, en les joignant de toutes les façons possibles, en nous goûtant jusqu'à satiété.

— C'est une pitié qu'il n'y ait pas d'homme dans ta vie, murmura-t-il après avoir passé une petite heure à reposer entre mes bras afin de tranquilliser ses sens.

— Il y a toi, cela me suffit.

— Cela t'irait à merveille d'être enceinte, tu te calmerais un peu.

— Ne dis pas de bêtises.

— C'est pourtant ce qu'il faut aux femmes comme toi.

Il se leva du lit et s'aspergea d'eau avant de rassembler ses vêtements.

— Pas question de rentrer à la maison maintenant, je dois attendre qu'elle dorme.

— Reste ici.

— Oui, pour sortir de ta chambre au petit matin et saluer les autres qui seront installés autour de la table? "Charlene m'a fait une place sur le tapis de sa chambre, j'ai passé une excellente nuit tout de même, à tout à l'heure, messieurs!" Ce serait du joli, tiens!

— Ils savent. Ils ne sont pas idiots. Remercie-les pour leur discrétion.

Il ne commenta pas et termina de s'habiller en me jurant que cette fois était la dernière, qu'il ne succomberait plus jamais. Je ne le crus pas et ce fut ce qui me permit de le laisser partir sans éclater en larmes.

À l'instant où il fut hors de ma portée, je sortis rapidement du lit et versai encore un peu plus d'eau de la carafe qu'avait utilisée Thomas. À l'aide d'un linge, je tentai de faire disparaître le liquide poisseux qui s'écoulait entre mes jambes, mais il y en avait toujours plus. Je m'enveloppai dans mon peignoir et, du haut de l'escalier, j'appelai Sarah qui, par son regard, me signifia qu'elle avait vu Thomas quitter prestement la pension et qu'elle devinait ce qui s'était produit.

— J'ai besoin de prendre un bain, immédiatement, lui confiai-je alors qu'elle parvenait à mi-chemin dans l'escalier.

— Ma pauvre… je sais ce qu'il y a à faire. Attendez-moi, je me charge de vous.

Elle ordonna à la domestique de monter une bonne quantité d'eau chaude à l'étage, puis s'enferma avec moi dans la petite pièce. Dans sa main était caché un objet singulier en forme de poire dont l'odeur me rebuta tout de suite.

— C'est une solution d'eau et de vinaigre. Et les éponges que je vous ai données?

— Ces choses-là ne se prévoient pas toujours, Sally. Nous devions raccommoder une discorde et cela semble le seul moyen que nous connaissons.

L'urgence l'animant l'empêcha de laisser libre cours aux nombreuses interrogations qui traversaient ses yeux et elle poussa la poire entre mes mains avant de retourner vers la porte.

— Allez-y franchement, une bonne dose, à quelques reprises, cela devrait suffire, dit-elle en désignant mon bas-ventre.

J'aurais pleuré de soulagement et de gratitude entre ses bras si je n'avais pas deviné que ce n'était ni mon honneur ni ma moralité qu'elle tentait de préserver, mais ceux d'Edison à qui elle devait davantage qu'à moi. Elle me laissa seule et je m'exécutai, humiliée, résolue à ne plus jamais lui permettre de me posséder.

❧

Les déménagements se succédèrent à compter du début février. L'équipe de Charles Dean fut la première à disparaître complètement de Menlo Park pour s'installer dans les nouveaux locaux de Goerck Street à New York. Le groupe dirigé par John Kruesi lui emboîta le pas vers la ville une semaine plus tard. Thomas ne mettait plus les pieds au laboratoire. Pour lui, c'était déjà du passé.

Une profonde tristesse étreignait ma poitrine alors que je vidais ma chambre de toutes mes affaires personnelles. Je n'allais laisser qu'une seule chose derrière moi; la bague de fiançailles que je conservais précieusement dans mon tiroir depuis mon arrivée à Menlo Park quatre ans auparavant. Avant de quitter définitivement la pension, j'en fis cadeau à Sarah Jordan.

— Mais je ne peux accepter un tel hommage, miss Charlie, ce bijou est beaucoup trop précieux! C'est un véritable diamant?

— Oui, Sally. En la revendant chez un bon bijoutier de Newark, vous en obtiendrez une somme considérable. Vous pouvez aussi l'offrir à votre fille lorsqu'elle se mariera. Il faut bien que cette bague rende une femme heureuse.

À ma plus grande joie, Sarah empocha la bague sans s'opposer davantage. Je n'avais pas besoin de ce symbole d'affliction alors que j'étais déjà si près des larmes. Elle m'attira ensuite contre sa poitrine.

— Jamais je n'oublierai tout ce que vous avez fait pour moi!

— Promettez-moi de revenir me voir, miss Charlie. La vie ici sera beaucoup moins excitante désormais.

— Juré. Je ne crois pas pouvoir vivre très longtemps loin d'ici, je devrai revenir le plus souvent possible.

Dehors, Francis Jehl m'attendait pour se rendre à la gare, la mine sombre et les yeux brumeux. Nous étions les derniers. Thomas lui avait signifié par télégramme qu'il nous espérait au nouveau quartier général de la 5e Avenue et que nous devions nous rapporter à lui le jour même.

Assis l'un devant l'autre dans le wagon, nous regardâmes le laboratoire s'éloigner, parfaitement conscients que par-delà les promesses faites à Sarah Jordan, nous ne pourrions pas quitter New York aussi souvent que nous le souhaiterions.

Chapitre 22

La guerre des courants

Francis n'était jamais entré dans l'édifice abritant désormais les bureaux de la Edison Illuminating Company. Lorsque le fiacre nous déposa juste devant les marches, il admit être étonné par le choix de notre chef et se trouva ragaillardi par tant de luxe, mais une fois à l'intérieur, nous fûmes confrontés à un véritable chantier. Le système électrique était en cours d'installation, ce qui donnait à l'endroit des allures de manoir décrépit. Tout au long de l'escalier principal, les murs étaient ouverts. Les ouvriers avaient dû arracher le papier peint et ouvrir le plâtre afin de passer les fils jusqu'au dernier étage. Les plafonniers qui provenaient directement de Menlo Park gisaient sur le sol en attendant d'être fixés sur les paliers, car chaque pièce serait parée de son propre interrupteur.

Nous ne fîmes que quelques pas dans le vestibule avant d'être interceptés par un gardien, ce qui constitua notre premier grand choc.

— Que faites-vous ici?

Stupéfait par le bouclier de protection que Thomas avait manifestement mis en place pour contrer les tentatives d'espionnage, Francis ne sut que dire. Je posai mes valises au sol et haussai le menton en dévisageant le gorille.

— Nous sommes avec Edison. Où est-il, d'ailleurs?

— Vos noms?

— Morrison et Jehl. Nous entrons en poste aujourd'hui.

L'homme baissa les yeux sur un petit carnet barbouillé de notes et nous y chercha longuement en tournant bien des pages.

— Vos chambres sont au dernier étage, lança-t-il en pointant l'index vers moi puis vers mon compagnon. Passez par là, l'escalier principal est hors d'usage aujourd'hui.

— Ça commence bien, maugréa Francis en me suivant dans l'escalier de service où se dégageait une terrible odeur d'humidité et peut-être même de rongeurs en décomposition.

La montée nous essouffla, mais une fois parvenus à l'étage où nous allions loger, il nous fut impossible de ne pas sourire. Dans le couloir où nous émergeâmes par une porte dérobée, nous trouvâmes tous nos collègues de la pension Jordan qui terminaient une journée de travail et qui avaient dû emprunter le même chemin que nous à quelques minutes d'intervalle. Nous n'avions pas vu la plupart d'entre eux depuis des semaines, faisant partie soit de l'équipe de Dean, soit de celle de Kruesi. Nous avions été les derniers à quitter Menlo Park et immédiatement, ils nous firent comprendre que nous leur avions manqué.

— Nous voilà au complet maintenant! cria Fred Ott, le frère cadet de John, un beau grand jeune homme à la chevelure ondulée et à la moustache longue et touffue.

J'adorais Fred, mais jamais je n'aurais pu prévoir à quel point sa vue me serait rassurante alors qu'il prenait mes valises pour les porter dans la pièce qui m'avait été assignée. Les portes étaient toutes grandes ouvertes et chacun voyageait librement de sa chambre jusqu'à la petite cuisine qui nous avait été attribuée au fond du couloir, dotée d'une salle à manger attenante. Ma plus belle surprise fut de constater que notre étage était terminé. Toutes nos chambres étaient éclairées à l'électricité et nous pourrions nous y réfugier en paix alors que les ouvriers s'acharnaient maintenant sur l'escalier principal et le vaste hall d'entrée.

Nous soupâmes tous ensemble de plats qui nous furent livrés du Delmonico's et nous nous permîmes de faire sauter le bouchon de quelques bouteilles de champagne pour célébrer nos retrouvailles. Nous étions en famille, exactement comme là-bas. Et un peu plus tard, alors que je ne l'attendais plus, la personne la plus essentielle à notre groupe se pointa. Thomas s'annonça bruyamment en feignant de nous prendre en flagrant délit, mais il arrivait lui-même de chez Lorenzo, flanqué de John Kruesi. Ce dernier déposa une grosse boîte de pâtisseries au milieu de la table et mes collègues s'y précipitèrent tandis que Thomas en profitait pour m'entraîner dans le couloir. Il prit quelques secondes pour observer mes joues rosies par le champagne et parut satisfait du sourire qu'affichait ma bouche.

— Alors, petite sotte, ce n'est pas si terrible, n'est-ce pas?

Je secouai la tête et éclatai de rire en entendant mes compagnons s'esclaffer dans la salle à manger.

— Tu aurais dû me faire confiance dès le départ. Tout cela, ça n'a rien à voir avec Menlo Park. C'est vous. Nous. Nous ne serons jamais perdus tant que nous resterons ensemble. Ici, tu es en sécurité. Ils veilleront sur toi, car tu es devenue une sœur à leurs yeux. Tu ne seras jamais seule, Charlie, en demeurant loyale au clan.

— Tu as raison, Thomas. Je n'ai aucune raison de ne pas envisager l'avenir avec l'optimisme que tu nous as inculqué.

J'étais consciente par contre que ce genre de soirée, agréable parce qu'elle nous remettait en mémoire les soupers de minuit qu'il nous arrivait de prendre à Menlo Park lorsque nous ne pouvions interrompre le travail jusqu'au lever du soleil, n'allait pas se reproduire quotidiennement. La charge de travail qui attendait mes compagnons était

trop gigantesque pour que nous nous permettions de fes-
toyer tous les soirs devant les assiettes trop bien garnies de
Lorenzo Delmonico. Le lendemain, à pareille heure, nous
serions tous réunis dans la grande salle du rez-de-chaussée,
mais cette fois, prêts à faire la guerre.

La terre new-yorkaise émergeait à peine sous la couche
de neige sale qui bordait les avenues de Tenderloin District
jusque-là. Le printemps 1881 arrivait et Thomas estimait
que nous ne connaîtrions pas de relâche avant le mois de
novembre, jusqu'à ce que le sol redevienne trop dur pour
être creusé. Sur une grande carte, il avait séparé chaque
quartier dont nous avions la charge de l'illumination et avait
réparti ceux-ci sur quatre ans. Alors que nous étudiions son
plan, la tâche nous sembla titanesque. Quatre ans durant,
nous allions vivre à l'envers des gens normaux, car les autorités de la ville avaient interdit à Edison d'encombrer les
avenues de son matériel et de ses ouvriers durant les heures
du jour où la circulation était la plus dense. Et comme les
rues de New York étaient constamment occupées, nous
n'avions d'autre choix que de concentrer nos efforts entre
onze heures du soir et quatre heures du matin.

Sur un tableau, Thomas nous exposait un plan identique
à celui qui passait de main en main, mais il y avait ajouté le
trajet exact du réseau de fils et avait noté, grâce à des cercles
de crayon rouge, les emplacements où seraient situées les
génératrices destinées à alimenter le système. Et l'équipe
de John Kruesi aurait du boulot, car il devait y avoir une de
ces génératrices tous les demi-milles, celles-ci étant reliées
entre elles jusqu'à la station centrale dont Thomas ne nous
avait pas encore révélé la position. Cela me sembla singulier, considérant qu'il aurait dû avoir tout prévu. Il aborda
d'ailleurs ce sujet sans attendre.

— Mon idée première était d'implanter la station mère ici, dans l'édifice voisin. J'ai tenté de négocier un bon prix avec le propriétaire, mais en vain. Toute la 5ᵉ Avenue est malheureusement trop chère pour nos moyens. Voici donc ce que je propose.

Il signifia à Honest John de prendre sa place et ce fut celui-ci qui dut nous faire comprendre que l'unique endroit où il nous était possible d'établir la station centrale était dans le pire quartier de la ville de New York, tout près de la East River, sur une avenue appelée Pearl Street.

— L'idée de départ était de bâtir en hauteur, mais nous avons été contraints d'abandonner ce projet parce qu'à moins de deux cent mille dollars, nous n'avons rien pu trouver de convenable. Toutefois, au 255-257, Pearl Street, nous disposons de deux bâtiments suffisamment profonds pour accueillir nos installations. Cela nous obligera à creuser davantage afin de nous rendre jusque là-bas, mais nous n'avions pas le choix.

Me sachant épargnée du travail d'excavation, je n'en ressentis pas moins une forte empathie pour mes frères qui devraient se tuer à l'ouvrage. En les observant tour à tour autour de la grande table où nous étions rassemblés, je les vis espérer un signe de notre chef ou une simple phrase d'encouragement. Une promesse que ce don qu'ils faisaient de leurs vies ne serait pas vain. Mais Edison leur donna bien plus que cela. Il releva ses manches dans un geste symbolique, mais révélateur du rôle qu'il se voyait lui-même jouer au cœur de cette folie.

— Nous le ferons. Vous et moi. Je donnerai le premier coup de pelle s'il le faut. Nous ne rêvons pas de ce jour depuis des années pour que je vous laisse tomber en me cachant dans un bureau. Tous ensemble, nous creuserons et ferons la lumière sur cette ville. Allons-y ! Nous n'avons pas une seule seconde à perdre !

Et tous se levèrent en hurlant leur enthousiasme et en dressant les poings bien haut, s'armant des outils et de l'équipement qui les attendaient à la porte. Les premiers chargements de fils de cuivre avaient été livrés directement sur le site où devaient débuter les travaux et tous se dirigèrent vers Wall Street, gonflés à bloc.

J'étais seule à ne pas avoir esquissé le moindre mouvement. Thomas m'avait juré que je n'aurais pas à me salir les mains en me transformant en ouvrier, mais de le voir, lui, se plonger avec autant de joie dans cette tâche monumentale me fit regretter immédiatement mes résolutions. Je courus pour le rattraper et empoignai la manche de sa veste alors qu'il distribuait les tâches destinées à chacun selon ses forces et habiletés.

— Pas question que je reste derrière, Thomas !

— Ah ! Te voilà à réviser tes positions ? Tu ne nous accompagnes pas, tu seras la personne responsable du bureau lorsque nous nous reposerons après nos nuits de travail.

— Non, Thomas, je veux y aller !

Prisonnier du cercle que formaient nos compagnons autour de lui sur le trottoir, il me laissa trépigner sur place plusieurs minutes durant avant d'étirer le cou en ma direction.

— Va te changer, dans ce cas ! Rendez-vous devant la Bourse sur Wall Street !

L'un de mes compagnons consentit à m'attendre alors que je grimpais les escaliers jusqu'à ma chambre. Je lançai ma robe sur le lit et enfilai mes pantalons en contrôlant à peine le tremblement de mes mains. À toute vitesse, je tressai ma chevelure et la fixai solidement sur ma tête en l'enveloppant ensuite d'un foulard destiné à me protéger du froid de la nuit. En courant, nous pûmes rapidement rattraper nos collègues qui en étaient à prendre les mesures pour la toute première digue qui recueillerait les fils de la Edison Illuminating Company.

Les paumes ouvertes, je tentais de garder mes mains immobiles tandis que Fred Ott les recouvrait délicatement de teinture d'iode. J'étirai la bouche au contact du tampon imbibé et le suppliai de ne pas frotter tant les cloques étaient sensibles.

— Je ne comprends pas, je portais pourtant de bons gants.

— Nous en sommes tous au même point, Charlie, mais je crois que pour toi, c'est terminé.

— Non, un jour de repos et je replonge, je peux te l'assurer !

— Mais Edison dit non. Et je ne peux qu'être d'accord avec lui.

Il pansa mes mains en enroulant le bandage jusqu'aux poignets, puis désigna mon pied du menton.

— Montre-moi.

En tiquant, je relevai la jambe jusqu'à ce que mon pied se retrouve coincé entre ses deux cuisses et je contins un gémissement lorsqu'il déroula le pansement.

— Edison croit qu'avec autant d'éclopés, il sera bientôt obligé d'engager du nouveau personnel.

— Ce n'est pas de ma faute, Will ne regardait pas où il enfonçait sa pioche !

— La plaie ne semble pas infectée, le docteur reviendra t'examiner demain.

— Foutre !

Fred ne cilla pas à m'entendre m'exprimer de façon aussi grossière. Au cours des trois derniers mois, non seulement je m'étais accoutumée à ne voir que très rarement la lumière du jour, mais j'avais emprunté la rudesse de verbe de mes collègues sans vraiment m'en rendre compte. Par ailleurs, je n'étais pas la seule à me retrouver au banc des blessés à la suite de nos travaux. Plusieurs avaient souffert de chocs électriques violents, d'autres s'étaient, comme moi, ouvert le pied en recevant un malencontreux coup de pelle et la majorité ne pouvait qu'à peine refermer les mains à cause des ampoules récurrentes dues aux outils de creusage ou à la manipulation des fils de cuivre. Tous les soirs, Thomas passait à l'étage pour faire le compte des blessés et lorsqu'il me vit, les mains enroulées dans des bandages et le pied handicapé par une coupure profonde, il décida de m'interdire l'accès au chantier.

— Tu as fini ta carrière, Charlie. C'est trop pour toi, je t'avais prévenue.

Alors que Fred badigeonnait ma plaie d'onguent, j'inclinai la tête vers l'arrière en sentant Thomas juste derrière moi.

— Quelques jours de repos et je reprends le travail, juré.

— Non, je ne vais pas te permettre de te briser le corps ainsi, c'est ridicule.

Thomas observa le travail de Fred tandis qu'il remettait un pansement neuf sur ma blessure, puis il m'aida à me lever pour me conduire à ma chambre. M'accrochant à son bras, je m'efforçai de conserver un visage stoïque en claudiquant, mais Thomas n'était pas dupe. Ma douleur était palpable dans les moindres variations de mon expression faciale. Il entra avec moi et referma la porte derrière lui. Me voyant incapable de seulement me dévêtir moi-même, il dégrafa ma chemise et fit de même avec mes pantalons, sans toutefois aller plus loin.

— C'est bon maintenant, Charlie ? Tu as prouvé tout ce que tu désirais prouver ?

— Ce n'est pas ce que tu crois, Tom. Cela me plaît.

— Menteuse.

Il me laissa me tortiller pour retirer mes vêtements, et défit le lit alors que dehors, le soleil se levait.

— Je ne veux plus te voir sur le chantier. Ne comprends-tu pas que ce n'est pas pour toi ?

Je m'insinuai sous les couvertures en sentant toujours mes mains me brûler comme si elles étaient en feu. Thomas s'approcha et me tendit deux cachets ainsi qu'un peu d'eau. Je pris les pilules au fond de sa paume avec le bout de mes doigts qui n'étaient pas bandés et portai le verre d'eau à mes lèvres en tentant de ne rien renverser.

— Mais si je ne retourne plus là-bas, que ferai-je ?

— Samuel Insull a besoin de ta présence au bureau, tu y seras beaucoup plus utile.

— Sauf que je ne te verrai plus.

Cela, il ne put le nier. Thomas n'avait aucune intention de laisser ses hommes achever le travail tout en se reposant sur ses lauriers. Il était beaucoup trop engagé dans son œuvre pour s'en distancier physiquement.

— Tu ne peux pas te tuer à l'ouvrage uniquement pour être près de moi, c'est ridicule.

Il avait raison. La charge de travail était au-dessus de mes forces et il était plus que temps que je l'admette. J'avais collaboré suffisamment pour affirmer avoir contribué à l'arrivée du système électrique d'Edison dans les rues de New York, mais mon temps comme ouvrière était parvenu à sa fin. Les conditions étaient trop rudes pour ce que j'étais en mesure de supporter.

— Tu continueras donc à dormir avec tes hommes dans l'édifice de Pearl Street jusqu'à ce que tout soit terminé ? Pourquoi te forces-tu à subir cela, Tom ? Alors que tu possèdes une superbe demeure juste en face et qu'un bon lit t'attend chaque nuit ?

Des installations sommaires avaient été établies dans la station centrale, les hommes y dormant lorsque le soleil se levait jusqu'à ce qu'ils puissent reprendre le travail en fin de journée.

— Tout simplement parce que la petite vie tranquille de famille n'est pas pour moi, Charlie. Ne le sais-tu pas déjà ? Je préfère cent fois dormir sur un lit de fortune, dans une bâtisse froide et inconfortable que de jouer un rôle qui ne me convient pas.

— Mary ne se sent pas mieux, n'est-ce pas ?

Il ne fit que secouer la tête sans extrapoler sur sa déception profonde. Le genre de vie que Mary tentait de lui imposer depuis leur déménagement à New York n'avait fait que provoquer son éloignement. Les dîners mondains qu'elle avait cru pouvoir organiser régulièrement maintenant que sa famille était de retour dans ce qu'elle nommait « le vrai monde » ne les séparaient que davantage. Mary était folle de rage de n'avoir aucune emprise sur les désirs absurdes de son époux alors qu'elle l'avait cru décidé à changer. Si quelqu'un osait commenter le rythme de vie que menait Thomas, autrement plus effréné qu'à Menlo Park, il répondait invariablement : « J'aurai tout le temps de me reposer une fois mort ! » Ce qui choquait profondément sa femme qui savait l'avoir perdu pour de bon. Car après cette aventure, lorsque seraient écoulées les quatre années qu'il s'était octroyé pour installer son système électrique dans les rues de New York, qu'y aurait-il ? Plus encore, assurément.

Chapitre 23

Tesla

Avril 1884

Il n'avait pas levé la tête depuis le début de ma lecture, si concentré sur l'article du *New York Sun* qu'il lisait que j'eûs pu croire qu'il ne m'écoutait pas du tout, n'eût été des légers rires qu'il poussait lorsque l'humour pince-sans-rire de Charles Batchelor transpirait à travers le style nonchalant de sa plus récente lettre. Assise dans l'énorme fauteuil de cuir anglais devant son bureau, je lui jetais de rapides coups d'œil entre les paragraphes, ne voyant que son visage penché de manière presque parallèle au journal comme s'il était aveugle et non seulement sourd.

— Tom, tu m'entends?

— Moui... Je ne manque pas un mot, continue donc.

Je secouai la tête et, de l'index, parcourus la feuille en cherchant le point précis où j'en étais. Depuis trois ans, Batchelor faisait parvenir mensuellement deux envois bien distincts à nos bureaux. Le premier était le rapport très détaillé des activités, progrès et prévisions de la Thomas Edison Société Industrielle de Paris qu'il dirigeait. Cet envoi était adressé à la Edison Illuminating Company et ne comportait que des données, des graphiques et, à l'occasion, des esquisses. Le second arrivait au nom de Thomas Edison, servait de complément au premier et comportait un contenu résolument plus personnel. Thomas ne disposant que de fort peu de temps pour son courrier, il me priait de lui lire à voix haute les lettres de Batchelor, en s'occupant à autre chose la plupart du temps. J'avais ensuite comme mission de rédiger une réponse avec les quelques sujets que Thomas me suggérait d'aborder, enjolivant parfois pour m'amuser alors qu'il lisait seulement en diagonale la version définitive prête à être envoyée à Paris.

Cette lettre de Charles serait vraisemblablement la dernière que nous recevrions, celui-ci annonçant son retour prochain après avoir supervisé plus d'une centaine d'installations de centrales électriques isolées à travers l'Europe. Je poursuivis ma lecture :

Au cours des derniers mois, j'ai eu la chance de faire la connaissance d'un jeune homme tout à fait exceptionnel qui fit ses études avec éloges à l'Université de Graz, en Autriche. Natif de la Serbie, il possède une maîtrise édifiante des notions de physique, de mathématique et des langues tout en étant un véritable prodige en matière d'électricité. Âgé de vingt-sept ans, il ne dispose pas d'une très longue expérience en industrie, mais depuis son emploi au sein de notre société, je n'ai eu que des félicitations pour commenter son travail acharné, sa grande volonté de réussir ainsi que son esprit créatif. Je t'annonce, Thomas, que je n'ai pas l'intention de le laisser derrière moi alors que je m'apprête à rentrer aux États-Unis. Fasciné par toi et tout ce que tu es parvenu à bâtir, ce jeune homme désire ardemment faire ta connaissance et je n'ai pas hésité à lui promettre un accueil à la hauteur de son talent lorsqu'il se présentera à ta porte. Il se nomme Nikola Tesla et j'ose espérer, Thomas, que comme moi, tu verras en lui un être absolument étonnant qui rendra de grands services à l'entreprise. De toute façon, je serai de retour d'ici son arrivée et nous aurons l'occasion de discuter ensemble de la place à lui offrir chez nous.

À très bientôt, cher ami !

Charles

Thomas n'eut pour réaction qu'un infime haussement de sourcils lorsque je terminai la missive et que je la repliai pour la ranger dans son enveloppe. Il avait pourtant refermé son journal depuis un moment déjà, mais affichait un air si soucieux que rien de ce que je venais de lui lire ne semblait causer le moindre remous en lui.

En entrant dans son bureau ce soir-là, j'avais eu l'intention de lui faire part de mes insatisfactions relatives à ce mandat que je traînais comme un boulet à mes chevilles depuis notre établissement à New York trois ans auparavant. Après avoir engagé Samuel Insull comme secrétaire personnel, il m'avait collé l'étiquette d'adjointe, mais je détestais cette position cléricale autant que la gadoue qui envahissait à cette époque de l'année les rues de la ville. Insull m'avait conseillé de « la fermer » et de me satisfaire de cette chance. « Vous auriez pu traire des vaches en plein cœur de l'Ohio », m'avait-il dit un jour avec l'espoir que je réalise ma bonne fortune, mais le travail de bureau ne me paraissait pas moins puant que de besogner sur une ferme entourée de tas de fumier. Même Thomas n'était pas aveugle à la terrible corruption qui favorisait souvent les entreprises rivales en ne nous laissant que des miettes pour lesquelles nous devions encore nous battre. Le travail des électriciens était constamment espionné, saboté et critiqué dans les journaux à grand tirage, une entreprise de destruction façonnée par nos ennemis à laquelle Thomas ne souhaitait répondre qu'avec sa magnanimité habituelle. Il ne rétorquait jamais avec autant de violence que celle employée par les opposants au courant électrique direct, mais supportant les insultes depuis maintenant trois ans, il ressemblait de plus en plus à un lance-pierres dont l'élastique serait étiré jusqu'à son point culminant. Quelque chose était sur le point d'éclater et je ne désirais pas en être témoin.

Aujourd'hui, j'étais résolue à demander à Thomas mon transfert à la Edison Machine Works où je pourrais participer à la fabrication des génératrices et lampes destinées aux installations privées pour lesquelles nous avions beaucoup de demandes depuis l'illumination des résidences des richissimes messieurs Vanderbilt et Morgan. Il m'avait alors interrompue dans mon discours pourtant bien préparé et prié de lui faire la lecture de la lettre de Batchelor qui traînait encore scellée au coin du bureau. Et maintenant, à voir ses yeux, je comprenais que le moment était mal choisi.

— C'est Mary, n'est-ce pas ? osai-je le questionner alors que mon collègue, Samuel Insull, ne se risquait jamais à aborder la vie privée de notre chef.

La brève rémission de son épouse n'avait duré que six mois, puis en 1882, en apprenant que Thomas avait encore des contacts confidentiels avec Sarah Bernhardt, elle avait sombré dans une inquiétante rechute de laquelle elle ne se remettait pas. Sa correspondance avec l'actrice était pourtant bien innocente. Je le savais pour avoir eu le privilège de lire ses lettres à Thomas après qu'il eut envoyé un exemplaire du phonographe à Paris en cadeau d'anniversaire. Mais Mary n'était guère tolérante. Sa luxueuse résidence de la 5e Avenue était devenue une affreuse prison où elle errait dans des tenues extravagantes en tenant ses enfants en laisse et en ne sortant plus que pour fréquenter l'église. Ce spectacle me troublait tant que je ne me rendais plus chez Thomas qu'une fois toutes les trois semaines, lorsqu'elle organisait des dîners pour les plus proches collaborateurs. Feignant alors qu'elle était encore tout à fait maîtresse d'elle-même, Mary prenait ensuite des jours pour se reposer et était assistée d'un médecin personnel presque en permanence. Et à ce jour, personne ne savait encore de quel mal elle souffrait.

— Écoute, Tom, nous allons terminer les envois qui doivent partir demain. Retourne chez toi, tu en as besoin.

— Attends, il y a une dernière chose…

En soupirant, il me demanda de prendre mon bloc-notes.

— Tom, je suis certaine que cela peut attendre.

— Non, avant de partir, je dois retirer ce poids de ma poitrine. Je veux que tu adresses cette lettre à William Moore. Sache qu'il me fait grand-peine de la lui faire parvenir.

Je fronçai les sourcils devant la déception palpable qu'affichait le visage de Thomas. William Moore était de retour de l'Asie depuis un moment déjà et sa réapparition parmi nous avait été accueillie avec éloges. Moore avait fait un travail si extraordinaire en parvenant à découvrir la variété de bambou parfaite pour la fabrication de l'ampoule que nous le considérions comme un véritable héros. Après deux ans à parcourir la Chine et le Japon, il avait hérité du sobriquet Japanese Moore, conscient qu'il s'agissait pour nous d'une façon de lui démontrer notre admiration et notre reconnaissance pour son périple d'une importance capitale au sein nos recherches. Thomas lui avait accordé un poste fort enviable à la Edison Machine Works et le considérait comme un élément vital de son équipe.

Silencieuse, mon calepin sur les genoux et ma plume en suspens, j'attendis donc de connaître la raison de la peine exprimée par Tom à l'idée de cette missive.

Je pris connaissance de la nouvelle à mesure que les phrases se matérialisaient sur ma feuille. C'était un adieu. Une réponse formulée par Thomas à la suite du désir exprimé par Moore de démissionner. À ce que j'en compris, notre ami s'avérait incapable de s'adapter aux transformations qu'avait connues l'entreprise au cours de ses deux années d'absence. Son voyage l'avait aussi trop changé. Ses espérances devant la vie ne concordaient plus avec le travail que nous faisions à New York. Peut-être regrettait-il aussi Menlo Park. Néanmoins, quels que soient ses motifs, Japanese Moore nous quittait, ce que Thomas regrettait profondément. Dans sa lettre, Thomas assura à Moore qu'il lui donnerait volontiers son appui ainsi que toutes les références nécessaires à son embauche au sein d'une autre entreprise, s'il croyait pouvoir y trouver le contentement espéré. Outre la perte d'un bon compagnon, je vis aussi dans cet exercice le reflet de ce que je provoquerais en abordant à mon tour la question de mes insatisfactions et de mon départ. Je ne pouvais pas lui faire cela. En tout cas, pas maintenant.

Quand j'eus assuré Thomas de faire porter la lettre à William Moore dès le jour suivant, je le raccompagnai jusqu'au rez-de-chaussée et le surveillai du perron pour m'assurer qu'il s'en allait bien chez lui et non pas au Delmonico's où il avait l'habitude de terminer ses soirées. Ses épaules de plus en plus voûtées, les cercles de plus en plus mauves sous ses yeux et son ventre qui s'alourdissait trahissaient un épuisement que seules de longues vacances auraient pu soulager. Et il répétait ne pouvoir se le permettre. Au cours des trois dernières années, il avait passé la majeure partie de son temps à vivre de nuit, unique moment où ses équipes avaient la permission de creuser le long des avenues pour l'installation du réseau de fils qui alimentaient maintenant le quartier en électricité. Je l'avais à peine vu durant cette période où il dormait avec ses hommes sur les rudes planchers des arrière-boutiques et de l'usine, évitant de rentrer chez lui, même s'il n'aurait eu qu'à marcher quelques minutes avant de retrouver un bon lit et une nourriture décente. Thomas Edison aimait cette souffrance, il se l'affligeait comme le mal nécessaire à une rédemption qu'il semblait chercher, on aurait dit qu'il essayait vraiment de se tuer à l'ouvrage. En fait, si là avait été réellement le but d'un homme, il n'aurait pas agi autrement qu'Edison le faisait. Je détestais le regarder se détruire avec une telle détermination, avec une telle passion, et je ne ressentais plus la moindre surprise à l'entendre maugréer que sa vie personnelle était un véritable désastre.

J'empruntai l'escalier et montai jusqu'au dernier étage où mes collègues et moi avions nos quartiers. Vivre directement ici me sécurisait. Jamais je n'aurais pu songer à quitter l'édifice de la 5e Avenue pour rentrer chez moi au milieu de la nuit avec la racaille qui traînait dans les rues et qui nous empêchait de savoir si nous allions survivre à une simple marche nocturne en solitaire. Ma chambre était de toute façon plutôt confortable et spacieuse, ressemblant à une chambre d'hôtel personnalisée et très bien éclairée grâce à notre centrale située au sous-sol qu'opérait John Vail avec assiduité. Au 65, 5e Avenue à New York, Thomas avait tenté de recréer un Menlo Park de luxe en réunissant toutes les commodités sous un même toit en pensant que l'esprit de famille régnerait toujours grâce à notre proximité constante. À la vérité, nous nous étions plutôt éloignés, incapables désormais de gérer comme une véritable équipe les soucis qui n'avaient plus rien à voir avec ceux de jadis. Disparue aussi, la joyeuse passion des débuts. Les difficultés financières se trouvaient au cœur des insomnies et la façon dont les directeurs de l'entreprise, mal avisés quant au produit, faisaient la promotion de nos services causait la perte d'opportunités qui auraient pu remettre les caisses à flot.

☙

Je répétais mon plaidoyer depuis le matin. Le carnet de rendez-vous de Thomas disposant exceptionnellement de moments libres, j'étais résolue à lui parler enfin, à demander mon transfert à la Edison Machine Works où je pourrais mettre les mains à la pâte après m'être rendue à l'évidence que démissionner n'était pas une option. Samuel Insull tenta de me barrer la route alors que, d'un pas déterminé, je m'apprêtais à entrer dans le bureau.

— Il reçoit quelqu'un, il ne désire pas être dérangé.

— Qui donc ? Et pourquoi n'en étais-je pas informée ?

— Il s'agit de monsieur Charles Batchelor et ils sont en conférence depuis neuf heures ce matin. Inutile de frapper.

— Batch est là ?

Insull étira le visage dans une expression outrée devant autant de familiarité, mais il n'eut pas l'occasion de me retenir : sans frapper, je tournai la poignée et pénétrai dans la pièce.

Visiblement au milieu d'une phrase, Thomas laissa ses mots en suspens et il leva les yeux en ma direction. Batchelor tiqua, mais les traits de son visage se détendirent en m'apercevant.

— Qui voilà donc ? Est-ce vous, Charlie ? Ma foi, vous ressemblez à une grande dame, maintenant !

— J'en suis une, Charles, vous le savez bien !

En éclatant de rire, il se leva et ouvrit les bras pour une étreinte qui fut on ne peut plus réconfortante. J'étais tellement soulagée de le voir là ! Batch était ce qui manquait à Thomas, l'unique personne disposant de suffisamment de force pour l'obliger à demeurer en un seul morceau.

— Qu'avez-vous fait de vos pantalons, Charlie ?

— Je les ai remisés, jusqu'à ce qu'ils me soient nécessaires de nouveau, dis-je avec un coup d'œil en direction de Thomas, souhaitant lui montrer mon envie de reprendre le travail manuel, mais son visage de glace me signifia qu'il n'avait pas entendu ma remarque.

Alors que Charles me révélait ses impressions de l'Europe et les développements de l'entreprise par-delà l'océan, je remarquai qu'il ne reprit pas son siège devant Thomas. L'entretien était visiblement terminé, mais aucun d'entre eux ne savait apparemment comment le conclure. J'offris à Batchelor de venir boire une tasse de thé en ma compagnie au salon des cadres et il accepta volontiers.

Nous montâmes en faisant beaucoup d'arrêts, Thomas n'ayant pas encore eu l'opportunité de lui montrer nos installations. Nous passâmes devant la salle de conférence et entrâmes dans la pièce voisine où je le priai de prendre un siège près de l'âtre.

— Où allez-vous ? Ne va-t-on pas nous servir ici ?

— Oh, mais c'est moi qui me charge de cela !

— Vous ?

— Oui, je vous raconte tout dans un instant.

En un éclair, Batchelor avait compris l'humiliante tâche qui m'était dévolue et s'en indignait, frottant sa barbe d'un air confus en m'observant aller et venir du salon à la cuisine avec le service à thé. Je déposai le plateau sur la table circulaire bordant les fauteuils et, par habitude, ne m'assis pas avant d'avoir préparé son thé. Les yeux sur les flammes, il porta sa tasse à ses lèvres en tenant la petite soucoupe de l'autre main, en but une gorgée avec un murmure d'appréciation, puis me questionna :

— Et en quoi servir le thé s'inscrit-il dans vos tâches de chercheur ? Est-ce une nouvelle mode dont mon absence prolongée m'aurait gardé ignorant ?

Je me laissai lourdement chuter dans le siège voisin en soupirant, ne sachant par où débuter.

— Charles, vous devez faire quelque chose pour moi, je n'en peux plus !

— Sans blague ? La dernière fois où je vous ai vue, vos fines mains battaient des records et la production d'ampoules était pour vous une seconde nature. Comment êtes-vous devenue une… en fait, je ne connais même pas le nom de vos nouvelles affectations…

— Moi non plus, pour être franche. Je crois avoir le mandat de seconder Insull au secrétariat général de l'entreprise, mais mon emploi du temps est un peu épars. Avec vous, toutefois, je désire me montrer tout à fait honnête. Il me fait confiance. Il sait qu'il n'y a que moi pour parvenir à l'arrêter avant qu'il ne flanche complètement. Mon travail est de garder les yeux sur lui et rien d'autre.

— Ah, j'ai moi-même longtemps fait ce boulot et il n'est pas le plus facile. Je compatis…

— Oui, je vous ai remplacé, en quelque sorte, comme ange gardien.

Il prit un moment pour réfléchir à mes paroles et à ce qu'elles impliquaient, allumant un cigare en aspirant son thé à petites gorgées.

— Je comprends alors pourquoi vous êtes toujours là. Je connais la complexité de ce genre de devoir. Vous l'aimez encore, non?

— Je l'aimerai toujours, Charles, admis-je en chuchotant. Je l'aime en exigeant seulement de lui qu'il reste en bonne santé et fort dans les moments difficiles. Notre… histoire s'est achevée avec l'aventure de Menlo Park et ne s'est pas poursuivie autrement que par une relation très profession-nelle. Néanmoins, je peux me targuer d'être la seule femme lucide dans son environnement.

— Elle ne va pas mieux?

— Non, pas du tout. Il n'a pas besoin de cela, ce sont des soucis supplémentaires qui finiront par le jeter au plancher, je le pressens.

— Il était grand temps que je revienne.

— Cela, vous l'avez dit. Les compétiteurs et les compa-gnies gazières nous font la vie dure dans les journaux et souvent sur le terrain. Il y a eu des défaillances dans les cir-cuits privés que nous avons récemment installés et Edward Johnson, qui est de retour d'Angleterre, est celui que Thomas envoie pour gérer les plaintes des usagers et trouver un moyen de tout arranger. Il est exaspéré de la façon dont les hommes de Wall Street font la promotion de nos stations centrales. En fait, ils n'y connaissent rien et tentent de vendre l'idée à des investisseurs privés sans pouvoir expliquer quoi que ce soit. Je crois qu'il en est à préparer une offensive afin de regagner le contrôle total et restructurer toutes les entreprises parentes. J'ai cru comprendre qu'il vous placerait en charge de la Edison Machine Works.

— Ah, oui ?

— Si j'accepte de vous en parler ouvertement, c'est parce que je ne désire pas que vous m'oubliiez, Charles, lorsque vous serez en position d'autorité. J'aime Thomas, oui, mais plus les jours passent, plus il s'éloigne de ce qu'il était avant. Et moins je le reconnais. Je crois beaucoup en lui, je souhaite continuer à travailler pour lui, mais pas dans ces bureaux où ma vocation principale n'est pas mise à profit.

Il prit une longue inspiration. Charles n'avait pas imaginé revenir d'un périple de trois ans pour entendre un tel discours de ma bouche.

— Je… je vais attendre de voir ce que Thomas a en réserve pour son vieux collègue et nous reparlerons. Peut-être n'acceptera-t-il pas de vous libérer de son service personnel. Moi, vous savez, je connais l'autre côté de l'histoire qui vous lie. Il tient beaucoup à vous.

Il ne fallut que peu de temps avant que Samuel Insull vienne interrompre notre conversation pourtant privée. Mandaté par Thomas pour instruire Charles et l'accompagner dans Pearl Street afin de visiter la station centrale, il demeura collé à nous en ne nous offrant pas d'autre choix que de mettre un terme à ce moment de confidences qui me faisait le plus grand bien.

Relié à mon esprit par un fil invisible qui s'était créé lors de nos rencontres intimes de jadis, Thomas avait deviné que ma rencontre avec Charles cachait un motif particulier et il me somma de lui révéler la nature de notre discussion à l'instant où je fus de retour en poste.

— Pourquoi m'ordonnes-tu de te confier mes conversations avec, je te rappelle, un homme qui fut proche de moi durant toutes mes années à Menlo Park? De quoi as-tu peur? Tu te méfies donc de tout le monde maintenant? Nous sommes tes amis, Thomas! Mais cela, tu l'oublies. Tu es devenu l'égal de ces hommes de Wall Street que tu fustiges pourtant sans cesse!

— Ce sont des paroles bien virulentes, dans la bouche d'une femme qui devrait plutôt me montrer un peu de gratitude.

Je secouai la tête en écarquillant les yeux.

— Non, il n'est pas question que tu t'adresses à moi ainsi, Thomas. Je te promets que si tu continues à travailler sans t'accorder une seule once de répit, je vais m'assurer de vider ton carnet de rendez-vous et te forcer à partir en vacances, très loin. Pourquoi pas en Floride, tiens? Ou en Californie?

Il me paraissait collé à son fauteuil, prisonnier de la position qui avait échu sur sa personne et qui n'avait plus rien à voir avec sa véritable raison d'être. Les messieurs de Wall Street l'avaient transformé en un froid bureaucrate, à leur image. Où était donc cette âme de créateur qui l'animait encore lorsque j'avais fait sa connaissance sept ans auparavant? Qu'était devenu cet esprit indépendant qui ne demandait jadis pas grand-chose: qu'un simple laboratoire où donner naissance à ses idées et un bric-à-brac dans lequel il aimait piger pour transformer une retaille de métal en pure merveille. Il s'était envolé. Plus les entreprises Edison semblaient prospérer, plus l'argent lui manquait, avalé par les contraintes de la vie qu'il se devait de mener et par l'achat de matériaux qui augmentait à mesure que les commandes affluaient. Cet argent que faisait l'entreprise, il n'en voyait pas la couleur. Il n'en restait jamais suffisamment, il lui filait entre les doigts. C'était là son souci principal. Il ne songeait désormais qu'à cela: faire plus d'argent encore, pallier rageusement la pauvreté qui l'avait poursuivi toute sa vie, mais qui, pourtant, restait la base de lui-même.

Je m'approchai de lui en contournant le bureau, fis tourner son siège et m'assis sur le sol, juste à ses pieds. Je pris sa main et la portai à ma joue.

— Tom, que dirais-tu si je contactais Ezra Gilliland, ton vieil ami de jadis ? Tu te souviens, non ? Ezra, avec qui tu travaillais à Boston. Il ne cesse de te faire parvenir des lettres d'invitation et jusqu'ici, tu les as toutes dédaignées.

À l'époque où Thomas travaillait sur le téléphone, avant que je n'arrive à Menlo Park, Ezra Gilliland avait accepté d'offrir ses services à Alexander Graham Bell, le grand rival de Thomas. Bell avait gagné la course en parvenant à être breveté en premier pour le téléphone, ce qui n'avait pas décontenancé Thomas qui s'était lancé dans l'amélioration de l'appareil avec succès. L'amitié avec Ezra Gilliland n'avait pas été perdue pour autant, car Thomas n'avait que de bons souvenirs de lui et un infini respect à son égard qui ne souffrait pas de la rivalité. Aux dernières nouvelles, Ezra vivait toujours à Boston avec son épouse, mais Thomas avait constamment repoussé les occasions de rencontre en plaidant ne pas disposer de temps.

— Dois-je lui répondre par la positive cette fois ? Cela lui ferait tellement plaisir que tu acceptes enfin.

— Je ne sais pas… Je ne crois pas pouvoir m'absenter, dit-il en retirant sa main pour la poser sur le bureau. Je vais nommer Charles à la tête de la Edison Machine Works et il y aura beaucoup de travail de restructuration dans les semaines à venir.

Je me redressai et lissai ma robe en frappant sur mes jambes sans cacher mon mécontentement.

— Ce sont effectivement les rumeurs qui courent dans l'édifice. Encore une fois, tu passes au-dessus de moi, Thomas ?

— Tu n'es pas qualifiée.

Alors qu'il fouillait la poche intérieure de sa veste, je ne fus pas sans remarquer son menton qui désormais se dédoublait, et qui trahissait une négligence regrettable de son corps autrefois aussi fin que celui d'un chat. Il ne s'alimentait que de la riche nourriture du Delmonico's, puis revenait trôner dans son fauteuil en ne faisant plus rien d'autre que se pencher sur des questions pécuniaires et de logistique. Le circuit désormais installé et en fonction, il passait de longues heures tous les jours à marchander avec ses investisseurs pour obtenir un nouveau territoire ou dînait avec de riches hommes d'affaires en exposant ses plans pour les branchements domestiques qui étaient susceptibles de rapporter plus d'argent et surtout, une bonne publicité à l'entreprise.

— Je ne serai jamais suffisamment qualifiée pour toi, n'est-ce pas ? J'ai créé cette foutue lampe, au même titre que les autres, j'ai appris tout ce qu'il y avait à apprendre et malgré tout, je ne suis pas encore assez bonne pour obtenir un poste de direction.

— Ils n'accepteront pas l'autorité d'une femme. Je sais comment les choses fonctionnent. Ce sont des ouvriers, des machinistes, des ingénieurs, aucun ne fait dans la dentelle. Tu te ferais dévorer en une seconde.

— C'est ce que tu crois, dis-je en me dressant devant lui et en pointant vers son visage un index méprisant. Moi je pense qu'ils m'accepteront si tu l'exiges. Mais tu ne ferais jamais cela, tu as trop peur.

— Peur de quoi ?

— Peur qu'ils m'apprécient. Qu'ils voient en moi quelqu'un de juste. Mais voilà le problème, je ne lèche pas suffisamment les arrière-trains des messieurs de Wall Street pour qu'ils approuvent ma nomination.

— Tu as tout compris, laissa-t-il tomber en évitant de me regarder. Calme un peu ton petit caractère et peut-être un jour seras-tu perçue comme une possible gestionnaire

sérieuse. Tu ne comprends pas comment sont les choses là-
haut. Non, tu ne comprends pas.

Et uniquement par ces paroles, il me prouva être lui-
même séquestré dans une attitude de passivité dépassant ses
propres pouvoirs et ses propres volontés. À travers lui, son
visage et son corps changés, je voyais clairement son âme
qui frappait pour qu'on la délivre. Il n'avait pas choisi cette
immobilité, on la lui imposait et cette constatation me fit
haïr davantage ces hommes qui tenaient notre sort entre
leurs mains. Thomas Edison ne pouvait logiquement, à
trente-sept ans, être devenu un servile exécutant qui ne possédait même plus de véritable droit sur ses brevets. Un jour,
quelque chose se produirait. Il se souviendrait de sa destinée
et il redeviendrait l'inventeur, le conquérant, l'insoumis.

જ

Sentant plus que jamais le besoin qu'il avait de m'avoir à
ses côtés malgré sa froideur, je me pliai à ce qu'exigeait la
situation et demeurai servile, patiente, silencieuse, m'oubliant afin de le protéger.

En juin, l'entreprise prit encore plus d'expansion,
Thomas ayant obtenu les contrats d'illumination pour plusieurs édifices commerciaux très importants, dont les
bureaux de la Bourse, ceux du New York Commercial
Advertiser et d'autres locaux prestigieux situés dans Wall
Street. Ces nouvelles affectations semblèrent tirer Thomas
de son indolence et lui redonner envie de retourner sur le
terrain. De toute façon, il n'eut pas le choix. Les nouveaux
partenaires ayant apposé comme condition d'être branchés
par le créateur de la lampe lui-même, il dut renouer avec les
nuits sans sommeil et accepter de se rendre directement sur
les lieux avec l'équipe de John Kruesi. Le prix du cuivre
atteignait des sommets inégalés jusque-là. Évidemment,
profitant de la demande croissante alors que l'électricité

devenait la seule façon efficace et saine de s'éclairer, les entreprises fournissant le cuivre augmentaient leurs coûts chaque semaine. En l'absence de Thomas, j'étais celle devant parlementer avec les fournisseurs, passant désormais des journées entières à négocier avec les représentants qui venaient aux bureaux dans l'espoir d'un face-à-face avec Edison lui-même, ravis cependant de tenter d'arnaquer « une simple secrétaire ».

Le soleil se couchait et j'en étais à déposer sur le bureau de Thomas les factures encore trop élevées qu'il devrait approuver à la première heure le lendemain s'il désirait que sa cargaison de cuivre hebdomadaire lui soit livrée à temps. Je lui plaçais toujours bien en évidence ce qui devait être signé au plus vite pour qu'il n'ait qu'à s'exécuter et passer à autre chose. J'entendis bien les pas de quelqu'un qui errait dans le vestibule, mais ne désirant que terminer mon travail et monter me coucher, je n'allai pas à la rencontre du retardataire. « Trop tard, je ne reçois plus personne, espèce de requin », songeai-je en me blâmant pour ma pauvre négociation de la journée et pour le prix exorbitant que nous allions encore devoir payer si nous désirions terminer avec succès les installations en cours. Je grimaçai en entendant les pas se rapprocher du bureau et j'en sortis rapidement en verrouillant la porte derrière moi.

— Nous ne recevons plus personne aujourd'hui, lançai-je en tournant ma clé dans la serrure, sans jeter le moindre regard à l'arrivant.

— J'aimerais parler à monsieur Thomas Edison, je vous prie.

— Vous êtes sourd ? Je vous ai dit que…

Silencieusement, l'homme m'avait rejointe et se dressait à quelques pouces de mon visage en m'observant intensément. Il était longiligne, vêtu d'un complet gris pâle des plus élégants, mais de chaussures usées. Sa lèvre supérieure était parée d'une moustache très foncée taillée avec un soin méticuleux et sa chevelure était lissée de chaque côté d'une raie au milieu de sa tête. Outre son parfum, ce fut son accent singulier qui me révéla qu'il n'était en rien le représentant d'un fournisseur de cuivre.

— Monsieur Edison travaille probablement dans Goerck Street en ce moment. Qui êtes-vous et pourquoi désirez-vous vous entretenir avec lui?

Il entra une main empressée dans la poche de sa redingote et en tira une feuille froissée.

— Je suis Tesla, Nikola Tesla. J'ai travaillé avec monsieur Batchelor à Paris et je suis venu pour être à l'emploi de Thomas Edison, comme on me l'a promis.

Je l'avais cru Allemand de prime abord, puis je me souvins de la lettre qu'avait envoyée Charles à Thomas deux mois plus tôt. Je m'emparai de son papier qui, effectivement, portait la signature de notre cher collègue, ne sachant trop que faire ensuite. À cette heure de la soirée, Thomas devait être enterré sous des montagnes de cuivre pour fabriquer les circuits qui seraient ensuite installés dans les édifices de Wall Street. J'aurais pu lui télégraphier, mais m'ayant prévenue de ne le faire qu'en cas d'urgence, je n'estimais pas que l'arrivée de cet homme m'autorisait à le déranger. Charles Batchelor, nommé comme prévu à la direction de la Edison Machine Work, accompagnait Thomas et n'était pas plus joignable.

— Mon supérieur est fort occupé par les temps qui courent, dis-je en ralentissant mon débit, ignorant quelles étaient les réelles aptitudes du visiteur dans notre langue. Je suis la personne responsable du bureau en son absence. Mais je ne sais trop que vous dire, monsieur Tesla.

— Je viens directement de Paris par bateau. On m'a juré qu'Edison aurait une place pour moi ici.

— Oui, je n'en doute pas, mais il n'est pas là. Dites-moi, avez-vous au moins un endroit où passer la nuit?

— Non, je n'ai pas de maison à New York. J'arrive par bateau depuis la France…

— Oui, j'ai compris. Attendez, laissez-moi songer un instant.

Nous disposions bien de quelques chambres libres dans nos quartiers, mais j'hésitais à lui faire une place parmi nous sans consulter Thomas au préalable. Nous n'étions pas un refuge pour les scientifiques européens décidant de débarquer sans s'annoncer. Cautionné par Batchelor cependant, ce Tesla disposait effectivement des références nécessaires pour son embauche. Personne ne s'était jamais pointé chez nous sur une vague promesse d'emploi sans avoir un plan B, mais il me faisait pitié. L'instinct maternel me faisant si cruellement défaut se traduisait la plupart du temps par des attentions que je m'étonnais de prodiguer à l'égard de certains de mes collègues esseulés, et l'air de chien battu que Tesla tentait de camoufler derrière ses bonnes manières toutes naturelles me donnait envie de l'accommoder. Pour ce soir.

— Suivez-moi, soupirai-je en esquissant un mouvement de la tête vers l'escalier.

— Votre nom…

— Miss Morrison, dis-je en trouvant ridicule une seconde plus tard le ton d'institutrice que je venais d'employer pour me présenter, mais l'expression un peu trop suave de Tesla me criait de garder une bonne distance entre lui et moi.

Il m'emboîta le pas docilement, s'interrompant à tous les paliers pour observer d'un air admiratif les lampadaires qui créaient d'élégants motifs de lumière jaune foncé sur le tapis des escaliers et les murs environnants. Nos modèles de vitres teintées étaient très populaires pour l'atmosphère qu'ils parvenaient à créer dans les salons aux décors autrement froids. La plupart du temps, après en avoir constaté l'effet chez nous, les clients potentiels les choisissaient pour de grands espaces comme des salons de réception ou des salles de musique. Pour nos chambres, Thomas avait plutôt sélectionné les chandelles électriques dont la lumière feutrée permettait un éclairage intime, mais infiniment plus pratique que la bougie elle-même. La chandelle sans flamme était un concept qu'il avait développé selon la chandelle de Jablochkoff et qui était aussi fort appréciée par notre riche clientèle.

— Vous dormirez ici et si vous n'avez pas mangé, notre cuisine est juste là. Il reste encore quelques sandwichs du souper, vous n'avez qu'à vous servir. Il y a également de la bière dans la glacière. La plupart de mes collègues sont absents, monsieur Edison les a tous mobilisés pour le reste de la nuit. Mon supérieur sera à son bureau demain à dix heures. Je vous suggère de descendre à neuf heures et demie pour ne pas le manquer, il est généralement très pris lorsqu'il vient au bureau.

— Compris. J'ai beaucoup de gratitude, mademoiselle. Vous auriez pu me chasser si vous l'aviez voulu.

— Et je l'aurais fait si ce n'était l'estime que monsieur Batchelor semble nourrir à votre égard. Je ne vous fais pas la charité.

Une fois seule dans ma chambre, je tentai d'imaginer l'accueil que recevrait ce curieux dandy en apparaissant devant Thomas Edison. Si les électriciens allemands fraîchement débarqués au pays étaient aisément placés sous sa protection dans l'un ou l'autre des départements de l'entreprise, cet homme était trop singulier pour ne pas être contraint de faire ses preuves avant d'obtenir la confiance du maître des lieux. S'il était trop bon, toutefois, Thomas refuserait de le voir offrir ses compétences à un rival et le couvrirait de privilèges comme il l'avait jadis fait avec Francis Upton. L'expérience m'avait appris à me méfier de ce type de prodige comme de la peste.

Chapitre 24

Mary

L'oreille collée à la porte du bureau, je tentais de percevoir quelques bribes de la conversation. La rencontre se prolongeait, un bon signe pour Tesla. J'avais cependant un mauvais pressentiment. En introduisant le visiteur une heure auparavant, j'avais été stupéfiée par l'énergie contraire se dégageant des deux hommes tandis qu'ils s'observaient comme deux animaux sauvages se reniflant.

— Voulez-vous bien cesser, vous avez l'air ridicule à la fin! me lança Samuel Insull, exaspéré par ma séance d'espionnage alors que je comptais sur la surdité de Thomas pour que la conversation soit audible de l'endroit où je me tenais obstinément.

— Il va l'engager, je le sens.

— Et cela ne vous fait pas plaisir, constata mon collègue qui n'avait pu contenir un sourire moqueur à la vue d'un Tesla patientant en silence sur une chaise droite avant l'arrivée de Thomas.

— Vous l'avez vu vous-même, Sam. Il n'est pas des nôtres, c'est évident.

— Mais vous aussi ma chère, vous dépareillez.

Je tiquai et m'éloignai de la porte lorsque du mouvement se fit enfin entendre à l'intérieur de la pièce. Je me précipitai devant le bureau d'Insull et attrapai les premiers documents à me tomber sous la main, feignant d'être concentrée sur ma lecture quand la porte s'ouvrit. Les deux hommes ne se séparèrent pas devant nous, continuant plutôt côte à côte, Tesla discourant dans un langage très technique et avec de grands gestes des bras, et Thomas l'écoutant la tête penchée vers l'avant et une main ramenée contre son oreille afin de ne pas manquer une syllabe des paroles de l'autre. Lorsqu'ils furent hors de vue, j'entrai dans la pièce où subsistait l'épaisse fumée des cigares de Thomas, cherchant sur le bureau un indice pouvant m'éclairer quant au déroulement de la rencontre. Sur des feuilles éparses étaient gribouillés des circuits, des esquisses de moteurs et de génératrices qui, à ma plus grande indignation, fonctionnaient tous, selon ce qui était griffonné dans les marges, au courant alternatif. Je connaissais l'aversion de Thomas pour l'alternatif, il le maudissait jusque dans son sommeil, et j'ignorais comment Tesla était parvenu à aborder cette question sans être froidement jeté sur le pavé avec un coup de pied au derrière. Je ne touchai à rien et ne déplaçai aucun papier, me contentant de ramasser le cendrier et disparaître.

Thomas ne jugea pas bon de m'expliquer ce qu'il comptait faire du nouvel arrivant, se limitant à me télégraphier de veiller à son confort et de prendre soin de ses besoins «comme je le ferais avec le plus valable de nos collaborateurs». Il l'avait emmené à l'usine de Goerck Street, l'avait présenté aux équipes en place et, à ce que j'appris de la bouche de Francis Jehl qui revint plus tard me donner des nouvelles à ma demande, Tesla avait même eu droit à un atelier personnel.

— Francis, j'aimerais tant être là-bas avec vous tous! Il n'y a rien à faire ici, je m'ennuie tellement! Parle à Thomas pour moi, veux-tu?

Depuis le départ pour New York, nous avions commencé à nous tutoyer. Montant ensemble jusqu'à nos quartiers privés, je ne fus pas sans remarquer l'étrange sourire rempli de contentement qui fixait l'expression du jeune homme dans une sorte de béatitude.

— Francis, je m'adresse à toi! Où es-tu donc?

— Pardonne-moi, Charlie, mais si tu désires obtenir une nouvelle affectation, tu es beaucoup mieux positionnée que moi pour confronter le chef. En ce qui me concerne, la chose est déjà réglée.

— Que veux-tu dire? le questionnai-je, méfiante, en l'observant de biais alors que je nous servais deux bières bien froides et que nous nous asseyions face à face dans notre petite salle à manger.

— Je pars, Charlie. Ça y est, mon tour est venu.

Il eut encore cet air rêveur, puis cette absence de laquelle je dus le tirer en cognant mon verre contre le sien.

— Hé! Si tu me racontais?

Il secoua la tête et m'annonça sa nouvelle avec une excitation sans retenue.

— Il m'envoie à Paris! Je m'en vais prendre la place de Batchelor là-bas! Bon, c'est un contrat de deux ans pour commencer, mais cela me suffit. Je verrai l'Europe, je superviserai nos installations, engagerai du personnel et qui sait? J'apprendrai peut-être aussi le français et un peu d'allemand tant qu'à y être!

— Oui, pourquoi pas? lançai-je avec amertume, réalisant une seconde trop tard que mon sarcasme le blessait. Excuse-moi, Francis, mais les "garçons de Menlo Park" semblent désormais tous retirer les bénéfices auxquels ils s'attendaient. Il me désole seulement un peu de constater que je n'en fais pas partie.

— Tu dois faire face à la réalité, Charlie. À Menlo Park, nous t'avons acceptée comme une partie intégrante du groupe. Monsieur Edison s'est arrangé pour qu'il n'y ait aucune distinction entre toi et le reste du clan. Mais là, dans le vrai monde... Ce ne serait pas une décision avisée de placer une femme dans une position trop publique. Beaucoup de journaux sont déjà contre nous.

— Alors, il me cache, c'est cela... Je comprends tout maintenant.

— Ne le vois pas comme un affront, je suis sûr qu'il ne pense pas à mal. Il tente simplement de se protéger.

— Et il t'envoie en France. Je suppose donc que Tesla héritera de ton poste ?

— C'est ce que j'ai cru saisir. C'est une sorte de génie qui ne vit que pour l'électricité. Il fera bonne figure devant les journalistes.

— Oh, je n'en doute pas. Quand pars-tu ?

— Après-demain. Edison paie ma traversée sur le *Liberty*, en première classe avec ça ! J'aurai même le droit d'engager un secrétaire, tu imagines ?

— Je suis très heureuse pour toi, Francis. Tu as toujours été si acharné à bien faire, c'est tout à ton honneur qu'il le remarque enfin.

En prononçant ces paroles, je dus maîtriser ma voix qui tremblait de tristesse à l'idée de perdre un autre ami cher. Je songeais souvent à Stockton Griffin en me demandant si sa nouvelle vie hors du cercle de Thomas Edison le satisfaisait. Honest John n'était plus qu'une silhouette que j'apercevais brièvement lors des rencontres départementales auxquelles il assistait une fois par mois ; Charles Batchelor s'était procuré une luxueuse résidence où il vivait avec son épouse et ses enfants, heureux de son poste à la direction de la Edison Machine Works ; Upton travaillait toujours à Menlo Park où je n'avais jamais osé retourner, et Thomas, mon cher Thomas, restait loin de mon cœur. Il croupissait sous la pression de ses investisseurs et sous les dettes. Tout ce qu'il inventait désormais appartenait immédiatement de droit aux dirigeants de l'entreprise. Il n'avait rien fait sortant du cadre de l'électricité depuis quatre ans même si son carnet à idées devait regorger de nouveautés auxquelles il n'avait pas le temps de se consacrer.

Le succès de l'ampoule, pourtant espéré, avait brisé notre famille en morceaux et je semblais l'unique personne à en être profondément affectée, à voir l'avancement de nos projets comme une malédiction. Mais l'élastique était tiré à son maximum. Quelque chose devait advenir pour ramener tout ce monde à l'essentiel, pour leur prouver qu'en fin de compte, dans les pires moments d'adversité, il n'y avait que nous. Ce « nous » que nous avions créés à Menlo Park et qui serait l'unique base de Thomas Edison lorsque la vie choisirait de l'éveiller et de le placer devant la plus grande épreuve de toute son existence. Au mois d'août 1884, le sort fit entendre sa voix.

꧁

Il devait être quatre heures du matin lorsqu'on frappa à la porte de ma chambre avec violence. Sachant qu'à ce moment de la nuit, les hommes s'affairaient à installer leurs branchements dans Wall Street, je ne m'étonnai pas d'être tirée de mon sommeil par quelqu'un me réclamant. Combien de blessures devais-je soigner dans l'attente du médecin alors qu'un ouvrier s'était foulé un doigt ou une cheville à force de ne pas prendre garde ? Combien de garçons ébranlés par un violent choc électrique dus-je rassurer tandis que leurs bras étaient devenus aussi mous que des spaghettis et que sur leur peau apparaissaient d'effrayantes marques de brûlure ? Je m'assurais toujours de garder mon calme, de les entraîner dans le salon où je les faisais s'étendre en essuyant leur sang et en pansant leurs blessures. J'enfilai mon peignoir et me dirigeai vers la porte en conservant cependant ma prudence.

— Qui est là ?

— Charlene, ouvre-moi ! Ouvre-moi tout de suite !

C'était Thomas. Il déboula dans ma chambre en cherchant à s'accrocher à moi alors que je m'étirais pour pousser l'interrupteur et allumer la lumière. Je crus de prime abord qu'il était complètement ivre. Ses yeux étaient vitreux et rougis et son visage aussi pâle que la mort.

— Thomas, mais que se passe-t-il donc ? Mon Dieu, assieds-toi et prends un moment pour respirer.

Il secoua la tête et pénétra plus loin dans la pièce en gémissant comme un enfant.

— Non, il n'y a pas de temps pour cela ! Je suis venu te dire de t'habiller, je m'en vais à Menlo Park immédiatement ! Batch est prévenu, il va venir te chercher dans quelques minutes, tu dois te préparer !

— Qu'est-ce qu'il y a ? Un incendie ?

Je tentais d'en savoir plus tout en cherchant mes jupons et en me tortillant comme une anguille pour enfiler mes vêtements à mesure que je les tirais de mon placard.

— C'est Mary… prononça-t-il d'une voix éteinte en ravalant un sanglot.

À ces mots, je pris peur et le soutins en empoignant ses épaules. Son visage était chaud de panique et ses yeux humides semblaient incapables de se fixer dans les miens.

— Qu'est-ce qu'elle a, Thomas ? Pourquoi allons-nous à Menlo Park ?

— Elle dit qu'elle va mourir, Charlie… Oh, mon Dieu ! Elle souhaite retourner chez nous là-bas pour y mourir… Il n'y a plus rien à faire. Je dois aller la rejoindre, mais je veux que tu restes avec moi, je t'en supplie. J'ai besoin de toi, il faut que tu sois là.

— Je serai là, Thomas. Vas-y, je descends dans une minute.

Mais il n'en avait pas la force. Il avait employé toute l'énergie qui lui restait pour monter jusqu'à moi et maintenant, la peur affaiblissait ses jambes. Je terminai de me vêtir, puis jetai dans un sac des effets supplémentaires en cas de nécessité. À ce moment-là, j'avais l'intime conviction que Mary n'allait pas mourir. Une femme ayant déjà traversé tant de souffrance et de solitude, et âgée seulement de vingt-neuf ans de surcroît, ne pouvait logiquement céder devant un nouvel accès de douleur alors que ses enfants étaient aussi jeunes, que sa famille avait autant besoin de sa présence. Mais Thomas n'avait jamais été aussi affecté. Il s'appuya sur moi tandis que nous redescendions vers le rez-de-chaussée, soupirant des paroles confuses ponctuées de blâmes qu'il s'infligeait et de «j'aurais dû comprendre bien avant» murmurés pour lui-même.

Trois voitures étaient stationnées devant l'édifice. Dans la première était étendue la pauvre Mary, enroulée dans les couvertures de son lit et secondée par Dot qui caressait sa main le visage crispé. En ouvrant la portière, j'avais été confrontée à la vision de la femme à peine consciente dont le front était mouillé de sueur et qui était secouée de tremblements malgré la chaleur confortable de cette nuit d'août.

— Ça va aller, Mary. Nous sommes tous là avec vous, tenez bon, dis-je en touchant doucement son genou et en esquissant un sourire qui se voulait rassurant à la fillette de onze ans montant la garde dans l'attente du retour de son père.

À constater l'immobilité de la femme, toutefois, j'avais compris qu'elle n'était pas consciente et que seules des réactions nerveuses incontrôlables généraient ces frémissements dans toute sa personne.

Charles Batchelor m'attendait dans la deuxième voiture tandis que nous serions suivis par John Kruesi qui emmenait les garçons, Thomas Jr. et William, avec leur nurse. Le soleil se levait au moment où notre convoi se mit en route pour Menlo Park.

— Quelle autre issue était possible pour cette pauvre femme ? murmura Charles quand nous fûmes hors de New York, s'assurant de demeurer en vue de la voiture de tête.

— Ne saurons-nous jamais le mal qui l'afflige, Charles ?

— Je crois que nous le connaissons fort bien.

Il laissa planer un silence empreint de sous-entendu.

— La dernière fois aura été de trop, continua-t-il. Cette pauvre Mary aura empoisonné son corps entier à force de tenter d'en réduire les souffrances.

— J'ignorais que les conséquences puissent être aussi funestes. En fait, oui, je sais parfaitement que certaines substances administrées sans supervision médicale peuvent être mortelles, mais je n'aurais jamais pu imaginer qu'elle irait jusque-là.

— Thomas aura besoin de beaucoup de soutien dans les jours à venir. La culpabilité risque de le tuer aussi. Et les enfants n'ont pas à vivre cela.

— Vous avez raison. Mais au fond, nous sommes tous coupables, Charles. Pendant des années, nous avons regardé Mary se détruire en faisant pencher notre loyauté du mauvais côté. Nous avons défendu la nonchalance de Thomas, nous le réclamions pour nous-mêmes, nous le désirions tout à nous alors que sa vie aurait dû être ailleurs.

Je me tus immédiatement après avoir lancé cette dernière affirmation. J'étais encore plus coupable que n'importe qui. J'avais attiré Thomas à moi en plaidant la force de mon désir et en bénissant les moments qu'il m'accordait, croyant stupidement à la noblesse de mes sentiments.

Nous parvînmes à Menlo Park alors que le jour se levait et nous ne nous arrêtâmes pas avant d'avoir atteint la demeure d'Edison où Mary se rendait quelquefois par année, en vacances, pour faire plaisir aux enfants qui adoraient cet endroit. Les hommes unirent leurs forces pour porter Mary à l'intérieur tandis que je me chargeais d'alimenter le poêle afin de chasser l'humidité incommodante qui régnait dans toute la maison. Batchelor et Kruesi ne réintégrèrent pas leurs anciennes demeures qui avaient été vendues à des employés de Francis Upton, s'installant plutôt au salon afin de rester disponibles en cas de besoin. Je repris la chambre d'invités au troisième étage et fit une courte sieste alors que nous avions décidé de nous relayer et de prendre du repos à tour de rôle.

Au cours de la journée, nous fûmes rejoints par le père et le frère de Thomas qui avaient été prévenus par télégramme et qui avaient immédiatement pris le train de l'Ohio. Alice, la sœur de Mary qui venait parfois lui donner un coup de main pour les enfants, était aussi en route. Pris par ses occupations, le père de Mary ne put se déplacer. D'un père avocat trop occupé à un mari absent, cette pauvre femme avait passé des années à attendre des hommes incapables de lui donner l'attention dont elle avait besoin. Trop jeune à l'époque de son mariage, elle avait tout simplement tenté d'évacuer son manque en utilisant la morphine qui, aujourd'hui, la conduisait au seuil de la mort.

Alors que Thomas et les enfants ne quittaient pas le chevet de Mary, je me chargeais de préparer suffisamment de nourriture pour tout le monde grâce à Sarah Jordan qui nous livrait des provisions. Lorsque Francis Upton se présenta à son tour pour venir aux nouvelles, je l'accueillis froidement, mais le temps n'était certes pas à un affrontement entre nous. Thomas descendait parfois, accompagné de Dot qui ne lâchait pas sa main. La pauvre réalisait parfaitement la gravité de l'état de sa mère, surtout à cause du visage de somnambule qu'affichait Thomas.

Lors de la troisième journée, les propos tournèrent autour du mieux que semblait prendre Mary et quand Thomas vint nous annoncer qu'elle se lèverait pour faire quelques pas au rez-de-chaussée, un vent de soulagement souffla dans la demeure. Quelques-uns parvinrent même à sourire un peu et à recommencer à discuter de travail. Dès que nous entendîmes les pas lents de Mary qui descendait l'escalier au bras de Thomas, nous fîmes tous silence, nous asseyant dans la salle à manger et au salon dans l'attente de la voir enfin debout.

Assise près du poêle où je réchauffais du thé dans le but de lui en servir une tasse, je la regardai fébrilement traverser la pièce pour venir prendre place en bout de table, dans le fauteuil. Son visage inexpressif était émacié. Sa chevelure défaite tombait sur sa poitrine en une longue coulée châtain pâle rendue ondulée par la sueur se dégageant constamment de son front. Elle appuya le bout de ses doigts sur sa tempe, combattant l'une de ses terribles migraines et son étourdissement. Nous fîmes le silence lorsqu'elle nous observa lentement tour à tour, comme si elle désirait graver dans son esprit les traits des plus proches amis de son époux, puis elle s'arrêta sur moi.

— Que fait-elle ici ? prononça-t-elle faiblement, en appuyant autant qu'elle le pouvait sur le "elle" et sur le "ici".

En étouffant un gémissement de douleur après avoir murmuré cette simple phrase, elle chercha Thomas des yeux et répéta la question.

— Mary, je t'en prie, ne parle pas si cela t'épuise trop. Miss Morrison est venue pour veiller sur toi, comme tous les autres.

— Non... pas elle. Je la veux hors de chez moi... Je t'en supplie, Thomas, chasse-la.

Tous les regards des personnes présentes se tournèrent en ma direction. Certains, comme Charles Batchelor, se montrant plus embarrassés que les autres par leur connaissance de la relation que nous avions eue, Thomas et moi. Ceux qui n'avaient pas compris finirent par deviner en voyant la force que déployait Mary pour s'assurer de mon départ immédiat. Humiliée, rouge de honte, je ne dis pas un mot et me contentai de me lever pour aller prendre mes affaires dans la chambre du troisième et sortir par la porte arrière. Comment m'opposer à son souhait? Elle avait légitimement le droit de ne pas vouloir de celle qui avait été la maîtresse de son époux entre ses murs. En m'éclipsant, j'avouais ma culpabilité, mais le moment n'était pas à la confrontation. J'allais devoir assumer mes gestes et accepter que Mary ne me veuille pas à son chevet pour gâcher ses derniers instants.

Je me réfugiai chez Sarah Jordan, tout de même résolue à rester à Menlo Park quelle que soit l'issue de ces journées effrayantes. N'osant pas me promener dans les environs du laboratoire par crainte d'éveiller ma nostalgie, je demeurai dans la chambre que Sally fut suffisamment compréhensive pour me prêter et je priai. À la maison, nous avions été élevés dans un catholicisme de base, pour sauvegarder les apparences, car mon scientifique de père n'était guère porté sur la foi et ses mystères. Il n'aurait cru la Bible que si elle avait été rédigée par Benjamin Franklin et encore. Jamais je n'avais été contrainte de réciter le rosaire à genoux devant une icône sacrée. Chez nous, on ne croyait pas au prétendu pouvoir de la prière. En ce jour toutefois, il ne restait rien d'autre. Le docteur Ward qui s'était posté chez les Edison pour évaluer l'état de Mary répétait ne pas pouvoir identifier le mal qui la rongeait, mais il était certain d'une chose : il n'y avait plus rien à faire. Après des années et des années de souffrance, elle en était rendue là. Sa douleur avait finalement grugé toutes ses forces, son corps entier. J'ignorais donc pourquoi je priais ; pour un miracle, assurément. Pour que les enfants n'aient pas à subir la perte de leur mère, pour que Thomas ne devienne pas veuf à trente-sept ans, pour que quelque chose au ciel ou ailleurs permette à cette jeune femme de voir ses trente ans.

Le 24 août en matinée, Charles Batchelor vint me tirer de ma réclusion forcée, le regard grave.

— Charlie, vous devez venir tout de suite… Oh, quel triste spectacle, quelle désolation ! Dépêchez-vous !

Je courus derrière lui à travers champs et nous dûmes traverser le terrain derrière la maison de Francis Upton afin d'arriver plus rapidement chez Thomas. L'atmosphère était lugubre. Les gens circulaient de pièce en pièce en portant leurs mains à leurs visages et en grimaçant de tristesse. À toute vitesse, je montai jusqu'à la chambre principale et me figeai net, ébranlée jusqu'au plus profond de moi.

Au bord du lit était agenouillé un Thomas en sanglots qui tentait de reprendre son souffle en posant des connexions électriques sur la poitrine dénudée de sa femme. La petite génératrice portable qu'il employait habituellement pour ses expérimentations était placée au pied de la table de chevet et Thomas tentait de ressusciter Mary en envoyant à son cœur des chocs électriques qui convulsaient son corps déjà amolli. Je me précipitai sur lui en tirant sur ses épaules alors qu'il se préparait à recommencer.

— Thomas ! Arrête, Thomas ! C'est inutile !

Il hurla et se débattit avec violence, me poussant au plancher. Il refusait de laisser partir l'âme de Mary.

— Laisse-moi ! Je dois le faire ! Elle va revenir, elle va revenir ! Je peux empêcher la mort de la prendre, je le peux, je le peux !

— Elle est déjà loin, Thomas ! C'est toi qui dois la laisser s'en aller ! Arrête, je t'en conjure !

Mais il envoya une nouvelle décharge dans le corps blanc qui gisait sur les draps. Le dos de Mary s'arqua, ses jambes se tendirent, son menton se projeta vers le haut et un mince filet de sang apparut entre ses lèvres bleuies.

— Elle s'agite ! Elle revient ! Mary, ouvre les yeux ! Mary !

À l'intérieur de son esprit, il devait savoir parfaitement que ces mouvements n'étaient provoqués que par la force du courant et qu'aucune vie n'animait plus la pauvre jeune femme. Mais il la fit bouger, encore et encore, jusqu'à ce que sa peau noircisse légèrement, ses organes internes carbonisés. La main sur la bouche, je pleurais en étouffant mes cris, repliée dans un coin de la pièce, impuissante. Au moment où Thomas réalisa l'état irréversible du corps étendu devant lui, il frappa le matelas de ses poings serrés et poussa un hurlement à fendre l'âme. Devant la mort, le sorcier n'avait aucun pouvoir et cela, il ne pouvait l'accepter.

Lorsqu'il se redressa, la rage contractant son visage me fit peur et je me pressai davantage contre le mur. Les mains sur les yeux, il tournait dans la pièce en murmurant une phrase comme une incantation.

— C'est ma faute, juste ma faute. C'est ma faute, mon Dieu.

Je sortis de mon coin et tentai de l'immobiliser.

— Tu n'es pas responsable, Thomas! Elle était malade depuis longtemps!

— Oui et je l'ai ignorée! Pire, je suis celui qui lui a donné cette drogue qui l'a tuée! Je l'ai assassinée de mes mains, lentement, trop stupide pour comprendre la gravité de mes gestes!

— Personne ne savait de quoi elle souffrait, pas même le médecin!

— La nuit dernière encore, elle en a réclamé… "Toujours plus", qu'elle disait encore et encore pour enfin chasser le mal. Elle serait vivante si je ne lui avais pas permis de se soulager de nouveau.

— Pour combien de temps? Un jour ou deux de plus? Elle était condamnée depuis longtemps. Personne ne pouvait la guérir. La vie ne tient pas qu'à la volonté, Tom. Si le corps ne peut aller plus loin, rien ne l'empêchera de s'éteindre. La laisser partir, c'est à cela que se limite ton pouvoir.

Il s'enferma dans la salle de bain, incapable de supporter la vue du corps de Mary plus longuement. Je l'entendis sangloter et frapper tout ce qui se trouvait à proximité, mais je le laissai exorciser seul la colère qu'il ressentait à son propre égard. Je retirai de la poitrine de Mary les fils que Thomas y avait fixés à l'aide de ventouses et les jetai au sol. Avec un linge et de l'eau que je pris dans la cruche de porcelaine sur la table de chevet, j'essuyai sa bouche pour en effacer le sang, puis repliai le linge et nettoyai son visage. Je passai également un peu d'eau sur sa poitrine avant de refermer sa chemise de nuit jusqu'à sa gorge. Après avoir placé ses jambes bien droites sous le drap, je déposai ses mains l'une sur l'autre. Par réflexe, je me signai. La haine qu'elle avait exprimée à mon endroit me rendait honteuse de toucher son corps, mais quelqu'un devait le faire, la rendre présentable pour le médecin qui allait arriver afin de constater le décès.

— Je suis désolée, Mary, pour le mal que je vous ai fait. Je le reconnais et le regrette amèrement. Mais il est trop tard pour les regrets, n'est-ce pas? Vous avez raison, jamais je n'aurais eu le courage de vous demander pardon en face. Je suis une personne horrible tandis que vous avez vécu votre solitude de façon admirable. Veillez sur vos enfants maintenant, Mary. Ils en auront grand besoin.

Je me détachai du profil figé et choisis de ne pas consulter Thomas pour appeler le docteur Ward en me penchant au-dessus de la rampe de l'escalier. De la cuisine, Batchelor me demanda comment allait Thomas. Je grimaçai et secouai la main dans un mouvement qui, je l'espérais, trahissait la délicatesse de la situation.

Thomas accepta de se montrer pour accueillir le médecin. Celui-ci ne tarda pas à le questionner à la vue des marques foncées sur la peau de Mary. Il révéla avoir tenté de la ranimer en projetant une décharge électrique à travers sa poitrine, ce que le docteur jugea tout à fait absurde.

— L'électricité n'est pas un remède, monsieur Edison. Je n'ai jamais entendu parler d'un mort ressuscitant d'une telle façon. Vous auriez dû me faire venir plus tôt.

— Et qu'auriez-vous fait, docteur ? Dites-moi, vous qui me répétiez ne pas savoir, ne pas comprendre, ignorer ce qu'elle avait !

Accoutumé aux éclats de rage des maris endeuillés, le médecin ne daigna pas le gratifier d'une réponse scientifique, se contentant d'examiner la tête de Mary et d'ouvrir ses yeux en pressant sur ses paupières.

— Combien s'en était-elle injectée cette fois ? dit-il, mécontent, en observant les nombreuses marques laissées par les aiguilles sur la peau de son bras.

— Je ne sais pas, docteur, je ne sais plus.

— C'est un arrêt cardiaque, provoqué par une surdose de morphine.

Thomas se jeta devant le médecin en agrippant son manteau.

— Non, cela ne peut être la cause officielle du décès de ma femme ! Elle était souffrante bien avant de commencer à s'injecter de la morphine, il y avait autre chose !

— Monsieur Edison, êtes-vous en train de me dire qu'une autopsie sera nécessaire ? Je suis pourtant catégorique…

— Oui, je veux une autopsie ! N'inscrivez pas cela dans votre rapport, ma femme mérite mieux !

— Les causes de la mort ne se choisissent pas, monsieur. Je sais ce que je vois.

— Et moi je vous dis de chercher autre chose.

La voix de Thomas devenait menaçante, comme s'il avait peur que l'élément ayant précipité le décès de Mary soit publiquement connu. Malgré tout, il désirait sauvegarder sa réputation.

— Bon… fit le médecin en rangeant ses instruments et en fourrant ses papiers dans sa trousse afin de les compléter plus tard.

Il se releva en poussant un soupir.

— Les autopsies sont onéreuses, monsieur Edison.

— Je vous fournirai l'argent nécessaire, docteur. Dites-moi seulement combien je vous devrai pour trouver la juste cause de la mort de ma femme.

— Cinq cents dollars. C'est le prix d'une autopsie.

— Vous l'obtiendrez. En retour, je veux votre silence. Jurez.

— Lorsque je serai payé, je me tairai à jamais.

J'avais peine à croire ce que mes oreilles entendaient. À mots couverts, Thomas négociait un certificat de décès convenable qui n'entacherait ni son nom ni celui de son épouse. Moi seule savais qu'il ne disposait pas d'une telle somme. Même les funérailles, me révéla-t-il plus tard, étaient hors de prix tant l'argent se faisait rare, et il ne s'était pas attendu à une telle dépense. Dans la plus grande discrétion, nous nous cotisâmes tous afin d'offrir à Mary une sépulture digne du nom Edison, participant à la mesure de nos capacités, ce qui fut plus simple pour moi qui n'avais pas de famille à faire vivre et qui devais me racheter aux yeux de la défunte. J'offris donc à Thomas de payer la majeure partie des dépenses occasionnées tandis que Batchelor et Kruesi compléteraient avec des sommes tout de même considérables.

À la suite du départ du médecin vint l'affreux moment où Thomas dut annoncer aux enfants la mort de leur mère. De cela, je tentai de me détacher, mais de voir Dot soutenir son père aussi courageusement me fut très difficile. La petite fille se chargea elle-même de parler à ses frères, comprenant déjà le rôle qui lui revenait désormais.

Mary fut portée en terre dans sa ville natale, à Newark. Le père de Thomas comprit rapidement qu'il ne pouvait être laissé à lui-même avec trois enfants à sa charge et tout de suite après l'enterrement, les garçons furent emmenés en Ohio par leur oncle et leur grand-père où ils seraient sous la responsabilité de la famille Edison. Thomas réalisa à peine le départ de ses fils. De son propre aveu, il s'était si peu occupé d'eux depuis leur naissance qu'il n'aurait pas su comment les éduquer convenablement. Seule Dot restait, suffisamment forte pour soutenir son père dans ce terrible moment. Nous poursuivîmes ensuite notre chemin, remettant le cap sur New York en ayant conscience que Thomas ne serait plus jamais le même.

Chapitre 25

Alternatif ou direct

— J'entends parfaitement ce que vous dites, mais je vous répète que cela ne fonctionnera jamais!

— Mais vous perdez de l'argent à vouloir construire ces stations centrales qui alimentent vos circuits sur une courte distance seulement! Un demi-mille, c'est absurde, enfin! Et moi, je vous promets qu'avec le courant alternatif, nous pourrions facilement couvrir de plus larges territoires et épargner sur le matériel exigé par vos génératrices!

— Non, Tesla. Pour une dernière fois, cessez de m'embêter avec cela. Vous rêvez, voilà votre problème. Il y a un moment où on doit faire la distinction entre la pure fantaisie et la réalité d'un système ayant déjà prouvé son efficacité et, surtout, sa sécurité. Je ne mettrai pas la vie de mes hommes et du public en péril pour une question de distance, ce n'est pas vrai!

— Les gens s'accommoderont. Il s'agit d'une nouvelle force, oui, d'accord. Le courant alternatif est une forme d'énergie à laquelle le monde entier doit se familiariser, mais il y a une éducation à faire, c'est inévitable.

— Pas besoin de cela, tout est déjà établi! Oh, votre obstination me rend fou, Tesla, vous ne comprenez rien! Le voltage exigé par le courant alternatif est beaucoup trop élevé, les gens ne voudront jamais courir ce genre de risque chez eux. Il y aura des incendies à répétition, des morts même lorsque les gens se risqueront à toucher à leurs branchements défectueux sans faire appel à un expert. Je n'ai pas le droit de mettre le public en danger de la sorte, c'est mon nom qui est en jeu! Écoutez, Tesla, c'est un bien joli rêve que vous caressez, vous souhaitez parvenir à implanter votre système chez nous et je vous félicite pour votre initiative, mais le courant alternatif n'a aucun avenir. Oubliez cela.

Thomas ayant laissé la porte de son bureau grande ouverte, j'avais pu suivre la conversation. Nikola Tesla se montrait de plus en plus insistant et désirait parvenir à convaincre Thomas de le laisser transformer toutes ses installations afin de les alimenter en courant alternatif dans le but de réduire les coûts de construction des centrales électriques et de n'en bâtir qu'une seule, gigantesque, qui générerait du courant pour tous nos circuits à la fois. Certains osaient approuver Tesla en secret alors que celui-ci tentait de rallier tout le monde à sa cause. De plus en plus de gens exprimaient le souhait de voir leur résidence éclairée à l'électricité, et chaque fois, Thomas devait réquisitionner un bâtiment avoisinant pour installer la génératrice. Les opinions quant à cette façon de procéder étaient de plus en plus partagées depuis l'arrivée de Nikola Tesla dont Thomas s'obstinait à refuser les idées. La tension allait en grandissant, mais désirant préserver son emploi, Tesla s'affairait à démontrer son assiduité avec l'espoir de confirmer sa crédibilité et d'être un jour entendu et respecté par Edison.

Le décès de Mary avait forcé Thomas à replonger dans le travail avec une ardeur renouvelée. Il était incapable de demeurer chez lui à la nuit tombée alors que son épouse hantait toujours les lieux. J'avais laissé s'écouler trois semaines, puis j'avais convoqué Alice, la sœur aînée de Mary, résolue à aider Thomas dans son deuil et à sortir de sa demeure les souvenirs de sa femme qu'il refusait de toucher. Avec son consentement, nous avions vidé les placards tandis qu'il était au bureau, Alice se chargeant de trier les vêtements de Mary qu'elle conserverait et ceux que nous offririons à la charité.

Avant la mort de sa mère, Dot recevait son enseignement de l'Académie française, dans Madison Avenue. Mais dès leur retour à New York, Thomas l'avait retirée de l'Académie pour lui permettre d'être constamment près de lui. Dorénavant, il s'occuperait de l'éducation de sa fille en lui accordant un coin dans son bureau et en la sommant de lire dix pages d'encyclopédie par jour. Thomas jugeait cette manière d'apprendre complète et suffisante. En fin de journée, Dot l'accompagnait aux réunions du comité de direction de la Edison Illuminating Company, puis ils prenaient ensemble leur repas du soir au Delmonico's. Au cours de la soirée, Thomas y était fréquemment rejoint par Batchelor, Insull ou Edward Johnson, Dot sommeillant sur la banquette du restaurant tandis qu'ils jouaient aux cartes. Lorsque je terminais le travail, je me rendais aussi au Delmonico's et après avoir fait mon rapport à Thomas, j'éveillais Dot en toute délicatesse et l'emmenais se coucher à la maison. Bien souvent, je devais demeurer en sa compagnie si Thomas s'attardait. Il avait renvoyé tous les domestiques de Mary, sauf une, Mathilda que nous surnommions Tilly, mais Dot ne voyait pas en elle le même réconfort que celui que je m'efforçais de lui offrir. Je la mettais donc au lit, et m'installais sur le divan du salon pour lire jusqu'au retour de Thomas. Me trouvant régulièrement endormie sur le canapé, il ne prenait pas la peine de me renvoyer de l'autre côté de la rue et déposait une couverture sur moi avant de monter à sa chambre. Je gardais un œil sur lui également. Il ne s'exprimait jamais au sujet de cette solitude à laquelle le confrontait sa chambre vide. J'ignorais quels étaient ses pensées, ses projets d'avenir. Il avait trouvé un nouveau rythme de vie, semblable à celui d'un vieux garçon, dans lequel il apparaissait se

complaire. Peut-être s'abandonnait-il à pleurer la disparition de Mary une fois sous les draps, mais je n'eus jamais
conscience de tels débordements d'émotion. Il paraissait s'être fait à la fatalité. Et en aucun cas, je ne tentai de
franchir la porte de sa chambre à coucher. Certes, il n'y
avait plus d'épouse pour m'empêcher de me rapprocher de
lui, mais la honte me rongeant encore les sangs, je n'osais
pas.

Un matin de novembre, Thomas m'éveilla très tôt en
paraissant au salon les joues enveloppées par le col relevé
de sa chemise. Alors qu'il s'affairait à nouer sa cravate à
tâtons, il tiqua de me voir encore courbaturée par la dureté
du canapé et esquissa un sourire amusé. Le premier que je
voyais émaner de lui depuis l'enterrement.

— Soit tu cesses de faire cela, soit je t'offre une chambre
à la semaine !

— Je ne vais pas laisser Dot toute seule, voyons ! Cela ne
me dérange pas, tu sais bien que je désire vous aider.

— Il y a une chambre vide au deuxième. La prochaine
fois, utilise-la. Je ne crois pas que tu sois trop timide pour
prendre tes aises, non ?

— Ce n'est pas de la timidité, c'est de la politesse.

— Tu n'as jamais été vraiment polie de nature non plus !
Arrête ton cirque.

Je lui jetai l'un des coussins du canapé à la tête et il l'évita
de justesse, le regardant glisser sur la surface lustrée du
piano et effleurer dangereusement un vase posé sur une
demi-colonne contre le mur. Thomas éclata de rire et j'en
fus satisfaite. La domestique nous servit du café tandis qu'il
enfilait une veste neuve, que je lissais ma robe froissée et
que Dot rassemblait ses livres. En parvenant sur le trottoir,
nous rencontrâmes Charles Batchelor qui venait chercher
Thomas pour leur déjeuner-conférence prévu à huit heures.
Nous marchâmes lentement dans la 5e Avenue en devisant,

les deux hommes se rendant jusqu'au Delmonico's alors que je les quitterais devant notre édifice en emmenant Dot avec moi.

À un moment, Thomas leva la tête et s'interrompit brusquement, se taisant tout net au beau milieu d'une phrase. Ignorant ce qui le poussait à s'arrêter de la sorte, Charles et moi l'imitâmes et nous vîmes au coin de la rue, à quelques mètres de nous, un Nikola Tesla à la mise étrangement désordonnée pour cette heure du jour. Son visage et ses mains étaient tachés d'huile et sur ses pantalons apparaissaient des empreintes de doigts noires et encore luisantes. Tesla garda la tête baissée jusqu'à ce qu'il ne soit plus possible de nous éviter, ne sachant trop quelle expression adopter alors que nous le dévisagions tous les trois des pieds à la tête.

— Mais d'où sortez-vous, bon sang ? Je ne me souviens pas de vous avoir attribué une affectation de nuit !

— Je sais, monsieur Edison, je… j'arrive des quais à l'instant. Le système d'éclairage électrique du *Oregon* était en panne, alors j'ai pris mes outils et je suis allé le réparer. Tout va bien maintenant, ils ont pu lever l'ancre à six heures, avec deux jours de retard.

Tesla était visiblement très fier de son initiative et de sa réussite, attendant, planté devant nous, des félicitations qui ne vinrent pas. Thomas se contenta de plonger ses mains dans les poches de son manteau et d'un geste du menton, signifia à Batchelor de lui emboîter le pas. Je demeurai devant à Nikola Tesla, à mon plus grand embarras.

— Allez, venez, dis-je en prenant la main de Dot et en encourageant l'homme à nous suivre.

— Qu'est-ce que c'était, cela ? questionna-t-il, s'emportant, alors que nous parvenions à mon bureau, une antichambre ouverte juste devant la porte de la pièce où Thomas travaillait.

Il avait pris quelques minutes pour analyser l'attitude que Thomas avait eue à son égard et s'en indigna quand Dot fut bien à l'abri de sa véhémence.

— À quoi vous attendiez-vous? répondis-je en baissant les yeux sur le courrier. À ce qu'il vous lance des fleurs? Vous êtes allé offrir vos services à une entreprise qui n'est pas celle qui paye votre salaire. Croyiez-vous vraiment que cela lui plairait?

— Pourquoi êtes-vous toujours si brusque avec moi? Que vous ai-je fait?

Sa voix devenait suave comme chaque fois qu'il se trouvait en présence féminine.

— Mais rien, vous ne m'avez rien fait! Et je ne suis pas brusque.

— Non?

Il se glissa au coin du bureau pour s'y asseoir en croisant une jambe au-dessus de l'autre et en se penchant en ma direction.

— Je n'aimerais pas vous voir fâchée, dans ce cas.

— Cela pourrait bien arriver si vous ne montez pas immédiatement à votre chambre pour prendre un peu de repos, car je vous rappelle que vous devez être à l'usine de Goerck Street cet après-midi.

— Pour avoir rétabli le courant sur l'*Oregon* on m'a donné des billets pour le théâtre vendredi soir. Je ne connais personne d'autre à New York, j'aimerais que vous m'accompagniez.

— Pas question. Je ne fréquente pas les employés en dehors du travail.

— Oh, vous êtes une menteuse en plus! lança-t-il en rejetant la tête vers l'arrière et en poussant un éclat de rire. Non seulement vous ne fréquentez *que* vos collègues, mais vous dormez chez Edison lui-même trois ou quatre fois par semaine.

— Comment savez-vous cela ?

— Je ne suis pas… comment dites-vous déjà ?… Idiot !

— Je dors sur le canapé, je veille sur…

Je fis un mouvement de la tête vers le bureau où Dot s'était enfermée pour lire ses pages quotidiennes d'encyclopédie.

— Allez, juste une soirée. C'est *Othello*.

— Non. Ne me le demandez plus, Tesla, ce sera toujours non.

— Je vois…

Laissant planer son insinuation dans l'air, il se remit sur ses pieds et commença à gravir lentement l'escalier en se retournant à mi-chemin. Je serrai le poing jusqu'à ce qu'il soit hors de vue. Sa présence m'était insupportable et si envahissante que je me pris à chasser l'odeur de sa personne en battant des feuilles devant moi. Son accent des Carpates me donnait la chair de poule, sans compter que cette invitation m'apparaissait hautement déplacée. Aucun des garçons de Menlo Park n'avait tenté de me harponner en sept ans de travail auprès d'eux, aucun n'aurait osé franchir cette limite. Mais Tesla ne semblait pas voir cette barrière.

Il ne me déplut que davantage quand les hommes qui travaillaient avec lui à la Edison Machine Works dans Goerck Street me firent de drôles de confidences à son sujet. On racontait que Tesla ne cessait de compter ses pas lorsqu'il se déplaçait dans l'usine et refusait de s'arrêter si leur nombre n'était pas divisible par trois. Je ne les crus pas de prime abord, les accusant de jouer sur mon antipathie en exagérant, mais la situation était pire encore que ce qu'ils me décrivaient en riant. Non seulement ses pas, mais tous les gestes qu'il faisait devaient être des multiples de trois. Je le vérifiai moi-même. Il remuait son café de douze coups de cuillère. Il faisait deux pas de plus sur la dernière marche de chaque palier pour arriver à un total de quinze. Il trempait sa plume trois fois dans l'encrier avant de signer un document. Au bout d'un moment, je dus me forcer pour cesser de l'observer ainsi et de dénombrer ses moindres gestes de peur de devenir aussi siphonnée qu'il l'était. Deux semaines me furent suffisantes pour prendre une décision et proposer à Thomas de m'accueillir chez lui à titre de locataire.

— Tu aurais une personne de confiance pour prendre soin de Dot en permanence et je te paierai, évidemment.

— Là n'est pas la question, dit-il d'un air méfiant. Il y a anguille sous roche. Que s'est-il passé ? Quelqu'un t'importune ? Tu n'as qu'à me le dire et tu sais que le problème sera résolu. Les règles sont les mêmes ici qu'à Menlo Park.

La relation étant déjà tendue entre Tesla et lui, j'évitai de parler des trois roses que j'avais découvertes sur mon bureau un matin. Mais l'insistance du Serbe à me faire sortir en sa compagnie s'était encore une fois avérée vaine.

— Non, c'est seulement que j'aime bien passer du temps avec Dot et ce serait plus pratique ainsi.

— Elle parle de toi en disant "tante Charlie". Tu savais cela ?

— Oui, nous nous entendons fort bien. Et en toute franchise, Tom, je suis fatiguée de vivre sur les lieux de mon travail. J'ai suffisamment d'économies pour me trouver un appartement, mais pas dans ce quartier, il est trop cher. Dans l'East Side, peut-être, avec un peu de chance.

— Bon, cesse cela. D'accord, tu t'installeras chez moi. Je n'y suis jamais de toute façon, il faut bien que quelqu'un profite de cette maudite demeure.

La maison de la 5e Avenue lui rappelait encore Mary, il me le prouvait avec cette simple phrase. Il ne voyait guère de risque d'ambiguïté dans une potentielle cohabitation avec moi, tout simplement parce que la mort de sa femme l'avait rendu tout à fait froid, vide de désir, incapable de rapprochements.

— C'est très gentil de ta part, Thomas.

Je ne lui dis rien de la peur viscérale que m'inspirait Nikola Tesla et son regard noir que j'évitais systématiquement. Je me gardai aussi de lui confier que ce dernier saisissait toutes les occasions possibles pour fustiger le courant direct devant les hommes de Goerck Street qui me rapportaient ses paroles. Puisque Thomas avait besoin des compétences de Tesla au sein de son usine, je n'allais pas participer activement à la discorde.

Thomas contourna son bureau pour venir à ma rencontre au milieu de la pièce et il me serra doucement dans ses bras, sans véritable chaleur, juste pour sceller notre entente.

— C'est moi qui te suis redevable. Tu m'as aidé à traverser cette épreuve et je serais très ingrat si je n'acceptais pas de t'aider en retour.

Je posai ma tête sur son épaule alors qu'il caressait ma nuque comme il l'aurait fait avec un chat tout en regardant les voitures passer dans la rue à travers la fenêtre. Ce fut très paisible, il n'y avait plus entre nous cette urgence qui, autrefois, nous obligeait à arracher nos vêtements à l'instant où nous nous effleurions. Lorsque je sortis du bureau, Tesla était là sur le pas de la porte, à attendre de pouvoir entrer. Insull n'y était pas, ce qui lui avait permis de s'approcher aussi près et peut-être d'entendre nos propos. Il me décocha un regard déplaisant et entra dans la pièce en claquant la porte derrière lui. Les éclats de voix qui firent trembler les murs durant les minutes suivantes me poussèrent à disparaître de là et je montai à ma chambre pour emballer mes effets personnels. Je n'allais pas attendre et risquer que Thomas change d'avis et je courus m'installer avant la fin de la journée.

Tout à fait satisfaite de l'arrangement, Dot me donna un coup de main quand vint le temps de suspendre mes robes dans le placard. S'extasiant devant mes tenues, elle s'amusait à défiler devant la glace en les serrant contre elle, même si elle marchait sur l'ourlet.

— Vous allez épouser mon père, n'est-ce pas, tante Charlie ?

— Qu'est-ce qui te fait croire cela ?

Elle haussa timidement les épaules en serrant les lèvres pour contenir un rire.

— J'aimerais que vous vous mariiez. Il est trop seul, c'est une pitié.

À douze ans et à force de côtoyer des adultes jour après jour, Dot employait un langage résolument aiguisé bien qu'elle ne fût pas encore dotée du filtre naturel qui nous, nous empêchait de dire tout ce que nous pensions. Depuis le décès de sa mère, en outre, elle se sentait libre de s'adresser à moi de façon plus directe, comme à une amie.

— Oh, ne dis pas cela, Dottie. Il est occupé, c'est tout. D'ailleurs, je ne crois pas qu'il désire se remarier.

— Mais bien sûr, il me l'a dit ! Il croit que j'aurai bientôt besoin d'une nouvelle maman pour que Dash et Will puissent revenir vivre avec nous ! Ils me manquent tellement !

— Mais ils vont bien, n'est-ce pas ?

— Oui, Dash écrit parfois. Ils s'amusent avec grand-père Sammy, ils font des expériences ensemble, mais ils aimeraient être avec nous. Cela n'arrivera pas avant que père nous ait trouvé une nouvelle mère. Il dit que celle qu'il choisira prendra bien soin de nous tous et nous donnera peut-être d'autres frères et sœurs.

— Il aborde cette question avec toi ?

Elle pencha la tête sur la droite et dansa d'un pied à l'autre, réalisant qu'elle me faisait des confidences qui auraient dû demeurer secrètes.

— Cela arrive. J'aimerais que ce soit vous, mais ne lui dites pas que je vous ai raconté cela.

— Non, ne t'en fais pas.

Jamais auparavant je n'avais envisagé la possibilité d'épouser Thomas Edison. Je l'aimais, certes, mais l'idée de me marier ne m'effleurait pas l'esprit davantage que jadis. Dot était adorable et nous nous amusions beaucoup toutes les deux, sauf qu'à la pensée de devenir une mère de remplacement pour les enfants de Mary et d'être contrainte à en porter à mon tour, je me sentis grimacer de doute. Nous terminâmes de ranger mes effets, ce qui donna à la pièce un agréable air habité contrastant avec la froideur des lieux qui régnait depuis la mort de Mary. Je lui permis ensuite de s'amuser avec mes robes tant qu'elle le voulait tandis que je retournais de l'autre côté de la rue pour achever ma besogne de la journée.

Des éclats de voix masculines me parvinrent à l'instant où je pénétrai dans l'édifice. Du hall, je ne distinguais pas encore les mots violemment échangés, seuls les décibels de la querelle m'atteignaient à la poitrine, comme une secousse sismique perceptible à des milles à la ronde. J'accélérai le pas, au cas où quelqu'un se déciderait à en venir aux coups et je suivis les vibrations qui me guidèrent dans l'escalier, puis au seuil de la salle de conférence de l'étage. À travers la porte entrouverte, je vis Thomas et Nikola Tesla, dressés l'un devant l'autre, s'invectivant en levant les mains ou en se pointant de l'index. J'entrai doucement, mais aucun ne me vit, trop occupés qu'ils étaient à se crier des injures en plein visage. Je dus intervenir, car pour la première fois depuis que je le connaissais, Thomas était si enragé qu'il semblait prêt à labourer le visage de Tesla de ses ongles.

— Vous êtes un menteur, un arnaqueur, le diable en personne ! crachait Tesla en gesticulant alors que Thomas respirait bruyamment en passant sa main dans sa chevelure comme s'il désirait s'empêcher de le frapper.

— C'est vous qui ne comprenez rien, vous n'êtes pas d'ici, vous ne saisissez pas nos façons de parler, pauvre lunatique !

— Vous avez profité de moi, vous m'avez traité en esclave ! J'ai fait TOUT ce que vous désiriez, j'ai entièrement redessiné les modèles de vos génératrices et vous m'avez bel et bien promis cinquante mille dollars !

— Vous avez vraiment cru que je disposais d'une telle somme uniquement pour vos précieuses compétences, Tesla ? Vous n'aviez pas réalisé que je lançais cela à la blague ? Je vous ai dit dix-huit dollars par semaine, pas un sou de plus ! Croyez-vous réellement mériter le salaire d'un président d'entreprise ?

— Toutes les lacunes de vos systèmes, je les ai comblées, j'ai tout fait et plus encore ! Je veux l'argent que vous m'avez promis !

— Mais il n'y a pas d'argent ! Vous, les étrangers, vous ne saisissez rien à l'humour américain et en plus, vous êtes complètement bornés ! Vous voulez que je vous dise quoi faire avec votre courant alternatif ?

Évidemment, Tesla ne réalisa pas que la dernière question de Thomas n'était encore que du verbiage.

— Quoi ? Qu'allez-vous encore me demander ?

— De vous le mettre dans…

Je choisis ce moment précis pour m'interposer entre les deux hommes et les forcer à se distancer l'un de l'autre. Je dus pour cela hausser le ton moi-même.

— Taisez-vous ! Mais taisez-vous à la fin !

Le front de Thomas était luisant de sueur et il s'étirait le cou par-dessus mon épaule pour continuer de projeter son regard menaçant en direction de Tesla qui, à l'autre bout de la pièce, ne décolérait pas.

— Il m'a promis une prime si je parvenais à rendre plus efficaces les moteurs de ses génératrices! plaidait Tesla en espérant me voir prendre sa défense.

— Jamais je n'ai dit cela sérieusement! Comment avez-vous pu ne pas le réaliser?

— Assez! Thomas, je t'en prie, descend à ton bureau. Tesla, vous restez là et vous vous calmez.

— Inutile, je pars.

— Quoi? dis-je.

Il secoua la tête et fit un pas en direction de la porte, me repoussant au passage.

— Vous ne pouvez pas partir comme cela, sur un désaccord, Nikola. Soyez un peu plus magnanime, bon sang! le raisonnai-je pendant que Thomas maugréait encore derrière moi.

Alors que je tentais de retenir Tesla, il haussa la paume de sa main droite vers mon visage pour m'empêcher d'approcher.

— Vous travaillez pour un escroc, miss Charlene. Je ne supporterai pas un tel traitement plus longtemps, je m'en vais.

Du regard, j'essayai de convaincre Thomas de faire un geste, parce que Tesla était effectivement un technicien indispensable et que l'entreprise avait besoin de lui. Il demeura toutefois dans un coin de la pièce, observant la scène d'un œil noir, la frange désordonnée et le souffle court. Ma loyauté penchant toujours irrémédiablement du côté de Thomas, ce fut avec lui que je décidai de rester alors que Tesla montait à ses quartiers pour prendre ses affaires personnelles.

Je remis un peu d'ordre dans sa chevelure et refermai sa veste. Se laissant faire comme une poupée de chiffon, il fixait la porte comme s'il craignait la réapparition de Tesla et qu'il devait se préparer à reprendre les hostilités. Pour le tranquilliser, je déposai un baiser sur sa joue que je sentis froide et moite sous mes lèvres.

— Comme je déteste cet homme !… Tu n'as pas idée, Charlie.

— Il est… différent, c'est vrai, mais malheureusement compétent. Désires-tu vraiment le laisser s'en aller ?

— Qu'il aille au diable, je m'en fiche. Je ne veux plus jamais poser les yeux sur lui.

— Bon, si tu le dis.

Je m'assurai de conserver une expression impassible tout en lui proposant un cigare et un doigt de brandy, mais j'exultais en vérité. Tesla n'avait fait que causer le désordre depuis son arrivée par ses idées trop arrêtées sur le courant direct et son envie de convertir toutes les génératrices d'Edison au courant alternatif. Il en prêchait les bienfaits comme s'il partait en croisade. Pour la bonne santé de l'entreprise, il était peut-être préférable que Tesla aille répandre ailleurs sa bonne nouvelle. Je fis asseoir Thomas près du feu et lui servis un verre qu'il ne dédaigna pas. Il n'était pas question pour lui de sortir de la pièce tant que Tesla n'aurait pas quitté l'établissement.

— Charlie ?

Son cigare captif entre l'index et le majeur de sa main gauche, Thomas observait les flammes en réclamant mon attention. Je glissai mon siège près du sien et me penchai en sa direction, tentant en vain d'attirer à moi son regard courroucé.

— Charlie, épouse-moi, tu veux bien ?

J'inspirai profondément, dans l'attente d'un changement dans son expression faciale. J'aurais aimé qu'il me dise cette phrase autrement qu'avec l'intonation d'un homme d'affaires cherchant à conclure une entente de dernière minute. Il m'apparut froid, détaché, me faisant cette proposition sans empressement. Je croisai les bras et soupirai.

— Tom, ta femme n'est morte que depuis quatre mois. Tu as besoin de temps. De plus de temps que cela.

— Il va me falloir une nouvelle épouse de toute façon, autant nous décider immédiatement.

— Mais Thomas… M'aimes-tu, au moins ?

— Je n'ai jamais aimé que mon travail, tu le sais, non ? Tu auras un endroit où vivre définitivement et moi, je cesserai enfin de recevoir ces lettres de riches héritières me proposant de devenir la mère de mes enfants. Tu as toujours désiré une position, je t'en offre une, en bonne et due forme.

— Mais ce n'est pas cela que je veux, Thomas. Il faut que tu sois amoureux de moi, sinon cela n'a aucun sens.

— En toute sincérité, Charlie, j'ignore s'il y a en moi cette capacité d'aimer. Je sais seulement que nous pourrions vivre ensemble ; nous le faisons déjà, d'ailleurs.

— Ça ne peut pas être aussi simple. Je ne suis pas certaine d'avoir envie de me marier dans ces circonstances. Qu'exigeras-tu une fois que nous serons mariés ? Que je cesse de travailler ? Que j'aie des enfants ?

— *Mes* enfants.

— Oh, Tommy…

Certes, je voyais la logique derrière son raisonnement. Tout serait plus facile ainsi et ce serait légitimement que nous ferions l'amour ensemble, dans le but d'agrandir sa famille. Je serais entièrement dévouée à l'éducation de ses petits et me retirerais de la vie professionnelle pour vivre des grossesses répétées en bonne épouse, en toute discrétion et me cachant pour que personne n'ait à supporter la vue indécente de mon ventre arrondi. J'avais bien regardé Mary au cours de mes années à Menlo Park et il était hors de question que son enfer devienne le mien.

— J'attends toujours le moment où je reprendrai le cours de ma vie tel qu'il était lors de notre départ de Menlo Park.

Je veux travailler, expérimenter, créer. Si tu me promettais au moins que ma vie sera comme je l'espère…

— Il arrive un moment où une femme doit se résoudre. Tu n'obtiendras jamais ce que tu désires, Charlie, autant l'accepter.

Je me levai pour arpenter la pièce afin de clarifier mon esprit et m'arrêtai devant les flammes où j'eus la possibilité d'observer son visage alors qu'il se trouvait déjà ailleurs. Qui pouvais-je duper ? J'adorais ses joues encore plus rondes qu'elles ne l'étaient jadis et cette élégance obligée qu'il portait désormais comme un trophée de sa réussite. Le garçon un tantinet maladroit de l'époque avait cédé sa place à un homme véritable doté d'un magnétisme sombre, mais indéniable, trahissant que son ascension n'était pas terminée. Je le forçai à abandonner son cigare dans le cendrier sur pied avoisinant son siège et lui demandai de se lever.

Sans beaucoup d'encouragement de sa part, je m'approchai de lui et touchai ses épaules avant d'effleurer sa gorge de mes lèvres. Les yeux clos, je remontai lentement en direction de sa bouche de laquelle je m'emparai. Le goût musqué de sa salive revint tout de suite à ma mémoire alors que je songeais que trois ans et demi s'étaient écoulés depuis la dernière fois où nous nous étions embrassés. Le contact avec sa langue me fit gémir et un éclair violent de désir m'ébranla tout entière. Je n'avais rien oublié, mon corps réagissait avec la même ardeur qu'autrefois et la douleur de mon bas-ventre qui se gorgeait de sang et d'eau trahissait que toutes ces années à ne pas le toucher n'avaient pas réussi à effacer mon envie de lui.

— Rentrons… murmura-t-il alors que je me collais à lui pour l'éveiller.

Il ne voulait pas de ce genre de chose ici, alors que n'importe lequel de ses collègues pourrait entrer à tout moment. Nous descendîmes sans un mot, ne faisant que nous toucher les mains à l'occasion, et nous rendîmes jusque chez lui en tentant de faire disparaître de nos visages l'émotion que ce simple baiser était parvenu à générer. Nous dînâmes en compagnie de Dot, parlant peu, attendant l'instant où nous nous retrouverions seuls. Nous dûmes, par souci de décence, prolonger la soirée jusqu'au coucher de sa fille, puis il m'accueillit dans sa chambre, ne s'imaginant pas que je puisse ressentir un certain malaise à l'idée de me dévêtir dans la pièce où avait dormi son épouse.

À la seconde même où nos corps nus entrèrent en contact, il y eut comme un éclair de reconnaissance entre eux, le plaisir que nous nous étions déjà donné exacerbant l'excitation à fleur de peau que nous endurions depuis quelques heures. L'humidité entre mes jambes mouilla sa cuisse et en chuchotant – parce que ses envies l'avaient toujours tellement embarrassé –, il me pria de grimper sur lui et de le chevaucher comme je l'avais déjà fait tant de fois par le passé.

À ce moment précis, j'avais envie de lui dire oui, juste pour passer le reste de ma vie à reprendre mon souffle entre ses bras tout en caressant sa poitrine du bout de mes ongles. J'étais tout près de le croire et d'accepter que l'ambition d'une femme puisse avoir ses limites, que je n'aurais jamais ma place dans les hautes sphères de la compagnie. Et alors que j'étais sur le point de capituler, le désespoir de Mary me revint à l'esprit ainsi que cette phrase que je m'étais souvent prise à prononcer en plaignant sa solitude : « Il n'aurait jamais dû se marier. » La pensée que les choses puissent être différentes avec moi fut mon premier signal d'alarme. Thomas ne changerait pour personne.

— Promets-moi de prendre des vacances, Thomas. À ton retour, mes idées seront plus claires.

— Est-ce un engagement ?

— Non, pas vraiment. Sinon, il ne sert à rien de réfléchir. Ce n'est pas une décision qui se prend à la légère.

Il se déplaça doucement pour s'accouder tout près de moi et il caressa mes lèvres du revers de l'index.

— Tu ne serais pas obligée de vivre dans cette maison. J'en achèterai une autre, en dehors de la ville, peut-être, dans un endroit où les enfants pourront vivre en paix.

Deuxième signal d'alarme. Il était pressé d'élargir sa famille et puisque j'avais trente ans, il ne me restait plus beaucoup d'années pour lui donner ce qu'il souhaitait.

— Je ne m'engage à rien, Tom, mais j'admets être très heureuse d'avoir enfin la liberté de te dire que je t'aime.

— Tu l'as murmuré souvent, petite sotte. Je ne suis pas entièrement sourd, tu sais.

Il coucha sa tête sur ma poitrine et nous nous endormîmes ainsi, son souffle effleurant ma peau et mes doigts emprisonnés dans ses cheveux.

Chapitre 26

Mina

Thomas avait fini par céder aux demandes constantes de ses amis, le couple Gilliland, qui, depuis la mort de Mary, s'inquiétaient énormément pour sa santé. Ezra et Lili avaient loué quelques cottages pour eux-mêmes et leurs invités à la station balnéaire de Woodside Park située sur la rive nord de la baie de Boston et ils avaient convié Thomas et Dot à se joindre à eux pour l'été. Hésitant à partir une aussi longue période, il avait d'abord donné son accord pour une semaine ou deux, mais sous les encouragements de Charles Batchelor et de moi-même, il accepta d'y passer l'été en entier. Son absence allait certes m'être difficile à supporter, mais il nous fallait manifestement prendre du recul. À son retour, j'aurais peut-être vécu loin de lui assez longtemps pour revoir mes positions arrêtées sur le mariage et, à partir de là, nous serions à même d'évaluer la teneur de notre relation.

J'emmenai Dot faire les boutiques et grâce à un budget établi par Thomas et géré par moi, la petite demoiselle put se procurer une garde-robe de vacances tout à fait convenable, bien que trop adulte. Dot était devenue très mature au cours des derniers mois et se plaisait même à raconter qu'il était temps pour elle d'agir comme une vraie dame. Je l'encourageai en ce sens. Elle ne risquait rien à voyager en compagnie de Thomas et le contact avec la bonne société ne pouvait que lui être bénéfique. Thomas en profita pour effectuer un ménage de sa propre garde-robe et se débarrassa de tous les habits qui lui rappelaient sa vie avec Mary.

— Tu es certaine de ne pas vouloir nous accompagner ? demanda-t-il tandis que je terminais de ranger ses vêtements dans une énorme valise après avoir réalisé qu'il ne savait pas plier une chemise correctement.

— Oui, sûre.

Je ne lui refis pas le discours tenu précédemment quant à la nécessité de nous éloigner pour un temps ; il était conscient que cette séparation devait avoir lieu mais, comme moi, il la voyait pour l'instant tel un acte difficile à accomplir. Il nous avait chargés, Samuel Insull et moi, de l'intérim en son absence et nous avait remis son adresse au cas où une urgence nous obligerait à le contacter, ce que nous voulions à tout prix éviter. D'ailleurs, Batchelor nous avait promis son appui au besoin et nous avait fait jurer de ne déranger Thomas pour rien au monde, la terre dût-elle cesser de tourner.

Thomas quitta New York au début du mois de juin 1885 et ne devait reparaître qu'en août, tout à fait reposé. Ses dernières vacances dataient de l'été 1878 et, en toute sincérité, j'ignorais s'il se souvenait de quelle façon se détendre et profiter de ses journées sans songer au travail. Une semaine après son départ, je reçus sa première lettre, adressée à la maison de la 5e Avenue dont j'étais la gardienne officielle pour la durée de l'été.

Charlie,

La chance est avec moi, pas un seul jour de pluie depuis notre arrivée à Woodside Park, ce qui en revanche m'oblige à afficher une teinte écarlate sur mon visage entier. À l'instant où nous sommes arrivés, Dot s'est transformée en courant d'air, profitant à souhait de la plage entourant la baie tel un croissant de lune dont les parasols ouverts à longueur de journée donnent, de la fenêtre de ma chambre, l'impression de centaines de cratères creusant la surface lunaire. La brise est sublime en fin d'après-midi. Ezra et moi ne manquons pas de paresser dans les hamacs dressés tout autour du cottage et de longues promenades en yacht nous permettent d'apprécier la vue de Boston sans devoir en supporter la chaleur étouffante. Pour nous distraire, Ezra et sa charmante épouse nous ont proposé un jeu où nous devons écrire nos moindres pensées dans un journal destiné à être lu à haute voix devant les invités à la fin du séjour. Si les nombreuses demoiselles venues aussi à Woodside à la demande de Lili s'amusent de cette absurdité, j'ignore comment je pourrai éviter de m'humilier publiquement tout en accomplissant ce petit mandat. Les dames en rient. Je suis peut-être trop âgé pour ce genre de chose.

Lors d'une journée plus fraîche, j'ai fait un court voyage en train jusqu'à Boston pour me procurer certains ouvrages, mis au défi par miss Mina Miller, l'une des invitées de Lili, de lire Brontë, Dickens et Goethe avant la fin de l'été. Comme activité quotidienne, je me fais fort d'enseigner à cette petite les notions de base du télégraphe pour l'amuser et m'occuper. Considérant son âge, elle est trop souvent laissée à l'écart par miss Igoe qui ne sait parler que de ses amours en avalant des pintes de champagne et en courtisant tout ce qui porte des pantalons. Je passe donc une grande partie de mes journées penché sur mes livres et accompagne régulièrement Dot pour des promenades à cheval avant le repas du soir. Je devrai revenir brièvement à New York dans deux semaines pour témoigner au tribunal dans une fâcheuse affaire de litige, mais il y a peu de chance que je daigne me montrer dans la 5ᵉ Avenue. Lentement, je commence à me faire à cette idée de vacances et vous disposez, Insull et toi, de toute ma confiance quant au roulement de l'entreprise à laquelle je parviens désormais à ne pas songer.

À très bientôt !

Tom

À l'instant où je levai les yeux de la missive, je perçus en moi un pincement agaçant trahissant une petite jalousie à peine avouée de le savoir entouré de demoiselles qui, assurément, chercheraient toutes l'attention du désormais célèbre et disponible Edison. Je regrettai immédiatement de ne pas être partie avec lui, ne serait-ce que pour veiller à ce qu'aucune ne profite de sa notoriété ou de sa solitude pour tenter de le harponner. Je réalisais à mon plus grand désarroi être devenue possessive à son endroit. Insull avait également reçu une lettre et il me confia que Thomas l'avait invité à se joindre à lui là-bas justement à cause de la proximité de jeunes femmes « bonnes à marier » qu'avait sciemment rassemblées Lili Gilliland pour le bonheur des hommes célibataires faisant partie de leur cercle d'amis. Je menaçai Samuel de l'attacher à sa chaise s'il osait exprimer l'envie de me fausser compagnie, mais de toute façon, il n'avait pas l'intention de me laisser prouver que je pouvais garder le fort à moi seule. J'étais toutefois très soucieuse de savoir Thomas si bien entouré et dus marcher énormément pour exorciser mes inquiétudes, me plaisant à arpenter les rues de New York comme je n'aurais jamais imaginé pouvoir le faire quelques années plus tôt.

Je désirais savourer l'esprit de New York que je m'étais mise à aimer en dépit de ma résistance de départ. Le souvenir de Menlo Park ne m'arrachait plus le cœur comme auparavant bien que s'y cachassent mes souvenirs les plus tendres. Mais New York parvenait dorénavant à m'émouvoir même dans ses aspects les plus sombres parce que j'y retrouvais Thomas dans tous les réverbères électriques qui s'allumaient à la tombée du soir. Je me plaisais à parcourir les avenues à pas rapides, habillée en homme, comme auparavant, les cheveux ramassés sous un chapeau appartenant à Thomas. Vêtue d'une redingote, on me laissait tranquille et j'en étais venue à me créer un itinéraire suffisamment long pour m'épuiser jusqu'à ne plus me soucier de ce que faisait Thomas là-bas et avec qui. En sortant des bureaux, je continuais dans la 5ᵉ Avenue, puis jusqu'à la 8ᵉ Rue. Si je désirais une promenade courte, je tournais ensuite à gauche dans Broadway et continuais jusqu'à Union Square pour emprunter la 14ᵉ Rue et ainsi, parcourir un quadrilatère acceptable qui me ramenait devant le Delmonico's où je m'arrêtais parfois pour rencontrer des collègues. Lorsqu'il advenait que l'énergie refoulée en moi exige une marche plus longue, je prenais plutôt à droite dans Broadway et continuais jusqu'à la 4ᵉ Rue Ouest, vers Washington Square. Ce coin de New York était devenu mon chez-moi. J'avais développé mes habitudes, m'arrêtant aux mêmes librairies, aux mêmes cafés, aux mêmes boutiques. Les visages m'étaient familiers, rassurants malgré la racaille que je décourageais grâce à mes habits masculins et à mon pas assuré. À l'occasion, quand je disposais d'un dimanche libre, je remontais la 14ᵉ Rue jusqu'aux quais, me plaisant à observer la rivière Hudson et les bateaux qui y arrivaient, ou je longeais la 5ᵉ Avenue jusqu'à Central Park, un arrêt obligé et apaisant quoique la marche jusque-là fût exigeante. Je savais désormais que je ne désirerais plus jamais quitter New York. Ses longs bras s'étaient refermés sur moi pour m'emprisonner dans son charme hétéroclite et ne me libéreraient qu'à l'heure de ma mort.

⌖

Début juillet, la nuit était trop chaude pour dormir. J'avais bien essayé, mais mon lit ne m'avait offert aucun réconfort alors que les nouvelles de Thomas devenaient

inquiétantes. Il tentait bien de se retenir de me parler de
« miss Miller » dans ses lettres, mais le faisait si mal qu'il me
heurtait chaque fois de lire ses missives bourrées de futilités
ou de commentaires virulents sur sa dyspepsie qui lui rendait
la vie dure lorsqu'il osait manger plus épicé que de coutume.
Mais cette nuit-là, ce qui m'empêcha de fermer l'œil davantage que le thermomètre qui affichait quatre-vingt-cinq
degrés fut la lettre que m'avait fait parvenir Dot, à l'insu de
son père, de toute évidence. Après m'avoir raconté ses
balades en yacht et m'avoir fait part de ses progrès au piano,
elle avait conclu avec un paragraphe effrayant :

> Mon père est résolu à trouver une nouvelle épouse, me
> semble-t-il, si je peux en croire les longs moments qu'il passe
> en compagnie de la jolie miss Igoe ou de cette Mina Miller.
> Tante Charlie, vous devez lui écrire et trouver un moyen de le
> ramener à New York avant qu'il ne commette une grave
> erreur. Il ne se rend pas compte que cela n'aurait pas de sens.
> D'épouser miss Miller, je veux dire. Elle est si jeune qu'elle
> pourrait être ma sœur et personne à part moi ne semble réaliser
> qu'il est en train de s'éprendre de la mauvaise personne. Elle
> n'a pas vingt ans, voyez-vous. Un peu à la blague, je l'ai
> menacé de me changer en Lucrèce Borgia et de l'empoisonner
> s'il continuait à parler d'elle comme un point de référence en
> matière de perfection féminine, mais il m'a ri au nez. Faites
> quelque chose, je vous en prie. Vous seule pouvez ramener un
> peu de raison dans son esprit égaré.

Cette lettre m'avait sidérée, mais je m'étais résolue à
m'accorder vingt-quatre heures avant d'y réagir. Mes jambes
battant comme des ciseaux tandis que je descendais jusqu'à
Broadway en dissimulant mon visage sous la bordure d'un
chapeau, j'ignorais que faire. Me rendre à Woodside Park
en panique et me jeter aux pieds de Thomas pour lui lancer

mes promesses d'amour ou le laisser vivre sa vie d'homme dont le cœur était à prendre selon ses envies, alors que j'avais joué mon rôle de tampon depuis la mort de sa première épouse ? Au beau milieu de Union Square, je m'arrêtai net, terrassée par une certitude impossible à nier qui, soudain, retournait mon cœur dans tous les sens. Thomas Edison était l'homme que j'avais attendu depuis toujours, avant même que je me fiance avec cet aspirant physicien allemand dont je ne me remémorais dorénavant les traits du visage qu'avec difficulté. Thomas était l'Américain tel qu'il devait être. Le modèle, le héros. Il m'avait offert sur un plateau d'argent la chance de partager sa vie pour le reste de mes jours et je l'avais dédaignée. Parce que j'avais peur qu'il exige de moi que je devienne une mère. Parce que je craignais comme la peste l'idée de donner la vie. Parce que je ne me sentais pas suffisamment forte pour voir dans les traits de ses enfants ceux de sa première épouse qui demeurerait par conséquent omniprésente. Parce que je ne pouvais envisager d'être la prochaine femme à vivre avec son absence. Et pour toutes ces raisons, j'étais sur le point de le perdre définitivement. Je ressentis soudain l'urgence de communiquer avec lui, de me rappeler à sa mémoire par un télégramme ou une arrivée subite là-bas.

Un homme entrant presque en collision avec moi me tira de mes troublantes réflexions. En fait, celui-ci me suivait. Je l'avais vaguement réalisé depuis que j'avais passé le coin de la 11e Rue, mais je ne m'étais guère souciée de cette présence furtive sur mes pas. Je ne traînais rien avec moi qui puisse tenter les voleurs à la tire et je n'avais pas l'intention de me mettre à trembler d'effroi dans ce quartier qui m'était maintenant si familier. Prête à sortir les griffes si on s'approchait de moi avec trop d'insistance, je levai les yeux afin de confronter l'homme qui tentait de me barrer la route en faisant un pas à gauche lorsque je tentais de le contourner par la gauche et un pas à droite si j'esquissais le mouvement de partir dans l'autre direction.

— Miss Charlene, vous ne me reconnaissez donc pas? l'entendis-je lancer en le voyant ouvrir les bras pour montrer que je ne courais aucun danger.

L'accent le trahit immédiatement même si je n'avais pas regardé son visage assez longtemps pour discerner ses traits. En l'observant par-delà la bordure de mon chapeau, toutefois, je le reconnus bel et bien.

— Tesla? Mais vous avez perdu l'esprit! Que faites-vous donc là à me talonner comme le dernier des malfrats?

— Je ne voulais pas vous faire peur.

À mon plus grand désarroi, il m'emboîta le pas, parvenant aisément à suivre mon rythme grâce à ses longues jambes qui battaient les miennes de vitesse.

— Je ne devrais pas vous parler, ne me suivez plus.

— Vous devez m'écouter, je vous en prie, miss Charlene!

— Je vous en conjure, Tesla, ne restez pas là. Je ne désire pas être vue avec vous!

— Oh, mais personne ne fait attention et j'ai entendu dire qu'Edison n'était pas à New York…

À ces mots, j'interrompis ma course. Je retirai mon chapeau afin de mieux le regarder, mes cheveux s'échappant en une cascade désordonnée sur mes épaules, rendant mon déguisement absurde.

— Vous n'avez donc rien de plus intéressant à faire, Tesla?

En me concentrant mieux sur son visage, je constatai que ses joues étaient amaigries et que des cernes d'épuisement se dessinaient sous ses yeux, le faisant ressembler à un mendiant.

— Depuis que j'ai quitté l'emploi d'Edison, je n'ai pu trouver de travail. Je parviens parfois à obtenir quelques dollars en venant en aide aux ouvriers de la ville, mais personne ne semble plus croire en moi.

— C'est d'argent dont vous avez besoin ? dis-je, un peu rassurée. Désolée, je n'ai rien sur moi en ce moment.

— Non, ce n'est pas cela.

Nerveuse, je ne cessais de tourner la tête de gauche à droite, craignant qu'un employé des entreprises Edison ne s'adonne à passer par là. Thomas avait été formel : nous ne devions plus avoir de contacts avec Nikola Tesla. Je l'entraînai jusqu'à Union Square où, malgré l'heure tardive, nous pourrions plus aisément devenir invisibles dans la foule nocturne. Tesla me suivit comme mon ombre. En me remémorant la conversation orageuse qu'il avait eue avec Thomas lors de son dernier jour chez nous, je m'empêchai de ressentir à son égard la pitié que m'inspirait sa mise misérable et son air de chien battu.

— Que voulez-vous ? Et faites vite, je n'ai pas le droit de vous adresser la parole.

— Il me hait donc à ce point ? Moi qui ai pourtant tout fait pour lui !

— Vous n'étiez pas faits pour vous entendre, je l'avais deviné dès le départ. Vos idées étaient trop différentes, Tesla. Vous étiez certes efficace, mais vous rêviez en couleur en espérant le voir accepter votre système de moteurs alternatifs.

— Mais vous ? Vous étiez consciente que je n'avais pas tort, n'est-ce pas ? Dites-moi que vous saviez, je vous en prie, sans quoi, je serai obligé de changer mon opinion sur vous et vous ranger dans la même catégorie que tous ces serviles petits chiots qui ne jurent que par Edison.

— Je n'ai pas à avoir une opinion, vous comprenez ? Je me fiche de tout cela !

— Votre réponse est fort éloquente…

— Non, pas du tout. Je crois en lui, c'est aussi simple que cela.

— Et vous serait-il possible de croire en moi si vous en aviez la liberté ?

— La liberté ? Ma foi, Tesla, je ne suis pas captive ! Vous n'avez aucune idée de l'endroit d'où je viens, de ce que j'ai vécu avant d'entrer au service d'Edison ! Je sais que la voie qu'il indique est la seule dont l'avenir est assuré. Il a su combattre l'impossible...

— Mais moi aussi ! Moi aussi ! cracha-t-il dans son anglais bancal, mais de plus en plus assuré. Les moteurs alternatifs, je les ai conçus en premier, j'ai dû essuyer les mêmes revers, la même opposition !

— Pourquoi me dites-vous cela ? Vous et lui, ça n'a pas fonctionné. Cessez de vouloir prouver que vous êtes plus précurseur, plus visionnaire et poursuivez votre vie, bon sang !

— Oui, justement, c'est ce que je m'apprête à faire. Écoutez, miss Charlene, je suis sur le point de trouver des gens pour m'appuyer, des investisseurs potentiels étudient en ce moment la viabilité de mon système alternatif et ils accepteront peut-être de me donner un coup de main. Je compte démarrer ma propre entreprise et concurrencer Edison dans cette guerre à l'illumination. Je réussirai à le battre, car son courant direct ne pourra jamais survivre aux exigences des marchés. Il sera bientôt obligé de fermer boutique et de s'admettre vaincu. Mais je vous offre la possibilité de vous protéger de la ruine et de venir avec moi. Moi, je vous ferai travailler, j'emploierai vos capacités, je ne vous laisserai jamais vous abrutir dans un bureau où vous n'avez pas votre place. Vous utiliserez toutes vos connaissances pour œuvrer à l'avenir véritable de l'électricité, celui qui durera et qui survivra au temps. Je vous en supplie, croyez-moi lorsque j'affirme qu'Edison n'est pas sur la bonne voie. Tous ceux qui se sont séparés de lui jusqu'à présent ont fait fortune ailleurs. Ne restez pas sur un chemin sans issue, vous méritez mieux que cela ! Edison n'est pas juste avec vous. Il ne l'est avec personne, d'ailleurs. Il désire la gloire pour lui seul et se fiche en vérité de l'électricité, de sa réelle évolution, de la logique. Il vogue sur sa célébrité sans tenter de s'adapter aux progrès, il réfute tout ce qui ne vient pas de lui.

— Je ne sais pas quoi vous dire, Tesla. Sauf que vous avez tort. Bien d'autres choses que l'électricité me lient à Thomas, je suis une grande admiratrice de ses travaux et rien ne pourrait me convaincre du contraire.

— Je vous offrirai le poste de direction que vous convoitez. Je vous ai si souvent entendue soupirer de désespoir ! L'avancement qu'il refusait de vous accorder, je vous le donnerai pour que nous combattions ensemble dans cette guerre qu'Edison a perdue d'avance.

— Je vous trouve bien hardi, Nikola Tesla, de tenter de me détourner de l'homme en qui je crois depuis de longues années et à qui je suis loyale.

Doucement, je fis un pas en arrière, réalisant qu'une infime partie de moi était tentée de faire du mal à Thomas dans le but de contrer la détresse qui m'avait jetée hors de sa maison ce soir-là.

— Restez loin de moi à l'avenir, je vous préviens ! Jamais vous ne convaincrez l'un d'entre nous de se rallier à vous et jamais vous ne réussirez à battre Thomas Edison sur son propre terrain. Disparaissez de ma vie, Tesla, et faites la vôtre ! Nous verrons bien qui remportera cette guerre !

J'avais craché ce plaidoyer en m'éloignant un peu plus de lui à chaque phrase et en pointant un index que je voulais déterminé en direction de son visage. Il n'aima pas que je m'adresse à lui sur ce ton. Il ne comprenait pas cette virulence alors qu'effectivement, il n'avait jamais été grossier à mon endroit et se montrait même très tolérant devant la rudesse dont je faisais preuve la plupart du temps. Je me détournai de lui avec l'espoir qu'il ne se mette pas en tête de me suivre de nouveau et filai dans la 14e Rue. Je contournai les piétons en zigzaguant parmi eux avec l'objectif de devenir invisible, passant à l'extérieur des cercles de lumière des réverbères et me faisant presque renverser par un fiacre au coin de la 5ᵉ Avenue alors que je regardais encore derrière moi. En me dirigeant vers la maison, je me pris à secouer les mains comme si je me séchais les ongles tant je désirais chasser l'impression que Tesla avait laissée sur moi et tant il me déplaisait. Quelque chose de sinistre émanait de lui. L'unique raison pour laquelle je regrettais qu'il nous ait quittés était ma certitude à l'effet que Tesla pouvait véritablement nous causer du tort. Il y avait en lui trop de haine pour Edison.

Je ne me dirigeai pas vers ma chambre lorsque je rentrai à la maison mais, exceptionnellement, je me glissai dans le lit de Thomas en rabattant les draps bien haut sur moi malgré la chaleur. Il me fallait son odeur afin d'oublier Tesla. Je me calai la tête dans l'oreiller utilisé par Thomas. Ma rencontre avec Tesla avait momentanément réussi à chasser de mon esprit l'ombre de la demoiselle qui, là-bas, était en train de conquérir mon inventeur, mais alors que je reniflais le parfum de celui-ci sur l'oreiller, la peur de le perdre revint me hanter.

Dans les jours qui suivirent, je lui écrivis plusieurs lettres, le tenant informé des détails de mon quotidien dans le but de rester bien vivante dans sa mémoire. Le caractère terre-à-terre de ma personnalité m'empêchait d'insister sur l'intensité de mes sentiments. En fait, il la connaissait, il ignorait seulement qu'à force de songer et de craindre de le voir tomber dans d'autres bras, je m'étais enfin faite à l'idée de l'engagement. Peut-être n'aurait-il fallu que quelques mots : « Oui, j'accepte ta proposition », pour me soulager définitivement, mais à chaque lettre, je me refusais à le lui écrire. Car il ne s'agissait pas d'une chose que l'on admettait par écrit. Une demande en mariage ! Non, je préférais savourer le contentement qui éclairerait son regard en lui annonçant, en personne, que je voulais me lier à lui par le mariage. Je lui laissais quelques indices toutefois, parsemant mes écrits de «j'aurai de bonnes nouvelles à t'annoncer à ton retour!» et de «je n'arrive pas à croire que tu as réussi à transformer ma pensée!». Je croyais que notre complicité, partagée depuis des années, ferait le reste du travail et lui montrerait qu'une femme amoureuse et prête à s'engager l'attendait à New York. Mais la plupart des réponses qu'il m'adressa durant cette période ne contenaient aucune allusion aux indices que je me permettais de laisser poindre. Le nom de Mina revenait beaucoup trop souvent pour que je demeure aveugle. Son cœur était en passe de m'échapper. Je ne crus pas cela possible pendant quelque temps, me rappelant les longues nuits que nous avions passées à célébrer nos corps. J'oubliais cependant que pour Thomas Edison, l'attrait du corps n'était qu'un infime élément capable d'influer sur son esprit. Et ma peau demeurait trop éloignée de lui pour qu'il se souvienne. Moi, j'avais ses draps pour me rappeler. Lui, n'avait rien pour me garder reine au creux de ses douces pensées.

⁕

Un matin de la mi-août, j'entrai au bureau et vit une demi-douzaine d'hommes agglutinés autour du bureau de Samuel Insull, penchés sur un journal ouvert et jouant du coude afin de lire un paragraphe visiblement digne d'intérêt. Ils le commentaient en riant et en passant des remarques typiquement masculines, me prouvant qu'aucun ne m'avait entendue arriver. Je toussotai en retirant mon chapeau et en l'accrochant à la patère jouxtant mon bureau. À cet instant, tous se redressèrent soudainement tandis qu'Insull faisait disparaître le journal dans un tiroir de son bureau.

— Qu'avez-vous donc là ? dis-je en contournant le bureau et en tentant de prendre à Insull ce qu'il me dissimulait.

— Rien, des… images trouvées par l'un de nos collègues. Nous ne faisions que jeter un coup d'œil, rien de bien grave.

La plupart du temps, lorsque l'un d'eux s'amenait avec des photographies de demoiselles à peine vêtues, aucun n'osait avouer qu'il s'agissait bel et bien de la cause de l'énervement général. Que Samuel daigne admettre une telle chose me prouva tout de suite qu'il mentait.

— Montrez, Insull, je vous jure que vous ne pouvez pas me choquer, je suis une grande fille.

Les hommes dont les visages avaient pris une teinte pourpre d'embarras, essayèrent tous de me convaincre d'oublier l'affaire, que ce n'était rien. Vraiment rien. Mais je devinais désormais que l'objectif était de garder hors de ma vue ce qui avait tant semblé les passionner et je n'en étais que plus curieuse, peut-être aussi méfiante. Insull leva les yeux vers nos collègues et soupira :

— Elle l'apprendra bien d'une manière ou d'une autre…

Il tiqua et secoua la tête tandis que les messieurs commencèrent à se disperser, pressant le pas en se dirigeant vers leurs occupations respectives. Insull déposa le journal sur le bureau et haussa les sourcils, attendant ma réaction. Je me mis à parcourir la page en question en ne sachant trop quoi chercher, il s'agissait des petites annonces du *New York Times*. Je continuai à balayer les paragraphes des yeux jusqu'au moment où je croisai au bas de la page, dans un encart à gauche, le nom de Thomas Edison. Le rythme de ma respiration s'accéléra et je dus me forcer à lire les mots un à un afin de bien comprendre le sens de l'article qui, pourtant, brillait d'éloquence.

Thomas Edison, fiancé à la fille d'un millionnaire

Voilà quel était le titre. La ligne suivante comportait tous les détails que l'on était en droit de savoir après une introduction aussi surprenante. Celle à avoir conquis le cœur de l'inventeur et homme d'affaires le plus célèbre du pays était miss Mina Miller, dix-neuf ans, fille de Lewis Miller vivant à Akron en Ohio. Le père de la fiancée était président de l'Assemblée de Chautauqua et industriel dont la fortune personnelle s'élevait à quelques millions de dollars. Le mariage était prévu au mois de février 1886 et d'ici là, les nouveaux fiancés allaient voyager ensemble en compagnie de la famille de la future mariée ainsi que du couple Gilliland.

Mes doigts se resserrèrent sur les pages en créant un bruissement représentatif de l'effet qu'avait eu cette nouvelle sur mon cœur. Incapable de changer mon expression pour afficher une certaine contenance devant Samuel Insull, je tournai le visage en sa direction, espérant qu'il me dise qu'il ne s'agissait que d'une rumeur sans fondement. Peut-être même que Thomas avait télégraphié un avis au cours des dernières heures pour affirmer que le journaliste s'était trompé, que rien de tel n'avait vraiment été annoncé.

— Mais il ne peut pas se marier… Le corps de Mary est encore chaud.

Samuel comprenait certainement que la première épouse de Thomas n'était pas mon souci principal et que je cherchais un motif pour juger choquant son empressement à se fiancer. Sam n'était certes pas dupe, il n'avait jamais ignoré la profondeur de ma relation avec Thomas et lui aussi avait pensé que je serais la prochaine élue. C'était ce que tout le monde croyait. De la même voix blanche, je questionnai Insull :

— Et quelle était la raison de votre amusement d'un peu plus tôt ?

— Pour vous dire la vérité, Charlie, nous pensions qu'à son âge, notre patron ferait le choix d'une dame plus mature, avec qui il aurait davantage en commun. Épouser une demoiselle de dix-neuf ans alors qu'il en a presque quarante est... étonnant.

— Il y a une photo d'elle quelque part là-dedans?

— Non, mais si je fais quelques recherches, je pourrais peut-être parvenir à vous en dénicher une.

— Merci, Sam, cela ne sera pas nécessaire.

Mon sang ne semblait plus circuler librement jusqu'à mes jambes et je m'affalai sur la chaise bordant le bureau de Samuel, contenant mes larmes avec peine. Ce dernier approcha sa chaise de la mienne et me toucha doucement l'épaule.

— Il y a une chose que vous devez comprendre, Charlie. À cette étape de sa vie, Edison n'a d'autre choix que de faire un mariage de raison...

— Ah, parce que vous trouvez qu'il fait preuve de raison en s'amourachant d'une jeune fille de vingt ans sa cadette?

— Non, ce que je veux dire, c'est qu'il doit épouser un nom avant tout. Lewis Miller est un homme très influent dans l'État d'où vient Edison. C'est en quelque sorte une affirmation politique. En épousant une demoiselle de chez lui, il prouve qu'il n'a pas oublié ses racines malgré son succès et il s'allie à une famille puissante dont la réputation n'est plus à faire. C'est une décision très réfléchie et il est probable que la jeune fille en question y soit pour peu de chose. Son statut l'oblige à se lier à des gens aisés, bien vus de la société, dont la réputation est sans failles. Il épouse un nom, c'est ce que j'ai immédiatement songé en lisant cet article ce matin.

— Mais, si vite...

— Écoutez, je ne veux pas dénigrer l'affection que vous vous portez visiblement tous les deux, mais vous n'êtes pas une jeune héritière, vous êtes une *self-made woman* de trente ans. Un homme comme Edison, dont l'influence s'affirme un peu plus chaque jour et dont les entreprises valent des millions de dollars, ne peut faire un mariage de passion.

— Mais s'il l'aime, Sam ? S'il est vraiment amoureux fou d'elle ?

Il haussa les bras et esquissa une moue qui signifiait : « Nous n'y pourrions alors rien. »

Je frappai sur mes genoux et me levai brusquement.

— Non, je dois tenter de lui parler ! Ses pauvres enfants seraient ridiculisés si leur père prenait pour épouse une demoiselle qui pourrait être sa propre fille !

— Qu'allez-vous faire ? dit-il en tournant la tête pour m'observer de biais, redoutant un coup d'éclat dont personne n'avait besoin.

— J'y vais. Il est à Woodside Park pour une semaine encore, je prends le train sans attendre.

— Charlie, je ne saurais vous déconseiller suffisamment de...

Je ne l'écoutais déjà plus. À travers un rideau de larmes, je tentai de discerner où je mettais les pieds alors que je descendais dans la rue. Me rendant visible en m'immobilisant au milieu de la voie et en levant le bras, je grimpai dans un fiacre libre et demandai à être conduite à la gare. Heureusement, les trains pour Boston étaient fréquents et grâce à la dextérité de mon cocher pour serpenter dans la circulation dense du matin, j'y parvins à temps pour monter dans le train de neuf heures.

Chapitre 27

Woodside Park

Le fiacre m'avait menée devant l'immense Cottage Park Hotel en début d'après-midi. Avant d'entrer dans le vestibule pour m'informer de l'endroit où se trouvaient les villas louées par le couple Gilliland, je jetai un coup d'œil aux alentours dans l'espoir d'apercevoir Thomas ou Dot à travers la foule de vacanciers qui profitaient des derniers jours de chaleur intense avant le déclin de l'été. Le terrain en pente menait à une longue plage bordant la baie de Boston. À quelques mètres l'un de l'autre, s'avançaient sur l'eau des quais peints en blanc au bout desquels s'ouvraient des miradors carrés aux toits en triangle. Des barques étaient attachées à ces quais tandis que d'autres voguaient lentement au gré de la brise avec à leur bord des couples s'enlaçant sous des ombrelles colorées ou des pêcheurs obstinés qui semblaient somnoler sous le soleil en attendant une prise. Des jeunes filles se prélassaient sur de longs bancs de bois sur la plage et babillaient de leurs voix aiguës que le vent portait jusqu'à moi. Un peu plus loin, des garçons en maillots de bain construisaient des châteaux de sable en allant puiser de l'eau dans de petits seaux de fer. Même si Dot se trouvait parmi tout ce monde, elle m'aurait été méconnaissable tant les chapeaux étaient bas sur les yeux et les tenues estivales toutes ressemblantes. Je me dirigeai plutôt vers le bâtiment principal et demandai à ce qu'on m'indique le chemin.

Les cottages des Gilliland étaient situés dans une tout autre partie du domaine et on m'affirma que je les trouverais plus facilement en marchant directement sur la plage. M'éventant avec mon chapeau, j'avançai sur le sable, fière de ma détermination et marchant vers Thomas comme si j'allais conquérir le monde. Mes bottillons s'enfonçaient à chacun de mes pas, me rendant la marche plus ardue de minute en minute alors que mes mollets prenaient feu et que le dos de ma robe se trempait de sueur. Mes yeux étaient constamment tournés vers les habitations qui se dressaient en retrait de la plage et qui, au demeurant, étaient toutes semblables. On m'avait révélé que le cottage personnel des Gilliland était un peu plus vaste que la plupart, disposant d'un solarium en demi-cercle impossible à manquer de la plage. Après avoir cru que je m'étais rendue trop loin et que je devrais rebrousser chemin, j'aperçus la verrière en question se dessiner derrière une rangée de hamacs pendus entre les arbres à l'arrière de la villa. Je sentais mon visage écarlate et mon souffle court m'obligea à patienter quelques minutes avant de faire irruption à l'heure où la plupart des invités étaient montés à leurs chambres pour une sieste.

Le repas de midi devait être terminé depuis peu à en juger par les sonorités d'assiettes que l'on nettoyait et rangeait provenant des cuisines. J'étais entrée sans frapper, ayant choisi d'expliquer mon arrivée impromptue par un motif professionnel, ce qui excuserait parfaitement ma présence, du moins le croyais-je. Une grande dame sortit de la salle à manger en entendant mes pas dans le vaste vivoir. Blonde et élégante dans ses mouvements, elle ne devait pas être beaucoup plus âgée que moi et je devinai qu'il s'agissait de Lili Gilliland, une amie chère à Thomas Edison.

— Puis-je vous aider?

Sa contenance et son sourire me semblèrent remarquables en considérant qu'elle me trouvait en sueur, le regard hagard, dans le salon de sa villa, sans savoir qui j'étais. Gardant ses mains entrecroisées, elle avança en ma direction alors que je tentais de me remémorer la phrase d'introduction que j'avais eu l'occasion de répéter en chemin.

— Bonjour, madame. Je suis infiniment désolée d'apparaître ainsi chez vous sans m'être annoncée au préalable, mais je suis Charlene Morrison, l'assistante de monsieur Edison.

À l'écoute de mon nom, elle s'était mise à hocher lentement la tête.

— J'ose espérer qu'aucun événement grave ne vous amène ici. Est-ce que tout va bien à New York ?

— En fait, je suis venue pour discuter seule à seul avec monsieur Edison, je préfère ne rien ébruiter.

— Oh, vous m'inquiétez.

— Non, ce n'est rien de bien terrible, mais je me trouvais à Boston pour une rencontre avec un fournisseur et il y a une chose importante dont mon supérieur doit être informé. Les questions financières n'ont certes pas leur place durant les vacances, mais vous le connaissez, n'est-ce pas ?

— Oui, pour lui, le travail ne s'arrête jamais. Nous tentons lentement de le changer. Vous le trouverez de l'autre côté de la maison. Mon mari et lui aiment suivre le soleil et sommeiller dans leurs transats à cette heure de la journée.

— Je dois faire le tour par là ? dis-je en indiquant le petit chemin pavé visible de la fenêtre du salon.

— Oui, juste au bout, vous les verrez.

Je m'excusai encore pour cette intrusion, détestant l'idée de mentir à une femme si charmante dont le savoir-vivre l'avait empêchée de me faire remarquer le caractère malvenu de ma visite. Lili Gilliland devait connaître par cœur les états d'âme de Thomas en ces lieux et savoir que des questions professionnelles ne feraient que le détourner de la petite histoire d'amour qu'il s'était mise en tête de vivre ici. C'était précisément mon objectif.

Je perçus la voix de Tom avant de surgir du côté ensoleillé de la villa. Il riait doucement de ce rire nasillard et traînant qu'il empruntait lorsqu'il était dénué de soucis. Je l'imaginais, bien calé dans une chaise longue, cigare à la main et chapeau sur les yeux, vêtu d'une veste malgré la chaleur et refusant d'aller à l'eau pour se rafraîchir. L'homme avec qui il devisait m'aperçut d'abord et se redressa à la vue de mon visage qui ne lui était pas familier. Thomas suivit son mouvement et agrippa les accoudoirs de son fauteuil en me reconnaissant. Son expression me prouva que je n'avais pas ma place en cet endroit, que je ne faisais pas partie de ce petit univers qu'il s'était inventé ici et qu'il n'aimait pas être pris en flagrant délit de détente.

— Charlene, que fais-tu là ?

Évidemment, sa première pensée devait être que la foudre était tombée sur l'usine. Il nous avait fait jurer de télégraphier en cas d'extrême urgence et me voir en chair et en os lui faisait imaginer le pire. Sans me départir de mon sourire de circonstance, j'esquissai un geste de la main.

— J'ai seulement besoin de m'entretenir avec toi un moment. Rien de grave, ne t'en fais pas.

Il s'excusa auprès de l'homme qui lui tenait compagnie. Je dus admettre que de ne pas le trouver avec sa promise me facilita la tâche. Je ne désirais pas la voir et en serrant les lèvres, je priai intérieurement Thomas de se presser par peur qu'elle ne surgisse sur le chemin.

— Où veux-tu aller ? demanda-t-il sèchement alors qu'il devinait petit à petit le motif de ma présence.

— Ta chambre se trouve-t-elle loin ?

— Juste en haut.

En baissant les yeux au sol, il me guida à l'intérieur de la villa que je venais de quitter, demeurant muet tout au long de la montée, le visage fermé. Au bout du couloir de l'étage, il me fit entrer dans sa chambre. Les fenêtres donnaient sur la plage et leurs rideaux blancs et translucides s'agitaient à chaque nouveau souffle de la brise agréable de cette mi-août. Dans une semaine, il y aurait un an que Mary était décédée. Ce fut ce à quoi je songeai en voyant le lit aux couvertures légères dans lequel il dormait et en remarquant les effets personnels exclusivement masculins rangés dans un ordre méticuleux sur la commode contre le mur opposé.

— Qu'est-ce qu'il y a ? lança-t-il en appuyant son poing sur sa hanche dans un geste à mi-chemin entre la colère et l'impatience.

À ce point, je ne me sentais plus suffisamment hardie pour jouer la comédie ou faire preuve de discrétion. Je retrouvai le sentiment qui m'avait terrassée le matin même devant le bureau de Samuel Insull et que j'avais contenu jusqu'à parvenir à mon but. Alors que Thomas était là, devant mes yeux, à attendre mon explication, je me donnai le droit de craquer.

— Tu vas vraiment te marier, Thomas ?

Visiblement, il n'avait pas réalisé que la nouvelle se rendrait aussi vite jusqu'à moi. Enfermé ici, il n'avait pas conscience que l'impact de ce qu'il vivait se répercuterait jusqu'à New York et il n'avait pas songé à moi, à m'épargner alors qu'il prenait des décisions cruciales pour son avenir.

— Quand l'as-tu appris ?

— Ce matin. Je n'avais pas d'autre choix que d'accourir ici et d'entendre cette nouvelle de ta bouche.

Il soupira et secoua la tête en marchant en direction de la fenêtre pour ne plus devoir faire face à mon regard implorant, rempli d'une faiblesse que je ne lui avais jamais exposée en huit ans. Par son silence, je pus comprendre qu'il regrettait. Non pas de s'être fiancé d'une façon aussi impromptue, mais de ne pas avoir pensé à me prévenir avant que l'annonce soit faite dans les journaux.

— Tu l'aimes ? Tu l'as embrassée ?

Ma seconde question n'avait été posée que pour me faire souffrir davantage. Car comment aurait-il pu s'engager envers une jeune fille sans avoir déjà eu un goût de ce qui l'attendait, sans savoir si elle était capable de faire naître le feu en lui ?

— Pourquoi ne m'as-tu pas donné davantage de temps, Thomas ? Il y a quelques jours encore, je désirais venir ici, d'une manière tout aussi subite, mais pour te dire que j'étais prête, que j'avais bien profité de ton éloignement pour songer et que je m'étais rendue à l'évidence qu'une vie sans toi était impossible. Je m'étais toutefois convaincue d'attendre ton retour, que rien ne pressait si nous allions passer le reste de nos vies ensemble, et qu'il était bénéfique de profiter pleinement de ces vacances avant d'entamer une nouvelle existence avec moi. Je voulais te faire la surprise. T'accueillir à New York avec cette certitude qui m'est apparue alors que j'attendais un signe de mon esprit. Je t'aime depuis longtemps, Thomas. Depuis cette matinée où tu m'as montré le petit personnage qui sciait du bois grâce au son de ta voix. Je te connais par cœur ! Pourquoi n'as-tu pas attendu ?

— Charlene, bon sang… Que me fais-tu là ?

Il porta ses mains à son visage et frotta ses paupières en gémissant de confusion ou de déplaisir.

— Depuis que je suis ici, bien des choses ont changé.

— Deux mois, Thomas ! À peine ! Est-ce que tu m'aurais complètement oubliée ? Tu n'as jamais pu me dire que tu m'aimais. Le lui as-tu dit à elle ? Ton fichu cœur aurait-il trouvé le moyen de s'ouvrir mystérieusement au cours de ces quelques semaines ?

— Je ne vais pas te parler d'elle, Charlie. Mina n'a rien à voir avec toi.

— Et c'est pour cette raison que tu l'aimes? Pourquoi était-ce si difficile avec moi, Tom?

Il ne répondit pas. Jamais je ne l'avais vu aussi fermé devant moi, aussi distant. C'était désormais à elle qu'il devait sa loyauté, voilà pourquoi Thomas osait à peine lever les yeux sur ma personne. Il s'était lié à cette jeune fille avec toutes les promesses que cela impliquait et je faisais partie de son passé.

— Avec Mary, c'était plus simple, n'est-ce pas? Tes sentiments pour elle s'étaient usés, plus rien ne vous liait, à l'exception des enfants. Tu vivais ta vie telle que tu l'entendais. Mais cette nouvelle flamme… Ah, Dieu sait que tu dois lui être fidèle! Pauvre petite, il ne faudrait surtout pas la blesser ou lui faire croire que tu as un passé! Que des gens autour de toi ont eu un impact dans ta vie! Qu'il y a eu d'autres femmes!

— Tais-toi, je t'en prie, tais-toi. Que revendiques-tu, en fait? La seule condition que j'ai posée en exprimant mon envie de me marier de nouveau était d'avoir d'autres enfants et tu m'as clairement fait comprendre, par l'expression de tes yeux davantage que par tes mots, que tu ne désirais cela pour rien au monde. Mais moi, ma vie n'est pas terminée. Mina n'a d'autres ambitions que de devenir la mère de mes enfants et elle s'en contentera. Toi, tu veux plus, toujours plus. En fait, je n'ai jamais compris ce que tu espérais atteindre.

J'avais peine à croire que mes objectifs de vie soient soudain trop extravagants pour un homme tel que Thomas Edison, lui qui se plaisait à défier l'impossible. Persuadée qu'il saluait mes ambitions, je m'étais laissé aller à les lui exprimer sans imaginer un seul instant qu'elles pourraient se retourner contre moi. La bataille m'apparut donc perdue.

— Un homme cherchant mille raisons pour désavouer la personnalité d'une femme ne peut pas l'aimer, c'est aussi simple que cela. Tu es clair, Thomas.

Aussi douloureux que cela pût être, je tournai les talons et sortis de la chambre en grimaçant sous l'effet de la souffrance que ce constat m'infligeait et qui se répercutait jusque dans mes entrailles. Cet élancement me poursuivit sur la plage où je redescendis pour faire le chemin en sens inverse, comme si mon corps se séparait de celui de Thomas dans une déchirure abominable qui me rappelait un arrachage de dent. En passant devant un petit groupe de jeunes filles qui folâtraient dans les vagues devant la villa, j'entendis une voix m'appeler et, immédiatement, je sus qu'il ne pouvait s'agir que de Dot.

— Tante Charlie, vous êtes venue, vous êtes venue!

Elle courait vers moi contre le vent qui gagnait en vigueur, les rubans dans ses cheveux blonds virevoltant dans les airs. Le soleil créa une aura de lumière aveuglante tout autour de sa frêle personne. Je la laissai venir, ne désirant pas être présentée aux demoiselles qui lui tenaient compagnie.

— Bonjour Dottie! Tu as pris de jolies couleurs!

— Il y a quelques semaines, j'étais aussi rouge qu'un homard! Je passe mes journées sur l'eau à bord du yacht avec miss Igoe!

Elle étira le bras pour désigner la jeune fille en question, une beauté vénitienne et sculpturale qui attirait, me sembla-t-il, tous les regards. Je tournai le dos aux demoiselles et entraînai Dot à l'écart du groupe.

— Vous n'allez pas déjà repartir? J'ai besoin de vous ici pourtant!

— J'ai fait ce que j'ai pu, Dottie. C'est inutile de m'obstiner, il ne changera jamais d'avis.

— Mais vous êtes mon dernier espoir! gémit-elle en serrant les poings.

Je baissai la voix pour ma question suivante.

— Elle est là?

— Hum… Plus loin, par là, je crois. Elle est trop timide et miss Igoe se plaît à lui faire croire qu'elle est de trop. Mais miss Igoe est fiancée avec le frère de miss Miller, je l'ai appris en tendant l'oreille, alors celle-ci la supporte, parce qu'elles seront bientôt de la même famille en quelque sorte.

Dans un élan de cruauté impossible à contenir, j'entendis ma bouche prononcer :

— Elle sera ta nouvelle maman, Dottie, autant t'accoutumer à elle.

— Oh, non, tante Charlie, n'abandonnez pas la partie aussi aisément !

— Je suis désolée. J'ai essayé de parler à ton père et il n'y a rien à faire. Il épousera cette jeune fille, peu importe ce que nous en pensons.

— Je ne pourrai jamais aimer les enfants qu'elle aura de mon père.

Montrant une détermination toute juvénile dans cette affirmation, Dot croisa ses bras sur sa poitrine et abaissa le menton afin d'appuyer cette phrase. Je m'accroupis devant elle et la forçai à me regarder dans les yeux.

— Ne dis pas de telles choses, Dottie. Si ton père l'a choisie, c'est qu'il la juge suffisamment bien pour vous élever, tes frères et toi. Tu devras continuer à l'aider et te montrer une véritable grande sœur pour les petits qui naîtront de cette union. Il compte sur toi, tu sais.

Dot se replia sur elle-même, puis, comme un petit ressort prêt à bondir, elle sautilla de mécontentement.

— Mais je vous veux vous comme mère ! Je vous aime déjà, je ne veux pas d'une autre !

— Ces choses-là ne se commandent pas, ma chérie. Je suis infiniment désolée.

Je me redressai et pris une longue inspiration, commençant intérieurement la séparation que je devais maintenant effectuer avec Dot, ma précieuse alliée. Mais c'était terminé.

Pour Dot, je ne serais jamais que «tante Charlie», et cela seulement, si Mina Miller le lui permettait. M'obligeant à ignorer ses plaintes, je m'éloignai en baissant la tête sous le souffle du vent, retenant mon chapeau qui menaçait à tout moment de fuir vers le large.

— Ne partez pas! Parlez-lui encore! l'entendis-je crier tandis que mes bottillons s'enfonçaient dans le sable et, que je disais adieu à la seule fille que j'aurais aimé avoir.

Marion Estelle Edison était une enfant vive, rusée et dotée de la même obstination que son père, mais mes sentiments devaient s'arrêter à cette constatation. Une autre que moi aurait le devoir de lui enseigner les rudiments de la vie.

꧁꧂

De retour à New York, je n'osais plus prendre mes aises dans la demeure que je considérais pourtant comme mon unique chez-moi. Je fermai la porte de la chambre de Thomas pour me garder loin de la tentation alors que je n'avais plus ma place dans son lit. Mon envie de vengeance m'inspira l'idée d'accepter la vague proposition faite par Nikola Tesla quelques semaines auparavant, mais comble de l'infortune, j'ignorais où le trouver.

Les vacances de Thomas s'éternisant depuis l'annonce de son mariage, il n'était pas en ville lorsqu'un nouveau joueur dans la guerre des courants vint déposer son pion au centre de l'échiquier. Un vent de panique se mit à souffler sur les entreprises Edison dès que George Westinghouse apparut dans la partie, se disant prêt à tout pour obtenir sa part du gâteau – l'électricité côtoyant les chemins de fer dans la catégorie des entreprises les plus lucratives de l'époque.

Westinghouse s'était manifesté dans notre univers lors de l'exposition électrique de Philadelphie à laquelle avait assisté Edward Johnson. Ce dernier nous avait parlé ensuite de la concurrence que nous devrions être prêts à affronter, nous révélant que Westinghouse avait acheté les brevets de William Stanley et qu'il s'apprêtait à établir sa propre entreprise ici même, à New York, en affirmant clairement vouloir rivaliser avec Edison. Ayant fait sa fortune en concevant une nouvelle variété de freins à air comprimé destinés à l'usage des trains, Westinghouse employait précisément son argent à racheter des brevets en électricité à des inventeurs ne pouvant plus allonger assez d'argent pour les conserver. Je méprisais ce type d'homme qui n'avait pas la moindre passion pour le métier et qui utilisait sa richesse pour se procurer des droits qu'il n'aurait pas dû détenir. Entre nous, nous tentâmes de minimiser l'impact qu'aurait l'arrivée de George Westinghouse sur le marché sauf que nous étions tous conscients qu'il lui faudrait peut-être peu de temps avant qu'il ne ramasse Tesla et qu'il se serve de lui pour pallier les lacunes du système Edison. Ma loyauté commençait à me peser et au cours des semaines qui suivirent, je refis inlassablement le chemin jusqu'à Union Square le soir tombé en espérant presque que Tesla apparaisse de nouveau dans la nuit pour m'offrir une chance de passer de l'autre côté de la barrière. Je ne connaissais rien au courant alternatif, mais je pouvais apprendre...

Chapitre 28

Glenmont

Deux lettres étaient arrivées à mon intention à la maison d'Edison de la 5ᵉ Avenue. Sur l'enveloppe, je reconnaissais la main d'écriture de Thomas, mais qu'il utilise une façon aussi formelle pour communiquer avec moi me prouva qu'il n'avait pas la liberté de faire autrement. Ces lettres me surprirent, car je n'avais pas été conviée à son mariage, peut-être craignait-il que j'y fasse entendre mon opposition ou, au mieux, pensait-il que d'y assister me ferait trop souffrir. J'avais été la seule de tous ses proches à ne pas me rendre en Ohio pour l'occasion et désormais, on abordait l'événement en me jetant des regards de biais et en se taisant à la seconde où j'apparaissais. Les lettres me parurent donc remplies de culot, considérant que je n'avais eu aucun contact avec Thomas depuis ma visite à Woodside Park et que j'avais été cruellement tenue à l'écart de la cérémonie qui l'avait lié à miss Miller un mois auparavant. La première enveloppe contenait une missive impersonnelle, une invitation singulière et presque insultante. Un dîner était organisé par Thomas et Mina, à une adresse qui m'était inconnue, dans un lieu nommé Glenmont à West Orange. Cette réception était destinée aux plus proches colla-borateurs et visait à faire connaître la nouvelle épouse de Thomas Edison au cours du repas qui aurait lieu le 21 mars. Je lançai le carton d'invitation à bout de bras, n'ayant aucune intention de m'y montrer et ouvris la seconde enveloppe.

Charlene,

Je suis conscient de la haine que tu ressens certainement à mon égard. Si j'ai un peu de chance, cette lettre te parviendra en main propre alors que j'ignore si tu vis encore dans la 5ᵉ Avenue, dans cette demeure que je t'ai pratiquement abandonnée. Toutes les explications que je pourrais te donner quant aux récentes décisions que j'ai prises pour le bien de ma famille risquant d'insulter ton intelligence, je ne t'en fournirai aucune. Peut-être comprendras-tu lorsque tu rencontreras Mina et en acceptant de discuter avec elle. J'ai fait mon bout de chemin, sache-le. Je lui ai parlé de toi, avec sincérité. Ton nom ne lui est pas inconnu. Dans un souci de démarrer une nouvelle vie correctement, j'ai choisi de lui révéler où en était ma vie avant de faire sa connaissance et les implications que j'avais déjà avec d'autres, toi en fait, ce qui exacerbait ma confusion. Exprimant le souhait que tu ne viennes pas à notre mariage par souci de décence, elle se montre toutefois ouverte à te rencontrer lors de ce dîner organisé entre autres choses pour vous placer en présence l'une de l'autre. Je compte sur toi et sur ta magnanimité pour y être et pour y faire montre de ton indulgence.

Je désire aussi t'annoncer que je ne reviendrai plus vivre à New York. Lors de mon mariage, j'ai proposé à Mina deux options. La première était que nous nous installions en plein centre-ville où je serais non loin du quartier général de l'entreprise et continuerais à travailler quotidiennement comme auparavant. La seconde était d'acheter une nouvelle résidence à la campagne où nous pourrions vivre dans une tranquillité certaine, mais où la ville serait hors de portée. Ma nouvelle épouse fixa son choix sur la deuxième proposition. Par conséquent, je suis parvenu à obtenir des fonds pour me procurer le domaine Glenmont, un endroit parfait pour recevoir mes chers fils qui me manquent atrocement.

J'ai quelque chose à te proposer et pour cela, tu devras être chez nous le 21 mars lorsque je présenterai officiellement mon épouse à nos chers collègues. Dot tient vraiment à ta venue, elle me l'a dit encore hier. Je t'en prie, Charlie, ne m'en veux pas. Je suis désolé de n'avoir pas trouvé les mots adéquats pour t'expliquer ma décision. Nous parlerons le 21, je le promets.

Affectueusement,

Thomas

Il me plaçait devant un choix impossible à faire, m'obligeant à me montrer, sans quoi je me retrouverais réellement sur le pavé. Qu'allait-il faire de la maison de la 5ᵉ Avenue ? Il ne le disait pas. Il n'était même pas question de la nouvelle stratégie à aborder alors que la guerre des courants s'apprêtait à devenir officielle et que nous n'avions pas les outils nécessaires pour remporter la victoire. Car pendant ce temps, Westinghouse ne prenait pas de vacances. Il avait déjà obtenu les droits d'illumination de la ville de Pittsburgh et s'apprêtait à prendre New York d'assaut comme une tempête qui se profilerait à l'horizon. Westinghouse n'avait rien à faire de qui avait inventé quoi. Il possédait des brevets ainsi que les moyens d'attirer à lui les meilleurs techniciens du pays. En ce qui me concernait, je m'accordai jusqu'au 21 mars pour décider si je restais ou si j'allais proposer mes services au plus offrant.

❧

J'étais montée à bord de la voiture de Samuel Insull, comptant sur lui pour faire écran entre la nouvelle maîtresse des lieux et moi lorsque nous serions arrivés à West Orange. Dans un désir de provocation conduit par ma jalousie, je m'étais vêtue d'une robe à deux cents dollars que j'entendais

457

bien incendier après coup, une merveille de velours pourpre dont la dentelle immaculée couronnait ma gorge et dont la tournure se terminait par une traîne flatteuse en compressant mon corps dans une silhouette hypocritement sculptée. Je respirais à peine, en vérité. Mon corset était si serré que me pencher pour ramasser une chose tombée au sol aurait relevé de l'utopie. Les années ne m'avaient point oubliée et ma poitrine, n'entrant maintenant plus dans mes tenues de jadis, menaçait de déchirer mon décolleté au plus grand plaisir d'Insull qui s'était esclaffé à ma vue.

Nous parvînmes à Glenmont peu après Charles Batchelor dont on conduisait les chevaux à l'écurie lors de notre arrivée. Interdisant à Insull de se séparer de moi, je préférai patienter jusqu'à ce que sa voiture soit elle aussi stationnée dans la bâtisse que je jugeai inutilement vaste. La demeure n'était d'ailleurs pas qu'une simple maison : un véritable manoir se dressait devant nos yeux alors que nous étions guidés sur le terrain l'entourant. Un manoir de brique rouge dont les fenêtres étaient camouflées par des auvents vert profond. Sur le seuil de la porte, une mosaïque nous guidait vers l'entrée principale, surplombée par un gigantesque lampadaire de fer noir. En arrivant chez Edison, nous étions accueillis par ce qu'il y avait de plus moderne en fait d'éclairage extérieur, une installation conçue par lui, une pièce unique.

Visiblement, Thomas avait choisi de loger sa nouvelle épouse dans un petit château, les pièces regorgeant de porcelaines coûteuses, de tapis d'Orient, de peaux d'ours, de tableaux et de meubles magnifiques. Les époux se dressaient, aussi raides que leurs bibelots, dans un coin lumineux du grand salon tandis que les visiteurs étaient présentés à la jeune femme à tour de rôle. En me risquant à l'observer, je dus admettre m'être attendue à pire. Elle n'était certes pas le type d'épouse clinquante qu'un homme à l'aube de la quarantaine aurait pu avoir envie d'exposer comme un trophée. Même qu'elle me fit pitié avec son air timide alors que les collègues de Thomas cherchaient à lui faire dire quelques mots. Tandis que mon tour approchait, j'étudiai sa mise dans ses moindres détails. Sa robe foncée était tout ce qu'il y avait de plus convenable, sa chevelure chocolat était rassemblée dans un chignon très sage et elle gardait ses doigts croisés devant elle en tout temps, à part lorsqu'on désirait lui faire un baisemain par politesse. Fort heureusement, Samuel s'avança vers eux au même moment que moi, ce qui retira de mes épaules le fardeau de devoir leur faire face seule, comme une vieille célibataire. Thomas avait bien établi sa stratégie et se fit fort d'enrayer un potentiel moment de malaise en s'écriant à ma vue :

— Charlie, tu n'as pas idée comme je suis content de ta venue ! Comme c'est gentil de ta part d'avoir accepté mon invitation !

Il m'attira à lui en écrasant mes manches bouffantes sous sa poigne et embrassa chacune de mes joues en riant.

— Mina avait tellement hâte de te rencontrer ! N'est-ce pas ?

J'ignorais à quel point la scène avait été répétée, mais à ces derniers mots, la demoiselle y alla d'un franc sourire et toucha doucement mes mains.

— Je peux vous appeler miss Charlie, oui ? Thomas m'a tant de fois parlé de vous que j'ai déjà le sentiment de vous connaître. Je ne peux que ressentir une grande admiration pour une femme qui a su si bien faire sa place dans ce milieu difficile. Vous voudrez bien me raconter votre parcours ?

— Certes, ne pus-je que répondre.

Que dire de plus devant un discours visiblement préparé à l'avance, destiné à ne mettre aucun invité mal à l'aise ? À acquiescer ainsi aux moindres propos de Thomas, elle ressemblait effectivement à sa fille, toute petite à ses côtés et affichant un air d'innocence plutôt troublant. Elle avait vingt ans de moins que lui. Quoi d'autre que l'argent, le pouvoir et les encouragements de son père avaient pu la convaincre de s'unir à Thomas ? Lorsqu'elle aurait mon âge, son mari aurait des cheveux blancs et ne pourrait guère plus satisfaire la rage du corps des femmes faites. Pauvre petite ! Je me mis à la plaindre en fait et ce fut grâce à ma prise de conscience que je pus lui sourire avec indulgence et passer au plateau de champagne qui nous attendait une fois les présentations terminées.

Bien que l'alcool parvînt à me détendre et à délayer ma tristesse, je ne cessai de secouer la tête à la vue du nouveau mode de vie choisi par l'homme qui n'avait plus rien du sorcier de Menlo Park. Le luxe dont il s'entourait trahissait son abandon des qualités ayant fait sa renommée. Il était devenu identique à ceux qu'il fustigeait ouvertement quelques années plus tôt. Se plaisant autrefois à pester contre « les requins de Wall Street », il empruntait désormais aussi la direction du capitalisme à l'état pur, exposant ses possessions comme autant de preuves de son pouvoir personnel et de sa valeur. Jamais je n'aurais épousé un tel homme. Car moi, je ne me serais jamais satisfaite d'un manoir à la campagne et il avait dû s'en rendre compte bien avant de décider de s'unir à Mina Miller. Gagner la guerre, c'est ce que j'aurais exigé de lui. Dans une bicoque à l'image de notre cher laboratoire de jadis s'il l'avait fallu. Résister à la tentation des vanités pour se montrer plus forts que nos rivaux, c'est ce que moi j'aurais attendu de lui. Edison était désormais « arrivé ». Sa passion de créateur s'était endormie, probablement latente au fond de ses tripes, enterrée sous des peaux d'ours, des voitures et des bijoux à offrir en guise de réconfort à une trop jeune épouse. Tom n'existait plus. Je le constatais dans sa façon de tenir son menton bien haut, de garder immobile et propre sa chevelure bordée de gris. Son ventre autrefois creux de n'avoir pas suffisamment mangé était celui d'un homme dorénavant rassasié et à l'abri du besoin, pouvant être utilisé comme appui à sa main porteuse de l'éternel cigare. Il me mettait mal à l'aise, car je ne voyais plus au fond de ses yeux cette âme furieuse de vivre que je lui avais toujours connue. Autrement, il ne ressemblait en rien à mon magicien d'autrefois.

Après le repas, la jeune épouse entraîna les convives vers le conservatoire qu'elle avait meublé et décoré à son goût et où elle clamait passer la majeure partie de son temps. Thomas m'accrocha le bras tandis que je m'apprêtais à suivre le mouvement et sans un mot, juste avec un geste du menton, il me guida ailleurs. En montant à l'étage, il eut la décence de limiter la visite des lieux aux chambres des enfants, sans me préciser si d'autres s'ajouteraient bientôt. Il saisissait parfaitement que je ne désirais pas voir la pièce où se dressait le lit conjugal, où la virginale petite épouse devait se plier aux désirs de son mari. Il me conduisit seulement vers le bureau qu'il s'était installé à la maison, disant y travailler la majeure partie du temps puisque ses usines ne nécessitaient plus sa présence constante.

— Alors ? Qu'en penses-tu ?

— Entre nous, Thomas, combien cette folie t'a-t-elle coûté ?

— Un quart de million, mais je ne parlais pas de la maison. J'espère connaître ton opinion sur Mina.

— Qu'en as-tu à faire, de mon avis, Thomas ? Le mariage est déjà…

J'allais dire « consommé », mais jugeant que ce terme ne ferait que jeter plus d'huile sur le feu de notre embarras, je me fixai sur « prononcé », un choix de mot beaucoup moins risqué.

— Je veux t'entendre, tout de même. Tu as connu ma vie d'avant, tu sais tout de moi. J'ai besoin de savoir qu'elle te plaît.

— Elle n'a pas à me plaire. Elle est charmante, agréable et souriante, c'est suffisant.

Puis, il y eut un long silence pendant lequel il attendit l'inévitable. Je le rejoignis devant la fenêtre. Sa surdité s'était encore aggravée et je ne désirais plus garder la voix aussi haute pour le reste.

— Mais elle est si jeune, Thomas... Elle a quoi ? Six ans de plus que Dot ?

— Elle et moi avons eu l'occasion de discuter longuement lors de nos vacances à Woodside Park, de passer beaucoup de temps à nous dire de quelle façon nous envisagions l'avenir. Tu dois comprendre que Mina ne nourrit pas d'autre ambition que de voir à mon bien-être, de vivre avec et pour moi. Elle aimerait avoir des enfants.

— C'est donc cela qui t'a empêché de m'attendre ?

À ces mots, les yeux de Thomas se détachèrent de la fenêtre et son iris noir perdu dans une mer bleu-gris me pénétra avec la même force qu'auparavant, me permettant de reconnaître enfin le sorcier se dissimulant sous les porcelaines, les coupes de cristal et la coutellerie d'argent.

— Tu crois donc que j'ai fait un choix ? Que j'ai pris le temps d'étudier les options s'offrant à moi et que j'ai pris ma décision en vous comparant comme des bêtes à la foire ?

— Ce sont là les apparences, Thomas. Que devant une jeune vierge dotée d'un bon nom de famille, je n'ai pu remporter la bataille et que je t'ai perdu.

— Tu as tort, Charlene. Tu me juges très mal et cela me peine horriblement.

Il vit mes yeux qui quittèrent les siens pour se poser involontairement sur sa maudite bouche qui, elle, n'avait rien perdu de son attrait. Ne désirant plus me laisser enivrer par ces lèvres, je fis quelques pas pour m'éloigner de lui et pris place, très formellement, devant son bureau.

— Charlie... Il est impératif que tu comprennes que je t'aime suffisamment pour ne pas t'obliger à vivre l'existence d'une femme mariée que tu détesterais. Si personne sur terre ne peut saisir ton caractère avide de liberté, moi je suis capable de concevoir que de t'enchaîner dans une maison où ta vie ne se serait résumée qu'à donner des ordres aux domestiques et à t'occuper d'enfants n'aurait pas été un cadeau, mais une malédiction. Tu aurais fini par me haïr pour cela. De quel œil aurais-tu vu l'obligation d'élever les enfants de Mary comme les tiens ? Oh, je sais que tu adores Dot et les garçons, mais loin du travail que tu chéris, tu aurais tout simplement dépéri. Je ne veux pas être responsable de la mort de ton âme, Charlie. Il y a trop de feu en toi.

— Et Mina accepte tout cela, elle ? dis-je avec amertume.

— Oui. Ne sois pas fâchée, Charlie. Le mariage, c'est autre chose que de faire l'amour avec passion. Les implications te coinceraient dans une vie qui n'est pas pour toi et je n'ai pas voulu voir la détermination qui t'anime s'effriter sous des contraintes que tu as toujours fustigées.

— Tu sembles savoir parfaitement ce qui est bon pour moi, mais tu t'es acharné à me refuser ce que je désirais vraiment pendant toutes ces années. D'une physicienne, je suis devenue une employée de bureau, bonne à rédiger le courrier et négocier avec les représentants. Ma passion, tu l'as déjà enterrée sous une bonne dose de paperasse, mon cher Tom !

Au lieu de se fâcher, il fut secoué d'un rire sifflant. Il dut se rendre à l'évidence que sa richesse et son pouvoir ne m'intimidaient pas et que ma langue était aussi acérée qu'elle l'avait toujours été.

— Je veux te dire pourquoi je tenais à m'entretenir en privé avec toi aujourd'hui.

Il déposa son cigare dans un massif cendrier de pierre et croisa les mains sur son ventre.

— J'ai une proposition à te faire.

Son visage devint celui de l'homme d'affaires conscient que la personne devant lui possédait moult qualités qui seraient susceptibles d'intéresser ses rivaux. Je ne lui avais absolument rien dit de mon envie de passer à l'ennemi qui, lui, ne se reposait certes pas sur des peaux d'ours, mais il me devinait. À force de tendre l'oreille pour percevoir les moindres variations de mon corps, Thomas Edison savait parfaitement qu'il devait me donner une quelconque pitance pour éviter ma désertion et ce fut exactement ce qu'il fit.

— Je t'offre la gestion de la Edison Machine Works.

— Pardon?

— Les choses ne vont pas si bien que cela là-bas. Il y a des mouvements de troupes. Les ouvriers commencent à se plaindre de l'augmentation de leurs heures de travail et il me faut une personne qui saura les contenir.

— Moi?

— Oui, toi. Il y a deux possibilités. Soit ils passent sur le dos d'une femme comme un convoi de mulets, soit tu parviens à les maîtriser avec ce que tu as de rage à l'intérieur du cœur. Je n'ai pas besoin d'une révolte ouvrière, tu m'entends? Je n'ai pas les moyens d'augmenter les salaires et je tiens à stopper le soulèvement. Si tu réussis, non seulement je t'offrirai une prime de cent mille dollars, mais je te donnerai un poste permanent au comité de direction de l'entreprise.

— Est-ce le genre de promesse que tu as faite à Nikola Tesla?

— Non, c'est une vraie promesse.

— Et toi, pendant ce temps?

— Je suis paré à attaquer Westinghouse de tous les côtés. Nous aurons l'occasion d'en discuter plus tard, mais pour l'instant, je veux connaître ta réponse.

Ce diable d'Edison me forçait à me jeter à pieds joints dans une situation désastreuse dont ne voulait visiblement plus Charles Batchelor qu'il délesterait du fardeau en l'élevant à la position de vice-président de l'entreprise. Pourtant, je rêvais de la Machine Works depuis longtemps. Là-bas se faisait le travail pour lequel toutes ces années auprès de Thomas m'avaient formée.

— Je ne vais pas lever le nez sur une occasion pareille, tu t'en doutes.

— Alors, il ne me reste plus qu'à officialiser ta position. Tu commences ton affectation lundi.

— Mais, c'est demain !

— Exactement.

Tout le monde était rassemblé dans le grand salon lorsque nous redescendîmes. De toute évidence, Mina avait été prévenue qu'un face-à-face entre Thomas et moi devait impérativement avoir lieu et elle n'afficha pas l'air mécontent qu'une autre aurait pu exposer à nous voir rejoindre le groupe après une longue absence. Charles Batchelor consulta Thomas du regard et celui-ci leva un verre qu'il venait de prendre dans un plateau sur la table basse.

— Oui, nous pouvons fêter maintenant !

Les coupes s'élevèrent toutes en ma direction et des exclamations de joie complices fusèrent. Mes collègues savaient déjà tous ce que Thomas devait me proposer en ce jour et se montrèrent manifestement heureux de la nomination d'une « garçonne de Menlo Park » qui récoltait enfin les fruits de sa loyauté. J'étais submergée par l'émotion. J'avais le sentiment d'avoir gagné ma véritable place parmi eux après presque dix ans de service. J'étais maintenant leur égale.

Chapitre 29

Edison Machine Works

Immédiatement après la réception donnée par Thomas à Glenmont, Charles Batchelor et moi nous étions isolés dans un bureau pour le transfert de pouvoirs. Affichant un air soulagé, il me tendit la clé qui donnait accès aux dossiers des employés et m'informa au sujet de la production en cours.

— Vous ferez face à un manque de discipline flagrant. Les ingénieurs seront probablement récalcitrants à votre arrivée. Ils mettront vos compétences à l'épreuve, mais sur ce point, je ne m'en fais pas pour vous. Mon souci se situe plutôt au niveau des ouvriers. Une ambiance de révolte plane sur l'usine depuis quelque temps. Il vous faudra être très dure, très déterminée pour parvenir à les convaincre d'accepter les conditions qui leur sont imposées.

Je savais donc dans quel marais je me plongeais en acceptant ce poste et je me faisais un devoir de garder ma colonne vertébrale suffisamment solide pour supporter tout ce à quoi j'aurais à faire face. Je passai le reste de la fin de semaine à étudier la situation, fière plutôt qu'inquiète à l'idée de gérer des centaines d'employés insatisfaits. Je me savais dotée de l'empathie appropriée pour comprendre ce qui n'allait pas à la Edison Machine Works et pour changer les choses.

L'usine se situait au cœur du quartier le plus défavorisé de New York, Thomas ayant choisi cet emplacement précisément parce que le loyer y était bon marché et pour sa proximité avec les quais. Ce que je possédais de sensibilité dut se camoufler derrière ma force d'esprit juste pour me permettre d'être en mesure de me rendre sur les lieux chaque jour. Le Lower East Side était un dépotoir à ciel ouvert, un ramassis d'immigrants sans abri où la mendicité et la pestilence étaient le malheureux quotidien. J'ignorais dans quel recoin de son cerveau Thomas Edison avait pu croire que ces lieux me plairaient plus qu'un manoir d'un quart de million de dollars, mais s'il avait vu en moi la robustesse d'esprit suffisante pour occuper ce poste, je n'allais pas m'humilier à faire demi-tour.

L'hiver que nous venions de traverser avait été rude. Du haut de nos jolis hôtels de la 5e Avenue, nous étions épargnés de la vue des indigents crevant de faim et de froid sur les trottoirs de New York, mais en me rendant quotidiennement dans ce quartier affreusement touché par la plus cruelle forme de pauvreté, je ne pus rester insensible. Je ne l'avais jamais vécue, mais j'imaginais fort bien ce que voulait dire de ne rien posséder, d'être obsédé par la faim jusqu'à la folie et, par conséquent, je comprenais aussi les affrontements de plus en plus virulents entre la classe ouvrière et les maîtres capitalistes du monde. Des syndicats se formaient et les employeurs refusaient de concéder le moindre centime. En principe, j'aurais dû être de ceux-là. Chaque jour, les forces policières tentaient de contenir les mouvements de grève des employés de la Ville qui bloquaient les rues en manifestant leur mécontentement devant les commerces. Thomas Edison m'avait jeté dans un enfer en jurant le faire par amour. À l'instant où je vis de mes yeux les conditions dans lesquelles travaillaient ses ouvriers, je fus tentée de le détester.

Il y eut un certain soulagement à mon arrivée à la tête de la Edison Machine Works. Charles Batchelor y était dorénavant trop haï pour conserver sa place de toute façon. Avec moi, Edison désirait donner l'illusion de lâcher du lest. Une femme. Une délicate femme gentille et attentionnée qui aurait probablement trop peur pour s'opposer aux récriminations. En toute bonne volonté, je reçus le porte-parole des ouvriers de l'usine et le priai de m'informer clairement et honnêtement de leurs besoins.

— Tout ce que nous demandons, madame, est le droit de former un syndicat afin d'établir des conditions de travail acceptables ainsi qu'un salaire satisfaisant.

— Répétez-moi votre nom, je vous prie.

— Brünner. Manfred Brünner.

— Mais c'est allemand !

— Oui, madame, je suis né à Köln. À Cologne, si vous préférez.

— J'ai vécu à Berlin plusieurs années, le pays et sa langue me sont très familiers. Vous êtes à New York depuis longtemps ?

Désarçonné par le changement radical dans notre conversation et par le sourire que je lui adressai, il secoua les épaules dans un mouvement nerveux et lissa sa veste élimée. Ce ne fut qu'alors qu'il accepta de s'asseoir et de me regarder en face.

— Mes parents ont émigré alors que j'étais âgé de douze ans. Je ne suis jamais retourné là-bas, je n'en avais pas les moyens. Mais je songe souvent au pays.

— Je vous comprends fort bien. Moi non plus, je n'y suis jamais retournée. Écoutez, Manfred, je suis très consciente de votre besoin d'établir une base salariale qui ne pourra être baissée à souhait par la haute direction, mais mon prédécesseur m'a confié que certains ouvriers buvaient durant leur quart de travail ou pendant la pause de midi et que la production en était souvent affectée. Nous n'avons pas l'intention de procéder à des mises à pied arbitraires,

mais sachez que ce genre de comportement doit être sur-
veillé de près et réprimandé. Il s'agit de l'une des raisons
principales pour lesquelles les salaires demeurent aussi
bas. Nous jugeons que les beuveries ne peuvent compter
comme des heures de travail et qu'un ouvrier ivre est aussi
inutile qu'une poche de sable. Je trouve désolant que vous
deviez tous payer le prix pour quelques malheureuses
exceptions.

— Je suis au courant de cela, madame, dit-il en tiquant.

— Non, s'il vous plaît, appelez-moi miss Charlene. Je
préfère.

— Si vous voulez. Mais dites-moi encore, miss Charlene,
pourquoi nous ne pouvons avoir notre syndicat? Car si
c'était la seule raison, je vous jure que je jetterais moi-même
dehors les hommes dont le comportement nous nuit à
tous.

— Je serai franche avec vous, Manfred. Les ordres de la
direction sont que l'entreprise doit demeurer dans son état
actuel. Aucun mouvement de révolte ou même d'opposition
ne doit avoir lieu. Soyez conscient qu'un soulèvement
signifierait la fermeture immédiate de l'usine et je détesterais,
du plus profond de mon cœur, voir un aussi grand nombre
de gens se trouver à la rue. Vous avez cet emploi, c'est mieux
que de dormir sur le trottoir, non?

Je regardais cet homme défendre le point de vue de
centaines d'autres. Il se tenait devant moi la tête haute,
son regard bleu nordique traversant la barrière entre lui et
moi pour toucher la corde de ma compassion et de mon
admiration.

— Tentons quelque chose, Manfred, si vous le voulez
bien. Je consens à réduire les journées à neuf heures au lieu
de dix, mais en revanche, vous serez responsable de veiller
à la tempérance de vos collègues. Monsieur Batchelor ne
vous a peut-être jamais exposé les choses ainsi, mais si vous

connaissiez toute la passion qui m'anime pour cette entreprise dont j'ai assisté à la naissance, vous comprendriez parfaitement mon envie de la voir fonctionner à son plein potentiel avec des gens conscients de la chance qu'ils ont de travailler pour Thomas Edison.

— La tendance générale n'est certes pas à l'amour pour cet homme, je vous l'avoue…

— Je sais. Et j'espère sincèrement pouvoir tout arranger. Je suis là désormais pour parler en votre nom, vous n'avez pas besoin de ce syndicat qui ne fait qu'exacerber les tensions entre vous tous et nos patrons. Je défendrai vos intérêts, si vous me promettez de demeurer silencieux pendant un temps. Montrez votre bonne foi, c'est tout à votre avantage. La journée de neuf heures débute demain. Vous pouvez en faire part à vos collègues.

Il me quitta sur une note très formelle, ne me permettant pas d'oublier ce que je représentais et la froideur dont il devait faire preuve à mon égard. Mais je ne perdis pas de temps. Le reste de la journée durant, je me promenai dans les divers départements de l'usine et priai les ouvriers de me montrer ce qu'ils faisaient. Et tous me répétèrent la même plainte : les salaires étaient bas, beaucoup trop bas, ce qui obligeait leurs épouses à trouver des places de domestique chez les riches habitants de l'autre côté de la ville. Charles Batchelor me supplia, pour ma sécurité, de ne plus tenter une telle chose et de rester enfermée dans mon bureau en gérant à distance, tel qu'il l'avait fait. Il me força même à engager un cocher qui me reconduirait chez moi tous les soirs pour que je ne subisse pas les assauts des manifestants ou des révoltés cherchant à attaquer le système à sa cime.

Au cours du printemps 1886, je passai beaucoup de temps à discuter avec Manfred Brünner, prenant, grâce à lui, le pouls de l'entreprise dans le but de forcer Edison à ouvrir les caisses. Certains ouvriers virent d'un bon œil ma décision de quitter le bureau autrefois occupé par Batchelor pour m'installer au rez-de-chaussée, dans une pièce dotée d'une grande fenêtre donnant directement sur l'intérieur de l'usine où tous pouvaient m'apercevoir à tout moment. Mais plusieurs firent courir le mot que mon geste n'avait que pour but d'espionner leur travail et m'assurer de la bonne discipline. Cela, ils eurent tôt fait de constater qu'il s'agissait du moindre de mes soucis. Tant que personne n'était ivre, qu'on ne sortait pas avant le retentissement de la sirène, que les quotas de production étaient respectés et que les génératrices sortaient de l'usine en respectant pile-poil les standards de l'entreprise, ils pouvaient parler, rire et chanter, je n'allais pas les en empêcher. Afin de ne pas être ostracisés par leurs collègues, mes hommes évitaient de s'amener à mon bureau pour s'y asseoir et discuter en fumant une cigarette lors des pauses, mais leur manière de me saluer d'un « r'voir miss Charlie ! » en se dirigeant vers la sortie le soir venu me prouva que ma présence avait été acceptée et que si je me battais réellement pour eux, elle finirait peut-être même par être appréciée.

⟡

Un soir de la fin du mois d'avril, j'aperçus une voiture fermée se garer dans la 5e Avenue, juste devant chez moi. Méfiante, je priai la domestique de vérifier l'identité du visiteur avant d'ouvrir la porte.

— Il s'agit de monsieur Edison, mademoiselle.

En tassant le rideau de la fenêtre du salon, je vis effectivement sur le perron un Thomas dont le visage était à moitié dissimulé entre la bordure de son chapeau haut-de-forme et le col relevé de son long manteau. Alors qu'il attendait qu'on lui ouvre, son cocher demeurait bien en place sur le trottoir en surveillant les environs. Je me rendis au vestibule et remerciai Tilly.

— Rejoignez vos quartiers et laissez-nous seuls, je vous prie.

— Bien, mademoiselle.

Thomas s'étonna de me voir moi-même à la porte et la première chose qu'il me lança témoigna de sa propre vigilance et de ses inquiétudes.

— J'ose espérer que tu n'ouvres pas ainsi à l'aveuglette chaque fois que l'on sonne ici.

— Je savais que c'était toi.

Tout en retirant manteau et chapeau, il jeta un regard circulaire sur cette demeure qu'il avait habitée plusieurs années durant et ne sembla pas prendre de plaisir à y revenir.

— Tu as mangé?

— Oui, je sors à peine de chez Delmonico's. J'ai pensé à te rendre visite avant de retourner à Glenmont.

— C'est gentil.

Son retour dans le passé ne dura pas puisqu'il constata les changements que j'avais apportés à la demeure et qui avaient justement eu pour objectif de chasser les reliques de son ancienne vie. Il sembla s'en trouver un peu plus à l'aise. Je préparai un plateau de thé tandis qu'il s'installait au salon et allumait un cigare. Une toux grasse et insistante m'accueillit dans la pièce lorsque je l'y rejoignis, puis il éclata de rire en désignant son cigare.

— Je dois désormais me cacher pour les fumer! Selon ce qu'en pense ma chère épouse, ils ne sont pas bons pour ma santé!

— Elle n'a pas tort. Je t'ai toujours dit que tu fumais trop.

Je lui servis une tasse avant de prendre place dans mon fauteuil favori, déposant la mienne en équilibre sur l'accoudoir. Il me sembla nettement plus froid que lors de notre dernière rencontre et je ne pus croire avoir vécu tant de moments d'intimité dans cette même demeure avec cet homme. Par pur réflexe ou parce que malgré tout j'étais incapable de l'oublier, j'eus envie de lui. Je me mis à penser, absurdement, qu'il était peut-être venu là avec l'espoir de me faire l'amour, ce que je lui aurais difficilement refusé. Mais alors que cédais à l'envie d'imaginer sa bouche sur moi, ses mains caressant mes hanches et ma poitrine, je songeai à mes hommes qui ne me pardonneraient pas s'ils apprenaient d'une manière ou d'une autre que je partageais le lit de celui qu'ils jugeaient responsable de leurs malheurs. Ma loyauté penchait très fortement en leur direction puisqu'ils comptaient sur moi pour les protéger. Je n'allais pas les laisser tomber en ployant sous un désir de longue date qui ne s'était jamais effrité.

— J'ose espérer que tu n'es pas venu me visiter uniquement pour fumer tes cigares en cachette de ton épouse, Thomas.

— Non, évidemment. Tu es en poste depuis maintenant un peu plus d'un mois et je désirais entendre de ta bouche un résumé de la situation.

— Je suis certaine qu'il y a suffisamment de gens autour de toi pour te tenir informé de l'ordre qui règne au sein de tes entreprises.

— Oui, mais en ce qui concerne la Edison Machine Works, cette personne n'est nulle autre que toi.

Il mentait. Le comité directeur était là, planant au-dessus de ma tête, exigeant résultats, chiffres et prévisions pour les transmettre à Edison.

— Le mandat que tu m'as donné était de contenir le mouvement de révolte de tes ouvriers. C'est ce que j'ai fait.

Je n'aurais jamais osé réclamer les cent mille dollars qu'il m'avait promis en mars, me refusant le genre d'humiliation qu'avait subie Nikola Tesla en exigeant son dû. Il ne pouvait nier que la menace avait été étouffée de justesse. Son visage grave me fit toutefois comprendre qu'il détestait l'idée de me voir réussir là où Batchelor avait échoué, qu'il était prêt à l'attribuer à n'importe quel facteur pourvu que cela n'ait rien à voir avec mes compétences ou ma compassion à l'égard des employés.

— D'ailleurs, Thomas, je suis incapable de comprendre les motifs qui nous empêchent d'accorder aux ouvriers le droit de former leur syndicat. Qu'est-ce que nous risquons ? De les satisfaire ?

— En leur concédant un pouce, Charlie, ils tireront sur la corde pour obtenir un pied. Tu crois que ton boulot sera plus facile lorsque la moindre commande deviendra le sujet de tractations, de négociations et qu'ils pourront charcuter le travail comme bon leur semble uniquement parce qu'ils se sauront protégés par un accord pour le reste de leur carrière ? Il faut empêcher cette plaie de syndicat de nous envahir et les obliger à se rendre compte que travailler chez nous est une chance.

— Thomas, nous ne sommes plus à Menlo Park. Tu ne peux pas imaginer que des hommes accepteront de travailler nuit et jour, en mangeant à peine et en ne prenant jamais de repos, comme nous l'avons fait jadis. À Menlo Park, c'était la passion qui nous poussait à demeurer debout des nuits durant sans broncher, le sentiment d'être un petit clan de génies à l'écart du reste du monde.

Je pensai alors à Manfred Brünner de la Machine Works qui m'avait permis de lire un jour le manuscrit qu'il avait commencé des années auparavant et sur lequel il besognait dans ses rares temps libres. Son talent exceptionnel m'avait rendue triste. Parce que j'avais pris conscience qu'il aurait mérité sa chance et que son statut ne le lui permettrait probablement jamais de la saisir. Je poursuivis :

— Toi, Thomas, tu as une chance incroyable. Rappelle-toi d'où tu viens. J'espère seulement leur rendre la vie moins amère et éviter de leur faire croire qu'ils ne valent rien.

— Tu fais trop de sentimentalisme, Charlie. Ce n'est pas pour cela que je t'ai accordé ce poste. Oui, j'ai été pauvre moi aussi et justement, je ne désire plus jamais me retrouver sur la paille. Ces usines sont le produit de mes efforts, elles existent grâce à ma sueur, à mon obstination. J'ai repoussé l'idée de mener une vie normale en rêvant d'obtenir ce que j'ai aujourd'hui. Et personne n'a le droit d'entraver ma route. Certainement pas des ouvriers, au demeurant remplaçables, qui se fichent des humiliations que j'ai dû subir pour arriver jusque-là. Les maillons ne sont pas la chaîne, Charlie. Ne te laisse pas influencer, ce serait faire preuve d'une faiblesse inutile.

Pouvant difficilement contredire ces paroles, je me tus et bus mon thé en plissant le nez. Un verre d'alcool aurait été tout à fait approprié, mais je m'abstins, préférant éviter la langueur qui aurait pu me pousser à m'approcher de lui.

— Cela dit, tu avais parfaitement raison tout à l'heure. La menace me semble évitée à la Edison Machine Works et une grève générale ne nous pend plus au bout du nez. J'étais venu ce soir pour t'offrir mes félicitations.

— Vraiment ?

— Je ne suis pas un ingrat.

Il plongea la main dans la poche de sa veste et en tira un chèque qu'il déplia devant mes yeux.

— Je t'ai promis une prime et tu l'auras. Il y a seulement une dernière chose qu'il te faut régler avant de l'empocher.

Il eut un sourire amusé, comme si me balancer cent mille dollars devant la figure était une pure distraction.

— Il y a un homme que l'on dit très influent à la Edison Machine Works. Cet ouvrier aurait rallié à lui tous ses confrères en manque de justice et selon les propos de Charles Batchelor, il serait celui qui fait pression pour l'obtention d'un syndicat. Sais-tu de qui je parle, Charlie ?

— Assurément l'homme avec qui je me suis entretenue en arrivant en poste. Manfred Brünner.

— C'est cela. Quelle est ton opinion à son sujet ?

Cette fois, je retins ce « sentimentalisme » que Thomas semblait tant juger inapproprié et évitai de dire que Brünner était un homme fier, doté d'une droiture qui faisait l'admiration de tous et encourageait le respect. Je ne lui confiai pas non plus que Manfred Brünner, à force de discuter avec moi, m'avait épatée par sa vive intelligence et son ambition grâce auxquelles il nourrissait l'espoir de s'élever dans la hiérarchie de l'entreprise s'il ne pouvait réaliser son rêve de devenir écrivain. Je refusai bien sûr catégoriquement de révéler à Thomas que les racines allemandes de Manfred étaient en passe de transformer notre simple relation d'affaires en amitié sincère, qu'il me rappelait l'homme avec qui j'avais déjà été fiancée. J'avais le sentiment de le retrouver un peu. Manfred m'avait aidée à faire la paix avec mon passé.

— Je n'ai jamais eu la moindre difficulté avec lui, dis-je en m'obligeant à conserver un visage immuable. Il fait son boulot et le fait bien. Il possède une rigueur indéniable et qu'il ait des qualités de meneur ne nuit en rien au respect qu'il me doit.

Thomas hocha lentement la tête en fronçant les sourcils.

— C'est étrange, ce n'est pas ce que Batch disait de lui. Ce Brünner me semble plutôt être un élément perturbateur, un agitateur encourageant la révolte et la haine des autorités.

— Ce n'est pas ce que j'ai pu constater, non.

— Néanmoins… je ne fais pas confiance à ce genre de tête forte. Au moindre désaccord, un homme pareil peut lancer une allumette dans la poudrière et créer le chaos. Tu dois le renvoyer.

Ma tasse, heureusement vide, chuta au sol lorsque je m'avançai au bout de mon fauteuil en le priant de répéter.

Thomas montra de nouveau le chèque et l'agita entre son pouce et son index.

— La dernière petite chose dont je te demande de t'acquitter. Demain, à la première heure, je veux que tu le congédies. Le garder serait trop risqué pour la bonne marche de l'entreprise. Une fois dehors, tous les autres réaliseront ce qu'il en coûte de tenter de s'élever contre la direction.

— Pas lui, Thomas !

Il plissa les yeux. Son visage sombre me permit de deviner qu'il savait que « l'Allemand » avait gagné ma faveur et que j'étais en train de développer une amitié avec lui, ce qu'il jugeait tout à fait scandaleux.

— Pourquoi donc ?

— Parce qu'il est mon lien avec les ouvriers. Tant que je parlemente avec lui, je me garde loin des problèmes.

— Mais justement, ma chère ! Il ne devrait pas y avoir de discussions ! Tu n'es pas là pour négocier la paix, mais pour l'imposer. Vire-moi ce fauteur de troubles, et demain tu pourras toucher ta prime.

Sans me donner l'occasion de rétorquer, il se leva du canapé et vint s'accroupir près de mon fauteuil. Du revers de l'index, il effleura mes lèvres, puis captura mon regard.

— Fais cela pour moi, Charlie.

Je demeurai immobile. Seule ma poitrine se soulevant et redescendant à un rythme effréné trahissait mon emportement intérieur. Il enroula une mèche de mes cheveux sur son doigt et pencha la tête pour souffler doucement à mon oreille. L'arôme de son haleine me rappela la saveur de nos baisers. Je fus atterrée devant cette manipulation de mon désir d'autrefois. Dans cette même maison, ma passion s'était exprimée avec sincérité et plaisir. Il m'aurait été facile de tomber dans ses bras.

Alors que j'envisageais avec détresse l'idée de le repousser, de le chasser, puis de le regarder s'éloigner, je fus tentée de l'imiter. De jouer avec sa moralité à mon propre escient. Juste pour démasquer le bluff. Mais le désir était beaucoup trop fort.

Je fermai les yeux et soupirai, abandonnant ma tête à ses douces caresses tandis qu'il défaisait ma coiffure pour plonger ses doigts dans mes cheveux. Il m'invita à me lever et m'enlaça avec une certaine retenue, comme si nous dansions devant une foule. Je me penchai vers son cou et humai son odeur en promenant mon nez et ma bouche le long de son encolure.

— Thomas... tu aimerais monter ?

— Oh, Charlie, tu en as envie, toi aussi ? Tu voudrais bien que ton Thomas se charge de ce petit corps esseulé, n'est-ce pas ?

— Oui. Viens avec moi, je t'en prie.

— Demain, chuchota-t-il à mon oreille. Je te promets que demain, lorsque tu me diras que tout est en ordre, je te ferai tout ce que tu désires.

Sa réplique me glaça le sang. Désormais consciente qu'il feignait sa langueur, mon visage se contracta de souffrance, ce qu'il prit pour de l'impatience. Je me détachai de son corps en sachant que je ne le toucherais plus jamais de ma vie et hochai la tête.

— D'accord, demain, Thomas.

Il me fit l'affront de sourire en revêtant son manteau, puis il m'embrassa sur le front. À l'instant où il fut dehors, je me précipitai à la fenêtre et le vis grimper dans sa voiture sans se retourner.

꿍

Le jour suivant, je fis irruption à l'usine comme une furie. J'avais passé une nuit sans sommeil à regarder mes convictions et ma passion combattre entre elles jusqu'à ce que surgisse l'évidence. Sans prendre le temps de m'arrêter à mon bureau, je parcourus l'édifice les lèvres serrées et à pas rapides, tournant la tête dans tous les sens pour trouver Manfred Brünner. Je traversai le groupe rassemblé autour de lui et, essoufflée par ma course dans les dédales de l'usine, je ne prononçai qu'un seul mot, en levant l'index vers son visage :

— Protestez !

Fixant l'éclat bleu de ses yeux, j'attendis qu'il saisisse le sens de cet ordre sans d'autres explications. Je n'avais pas le droit d'en dire davantage. Ce simple mot me rendait déjà coupable. Stupéfait, il abaissa le menton et se précipita vers les ouvriers tandis que je courais me réfugier au bureau. De là, je pus voir Manfred lever les bras pour ordonner l'arrêt de travail et le silence se fit. Il monta sur l'une des longues tables en repoussant du pied les instruments de ses collègues et cria :

— Grève !

Puis, ce fut la tempête. Les ouvriers abandonnèrent leurs postes pour se ruer vers la sortie. Manfred s'assura de ma sécurité en m'enfermant dans le bureau et en conservant la clé sur lui. Assise dans l'ombre, je ne pus qu'observer les ouvriers qui se précipitaient dehors à la suite de leur porte-parole, les hommes criant leur mécontentement et réclamant la tête d'Edison en levant les poings et en frappant les murs. J'attendis que l'usine soit vide et télégraphiai à John Kruesi : *Révolte à la Machine Works. Venez tout de suite.*

Chapitre 30

Schenectady
ou West Orange

John Kruesi et Charles Batchelor eurent tôt fait d'arriver en compagnie d'une escorte musclée destinée à les défendre en cas d'attaque. Incapables de percer le barrage des ouvriers devant l'édifice, ils s'étaient précipités vers la porte arrière et m'aperçurent alors que, toujours enfermée dans mon bureau, j'y allais de grands signes de bras frénétiques à leur intention. J'allais devoir jouer mon rôle avec le plus de conviction possible.

John pria le groupe de demeurer derrière lui et frappa la porte à coups de pied à plusieurs reprises, jusqu'à ce que le verrou cède. En pénétrant dans la pièce exiguë, il m'examina d'abord de haut en bas.

— Avez-vous été blessée, miss Charlie ? S'ils vous ont fait du mal, je…

— Ne vous inquiétez pas, je vais bien.

Batchelor me tendit la main et m'entraîna vers la sortie arrière tandis qu'Honest John et les autres verrouillaient les portes avant de l'édifice pour empêcher les grévistes, tous dehors, de revenir saccager l'équipement.

— Edison est-il au courant ?

— Pas que je sache.

— Que s'est-il passé ? Pourquoi maintenant, alors que vous sembliez les maîtriser parfaitement ?

— Thomas m'avait ordonné de licencier Manfred Brünner…

Je n'eus pas l'occasion de terminer ma phrase que Batchelor poussa un juron.

— Je le savais ! Je savais que cet homme finirait par inciter tous les autres à la rébellion ! Mais il est là, dehors avec ses collègues ! Que fait-il encore ici si vous deviez le renvoyer ?

— Je n'en ai pas eu l'occasion. Les ouvriers ont dû se concerter durant la nuit. À mon arrivée, ils m'ont enfermée à l'intérieur du bureau pour éviter que j'appelle la police.

— Bon, ne traînons pas ici, c'est trop risqué. Il faut parler à Edison sans tarder.

Les tentatives de John Kruesi pour convaincre les ouvriers de reprendre le travail dans l'heure s'avérèrent vaines. Évidemment, Manfred avait compris, par ce petit mot que je lui avais lancé, qu'Edison n'accepterait jamais une entente, mais il ignorait encore que sa tête, posée sur le billot depuis la veille, avait été la cause première de mon revirement. Nous retournâmes tous au 65, 5e Avenue et fîmes appeler Tom qui travaillait chez lui à Glenmont en cette matinée et qui n'avait pas été avisé du déclenchement de la grève. Au milieu d'eux, j'eus l'air d'une courageuse Jeanne d'Arc s'étant battue pour faire régner l'ordre et qui avait été poussée dans ses derniers retranchements en vue d'être grillée sur le bûcher. Seul Thomas ne fut pas dupe, mais il était très loin de croire que j'avais été celle à brandir la torche enflammée en premier.

Assise à sa gauche à la longue table de réunion où nous nous installâmes, je lui jetai sous le nez, devant nos collègues, le manque de circonspection dont il avait fait preuve lors de sa visite de la veille.

— J'ai tenté de te prévenir. Je les connais, je savais parfaitement que le renvoi de Manfred Brünner exciterait la révolte, mais tu as refusé de m'entendre. J'ai subi le genre de conséquences auxquelles nous devions nous attendre.

Batchelor ne fut pas sans remarquer que nos regards s'effleuraient à peine, que notre froideur l'un à l'égard de l'autre était si palpable que nous aurions aussi bien pu nous vouvoyer et personne n'aurait vu de différence.

— Si tu ne sais pas comment mettre un homme à la porte, peut-être as-tu besoin d'être éduquée sur cette question. Tu devais lui donner cinq minutes pour rassembler ses effets personnels et t'assurer qu'il quitte l'usine par la sortie arrière sous la menace d'être expulsé par la police en cas de refus d'obtempérer. À la place, tu l'as laissé semer la révolte. C'est toi que je devrais renvoyer.

Batchelor haussa les sourcils et se redressa aussi raide qu'une barre en agitant sa main entre nous.

— Allons, Tom, calme-toi ! Ce n'est de sa faute en rien ! Cela aurait aussi bien pu m'arriver il y a quelques mois ! Ils étaient déjà enragés, miss Charlie n'a rien à y voir.

De cela, justement, Thomas n'était pas convaincu. Il fallut qu'Honest John lui raconte comment il m'avait trouvée pour qu'il commence à accepter que la grève aurait peut-être éclaté en dépit de moi.

— Cela ne pouvait tomber plus mal, recommença-t-il sur un ton résolument plus neutre. Nous venons de recevoir une commande du gouvernement pour la fabrication de trois torpilleurs, sans compter tout le travail à abattre sur quelques-unes de nos stations centrales. Je ne peux songer à refuser un contrat aussi lucratif, ce serait nourrir mes rivaux de ma propre main.

— Que suggères-tu ? Visiblement, nous ne pouvons pas considérer l'option de fermer l'usine, nous perdrions trop au change.

— Non, Batch, nous n'allons pas fermer.

Cette phrase sembla très douloureuse pour Thomas qui aurait préféré mettre fin à la grève en mettant définitivement l'usine sous clé. Son front se contracta de colère lorsque John énonça l'unique alternative viable dans notre situation.

— Il nous faut impérativement parlementer, Tom. Je sais que tu t'y es refusé jusqu'ici, mais le gouvernement octroiera le contrat à une entreprise concurrente si nous exposons nos difficultés.

— Parlementer…

Il ramena ses mains l'une contre l'autre comme en position de prière. Pendant ce temps, Samuel Insull contourna la table pour verser un peu plus d'eau dans le verre de Thomas et déposer un cigare fraîchement déballé devant lui. Nous demeurions tous silencieux. Plusieurs minutes plus tard, Thomas alluma le cigare et s'adressa à Honest John :

— Retourne là-bas et ramène-moi ce Brünner.

Je me fis violence pour dissimuler le souffle de satisfaction qui gonflait ma poitrine et me retins de sourire. Samuel Insull demanda à ce qu'on nous serve un petit-déjeuner et du café dans la salle de réunion, nous encourageant à manger pendant ce temps. Torturée par l'horrible tension émanant du silence de Thomas, je goûtai à peine les œufs brouillés et le pain grillé. Le son des fourchettes et des couteaux dans nos assiettes semblait décuplé par l'absence totale de paroles et nous brassions la crème dans nos cafés en prenant garde à ne pas trop faire de bruit. Le visage de Thomas était pâle et grave, et à la lumière du jour, il paraissait davantage vieilli que le soir précédent.

Quand Manfred Brünner pénétra dans la salle devant Honest John, il prit le temps d'observer tour à tour ses opposants avant de se détendre légèrement en m'apercevant. J'évitai de lui offrir le signe de reconnaissance qu'il attendait. Il dut comprendre que ma part avait été faite. La façon dont Thomas lui indiqua un siège tout au bout de la table relevait davantage de l'ordre formel que de l'invitation, mais Manfred obtempéra poliment. Il était déjà satisfait de se trouver là. Notre manigance avait porté fruit.

Thomas prit un long moment pour l'étudier. Par-delà le mépris qu'il ressentait à l'égard des contestataires, il cherchait en Brünner la raison pour laquelle j'avais désiré me battre pour lui. Il vit ce que j'avais vu, assurément. Un homme doté de suffisamment d'élégance et de discernement pour abandonner sur le pas de la porte son ressentiment envers l'employeur. Un homme qui possédait l'autorité nécessaire pour être entendu et respecté par tous ses confrères.

— Pourquoi aujourd'hui, Brünner ?

— Parce que les hommes en ont assez. Si je ne les avais pas guidés, Dieu sait de quelle façon la production aurait été affectée.

— Et que voulez-vous ?

Reprirent alors les discussions sur les réclamations maintes fois écrites et maintes fois refusées comme si nous en étions au premier jour des négociations. Thomas ploya sur quelques points, par principe, parce qu'il n'avait pas le choix. Manfred accepta une reprise des opérations sur la vague promesse d'une relocalisation de l'usine qui octroierait aux ouvriers un environnement de travail plus sain. Mais Thomas attendit le départ de Manfred pour nous confier la vérité sur ses intentions.

— Au beau milieu de New York, ces hommes sont à la merci de l'influence néfaste de tous les foutus indignés qui sortent dans les rues chaque jour. Il faut les envoyer à la campagne, là où le travail demeurera leur seule priorité et où ils seront isolés du reste du monde.

À la suite d'une recherche intensive, Thomas mit la main sur un complexe industriel situé à Schenectady, une localité minuscule située non loin de la frontière du Canada, un peu au nord d'Albany. Après avoir visité les lieux, Charles

Batchelor et Honest John statuèrent que l'endroit, bien que très éloigné du bureau central, répondait parfaitement aux critères exigés par la production de la Edison Machine Works.

⌣꙰

J'exprimai ma colère en lançant furieusement mes livres au fond d'une boîte, jurant chaque fois que je manquais l'ouverture et que les manuels se retrouvaient écartés, pages écrasées contre le sol, à l'autre bout de la pièce. La plupart de mes effets personnels avaient déjà été empaquetés, mais devant la contrainte de vider entièrement la jolie demeure de la 5e Avenue, je dus m'attarder aux moindres détails afin de ne rien laisser derrière moi. Thomas avait exigé que je reprenne mon poste à la Edison Machine Works, m'obligeant à quitter New York pour suivre ma troupe que j'avais si férocement défendue. Je n'étais pas dupe ; il ne s'agissait là que d'une façon de me remettre à ma place après avoir démontré un attachement certain pour « un simple ouvrier ». Me considérant toujours, absurdement, comme l'une de ses possessions, à l'image des pouliches rutilantes que ses employés brossaient tous les jours dans les écuries de Glenmont, Thomas refusait de me voir éparpiller mon affection parmi ses ouvriers. Il avait muté Manfred Brünner à l'usine de Pearl Street et lui avait donné un poste de contremaître de nuit, récompense qui me sembla fausse et hypocrite, mais qui dut apparaître satisfaisante aux yeux de l'Allemand puisque celui-ci m'avait aussitôt laissé tomber. J'avais froissé puis jeté au feu la courte lettre que Manfred avait fait déposer sur le seuil de ma porte avant d'entreprendre ses nouvelles fonctions. Un seul passage, tournant en boucle dans mon esprit, avait suffi à me prouver qu'une rivalité s'était bel et bien installée entre Thomas et moi.

Comprenez, il a vu ma capacité à diriger une équipe. Veuillez me pardonner de ne pas vous suivre à Schenectady après tout ce que vous avez fait pour moi. Il m'est impossible de refuser cette promotion que j'espère depuis si longtemps. Grâce à monsieur Edison, ma femme n'aura plus à travailler et pourra s'occuper adéquatement de nos enfants qui mangeront désormais à leur faim. Je dois rester à New York, ne le voyez pas comme une insulte à la bonne volonté dont vous avez fait preuve.

Je n'avais pas répondu à cette lettre. Thomas était parvenu à s'emparer de la rage de réussir de ce jeune homme et l'avait détourné de moi. Manfred n'avait-il pas songé qu'en demeurant partie intégrante de mon équipe, j'aurais tout aussi bien pu lui donner ce qu'il désirait ?

Soucieux de couper tout lien avec son ancienne vie, Thomas avait mis la maison de la 5ᵉ Avenue en vente en donnant aux œuvres de charité les derniers objets et meubles qu'il s'était procurés lorsque Mary vivait toujours. Désormais, ces années de sa vie étaient reléguées aux oubliettes.

En entendant la domestique se précipiter à la porte pour ouvrir, j'essuyai mes joues pour effacer les longs sillons de larmes. Si Thomas s'amenait pour me provoquer une dernière fois, je n'aurais pas la force d'alimenter la confrontation, ma tristesse était trop grande. Après avoir quitté Menlo Park avec tous les regrets du monde, me demander de partir de New York pour poursuivre ma carrière à Schenectady représentait une épreuve presque insurmontable. Je me pris à invoquer le ciel pour que ce ne soit pas lui.

Alors que les pas se rapprochaient de ma chambre, je me fis fort de retrouver la dignité suffisante pour conserver au moins mon emploi. La situation économique du pays était encore trop chancelante pour songer à offrir ma démission. Mon étonnement eut toutefois tôt fait de remplacer l'affliction sur mon visage, car ce fut une femme que ma domestique guida jusqu'à moi. Nulle autre que Mina Edison.

La domestique nous laissa seules au cœur d'un silence regorgeant d'embarras. J'ignorais si Mina avait conscience de pénétrer dans la chambre où Thomas avait dormi avec sa première épouse d'abord, puis avec moi, mais elle ne sembla guère se formaliser du décor. Elle ne s'en rendait probablement pas compte.

— Thomas vous a envoyée à défaut de pouvoir me faire face ?

— Il ne sait pas que je suis venue.

Elle se pencha pour ramasser les livres qui traînaient encore au sol et les déposa délicatement dans la boîte. J'évitai d'attarder mes yeux sur sa personne, je ne désirais pas voir si son ventre portait un signe de grossesse, cela aurait terminé de m'achever.

— Que puis-je faire pour vous, Mina ?

— Je souhaitais vous exprimer mes plus sincères regrets quant à la façon dont les choses ont tourné pour vous.

— Pourquoi ? Ma situation est pourtant enviable, non ? Peu de femmes peuvent se targuer de gérer une entreprise aussi productive que la Edison Machine Works. Ce n'est pas comme s'il m'avait jetée à la rue.

— Je parle de votre relation avec mon mari. Quelque temps avant notre mariage, il m'a confié avoir été très proche de vous.

Une cruelle envie de provoquer cette naïve jeune femme me prit soudain aux tripes et je passai à un cheveu de rétorquer qu'effectivement, nous étions si proches que nous avions à maintes reprises fait l'amour dans ce lit près duquel elle se tenait. Ma pensée traversa probablement l'air pour se rendre jusqu'à son esprit, car elle toussota timidement et avança un peu plus loin dans la pièce en s'éloignant du lit.

— J'admets ne pas approuver toutes ses décisions. Nous évitons d'ailleurs d'en débattre, puisqu'il connaît certaines de mes positions. Par exemple, je crois que vous ne devriez pas aller vous enfermer dans une usine au fond de nulle part alors que vous êtes tant appréciée des collègues de mon mari. J'ai peine à saisir vos motivations.

— Je devais faire un choix entre demeurer une gestionnaire, comme je le souhaite depuis des années, et me retrouver sur le trottoir, à la recherche d'un emploi en pleine crise. Vous, vous n'aurez jamais à travailler pour gagner votre vie. Pardonnez-moi, mais vous ne pouvez pas comprendre ma situation.

Réalisant que j'avais été très brusque et peut-être arrogante dans mes propos, je me repris :

— J'ai voulu être ambitieuse, dis-je sur un ton sardonique en continuant à fouiller mes tiroirs et en jetant la moitié de leur contenu dans la pile des objets qui iraient au dépotoir.

Et je ne pus m'empêcher d'ajouter :

— L'ambition corrompt tout ce qu'elle touche.

— Si vous vous mariiez, vous n'aurez pas à vivre ce genre de vie, à la merci des décisions de Thomas qu'il croit justes pour son entreprise.

— Sachez, Mina, qu'il n'y a qu'un seul homme que j'aurais pu épouser. Aujourd'hui, le mariage n'est plus une alternative que je considère. Je suis trop vieille pour me mettre en chasse d'un fiancé. Et de toute façon, cela ne m'intéresse pas.

— Vous parliez de Thomas, n'est-ce pas ? Vous étiez amoureuse de lui ? Ne me mentez pas, je vous en prie.

— Qu'est-ce que cela peut changer ? Il est heureux avec vous et moi, je ne suis pas le genre de femme que l'on désire épouser.

Je la sentis tressaillir devant cet aveu. Si Thomas ne lui avait pas tout raconté à notre sujet, Mina savait désormais que je nourrissais certains espoirs avant qu'elle ne surgisse dans sa vie. Elle s'approcha encore un peu plus de moi, cherchant par tous les moyens à obtenir mon attention alors que je m'obstinais à lui refuser mon regard.

— J'aurais de bonnes raisons de me montrer jalouse. Il ne m'a jamais vraiment dit qu'il ne vous aimait pas, il s'est contenté de répéter que les circonstances n'étaient pas adéquates, que vous désiriez autre chose. Est-ce la raison pour laquelle vous vous exilez ainsi ?

— Rassurez-vous, Mina, dis-je froidement. Cette partie de ma vie est bel et bien terminée. Thomas et moi avons mis un terme à notre histoire avant votre mariage. Je n'ai pas l'intention de revenir en arrière ni de vous dérober votre époux.

Soulagée par mes paroles, elle revint à la charge.

— Mais clairement, vous êtes malheureuse. Vous n'adressez plus la parole à Thomas depuis l'annonce de votre transfert à Schenectady.

— Je déteste l'idée de quitter New York. Cela n'a rien à voir avec Thomas.

Je laissai tomber mes épaules et portai la main à mon front.

— En fait, ce n'est pas vrai. J'ai le sentiment d'avoir perdu mon ami le plus cher, Mina. J'ose espérer que vous comprenez cela. Si j'avais pu prévoir que l'accomplissement de mes rêves ferait de nous des ennemis, j'aurais laissé tomber bien avant. Je n'aurais pas dû lui emboîter le pas à New York, il y a cinq ans. C'est la réussite qui nous a séparés.

À ma plus grande surprise, Mina redressa la tête et s'esclaffa. Je me rebutai devant sa réaction qu'elle fut prompte à expliquer.

— Oh, si vous saviez ! Mon mari a prononcé les mêmes paroles encore ce matin !

En secouant la tête, elle m'observa baigner dans mon désespoir et ajouta :

— Quelle paire singulière vous faites ! Vous êtes là, à vous morfondre dans vos coins sur cette amitié disparue quand, manifestement, vos esprits sont toujours en parfaite harmonie ! N'y a-t-il que moi pour voir l'évidence et tenter de trouver une façon de remédier à cette situation ? Évidemment, vous êtes tous les deux trop orgueilleux pour admettre à voix haute que cette discorde n'a aucun sens !

Elle s'approcha de moi et toucha mes mains. Je fus tentée de fuir ce contact au moment où la chaleur de ses doigts délicats entra en communion avec ma peau. Je ne désirais pas aimer Mina ou apprécier cette bienveillance, encore inexplicable, qu'elle semblait nourrir à mon égard. Car moi aussi, j'avais de bonnes raisons d'être jalouse, et je l'étais. Comme si je craignais qu'elle lise en moi, je baissai les yeux devant cette femme-enfant qui ignorait la force de ma passion à l'égard de son mari. Je la laissai parler, c'était préférable.

— Charlie, mes yeux sont grands ouverts. Thomas a besoin de vous. Il parle souvent de vous.

— Par les temps qui courent, ce ne doit être que pour me maudire !

— Effectivement ! dit-elle en permettant à un nouveau rire de jaillir de sa poitrine. Mais moi, je sais ce que cela signifie !

Elle fit une pause, le temps de m'observer par en dessous et de reprendre son sérieux.

— Il maudit surtout le fait de ne plus pouvoir vous consulter à tout moment de la journée. Si vous reveniez, la vie reprendrait son cours normal, l'esprit de mon mari retrouverait un peu de tranquillité et la vie serait meilleure pour nous tous.

— Que proposez-vous, Mina ? demandai-je, incrédule à l'idée qu'elle puisse faire quelque chose pour contrer mon départ.

— Eh bien, cela dépend de vous…

Elle appuya son coude sur le coin de la commode que je terminais de vider et chuchota, comme si l'on pouvait nous entendre :

— Samuel Insull est vraisemblablement sur le point de donner sa démission.

Pour la première fois depuis son arrivée, j'acceptai de plonger mes yeux dans les siens, n'y voyant, à ma plus grande surprise, que bienveillance et complicité.

— Vraiment ? Je n'en savais rien. Pourquoi ?

Elle haussa les épaules en affichant un petit sourire en coin.

— Ils ne sont pas parvenus à s'entendre. Insull est un peu comme vous : un ambitieux. Je crois qu'il réclamait le genre de position que vous avez obtenue et, devant l'impasse, il préfère lever les voiles.

La nouvelle du départ d'Insull me prit tant par surprise que j'offris à Mina de descendre avec moi pour le thé, ce qu'elle ne refusa pas.

Je priai ma domestique de nous servir au salon. Heureusement, je disposais encore d'un nécessaire à thé et de quelques denrées. Le piano que Thomas avait fait emporter quelques jours auparavant avait laissé un espace tristement vide dans le coin de la pièce, ce que la disparition des tableaux n'aidait en rien. Mina ne se formalisa pas du décor et prit place sur le bout du canapé, exactement là où s'asseyait Thomas lors de ses visites.

—Je crois que vous n'êtes pas la seule à regretter l'époque où vous travailliez tous dans une ambiance amicale et créatrice à Menlo Park. Cette époque lui manque aussi.

Oh, il ne le dit pas ainsi, mais de récentes conversations que j'ai eues avec lui m'ont fait comprendre qu'il souhaite recréer son environnement de jadis. Puisque vous ne vous parlez plus, vous l'ignorez sans doute, mais Thomas a décidé d'ouvrir un nouveau laboratoire de recherche, chez nous, à West Orange. Sans préciser la nature des projets sur lesquels il espère travailler, il m'a affirmé que ses usines fonctionnent suffisamment bien pour que sa présence quotidienne n'y soit pas nécessaire. Il désire redevenir un inventeur.

— Il a vraiment dit cela ?

Elle acquiesça en portant la tasse à ses lèvres et observa ma réaction. Une bouffée de joie me redonna espoir. Je savais bien que le sorcier ne pouvait se cacher très loin et que le costume de l'homme d'affaires finirait par lui peser. En me voyant hocher la tête de satisfaction, Mina sourit et m'exposa son plan.

— Si cela vous intéresse, bien sûr, je peux lui parler et tenter de le convaincre de vous reprendre à son service personnel, à la place de Samuel Insull.

Je compris donc que je devrais faire un choix. Retourner au poste résolument clérical qui m'avait tant ennuyée à mon arrivée à New York, mais travailler de nouveau auprès de Thomas, ou partir pour Schenectady et être loin du reste du monde. Loin de lui.

— Me donnez-vous votre accord pour aborder la question avec mon mari ? Lui dire que je vous ai parlé et que l'idée a eu l'air de vous plaire ?

— Et vous, Mina ? Accepterez-vous ma présence constante auprès de votre époux ?

— Notre mariage est solide, dit-elle tout bas, en soufflant sur son thé. Thomas m'a fait une promesse et il sait que je retournerais chez moi, en Ohio, s'il ne respectait pas son serment.

Certes, les paroles de Mina me firent mal. Mais la perspective de couper tout lien avec Thomas et partir pour Schenectady m'apparaissait bien plus terrible.

— Si vous dites vrai, Mina, et qu'il regrette également notre amitié, allez-y. Sondez le terrain en mon nom, à tout le moins.

Après son départ, encore plus confuse que je ne l'étais auparavant, je me fis fort de me remettre à mes bagages, mais le cœur n'y était plus. J'aurais voulu rappeler Mina, lui dire de laisser tomber, que ses efforts pour raccommoder la relation entre son mari et moi ne mèneraient qu'à plus de souffrance. M'éloigner définitivement de lui était encore la meilleure option, mais cela, je ne me l'avouais qu'à moitié. La vérité était que le vrai Tom me manquait. Le Thomas blagueur aux vêtements constamment poussiéreux ; le chercheur contemplatif et jovial qui remettait sans cesse en question les plus grands principes de base de la nature. De cet homme, j'étais encore amoureuse, et cela, malgré le fait que son épouse fût la jeune fille la plus charmante qu'il m'eût été donné de rencontrer.

❧

Je la regardais de près pour la première fois. Ayant trouvé un peu de temps pour aller marcher au port, je m'étais déniché un coin où flâner quelques minutes et j'avais fixé mes yeux sur elle. Par-delà un bras d'eau, sur l'île de Bedloe, se dressait la grande dame que nous avaient promis les Français ; la fameuse statue de la Liberté, dont j'avais déjà pu voir la tête à Paris, neuf ans auparavant. Mon ressentiment à l'égard de la France s'étant évaporé depuis longtemps, je dus reconnaître qu'elle était majestueuse, une véritable merveille. Alors que j'étais sur le point de quitter New York, je m'étais fait un devoir de passer par là et ma promenade s'était étirée en plus d'une heure de contemplation. Je n'y voyais plus un symbole de la domination de la France, la statue était beaucoup trop américaine pour cela. Elle semblait veiller sur le pays à ses pieds et élever sa torche pour traduire parfaitement notre passage du noir à la lumière.

Encore impressionnée, je préférai marcher pour m'en retourner et empruntai Broadway jusqu'à Liberty Street où m'emmenait ma curiosité. Des rumeurs s'étaient mises à courir et il me fallait faire ma propre petite enquête. En parvenant à la hauteur du 89, je ralentis mon pas et observai les alentours. Batch ne m'avait donc pas menti. Sur une affiche sombre se détachait une inscription dorée éloquente : Tesla Electric Company.

Par crainte de passer pour une espionne à la solde d'Edison, je demeurai du côté opposé de la rue, mais mon désir d'en savoir plus m'attira là comme un aimant. Je n'avais pas vu Nikola Tesla depuis longtemps, j'avais simplement su qu'il traînait toujours dans les rues à défaut de pouvoir trouver un emploi décent, mais cette affiche me prouvait que son entêtement avait porté fruits. Je serrai les lèvres et pris mon courage à deux mains. J'entrai dans la boutique.

Il n'y eut pas âme qui vive pour m'interpeller alors que je pénétrais dans l'antre de l'étrange personnage. Le repaire était d'ailleurs à l'image de celui qui l'habitait ; sombre et regorgeant d'appareils plus singuliers les uns que les autres, ressemblant parfois à des engins de torture. J'avançai lentement entre les structures métalliques, me rendant compte, à force de les étudier, qu'il s'agissait de modèles de moteur au courant alternatif dont Tesla possédait la paternité et qu'il exposait au bénéfice de ses visiteurs.

— Il y a quelqu'un ? lançai-je, mais pas trop fort, comme si je désirais me laisser la chance de ressortir avant que l'on m'ait vue.

Des pas se mirent à tambouriner sur la mezzanine, puis une longue silhouette se pencha au-dessus de la rampe.

Tesla, qui ne me vit pas immédiatement, cherchait d'où provenait la voix en essuyant ses mains noircies d'huile. Ma robe et mon large chapeau à plumes eurent tôt fait de l'intriguer et sans me reconnaître encore, il se précipita dans l'escalier. J'eus le temps de compter vingt-sept pas avant qu'il ne s'interrompe. Il n'avait pas changé. Je fis volte-face en sa direction et levai le menton pour lui montrer mon visage. Sous sa moustache, ses lèvres se gonflèrent d'un sourire et il secoua l'index.

— Je savais qu'il ne s'agissait que d'une question de temps ! Vous voyez donc que je ne vous mentais pas !

— Effectivement, Tesla. Vous voilà doté d'une jolie boutique, ce qui signifie, bien sûr, que vous êtes parvenu à impressionner l'un de ces richissimes New-Yorkais.

— Alfred Brown est désormais mon associé, je suis sur le bon chemin !

Il ne parla plus tout au long du trajet qui le mena juste devant moi. Il était trop préoccupé à compter ses pas et à s'assurer qu'il ne marchait pas sur les lignes du parquet.

— Et mon offre tient toujours ! reprit-il enfin. Si vous êtes là, c'est qu'Edison a fini par montrer son vrai visage à vous aussi, n'est-ce pas ?

— Oh, pour me l'avoir montré...

— J'ai entendu parler de la grève de la Edison Machine Works. Ce tyran a eu ce qu'il méritait. Et j'imagine que vous avez été congédiée à la suite de cette rébellion ?

Je me contentai de dodeliner la tête de gauche à droite, sans lui donner de réponse claire. En revanche, je tentai de le faire parler de ses projets.

— Des rumeurs affirment que Westinghouse aurait entamé des pourparlers avec vous, Tesla. Y a-t-il une part de vérité dans ces propos ?

En toute sincérité, j'y allais tout à fait au hasard, juste en additionnant deux et deux. Si Westinghouse avait une seule once de conscience de ce qui s'était produit dans le monde de l'électricité depuis cinq ans, il savait assurément qu'en engageant Nikola Tesla, il disposerait de tous les secrets des industries Edison. L'alliance était logique. La réponse de Tesla me fit sursauter.

— Oui, tout à fait. L'un de ses assistants est venu récemment s'informer de mon travail et je crois avoir eu droit à de bons mots. L'unique raison me faisant encore hésiter est qu'en acceptant de travailler pour George Westinghouse, je devrai aller m'établir à Pittsburgh. Je dois d'abord trouver une personne de confiance pour gérer mes bureaux de New York...

J'eus un rire nerveux et fis mine de ne pas avoir saisi l'insinuation qu'il appuya à l'aide d'un clin d'œil.

Il m'entraîna lentement vers l'arrière-boutique alors que j'examinais les divers modèles de moteur polyphasé qui se dressaient de part et d'autre de la salle. Leur conception était esthétiquement très différente de tout ce qu'il m'avait été donné de voir dans les entreprises Edison. Il m'apparut évident qu'il avait choisi de se détacher le plus possible en créant une marque très personnelle que l'on ne pouvait absolument pas confondre. Il me proposa de retirer mon manteau, ce que je refusai. Je ne désirais pas afficher trop d'ouverture. Déjà, j'avais l'impression de commettre un acte de trahison juste à respirer le même air que Tesla. Mais lui, croyant que j'étais venue pour le supplier de me trouver une place chez lui, dévoila d'emblée la façon dont il envisageait l'avenir.

— Si je m'associais à Westinghouse, ce ne serait que dans la poursuite d'un seul objectif: pousser Edison à la ruine. Selon ce que m'a confié son homme, Westinghouse croit également que les industries Edison sont vouées à la disparition en raison de l'avènement du courant alternatif. Et il a les moyens d'acquérir tous les brevets nécessaires pour qu'aucun autre que lui ne puisse produire des ampoules incandescentes alimentées par des génératrices au courant alternatif. Il éliminera sa concurrence immédiate et ensuite, il sera seul au sommet pour affronter Edison.

— George Westinghouse n'avait pourtant jamais semblé intéressé par l'électricité avant de mettre la main sur tous ces brevets. Êtes-vous certain d'avoir envie de répondre aux ordres d'un homme qui, techniquement, a tout à apprendre ?

— Ce sont les affaires, Charlie ! On se fiche de qui invente quoi. Je juge la manière de fonctionner de Westing-house beaucoup plus logique et efficace que celle d'Edison. Sans compter que si je décidais d'accepter de travailler pour lui, il gagnerait ma compétence et ma technologie. Ce sera suffisant pour lui faire remporter la victoire.

Avec une arrogance remarquable, Tesla haussa le menton et éclata d'un rire sournois avant de poursuivre :

— Thomas Edison est le seul scientifique que je connaisse qui puisse perdre son temps à chercher une aiguille dans une botte de foin ! Ah, il s'épargnerait bien quatre-vingt-dix pour cent d'efforts s'il possédait une véritable technique, mais il ne sait pas travailler efficacement ! Par ailleurs, je prédis qu'il mourra jeune ! Son hygiène de vie est si pitoyable qu'il chopera un microbe mortel un jour ou l'autre !

Je toussotai afin de contenir ma colère. Cet homme qui provenait assurément d'une autre planète, qui comptait chacun de ses pas, qui refusait de toucher ne serait-ce que la main d'un autre être humain par peur d'en mourir, n'avait de leçon de vie à donner à personne.

— Là-dessus, vous exagérez, Tesla.

Il pressa un mouchoir devant son nez comme si la pensée d'Edison le dégoûtait. Combien de temps un homme aussi pragmatique que Westinghouse tolérerait-il ce personnage ? Le temps qu'il lui faudrait pour couper les jambes d'Edison, assurément. Grâce à Tesla, toutefois, j'en avais suffisamment appris sur nos rivaux pour en avoir long à raconter, mais il s'agissait maintenant de ne pas le laisser sur une ambiguïté.

— Vous êtes donc à la recherche d'une personne pour gérer votre entreprise advenant le cas où vous accepteriez d'aller à Pittsburgh ?

— Oui, c'est exact. Charlene, je ne peux croire que vous souhaitiez enfin joindre le seul clan qui survivra à cette guerre !

Je haussai les épaules.

— J'aime les gagnants. Et comme vous, je place toute ma foi en l'unique véritable technologie de l'avenir. Je vais y réfléchir sérieusement, Tesla.

Alors que je me préparais à partir, il serra ses doigts dans un geste rempli d'anxiété et d'excitation prématurée.

— Revenez me voir la semaine prochaine ! J'aurai eu l'occasion de parler personnellement à Westinghouse et nous pourrons ensuite conclure notre propre petite entente.

— C'est cela, Tesla. Entretenez-vous avec lui.

Aveuglé par la victoire qu'il se voyait déjà remporter, il ne sut interpréter le ton de ma voix. À la suite de cet entretien, mes doutes se dissipèrent et je sus exactement ce qui me restait à faire.

Chapitre 31

« AVERTISSEMENT »

À West Orange, nous avions été miraculeusement épargnés des conséquences de la tempête apocalyptique qui avait paralysé tout New York. Nous avions certes reçu notre lot au nord de Newark, mais New York avait été littéralement enterrée sous vingt-deux pouces de neige, les avenues étant encore impraticables deux jours après le blizzard. Le plafond presque opaque de fils électriques de toutes sortes s'était effondré et les enchevêtrements hautement dangereux pour la population ne semblaient pas un motif suffisant pour convaincre les autorités de New York de couper le courant le temps d'enlever les câbles des bancs de neige où ils étaient tombés. Cette tempête avait pris tout le monde par surprise et en plus de soixante-dix ans, on n'avait rien vu d'aussi terrible.

Thomas affichait un visage indéchiffrable alors qu'il parcourait l'article que j'avais déjà eu l'occasion de lire avant de lui porter son exemplaire du *New York Sun*. Assise devant lui, je vis d'abord son front se contracter devant la pathétique histoire relatée ce jour-là en première page du quotidien.

À cause du blizzard, une quantité importante de fils s'étaient détachés des poteaux où ils étaient fixés et un jeune garçon, un immigrant roumain âgé de quinze ans, ignorant le danger, s'était mis à s'amuser avec l'un des câbles qui pendaient librement, jouant à le pousser tout autour du poteau en s'y agrippant la main. Des passants témoignaient avoir vu le corps du garçon se raidir de façon soudaine, puis tomber dans la neige, secoué de spasmes, tandis que sa bouche crachait de l'écume. Le garçon fut déclaré mort avant même l'arrivée des secours qui, de toute façon, avaient difficilement pu se frayer un chemin dans les rues trop encombrées. L'article était titré : *Mort par le câble électrique*, et les éditoriaux y allaient de virulentes invectives à l'endroit des autorités de la Ville de New York en insinuant que si un homme de Wall Street avait été celui à mourir sur le trottoir ce jour-là, des solutions auraient été rapidement trouvées pour protéger la population de ce type d'accident. Mais puisqu'il s'agissait d'un jeune immigrant, la campagne de camouflage avait fait son travail et le garçon avait même été blâmé pour son imprudence.

Thomas releva les yeux et se mit à les promener sur le plafond de la pièce comme s'il tentait d'y lire un texte en hiéroglyphes. Je comprenais son expression. Il en était à chercher un moyen de faire tourner cette histoire à son avantage, conscient qu'une déclaration officielle serait bientôt exigée de lui par la presse.

Peu après ma rencontre avec Nikola Tesla, j'étais revenue dans l'univers immédiat de Thomas Edison. Cela faisait maintenant un an que j'occupais le poste d'assistante personnelle, constatant qu'il s'agissait de ma juste place. J'avais cru être encore une fois reléguée à un boulot ennuyant, mais Thomas, éternellement indulgent à mon endroit, s'était rendu à l'évidence que j'étais son soldat le plus valeureux. Il m'avait trouvé une nouvelle vocation tout adaptée à la rage de vaincre qui grondait en moi, celle-ci doublée d'une absence totale de pitié envers les ennemis qui gagnaient en puissance. J'étais devenue sa plume. Jusque-là, j'avais ignoré posséder une certaine habileté à rédiger des éditoriaux mordants auxquels les porte-parole de Westinghouse peinaient à répondre, mais j'en retirais une satisfaction exponentielle. Quelques mois auparavant, nous avions prédit que le courant électrique ne pouvait entraîner que la mort à quiconque l'approchait imprudemment et avec l'électrocution du jeune Roumain, nous disposions désormais d'une preuve irréfutable. L'image était déjà implantée dans l'esprit du public grâce aux descriptions de la scène faites par tous les journaux de New York. Il ne nous restait plus qu'à prendre cette peur qui venait de naître dans l'esprit des gens et la transférer au courant alternatif.

— Charlie, je crois que cet article est suffisamment éloquent en lui-même et notre devoir est maintenant de rappeler aux gens à quel point nous avions vu juste. Que nous avions prévu cette malheureuse issue. Que nous seuls, aux entreprises Edison, sommes qualifiés pour manipuler le courant électrique. Et que personne ne doit par conséquent faire confiance aux improvisateurs de ce monde comme Westinghouse.

— Donne-moi carte blanche, Thomas, je t'en supplie. Le moment ne saurait être plus idéal pour frapper.

— Un enfant est mort. Il ne s'agit plus d'une simple guerre entre deux puissances industrielles. Le public se sent interpellé par cette histoire. Oui, tu as carte blanche, Charlie. Je suis trop enragé par cette inconscience pour faire preuve de délicatesse. Nous devons nous rallier l'opinion publique sans attendre, prouver que nous sommes les seuls experts.

Après un geste déterminé de la tête, je filai à mon bureau, une pièce de la taille d'un placard dans le manoir de Glenmont que Thomas avait consenti à me laisser. Quelques secondes seulement plus tard, j'entendis glisser au sol la chaise de Thomas et il me rejoignit à pas rapides.

— Charlie, attends, je viens juste d'avoir une idée ! Nos articles dans les journaux sont certes utiles pour exposer notre point de vue, mais ils ne suffisent pas. Il faut sortir en beauté cette fois.

Le rictus en coin qu'il affichait me fit froncer les sourcils. Il était prêt à passer à une autre étape, à reprendre entièrement le contrôle sur le domaine qu'il jugeait sien : l'électricité. Préparant ma plume et mon encrier, j'ouvris les oreilles, intriguée.

— Qu'as-tu en tête ?

— Il faut nous présenter comme seuls et uniques porte-parole de la sécurité dans l'utilisation du courant électrique, nous imposer comme *la* référence et le faire d'une façon si éclatante que le commun des mortels prendra nos paroles pour ce qu'elles sont : la vérité absolue. À la place d'une lettre adressée aux journaux, je veux que tu constitues un document révélant clairement et d'une manière très officielle les dangers mortels du courant alternatif. Je vais prouver à tout le monde que nos rivaux n'ont aucune idée des risques auxquels ils confrontaient le public. Cela nous achètera la victoire au moins pour un temps.

— Pour un temps ? Tu les crois encore capables de rétorquer quelque chose après ce qui est advenu au petit Roumain ?

— Oh, ils le feront s'ils souhaitent éviter la ruine. Les hommes contre qui nous nous battons ne sont pas du genre à se laisser piétiner sans rien dire.

— D'accord, combien de pages désires-tu ?

— Le plus possible. Il faut faire peur aux gens, démystifier l'électricité et aborder tous ses dangers jusqu'à ce qu'il ne subsiste plus rien à en dire. Nous les laisserons dans l'obligation de s'expliquer, tandis que nous aurons procédé à l'offensive les premiers.

Mordillant le bout de ma plume, je songeai à mon texte alors que Thomas me promettait une importante contribution.

— Je révélerai tous les petits secrets qui, jusqu'à présent, étaient jalousement préservés dans les archives des cours de justice et du bureau des brevets. Le public saura en quoi les lampes de mes rivaux sont des violations de mes propres brevets. J'ajouterai en guise de preuve tous les diagrammes essentiels et toutes les explications requises.

— Tu ne crains pas d'encourager la contrefaçon en fournissant ainsi les détails de la fabrication de l'ampoule ?

— Mes avocats se chargeront du reste. À compter de maintenant, il y aura une véritable battue, un carnage comme le monde industriel n'en a jamais connu. Westing-house regrettera de ne pas en être resté à ses fichus freins à air comprimé. Il verra que de l'électricité, je suis maître, et qu'il n'aurait pas dû venir jouer sur mes terres.

— Alors, commençons tout de suite, Thomas ! m'écriai-je en frottant mes mains l'une dans l'autre pour me préparer à l'attaque.

Tandis que Thomas rassemblait les documents et esquisses nécessaires pour prouver que les ampoules de ses rivaux violaient depuis longtemps ses droits d'auteur, je me consacrai à la rédaction d'un feuillet assassin à propos des dangers du courant alternatif avec, à l'appui, les différents niveaux de voltage employés dans chaque système, ajoutant des exemples concrets pour le public qui ne connaissait pas leurs effets. Un second accident qui se produisit à la même époque nous effraya et nous confirma que le monde avait besoin d'être informé. Un employé de la Western Union qui réparait l'une des connexions arrachées par la tempête et qui se trouvait debout sur un échafaud devant les fenêtres du cinquième étage d'un édifice commercial avait été violemment électrocuté. Les secours avaient dû récupérer son corps qui pendait par une seule jambe au-dessus du trottoir, de quoi donner la frousse au plus endurci des New-Yorkais. On avait de nouveau demandé à Edison de commenter dans les journaux, mais il préféra se taire jusqu'à la parution de notre feuillet. Thomas eut également l'idée de relier celui-ci d'une feuille de carton écarlate et nous le titrâmes d'un seul mot, inscrit en grosses lettres noires au milieu de la couverture : « AVERTISSEMENT ». Je frissonnai moi-même en observant le produit fini. Quatre-vingt-quatre pages de pure colère.

— Il faut le tirer à des milliers d'exemplaires, les distribuer en masse dans les endroits publics et dans toutes les industries. Les gens doivent comprendre que j'ai pris la situation en main, que je suis là pour les prévenir de la mort qui les guette s'ils cèdent à la facilité des systèmes alternatifs.

L'exercice coûta très cher, nous demanda des semaines de travail, mais assurés de l'impact qu'il aurait sur la population et, surtout, sur nos compétiteurs, nous étions prêts à y mettre tout notre temps. Il ne nous resta ensuite qu'à attendre les répercussions.

◦⇝◉

Mina était enceinte. Son état était encore peu apparent, mais elle nous en avait fait l'annonce lors d'un dîner à Glenmont auquel assista aussi Charles Batchelor ainsi qu'Edward Jonhson. Dash et William vivaient désormais avec leur père et, entre leur tuteur, les domestiques et Mina, ils disséminaient leur affection au gré des attentions qu'ils obtenaient des uns et des autres. Sous la menace d'être envoyée au pensionnat, Dot s'était vue contrainte d'accepter la nouvelle situation, se plaisant toutefois à passer du temps avec moi lorsque Thomas le lui permettait. Grâce à l'aide de Thomas, j'avais pu trouver une demeure tout à fait charmante dans Main Street, à West Orange, non loin du laboratoire où, à ma plus grande joie, les recherches sur le phonographe se poursuivaient. J'y travaillais plusieurs jours par semaine, mais j'aimais beaucoup trop participer à la guerre pour laisser Thomas seul devant ses rivaux.

Je sursautai lorsque la sonnerie tapageuse du téléphone me tira de mon sommeil au beau milieu de la nuit et maugréai le nom de Thomas en enfonçant mon poing dans mon oreiller. Il avait tenu à ce qu'un téléphone soit branché chez moi afin de lui permettre de me joindre à tout moment. Par mesure de précaution, j'avais fait installer l'appareil dans ma chambre, mais la virulence de la sonnerie me faisait regretter ma décision chaque fois qu'une pensée soudaine poussait Thomas à partager avec moi le produit de ses cogitations. Cette nuit-là, sa voix n'était guère enjouée. Je me redressai bien droit dans mon lit et m'informai immédiatement de l'état de santé de Mina. J'avais eu ma leçon avec Mary.

— Elle va bien, ne t'en fais pas. Tout le monde va bien. Mais je dois te parler sans attendre.

— Est-il arrivé quelque chose de fâcheux, Thomas ?

Il y eut un long silence au bout du fil. Notre feuillet avait eu une incidence encore plus grande que nous l'avions espéré et je craignais maintenant que Westinghouse choisisse une façon peu orthodoxe de répliquer. Car nous ne connaissions pas cet homme. Peut-être avait-il à sa solde quelques voyous prêts à s'en prendre physiquement à Thomas ou à allumer un incendie dans l'une ou l'autre de ses usines. En fait, cette idée ne me quittait pas depuis la parution de l'AVERTISSEMENT et j'avais désormais très peur pour sa sécurité. Nous nous battions contre des personnes très déterminées et très puissantes, même si Thomas se plaisait à amoindrir leur force de frappe et à se moquer d'eux ouvertement.

— Tom, réponds-moi. T'est-il arrivé quelque chose ?

— Je suis en miettes, Charlie. J'ai besoin de toi, tout de suite. Tu peux venir ?

— Certainement. Donne-moi une demi-heure.

Consciente que cet appel marquait le début de ma journée de travail, je pris le temps de me laver avant d'éveiller ma chère Tilly qui avait accepté de demeurer à mon service à West Orange.

— Aide-moi à m'habiller, c'est urgent!

Je tremblais d'inquiétude. Les mains à plat sur ma commode, je laissai mon corps être entraîné par les rudes mouvements de ma domestique alors qu'elle serrait et nouait mes vêtements, m'abandonnant à ses soins tandis que le désespoir de Thomas jouait en boucle dans mon esprit.

— Va te recoucher maintenant, je t'appellerai pour te dire si je reviens pour le souper.

Peu accoutumée au téléphone, Tilly détestait devoir répondre à l'appareil, incertaine s'il fallait dire quelque chose où laisser la personne à l'autre bout du fil parler en premier. J'avais tenté de lui inculper l'habitude de Thomas de saluer simplement l'interlocuteur d'un «allô» en décrochant le récepteur, mais elle s'y faisait difficilement.

Je m'emparai de tout ce dont je croyais avoir besoin pour passer la journée auprès de lui et quittai la maison à trois heures du matin. Je n'avais que quelques mètres à franchir avant d'arriver à Glenmont, mais je surveillai mes arrières tout au long du chemin. Sans en aviser Thomas, je m'étais procuré un petit revolver dès l'instant où j'avais pris conscience des dangers nous guettant, et je ne faisais confiance à aucun passant qui croisait ma route au beau milieu de la nuit. Je tenais mon sac très près de mon corps et marchais tel que je le faisais dans les rues de New York; le menton bien haut et le dos raide.

Utilisant la clé que m'avait donnée Thomas, j'ouvris la grille de Llewellyn Park en tournant la tête à gauche et à droite. Je m'assurai de la verrouiller correctement ensuite et me sentis un peu plus rassurée alors que je remontais l'allée menant à la résidence. Le temps était très doux.

Chaque fois que je devais emprunter ce chemin jusqu'à Glenmont à cette heure de la nuit, j'avais envie de m'attarder pour savourer la paix que m'inspiraient les lieux, mais toujours pressée par un appel de Tom, je n'en avais jamais eu l'occasion. N'eût été des circonstances, j'aurais adoré ces moments où nous nous retrouvions seuls ensemble comme à Menlo Park. Mina avait eu parfaitement raison. Il était parvenu à en recréer l'atmosphère et je la percevais dans chacun de mes pas sur la neige tapée du sentier et dans chacune de mes longues inspirations lorsque je relevais la tête pour observer la couleur du ciel nocturne. Tout compte fait, peut-être était-ce l'esprit d'Edison que je percevais dans l'air entourant l'endroit où il avait choisi de se baser. Il était à parier qu'un retour à Menlo Park à ce point-ci n'aurait engendré que désillusions : il ne devait plus rien subsister de lui là-bas.

Grâce à ma seconde clé, je pénétrai en silence dans la demeure. Thomas s'était assuré d'allumer quelques lampes au rez-de-chaussée en prévision de ma venue et je pus me diriger vers l'escalier sans me prendre les pieds dans l'une de ses fichues peaux d'ours. Il les appréciait parce qu'elles étaient des présents d'admirateurs du Canada, mais je détestais voir leurs têtes empaillées reposer dans un sommeil perpétuel sur les parquets de Glenmont.

Le bureau était peu éclairé. Dans son fauteuil, Thomas faisait face à la fenêtre, ce qui signifiait qu'il m'avait vue gravir l'allée. Un cigare se consumait dans le cendrier et, un coude appuyé sur le bras du fauteuil, il massait ses paupières en respirant profondément, comme s'il tentait de réprimer une forte émotion. Je lui redemandai si tout le monde se portait bien.

— Ce n'est que moi, Charlie. Je suis en train de faire le deuil de moi-même.

Ébranlé dans les moindres recoins de son être, il refusait de me faire face, probablement pour ne pas avoir à me montrer à quoi Edison ressemblait lorsqu'il était défait. Il leva la main et me tendit en la secouant une lettre qui se froissait entre ses doigts.

— Lis, tu comprendras.

Je me penchai sous la lampe et pris connaissance de la missive, croyant au départ qu'il s'agissait bel et bien de menaces de la part de notre rival. Mais je n'y étais pas du tout. À la suite de ma lecture, je ne pus que m'effondrer sur le siège devant le bureau, mon souffle prenant tout naturellement le même rythme que celui de Thomas.

— C'est horrible!... C'est parce que nous avons trop bien réussi, n'est-ce pas? questionnai-je en m'étirant au-dessus du bureau afin d'être à portée de sa bonne oreille.

Il se retourna. Son visage portait l'empreinte de la déception, de la colère et de l'incompréhension.

— Qui est ce docteur Southwick? Tu le connais?

Il secoua la tête de gauche à droite.

— Cet homme est membre de la Commission Gerry, commandée par le gouverneur de l'État de New York.

— Il s'agit donc d'une affaire sérieuse et officielle?

— Officielle, oui.

J'avais entendu parler de la Commission Gerry dans les journaux, mais je n'aurais jamais pu imaginer que Thomas Edison aurait son rôle à jouer dans les débats y faisant rage depuis quelque temps.

— C'est vers moi qu'ils se retournent, Charlie. C'est à moi qu'ils demandent d'établir la méthode. Quand suis-je donc devenu un expert de la mort par électrocution?

— Depuis la sortie de l'AVERTISSEMENT, Thomas. Ces hommes ont compris que toi seul étais suffisamment accoutumé au courant électrique pour savoir quelle est la meilleure façon de tuer un homme.

Mes paroles, trop directes, le firent tressaillir. La Commission Gerry avait été formée pour encourager l'abolition de la pendaison au profit de la mise à mort par électrocution. Le gouverneur de l'État de New York avait d'abord demandé à ce que les pendaisons de criminels ne soient plus publiques. L'exécution d'un homme pouvait peut-être encore passer pour un bon spectacle dans l'Ouest, mais on jugeait que cette exhibition n'avait plus sa place dans le monde civilisé. Les pendaisons avaient donc désormais lieu dans les enceintes fermées des prisons. Une méthode alternative était néanmoins recherchée et tandis qu'Edison signait un feuillet clamant qu'un contact avec le courant alternatif pouvait entraîner la mort en quelques secondes, on jugeait pertinent d'orienter le débat en ce sens. Thomas s'avérait être l'électricien en qui l'on avait le plus confiance pour déterminer la façon de procéder.

— Je préférerais me faire moi-même brûler la cervelle que d'avoir droit de parole…

— Ils n'ont pas compris l'objectif premier de ton feuillet, Thomas. Ces hommes ignorent tout de la guerre nous opposant à Westinghouse, ils n'ont pas fait le lien. Ce ne sont que tes compétences d'électricien qu'ils réclament.

— Mais pour tuer, Charlie. Pas pour éclairer leurs salons. Pour tuer.

— La peine capitale est un mal nécessaire. Elle existe depuis que le monde est monde et l'envie des hommes de voir les criminels payer pour leurs actions ne changera jamais. Si ta contribution peut faire en sorte d'abréger les souffrances, peut-être vaut-il mieux les conseiller.

— Ne me dis pas qu'après onze ans à me côtoyer, tu n'as pas compris quel type d'homme j'étais. La mort… Je ne veux rien avoir à faire avec elle.

S'agitant de plus en plus sur son fauteuil, il finit par se lever pour se mettre à marcher nerveusement derrière moi.

— Tout ce que j'ai fait jusqu'à présent, c'était au nom du progrès de l'humanité. J'ai désiré servir la vie et l'élever vers ce qu'elle avait de plus pur. J'ai voulu faire la lumière sur le monde, l'ouvrir à lui-même, lui donner la capacité de vivre en dépit de l'obscurité. Je n'ai jamais désiré la mort de quiconque, je ne veux pas que mon nom serve cette cause.

— Alors, refuse, Thomas. Personne ne t'oblige à participer à ce en quoi tu ne crois pas.

Angoissé, il interrompit ses pas juste derrière mon dos et empoigna mes épaules en les serrant si fort que je dus réprimer un gémissement.

— Oui, c'est cela, Charlie. Je dois refuser, mon nom demeurera intact.

Il s'accroupit près de moi, comme il le faisait chaque fois qu'il était sur le point d'exiger quelque chose de ma personne.

— Veux-tu rédiger ma réponse? Tu écris beaucoup mieux que moi, tu trouveras les mots justes.

— Que je parle en ton nom?

— Oui.

J'étais horrifiée à l'idée de me retrouver plongée personnellement au cœur de cette question épineuse. Mais je consentis et fus soulagée de voir la poitrine de Thomas se libérer de son étau pour respirer de nouveau.

— Je m'y mets tout de suite. La lettre partira avec le courrier de ce matin.

S'il avait choisi, à ce moment précis, de monter à sa chambre pour se coucher auprès de Mina, ma passion eût été moins grande à défendre sa moralité, mais il ne commit pas l'impair de m'abandonner. Il descendit brièvement à la cuisine pour prendre un plateau de sandwichs et le déposa sur mon bureau en ajoutant un pichet d'eau tandis que le café chauffait sur le poêle. Lorsque le ciel commença à pâlir résolument, j'avais déjà mon esquisse finale de la lettre que nous enverrions au docteur Southwick de la Commission Gerry.

Docteur Southwick,

Je me dois d'abord de vous exprimer toute ma gratitude quant à la confiance que vous portez en mes connaissances. Vos compliments au sujet de mes récents travaux furent reçus avec joie, par ma famille ainsi que les membres de mon équipe, sans qui rien n'aurait pu être concrétisé. Il me faut cependant vous dire que ma conscience s'est vue fort éprouvée par le motif vous poussant à me consulter dans cette affaire. Qu'il soit dit et souligné à multiples reprises que je suis tout à fait contre votre projet. Non seulement mon humanité s'oppose à l'idée d'employer une énergie aussi miraculeuse que l'électricité pour mettre à mort les criminels qui pullulent dans les prisons de l'État, mais je juge la peine capitale cruelle, insensée, indigne des hommes civilisés que nous disons être devenus. De tous les souvenirs que mon passage sur terre laissera aux générations futures, le dernier que je souhaite donner en héritage est celui d'un homme dont le nom sera associé à ce nouveau tourment. La torture, même du criminel le plus dangereux qui soit, ne m'apparaîtra jamais comme une solution durable. Elle représente plutôt la barbarie de laquelle nous désirons pourtant nous extirper en tant que peuple. Pourquoi ne pas l'abandonner aux civilisations anciennes qui la tenaient pour un mal nécessaire ? Que vaudra aux fiers Américains que nous sommes de nous associer aux souffrances liées jadis à l'idée de rédemption ? Je vous le demande.

Par conséquent, je me vois dans l'obligation de refuser votre requête. Rien ne saurait me convaincre d'y accéder, ni l'argent ni un ordre formel de monsieur le gouverneur de l'État de New York. Peut-être serait-il préférable de vous adresser à un membre du corps médical qui saura vous renseigner quant à la biologie humaine et à la façon adéquate de mettre un terme à la vie sans souffrance.

Thomas Edison

— Je crois que tout a été dit, Charlie.

— Tu pourras dormir maintenant ?

— Oui. Je n'aurais pas pu vivre avec un tel poids sur les épaules.

Il contourna le bureau et prit mon visage entre ses deux mains pour déposer un long baiser tout près de ma bouche. Ma main s'enroula autour de son poignet tandis que je respirais le parfum de sa peau. Lorsqu'il se détacha de moi, je me pris à espérer l'entendre dire qu'il montait enfin se coucher.

— Viens, allons boire un café et ensuite nous irons au laboratoire, j'ai des choses à te montrer !

Non, il ne dormait pas davantage qu'auparavant ni n'était plus sage. Ma lettre l'ayant délesté de son désespoir et de son angoisse, Thomas était prêt à recommencer à s'amuser avec le phonographe en oubliant ces questions trop sombres pour sa magnanimité. Sa noblesse d'esprit, par contre, était sur le point de s'effriter. En ce début d'aurore, il ignorait à quel point son pire rival était déterminé à le faire chuter. Et toute l'obscurité que Thomas Edison cachait en lui se montrerait bientôt à la face du monde.

Chapitre 32

La mort par électrocution

George Westinghouse était déchaîné. Avec l'aide de Nikola Tesla, il avait pris le temps d'étudier chaque brevet existant au sujet de l'ampoule incandescente et avait décidé de mettre publiquement en doute la légitimité de l'invention de Thomas Edison. Westinghouse avait acheté les brevets de Farmer, Maxim et de Weston et clamait devant la justice qu'Edison était celui à avoir violé les certifications d'invention appartenant, selon lui, à des hommes ayant travaillé sur la lampe incandescente bien avant lui. Thomas était maintenant traîné devant les tribunaux, par Westinghouse, pour avoir commercialisé la lampe en la copiant, supposément, sur celle de ses légitimes créateurs.

Malgré sa colère terrible, Thomas était tout de même capable de voir que Westinghouse ne l'attaquait ainsi qu'en réponse à son AVERTISSEMENT. Thomas avait désiré utiliser l'opinion publique, Westinghouse employait ce qui était à sa portée : les tribunaux. L'argent, encore une fois, serait le nerf de la guerre. Westinghouse avait les moyens de s'allier des avocats, des juges, les membres du bureau des brevets, mais Thomas disposait de ressources non moins négligeables : la célébrité et l'admiration du public. Mais l'assaut le toucha durement. Si Westinghouse l'emportait devant la cour, Thomas serait contraint de fermer boutique. Aussi absurde que ce fût, il n'aurait plus le droit de produire la lampe incandescente à moins de payer les redevances nécessaires à l'homme en possession des brevets, en l'occurrence George Westinghouse. Nous ne sûmes de quelle façon réagir, il ne nous restait plus qu'à témoigner du travail accompli à Menlo Park et abandonner notre sort entre les mains des avocats de la Edison Illuminating Company.

Thomas devait trouver une façon plus insidieuse de poursuivre la guerre. L'idée d'attendre le dénouement des procédures judiciaires et d'espérer pour le mieux n'était pas une option dans son esprit. Il n'y avait pas de meilleur moment que la nuit pour cogiter sa réplique. Et il y songea longuement. Ce ne fut pas uniquement sous l'effet de la rage qu'il décida de pervertir la pureté de son esprit. C'était la logique de l'homme acculé au pied du mur.

Très tard un soir, il me demanda d'écrire une nouvelle lettre au docteur Southwick. Il venait de réviser ses positions.

— Non, Thomas. Je t'interdis de faire cela !

— Tu ne comprends pas, Charlene, Westinghouse me détruira, il me conduira à la ruine ! cria-t-il, les mains bien à plat sur son bureau alors que je grimaçais en lui faisant signe de baisser la voix afin de ne pas alerter sa femme.

La pauvre Mina était venue me voir au cours de la journée. Au bord des larmes, elle disait ne plus reconnaître son époux. Elle n'avait plus disposé d'un seul moment en sa compagnie depuis le commencement des hostilités entre Westinghouse et lui, et elle caressait son ventre pour tenter de se rassurer dans son affliction. Se surimposant à son visage, m'était apparu celui de Mary qui avait exprimé les mêmes plaintes, affiché la même douleur, des années auparavant. Mina faisait encore plus pitié à voir dans toute cette douce innocence qui émanait d'elle. À vingt ans, elle ne comprenait pas la teneur du combat, elle ignorait comment gérer un Thomas Edison sur le pied de guerre. Elle en était à apprendre comment être une mère, ce qui, déjà, la remplissait d'angoisse. En faisant des bébés à des filles à peine sorties de l'adolescence, Thomas ne se rendait pas compte qu'il les plongeait dans des univers trop complexes pour elles, les contraignant à une solitude qu'elles ne pouvaient assumer. Alors, comme jadis lorsque Mary geignait de douleur, je me trouvais déchirée entre la femme et l'homme. Ma solidarité allait à l'épouse confuse et négligée, mais je restais fidèle à l'inventeur qui avait besoin de ma présence comme soldat. À Mina, je n'avais trouvé que cette formule à chuchoter pour la rassurer :

— Laissez-le seulement régler cette histoire, Mina. Comprenez que la lampe est comme un enfant pour lui, un enfant qui maintenant se trouve entre les griffes de son pire ennemi. Mais il vous reviendra, je vous le promets. Il lui faut simplement regagner ce qui lui appartient.

Comme une petite sœur, je l'avais serrée dans mes bras, l'écoutant ensuite me chuchoter à l'oreille :

— Heureusement, vous êtes là pour l'épauler. Ne le quittez jamais, je vous en supplie…

Et ces paroles, doucement prononcées, m'obligèrent à modérer la fureur vindicative brûlant dans la poitrine de Thomas alors qu'il m'ordonnait de prendre la plume de nouveau.

— Ne va pas jusque-là, songe à tes enfants ! Car ta participation sera rendue publique, tu le sais fort bien ! Qu'auras-tu à leur dire lorsqu'ils seront plus âgés et qu'ils te questionneront sur les étapes marquantes de ta vie ? Choisiras-tu d'ignorer *cela* ?

— Mes fils verront que je n'ai tenté que de protéger leur avenir ! Si Dot était en âge de comprendre, elle m'approuverait, je n'en ai pas le moindre doute.

— C'est toi le patron, Thomas. Allons-y, si tel est ton désir.

La lettre que Thomas me força à rédiger me donna froid dans le dos. Son pire passage, je dus me contraindre à l'oublier dès l'instant où il fut formé par ma plume sans quoi, je n'aurais pu fermer l'œil le reste de mon existence.

> *La mort la plus rapide et la plus dénuée de douleur sera effectivement provoquée par l'emploi de l'électricité. L'appareil le plus efficace pour procéder est sans aucun doute possible, la catégorie de génératrice électrique qui produit un courant intermittent. Dans le milieu, nous la connaissons sous le nom de « moteur alternatif ». Elle est principalement manufacturée ici, aux États-Unis, par monsieur George Westinghouse. Le passage du courant alternatif à travers le corps humain provoque une mort instantanée.*

Ce n'était pas entièrement vrai, ni entièrement faux. Thomas avait simplement désiré associer le nom de son rival avec l'idée de mort rapide, et en rejetant le problème de la peine capitale sur le terrain de Westinghouse, il croyait se déresponsabiliser et conserver son propre nom blanc comme neige.

La lettre ne fut pas comprise ainsi. À la suite de ce témoignage de Thomas Edison, l'Assemblée législative de l'État de New York confirma l'électrocution comme méthode d'exécution de la peine de mort et Tom fut encore consulté sur la meilleure façon de mettre en œuvre ce procédé qu'on disait sans souffrance. Mais à ce moment-là, il s'en fichait. Il avait jeté le nom de Westinghouse dans les orties et croyait qu'on n'attribuerait cette « découverte » qu'à son rival. Aussi croyait-il se contenter de fournir les outils nécessaires à sa chute. Pour l'heure, il ignorait le voltage requis, de même que la durée du choc qui devait traverser le corps humain. Il procéderait donc à quelques expériences afin de renseigner les autorités avec plus de précision.

À compter d'alors, je refusai de m'engager davantage, jurant que jamais je ne prendrais part à ces expérimentations. Depuis Menlo Park, la force de mon esprit avait contribué à alimenter le respect de Thomas à mon endroit. J'avais toujours accepté de lui emboîter le pas, peu importe l'endroit où il choisissait de se diriger. Mais tout cela n'avait rien à voir avec le chemin qu'il décidait maintenant d'emprunter et pour la première fois depuis 1877, je me questionnais à savoir si la folie ne l'avait pas emporté.

La cour intérieure du laboratoire avait été fermée. Même moi n'eus pas accès aux installations, alors que je désirais simplement y pénétrer pour monter au local où je travaillais sur le phonographe. Il y avait foule pourtant. Des journalistes étaient arrivés très tôt en matinée alors que Thomas avait annoncé que des expériences auraient lieu sur les dangers du courant alternatif. Il déguisait en démonstration les essais qu'il disait devoir faire sur cette abomination : la chaise électrique. Jamais je n'aurais pu imaginer que de telles expériences seraient réalisées dans les laboratoires d'Edison. Il en était venu à la conclusion que pour optimiser les effets létaux du courant sur le corps humain, une éponge humide devait être posée sur la tête du sujet, les membres devaient être plongés dans des contenants remplis d'eau et le reste du corps immobilisé pour contenir les mouvements nerveux provoqués par la décharge de courant. Comment espérait-il démontrer sa théorie devant la presse ? Cela, je n'en avais pas la moindre idée puisque j'avais fui à l'instant où la question avait été abordée entre lui et son nouveau collaborateur : Harold Brown. Celui-ci lui avait fait quelques suggestions et, en ce jour, elles allaient être mises en application.

Cherchant une faille dans la barrière de protection autour du laboratoire, je ne pus que trépigner à l'écoute de la démonstration qui débutait. J'entendais seulement la voix d'Harold Brown qui criait, à l'intention du public :

— Voyez maintenant ce qui advient lorsque nous exerçons une charge de mille cinq cents volts !

J'ignorais ce qui se produisait de l'autre côté de la barrière. En tentant de regarder à travers les interstices, je ne voyais que le dos des journalistes massés devant un centre d'intérêt et n'entendais que les murmures horrifiés qui augmentaient d'intensité au même rythme que la décharge électrique. Peu de temps ne fallut avant que des plaintes aiguës parviennent jusqu'à moi. Des gémissements de souffrance lancinants. Et je reconnus, grâce à ces hurlements, ce qui servait de cobaye et allait être tué pour prouver une théorie. Je me mis à crier aussi, implorant Thomas, qui devait forcément se trouver à l'intérieur de l'enceinte, de cesser, de laisser ce pauvre chien tranquille, qu'il n'était pas obligé d'aller jusque-là pour remporter la guerre. Ma voix dérangeant leur petite séance de torture, la porte de la barrière finit par s'entrouvrir et Thomas, rouge de colère, m'ordonna de la boucler.

— Tout cela est scientifique, pauvre sotte ! Tu souhaites vraiment faire croire aux journalistes que je fais du mal à des animaux sciemment ?

— C'est ce que tu fais, non ?

— Ce chien m'a été donné par la fourrière, il est enragé et allait être abattu de toute façon ! Veux-tu bien cesser de faire l'hystérique ? Tu gâches tout ! Il a fini de souffrir, de toute façon.

Effectivement. Au cours de ces quelques secondes où Thomas m'invectivait, les gémissements s'étaient tus. Le chien était mort. La charge de courant l'avait tué.

Thomas se disait satisfait des résultats obtenus, mais n'était pas certain que le voltage employé pour électrocuter un animal de cette taille soit suffisant pour établir un standard acceptable dans l'exécution d'un homme adulte. Au cours des jours suivants, des garçons du voisinage se transformèrent en chasseurs à la demande de Thomas. Pour chaque chien errant rapporté au laboratoire, il leur offrait vingt-cinq sous et il visita même les locaux de la société protectrice des animaux afin d'obtenir encore plus de cobayes.

— Monsieur Edison, avec tout le respect que je vous dois, s'était indigné Henry Bergh, le président de la société, je crois que vous ne comprenez pas tout à fait la nature de notre organisation. Les chiens que vous réclamez seront, selon vos propres dires, assujettis à de cruelles expériences sur les effets du courant électrique. C'est exactement le type d'action contre lesquelles nous nous élevons.

— Mais si vous ne trouvez personne pour adopter ces bêtes, vous les éliminerez de toute façon. Autant qu'ils servent à la science, dans ce cas.

— Sachez, monsieur, que les tortures auxquelles vous soumettez ces animaux n'ont aucune valeur scientifique dans ce cas particulier. Le chien le plus massif qui soit ne parviendra jamais à vous donner une base de données fiable quant à la force de courant requise pour tuer un être humain.

Nous en fûmes quittes pour retourner au laboratoire humiliés. Du moins, moi, je l'étais. Thomas, pour sa part, ne voyait là que de la mauvaise foi. Alors que nous montions au bureau, je croyais que le chemin que nous avions fait en silence l'avait encouragé à pousser sa réflexion et que la phrase qu'il s'apprêtait à me lancer ressemblerait davantage au véritable Edison : « Oui, c'est vrai, ces expériences n'ont absolument aucun sens. »

Mais ce ne furent pas les mots qui sortirent de sa bouche.

— Ce monsieur Bergh n'a pas tort, les chiens sont beaucoup trop petits pour être des sujets valables. Ce qu'il nous faut, ce sont des chevaux.

À ce point, j'ignorais s'il blaguait. Je l'aurais sincèrement préféré, mais une enveloppe déposée sur son bureau en notre absence nous détourna du débat. Elle provenait de la Westinghouse Electric. Thomas la pointa du doigt tout en s'affairant à relâcher le nœud de sa cravate, la regardant de biais et en grimaçant comme s'il s'agissait d'une énorme araignée.

— Qu'est-ce que c'est que cela encore ? Il sait pourtant que toute communication doit être envoyée directement à mes avocats !

Je la raflai et la parcourut en diagonale avant de relever les yeux vers Thomas en tiquant.

— Il s'agit ni plus ni moins de sa nouvelle stratégie, Tom... Écoute cela et assieds-toi, je crois cela nécessaire.

Le front plissé de mécontentement, il inspira profondément et alluma un havane tandis que je lui faisais la lecture.

Monsieur Edison,

Depuis maintenant quelques mois, la marmite de nos divergences bout à plein régime et menace de renverser le couvercle si nous ne prenons pas un moment pour nous interrompre et, enfin, nous expliquer personnellement. En toute bonne foi, j'ose émettre l'hypothèse que cette rivalité présumée entre nous, que les journaux ont baptisée « la guerre des courants », fut provoquée par d'autres qui y voient un intérêt particulier duquel je me détache aujourd'hui. À aucun moment n'ai-je désiré que nos deux entreprises deviennent des concurrentes aussi féroces. J'ai beaucoup trop de respect pour les accomplissements qui sont les vôtres et j'ai énormément foi en votre compétence dans le domaine qui nous unit.

Est récemment revenu à ma mémoire un souvenir chaleureux que je possède de vous et qui date de la visite que je vous ai faite dans votre laboratoire de Menlo Park, il y a de cela de nombreuses années. Peut-être ne vous souvenez-vous pas de notre rencontre. À l'époque, j'étais à la recherche d'une petite centrale individuelle afin d'éclairer ma propre résidence à la lampe électrique, avant même que je ne choisisse de me lancer en affaire dans ce domaine. C'était même bien avant que messieurs Vanderbilt et Morgan vous fassent la même demande. Vous avez alors pris de votre précieux temps pour me conseiller en me confiant que, malheureusement, vous étiez dans l'impossibilité de me fournir en courant puisque vous ne disposiez pas encore des installations nécessaires. Notre entretien fut tout de même des plus cordiaux et vous me fîtes visiter votre laboratoire comme si nous étions de vieux amis. À votre façon passionnée et brûlante d'enthousiasme de discourir du sujet, vous m'avez inspiré, monsieur Edison. C'est d'ailleurs après cette rencontre que j'ai songé à me lancer dans cet univers fascinant avec l'espoir de travailler un jour côte à côte avec vous et non comme les adversaires que nous sommes devenus par la force des choses.

Il me plairait donc de vous retourner la faveur, monsieur Edison. Cette lettre est une invitation formelle à venir à votre tour visiter mes installations à Pittsburgh. Nous pourrions, entre hommes civilisés, comparer amicalement nos systèmes et trouver une façon de nous entendre. Je ne vous cacherai pas que mon rêve ultime serait de voir nos deux entreprises fusionner et ainsi, nous dominerions ensemble sans plus nous mettre de bâtons dans les roues et laisser la presse nous détruire.

Avec l'espoir de serrer votre main très bientôt, je vous salue et réitère mon respect à celui qui fut connu comme le sorcier de Menlo Park.

George Westinghouse

Pendant quelques secondes, Thomas m'observa, tout à fait incrédule.

— C'est une blague ?

— J'ignore quelles sont ses réelles intentions, mais c'est écrit ainsi, noir sur blanc.

— Mais il est fou, ma parole! Nous sommes en plein litige et il est là, à m'inviter à prendre du bon temps à Pittsburgh et à parler de... fusion.

Thomas lança ce dernier terme en ourlant sa lèvre supérieure.

— As-tu le moindre souvenir de son passage à Menlo Park, Thomas? Parce que moi, cela ne me dit rien.

— Je ne sais pas... Tellement de gens ont visité le laboratoire à cette époque...

— Tu vas y aller?

Il serra les lèvres et contracta ses muscles faciaux, comme s'il prenait le temps d'y réfléchir. Puis, il appuya ses paumes sur le bureau et projeta tout son corps vers moi.

— Mais, jamais de la vie! cracha-t-il, comme s'il était tout à fait absurde de ma part de lui avoir seulement posé la question. Il me traîne devant la justice, désire me déposséder de mes brevets, je ne vais pas prendre le thé avec lui, non?

— Et dire qu'une fusion réglerait tous vos problèmes!

Thomas secoua la tête, horrifié par la perspective. Retourné au fond de son siège et manipulant un fil qui s'échappait de sa chemise, il désigna la lettre du menton.

— Il ne fait pas référence à la peine capitale?

— Pas la moindre, dis-je en secouant la tête.

— Il sait pourtant... C'est obligé. Je lui ai fait peur alors. Et voilà de quelle façon il essaie de m'empêcher de continuer.

— Thomas, avons-nous vraiment la preuve de sa mauvaise volonté? Je veux dire, à la lecture de cette lettre, il ne me semble pas bien méchant.

— Mais tu oublies une chose, Charlene. À l'heure où nous en parlons, il doit probablement s'être associé à Tesla.

Thomas serra le poing en sifflant ce nom entre ses dents.

— Que dois-je lui répondre?

— Rien ! Pas de réponse, pas de calumet de la paix et, surtout, pas de pourparlers sur une possible fusion entre nos deux entreprises. Je te jure, Charlene, que si cela sort d'ici, tu seras tenue personnellement responsable de la fuite. Tu n'en parles à personne, tu m'entends ? Ni à Batch ni à Honest John, à personne.

— Je suis convaincue qu'il parlera à la presse.

— Alors, nous répondrons dans les journaux. En niant catégoriquement que j'aie reçu une proposition de paix de sa part.

— D'accord. Dois-je composer une réponse ? Quelque chose de neutre dans le genre : "Je vous remercie, mais mon emploi du temps ne me permet pas d'acquiescer à votre demande…"

— Non, Charlene, pas de réponse du tout. Il serait capable de l'utiliser contre moi. De notre part, ce sera le silence complet.

❧

Je continuai à me tenir loin de la cour intérieure du laboratoire tandis que les expériences se poursuivaient et que des chevaux étaient maintenant les cobayes de prédilection, soumis à des niveaux de voltages graduels jusqu'à ce que mort s'ensuive. Ce que j'entendis dire par la suite fut que même les journalistes qui prônaient la peine capitale par électrocution furent ébranlés par les démonstrations. Plusieurs partaient avant la fin et certains perdaient connaissance alors que l'animal se raidissait et tombait sur son flanc au terme de l'expérience. Edison reçut une très mauvaise presse, mais à ce stade, je crois qu'il n'en avait plus rien à faire. Je vis les plans de son horrible chaise qui avait été nommée officiellement « chaise électrique » et à ce moment, je lui lançai un ultimatum :

— Soit tu te dissocies de tout cela, soit je pars. Je ne peux plus tolérer de savoir que des animaux sont électrocutés dans la cour du laboratoire où je travaille tous les jours.

— Nous n'avons pas d'autre choix, Charlene! Vais-je faire mes expérimentations sur des êtres humains? Cette ultime démonstration aura lieu lors de la première exécution par le courant électrique, mais jusqu'à ce que cela se produise, je n'ai pas d'autre moyen de déterminer les balises.

Il avait perdu tout contact avec la réalité, toute sensibilité. Jamais le Thomas que j'avais connu à Menlo Park n'aurait fait de mal sciemment à un animal, il se disait jadis beaucoup trop en accord avec la nature pour cela. Il continuait désormais de décharger sur son rival, Westinghouse, la responsabilité du courant mortel. « Moi, je ne l'utiliserais jamais! », se plaisait-il à affirmer aux journalistes traumatisés par ses démonstrations macabres. Mais il était lui-même tombé dans le piège sans remarquer la teinte rouge sang que prenait maintenant son nom.

༺ ༻

Le silence dans lequel Thomas s'était renfermé à la suite de l'invitation de George Westinghouse eut les conséquences prévues. Ce dernier se vida le cœur dans un entretien accordé au magazine *North American Review* qui le priait de répondre à l'AVERTISSEMENT afin de rassurer le public inquiet. Westinghouse disait prendre à la légère les attaques de Thomas Edison sur le courant alternatif, s'expliquant en ces termes :

« Si nous devions interdire l'utilisation de tous les appareils nécessitant le courant électrique parce qu'ils mettent supposément la vie en danger, les progrès accomplis par notre belle société seraient tous réduits à néant. Sachez que pour l'année 1888 seulement, soixante-quatre personnes ont été tuées dans des accidents de la route à New York et vingt-trois dans des incidents mortels reliés à l'emploi du gaz, mais seulement cinq par électrocution. De tous mes clients actuels dont la résidence est éclairée à l'électricité, aucun n'a été seulement blessé par une défaillance du système. Il ne faudrait surtout pas sous-estimer la force du courant direct que monsieur Edison nous dit si sécuritaire. Pour avoir personnellement tenté l'expérience, je sais qu'il est possible de cuire une tranche de bœuf grâce au courant direct, avec moins de cent volts et en moins de deux minutes. Ce qu'il faut savoir, c'est que ce n'est pas la sorte du courant en tant que telle qui est dangereuse. Qu'on le nomme "alternatif" ou "direct" n'a rien à voir avec ses effets. Le véritable danger réside dans le câblage. Des fils usés, mal isolés ou sectionnés peuvent, oui certainement, entraîner des chocs mortels si une personne mal avisée les manipule avec insouciance. Mais en fin de compte, ce sont les utilisateurs, les clients de nos entreprises, qui ont le dernier mot. Le fait est que les ventes de courant alternatif se portent au mieux et sont en constante progression. Le courant direct est vétuste et monsieur Edison se plaît à nous attaquer avec la force du désespoir et non avec la logique requise par le progrès. »

Et vlan ! Westinghouse répondait à toutes les critiques et employait la sagacité et non la virulence pour prouver son point de vue. Il donnait l'impression d'être un homme mesuré, très au fait de la réalité actuelle et en pleine maîtrise de son art. Nous le détestâmes encore plus pour cette sortie tout à fait calculée et on ne peut plus à point.

Le courant direct était effectivement en grande perte de vitesse. La construction de centrales individuelles nécessaires pour les branchements domestiques s'avérait trop coûteuse et plus personne n'y voyait d'intérêt. Les autorités des villes ne comprenaient d'ailleurs plus la pertinence de réquisition-ner des terrains pour bâtir des centrales tous les demi-milles alors que le courant alternatif n'exigeait qu'une seule centrale, stratégiquement construite pour permettre à des centres entiers d'être éclairés à la lampe incandescente. Même notre cher collaborateur Francis Jehl, dont le contrat en Europe avait été prolongé, et qui ignorait tout de la guerre faisant rage à New York depuis son départ, ne cessait d'écrire à Thomas pour le presser d'acheter le brevet de la ZBD, compagnie européenne produisant du courant alternatif, afin d'implanter ce système au sein de ses centrales outre-mer. Francis Upton, qui était allé lui rendre visite là-bas, avait fait le même constat. Tout le monde tentait désespérément de pousser Thomas à la conversion en constatant que l'inévitable était sur le point de se produire. Si Thomas continuait à s'entêter, la baisse de valeur de la Edison Illuminating Company se poursuivrait et l'entreprise entière finirait par chuter. Nous avions peur, car nous voyions tous la logique de transformer nos systèmes vers l'alternatif, mais Thomas ne voulait rien entendre. Le danger, si terrible, contre lequel il tentait de prévenir ses usagers, n'était pas réel, Westinghouse l'avait clairement statué dans la presse. Mais il s'agissait de sa seule arme. Thomas avait inventé tout cela et, peu à peu, le public se rendait à l'évidence.

C'est alors qu'Edison fut placé devant le plus grand dilemme de son existence. Il en avait assez. Il avait tout tenté pour survivre et avait pratiquement jeté son âme dans la balance au passage. De plus, une nouvelle petite fille, Madeleine, était née dans un désintérêt presque total de la part de son père et Mina pâlissait à vue d'œil.

Chapitre 33

General Electric

Depuis le début de la matinée, le bureau de Thomas était interdit d'accès. Charles Batchelor avait été le premier sur place, puis Honest John était arrivé en masquant son inquiétude sous son laconisme habituel. Dans l'antichambre devant la porte fermée, nous y allions d'hypothèse en hypothèse en nous remettant en mémoire les affirmations les plus récentes que Thomas avait lancées pour signifier son épuisement. Nous étions désormais les seules personnes de son entourage qu'il n'accusait pas de traîtrise, clamant que tout le monde s'était détourné de lui au cours d'une période où la solidarité nous aurait peut-être permis de remporter la victoire. Sentant l'étau se refermer, Thomas se débattait maintenant pour tirer au moins quelques bénéfices de cette décennie complète vouée à son rêve.

La porte s'ouvrit enfin. L'homme que j'avais introduit dans la pièce deux heures auparavant, Henry Villard, passa devant nous sans nous accorder la moindre salutation. J'avais eu l'occasion de me renseigner à son sujet depuis le jour où Thomas m'avait parlé de lui et de l'intérêt qu'il nourrissait à se lancer à son tour dans l'univers de l'électricité. D'origine allemande, son véritable nom de famille était Hilgard, mais il l'avait changé en Villard après avoir émigré aux États-Unis. Journaliste au cours de ses jeunes années, il avait fini par acheter le *New York Evening Post* après avoir fait fortune en investissant dans les chemins de fer. Son secrétaire, avec qui je m'étais entretenue pour établir une rencontre entre Thomas et lui, m'avait confié qu'il souhaitait aider Edison, préserver ses entreprises de la ruine. N'ayant pas été admise dans le bureau où l'entretien avait lieu, j'ignorais comment il comptait y parvenir.

À sa sortie du bureau, deux avocats guindés lui emboî-taient le pas avec des dossiers bourrés de documents sous les bras. Ils redescendirent, leurs riches attelages les attendant dans la cour devant le manoir. Silencieux, nous attendîmes un signe de la part de Thomas en nous étirant le cou vers la porte laissée entrouverte. Du fond de la pièce, je l'entendis m'appeler.

— Oui, je viens ! lançai-je très haut pour l'assurer que j'avais saisi son appel.

Batchelor attrapa ma main et consulta Honest John du regard avant de chuchoter :

— Dites-lui que nous sommes là et que nous l'appuierons, peu importe sa décision.

— Je vais tenter de le convaincre de vous recevoir.

Les lèvres serrées, j'entrai dans le bureau et refermai la porte derrière moi. Thomas alluma un cigare et posa sa main sur son front pour me dissimuler son regard.

— C'est fait, Charlie.

Sa voix était cassée. En l'observant de l'autre côté de sa table de travail, je vis une larme tomber et mouiller le meuble. Il l'effaça du revers de sa manche et redressa la tête.

— Je viens de vendre quatre-vingt-dix pour cent de mes actions de la Edison Illuminating Company.

Je hoquetai en entendant ce chiffre. En accueillant Henry Villard ce matin, j'avais cru que Thomas négocierait et qu'il s'assurerait de demeurer au moins majoritaire s'il devait s'allier à des intérêts étrangers, mais ses paroles me prou-vèrent qu'il était encore plus à bout que je ne l'avais cru.

J'approchai un siège et pris place afin de me trouver au niveau de ses yeux et près de sa bonne oreille. D'une voix que je voulus posée, mais qui tremblait, je le questionnai :

— Pourquoi autant, Thomas ?

Il renifla un bon coup, puis glissa sa manche sur ses yeux humides.

— Parce que j'ai passé trop d'années à ne pas avoir un sou, à me demander si je pourrais nourrir ma famille et loger les miens grâce à des investisseurs qui accepteraient d'ouvrir leurs poches. Les gens me croyaient riche, je ne l'ai jamais été jusqu'à présent. Tout cela (il esquissa un geste circulaire du bras pour désigner la maison ainsi que le territoire du laboratoire), je l'ai obtenu parce qu'on a bien voulu me le consentir, mais en fin de compte, mon compte en banque personnel ne se résume qu'à peu de chose. Au cours des derniers mois, on m'a clairement fait comprendre que j'étais dépassé. Même mes collaborateurs les plus proches, les "garçons de Menlo Park", ne m'ont pas pardonné de tenir à mes opinions et à mes propres façons de faire et m'ont tourné le dos. À un moment, il faut que cela cesse, tu comprends ? J'ai quarante-deux ans. Ai-je le droit, après tout ce que j'ai accompli, de vivre sainement et à l'abri du besoin avec ma femme et mes enfants ? C'est pour cela que je l'ai fait, pour vivre enfin.

— Combien t'ont-ils proposé pour tes parts de l'entreprise ? Ont-ils au moins fait preuve de décence ?

— Trois millions et demi. Et je conserve encore dix pour cent.

Satisfait de posséder enfin suffisamment d'argent pour ne plus avoir à craindre pour la sécurité des siens, le cœur de Thomas était néanmoins brisé. Toutes ses entreprises étaient maintenant réunies en une seule : la Edison General Electric Company, son nom étant encore au moins mis de l'avant alors qu'il n'était plus qu'un actionnaire minoritaire.

— Thomas, Charles et John sont là. Ils aimeraient te voir. Puis-je les faire entrer ?

À l'aide d'un mouchoir, il effaça de son visage les dernières traces de larmes et hocha la tête.

— Je dois faire une annonce, de toute façon, autant que vous soyez les premiers à l'apprendre.

Il se repositionna bien droit dans son fauteuil tandis que je signifiais aux deux hommes de nous rejoindre. Nous n'étions pas préparés au coup de poignard que nous allions bientôt sentir nous déchirer les tripes. Ayant retrouvé sa contenance à l'arrivée de ses plus précieux alliés, Thomas les pria de prendre place. Charles s'installa directement devant le bureau et John approcha deux nouveaux sièges à notre intention. Au-dessus de leurs barbes, leurs joues prirent une teinte livide à l'écoute des mots qui m'avaient fait réagir quelques minutes auparavant. Mais Thomas ne m'avait pas tout dit.

— Henry Villard sera le nouveau président de la Edison General Electric tandis que la vice-présidence sera assurée par monsieur Samuel Insull.

Tous les trois, nous nous redressâmes en écarquillant les yeux lorsque ce nom fut prononcé, mais seul Charles eut le courage d'ouvrir la bouche.

— Insull ? Mais il était ton secrétaire il y a quelque temps à peine ! Et il a osé démissionner ! Vice-président, Tom ?

— Je n'y suis pour rien. Apparemment, notre cher Insull cachait un as ou deux dans sa manche. Après m'avoir quitté, il est seulement allé frapper aux bonnes portes. Vous savez, nous étions sur le point de connaître de très grandes difficultés financières par manque de capital. Plus personne ne désire investir dans le courant direct. Ils disent que c'est terminé. Il valait mieux pour moi lâcher du lest maintenant, alors que l'entreprise vaut encore quelque chose plutôt que de me retrouver en faillite.

— Mais Thomas, ne crains-tu pas que leur prochain mouvement soit une fusion ? Si Insull est capable de brandir le drapeau ainsi, c'est qu'il croit pouvoir sauver l'entreprise. Et nous savons tous qu'il n'y aurait qu'une seule façon de le faire.

— Je sais, Batch, mais ce n'est plus une question qui m'importe désormais.

John formula ensuite l'objection qui me brûlait aussi les lèvres.

— Cela signifie donc qu'Insull sera le nouveau patron ? Que même toi, Thomas, tu devras obéir à cet homme ? À quel titre ?

— Consultant, quelque chose comme cela.

Il soupira et opina en haussant les sourcils, puis grimaça comme s'il était pris d'une crampe au milieu de la poitrine. Charles poursuivit :

— Et quelle sera notre position officielle ? Nul doute que les journaux voudront connaître notre opinion sur la question. Que dirons-nous ?

— Que nous sommes satisfaits de la tournure des événements. Que tout a été fait pour le mieux, rien de plus. J'ose espérer, messieurs, que vous songerez à notre collaboration passée et que vous respecterez mon désir de discrétion.

En employant le terme « messieurs », Thomas me désignait aussi. Dans nos rencontres officielles, j'avais le devoir de devenir un monsieur au même titre que tous nos collaborateurs. Par conséquent, je promis avec les autres, en y mettant tout mon cœur.

Entre-temps, la toute première exécution par électrocution eut lieu dans une prison de la ville d'Auburn, le 6 août 1890. William Kemmler avait été reconnu coupable du meurtre de sa femme. Les journaux rapportaient qu'il l'avait tuée à coups de hache un soir où il avait trop bu et où il avait perdu la tête. L'homme acceptait sa sentence paisiblement et, surtout, était conscient de son rôle de cobaye puisqu'il serait le tout premier homme à être exécuté sur la chaise électrique alimentée au courant alternatif. Les journaux avaient rapporté qu'étonnamment, Kemmler avait rendu la tâche facile à ses geôliers en demeurant immobile lorsque les onze sangles avaient été attachées autour de ses membres. On dit même qu'il les avait prévenus qu'une courroie n'était pas suffisamment serrée. Il avait aussi collaboré en ne se plaignant pas et en restant très droit quand une éponge imbibée d'eau fut appliquée sur sa tête, sous le casque métallique destiné à projeter la charge de courant à l'intérieur de son corps. Le courant avait été appliqué dix-sept secondes durant. Thomas Edison avait eu beau répéter qu'un dixième de seconde serait suffisant pour tuer un homme, le bourreau n'avait voulu courir aucun risque. Lorsqu'une odeur de chair brûlée avait commencé à se répandre dans la petite pièce, le courant avait été interrompu et on avait commencé à défaire les liens retenant Kemmler à la chaise d'exécution. Mais à ce moment, une chose singulière et effrayante s'était produite.

Le corps de William Kemmler s'était mis à tressauter sur place et des témoins affirmèrent avoir vu sa poitrine se soulever comme s'il cherchait à respirer. « Il est toujours en vie ! », avaient crié avec dégoût les journalistes qui assistaient à l'exécution. Et immédiatement, le casque avait été remis sur la tête de l'homme, sans que l'on prenne le temps de resserrer les sangles déjà défaites. Cette fois, le courant avait été appliqué tellement longtemps que les organes internes avaient eu l'occasion de carboniser et de noircir la peau du condamné en de multiples endroits. Le public de l'exécution en fut malade d'horreur. L'odeur nauséabonde de cheveux et de peau brûlés avait envahi la pièce et l'on dut attendre que le corps cesse d'être agité de soubresauts pour enfin déclarer William Kemmler décédé.

La nouvelle de l'exécution bâclée mit peu de temps à se répandre et même Thomas ne put lire au complet l'article relatant l'événement. Lorsqu'on vint à lui pour le prier de commenter le résultat malheureux de la mise à mort sur la chaise qu'il avait lui-même cautionnée, il n'eut que cette réponse à formuler :

— Le pauvre homme a été "westinghousé".

Et les journaux s'emparèrent de l'expression comme des chiens d'un morceau de viande fraîche. Il crut qu'en projetant la cruauté de cette exécution vers son ennemi, le blason du courant direct serait redoré, mais le débat n'alla même pas en ce sens. *Pire que la pendaison*, avaient titré les quotidiens au lendemain de la mise à mort, et on considérait désormais l'exécution par l'électricité comme une torture qui avait relégué un criminel au rang de martyr que l'on avait fait souffrir atrocement au nom de la science.

⌇⌇

À la suite de la nomination de Samuel Insull à la vice-présidence de la Edison General Electric Company, il apparut clairement qu'il n'avait pas terminé de trahir l'homme qui lui avait donné sa chance sur un plateau d'argent. L'entreprise nouvellement reformée ne disposant pas du capital suffisant pour convertir toutes ses installations au courant alternatif, une fusion était dorénavant considérée comme un passage obligé. Les coûts de production pour les systèmes à courant direct étaient d'ailleurs trop élevés pour la marge de profit à laquelle s'attendaient les nouveaux actionnaires majoritaires de l'entreprise. Derrière le dos de Thomas Edison, Samuel Insull commença à négocier avec la Thompson-Houston. De toute façon, il ne jugeait pas devoir obtenir l'approbation d'un homme qui ne possédait que dix pour cent des parts. Tout cela fut fait dans le plus grand secret et Insull se fit des ennemis mortels en Thomas, Batchelor, Kruesi ainsi que moi-même tout en croyant faire pour le mieux. J'appris la nouvelle avant Thomas, Insull choisissant de passer par moi en clamant ne pas être obligé, à ce stade, de lui faire face.

En tentant de garder ma voix la plus douce possible, je proposai à Thomas de venir marcher avec moi sur le terrain entourant le domaine de Glenmont.

— Il fait si beau et tu es pâle comme la mort. Une promenade au soleil ne peut que te faire le plus grand bien.

Depuis quelques jours, je sentais que son esprit n'était plus avec nous. Il s'était replié là où il existait encore en héros de la nation américaine, dans cet endroit magique où le sorcier de Menlo Park s'amusait à inventer le monde du futur. Il empoigna mon bras et redressa l'échine alors que nous sortions devant la maison, puis respira quelques bons coups en levant le visage vers le ciel sans nuages. Mina était absente. Elle avait donné naissance à un autre enfant nommé Charles et, sentant le brouillard trop pesant autour de son époux, elle s'était éloignée pour quelque temps, se reposant auprès de sa famille à Akron, en Ohio.

J'entraînai Thomas le long de la roseraie qu'il n'avait peut-être jamais vue et me permis de cueillir l'une de ses fleurs blanches.

— Tom, nous nous connaissons depuis maintenant quinze ans... et j'admets ressentir toujours autant d'amour à ton égard. Un amour qui me pousse à te protéger et à défendre tes intérêts avec loyauté. Tu as toujours su que tu pouvais me faire confiance, n'est-ce pas ?

Il m'écoutait en gardant sa main contre son oreille, geste devenu un réflexe obligé au fil du temps.

— Qu'as-tu à me raconter cet après-midi, Charlie ? Je te connais par cœur, moi aussi. Et je devine que tu as une excellente raison de m'aimer autant.

Je me tins très près de lui.

— Tu as raison, je dois te parler d'une chose importante. Mais auparavant, je désirais que tu saches que je serai toujours là pour toi et que je te suivrai où que tu ailles.

— Charlie… souffla-t-il en serrant mon bras et en me gardant à ses côtés. Dis ce que tu dois dire. Depuis le temps, tu devrais savoir que mon dos peut porter tout ce qu'on jette sur lui.

— Thomas, Insull a approuvé la fusion avec Thompson-Houston, la transaction a été rendue officielle ce matin. Un certain Charles Coffin est désormais à la tête de la nouvelle entreprise et il s'est empressé de placer ses propres hommes à des positions clés tout en signifiant que Samuel Insull serait la seule personne de la Edison General Electric à demeurer en poste.

Ses doigts resserrèrent leur emprise sur moi. Je sus alors que mes paroles n'étaient pas parvenues à pénétrer son esprit.

— Je suis désolé, Charlie, j'ai bien peur de ne pas avoir bien compris.

Je recommençai, mais plus froidement, le discours que j'avais répété plusieurs fois avant de lui faire part des récentes décisions prises par le nouveau vice-président de l'entreprise.

— Ils me mettent à la porte ? Ils me jettent hors de ma propre entreprise ?

— Disons plutôt qu'ils ont racheté tes parts. En entier.

Mais ma nuance le laissa indifférent.

— Ils me virent de ma propre entreprise ? reprit-il en haussant la voix, mais en gardant ses yeux fixés au sol.

— Ils ont aussi décidé de retirer ton nom du titre de la nouvelle compagnie. Elle s'appellera désormais seulement

General Electric, dis-je en séparant bien les deux termes et en obligeant ma voix à redoubler de force en les prononçant.

— General Electric… chuchota-t-il en tentant d'imaginer l'entreprise à laquelle il avait donné vie orpheline de son nom.

J'avais certes remarqué que son visage était pâle au cours des dernières semaines, mais ce n'était rien en comparaison avec son teint actuel. Je crus qu'il était sur le point de rendre son repas et je m'approchai pour caresser sa nuque.

Nous poursuivîmes notre promenade autour du domaine et petit à petit, il recommença à respirer un peu plus librement, levant la tête pour humer l'air frais que poussait le vent en notre direction. Le choc de l'annonce passé, il s'obligeait maintenant à prendre une décision : s'affliger éternellement ou redresser l'échine. Il s'agissait de Thomas Edison après tout, un homme m'ayant déjà juré qu'il ne voyait que les bons côtés de la vie. Il passa de longues minutes à réfléchir, à effectuer son deuil. En silence, il me guida vers deux fauteuils de jardin à l'ombre d'un arbre gigantesque et alluma un cigare.

— Je vais te faire une confidence, Charlie. Il s'agit d'un secret que je garde en moi depuis quinze ans et qu'en ce jour, je me sens capable de révéler.

Je m'emparai de sa main posée sur l'accoudoir du fauteuil et l'invitai à s'ouvrir enfin.

— Charlie, j'en suis venu à la conclusion qu'en fait, je ne connais absolument rien à l'électricité. Les hommes qui travaillaient pour moi ont toujours possédé les compétences que je n'avais pas. Eux avaient la capacité de comprendre le fonctionnement de tout cela. Pas moi.

— Je ne te crois pas, Thomas ! dis-je en riant.

Le sorcier m'avait hypnotisée de la même façon qu'il l'avait fait avec la terre entière.

— Non, c'est vrai. Et je n'ai jamais eu la bosse des affaires non plus, ne nous racontons pas d'histoires.

À ce moment, je vis dans ses yeux l'éclat qui les traversait lorsqu'une vision de l'avenir lui apparaissait. Il hocha la tête et sa bouche s'étira en un sourire déterminé, confirmant ma pensée.

— Je vais désormais me consacrer à quelque chose de si grand, de si prodigieux, qu'on oubliera que mon nom a été associé à l'électricité. Mais toi, tu pourrais rester avec Insull, Charlie. Tu le sais, n'est-ce pas ? Souhaites-tu demeurer sous ses ordres ou me suivre, comme tu l'as toujours fait ?

Je me surpris à rire d'enthousiasme en rejetant la tête vers l'arrière.

— Je meurs d'envie de découvrir ce que l'esprit du sorcier a à offrir, Tom !

— Dans ce cas, accompagne-moi au laboratoire, j'ai quelque chose à te montrer.

Côte à côte, nous traversâmes l'allée et parcourûmes les quelques mètres qui nous séparaient du nouveau repaire où Edison se préparait à mystifier le monde, encore une fois.

FIN DU TOME PREMIER

Table des matières

Remerciements

J'aimerais remercier mon conjoint, Dennis Hennessey, pour m'offrir un environnement de création plein d'amour, de sécurité et de compréhension. Notre maison est le refuge de mon inspiration.

Merci à Marie-Pierre Barathon, un ange sur ma route.

Merci à Sandrine Lazure qui a su me comprendre, m'épauler avec compétence tout au long du processus. Elle fut une aide extraordinaire, une complice, une éditrice sans pareille.

Merci à vous, lecteurs, qui demeurez toujours au fond de mes pensées.

Suivez-nous

Achevé d'imprimer en mars 2013
sur les presses de Marquis-Gagné
Louiseville, Québec